EDIÇÕES BESTBOLSO

Baudolino

Umberto Eco nasceu em Alexandria, Itália, em 1932. Escritor, filósofo e linguista italiano, Eco é reconhecido mundialmente por seus ensaios críticos. Professor titular de Semiologia na Universidade de Bolonha, e professor *honoris causa* em diversas instituições estrangeiras de ensino, o escritor tem também posição de destaque no cenário literário. *O nome da rosa*, seu primeiro romance, *O pêndulo de Foucault*, *A ilha do dia anterior* e *Baudolino* são grandes sucessos. Umberto Eco vive em Milão.

UMBERTO ECO

Baudolino

Tradução de
MARCO LUCCHESI

8ª edição

EDIÇÕES
BestBolso

RIO DE JANEIRO – 2016

CIP-Brasil. Catalogação-na-fonte
Sindicato Nacional dos Editores de Livros, RJ.

Eco, Umberto, 1932-
E22b Baudolino / Umberto Eco; tradução de Marco Lucchesi. - 8ª edição -
8ª ed. Rio de Janeiro: BestBolso, 2016.

Tradução de: Baudolino
ISBN 978-85-7799-002-3

1. Romance italiano. I. Lucchesi, Marco, 1963- . II. Título.

CDD - 853
07-2162 CDU - 821.131.3-3

Baudolino, de autoria de Umberto Eco.
Título número 003 das Edições BestBolso.
Oitava edição impressa em maio de 2016.

Título original italiano:
BAUDOLINO

www.edicoesbestbolso.com.br

Ilustração da capa: Mateu Velasco, a partir da imagem de "O homem águia", miniatura do Roman d'Alexandre, 1338 (Oxford Bodleian Library).
Design de capa: Carolina Vaz.

Impresso no Brasil

ISBN 978-85-7799-002-3

Nota do tradutor

Esta nota será brevíssima, para não retardar a leitura de tão esperado romance de Umberto Eco.

Para traduzi-lo, tivemos de visitar algumas fontes, que nos apressamos em declarar: a carta do Preste João e os estudos referentes à viagem de Pero da Covilhã, de cujo imaginário depende a formação do Brasil. Para o texto medieval, visitamos *A demanda do santo Graal*, a *Crestomatia*, de José Nunes, as *Crônicas*, de Carlos Tarouca, e o *Bosco deleitoso*. Nas passagens do Pseudo-Dionísio, usamos a tradução da *Teologia mística*, de nossa autoria.

Para atender a não poucos arcaísmos, a claras e falsas etimologias, recorremos ao Bluteau e ao Morais, à Crusca e ao Tommaseo. Formas de tratamento especiais – como *senhor*, na segunda pessoa – têm por base a língua medieval.

Os termos em grego ficam tal como foram grafados pelo autor, e os nomes históricos aparecem de acordo com a nossa tradição.

Palavras como *crucífero*, para cruzado, *gréculos* ou *romeus*, para bizantinos, *Greal*, para Graal, Preste João (raras vezes substituído por Padre João) atendem às solicitações do autor, com quem conversamos e a quem agradecemos.

Marco Lucchesi

Sumário

1
Baudolino começa a escrever

Ratispone Anno ~~Dommini~~ Domini mense decembri mclv kronica Baudolini cognomento de Aulario

eu Baudolino de Galiaudo dos Aularis com huma cabeça que pareçe hum lião alleluja seijam dadas Graças ao senhor que me perdoe

~~he feito~~ fiz o mayor roubo da mnha vida ou seija peguei de hum coffre do bispo Oto muytas folheas que devem ser talvez coisas de a ~~kancel~~ chancellaria imperial et rraspei quase todas ellas menos onde não deu pera sair et agora tenho bastante Pergaminho pera escreber o que eu quiser ou seija mnha chronica pezar de não saber escrever em latim

se descobriren depois que as folheas estão faltando vai dar huma grã confusão et vão pensar que foy talveez hum Espião dos bispos romanos que não gostam do imperador frederico

pode ser que ningueem dê por isso pois na chancellaria escrebem de tudo mesmo o que não serve et aquell que emcontrar [estas folheas] ~~pode emfiar dentro do rrabo~~ não poderá fazer nada

ncipit prologus de duabus civitatibus historiae AD mcxliii conscript

saepe multumque volvendo mecum de rerum temporalium motu ancipitq

estas são lineas que istavam aquy antes et que não conseguy rasspar bem et tenho que pullar

se encontrarem estas Folheas depois que escrevi nellas nem meesmo hum chanceller poderá emtender poys essa é huma língva que fallam na Frasketa mas que ningueem nunca escrebeu nella

mas se for huma língva que nimgueem emtende vão divinhar logo que fui eu porque todos dizem que fallamos na frasketa huma Língva que não é de christãos logo tenho de escondê-las muito bem

par Deus como cansa escreber doem já todolos dedos

eu meo pae Galiaudo sempre disse que deve ser hum dom de Santa maria de Roboreto pois dês que eu era parvulo mall ouvia algueem dizer ~~cinquo quinkuo~~ V palavras et imitava logo a sua língva tanto de Terdona quanto de Gavi et mesmo daquelles que vinham de Mediolanum que fallavam hum Ydioma tão estranho que nem os cães fallam desse jeito em suma quando emcontrei os primeyros allemanes da mnha vida aquelles que çerkavam Terdona todos Tiusche et malvados deziam rausz et min got et depois de meya jornada eu tambeem falava raus et Maingot et elles me disseram Kint vai buskar pera nós huma bella Frouwe pera fazer fikifuki et se ella não kiser diiz onde está que depois cuidamos disso

mas o que é huma Frouwe eu perguntava et elles deziam domina huma dona huma fêmea du verstan et faziam gestos de Tetas grandes porque neste çerco estamos cum falta de feminae as de Terdona estão lá drento et quando entrarmos lá deixa por nossa conta mas até agora aqvuellas de fora não se deixam ver et blasfemaram tanto que mnha pele ficou toda arrepiada seus suevos de Merda imaginem se vou dizer onde estão as Frouwe eu não sou um espião vão tocar ponietas

Ai de mim quase me amactavam

amatavam ou matavam ou necabant agora quase escrebo Latim não que eu não saiba latim poys aprendi a leer en hum librum latino et entendo quando falam comigo em latim mas é que eu não sei como se escreben os verba

Cruz de Iesu nunca sei se é equus ou equum et sempre herro poys pera nós hum caballo é sempre hum chivaus et não herro nunca porque nimgueem escrebe Cavallo aliás não escrebe nada meesmo porque não sabe leer

mas tudo acabou bem et os allemanes não tocaram em hum ffio de cabello porque naquelle momento chegaram milites que deziam a grã voz vamos atacar de novo e depois aconteceu huma grã Confusão et eu não entendia patavina com os escudeiros que iam pera hum lado et os soldados com as alabardas que iam pera outro et sons de trombeta et torres de madeira tão altas como as áruores da Burmia que se moviam como carroças com balistários e fundibulários e havia outros que levavam escadas et nelles choviam tantas frechas que pareçia graniso et havia ainda os que atiravam pedregulhos com huma espécie de Colheer grande e assopravam sobre mnha cabeça todolos iaculi que os derthoneses lançavam dos muros, que batalhia!

et fiquei por duas horas de bayxo de huma moita dizendo aiuda-me vyrgem sancta depois tudo se acalmou et passaram correndo bem perto de mim aquelles que com a falla de Papia deziam a grã voz que haviam mactado tantos derthoneses que pareçia hum tanaro de Sangue et estavam chontentes como nas calendas de maio poys assim Terdona aprende a ficar com os mediolanenses

como depois também voltaram os allemanes da Frouwe talvez em quantidade menor do que antes antes porque os derthoneses também não mandavam recado decidi que era melior dar no pee

et caminhando a grã pressa cheguei em casa quase de manhaa pera contar tudo a meu pai Galiaudo que me disse muito bem vai pera os Çercos e hum dia acaba levando hum pique na bunda aquellas são coisas de fidalgos deixa-os cozinhar na própria sopa nós debemos em as ~~vakas~~ wakas et somos gente séria nada a ver com esse Fridericus que vae pera cá e pera lá e não faz nada

mas depoys Terdona não caiu porque tomaram apenas o burgo mas não o Arce et resistiu ainda como apareçe no fim da mnha Chronica quando cortaram a agoa et elles em vez de beber o próprio mijio juraram fidelidade a Fridericus, et elle os deixou sahir mas a çidade primeiro ardeu em chammas et depoys foi feyta en pedaços ou seija isso foi obra daquelles de Papia que mostram os dentes aos derthoneses aqui não est como os allemanes que gostam muito huns dos outros et são como os dedos da mão aqui se hum de Gamondio vê outro de Bergolio fica logo de ouvo virado

mas agora volto a explicar a chronica quando vou pelos boosques da frasqueta especialmente com a Nebulina daquella das boas onde não se vê nem a ponta do nariz e as coisas aparecem de rrepente na nossa freente eu tenho visões como aquella vez que vi o liãocorne ou quando vi Santo Baudolino que me fallava et dizia seu ffilho de puta irás ao imferno porque essa história do liãocorne foy assim ca pera prender o Liãocorne é preciso colocar huma menina não desvyrginada aos pés de huma árvore o animal sente o cheiro da vyrgem et vem deitar sua cabeça na barriga et então eu chamei a Nena de ~~b~~Bergolio que chegou com seu pai pera comprar a ~~waca~~ vaca de meu pai et fallei com ella vamos até o bosque pera pegar o liãocorne eu a deixei depoys de baixo da Áruore porque estava certo que era vyrgem e dise-lhe fica bem assim et abre as pernas pera que o animal ponha a cabeca et ella perguntava tenho que abrir o quê et eu respondia aí nesse logar vamos abre et eu tocava nella et ella se mexia como huma capra que estaua parindo et aí eu não vi mais nada e tive como que hum apocalypsin e depois ella não era mais pura como hum lírio et então ella disse Sancta Maria vall como é que vamos atrair o liãocorno agora et naquell poncto ouvi huma voz do Çeo que me disse que o liãocornus qui tollit peccata mundis era eu et assim comencei a saltar pella mata gritando hip hiii frr frr poys estava mais com tente do que hum liãocorno verdadeiro tanto que pus o chifre na barriga da vyrgem por essa razão Sancto Baudolino me disse ffilho et coetera mas depois me perdoou e o vi mais duas vezes no lusko fusko mas só com muita nebrina ou pello menos com um pouco não quando o sol queyma oves et Boves

todavia quando contei a meu pai Galiaudo que vii São Baudolino elle me deu trinta chicotadas no lombo dizendo par Deus logo eu devia ter hum ffilho que vê as visões et que não sabe ordenar huma ~~vaka~~ Vakka não sei se quebro a cabessa delle com pauladas ou se mando elle embora com hum daquelles que vão pellas feiras e mercados et que fazem dançar o macaco dáffrica et a mnha santa mãe disse a grã voz preguiçoso boa vida ou coisa peior que foy que eu fiss ao senhor pera ter hum ffilho que vê os sanctos e meu pai Galiaudo disse não é verdade elle não vê os santos elle é mais mentiroso do que judas et inventa isso tudo pera não fazer nada

comto essa Chronica senão fica difícil entender o que aconteceu naquella noite quando baixou huma neblina tão grande que dava pera se cortar com a faca pezar de ser abril mas em nossa terra temos neblina atee em agosto e se huma pessoa não é de aqui é fácil se perder entre a Burmia et a Frasketa principalmente se não tiver hum samto que puxe as rédeas et assim quando eu hia voltando pera casa vi na mnha frente hum barão em hum cavallo todo de ferro

o barão et não o ca~~b~~valo era todo de ferro com a espada que pareçia o rei de Aragom

fiquei assustado meu Deus vai ver que é São Baudolino em pessoa que me leva pera o imferno mas elle disse Kleine Kint Bitte et comprehendi logo que era hum senhor alleman que estava perdudo na nebrina no meio do bosque et não encontrava mais seus amigos et era qvase de noite et me mostrou huma Moeda eu que nunca vi Moedas depois estava contente que eu respondia na sua língva e lhe disse en Diutsch se continuas por aqui vais acabar no pântano tão certo como sol

eu não devia dizer certo como o sol com huma nebrina que se cortava com a Faca mas elle compreendeu do mesmo jeito

disse-lhe depoys que os allemanes vêm de huma terra onde a primavera não acaba et ali florescem talvez os citros do Libanus mas nestas bandas na Palea tem nebrina e nesta nebrina vagam os bastardos que são os netos dos netos dos arabitz contra quem combateu Carlosmagno tudo gente feia et basta ver hum Peregrino pera enchê-los de pancadas et levar até os cabellos da cabeça ergo se fores até a cabana de meu pai Galiaudo encontrarás huma tigella de sopa quente palhea pera dormir a noite no curral depois amanhã com a luz vou mostrar o Caminho principalmente se tiveres aquella moeda gratie benedicite somos gente pobre mas honeesta

assim o levei até meu pai ~~Gaiaudo~~ Galiaudo que se pôs a gritar paspalhão o que tens na cabeça por que fallaste o meu nome com o primeyro que passa com essa gente que pode ser até hum vasalo do marquees de Monferato e que depois me pede ainda huma décima de fructibus et de feno et leguminibus ou talha ou jeira et estamos fritos e foi pegar o cajado eu disse que aquelle senhor era hum alleman e não hum de Mon Ferato ell disse peior do que andar de noite todavia quando fallei da Moeda ficou mais calmo pois aquelles de Marengo têm a cabeça dura como um boi mas fina como um cavallo et entendeu que podia tirar algum profeito et elle me disse tu que fallas tudo diz que

item, que somos gente pobre mas honeesta

isso eu jaa disse

não importa melhor que repitas item agradesso pelo sólido mas tem o Feno pera o cavallo item junto com a tigella quente ponho o quejio e hum bocal daquelle dos bons item elle irá dromir onde dromes perto do ~~fuog foguo~~ fogo e esta noite vais dromir no curral item deixa ver essa Moeda pois eu quiria hum sólido genovino e fiat como hum da família que pera nós de Marengo ohospede é sagrado

o senhor disse HaHa fos de Marengo sois astutos mas negotio é negotio eu dou duas de aqvestas moedas et tu não pergumta se é hum sólido genovino porque com hum sólido genovino eu kaufo a casa et todolos fossos animaes pega et fica quieto poys ganhas mesmo assim meu pai ficou quieto et pegou as duas moedas que o senhor atirou na mesa porque os de Marengo têm a cabeça dura mas fina et comeu como hum lobo (o senhor) aliás como dois (lobos) mas quando meu pai e mnha mãe foram dromir depois de trabalhar todolo dia enquanto eu passeava pella frasketa o Herre disse bom este vinho vou beber mais hum pouco peerto do fuogo conta-me Kint como é que falas tão bem mnha língva

ad petitionem tuam frater Ysingrine carissime primos libros chronicae meae missur

ne humane pravitate

aqui tambeem não conseegui appagar

vou retomar agora a chronica daquella noite com aquelle senhor alleman que quiria saber como é que eu fallava a sua língva disse-lhe que tenho o dom das língvas como os apóstolos et o dom de a Visão como as madalenas porque caminho pella silva et vejo santo Baudolino montado em hum Liãocorno com seu Chifre retorcido no lugar em que os chavalos tem aquillo que pera nós é o Nariz

mas hum chavalo não tem nariz pois devia ter embaixo huma barbixa como os daquelle senhor que tinha huma bella barba da cor de huma panella de cobre ao passo que outros allemanes que eu viu tiinham pellos amarellos atee nas orelhias

et elle disse muito bem tens o kostume de ver o que chamas de liãocorno et que deve ser talvez o Monokeros mas onde aprendeste que existem liãocornos neste mundo et disse-lhe que havia lido en hum livro do heremita da Frasketa et elle com os olhos esbugalhados que pareçia huma corruja perguntou Mas sabes ler também

mãedeDeus respondi vou contar a Hystoria agora mesmo

a hystoria é que havia hum samto heremita perto do Bosque et de quando em quando as pessoas levavam pera elle huma galinha ou huma lepore et elle ficava em oração diante de hum livro scripto et quando as pessoas passavam elle batia o peito com huma Pedra mas eu acho que era hum torrão id est feito só de terra et assim não se machucava naquelle dia truxeram dois ovos et eu em quanto elle estava lendo disse hum pera mim e outro pera ti como fazem os bons christãos basta que elle não veja mas elle fingiu que estava leendo et me agarrou pelo Pescoço eu lhe disse diviserunt vestimenta mea et elle começou a rir dizendo és hum puerulo intelijente veem aquy todolos dias et vou te ensinar a ler

assim ensinou-me as Letras scriptas com cascudos na cabeça só que depois com maior intimidade começou a dizer que iovem forte que linda cabeça de Lião deixa ver se esses braços são fortes et o pecto et deixa tocar ai onde começam as Pernas pera ver se tua sauude é boa foi quando entendi aonde ia acabar e dei-lhe huma geolhada nos ovos quer dizer nos Testicula et elle se dobrou todo dizendo com os diabos vou dizer pera as pessoas de Marengo que estás endemoniado et assim vão te queymar está bem mas vou dizer promeiro que te vi de noite quando o metias na Bocca de uma brouxa vel bruxa et vamos ver quem é que vão achar que está endemoniado então elle disse espera fallei isso pera rir et quiria ver se eras hum menjno temente ao senhor vamos esquecer isso tudo vem amanhã que eu te ensino a escreber pois ler é coisa que não custa nada apenas ver et mover os lábios mas se escrebes drento do livro é preciso ter folheas et Tynta et calamus que alba pratalia arabat et nigrum semem seminabat porque elle falava sempre em latim

et disse para elle basta saber ler et assim aprendes o que ainda não sabias ao passo que ao escreber escrebes apenas o que jaa sabes patientia melhor ficar sem saber escreber mas rrabo é rrabo

quando eu contava essas coisas o senhor allemano ria como hum louco et dizia muito bem pequeno kavalleiro os heremitas são allesammt Sodomiten *mas diz o que mais viste no boske et eu pensando que era hum daquelles que queriam tomar Terdona nas hostes de Fredericus Imperator disse pera mim melhor acontentá-lo et assim me dá outra Moeda et disse que duas noites atrás apareceu pera mim o Sancto Baudolino et me disse que o imperador terá huma grã vitória em Tortona porque Fridericus era o senhor único e verdadeyro de toda a Longobardia incrusive da Frasketa*

aquelle senhor me disse foi o Çeo que te mandou Kint *queres ir ao campo imperial pera dizer aquillo que te disse*

São Baudolino et eu falei que sim que se elle queria eu podia falar tambeem que São Baudolino me dissera que pera o çerco vinham os Santos pedrepaulo pera guiar os imperiais et elle disse Ach wie Wunderbar pera mi bastava só Pedro

Kint vem comigo et a tua sorte esta feyta

illico et ou seja quasi illico et ou seja na manhã seguinte aquelle senhor falla com meu pai que vou com elle et que me levará pera hum lugar onde vou aprender a ler e a screber e quem sabe hum dia eu me tornasse um Ministerial

meu pai Galiaudo não sabia bem o que elle estava dizendo mas entendeu que estava tirando de casa hum come et drome et que não devia mais sofrer porque eu ia embora mas pensava que aquelle senhor podia ser hum daquelles que vão pellas feiras et mercados com o Macaco et que talvez quisesse pôr as mãos em mim et disso não gostava mas aquelle senhor respondeu que elle era hum grã comes palatinus e que dentre os allemanes não avia Sodomiten

o que quer dizer esses sodomite perguntou meu pai et disse que eram os fodynkus ao que elle disse os fodynkus estão em todo o lugar mas quando o aquelle senhor mostrou mais cinco Moedas além das duas da noite anterior elle não pensou duas vezes e fallou ffilho vai pera ti é huma sorte et talvez pera nós tambeem depois esses allemanes vira et mexe voltam sempre aqui isso quer dizer que de vez em quando vens nos visitar et eu disse juro mas fiquei um pouco com as Lágremas nos olhos pois mnha mãe chorava como s'eu fosse pera a morte

et assim partimos et o senhor me dizia pera levá-lo aonde ficava o Castro dos imperiais muito faacil digo basta seguir ho sol ou seija seguir na direção onde elle nasce

et enquanto caminhávamos et já se viam os acampamentos chegou uma companhia de cavayeiros bardados et logo que nos viram puseram-se de geolhos et baixaram os piques et as bandeiras et alevantaram as espadas mas o que será tudo isso et elles gritavam ~~Chaiser~~ Kaisar pera cá e Keiser pera lá et Sanctissimus Rex et bejiavam a mão daquelle senhor et quase fiquei de queyxo caído porque mnha boca estava aberta como hum forno poys entendi que aquelle senhor de barba ruiva era o Emperador Fridericus em carne et osso e eu lhe havia contado disparates a noite toda como se fosse hum Tolo qual quer

agora vai mandar cortar mnha cabeça disse et custei pera elle VII moedas mas se quisese mha cabeça cortava ontem de noite gratis et polo amor de Deus

et elle diz não te adssuste está tudo bem traigo importantes notícias de huma Visão pequeno puer diz a todos a visão que tiveste no bosque et me atiro ao chão como se eu tivesse o mal caduco fico de olhos esbugalhados e deixo cair a baba da boca et grito eu vi eu vi et conto todalla mentira de São Baudolino que me faz a proffeçia et todos louvam ~~dominedeus~~ Domine Deus et dizem Milagre milagre gottstehmirbei

et estavam ali também os mensageiros de Terdona que não haviam deicido ainda se iriam render-se ou não mas quando me ouviram prostraram-se no chão e disseram que se até os samtos estauam contra elles era melhior que se rendessem pois tanto não iria agoentar muito

et depois vi os derthonenses que saiam da Çidade homines mulheres crianças et vetuli et choravam enquanto os allemanes os levavam embora como se fossem beestas ou melhor berbices et universa pecora e os de Papia que vamos que vamos entravam em Turtona como doidos com feixes et marrelos et maças et picões que pera elles não deixar pedra sobre pedra em huma çidade era como gosar

et ao cair da noite vi na colina huma grã fumaça et Terdona ou Tortona quase não existia mais a guerra é assim como diz meu pai Galiaudo é huma grande besta

mas era melhor elles do que nós

et de noite o imperador voltou muito contente pera os Tabernacula et me apertou a bochecha coisa que meu pai nunca fez et depois chamou hum senhor que era afinal o bom cônego Rahewinus et disse-lhe que tinha vontade que eu aprendesse a escripta o abacus et também a gramática que eu não sabia o que era mas que ac hora estou conheçendo aos poucos coisa que meu pai Galiaudo nunca havia imaginado

como é bom ser hum sábio quem pensaria numa coisa dessas

gratia agamus ~~domini dominus~~ em suma seijam dadas gratias ao Senhor

todavia pera escreber huma chronica simto humas quenturas até no hinverno e tenho medo também que se apague a lanterna et como disse algueem meu polegar estaa doendo

2
Baudolino encontra Nicetas Coniates

"O que é isso?", perguntou Nicetas, girando entre as mãos o pergaminho e tentando a leitura de algumas linhas.

"É o meu primeiro exercício de escrita", respondeu Baudolino, "e desde que o escrevi – acho que devia ter uns quatorze anos, e ainda não passava de uma criatura do bosque – costumo trazê-lo comigo como um amuleto. Acabei preenchendo depois muitos outros pergaminhos, às vezes todos os dias. Eu tinha a certeza de existir, simplesmente porque podia contar de noite o que me acontecia de manhã. Mais tarde, bastavam-me alguns registros mensais, poucas linhas para me lembrar dos acontecimentos mais importantes. Dizia de mim para mim, quando eu estiver com uma idade avançada – vale dizer, agora – hei de escrever as *Gesta Baudolini*, tendo por base estas notas. Assim, no curso de minhas viagens, eu trazia comigo a história de minha vida. Mas na fuga do reino de Preste João..."

"Preste João? Jamais ouvi esse nome."

"Eu te falarei dele, e talvez demasiadamente. Mas como ia dizendo: ao fugir, perdi aqueles papéis. Foi como se tivesse perdido minha própria vida."

"Dirás o que puderes lembrar. Trabalho com fragmentos de episódios, restos de acontecimentos, e tiro disso tudo uma história, tecida num desenho providencial. Quando me salvaste, tu me deste o pouco futuro que me resta e te recompensarei, devolvendo a ti o passado que perdeste."

"Mas minha história talvez não faça nenhum sentido..."

"Não existem histórias sem sentido. Sou um daqueles homens que o sabem encontrar até mesmo onde os outros não o veem. Depois disso, a história se transforma no livro dos vivos, como uma trombeta poderosa, que ressuscita do sepulcro aqueles que há séculos não passavam de pó... Para isso, todavia, precisamos de tempo, sendo realmente necessário considerar os acontecimentos, combiná-los, descobrir-lhes os nexos, mesmo aqueles menos visíveis. Além do quê, não temos outra coisa a fazer, os teus genoveses dizem que devemos esperar que se acalme a raiva daqueles cães."

Nicetas Coniates, antes orador da corte, juiz supremo do Império, juiz do Véu, logóteta dos segredos, ou seja – como diriam os latinos –, chanceler do basileu de Bizâncio, além de historiador de muitos Comnenos e Ângelos, olhava curioso para o homem que estava à sua frente. Baudolino dissera-lhe que haviam se encontrado em Galípolis, nos tempos do imperador Frederico, mas quanto à presença de Baudolino não tinha certeza, no meio de tantos ministeriais, ao passo que Nicetas, que tratava o basileu pelo nome, estava bem mais visível. Estaria mentindo? Em todo o caso, foi ele quem o salvou da fúria dos invasores, quem o conduziu para um lugar seguro, quem o reuniu com a família e quem prometia levá-lo para fora de Constantinopla...

Nicetas esquadrinhava seu salvador. Mais do que um cristão, parecia um sarraceno. Rosto queimado pelo sol, pálida cicatriz que lhe cortava a face, coroa de cabelos, ainda ruivos, que lhe conferiam uma aparência leonina. Nicetas acabaria por surpreender-se mais tarde ao saber que aquele homem tinha mais de sessenta anos. As mãos eram grossas e, ao cruzá-las sobre o ventre, notavam-se as juntas nodosas. Mãos de camponês, feitas mais para a enxada do que para a espada. E, no entanto, falava grego fluentemente, sem deitar saliva a cada palavra, como faziam quase sempre os estrangeiros, e Nicetas o ouvira comunicar-se com alguns invasores numa língua áspera, que ele falava de modo seco e veloz, como quem sabe usá-la também para grosserias. Por outro lado, disse-lhe na noite anterior que possuía um dom: bastava que ouvisse duas pessoas falando uma língua qualquer e pouco depois era capaz de falar com elas. Dádiva singular, que Nicetas julgava ter sido concedida apenas aos apóstolos.

Viver na corte, e naquela corte, havia ensinado Nicetas a valorizar as pessoas com serena desconfiança. O que mais impressionava em Baudolino, não importa o que dissesse, era o fato de ele olhar com o canto do olho seu interlocutor, como para adverti-lo que não o levasse muito a sério. Hábito que se poderia tolerar em qualquer um, exceto numa pessoa de quem se espera um testemunho veraz, que devia ser interpretado como História. Mas, por outro lado,
 Nicetas era curioso por natureza. Gostava de ouvir o que

os outros contavam, e não somente a respeito de coisas que não conhecia. Se outros contavam coisas que ele vira com os próprios olhos, era como se as observasse sob outro ponto de vista, como se estivesse no alto de uma daquelas montanhas dos ícones, e visse as pedras tal como foram vistas pelos apóstolos na montanha, e não como os fiéis aqui embaixo. Além disso, gostava de interrogar os latinos, tão diferentes dos gregos, a começar por aquelas línguas novíssimas, diversas umas das outras.

NICETAS E BAUDOLINO estavam sentados frente a frente, no aposento de uma pequena torre, com bíforas que se abriam para três lados. Uma delas mostrava o Corno de Ouro e a margem oposta de Pera, com a torre de Gálata, que emergia em meio ao cortejo de aldeias e choupanas; da outra, via-se o canal do porto que desembocava no Braço de São Jorge; e, por fim, a terceira dava para o Ocidente, e dela devia-se ver toda Constantinopla. Mas, naquela manhã, a cor suave do céu fora ofuscada pela densa fumaça dos palácios e das basílicas consumidas pelo fogo.

Era o terceiro incêndio que castigava a cidade nos últimos nove meses – o primeiro destruíra lojas e reservas da corte, desde as Blachernae até as muralhas de Constantino; o segundo devorara todos os armazéns dos venezianos, dos amalfitanos, dos pisanos e dos hebreus, de Perama até a outra costa, com exceção do bairro dos genoveses, quase aos pés da Acrópole; e o terceiro estava agora queimando por todas as regiões.

Na parte baixa, havia um verdadeiro rio de chamas, caíam os pórticos, desabavam os palácios, quebravam-se as colunas, as bolas de fogo que saltavam do centro daquele incêndio consumiam as casas distantes, depois as chamas, incitadas pelos ventos, que caprichosamente alimentavam aquele inferno, voltavam a devorar o que antes haviam poupado. No alto, erguiam-se nuvens densas, ainda avermelhadas na base pelos reflexos do fogo, mas de uma cor diversa, não se sabe se por uma ilusão dos raios do sol nascente ou se pela natureza das especiarias, das madeiras ou de outra matéria em combustão. E mais, conforme o vento soprava, de pontos diferentes da cidade, provinham aromas de noz-moscada, canela, pimenta, açafrão, mostarda ou gengibre – assim, a mais bela cidade do mundo queimava, mas como um braseiro de aromas perfumados.

Baudolino dava as costas à terceira bífora, e parecia uma sombra escura aureolada pela dupla claridade do dia e do incêndio. Nicetas ora o escutava, ora recordava os acontecimentos dos dias passados.

ASSIM, AQUELA MANHÃ de quarta-feira, 14 de abril do ano do Senhor de 1204, ou seja, seis mil setecentos e doze desde o início do mundo, como se costumava calcular em Bizâncio, era já o segundo dia desde que os bárbaros haviam tomado posse de Constantinopla. O exército bizantino, tão cintilante com suas armaduras, escudos e elmos quando desfilava, e a guarda imperial de mercenários ingleses e dinamarqueses, armados com suas terríveis bipenes, que ainda na sexta-feira haviam enfrentado os inimigos, lutando com bravura, cederam na segunda-feira, quando o inimigo violou as muralhas. Foi uma vitória tão inesperada que os próprios vencedores pararam, temerosos, ao anoitecer, esperando uma reação e, para manter distantes os defensores, atearam um novo incêndio. Mas na manhã de terça-feira, toda a cidade percebeu que, durante a noite, o usurpador Aleixo Ducas Murtzuflo fugira para o interior. Os cidadãos, órfãos agora, e derrotados, amaldiçoaram aquele ladrão de tronos que celebraram até a noite anterior, assim como o haviam lisonjeado quando estrangulara seu predecessor, e não sabendo o que fazer (assustados, assustados, assustados, que vergonha, lamentava Nicetas, diante da desonra daquela rendição), haviam se reunido num grande cortejo, com o patriarca e todos os padres com vestes rituais, os monges que imploravam misericórdia, prontos a se venderem aos novos poderosos como sempre se venderam aos antigos, as cruzes e as imagens de Nosso Senhor erguidas para o alto, não menos do que seus gritos e lamentos, foram assim ao encontro dos conquistadores, esperando amansá-los.

Que loucura esperar piedade daqueles bárbaros, que não precisavam que o inimigo se rendesse para fazer o que sonhavam havia meses: destruir a cidade mais ampla, mais povoada, mais rica, mais nobre do mundo, e dividir seus espólios. O imenso cortejo dos chorões estava diante de incrédulos de cenho irado, com a espada ainda vermelha de sangue, com cavalos que tropeavam. Como se o cortejo não existisse, deram início ao saque.

Oh, Cristo Senhor, quantas não foram nossas angústias e tribulações! Mas como e por que o fragor do mar, o ofuscamento ou a total escuridão do sol, o halo vermelho da lua, o movimento das estrelas não haviam previsto aquela última desventura? Assim chorava Nicetas, na noite de terça-feira, com seus passos perdidos naquela cidade que fora a capital dos últimos romanos, buscando evitar as hordas dos infiéis e encontrando as ruas obstruídas por novos focos de incêndio, desesperado por não poder tomar o caminho de casa, temendo que nesse ínterim alguns daqueles canalhas ameaçassem sua família.

Finalmente, ao cair da noite, não ousando atravessar os jardins e os espaços abertos entre Santa Sofia e o Hipódromo, correu para o templo, vendo seus grandes portais abertos, e não imaginando que a fúria dos bárbaros chegaria a profanar até aquele recinto.

Mas, ao entrar, ficou pálido de horror. Aquele grande espaço estava semeado de cadáveres, entre os quais caracolavam cavaleiros inimigos, vergonhosamente bêbados. Aquela gentalha estava quebrando com golpes de maça o portão de prata da tribuna, ornado de ouro. O púlpito magnífico fora amarrado com cordas para arrancá-lo e para fazê-lo arrastar-se por uma fileira de burros. Um bando embriagado açulava, praguejando, os animais, mas os cascos escorregavam no soalho polido do templo, os soldados incitavam primeiro com a ponta e depois com a lâmina os pobres animais, que, amedrontados, lançavam rajadas de fezes; alguns caíam no chão e quebravam a perna, e assim toda a área ao redor do púlpito não era mais do que um lodaçal de sangue e merdice.

Grupos daquela vanguarda do Anticristo encarniçavam-se diante dos altares; Nicetas viu quando abriram um tabernáculo, pegaram os cálices, jogaram no chão as sagradas espécies, arrancaram com o punhal as pedras que adornavam a taça e as esconderam debaixo das roupas, atirando o cálice numa pilha comum, destinada à fusão. Pouco antes, porém, outros, por zombaria, tiravam da sela dos cavalos um frasco cheio de vinho, derramavam-no dentro do vaso sagrado e bebiam, parodiando os movimentos de um celebrante. Pior ainda, no altar-mor já desadornado, uma prostituta seminua, alterada por algum licor, dançava com os pés nus sobre a mesa eucarística, parodiando os ritos sagrados, enquanto os homens riam e a incitavam a tirar as últimas vestes; desnudando-se aos poucos, ela começou a dançar diante do altar a antiga e pecaminosa dança do córdax, e afinal se atirou, arrotando, cansada, no sólio do Patriarca.

Chorando pelo que via, Nicetas apressou-se para o fundo do templo, onde se erguia o que a piedade popular chamara de Coluna Sudatória – e que, com efeito, ao tocá-la exibia seu místico e contínuo suor, mas não era, como veremos, por razões místicas que Nicetas queria chegar até ela. E, na metade de seu percurso, encontrou o caminho fechado por dois invasores de grande estatura – pareciam-lhe gigantes – que gritavam algo num tom imperioso. Não era necessário conhecer-lhes a língua para entender que, pelo traje de homem de corte que ele vestia, imaginavam que estivesse cheio de ouro, ou que pudesse dizer onde o teria escondido. Naquela altura Nicetas acreditou que estava perdido, pois, como acabara de ver, em sua desesperada corrida pelas ruas da cidade invadida, não bastaria mostrar que carregava poucas moedas, ou negar que possuísse um tesouro em algum lugar: nobres desonrados, velhos em lágrimas, ricos empobrecidos eram torturados até a morte para que revelassem onde haviam escondido seus bens, eram assassinados se não conseguiam revelar os bens que já não possuíam, abandonados ao chão quando o revelavam, após ter sofrido tantas sevícias que morriam, de qualquer modo, enquanto seus algozes erguiam uma pedra, derrubavam uma falsa parede, destruíam um contraforte, e punham suas mãos vorazes em louças preciosas, roçavam sedas e veludos, acariciavam peliças, desfiando entre os dedos pedras e colares, cheirando vasos e saquinhos de drogas raras.

Assim, naquele instante Nicetas viu-se morto, chorando a família que o perdera, e pedindo a Deus Onipotente perdão de seus pecados. E foi naquele momento que Baudolino entrou em Santa Sofia.

APARECEU BELO como um Saladino, num cavalo coberto de gualdrapa, a grande cruz vermelha ao peito, a espada desembainhada, a gritar "ventre de Deus, mãe de Deus, morte de Deus, nojentos blasfemadores, porcos simoníacos, é este o modo de tratar as coisas de Nosso Senhor?", e dava golpes de sabre naqueles blasfemos crucíferos tal como ele, com a diferença de que não estava bêbado, mas furioso. E ao chegar até a vagabunda, estirada no sólio patriarcal, inclinou-se, agarrando-a pelos cabelos, e arrastou-a pelo esterco das mulas, gritando coisas horríveis sobre a mãe que lhe dera a vida. Mas, à sua volta, todos aqueles que ele acreditava castigar estavam tão cheios de vinho, ou tão ocupados em arrancar as pedras de toda a matéria que as engastava, que não perceberam o que estava fazendo.

E, ao fazer isso, chegou curveteando diante dos dois gigantes, que estavam prontos para torturar Nicetas, olhou para o infeliz que implorava piedade, deixou a cabeleira da cortesã, que caiu no chão, estropiada, e disse num ótimo grego: "Por todos os doze Reis Magos, és o senhor Nicetas, ministro do basileu! O que posso fazer por ti?"

"Irmão em Cristo, quem quer que sejas", gritou Nicetas, "liberta-me desses bárbaros latinos que me querem morto, salva o meu corpo e salvarás a tua alma!" Dessa troca de vocalises orientais os dois peregrinos latinos não entenderam nada e perguntaram o motivo para Baudolino, que parecia um deles, exprimindo-se em provençal. E, num ótimo provençal, Baudolino gritou que aquele homem era prisioneiro do conde Balduíno de Flandres, por ordem do qual estava justamente a procurá-lo, e por *arcana imperii*, que dois miseráveis soldados como eles jamais compreenderiam. Os dois tremeram de medo por um instante, mas pouco depois concordaram que perderiam tempo em discutir, enquanto podiam buscar outros tesouros sem maiores esforços, e se afastaram na direção
 do altar-mor.

Nicetas não se inclinou para beijar os pés de seu salvador, mesmo porque já estava no chão, mas estava demasiadamente perturbado para comportar-se com a dignidade exigida pela sua condição: "Meu bom senhor, obrigado pela ajuda, nem todos os latinos são animais ferozes, com o rosto desfigurado pelo ódio. Nem os sarracenos agiram assim quando reconquistaram Jerusalém, quando Saladino contentou-se com poucas moedas para deixar a salvo os habitantes! Que vergonha para toda a Cristandade, irmãos armados contra irmãos, peregrinos que deveriam reconquistar o Santo Sepulcro e que se tornaram presas da ambição e que destroem o Império Romano! Oh, Constantinopla, Constantinopla, mãe das igrejas, princesa da religião, guia das perfeitas opiniões, mãe de todas as ciências, repouso de toda a beleza, bebeste na mão de Deus o cálice do furor, e ardeste mais que o fogo que arrasou Pentápolis! Quais invejosos e implacáveis demônios espalharam sobre ti a intemperança de sua ebriedade, que loucos e odiosos Prócios acenderam a tocha nupcial? Oh, mãe, antes vestida de ouro e de púrpura imperial, agora imunda e macilenta e privada de teus filhos, como pássaros prisioneiros numa gaiola, não encontramos uma forma de deixar esta cidade que foi nossa, nem a força para nela permanecer, mas enredados no erro, vagamos como estrelas errantes!"

"Senhor Nicetas", falou Baudolino, "disseram-me que os gregos falavam muito e de tudo, mas não imaginava que chegassem a tanto. O que importa agora é tirar o nosso rabo daqui. Posso ficar a salvo no bairro dos genoveses, mas deves me sugerir o caminho mais rápido e seguro para o Neórion, porque esta cruz que trago no peito protege a mim e não a ti: à nossa volta essa gente perdeu a luz do intelecto, e, se me virem com um grego prisioneiro, irão achar que vale alguma coisa e hão de levá-lo embora."

"Conheço um bom caminho, mas não pelas estradas", disse Nicetas, "e terias de abandonar o cavalo..."

"Vamos abandoná-lo", disse Baudolino, com tanto desprezo que causou admiração em Nicetas, que não sabia ainda o bom preço com o qual conseguira seu ginete.

Nicetas permitiu que o ajudasse a levantar, tomou-o pela mão e aproximou-se, furtivo, da Coluna Sudatória. Olhou em volta: por toda a amplidão do templo, os peregrinos, que, vistos de longe, moviam-se como formigas, estavam ocupados com as dilapidações e não faziam caso dos dois. Ajoelhou-se atrás de uma coluna e enfiou os dedos na fissura de uma placa no assoalho.

"Ajuda-me", disse a Baudolino, "juntos conseguiremos, talvez." E, de fato, após algum esforço a placa se moveu, revelando uma entrada escura. "Há alguns degraus", avisou Nicetas, "entrarei primeiro porque sei onde pôr os pés. Fecharás depois a pedra sobre ti."

"E o que faremos agora?", perguntou Baudolino.

"Vamos descer", disse Nicetas, "e depois encontraremos às cegas um nicho, dentro dele há tochas e um acendedor."

"Uma bela cidade, Constantinopla, e cheia de surpresas", comentou Baudolino enquanto descia às cegas por aquela escada em forma de caracol. "Pena que esses porcos não deixaram pedra sobre pedra."

"Esses porcos?", perguntou Nicetas. "Mas não és um deles?"

"Eu?", admirou-se Baudolino. "Eu não. Se aludes a esta vestimenta, eu a tomei emprestada. Quando eles entraram na cidade, eu já estava dentro das muralhas. Mas onde estão essas tochas?"

"Calma, faltam ainda alguns degraus. Quem és, como te chamas?"

"Baudolino de Alexandria, não a do Egito, que se chama agora Cesareia, ou que talvez não exista mais, porque alguém já lhe ateou fogo, como em Constantinopla. Entre as montanhas do Norte e o mar, perto de Mediolano, conheces?"

"Conheço. Certa vez as muralhas foram destruídas pelo rei dos alamânios. Pouco depois, nosso basileu deu-lhes dinheiro para ajudar a reconstruí-las."

"Isso mesmo, eu estava com o imperador dos alamânios antes de sua morte. Tu o encontraste quando estavas atravessando a Propôntide, há uns quinze anos aproximadamente."

"Frederico, o Enobarbo. Um grande e nobilíssimo príncipe, clemente e misericordioso. Jamais agiria como estes..."

"Quando conquistava uma cidade ele também não era indulgente."

Chegaram, finalmente, aos pés da escada. Nicetas encontrou as tochas e ambos, mantendo erguidos sobre a cabeça dois fachos flamejantes, percorreram um longo canal, até que Baudolino viu o ventre de Constantinopla, onde, quase que praticamente debaixo da maior igreja do mundo, abria-se, invisível, outra basílica, uma selva de colunas que se perdiam na escuridão como muitas árvores de uma floresta lacustre, emergindo das águas. Era uma basílica ou igreja abacial completamente invertida, pois até mesmo a luz, que mal iluminava os capitéis, que desenhavam na sombra arcos muito altos, não se originava das rosáceas ou dos vitrais, mas do assoalho aquoso, que refletia a chama, que os visitantes movimentavam.

"A cidade é toda atravessada por cisternas", disse Nicetas. "Os jardins de Constantinopla não são uma dádiva da natureza, mas resultado da arte. Mas, como vês, a água chega apenas até a metade da perna, porque foi usada quase que inteiramente para apagar os incêndios. Se os conquistadores destruíssem também os aquedutos, todos morreriam de sede. Normalmente não se pode caminhar aqui, é preciso ter um barco."

"Mas a água segue até o porto?"

"Não, ela para muito antes, mas conheço passagens e escadas, que a fazem terminar em outras cisternas, e outras galerias, de modo que, senão exatamente até o Neórion, poderemos caminhar debaixo da terra até o Prosphórion. Porém", disse angustiado e como se lembrasse apenas naquele momento de outro problema, "não posso ir contigo. Mostrarei o caminho, mas depois terei de voltar. Preciso salvar minha família, que está escondida numa pequena casa, atrás de Santa Irene. Meu palácio", parecia desculpar-se, "foi destruído no segundo incêndio, o de agosto..."

"Estás louco, senhor Nicetas. Primeiro, me fazes descer até aqui e abandonar o meu cavalo, enquanto eu poderia chegar ao Neórion sozinho, indo até pelas ruas. Segundo, pensas que podes chegar à tua família antes que te parem outros dois soldados, como aqueles com os quais te encontrei? E mesmo se conseguires, o que farás? Cedo ou tarde alguém descobre teu esconderijo, e se esperas apanhar os teus e fugir, para onde irás?"

"Tenho amigos em Selímbria", disse Nicetas, perplexo.

"Não sei onde fica, mas antes de chegar até lá terás de sair da cidade. Ouve bem, não poderás fazer nada pela tua família. E, todavia, para onde te levarei encontraremos amigos genoveses, que fazem e acontecem nesta cidade, estão acostumados a tratar com os sarracenos, com os hebreus, com os monges, com a guarda imperial, com os mercadores persas, e, agora, com os peregrinos latinos. É uma gente astuta, dirás a eles onde está a tua família e eles amanhã hão de levá-la até onde nos encontrarmos, como, não sei, mas irão fazê-lo. E o fariam de qualquer jeito por mim, que sou um velho amigo, e por amor a Deus, mas são genoveses, e se lhes deres algum presente, tanto melhor. Depois ficaremos lá até que as coisas se acalmem, pois, como sempre, um saque não dura mais do que alguns dias, acredite em mim, vi muitos deles. E depois, para Selímbria, ou onde quiseres."

Nicetas agradeceu, convencido. E, enquanto caminhavam, perguntou-lhe por que estava na cidade, se não era um peregrino crucífero.

"Cheguei quando os latinos já haviam desembarcado na outra margem, com outras pessoas... que agora não existem mais. Vínhamos de muito longe."

"Por que não deixaste a cidade enquanto havia tempo?"

Baudolino hesitou antes de responder:

"Porque... porque tinha de estar aqui para entender uma coisa."

"E afinal a entendeste?"

"Infelizmente sim, mas somente hoje."

"Outra pergunta. Por que te preocupas tanto comigo?"

"Que mais deveria fazer um bom cristão? Mas no fundo tens razão. Bastava que te libertasse daqueles dois e que te deixasse fugir por conta própria, e todavia estou aqui junto de ti como uma sanguessuga. Senhor Nicetas, sei que és um escritor de histórias, tal como era o bispo Oto de Freising. Mas quando conheci o bispo Oto, antes de ele morrer, eu era ainda um menino, e não tinha uma história, queria apenas conhecer as histórias dos outros. Agora já poderia ter minha história, porém não somente perdi tudo o que escrevi sobre meu passado, mas, ao tentar evocá-lo, minhas ideias se confundem. Não que não recorde os fatos, sou incapaz de lhes dar sentido. Depois do que me aconteceu hoje, tenho de falar com alguém, senão acabarei perdendo a razão."

"O que te aconteceu hoje?", perguntou Nicetas, arrastando-se com dificuldade dentro d'água – era mais jovem do que Baudolino, mas a sua vida de estudioso e de cortesão deixara-o gordo, preguiçoso e fraco.

"Matei um homem. Foi aquele que há praticamente quinze anos assassinou meu pai adotivo, o melhor dos reis, o imperador Frederico."

"Mas Frederico morreu afogado na Cilícia!"

"É o que todos pensam. No entanto, foi assassinado. Senhor Nicetas, tu me viste furioso, dando golpes de espada esta noite em Santa Sofia, mas saibas que em toda a minha vida jamais derramei o sangue de alguém. Sou um homem de paz. Dessa vez tive de matar, eu era a única pessoa que podia fazer justiça."

"Tu me contarás tudo. Mas diz-me como chegaste tão providencialmente em Santa Sofia para salvar-me a vida."

"Enquanto os peregrinos começavam a saquear a cidade, entrei num canto escuro. Saí ao anoitecer, uma hora atrás, e me encontrei junto do Hipódromo. Fui praticamente arrastado por uma multidão de gregos que fugiam, gritando. Corri na direção do passadiço de uma casa parcialmente queimada, para deixá-los passar, e logo que passaram vi os peregrinos que os perseguiam. Compreendi o que estava acontecendo e, de repente, passou-me pela cabeça esta exata verdade: que eu era um latino e não um grego, mas antes mesmo que aqueles latinos embrutecidos percebessem, não haveria qualquer diferença entre mim e um grego morto. Mas não pode ser, dizia de mim para mim, eles não vão querer destruir a maior cidade da Cristandade, justo agora que a conquistaram... Depois lembrei que, quando seus antepassados entraram em Jerusalém, nos tempos de Godofredo de Bulhão, ainda que a cidade acabasse em suas mãos, não deixaram de matar a todos, mulheres, crianças, animais domésticos; e foi uma bênção não terem queimado por engano o Santo Sepulcro. É verdade que eram cristãos e que estavam entrando numa cidade de infiéis, mas justamente em minha viagem percebi quanto os cristãos podem se esfolar uns aos outros por uma simples palavra, e como se sabe, há muitos anos nossos padres brigavam com os vossos sobre a questão do *Filioque.* Mas, afinal, isso tudo é conversa; quando um guerreiro entra numa cidade, não há religião que resista."

"O que fizeste, então?"

"Saí do passadiço, seguindo rente às muralhas, até chegar ao Hipódromo. E lá vi a beleza perder o viço e tornar-se uma coisa triste. Sabes, desde que cheguei à cidade, ia até lá de vez em quando para contemplar a estátua daquela jovem, a de pés bem torneados, braços que parecem de neve e lábios vermelhos, aquele sorriso, e os seios, e as vestes e os cabelos que dançavam ao vento, de modo que, ao vê-la de longe, ninguém podia acreditar que fosse de bronze, porque parecia de carne viva..."

"É a estátua de Helena de Troia. Mas o que aconteceu?"

"Em poucos segundos vi a coluna em que se erguia dobrar-se, como quando se corta uma árvore pela raiz, e tombar, levantando uma grande nuvem de poeira. No chão, em pedaços, estava o corpo, e, a poucos passos de mim, a cabeça, e só então percebi como era grande aquela estátua. A cabeça não podia ser abraçada sequer por dois braços compridos, e me olhava de través, como faz uma pessoa deitada, com o nariz na horizontal e os lábios na vertical que, me desculpe, pareciam aqueles que as mulheres têm no meio das pernas, e dos olhos saltara a pupila e parecia que se tornara subitamente cega, Jesus santíssimo, exatamente como esta!" E deu um salto para trás, espalhando borrifos por toda a parte, pois na água a tocha iluminara uma cabeça de pedra, do tamanho de dez cabeças humanas, que ficava numa coluna, e que também estava deitada, a boca ainda mais vulvar, semiaberta, muitas serpentes na cabeça como se fossem caracóis, e uma palidez mortífera de velho marfim.

Nicetas sorriu:

"Ela se encontra há séculos aqui, são cabeças de Medusa que vêm não se sabe de onde, e que foram usadas pelos construtores como soco. Tu te assustas com pouco..."

"Não me assusto. É que já vi este rosto antes. Em algum lugar."

Vendo Baudolino perturbado, Nicetas mudou a conversa:

"Estavas falando que derrubaram a estátua de Helena..."

"Se fosse apenas aquela. Todas, todas as do Hipódromo e do Fórum, todas as de metal, pelo menos. Subiam nelas, e amarravam cordas de cânhamo ou correntes ao pescoço, e puxavam-nas do chão com dois ou três pares de bois. Vi quando caíram todas as estátuas dos aurigas, uma esfinge, um hipopótamo e um crocodilo egípcios, uma grande loba com Rômulo e Remo, presos às tetas, e também descobri a estátua de Hércules, tão grande que seu polegar parecia o busto de um homem normal... E também aquele obelisco de bronze com todos aqueles relevos, que tem na parte alta uma pequena mulher, que gira ao sabor do vento..."

"A Companheira do Vento. Que desgraça! Algumas eram obras de antigos escultores pagãos, mais antigas do que os próprios romanos. Mas por que, por quê?"

"Para fundi-las. A primeira coisa que se faz quando uma cidade é saqueada é fundir tudo o que não pode ser transportado. Fazem-se fundições por toda a parte, e imagina então aqui com tantas belas casas em chamas, que são como que fornos naturais. E, afinal, aqueles que viste na igreja não podem passear mostrando que pegaram as píxides e as patenas dos tabernáculos. É preciso fundir logo. Um saque", explicava Baudolino, como quem conhece bem uma atividade, "é como uma vindima, é preciso dividir muito bem as tarefas, há os que pisam a uva, os que transportam o mosto para as dornas, os que fazem a comida para os que pisam, os que vão buscar o bom vinho do ano anterior... Um saque é trabalho sério – pelo menos se não quiseres deixar pedra sobre pedra, como no meu tempo, em Mediolano. Para tanto seriam necessários os paveses, que sabiam fazer com que uma cidade desaparecesse. Os de agora têm muito a aprender, derrubam uma estátua e depois sentam-se nela e põem-se a beber, depois chega um deles, puxando uma jovem pelos cabelos, gritando que é virgem, e todos colocando o dedo lá dentro para ver se vale a pena... Num saque é preciso limpar tudo, casa por casa, e depois divertir-se, pois, ao contrário, os mais espertos se apropriam do melhor. Mas, afinal de contas, o meu problema era que não tinha tempo de contar àquela gente que eu também nascera na região do marquês de Monferrato. Assim, só havia uma coisa a fazer. Agachei-me num canto até que um cavaleiro entrou no beco; e pelo tanto que bebera não sabia mais para onde estava indo, e se deixava levar pelo cavalo. Não precisei mais do que puxá-lo por uma perna, e ele caiu. Arranquei-lhe o elmo e deixei cair uma pedra na sua cabeça..."

"Tu o mataste?"

"Não, foi nada friável, apenas o necessário para deixá-lo desacordado. Fiquei tranquilo, porque começou a vomitar coisas de cor violácea, tirei-lhe a cota de malha e a vestimenta, o elmo, as armas, tomei o cavalo, e me enfiei pelos bairros até chegar às portas de Santa Sofia; vi que entravam com as mulas, e à minha frente passou um grupo de soldados que levava candelabros de prata, cujas correntes eram tão grossas como um braço, e que falavam como lombardos. Quando vi aquele alvoroço, aquela infâmia, aquela mércia, perdi a cabeça, pois os que estavam cometendo aquele horror eram homens das minhas terras, filhos devotos do papa de Roma..."

Assim falavam e, justamente quando as tochas estavam para se apagar, saíram da cisterna para a noite funda e, por vielas desertas, chegaram à torrinha dos genoveses.

Bateram à porta, alguém desceu, foram acolhidos e deram-lhes de comer com áspera cordialidade. Baudolino parecia estar em casa com aquela gente e logo pediu ajuda para Nicetas. Um deles disse: "É fácil, vamos resolver tudo, agora vão dormir", e falou com tanta segurança que não só Baudolino mas também Nicetas passou a noite tranquilo.

3
Baudolino explica a Nicetas o que escrevia quando menino

Na manhã seguinte, Baudolino convocou os mais espertos dentre os genoveses – Pevere, Boiamundo, Grillo e Taraburlo. Nicetas disse-lhes onde poderiam encontrar sua família e eles partiram, confortando-o mais uma vez. Nicetas pediu um pouco de vinho e ofereceu uma taça a Baudolino:

"Não sei se gostas, perfumado com resina. Muitos latinos consideram-no ruim, e dizem que tem gosto de mofo." Após ter sido assegurado por Baudolino de que aquele néctar grego era a sua bebida predileta, Nicetas decidiu ouvir sua história.

Baudolino parecia ansioso para falar com alguém, como que para libertar-se de coisas que guardava dentro de si há muito tempo.

"Senhor Nicetas", disse, abrindo um saquinho de pele que trazia ao pescoço, e oferecendo-lhe um pergaminho. "Este é o começo de minha história."

Nicetas – que também sabia ler os caracteres latinos – tentou decifrá-lo, mas não conseguiu entender nada.

"O que é?", perguntou. "Quero dizer, em que língua está escrito?"

"A língua, não sei. Comecemos assim, senhor Nicetas. Tens uma ideia de onde ficam Ianua, isto é, Gênova e Mediolano, ou Mayland como chamam os teutônicos ou germanos, ou alamanoi como vós dizeis. Pronto, no meio do caminho entre aquelas duas cidades existem dois rios, o Tanaro e o Bormida, e entre os dois há uma planura, onde, quando não faz tanto calor a ponto de cozinhar os ovos colocados sobre uma pedra, a neblina é densa; quando não há neblina, neva; quando não neva, cai granizo, e quando não cai granizo, faz frio do mesmo jeito. Foi lá onde nasci, numa terra chamada Frascheta Marincana, onde também se localiza um belo pântano entre dois rios. Não é exatamente como as margens da Propôntide..."

"Imagino."

"Mas eu gostava. É um ar que faz companhia. Viajei muito, senhor Nicetas, talvez até a Índia Maior..."

"Não tens certeza?"

"Não, não sei exatamente até onde cheguei, mas certamente até lá onde vivem homens com chifres e aqueles com a boca no ventre. Passei semanas por desertos sem fronteiras e prados que se estendiam além dos olhos, e sempre me senti como que prisioneiro de algo que ultrapassava os poderes de minha imaginação. No entanto, em minhas terras, quando caminho pelos bosques, em meio à neblina, parece que estou ainda no ventre de minha mãe, não tenho medo de nada e me sinto livre. E mesmo quando não baixa a neblina, quando vou e tenho sede, arranco um pedaço de gelo das árvores, e depois sopro nos dedos porque estão cheios de frieiras, de *geloni*..."

"O que quer dizer estes... tão engraçados?"

"Não, não disse *gheloioi*! Em vossa língua não existe sequer a palavra e tive de usar a minha. São como que chagas que se formam nos dedos e nas juntas, quando faz muito frio, e dão prurido, e se esfregas dói..."

"Falas como se tivesses uma boa lembrança..."

"O frio é belo."

"Todos amam a terra natal. Continua."

"Bem, outrora viviam ali os romanos, os de Roma, os que falavam latim, não os romanos que afirmais seres vós, que falais grego, e que nós chamamos romei, ou greculi, peço desculpas pela expressão. Depois, o império daqueles romanos desapareceu, e em Roma ficou apenas o papa, e em toda Itália viam-se povos diversos, que falavam línguas diversas. O povo da Frascheta fala uma língua, mas já em Terdona falam outra. Viajando com Frederico pela Itália, ouvi muitas línguas suaves, e se compararmos a nossa, da Frascheta, com aquelas, não chega a ser propriamente uma língua, mas o latido de um cão, e muito menos se escreve aquela língua, pois ainda o fazem em latim. E, assim, quando eu sujava este pergaminho eu devia ser talvez o primeiro a tentar escrever como falamos. Depois me tornei um homem de letras e escrevi sempre em latim."

"Mas o que dizes aqui?"

"Como vês, vivendo entre gente douta eu também sabia qual era o ano. Era abril, 1155 do ano Domini. Não sabia qual era a minha idade, meu pai dizia doze anos, minha mãe queria que fossem treze, porque talvez os esforços para que eu crescesse temente a Deus fizeram com que aqueles anos parecessem mais longos. Quando escrevia, devia ter uns quatorze. De abril até dezembro aprendi a escrever. Dedicava-me com fervor, pouco depois que o imperador me levou com ele, adaptando-me a cada situação, no campo, numa tenda, apoiado ao muro de uma casa destruída. Eram tabuinhas, no mais das vezes, raramente um pergaminho. Eu já me acostumara a viver como Frederico, que nunca passou mais do que alguns meses no mesmo lugar, sempre e somente no inverno, e o restante do ano pelas estradas, dormindo a cada noite num lugar diferente."

"Sim, mas o que estavas dizendo?"

"Eu vivia com meu pai e minha mãe, algumas vacas e um jardim. Um eremita daquela região ensinava-me a ler. Eu vagava pela floresta e pelo pântano, era um menino fantasioso, e via unicórnios, e (costumava dizer que) São Baudolino aparecia para mim no meio da neblina..."

"Jamais ouvi o nome desse santo homem. Ele realmente aparecia para ti?"

"É um santo da nossa terra, foi bispo de Villa del Foro. Quanto a vê-lo ou não, era outra coisa. Senhor Nicetas, o problema da minha vida é que sempre confundi aquilo que via com aquilo que desejava ver..."

"Acontece a muitos..."

"Sim, mas comigo acontecia que mal eu dizia 'vi isto', ou então, 'encontrei essa carta que diz aquilo' (que talvez eu mesmo a tivesse escrito), parecia que os outros não esperassem outra coisa. Sabes, senhor Nicetas, quando se diz uma coisa que se imagina, e os outros dizem que é exatamente assim, acaba-se por acreditar nela, afinal. Assim, eu vagava pela Frascheta e via santos e unicórnios na floresta, e quando encontrei o imperador, sem saber quem fosse, falei em sua língua, e disse-lhe que São Baudolino me dissera que ele conquistaria Terdona. Disse-lhe isso para contentá-lo, mas para ele era conveniente que eu o dissesse a todos, e de modo especial aos mensageiros de Terdona, para que eles se convencessem de que também os santos estavam contra eles, eis a razão pela qual me comprou de meu pai, não tanto pelo pouco dinheiro que lhe deu, mas por uma boca a menos para matar a fome. Assim, mudou minha vida."

"E te tornaste seu fâmulo?"

"Não, filho. Naquela época Frederico ainda não era pai, creio que se afeiçoou a mim, que lhe dizia o que os outros não falavam por respeito. Tratou-me como filho, elogiando-me pelos meus rabiscos, pelas primeiras contas que fazia nos dedos, pelas noções que eu começava a aprender sobre seu pai, e sobre o pai de seu pai... Talvez pensando que eu não conseguisse entender, abria-se comigo muitas vezes."

"E amavas este pai mais do que aquele carnal, ou estavas fascinado pela sua majestade?"

"Senhor Nicetas, até então eu jamais me perguntara se amava meu pai Gagliaudo. Tratava apenas de não ficar no centro de seus pontapés ou de suas pauladas, e isso me parecia coisa normal para um filho. Descobri que o amava somente quando morreu. Antes disso, acho que nunca abracei meu pai. Preferia chorar no colo de minha mãe, pobre mulher, mas ocupada com tantos animais, sobrava-lhe pouco tempo para me consolar. Frederico tinha uma bela estatura, rosto branco e vermelho, e não cor de couro como os meus conterrâneos, cabelos e barba flamejantes, mãos compridas, dedos finos, unhas bem tratadas; era seguro de si e transmitia confiança, era alegre e decidido e transmitia alegria e decisão; era corajoso e transmitia coragem... Eu era um leãozinho; ele, um leão. Sabia ser cruel, mas com as pessoas que amava era dulcíssimo. Eu o amei. Era a primeira pessoa que prestava atenção àquilo que eu dizia."

"Ele te usava como a voz do povo... Bom senhor é aquele que não ouve apenas os cortesãos, mas que tenta compreender como pensam seus súditos."

"Sim, mas eu não sabia mais quem era e onde estava. Desde que havia encontrado o imperador, de abril até setembro, o exército imperial atravessara a Itália duas vezes, uma da Lombardia até Roma, e outra, na direção oposta, movendo-se como uma serpente, de Espoleto para Ancona, dali para as Apúlias, depois ainda pela România e ainda para Verona e Tridentum e Bauzano, atravessando por fim as montanhas e regressando para a Alemanha. Após viver quase doze anos entre dois rios, eu havia sido lançado para o centro do Universo."

"Era o que acreditavas."

"Sei muito bem, senhor Nicetas, que sois o centro do Universo, mas o mundo é mais vasto do que vosso império, não se esqueça da Última Thule e do país dos Hibernos. É certo que, diante de Constantinopla, Roma é uma coleção de ruínas e Paris, uma cidade lamacenta, mas ali também ocorre algo, de quando em quando; em vastas regiões do mundo não se fala grego, e existem povos que para dizer que estão de acordo dizem: *oc*."

"*Oc?*"

"*Oc.*"

"Estranho. Mas continue."

"Continuo. Eu via toda a Itália, lugares e rostos novos, roupas que jamais havia conhecido, damascos, bordados, capas douradas, espadas, armaduras, ouvia sempre línguas que tinha dificuldades para imitar. Lembro apenas confusamente quando Frederico recebeu a coroa de ferro dos reis da Itália, em Pavia, após a descida pela Itália chamada citerior, o longo percurso pela via francígena, o imperador que encontra o papa Adriano em Sutri, a coroação em Roma..."

"Mas o teu basileu, o imperador, como dizeis, foi coroado em Pavia ou em Roma? E por que na Itália, se é basileu dos alamanoi?"

"Vamos por ordem, senhor Nicetas, entre nós, latinos, as coisas não são tão fáceis como se passam entre vós, romeus. Em vosso meio, alguém arranca os olhos do basileu do momento, e logo se transforma em basileu, todos concordam e até mesmo o patriarca de Constantinopla faz aquilo que diz o basileu, pois do contrário o basileu também lhe arranca os olhos..."

"Ora, não exageres."

"Estou exagerando? Mal acabei de chegar, disseram-me que o basileu Aleixo III subiu ao trono porque cegou o legítimo basileu, seu irmão Isaac."

"Em vosso meio, nenhum rei elimina o anterior para tomar-lhe o trono?"

"Sim, mas acaba com ele numa batalha, ou então usando um veneno, um punhal."

"Vede, como sois bárbaros, não conseguis conceber um modo menos cruento para regular as coisas do governo. E, depois, Isaac era irmão de Aleixo, e não se mata um irmão."

"Entendi, foi um ato de benevolência. Conosco é diferente. O imperador dos latinos, que não é latino, desde os tempos de Carlos Magno, é o sucessor dos imperadores romanos, os de Roma, quero dizer, não os de Constantinopla. Mas, para assegurar-se disso, deve ser coroado pelo papa, pois que a lei de Cristo varreu a dos deuses falsos e mentirosos. Todavia, para ser coroado pelo papa, o imperador deve ser reconhecido igualmente pelas cidades da Itália, que vivem por conta própria, devendo então ser coroado rei da Itália – naturalmente, com a condição de ter sido eleito pelos príncipes teutônicos. Está claro?"

Nicetas aprendera há tempo que os latinos, ainda que bárbaros, eram complicadíssimos, nulos em matéria de sutilezas e distinções se vinha à baila uma questão teológica, mas capazes de esmiuçar detalhadamente uma questão de direito. Assim, por todos os séculos em que os romeus de Bizâncio gastaram seu tempo com frutuosos concílios para definir a natureza de Nosso Senhor, mas sem pôr em discussão o poder que vinha diretamente de Constantino, os ocidentais deixaram a teologia aos padres de Roma e usaram o próprio tempo se envenenando, desferindo golpes de acha para definir se havia ainda um imperador, e quem seria ele, e o resultado disso foi que nunca tiveram um imperador verdadeiro.

"Logo, Frederico precisava de uma coroação em Roma. Deve ter sido uma coisa solene..."

"Até certo ponto. Primeiro, porque São Pedro em Roma em comparação com Santa Sofia é uma cabana, e ainda por cima malconservada. Segundo, porque a situação em Roma andava muito confusa naqueles dias, o papa estava encastelado nas proximidades de São Pedro e de seu castelo, e do outro lado do rio, os romanos pareciam ter se transformado nos donos da cidade. Terceiro, porque não se entendia bem se o papa fazia um desagrado ao imperador ou o imperador ao papa."

"Em que sentido?"

"No sentido em que se eu desse ouvidos aos príncipes e aos bispos da corte, eles estavam furiosos pelo modo com o qual o papa tratava o imperador. A coroação devia acontecer num domingo, e a fizeram num sábado; o imperador devia ser ungido num altar maior, e Frederico foi ungido num altar lateral, e não na cabeça como ocorria outrora, mas entre os braços e as escápulas; não com o crisma, mas com o óleo dos catecúmenos – talvez não compreendas a diferença, nem eu tampouco a entendia naquele tempo, mas na corte todos estavam de cara amarrada. Eu esperava que Frederico estivesse furioso como uma onça e, no entanto, ele se desdobrava em cortesias com o papa, e era o papa quem estava de cara amarrada, como se tivesse feito um mau negócio. Perguntei a Frederico com a maior franqueza por que os barões reclamavam e ele não, respondeu-me então que eu devia dar valor aos símbolos litúrgicos, onde basta um nada para mudar tudo. Ele precisava da coroação, levada a cabo pelo papa, mas não devia ser demasiadamente solene, pois, se assim fosse, seria como dizer que ele era imperador somente pela graça do papa e, no entanto, ele o era por vontade dos príncipes germânicos. Disse-lhe que era esperto como uma fuinha, pois era como se ele tivesse falado: veja, papa, estás fazendo apenas o trabalho de escrivão, mas eu já firmei os tratados com o Padre Eterno. Ele começou a rir, dando-me um cascudo, e me disse bom, muito bom, sempre encontras o modo certo de dizer as coisas. Perguntou-me, depois, o que eu fizera em Roma naqueles dias, pois andava tão ocupado com as cerimônias que me perdera de vista. Vi que tipo de cerimônia fizestes, respondi. É que os romanos – falo daqueles de Roma – não gostavam daquele negócio da coroação em São Pedro, porque o Senado romano, que queria ser mais importante do que o pontífice, desejava coroar Frederico no Capitólio. Ele, entretanto, recusou, porque se dissesse depois que fora coroado pelo povo, não apenas os príncipes germânicos, mas também os reis de França e da Inglaterra diriam: que bela unção, aquela feita pela sacra plebe, ao passo que se dissesse que fora ungido pelo papa, todos levariam a sério. Porém era mais complicado do que isso, e eu o compreendi mais tarde. Os príncipes alemães estavam começando a falar da *translatio imperii*, ou seja, que o legado dos imperadores de Roma passou para eles. Ora, se Frederico se fazia coroar pelo papa, era como se dissesse que o seu direito era reconhecido também pelo vigário de Cristo na Terra, e o mesmo ocorreria se ele morasse, por exemplo, em Edessa ou Ratisbona. Mas, fazer-se coroar pelo Senado e pelo *populusque* romano, era como se dissesse que o império ainda estava lá e que ainda não tivesse ocorrido a *translatio*. Paspalhão, como dizia meu pai Gagliaudo. Claro que o imperador não concordava com isso. Eis a razão pela qual, durante o grande banquete da coroação, os romanos, furiosos, cruzaram o Tibre e mataram não só alguns padres, o que era um fato corriqueiro, mas também dois ou três imperiais. Frederico ficou furioso, interrompeu o banquete e determinou que todos fossem mortos e assassinados, e depois disso, no Tibre, havia mais cadáveres do que peixes, e, no fim da jornada, os romanos entenderam quem era o chefe, mas é claro que não foi uma grande festa. Donde o mau humor de Frederico por aquelas comunas da Itália citerior, e eis porque, quando, no fim de julho, chegou diante de Espoleto e pediu que lhe pagassem a hospitalidade, os espoletanos armaram uma confusão e ele se enfureceu mais do que em Roma e ordenou um massacre, que fez o de Constantinopla parecer uma brincadeira comparado a este... Precisas compreender, senhor

Nicetas, que o imperador deve se comportar como imperador, sem dar importância aos sentimentos... Aprendi muito naqueles meses; depois de Espoleto, deu-se o encontro com os mensageiros de Bizâncio, em Ancona, depois a volta para a Itália ulterior, até as encostas dos Alpes, que Oto chamava Pirêneos, e aquela era a primeira vez que eu via os cimos das montanhas cobertos de neve. E, nesse período, dia após dia, o cônego Rahewino iniciava-me na arte de escrever."

"Difícil começo para uma criança..."

"Não, não foi difícil. É verdade que, se eu não entendia alguma coisa, o cônego Rahewino dava-me um soco na cabeça, o que para mim era indiferente, depois das bordoadas de meu pai, mas, quanto ao restante, todos ficavam suspensos das minhas palavras. Se me dava na veneta dizer que vi uma sereia no mar – depois que o imperador me apresentou como aquele que via os santos –, todos acreditavam e me diziam bom, muito bom..."

"Isso te ensinou a pesar as palavras."

"Ao contrário, isso me ensinou a não dar-lhes nenhum peso. Tanto, eu pensava, qualquer coisa que eu disser será verdadeira porque fui eu que disse... Quando íamos para Roma, um padre chamado Corrado contava para mim as *mirabilia* daquela urbe, dos sete autômatos do Capitólio, que simbolizavam os dias da semana, sendo que cada um deles anunciava com uma campainha toda e qualquer revolta numa província do império, ou das estátuas de bronze que se moviam sozinhas, ou de um palácio cheio de espelhos encantados... Depois chegamos a Roma, e naquele dia em que estavam se matando (ao longo do Tibre), dei no pé e segui pela cidade. Depois de muito caminhar, vi apenas rebanhos de ovelhas entre ruínas antigas, e sobre os pórticos do populacho que falava a língua dos judeus e vendia peixe, mas não havia nenhuma *mirabilia*, a não ser uma estátua a cavalo em Campidoglio, que não me pareceu grande coisa. E, todavia, ao regressar todos me perguntavam o que vi, e o que podia dizer, que em Roma havia apenas ovelhas entre as ruínas e ruínas entre as ovelhas? Não acreditariam. Assim, eu contava certas *mirabilia* que me haviam contado, acrescentando outras, por exemplo, que no palácio de Latrão eu vira um relicário de ouro ornado com diamantes, em cujo interior se achava o umbigo e o prepúcio de Nosso Senhor. Todos ficavam seduzidos pelas minhas palavras e diziam que pena que tivemos de matar os romanos e não pudemos ver todas aquelas *mirabilia*. Assim, durante todos esses anos, ouvi as maravilhas da cidade de Roma, na Alemanha, na Borgonha, e até aqui, só porque falei a seu respeito."

NESSE ÍNTERIM, os genoveses haviam regressado, vestidos como monges: caminhavam, badalando um sino, à frente de um grupo de criaturas metidas em panos imundos e esbranquiçados, que também cobriam os rostos. Eram a mulher grávida de Nicetas com o último rebento, ainda nos braços, e outros filhos e filhas, meninas graciosíssimas, alguns parentes e poucos servidores. Os genoveses fizeram-nos atravessar a cidade como se fossem um bando de leprosos, e até mesmo os peregrinos abriram caminho.

"Mas como levaram isso a sério?", perguntou, rindo, Baudolino. "Tudo bem para os leprosos, mas vós, mesmo vestidos assim, não tendes o ar de monges!"

"Com todo o respeito, os peregrinos são um bando de tolos", disse Taraburlo. "Além do mais, estamos aqui há tanto tempo que já sabemos um pouco de grego. Repetíamos *kyrieleison pighé pighé*, todos juntos em voz baixa, como se fosse uma ladainha, e eles se afastavam: alguns fazendo o sinal da cruz; outros batendo na madeira, e outros ainda que tocavam os ovos."

Um servo levou para Nicetas uma caixinha, e Nicetas foi até o fundo do quarto para abri-la. Voltou com duas moedas de ouro para os donos da casa, os quais se multiplicaram em bênçãos e afirmaram que, até a partida, era ele quem mandava lá dentro. A vasta família foi distribuída pelas habitações vizinhas em becos um tanto imundos, onde nenhum latino jamais teria a ideia de ir procurar seu espólio.

Satisfeito, Nicetas chamou Pevere, que parecia o mais autorizado entre seus anfitriões, e disse-lhe que, se tivesse de permanecer escondido, não iria querer renunciar por causa disso a seus prazeres habituais. A cidade queimava, mas no porto continuavam a chegar os navios dos mercadores e os barcos dos pescadores, que deviam parar no Corno de Ouro sem poder descarregar suas mercadorias nos armazéns. Quem tivesse dinheiro, poderia comprar por um bom preço o necessário para uma vida confortável. Quanto a uma boa cozinha, entre os parentes salvos estava o seu cunhado, Teófilo, que fora um excelente cozinheiro, e bastava que pedisse os ingredientes necessários. E assim, por volta da tarde, Nicetas pôde oferecer a seu anfitrião um almoço de logóteta. Era um cabrito gordo, recheado de cebola, alho comum e alho-poró, coberto com molho de peixes marinados.

"Há mais de duzentos anos", disse Nicetas, "veio até Constantinopla, como embaixador de vosso rei Oto, um bispo, Liutprando, que foi hóspede do basileu Nicéforas. Não foi um belo encontro, e soubemos depois que Liutprando fez um relatório de sua viagem, no qual nós, os romanos, éramos descritos como sórdidos, grosseiros, selvagens e malvestidos. Não suportava o vinho resinado, e parecia-lhe que todos os nossos alimentos estavam encharcados de óleo. Mas falou de uma só coisa com entusiasmo, e foi deste prato."

Baudolino gostou do cabrito, e continuou a responder às perguntas de Nicetas.

"ORA, VIVENDO com o exército, aprendestes a escrever. Mas já sabias ler."

"Sim, mas escrever é mais cansativo. E em latim. Porque se o imperador devia mandar ao diabo alguns soldados ele o dizia em alamânio, mas se escrevia ao papa ou ao primo Jasormigott, devia fazê-lo em latim, e assim para cada documento da chancelaria. Eu ficava cansado ao escrever as primeiras cartas, copiava palavras e frases, das quais não compreendia o sentido, mas, em suma, no fim daquele ano eu já sabia escrever. Porém, Rahewino ainda não tivera tempo de ensinar-me a gramática. Eu sabia copiar, mas não dizer as coisas com a minha cabeça. Eis por que escrevia na língua da Frascheta. Mas era de fato a língua da Frascheta? Eu misturava lembranças de outras falas que ouvira à minha volta, a dos astigianos, dos paveses, dos milaneses, dos genoveses, gentes que muitas vezes não se entendiam entre si. Depois, naquela região, construímos uma cidade, com gente vinda de todas as partes, reunida para construir uma Torre, e falaram todos da mesma e idêntica maneira. Creio que era um pouco a maneira que eu inventara."

"Fostes um *nomoteta*", disse Nicetas.

"Não sei o que quer dizer, mas talvez tenha sido isso. De todo modo, as páginas seguintes apresentavam um latim razoável. Eu já estava em Ratisbona, num claustro tranquilo, aos cuidados do bispo Oto, e naquela paz eu tinha folhas e mais folhas para folhear... Aprendia. Perceberás que, entre outras coisas, o pergaminho foi mal raspado, e ainda podemos entrever partes do texto que ficou embaixo. Eu era realmente um pilantra, roubava os meus mestres, e passava as noites raspando o que eu imaginava que fossem antigas escrituras, para ter espaço suficiente. Dias depois, o bispo Oto estava desesperado, porque não encontrava mais a primeira versão de sua *Chronica sive Historia de duabus civitatibus*, que estava escrevendo havia mais de dez anos, e acusava o pobre Rahewino de a ter perdido em alguma viagem. Dois anos mais tarde, decidiu reescrevê-la; eu trabalhava como escrivão, e jamais ousei confessar-lhe que havia raspado a primeira versão de sua *Chronica*. Como podes ver, a justiça existe, pois também perdi minha crônica, embora não tenha ânimo para reescrevê-la. Mas sei que, ao reescrevê-la, Oto estava mudando alguma coisa..."

"Em que sentido?"

"Se leres a *Chronica* de Oto, que é uma história do mundo, verás que ele, do mundo e de nós, homens, não tinha boa opinião. O mundo era algo que começara bem, mas que ia de mal a pior, em suma, *mundus senescit*, o mundo envelhece, caminhamos para o fim... Mas, justamente no ano em que Oto começou a escrever a *Chronica*, o imperador lhe pediu que celebrasse também as suas aventuras, e Oto pôs-se a escrever as *Gesta Frederici*, que não terminou, morrendo pouco depois de um ano, e foi Rahewino quem lhes deu continuidade. E não podes narrar as gestas de teu soberano se não estás convencido de que com ele, no trono, começa um novo século e de que se trata, afinal, de uma *historia iucunda*..."

"Pode-se escrever a história dos próprios imperadores sem renunciar à severidade, explicando como e por que caminham para a própria ruína..."

"Deve ser o que fazes, senhor Nicetas, mas não o bom Oto, e te direi apenas como as coisas se passaram. Assim, aquele santo homem, por um lado, reescrevia a *Chronica*, na qual o mundo ia de mal a pior, e, por outro, as *Gesta*, em que o mundo não podia senão melhorar. Tu dirás: ele se contradizia. Se fosse apenas isso. Suspeito que, na primeira versão da *Chronica*, o mundo estava muito pior, e para não se contradizer demasiadamente, enquanto redigia a *Chronica*, Oto se tornara mais indulgente conosco, pobres mortais. E fui eu que o levei a isso, ao raspar-lhe a primeira versão. Talvez, se a primeira tivesse permanecido, Oto não teria a coragem de escrever as *Gesta*, e é por causa dessas *Gesta* que amanhã hão de dizer o que Frederico fez ou deixou de fazer, se eu não houvesse raspado a primeira *Chronica*, iriam dizer que Frederico não teria feito tudo aquilo que dissemos que fez."

"Tu", observou Nicetas, "és como o cretense mentiroso, confessas que és um mentiroso de marca e pretendes que acreditem em ti. Queres fazer-me acreditar que contaste tuas mentiras a todos, mas não a mim. Em tantos anos, na corte destes imperadores, aprendi a livrar-me das armadilhas dos mestres da mentira, mais maliciosos do que tu... Pela tua confissão, não sabes mais quem és, e talvez porque contaste muitas mentiras, até a ti mesmo. E me pedes para construir a história que te escapa. Mas não sou um mentiroso da tua espécie. Há um bom tempo, venho interrogando as histórias dos outros para extrair-lhes a verdade. Talvez queiras de mim uma história que te absolva de ter matado alguém para vingar a morte de Frederico. Estás construindo passo a passo essa história de amor com teu imperador para que pareça natural explicar por que tiveste o dever de vingá-lo. Isso, admitindo-se que o tenham matado, e que matou Frederico aquele que tu mataste."

Depois Nicetas olhou para fora:

"O fogo está chegando à Acrópole", disse.

"Trago má sorte às cidades."

"Tu te consideras onipotente. É um pecado de soberba."

"Não, quando muito é um ato de mortificação. Durante toda a minha vida, bastava que me aproximasse de uma cidade para que ela fosse destruída. Nasci numa região semeada de aldeias e de poucos e modestos castelos, onde se ouvia algum mercador de passagem decantando as belezas da *urbis Mediolani*, mas o que era realmente uma cidade eu não sabia, ainda não chegara a Terdona, embora divisasse de longe suas torres, julgando que Asti ou Pavia ficavam nos confins do Paraíso Terrestre. Mas, logo depois, todas as cidades que conheci ou estavam para ser destruídas ou já haviam sido totalmente queimadas, Terdona, Espoleto, Crema, Milão, Lodi, Icônio, e depois Pndapetzim. E assim acontecerá com esta. Serei – como diríeis vós, gregos – polioclasta, por virtude de mau-olhado?"

"Não banques aquele que pune a si mesmo."

"Tens razão. Uma vez, ao menos, salvei uma cidade, e era a minha, usando uma mentira. Dizes que basta uma vez para se livrar de um mau-olhado?"

"Significa que não existe um destino certo."

Baudolino ficou um pouco em silêncio. Virou-se depois e olhou aquela que fora Constantinopla.

"Sinto-me culpado. Aqueles que estão fazendo isso são venezianos, e gente da Flandres, e sobretudo cavalheiros da Champagne e de Blois, de Troyes, de Orléans, de Soissons, para não falar dos meus monferrinos. Eu preferiria que esta cidade fosse destruída pelos turcos."

"Os turcos jamais fariam isso", disse Nicetas. "Temos

 ótimas relações com eles. Devemos ter cuidado com os

cristãos. Mas, quem sabe, não sereis a mão de Deus, que vos mandou para a punição de nossos pecados."

"*Gesta Dei per Francos*", disse Baudolino.

4
Baudolino fala com o imperador e se apaixona pela imperatriz

À tarde, Baudolino retomou com maior fluência a narrativa, e Nicetas decidiu não mais interrompê-lo. Queria que evoluísse rápido, para chegar ao ponto. Não entendera que Baudolino, enquanto ainda estava narrando, não chegara ao ponto, e que narrava justamente para chegar lá.

FREDERICO CONFIARA Baudolino ao bispo Oto e a seu assistente, o cônego Rahewino. Oto, da grande família dos Babenberg, era o tio materno do imperador, embora tivesse apenas dez anos a mais do que ele. Homem sapientíssimo, estudara em Paris com o grande Abelardo, e depois tornara-se monge cisterciense. Era muito jovem quando foi elevado à dignidade de bispo de Freising. Não que para esta nobilíssima cidade ele houvesse dedicado muitas energias, mas, como Baudolino explicava a Nicetas, na Cristandade do Ocidente os filhos de famílias nobres eram nomeados bispos deste ou daquele lugar, sem que necessariamente tivessem de ir até lá, e bastava que desfrutassem da renda.

Oto não tinha sequer cinquenta anos, mas em matéria de idade parecia ter uns cem, tossindo sempre, manco, em dias alternados, pelas dores ora nos quadris ora nos ombros, sofrendo do mal da pedra, e algo remelento pelo muito que lia e escrevia à luz do sol e das velas. Irritadiço, como os que sofrem de gota, a primeira vez que falou com Baudolino, disse-lhe, quase rosnando:

"Conquistaste o imperador contando para ele um monte de balelas, não é mesmo?"

"Mestre, juro que não." E Oto: "Justamente, um mentiroso que nega, afirma. Vem comigo. Vou ensinar-te o que sei."

Isso demonstra que, no fim das contas, Oto era um homem boníssimo, e se afeiçoou logo a Baudolino, porque o considerava moldável, capaz de reter na memória tudo o que ouvia. Mas percebeu que Baudolino não apenas proclamava em alto e bom som o que aprendera, mas também aquilo que inventara.

"Baudolino", dizia-lhe, "és um mentiroso nato."

"Mestre, por que dizes isso?"

"Porque é verdade. Mas não penses que te censuro. Se queres transformar-te num homem de letras, e, quem sabe um dia, escrever Histórias, deves também mentir, e inventar histórias, pois senão a tua História ficaria monótona. Mas terás de fazê-lo com moderação. O mundo condena os mentirosos que só sabem mentir, até mesmo sobre coisas mínimas, e premia os poetas que mentem apenas sobre coisas grandiosas."

Baudolino havia tirado proveito das lições de seu mestre, e compreendia aos poucos como ele também era mentiroso, vendo como se contradizia, passando da *Chronica sive Historia de duabus civitatibus* às *Gesta Frederici*. Por isso decidiu que, se desejava tornar-se um mentiroso perfeito, devia ouvir as conversas dos outros, para ver quantas

 pessoas se convenciam mutuamente sobre esta ou aquela

questão. Por exemplo, sobre as cidades da Lombardia assistiu a diversos diálogos entre o imperador e Oto.

"Mas como podem ser assim tão bárbaros? Não por acaso, seus reis usavam outrora uma coroa de ferro!", indignou-se Frederico. "Ninguém jamais lhes ensinou que se deve respeito ao imperador? Compreendes, Baudolino? Exercem os *regalia*!"

"E o que são estes regaliolos, meu bom pai?" Todos começaram a rir, e Oto ainda mais, pois conhecia ainda o bom latim dos tempos idos, e sabia que *regaliolus* é um passarinho.

"*Regalia, regalia, iura regalia*, Baudolino, cabeça de vento", gritava Frederico. "São os direitos que me são devidos, como nomear magistrados, receber impostos sobre as vias públicas, mercados, rios navegáveis, e o direito de cunhar moedas, e depois, e depois... o que mais, Rainaldo?"

"... a renda derivada das multas e condenações, da apropriação dos patrimônios sem herdeiro legítimo ou confiscados por atividades criminosas, ou ainda pela contração de núpcias incestuosas, as quotas de proventos de atividades mineiras, salinas e pesqueiras, percentuais dos tesouros escavados em lugares públicos", continuava Rainaldo de Dassel, que seria nomeado chanceler e, portanto, a segunda pessoa do império.

"Certo. E essas cidades apropriaram-se de todos os meus direitos. Mas não possuem o sentido do bom e do justo, qual foi o diabo que lhes ofuscou a mente?"

"Sobrinho e meu imperador", interveio Oto, "estás pensando em Milão, Pavia e Gênova como se fossem Ulm ou Augusta. As cidades da Alemanha nasceram pelo desejo de um príncipe, e no príncipe se reconheceram, desde o seu início. Mas com estas cidades é diferente. Surgiram enquanto os imperadores germânicos estavam ocupados com outros afazeres, e cresceram tirando partido da ausência de seus príncipes. Quando falas com os habitantes sobre a potestade, que desejas impor-lhes, consideram-na uma *potestatis insolentiam*, um jugo insuportável, e deixam-se governar por cônsules que eles mesmos elegem."

"E não gostam de sentir a proteção do príncipe e de participar da dignidade e da glória de um império?"

"Gostam muitíssimo, e por nada neste mundo iriam querer se privar de tal vantagem, porque poderiam cair como presas de algum outro monarca, do imperador de Bizâncio e quem sabe até do sultão do Egito. Mas contanto que o príncipe fique longe. Vives rodeado pelos teus nobres e não percebes talvez que nestas cidades as relações são diferentes. Estas não reconhecem os grandes vassalos, senhores dos campos e das florestas, porque também os campos e as florestas pertencem às cidades – com exceção talvez das terras do marquês de Monferrato e de alguns outros. Observa que, nas cidades, jovens que praticam as artes mecânicas e que jamais poderiam pôr os pés na tua corte administram, dirigem e às vezes até são elevados à dignidade de cavaleiros..."

"Assim, pois, o mundo anda às avessas!", gritou o imperador.

"Meu bom pai", ergueu o dedo Baudolino, "me tratas como se eu fosse alguém de tua família e, no entanto, eu vivia até ontem em meio ao feno. E daí?"

"Daí que, se eu quiser, te farei duque, porque sou o imperador e posso conceder a nobreza a qualquer um por decreto. Mas isso não quer dizer que qualquer um possa tornar-se nobre sozinho! Acaso não percebem que se o mundo anda às avessas eles estão correndo para a própria ruína?"

"Parece que não, Frederico", respondeu Oto. "Estas cidades com o seu modo de se governarem são, afinal de contas, o lugar por onde passa toda a riqueza, os mercadores acorrem até lá de todas as partes, e suas muralhas são mais belas e mais sólidas do que as de muitos castelos."

"Tio, de que lado estás?", gritou o imperador.

"Do teu, meu imperial sobrinho, mas justamente por isso é meu dever ajudar-te a compreender qual é a força de teu inimigo. Se te obstinas a obter daquelas cidades o que elas não querem dar, perderás o resto de tua vida a sitiá-las, vencê-las, e a vê-las renascer, mais soberbas do que antes, em poucos meses, tendo de atravessar novamente os Alpes, para submetê-las, mais uma vez, enquanto teu imperial destino está em outro lugar."

"Onde estaria o meu imperial destino?"

"Frederico, como escrevi na minha *Chronica* – a qual por um acidente inexplicável desapareceu, e terei de obrigar-me a reescrevê-la, queira Deus punir o meu cônego Rahewino, que é certamente o responsável por essa perda –, há alguns anos, na época em que Eugênio III era o sumo pontífice, o bispo sírio de Gabala, que visitava o papa com uma embaixada armena, contou-lhe que, no Extremo Oriente, nas regiões muito próximas do Paraíso Terrestre, prosperava o reino de um *Rex Sacerdos*, o Presbyter Johannes, um rei seguramente cristão, embora seguidor da heresia de Nestório, cujos antepassados são os Magos, reis e sacerdotes, mas depositários de uma antiquíssima sabedoria, que visitaram o Menino Jesus."

"O que tenho eu a ver, imperador do sacro e romano império, com este Preste ou Padre João, que o senhor o conserve rei e sacerdote por muito tempo lá no fim do mundo, com os seus mouros?"

"Vê, meu ilustre sobrinho, dizes 'mouros' e pensas como pensam os outros reis cristãos, já exauridos, na defesa de Jerusalém – piedoso empreendimento, não o nego, mas deixa-a para o rei de França, pois são os francos que mandam agora em Jerusalém. O destino da Cristandade, e de todo o império, que se quer sacro e romano, está além dos mouros. Há um reino cristão, depois de Jerusalém e das terras dos infiéis. Um imperador que soubesse reunir os dois reinos reduziria o império dos infiéis, e até mesmo o de Bizâncio, a duas ilhas abandonadas e perdidas no grande mar de sua glória!"

"Fantasias, meu querido tio. Melhor mantermos os pés no chão. Vamos voltar às cidades italianas. Explica-me, tio, por que, se a condição delas é tão desejável, algumas se aliam comigo contra as outras, e não todas de uma só vez contra mim."

"Não por enquanto", comentou, prudente, Rainaldo.

"Vou repetir", explicava Oto, "elas não querem negar a sujeição ao império. E, por isso, pedem ajuda a ti quando são oprimidas por outra cidade, como faz Milão com Lodi."

"Mas se a condição de ser cidade é aquela ideal, por que cada uma delas busca oprimir a cidade vizinha, como se quisesse devorar seu território e transformar-se num reino?"

Baudolino participava então com sua sabedoria de informante autóctone.

"Meu pai, a questão é que não só as cidades, mas também os burgos além dos Alpes sentem grande prazer de enfiar... ai!" (Oto educava também com beliscões.) "Quer dizer, uma gosta de humilhar a outra. É assim que acontece na nossa região. Pode-se odiar o estrangeiro, porém mais do que o estrangeiro odeia-se o vizinho. E se o estrangeiro nos ajuda a fazer mal ao vizinho, é muito bem-vindo."

 "Mas por quê?"

"Porque a gente é má, dizia meu pai, mas os de Asti são piores do que Barba Ruiva."

"E quem é Barba Ruiva?", enfurecia-se Frederico, o imperador.

"És tu, meu pai, é assim que te chamam lá, e não vejo nenhum mal nisso, porque tens, com efeito, a barba ruiva, e te cai muito bem. E se dissessem que a tens cor de cobre, cairia bem Barba de Cobre? Eu te amaria e honraria do mesmo modo, ainda que tivesses a barba negra, mas visto que a tua é ruiva, não vejo por que devas fazer tantas histórias quando te chamam de Barba Ruiva. O que eu queria dizer, antes que te irritasses tanto com a barba, é que deves ficar tranquilo, pois não acredito que algum dia todas se unam contra ti. Têm medo de que, ao vencer, uma delas se torne mais forte do que as outras. Nesse caso, melhor ficar contigo. Desde que não cobres muito caro."

"Não creias em tudo o que te diz Baudolino", sorriu Oto. "O menino é mentiroso por natureza."

"Não senhor", respondeu Frederico. "Sobre o que ocorre na Itália faz com frequência comentários muito adequados. Por exemplo, está nos ensinando agora que a nossa única possibilidade com as cidades italianas é dividi-las ao máximo. Mas nunca sabes quem está a teu favor e quem está contra!"

"Se nosso Baudolino estiver com a razão", zombou Rainaldo de Dassel, "se estiverem do teu lado ou contra, não depende de ti, mas da cidade contra a qual querem praticar algum mal em certo momento."

Baudolino sentia pena daquele Frederico que, grande, forte e poderoso, não conseguia, no entanto, aprovar a maneira de pensar daqueles súditos. E pensar que gastava muito mais tempo na península italiana do que em suas terras. Ele, dizia para si Baudolino, quer bem à nossa gente e não entende a razão pela qual é traído por ela. Deve ser por isso talvez que a esteja matando, como um marido ciumento.

Nos meses depois de sua volta, Baudolino tivera ainda poucas oportunidades para ver Frederico, que se preparava para uma reunião política em Ratisbona, e para outra, logo em seguida, em Worms. Tivera de amansar dois parentes muito temidos, Henrique, o Leão, a quem dera finalmente o ducado da Baviera, e Henrique Jasormigott, para o qual chegara a inventar um ducado na Áustria. No início da primavera do ano seguinte, Oto anunciou a Baudolino que partiriam para Herbípolis em junho, onde Frederico felizmente havia de se casar. O imperador já tivera uma esposa, de quem se separara alguns anos antes, e agora estava para desposar Beatriz de Borgonha, que lhe trazia como dote aquele condado, até a Provença. Com semelhante dote, Oto e Rahewino pensavam que se tratasse de um casamento de interesse; com essa mesma ideia, e usando suas novas vestes, como pedia a fausta ocasião, Baudolino preparava-se para ver seu pai adotivo nos braços de uma solteirona borgonhesa, mais apetecível pelos bens de seus antepassados do que pela própria beleza.

"EU ESTAVA COM ciúmes, confesso", disse Baudolino a Nicetas. "No fundo, eu havia encontrado um pai recentemente, e eis que ele me era roubado, pelo menos em parte, por uma madrasta."

Aqui Baudolino fez uma pausa, mostrando algum embaraço, passou um dedo na cicatriz, e depois revelou a terrível verdade. Chegou no lugar onde seriam realizadas as núpcias e descobriu que Beatriz de Borgonha era uma menina com seus vinte anos de extraordinária beleza – ou pelo menos assim lhe pareceu, e depois que a viu não conseguiu mexer um só músculo, olhando para ela com os olhos arregalados. Seus cabelos brilhavam como o ouro, rosto belíssimo, boca pequena e rósea como um fruto maduro, dentes brancos e bem enfileirados, estatura alinhada, olhar modesto, olhos claros. Pudica em sua fala persuasiva, corpo esguio, parecia dominar, no fulgor de sua graça, todos os que estavam à sua volta. Sabia parecer (virtude suprema para uma futura rainha) submissa ao marido, que demonstrava temer como senhor, mas era a sua senhora, ao manifestar-lhe a vontade própria de esposa, com atitudes tão graciosas que seus pedidos eram logo aceitos como se fossem uma ordem. Além do que, se desejasse porventura acrescentar algo em seu louvor, podia-se dizer que era versada em letras, hábil em fazer música e suavíssima ao cantá-la. Tanto que, concluía Baudolino, chamando-se Beatriz era realmente beatíssima.

Bastava pouco – a Nicetas – para compreender que o jovem se enamorara da madrasta à primeira vista, e, no entanto, pelo fato de se enamorar pela primeira vez, não sabia o que estava acontecendo com ele. Se já é um acontecimento fulgurante e insustentável apaixonar-se pela primeira vez, quando se é camponês, por uma camponesinha cheia de espinhas, imagine-se o que poderia significar para um camponês apaixonar-se pela primeira vez por uma imperatriz de vinte anos de pele nívea como o leite.

Baudolino compreendeu logo que o que ele sentia era como que uma espécie de furto em relação ao pai, razão pela qual procurou de pronto convencer-se de que, em virtude da pouca idade da jovem madrasta, ele a considerou como se fosse uma irmã. Mas, pouco depois, mesmo não tendo estudado muita teologia moral, deu-se conta de que não lhe seria permitido sequer amar uma irmã – pelo menos com os arrepios e com a intensidade da paixão que lhe inspirava a visão de Beatriz. Por isso, abaixou a cabeça, enrubescendo, justo quando Beatriz, a quem Frederico estava apresentando seu pequeno Baudolino (estranho e tão amado duende da planície do Pó, como ele dizia), estendeu-lhe a mão com ternura, acariciou o seu rosto e depois a cabeça.

Baudolino chegou quase a perder os sentidos, sentiu faltar a luz à sua volta e seus ouvidos repicavam como os sinos da Páscoa. Foi despertado pela mão pesada de Oto, que batia em sua nuca e sussurrava entre os dentes: "De joelhos, sua besta!" Lembrou-se de que estava diante da sacra e romana imperatriz, como também da rainha da Itália; dobrou os joelhos e, daquele momento em diante, comportou-se como um perfeito homem da corte, embora não conseguisse dormir à noite, e, em vez de rejubilar-se com aquele caminho de Damasco, chorou pelo ardor insuportável daquela desconhecida paixão.

NICETAS OLHAVA para o seu leonino interlocutor, apreciava a delicadeza de suas expressões, a contida retórica num grego quase literário, e se perguntava que tipo de criatura tinha diante de si, capaz de se expressar com a língua dos lavradores, quando falava dos aldeões, e naquela dos reis, quando falava dos monarcas. Terá uma alma, perguntava a si mesmo, esse personagem que sabe moldar sua própria história para exprimir almas tão diversas? E se possui almas diversas, através de que boca me dirá a verdade?

5
Baudolino dá sábios conselhos a Frederico

Na manhã seguinte, a cidade ainda estava coberta por uma única nuvem de fumaça. Nicetas provou algumas frutas, caminhou pelo quarto de modo inquieto, depois perguntou a Baudolino se era possível enviar um de seus genoveses para procurar o tal de Arquitas, para que lhe fizesse uma limpeza de rosto.

Veja só, disse Baudolino de si para si, acabaram com esta cidade, as pessoas estão sendo degoladas pelas ruas, ele próprio, há dois dias, correu o risco de perder toda a família, e agora quer alguém que lhe faça uma limpeza de rosto. Vê-se claramente que a gente de palácio, nesta cidade corrupta, está muito mal-acostumada – Frederico jogaria pela janela um tipo desses.

Mais tarde, chegou Arquitas com um cesto de instrumentos de prata e pequenos frascos de perfumes dos mais inesperados. Era um artista que, em primeiro lugar, amaciava o rosto com panos quentes, cobrindo-o depois com emolientes, espalhava-os em seguida, tirando-lhe as impurezas, ocultava as rugas com cosméticos, pintava levemente os olhos com bistre, deixava os lábios um pouco rosados e depilava a parte interna das orelhas, para não falar do que fazia no queixo e nos cabelos. Nicetas ficava de olhos fechados, acariciado por aquelas mãos sábias, embalado pela voz de Baudolino, que continuava a contar sua história. Era mais Baudolino quem se interrompia, de quando em quando, para entender o que estava fazendo aquele mestre da beleza, quando, por exemplo, tirou de um pequeno frasco uma lagartixa, decepou-lhe a cabeça e a cauda, cortou-a em pedacinhos, quase ao ponto de triturá-la, e pôs aquela pasta para cozinhar numa panelinha de azeite. Mas que pergunta, era o decocto para manter vivos os poucos cabelos que Nicetas ainda trazia na cabeça e para torná-los brilhantes e perfumados. Mas e aquelas ampolas? Eram essências de noz-moscada, cardamomo, água de rosas, cada qual para revigorar uma parte do rosto; a pasta de mel era para reforçar os lábios, e a outra, da qual não podia revelar o segredo, servia para endurecer as gengivas.

No final, Nicetas estava um esplendor, tal como devia ser um juiz do Véu e um logóteta dos segredos e, praticamente renascido, brilhava com luz própria naquela pálida manhã, no fundo atormentado de Bizâncio, que fumegava em agonia. E Baudolino sentiu certo pudor ao contar-lhe sobre sua vida de adolescente num mosteiro dos latinos, frio e inóspito, onde a saúde de Oto o obrigava a dividir pratos feitos com verduras cozidas e algumas sopinhas.

NAQUELE ANO, Baudolino teve de passar pouco tempo na corte (quando lá estava, vagava desejoso e amedrontado de encontrar Beatriz, e era um tormento). Frederico devia primeiro fazer as contas com os poloneses (*Polanos de Polunia*, escrevia Oto, *gens quasi barbara ad pugnandum promptissima*), convocou em março uma nova reunião política, em Worms, para preparar mais uma descida à Itália, onde, como sempre, Milão, com seus satélites, tornara-se mais obstinada, depois, outra assembleia em Herbípolis, em setembro, outra em Besançon, em outubro; em suma: parecia que estava com o diabo no corpo. Baudolino ficou a maior parte do tempo na abadia de Morimundo com Oto, continuando seus estudos com Rahewino, e trabalhando como copista do bispo, cada vez mais adoentado.

Quando chegaram ao livro da *Chronica*, no qual se falava a respeito do Presbyter Johannes, Baudolino perguntou-lhe o que queria dizer cristão *sed Nestorianus*. Ora, esses nestorianos eram metade cristãos e metade não?

"Meu filho, Nestório francamente era um herético, mas lhe devemos grande reconhecimento. Saiba que na Índia, após o sermão do apóstolo Tomé, foram os nestorianos que difundiram a religião cristã até os confins daqueles países distantes, donde se originou a seita. Nestório cometeu um só, embora gravíssimo, erro sobre Jesus Nosso Senhor e sua mãe santíssima. Estamos convictos de que existe uma única natureza divina e que, todavia, a Trindade, na unidade desta natureza, é composta por três pessoas distintas: o Pai, o Filho e o Espírito Santo. Acreditamos também que, em Cristo, existem uma só pessoa, a divina, e duas naturezas, a humana e a divina. Nestório defende, entretanto, que em Cristo existem duas naturezas, a humana e a divina, mas também duas pessoas. Portanto, Maria gerou apenas a pessoa humana, e não poderia ser chamada mãe de Deus, mas apenas mãe de Cristo homem, não *Theotòkos*, ou deípara, aquela que deu à luz Deus, mas no máximo *Christotòkos*."

"É grave pensar assim?"

"É grave e não é...", impacientou-se Oto. "Podes amar igualmente a Santa Virgem, mesmo considerando-a como Nestório, mas é certo que lhe prestas menos honra. E afinal a pessoa é a substância individual de um ser racional, e se em Cristo houvesse duas pessoas, haveria então duas substâncias individuais de dois seres racionais? Onde iremos acabar nesse caminho? Dizendo que Jesus raciocinava hoje de um jeito e amanhã de outro? Dito isso, o Presbyter Johannes não é um pérfido herético, mas seria muito bom que entrasse em contato com um imperador cristão que lhe fizesse apreciar a boa fé, e como é certamente um homem honesto, não poderia não se converter. Também é certo que se não estudares um pouco de teologia, nunca entenderás essas coisas. És esperto, Rahewino é bom professor para ler, escrever, fazer contas e alguma regra de gramática, porém trívio e quadrívio é outra coisa; para chegar à teologia, deverias estudar dialética, e não podes aprender essas coisas aqui em Morimundo. Será necessário que frequentes algum *studium*, numa dessas escolas que existem nas grandes cidades."

"Mas não quero ir para um *studium*, que aliás nem sei o que é."

"E quando souberes o que é, ficarás feliz de ir até lá. Meu filho, todos costumam dizer que o humano consórcio se baseia em três forças: monges, guerreiros e camponeses, e talvez isso foi verdade até ontem. Mas vivemos tempos novos, em que o sábio vai se tornando igualmente importante, mesmo que não seja um monge, ao estudar direito, filosofia, o movimento dos astros, e tantas outras coisas, sem ter de prestar sempre contas ao bispo ou ao rei. E esses *studia*, que estão surgindo aos poucos em Bolonha ou em Paris, são lugares onde se cultiva e se transmite o saber, que é uma forma de poder. Fui aluno do grande Abelardo, que Deus tenha piedade desse homem que muito pecou, mas que também muito sofreu e expiou. Após a desgraça, quando por uma rancorosa vingança foi privado de sua virilidade, tornou-se monge, e abade, e viveu longe do mundo. Mas, no auge de sua glória, foi mestre em Paris, adorado pelos estudantes, e respeitado pelos poderosos justamente em virtude de seu saber."

Baudolino dizia para si mesmo que jamais deixaria Oto, de quem continuava a aprender tantas coisas. Mas antes que as árvores florescessem pela quarta vez desde que o conhecera, Oto chegara ao limite de suas forças em decorrência de febres palustres, dores em todas as articulações, fluxões de peito e naturalmente mal de pedra. Numerosos médicos, entre os quais árabes, e alguns hebreus e, portanto, o melhor que o imperador cristão podia oferecer ao bispo, haviam castigado seu corpo tão frágil com inúmeras sanguessugas, mas – por motivos que aqueles poços de ciência não conseguiam explicar –, após terem tirado quase todo o seu sangue, ele ficou pior do que se o tivessem deixado ficar como estava.

Oto chamou primeiro à sua cabeceira Rahewino, para confiar-lhe a continuação da sua história das gestas de Frederico, dizendo-lhe que era fácil: que contasse os fatos e pusesse na boca do imperador palavras tiradas dos textos dos antigos. Depois chamou Baudolino. "*Puer dilectissimus*", disse-lhe, "estou indo embora. Poderia também dizer que estou voltando, e não sei qual seria a expressão mais certa, como não sei tampouco qual de minhas obras é a mais certa, aquela das duas cidades ou a das gestas de Frederico..." (Vê, senhor Nicetas, disse Baudolino, a vida de um menino pode ser marcada pela confissão de um mestre que morre, que já não sabe distinguir entre duas verdades.) "Não é que eu esteja contente de partir ou de voltar, mas assim apraz ao Senhor, e a discutir seus decretos corro o risco de que me fulmine agora mesmo, será melhor aproveitar o pouco tempo que me concede. Ouve. Sabes que procurei fazer com que o imperador entendesse as razões das cidades além dos Alpes Pirêneos. O imperador não pode fazer mais do que submetê-las a seu domínio e, todavia, há maneiras e maneiras de reconhecer a submissão, e quem sabe pode-se até encontrar um caminho que não seja o cerco e o massacre. Assim, pois, tu, a quem o imperador ouve, e que, apesar de tudo, és filho daquelas terras, procura fazer o melhor para conciliar as exigências de nosso imperador com a de tuas cidades, para que morra menos gente possível, e para que todos se deem por satisfeitos. Para tanto, deves aprender a pensar como Deus ordena, e pedi ao imperador que te mandasse estudar em Paris. Não em Bolonha, porque se limitam apenas ao direito, e um malandro como tu não deve pôr o nariz nas pandectas, porque com a Lei não se pode mentir. Em Paris, hás de estudar retórica e ler os poetas: a retórica é a arte de dizer bem aquilo que não é certo que seja verdade, e os poetas têm o dever de inventar belas mentiras. Será bom que estudes um pouco de teologia, mas sem a preocupação de seres um teólogo, pois não se deve brincar com as coisas de Deus onipotente. Estuda o suficiente para fazer bela figura na corte, onde serás um ministerial, que é o máximo a que um filho de camponeses pode aspirar; serás um cavaleiro igual a tantos nobres e poderás servir fielmente teu pai adotivo. Faz isso em memória de mim, e que Jesus me perdoe se usei involuntariamente suas palavras."

Seguiu-se um estertor e permaneceu imóvel. Baudolino estava para fechar-lhe os olhos, julgando que houvesse dado o último suspiro, mas Oto prontamente voltou a abrir a boca e sussurrou, desfrutando o último suspiro:

"Baudolino, lembra-te do reino do Presbyter Johannes. Se o buscarem, as auriflamas da Cristandade poderão ir além de Bizâncio e Jerusalém. Ouvi quando inventavas muitas histórias nas quais o imperador acreditou. E assim, pois, se não tiveres notícias desse reino, inventa-as. Atenção, não peço que testemunhes o que considerares falso, que seria pecado, mas que testemunhes falsamente o que julgas verdadeiro – o que constitui ação virtuosa, pois supre a falta de provas sobre algo que com certeza existe ou existiu. Eu te asseguro: existe com certeza um Johannes, além das terras dos persas e armenos, além de Bacta, Ecbatana, Persépolis, Susa e Arbela, descendente dos Magos... Leva Frederico para o Oriente, pois de lá vem a luz que o iluminará como o maior de todos os reis... Tira o imperador deste lodaçal que vai de Milão até Roma... Poderia ficar coberto até o pescoço. Que fique longe de um reino em que o papa também manda. Será sempre um imperador pela metade. Lembra, Baudolino... O Presbyter Johannes... O caminho do Oriente...'

"Mas por que o dizes a mim, mestre, e não a Rahewino?"

"Porque Rahewino não tem imaginação, pode contar apenas o que viu, e às vezes nem isso, porque não entende o que foi que viu. Tu, entretanto, podes imaginar o que não viste. Oh, como tudo ficou tão escuro?"

Baudolino, que era mentiroso, disse-lhe para que não se preocupasse, pois já estava anoitecendo. Precisamente, ao dar meio-dia, Oto produziu um assobio da garganta já rouca, e os olhos ficaram abertos e fixos, como se olhasse para o seu Preste João no trono. Baudolino fechou-lhe os olhos e chorou lágrimas sinceras.

TRISTE PELA MORTE de Oto, Baudolino voltou por alguns meses para junto de Frederico. Consolou-se primeiramente com o pensamento de que, ao ver de novo o imperador, poderia rever a imperatriz. Ele a viu, e ficou mais triste. Não esqueçamos que Baudolino caminhava para o décimo sexto ano de idade, e que se antes seu enamoramento podia parecer uma perturbação juvenil, de que ele próprio sabia muito pouco, tornava-se agora um desejo consciente e um acabado tormento.

Para não entristecer mais seu coração, seguia sempre Frederico no campo, e foi testemunha de coisas que pouco o agradaram. Os milaneses haviam destruído Lodi pela segunda vez, ou melhor, primeiro haviam-na saqueado, levaram o rebanho, os cereais e a mobília de todas as casas, depois mandaram todos os lodigianos para fora das muralhas e disseram que se não fossem para a casa do capeta, passariam todos pelo fio da espada, velhos, mulheres e crianças, incluindo as que estavam no berço. Os lodigianos deixaram na cidade apenas os cães, e fugiram pelo campo, a pé, debaixo de chuva, incluindo os senhores, que ficaram sem cavalos, mulheres com as crianças ao colo, que às vezes caíam pelo caminho ou nas valas. Refugiaram-se entre o Adda e o Serio, onde encontraram com dificuldade alguns tugúrios, nos quais dormiam amontoados.

Isso não acalmou em absoluto os milaneses, que voltaram de Lodi, aprisionando os pouquíssimos que não haviam partido, cortaram todos os vinhedos e as plantas, ateando fogo às casas, exterminando boa parte dos cães.

Não são coisas que um imperador pode aguentar, razão pela qual Frederico desceu mais uma vez à Itália, com uma grande armada, composta de burgúndios, loreneses, boêmios, húngaros, suevos, francos e quantos pudéssemos imaginar. Primeiramente, fundou uma nova Lodi em Montegezzone, e depois acampou na frente de Milão, ajudado entusiasticamente por paveses e cremoneses, pisanos, luqueses, florentinos e senenses, vicentinos, trevisanos, padovanos, ferrareses, ravenenses, modeneses, e assim por diante, todos aliados com o império para humilhar Milão.

E realmente a humilharam. No fim do verão, a cidade capitulou e, para salvá-la, os milaneses submeteram-se a um ritual que humilhara o próprio Baudolino, que não nutria um grande afeto pelos milaneses. Os vencidos passaram em triste procissão diante de seu senhor, como quem implora perdão. Todos de pés descalços e vestidos com sacos, incluindo o bispo, e os homens de armas, que traziam a espada amarrada ao pescoço. Frederico, tornando-se novamente magnânimo, deu aos humilhados o beijo da paz.

"Valeu a pena", dizia Baudolino, "bancar os prepotentes com os lodigianos para depois baixar tanto as calças? Vale a pena viver nessas terras, onde todos parecem ter feito voto de suicídio, e onde uns ajudam os outros a se matarem? Quero ir embora." Na realidade, queria também afastar-se de Beatriz, pois havia lido em algum lugar que, às vezes, a distância pode curar a doença do amor (e ainda não lera outros livros em que, ao contrário, se dizia ser justamente a distância que soprava o fogo da paixão). Assim, visitou Frederico para contar-lhe o conselho de Oto para mandá-lo a Paris.

ENCONTROU O IMPERADOR triste e irado, andando de um lado para outro em seu aposento, enquanto Rainaldo de Dassel esperava num canto que se acalmasse. Frederico parou numa certa altura, olhou Baudolino nos olhos e disse: "Meu jovem, és testemunha de que estou me esforçando para submeter a uma única lei as cidades da Itália, mas todas as vezes devo recomeçar sempre do início. Acaso minha lei está errada? Quem poderá me dizer que minha lei é justa?" E Baudolino, quase irrefletidamente: "Senhor, se começares a pensar assim, não haverás de terminar, e todavia o imperador existe justamente por causa disso: não é imperador porque tem ideias justas, mas suas ideias são justas porque as tem, e ponto final." Frederico olhou para ele e depois disse a Rainaldo: "Este menino diz as coisas melhor do que todos vós! Se estas palavras fossem pronunciadas em bom latim, seriam admiráveis!"

"*Quod principi plaquit legis habet vigorem*, tudo o que apraz ao príncipe tem vigor de lei", disse Rainaldo de

Dassel. "Sim, soa com muita sabedoria, e definitivo. Mas seria preciso que estivesse escrita no Evangelho, pois, do contrário, como persuadir a todos para que aceitem essa belíssima ideia?"

"Vimos o que aconteceu em Roma", disse Frederico, "se me fizer ungir pelo papa, admito *ipso facto* que seu poder é superior ao meu, se agarro o papa pelo pescoço e o lanço no Tibre, eu me torno um flagelo de Deus, pior do que o finado Átila... Onde diabos irei encontrar alguém que possa definir os meus direitos, sem que se considere superior a mim? Não existe no mundo."

"Talvez não exista um poder assim", disse Baudolino, "mas o saber existe."

"O que queres dizer?"

"Quando o bispo Oto me contou o que era um *studium*, disse-me que tais comunidades de mestres e alunos funcionavam por conta própria: os alunos vinham do mundo todo e, quem quer que seja o soberano, pagam seus mestres, que dependem exclusivamente dos alunos. Assim funcionam as coisas junto aos mestres de direito em Bolonha, e assim já estão começando a funcionar em Paris, onde antes os mestres ensinavam na escola catedral e dependiam do bispo; depois, num belo dia, foram ensinar na Montanha de Santa Genoveva, e buscam descobrir a verdade sem dar ouvidos ao bispo ou ao rei."

"Se eu fosse o rei deles, iria lhes mostrar. Mas como isso aconteceria?"

"Isso aconteceria se fizesses uma lei, na qual reconheces que os mestres de Bolonha são realmente independentes de qualquer outra potestade, tua ou do papa, bem como de qualquer outro soberano, estando somente a serviço da Lei. Uma vez distinguidos com essa dignidade, única no mundo, hão de afirmar que – segundo a justa razão, a luz natural e a tradição – a única lei é a romana e o único que a representa é o sacro romano imperador – e que naturalmente, como bem disse o senhor Rainaldo, *quod principi plaquit legis habet vigorem*."

"E por que eles o devem dizer?"

"Porque lhes deste em contrapartida o direito de podê-lo dizer, e não é pouco. Assim, ficas satisfeito e eles também e, como dizia meu pai Gagliaudo, todos ficam em terra firme."

"Não aceitarão uma coisa dessas", murmurou Rainaldo.

"Mas claro que sim", iluminou-se o rosto de Frederico, "sei que vão aceitar. Mas primeiro deverão prestar uma declaração e logo a seguir eu lhes darei a independência, senão, todos irão pensar que o fizeram para retribuir um presente meu."

"Na minha opinião, mesmo se o tempo virar, e se alguém quiser dizer que isso tudo foi arranjado, o dirá do mesmo jeito", comentou com ceticismo Baudolino. "Mas quero ver quem dirá que os doutores de Bolonha não valem um alfinete, depois de o imperador em pessoa ter ido humildemente pedir-lhes um parecer. Nessa altura, o que disserem é Evangelho."

Naquele mesmo ano, em Roncaglia, onde pela segunda vez houve uma grande assembleia, as coisas se passaram exatamente assim. Para Baudolino foi antes de tudo um grande espetáculo. Como Rahewino lhe explicou – para que não pensasse que tudo o que via era apenas um jogo de circo com bandeiras que esvoaçavam, insígnias, tendas coloridas, mercadores e jograis –, Frederico mandou reconstruir, às margens do Pó, um típico acampamento romano, para recordar que era de Roma que provinha a sua dignidade. No centro do campo localizava-se a tenda imperial, como um templo, e para coroá-la, as tendas dos feudatários, vassalos e vavassalos. Ao lado de Frederico estavam o arcebispo de Colônia, o bispo de Bamberg, Daniel de Praga, Conrado de Augusta, e muitos outros. Do outro lado do rio, o cardeal legado do sólio apostólico, o patriarca de Aquileia, o arcebispo de Milão, os bispos de Turim, Alba, Ivrea, Asti, Novara, Vercelli, Terdona, Pavia, Como, Lodi, Cremona, Placência, Régio, Módena, Bolonha e quem se lembra de quantas outras. Presidindo essa assembleia majestosa e realmente universal, Frederico deu início aos trabalhos.

Resumindo (dizia Baudolino para não entediar Nicetas com as obras-primas da oratória imperial, jurisprudencial e eclesiástica), quatro doutores de Bolonha, os mais famosos, alunos do grande Irnério, foram convidados pelo imperador a emitir um incontestável parecer doutrinal sobre seus poderes, sendo que três deles, Búlgaro, Jacopo e Ugo de Porta Ravegnana, haviam se manifestado como Frederico desejava, ou seja, dizendo que o direito do imperador se baseava na lei romana. De opinião contrária, apenas um tal de Martinho.

"A quem Frederico certamente mandou arrancar os olhos", comentou Nicetas.

"Mas não, senhor Nicetas", respondeu-lhe Baudolino, "vós, romeus, arrancais os olhos deste e daquele e não sabeis mais onde está o direito, esquecendo o vosso grande Justiniano. Logo depois, Frederico promulgou a *Constitutio Habita*, com a qual reconhecia a autonomia do estudo bolonhês, e se o estudo era autônomo, Martinho podia dizer o que bem quisesse e nem sequer o imperador poderia tocar num só fio de seus cabelos. Pois, se ele o tivesse feito, os doutores não seriam mais autônomos e, se não fossem mais autônomos, seu parecer não valeria nada, e Frederico correria o risco de passar por usurpador."

Muito bem, pensou Nicetas, o senhor Baudolino quer me sugerir que ele próprio fundou o império, e que – bastava que ele proferisse uma frase qualquer – seu poder era tão grande que ela se tornava verdadeira. Ouçamos o restante.

Nesse meio-tempo entraram os genoveses, trazendo um cesto de frutas, pois já se estava na metade do dia e Nicetas devia recuperar suas forças. Disseram que o saque prosseguia, e que era melhor permanecer ainda dentro de casa. Baudolino retomou a narrativa.

FREDERICO DECIDIU que, se um menino, embora quase imberbe, educado por um estúpido como Rahewino, nutria ideias tão penetrantes, quem sabe o que aconteceria se o mandasse realmente estudar em Paris. Ele o abraçou com afeto, recomendou-lhe que se tornasse um verdadeiro sábio, visto que ele, com as preocupações do governo e as empresas militares, não tivera tempo para estudar como devia. A imperatriz despediu-se dele com um beijo na fronte (e imaginemos o delírio de Baudolino), dizendo-lhe (aquela mulher prodigiosa, apesar de grande dama e rainha, sabia ler e escrever):

"Escreve-me, diz tudo o que se passa contigo. A vida na corte é monótona. Tuas cartas hão de me confortar."

"Vou escrever, juro", disse Baudolino, com um ardor que poderia ter causado suspeitas nos presentes. Ninguém nutriu qualquer suspeita (quem repara na excitação de um rapaz que está na iminência de ir a Paris?), com exceção, talvez, de Beatriz. De fato, olhou para ele como se o visse pela primeira vez, e seu rosto níveo cobriu-se de súbito rubor. Mas Baudolino, com uma reverência que o obrigava a olhar para o chão, havia deixado a sala.

6
Baudolino vai a Paris

Baudolino chegou a Paris um pouco atrasado, porque naquelas escolas entrava-se antes mesmo dos quatorze anos, e ele estava com dois a mais. Todavia, aprendeu tantas coisas com Oto, que se dava ao luxo de não frequentar todas as aulas para fazer, como veremos, outra coisa.

Viajara com um companheiro, o filho de um cavaleiro de Colônia, que preferira dedicar-se às artes liberais em vez da milícia, não sem causar desespero ao pai, mas apoiado pela mãe que exaltava os dotes de um poeta precoce, tanto que Baudolino acabou esquecendo seu verdadeiro nome, se é que o ouviu algum dia. Chamava-o Poeta, e assim todos os outros o conheceram depois. Baudolino descobriu logo que o Poeta jamais escreveu um único poema, declarando certa vez apenas o desejo de escrever. Como recitasse com garbo poemas de outrem, acabou por convencer-se o pai de que o filho devia seguir as Musas, e o deixou partir, dando-lhe apenas o suficiente para sobreviver, com a ideia errada de que o pouco que bastava para viver em Colônia era mais que suficiente para viver em Paris.

Logo que chegou, Baudolino não via a hora de obedecer à imperatriz, e escreveu-lhe algumas cartas. No início, acreditara acalmar seus ardores respondendo àquele convite, mas percebeu como era doloroso escrever sem poder lhe dizer o que realmente sentia, redigindo cartas perfeitas e graciosas, nas quais descrevia Paris, cidade rica de belas igrejas, onde se respirava um ar muito puro, o céu vasto e sereno, exceto quando chovia, não mais do que uma ou duas vezes por dia, para alguém que chegava das neblinas quase eternas, era um lugar de eterna primavera. Havia um rio sinuoso com duas ilhas no meio, e a água era muito boa de se beber, e pouco além das muralhas havia lugares salubres, como um prado, próximo da abadia de Saint Germain, onde muitos passavam belíssimas tardes jogando bola.

Contou-lhe a respeito de suas dificuldades nos primeiros dias, porque era preciso encontrar um quarto para dividir com seu companheiro, sem deixar-se roubar pelos arrendatários. Por um preço alto, conseguiram um lugar suficientemente espaçoso, com mesa, dois bancos, prateleiras para os livros e um baú. Havia uma cama alta com um acolchoado de penas de avestruz, e outra baixa de rodinhas, com um acolchoado de penas de ganso, que de dia ficava escondida debaixo da cama maior. A carta não dizia que, após uma breve hesitação acerca da distribuição das camas, ficou acertado que a cada noite os dois coabitantes apostariam no xadrez a cama mais confortável, porque o xadrez era considerado na corte um jogo pouco recomendável.

Noutra carta contava-lhe que era costume acordar cedo, porque as aulas começavam às sete e duravam até o fim da tarde. Cada um se preparava com um bom pedaço de pão e uma tigela de vinho para ouvir os professores numa espécie de estábulo, onde, sentados no chão sobre um pouco de palha, sentia-se mais frio lá dentro do que fora. Beatriz comoveu-se e recomendou que não exagerasse no vinho, pois um menino acaba se sentindo fraco o dia inteiro e que contratasse um fâmulo, não só para que levasse os livros, que eram muito pesados, e levá-los sozinho era indigno para um nobre, mas também para que comprasse lenha e acendesse de quando em quando a lareira no quarto, para ficar aquecida à noite. E para todas aquelas despesas, ela enviou quarenta sólidos de Susa, que era o suficiente para se comprar um boi.

O fâmulo não foi contratado e a lenha não foi comprada, porque os dois acolchoados eram o bastante, e a soma foi gasta mais judiciosamente, visto que passavam a noite nas tabernas, que já eram otimamente aquecidas, e lhes permitiam recobrar as forças, após uma jornada de estudo, apalpando o traseiro das serviçais. Além disso, naqueles ambientes de alegre descanso, como o Escudo de Prata, a Cruz de Ferro, ou Aos Três Candelabros, entre um jarro e outro, revigorava-se com pastéis de porco ou de frango, dois pombos ou um ganso assado e, quem era mais pobre, com tripa ou carneiro. Baudolino ajudava o Poeta, sem dinheiro, para não viver apenas de tripa. Mas o Poeta era um amigo caro, porque a quantidade de vinho que bebia fazia emagrecer a olhos vistos aquele boi de Susa.

Deixando para trás esses detalhes, Baudolino passou a escrever sobre seus professores e as belas coisas que aprendia. Beatriz era muito sensível a essas revelações, que lhe permitiam satisfazer seu desejo de conhecimento, e mais do que ler estudava as cartas nas quais Baudolino explicava-lhe a gramática, a dialética, a retórica, a geometria, a música e a astronomia. Mas Baudolino sentia-se sempre mais desprezível, porque não dizia o que se passava em seu coração, além de todas as outras coisas que fazia, e que não se pode dizer para a mãe, a irmã, a imperatriz, e muito menos à mulher amada.

Primeiramente jogava-se bola, é verdade, mas brigava-se também com o pessoal da abadia de Saint Germain, ou entre estudantes de diversas procedências, como picardos contra normandos, e cada qual se insultava em latim, para que todos soubessem que se tratava de uma ofensa. Tudo o que não agradava ao Grande Prepósito, que enviava seus arqueiros para prender os mais exaltados. Naquela altura obviamente os estudantes esqueciam as suas divisões e reuniam-se para brigar com os arqueiros.

Não havia ninguém mais corruptível do que os arqueiros do Prepósito: e assim, pois, se um estudante era preso, todos deviam meter a mão na bolsa para induzir os arqueiros a libertá-lo. Mas isso tornava os prazeres parisienses ainda mais caros.

Em segundo lugar, um estudante que não tinha suas aventuras amorosas era ridicularizado pelos companheiros. Infelizmente, a coisa mais inacessível para um estudante eram as mulheres. Viam-se pouquíssimas estudantes, e ainda circulavam lendas sobre a bela Heloísa, que custara a seu amante o corte das partes pudendas, mesmo que uma coisa fosse ser estudante, e portanto mal-afamado e tolerado por definição, e outra coisa professor, como o grande e infeliz Abelardo. Com o amor mercenário não se podia abusar, pois era muito caro, e assim, pois, era preciso ficar próximo de alguma criadinha de taberna, ou de alguma rapariga do bairro, mas no bairro havia mais estudantes do que moças.

A menos que não soubesse passear com ar distraído e olhar maroto pela ilha da Cité e conseguisse conquistar senhoras de boa condição. Muito cobiçadas eram as mulheres dos açougueiros da Grève, os quais, após uma honrada carreira em seu ofício, já não abatiam os animais, mas mandavam no mercado da carne, comportando-se como senhores. Com um marido que nascera destrinchando quartos de boi, e tendo alcançado o bem-estar em idade avançada, suas esposas eram sensíveis ao fascínio dos estudantes mais prestimosos e tanto melhor quanto mais jovem fossem. Mas essas mulheres vestiam roupas espalhafatosas, enfeitadas com peliça, cintos de prata e joias, o que causava dificuldade à primeira vista para distingui-las das prostitutas de luxo, as quais, apesar das proibições legais, ousavam vestir-se do mesmo modo. Isso expunha os estudantes a lamentáveis equívocos, pelos quais eram ridicularizados por seus amigos.

Se afinal se conseguia conquistar uma verdadeira senhora, ou então uma moça ilibada, seus pais e maridos, mais cedo ou mais tarde, acabavam percebendo e chegavam às vias de fato, quando não pegavam em armas, escapavam mortos ou feridos, quase sempre o marido ou o pai, então voltava-se a brigar com os arqueiros do Prepósito. Baudolino não matara ninguém, e frequentemente mantinha-se distante das rixas, mas teve de lidar com um marido (e açougueiro). Ousado no amor, mas prudente em assuntos de guerra, quando o marido entrou no quarto, agitando um daqueles ganchos para pendurar animais, ele tentou saltar pela janela. Mas, enquanto calculava judiciosamente a altura antes de se lançar, teve tempo de receber um corte na bochecha, ornando assim para sempre o seu rosto com uma cicatriz digna de um homem de armas.

Por outro lado, conquistar as damas não era uma coisa fácil e exigia longas observações (em prejuízo das aulas), e dias inteiros olhando pela janela, o que causava-lhes tédio. Assim, os sonhos de sedução eram abandonados, jogavam água nos transeuntes ou alvejavam as mulheres, atirando-lhes ervilhas com zarabatanas, ou então zombavam dos professores que passavam debaixo da janela, e se aqueles porventura ficassem aborrecidos, seguiam-nos em comitiva até suas casas, jogando pedras nas janelas, porque os estudantes eram aqueles que os pagavam e tinham portanto algum direito.

BAUDOLINO ESTAVA realmente dizendo a Nicetas aquilo que não dissera a Beatriz, ou seja, que estava se transformando num daqueles clérigos que estudavam artes liberais em

Paris, ou jurisprudência em Bolonha, ou medicina em Salerno, ou magia em Toledo, mas que em nenhum desses lugares aprendiam bons costumes. Nicetas não sabia se devia escandalizar-se, admirar-se ou divertir-se. Em Bizâncio, havia apenas duas escolas particulares para jovens de famílias ricas, nas quais, desde a mais tenra idade, aprendia-se gramática e liam-se livros piedosos e obras-primas da cultura clássica; depois dos onze anos estudava-se poesia e retórica, aprendendo a compor com base em modelos literários dos antigos: e quanto mais raros eram os termos usados e mais complexas as construções sintáticas, mais eram julgados prontos para um brilhante futuro na administração imperial. Mais tarde, ou se tornavam sábios no mosteiro, ou estudavam direito ou astronomia com professores particulares. Seja como for, estudava-se seriamente, enquanto parecia que em Paris os estudantes fizessem de tudo, menos estudar.

Baudolino corrigiu: "Em Paris trabalhava-se muito. Por exemplo, após os primeiros anos tomava-se parte nos debates, e no debate aprendemos a fazer objeções e a passar às determinações, e à solução final de uma questão. Além do mais, não deves pensar que as aulas sejam a coisa mais importante para um estudante, nem que a taberna seja apenas um lugar onde se perde tempo. O melhor do *studium* é que se aprende com os professores, e ainda mais com os companheiros, especialmente com os mais velhos, quando contam o que leram; descobre-se que o mundo deve estar cheio de coisas maravilhosas e que para conhecê-las, posto que a vida jamais será suficiente para percorrer toda a Terra, não nos resta senão ler todos os livros."

Baudolino pudera ler muitos livros com Oto, mas não imaginava que tantos pudessem existir no mundo, como em Paris. Não estavam à disposição de todos, mas a boa sorte, ou seja, a frequentação das boas tabernas, fizera-lhe conhecer Abdul.

"Para contar o que Abdul tinha a ver com as bibliotecas é preciso dar um passo para trás, senhor Nicetas. Ora, enquanto eu frequentava uma aula, como sempre soprando em meus dedos para os aquecer, e com o traseiro gelado, pois a palha protegia pouco daquele chão gelado, como toda Paris naqueles dias de inverno, observei certa manhã um rapaz perto de mim, e pela cor de seu rosto parecia sarraceno, mas seus cabelos eram ruivos, coisa que não acontece com os mouros. Não sei se seguia a aula ou se perseguia seus pensamentos, mas tinha um olhar perdido no vazio. De quando em quando, apertava, tremendo, suas roupas, e depois contemplava o vazio, e às vezes traçava alguma coisa na lousa. Estiquei o pescoço e percebi que desenhava pela metade aquelas caganitas de moscas que são as letras dos árabes, e ademais escrevia numa língua que se parecia com a latina, mas que não era, e que me lembrava até os dialetos de minha região. Quando, afinal, terminou a aula, procurei falar com ele, ao que reagiu de maneira gentil, como se houvesse tempo desejasse encontrar alguém para conversar, fizemos amizade, e começamos a passear ao longo do rio, enquanto ele me contava sua história."

O jovem chamava-se Abdul, tal como um mouro, mas sua mãe vinha de Hibérnia, e isso explicava os cabelos ruivos, pois todos os que vêm daquela ilha perdida são assim, e a fama os quer bizarros e sonhadores. O pai era provençal, de uma família que se instalara além-mar após a conquista de Jerusalém, havia mais de cinquenta anos. Como Abdul tentava explicar, esses nobres francos do reino de além-mar haviam assumido as vestimentas dos povos conquistados, usando turbantes e outras coisas turquescas, falavam a língua de seus inimigos, e pouco faltava para que seguissem os preceitos do Alcorão. Razão pela qual um hibérnio (pela metade), com os cabelos ruivos, chamava-se Abdul e tinha o rosto queimado pelo sol daquela Síria onde nascera. Pensava em árabe, e em provençal contava as antigas sagas dos mares gelados do Norte, ouvidas por sua mãe.

Baudolino perguntou-lhe logo se viera a Paris para tornar-se um bom cristão e falar como se deve, ou seja, em bom latim. Acerca das razões pelas quais viera a Paris, Abdul mantinha-se reticente. Falava de algo que lhe acontecera, ao que parece inquietante, de uma espécie de prova terrível à qual fora submetido ainda jovem, razão pela qual seus nobres pais decidiram mandá-lo a Paris, para protegê-lo, quem sabe, de alguma vingança. Quando falava, Abdul corava, como pode corar um mouro, tremiam-lhe as mãos, e Baudolino decidia mudar o rumo da conversa.

O jovem era inteligente e após alguns meses em Paris falava latim e o vulgar local, morava com um tio, cônego da abadia de São Vítor, um dos santuários do saber daquela cidade (e talvez de todo o mundo cristão), com uma biblioteca mais rica do que a de Alexandria. Tal a explicação de como, nos meses seguintes, por causa de Abdul, Baudolino e o Poeta tiveram acesso àquele repositório do saber universal.

Baudolino perguntou a Abdul o que ele escrevera durante a aula, e o companheiro disse-lhe que as notas em árabe diziam respeito a certas coisas sobre as quais falara o professor de dialética, porque o árabe é com certeza a língua mais favorável para a filosofia. Quanto às outras coisas, estavam em provençal. Não queria falar a respeito disso, esquivou-se por muito tempo, mas com ar de quem pede com os olhos que se continue perguntando, e afinal traduziu. Eram versos, que diziam algo mais ou menos assim: *Ah, por teu amor ausente – minha mente desatina... minha flórida cortina, minha ignota companheira.*

"Sabes fazer versos?", perguntou Baudolino.

"Canto canções. Canto o que sinto. Amo uma princesa distante."

"Uma princesa? Quem é?"

"Não sei. Eu a vi – ou seja, não exatamente, mas é como se eu a tivesse visto – enquanto estava preso na Terra Santa... em suma, enquanto eu vivia uma aventura de que ainda não te disse nada. Meu coração inflamou-se, e jurei eterno amor a essa Senhora. Decidi dedicar-lhe minha vida. Talvez um dia hei de encontrá-la, mas tenho medo de que isso ocorra. Como é bom sofrer por um amor impossível."

Baudolino estava para dizer-lhe paspalhão, como dizia seu pai, mas lembrou-se logo depois de que ele também sofria por um amor impossível (ainda que tivesse visto seguramente Beatriz e que a sua imagem o obcecasse todas as noites) e sentiu compaixão pela sorte do amigo Abdul.

Eis como se inicia uma bela amizade. Na mesma noite, Abdul apresentou-se no quarto de Baudolino e do Poeta com um instrumento que Baudolino nunca vira até então, em forma de amêndoa, com muitas cordas esticadas, e com os dedos que vagavam por aquelas cordas, ele cantou:

> Lá na beira da nascente
> o regato flui mais claro,
> cresce a rosa pequenina,
> e, nos ramos apoiado,
> o rouxinol docemente
> a sua canção afina,
> que eu repito sempre inteira.

Ah, por teu amor ausente,
sem remédio e sem reparo,
minha mente desatina
se não segue o teu chamado,
tua graça onipresente,
minha flórida cortina,
minha ignota companheira.

A distância é minha sina
e de amor vivo abrasado.
Beleza mais transcendente
nas mulheres não reparo,
quer judia, sarracina,
ou cristã, é indiferente.
De teu amor, quem se abeira?

Dia e noite não termina,
meu amor, esse cuidado,
que desejo tão crescente
escurece o sol mais claro.
Essa dor que me domina
já me faz convalescente,
descem lágrimas ligeiras.

A MELODIA ERA doce, os acordes despertavam paixões ignoradas ou adormecidas, e Baudolino pensou em Beatriz.

"Meu Jesus Cristo", disse o Poeta, "por que não sei fazer versos tão belos?"

"Não quero ser tomado por um poeta. Canto para mim, e é o que me basta. Se quiseres, eu os ofereço a ti", disse Abdul, comovido.

"Ótimo", reagiu o Poeta, "se eu os traduzir do provençal para o alemão, vão ficar uma merda..."

Abdul passou a ser o terceiro daquele grupo, e quando Baudolino tentava não pensar em Beatriz, aquele mouro danado dos cabelos ruivos pegava seu instrumento maldito e cantava canções que roíam o coração de Baudolino:

Se o rouxinol em meio às frondes
concede amor e amor pretende,
e a companheira corresponde
e cada qual já se confunde
no mesmo canto, riacho e onda
no grande júbilo do prado,
segue feliz meu coração.

E assim minha alma se confunde
só de amizade, e outro tão grande
fruto ou prebenda não pretende,
senão o amor que lhe responde,
e que tão rápido se acende
no meu coração maltratado
nessa amarga degustação.

Baudolino prometia a si mesmo que um dia ele também havia de escrever canções para a sua imperatriz distante, mas não sabia exatamente como fazer, pois nem Oto nem Rahewino jamais lhe haviam falado de poesia, a não ser quando lhe ensinavam algum hino sacro. Naquele momento buscava tirar proveito de Abdul para ter acesso à biblioteca de São Vítor, na qual passava longas manhãs, em prejuízo das aulas, ruminando com os lábios entreabertos textos fabulosos, não os manuais de gramática, mas as histórias de Plínio, o romance de Alexandre, a geografia de Solino e as etimologias de Isidoro...

Lia sobre terras distantes onde viviam crocodilos, grandes serpentes aquáticas, que após terem comido os homens choravam, moviam a maxila superior e não possuíam língua; os hipopótamos, metade homens e metade cavalos; a besta leucrócoca, corpo de asno, traseiro de cervo, peito e coxas de leão, pés de cavalo, chifre bifurcado, boca cortada até as orelhas, da qual sai uma voz quase humana e no lugar dos dentes não havia mais que um osso. Lia sobre países onde moravam homens sem articulações nos joelhos, homens sem língua, homens de orelhas tão grandes que chegavam a proteger o corpo do frio, e os ciápodes, que correm, velocíssimos, num só pé.

Não podendo enviar a Beatriz canções que não fossem as suas (e ainda que ele as escrevesse, não ousaria), decidiu que, tal como se costumam enviar flores ou joias à amada, haveria de dar-lhe todas as maravilhas que ia conquistando. Assim, escrevia-lhe sobre terras nas quais cresciam árvores da farinha e do mel, do monte Ararat, sobre cuja elevação, nos dias límpidos, viam-se os restos da arca de Noé, e quem chegou até lá em cima diz que conseguiu tocar com o dedo o furo pelo qual escapou o demônio quando Noé recitou o Benedicite. Falava-lhe da Albânia, um imenso país onde os homens são mais brancos do que em outros lugares e seus pés são finos como os bigodes dos gatos; de um país no qual, se alguém olha para o oriente, projeta a própria sombra à direita; de outro, habitado por gente ferocíssima, onde, ao nascerem as crianças, faz-se grande luto, e grandes festas quando morrem; sobre regiões onde surgem enormes montanhas de ouro vigiadas por formigas tão grandes como os cães, e onde vivem as Amazonas, mulheres guerreiras que mantêm os homens numa região limítrofe, se dão à luz um menino mandam-no ao pai, quando não o matam; se geram uma menina arrancam-lhe o seio com um ferro em brasa, se for de origem nobre, o seio esquerdo, para que possa carregar o escudo, se de origem baixa, o seio direito para que possa atirar com o arco. E contava-lhe, afinal, sobre o Nilo, um dos quatro rios, que nascem do monte do Paraíso Terrestre, corre pelos desertos da Índia, avança pelo subsolo, volta a subir perto do monte Atlas, e finalmente se lança ao mar, após atravessar o Egito.

Mas quando chegava à Índia, Baudolino praticamente esquecia Beatriz, e sua mente se voltava para outras fantasias, porque pusera na cabeça que naquela região devia existir, se acaso existisse, o reino daquele Presbyter Johannes, de que lhe falara Oto. Baudolino jamais deixava de pensar no Padre Johannes, e mais especialmente todas as vezes que lia a respeito de um país desconhecido, e ainda mais quando apareciam no pergaminho miniaturas multicoloridas de seres estranhos, como os homens chifrudos, ou os pigmeus, que passam a vida lutando contra as gruas. Pensava tanto que costumava falar de si para si do Preste João como se fosse um amigo de família. E, assim, pois, saber onde estava era para ele algo de extrema importância e, se ele não se encontrasse em parte alguma, devia descobrir forçosamente uma Índia para colocá-lo, porque via-se ligado por um juramento (embora jamais o tivesse pronunciado) ao querido bispo moribundo.

Falara a respeito do Padre a seus dois companheiros, que haviam sido prontamente atraídos pelo jogo, e comunicavam a Baudolino todo tipo de incerta e curiosa notícia, que encontravam remexendo nos códices, que pudessem ter cheiro dos incensos da Índia. Abdul teve a ideia de que sua princesa distante, se é que tinha de estar distante, deveria esconder seu esplendor no país mais distante de todos.

"Sim", respondeu Baudolino, "mas por onde se passa para se chegar até a Índia? Não devia ser muito longe do Paraíso Terrestre, portanto a oriente do Oriente, exatamente onde a terra termina e começa o Oceano..."

Não haviam ainda começado a frequentar as aulas de astronomia, e da forma da Terra não tinham mais que uma vaga ideia. O Poeta ainda estava convencido de que era uma longa superfície plana, de cujas bordas as águas do Oceano caíam, sabe Deus onde. Para Baudolino, todavia, Rahewino disse-lhe – embora com algum ceticismo – que não somente os grandes filósofos da Antiguidade ou Ptolomeu, pai de todos os astrônomos, mas também Santo Isidoro afirmara que era uma esfera, e mais, Isidoro estava tão cristãmente seguro que chegou a fixar sua amplitude no equador em oitenta mil estádios. Rahewino, porém, apressava-se em dizer que era também verdade que alguns Padres, como o grande Lactâncio, recordaram que, segundo a Bíblia, a Terra tinha a forma de um tabernáculo e, assim o Céu e a Terra, juntos, deviam ser vistos como uma arca, um templo com sua bela cúpula e seu piso, como uma grande caixa, afinal, mas não uma bola. Rahewino, homem prudentíssimo, limitava-se a dizer o que dissera Santo Agostinho, que provavelmente tinham razão os filósofos pagãos e que a Terra fosse redonda, e que a Bíblia falara de tabernáculo de modo figurado, mas o fato de saber como era não ajudava a resolver o único sério problema de todo bom cristão, ou seja, como salvar a própria alma, e, assim, dedicar-se apenas uma meia hora a ruminar a forma da Terra era tempo perdido.

"Parece-me justo", disse o Poeta, que estava com pressa de ir à taberna, "é inútil buscar o Paraíso Terrestre, porque devia ser uma obra-prima de jardins pênseis, ficou desabitado desde os tempos de Adão, e ninguém cuidou mais em reforçar os terraços com paliçadas e sebes, e durante o Dilúvio tudo deve ter desmoronado no Oceano."

Abdul, todavia, estava convencido de que a Terra tinha a forma de uma esfera. Se fosse apenas uma única superfície plana, argumentava, com indubitável rigor, meu olhar que o meu amor torna mais aguçado, assim como o de todos os amantes – conseguiria perceber, mesmo que de muito longe, um sinal qualquer da presença de minha amada, precisamente onde a curva da Terra acaba por subtraí-la ao meu desejo. E fuçava na biblioteca de São Vítor, encontrando mapas que reproduzia de cor para seus amigos.

"A terra encontra-se no centro do grande anel do Oceano, e é dividida por três cursos d'água: o Helesponto, o Mediterrâneo e o Nilo."

"Um momento, onde está o Oriente?"

"Aqui no alto, é claro, onde fica a Ásia, e na extremidade oriental, mais precisamente onde o sol nasce, o Paraíso Terrestre. À esquerda do Paraíso, está o monte Cáucaso, e muito próximo, o mar Cáspio. Deveis saber que existem três Índias, uma Índia Maior, muito quente, exatamente à direita do Paraíso, uma Índia Setentrional, além do mar Cáspio, aqui no alto, à esquerda, onde faz tanto frio que a água se transforma em cristal, e onde moram os povos de Gog e Magog, que Alexandre Magno aprisionou atrás de uma parede, e afinal uma Índia Temperada, perto da África. E aqui está a África, à direita, para baixo, para o sul, onde corre o Nilo, e onde se abre o golfo Arábico e o golfo Pérsico, justamente no mar Vermelho, além do qual está situada a terra deserta, próxima ao sol do equador, e tão quente que ninguém pode se aventurar naquelas regiões. Ao ocidente da África, próximo da Mauritânia, temos as ilhas Afortunadas, ou a ilha Perdida, que foi descoberta há muitos séculos por um santo de minha terra. Embaixo,

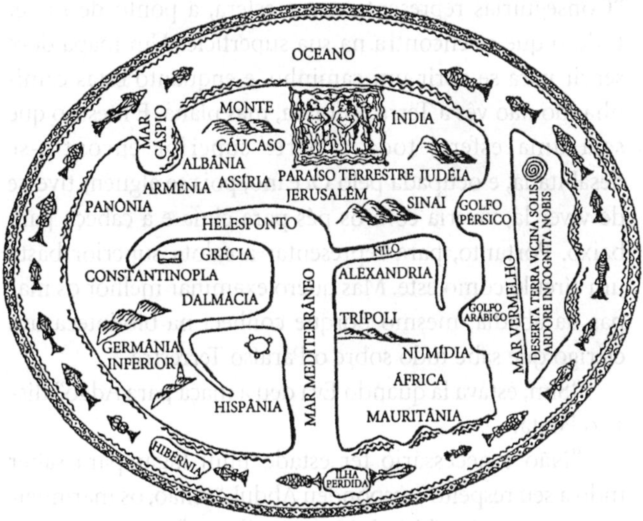
OCEANO
MAR CÁSPIO
MONTE
CÁUCASO
ÍNDIA
ALBÂNIA
ARMÊNIA
ASSÍRIA
PARAÍSO TERRESTRE
JUDÉIA
JERUSALÉM
SINAI
PANÔNIA
GOLFO PÉRSICO
HELESPONTO
DESERTA TERRA VICINA SOLIS
ARDORE INCOGNITA NOBIS
NILO
GRÉCIA
CONSTANTINOPLA
ALEXANDRIA
MAR VERMELHO
DALMÁCIA
GOLFO ARÁBICO
TRÍPOLI
MAR MEDITERRÂNEO
GERMÂNIA INFERIOR
NUMÍDIA
ÁFRICA
HISPÂNIA
MAURITÂNIA
HIBERNIA
ILHA PERDIDA

para o norte, encontra-se a terra na qual vivemos, com Constantinopla, no Helesponto, a Grécia e Roma, e, no extremo norte, a Germânia e a ilha Hibérnia."

"Mas como podes levar a sério um mapa dessa espécie", ria zombeteiro o Poeta, "que mostra a Terra plana, enquanto afirmas que é uma esfera?"

"Mas de que maneira raciocinas?", irritou-se Abdul. "Conseguirias representar uma esfera, a ponto de se ver tudo o que se encontra na sua superfície? Um mapa deve servir para se abrir um caminho, e enquanto estás caminhando não vês a Terra redonda, mas plana. E mesmo que seja uma esfera, toda a parte superior encontra-se desabitada, e ocupada pelo Oceano, pois se alguém tivesse de viver lá, viveria com os pés para cima e a cabeça para baixo. Portanto, para representar a calota superior basta um círculo como este. Mas quero examinar melhor os mapas da abadia, mesmo porque conheci na biblioteca um clérigo que sabe tudo sobre o Paraíso Terrestre."

"Sim, estava lá quando Eva deu a maçã para Adão", disse o Poeta.

"Não é necessário ter estado num lugar para saber tudo a seu respeito", respondeu Abdul, "senão, os marinheiros seriam mais sábios do que os teólogos."

ISSO, EXPLICAVA Baudolino para Nicetas, para dizer como, desde aqueles primeiros anos em Paris, e ainda praticamente imberbes, nossos amigos começaram a deixar-se levar por aquela história, que muitos anos depois acabaria por levá-los aos extremos confins do mundo.

7
Baudolino escreve cartas de amor a Beatriz e poemas ao Poeta

Na primavera, Baudolino descobriu que seu amor crescia sempre mais, como acontece com os amantes naquela estação, e não se aplacava com as esquálidas aventuras com moças de pouca reputação, antes, se agigantava com a comparação, porque Beatriz, além da vantagem da graça, da inteligência e da unção real, possuía também a da ausência. Sobre os fascínios da ausência, Abdul não cessava de atormentá-lo, passando as noites a acariciar seu instrumento e a cantar outras canções, tanto que para degustá-las por completo Baudolino começou a aprender também o provençal.

Em maio quando os dias são maiores
ouço o cantar dos pássaros ao longe,
e sinto uma doçura e mil tremores,
ao evocar o meu amor tão longe.
Mas de tanto sofrer sigo sozinho
e já não quero o canto, a rosa e o espinho...

BAUDOLINO SONHAVA. Abdul se aflige por ver um dia sua ignota princesa, dizia de si para si. Bem-aventurado! Meu sofrimento é maior, pois mais cedo ou mais tarde deverei voltar a ver minha amada, e não tive a felicidade de nunca a ter visto, tenho, ao contrário, a desventura de saber quem é e como. Mas, se Abdul encontra algum consolo ao contar o seu tormento, por que não deveria eu encontrá-lo, contando minha dor para ela? Em outras palavras, Baudolino intuiu que podia disciplinar as batidas do coração escrevendo o que sentia, e tanto pior se o objeto de seu amor ficasse privado desses tesouros de ternura. Assim, pois, tarde da noite, enquanto o Poeta dormia, Baudolino escrevia.

"*A estrela clareia o polo e a lua colore a noite. Sou guiado apenas por um astro e se, dissipadas as trevas, minha estrela surgir a oriente, hei de ignorar as trevas da dor. Minha estrela luminosa, hás de pôr fim à noite, porque longe de ti é noite a própria luz, e diante de ti a noite é luz que resplandece.*"

E depois: "*Se tenho fome, só tu me sacias; se tenho sede, só tu me dessedentas. Mas o que estou a dizer? Tu restauras, mas não sacias. Nunca estou saciado de ti e jamais estarei...*" E ainda: "*É tamanha a tua doçura, tão admirável a tua constância, tão inefável o som de tua voz, tamanha a beleza e a graça que coroam o teu ser, que seria descortês tentar exprimi-las com palavras. Que o fogo que nos consome não cesse de crescer, e com novo alimento, e quanto mais oculto, tanto mais queime e engane os invejosos e insidiosos, de modo que sempre permaneça a dúvida sobre qual de nós é aquele que mais ama, e de que modo realizamos um belíssimo combate de que somos ambos vencedores...*"

Eram lindas cartas, e ao relê-las Baudolino estremecia, e se apaixonava cada vez mais por uma criatura que sabia inspirar tantos ardores. Numa certa altura não pôde mais aceitar não saber como Beatriz reagiria a tanta e tão suave violência, e deciciu fazê-la responder. E, buscando imitar a caligrafia dela, escreveu a si mesmo:

"*Ao amor que me assoma dos precórdios, e que recende mais que todos os perfumes, aquela que é tua de corpo e alma, às flores sequiosas de tua juventude, augura o frescor de uma eterna felicidade... A ti, minha leda esperança, ofereço minha fé, e a mim mesma, com toda a devoção, enquanto viver...*"

"Oh", disse-lhe ele subitamente, *"fica bem, porque em ti está o meu bem, minha esperança e meu descanso. Mal acabo de acordar e minh'alma te reecontra, guardada dentro de si..."*

E ela, ousadíssima: *"Desde o primeiro instante em que nos vimos eu te escolhi, e ao te escolher te desejei, e ao te desejar te procurei, e ao te procurar te encontrei, e ao te encontrar eu te amei, e ao te amar te desejei, e ao te desejar eu te pus inteiramente em meu coração... e degustei o teu mel... Adeus, meu coração, meu corpo, minha única felicidade..."*

Essa correspondência, que durou alguns meses, deu primeiramente conforto ao ânimo exacerbado de Baudolino, depois imensa alegria, e, finalmente, uma espécie de ardente orgulho, pois o amante não havia conseguido perceber quanto sua amada o amasse. Como todos os namorados, Baudolino tornara-se presunçoso, escrevia que desejava desfrutar zelosamente com sua amada o segredo dos dois, mas exigia, ao mesmo tempo, que o mundo inteiro soubesse de sua felicidade e que ficasse assombrado com a desmedida amabilidade daquela que o amava.

Assim, mostrou um dia aos amigos aquele epistolário. Foi impreciso e reticente sobre como e com quem se correspondia. Não mentiu, disse, ao contrário, que mostrava aquelas cartas porque eram fruto de sua fantasia. Mas os outros dois acreditaram que, exatamente e apenas nesse ponto, estivesse mentindo, e invejavam-lhe ainda mais a sua sorte. Abdul atribuiu em seu coração as cartas à sua princesa, e sofria como se ele mesmo as tivesse recebido. O Poeta, que ostentava não dar importância àquele jogo literário (mas, que se mortificava do fundo do coração por não ter sido ele a escrever cartas tão belas, solicitando respostas ainda mais belas), não tendo ninguém por quem se apaixonar, havia se apaixonado pelas próprias cartas – o que aliás, comentava, sorrindo, Nicetas, não era de se espantar, pois na juventude temos a inclinação de nos apaixonarmos pelo amor.

Para tirar talvez novos temas para suas canções, Abdul copiou cuidadosamente as cartas, para tornar a lê-las de noite em São Vítor. Até que um dia percebeu que alguém as roubara, e temia que aquele cônego dissoluto, depois de as ter lubricamente lido com vagar de noite, as tivesse jogado entre os mil manuscritos da abadia. Estremecendo, Baudolino fechou seu epistolário num baú, e daquele dia em diante não escreveu nenhuma outra missiva, para não comprometer sua correspondente.

PRECISANDO DE QUALQUER modo desafogar a inquietação de seus dezessete anos, Baudolino começou a escrever versos. Se nas cartas havia falado de seu amor puríssimo, nestes escritos fazia exercícios daquela poesia tabernária com a qual os clérigos da época celebravam a vida dissoluta e irresponsável que levavam, não sem algum aceno melancólico ao desperdício que faziam dela.

Querendo dar mostras de seu talento a Nicetas, recitou alguns hemistíquios:

Feror ego veluti – sine nauta navis,
ut per vias aeris – vaga fertur avis...
Quidquit Venus imperat – labor est suavis,
quae nunquam in cordibus – habitat ignavis.

AO PERCEBER QUE Nicetas compreendia mal o latim, ele traduziu aproximadamente: "Vago à deriva, como um navio sem piloto, como um pássaro no céu perdido... Mas que doce tormento obedecer a Vênus, e estranho tormento reside nos que sentem medo..."

Quando Baudolino mostrou esses e outros versos ao Poeta, ele queimou de inveja e de vergonha, chorou e confessou a aridez que lhe secava a imaginação, maldizendo sua impotência, gritando que preferiria não saber penetrar uma mulher do que ser incapaz de exprimir o que sentia dentro de si – e que era exatamente o que Baudolino conseguira exprimir tão bem, que o Poeta estava para perguntar-lhe se as houvesse lido no coração. Depois observou como seu pai teria se orgulhado dele, se soubesse que fazia versos tão belos, pois cedo ou tarde deveria justificar, perante a família e o mundo, aquela alcunha de Poeta, que ainda o orgulhava, mas que o fazia sentir-se um *poeta gloriosus*, um fanfarrão, que se apropria de uma dignidade que não é sua.

Baudolino o viu tão desesperado que colocou o pergaminho em suas mãos, oferecendo-lhe seus poemas, para que ele os apresentasse como seus. Presente precioso, pois para contar algo de novo a Beatriz, Baudolino mandou-lhe os versos, atribuindo-os ao amigo. Beatriz leu esses versos para Frederico; Rainaldo di Dassel os ouviu e, homem amante das letras, embora sempre ocupado com intrigas palacianas, disse que apreciaria ter o Poeta a seu serviço...

Precisamente naquele ano, Rainaldo fora distinguido com a alta dignidade de arcebispo de Colônia, e ao Poeta, a ideia de se tornar poeta de um arcebispo e, portanto, como dizia, um pouco brincando e um pouco pavoneando-se, um Arquipoeta; não lhe desagradava muito, mesmo porque tinha pouquíssima vontade de estudar, não lhe bastava o dinheiro paterno em Paris, e imaginou – não erradamente – que um poeta da corte devia comer e beber todos os dias, sem maiores preocupações.

Mas para tornar-se poeta da corte era preciso escrever poemas. Baudolino prometeu escrever-lhe pelo menos uma dúzia, mas não todos de uma só vez: "Ouve", disse-lhe, "nem sempre os grandes poetas são diarreicos, às vezes são constipados, e justo estes são os maiores. Deverás mostrar-te como um atormentado pelas Musas, capaz de destilar um dístico de quando em quando. Com aqueles que te darei, prosseguirás por alguns poucos meses, mas dá-me tempo, pois não serei constipado e tampouco diarreico. Procura adiar a partida e manda para Rainaldo algum verso, para dar-lhe um gostinho. Enquanto isso, será melhor apresentar-te com uma dedicatória, um elogio a teu benfeitor."

Pensou durante toda a noite, e deu-lhe alguns versos para Rainaldo:

Presul discretissime – veniam te precor,
morte bona morior – dulci nece necor,
meum pectum sauciat – puellarum decor,
et quas tacto nequeo – saltem chorde mechor,

ou seja: "Nobilíssimo bispo, perdoa-me, pois que enfrento uma bela morte e me consome uma doce ferida: a beleza das jovens trespassa-me o coração, e aquelas que não consigo alcançar, as possuo ao menos em pensamento."

NICETAS OBSERVOU que os bispos latinos deliciam-se com raríssimos cantos sacros, mas Baudolino respondeu que devia primeiramente entender o que era um bispo latino, a quem não se pedia que fosse necessariamente um homem santo, ainda mais sendo um chanceler do império; em segundo lugar, quem era Rainaldo, pouquíssimo bispo e muitíssimo chanceler, com certeza amante da poesia, embora mais inclinado a usar os talentos de um poeta para seus próprios fins políticos, como acabaria fazendo.

"Assim o Poeta tornou-se famoso com teus próprios versos."

"Exatamente. Durante praticamente um ano o Poeta enviou a Rainaldo, em cartas que transbordavam devoções, versos que eu escrevia aos poucos e, por fim, Rainaldo quis obter aquele insólito talento a qualquer custo. O Poeta partiu com uma boa remessa de versos, ao menos para poder sobreviver durante um ano, por mais constipado que parecesse. Foi um triunfo. Jamais entendi como se pode ter orgulho de uma fama recebida como esmola, mas o Poeta estava satisfeito."

"Por falar em admiração, me pergunto que prazer sentiste vendo teus filhos atribuídos a outrem. Não é terrível demais um pai dar como esmola aos outros o fruto de suas vísceras?"

"O destino de uma poesia tabernária é a de passar de boca em boca, é uma felicidade ouvi-la cantar, e seria egoísmo desejar exibi-la apenas para aumentar a própria glória."

"Não creio que sejas tão humilde. Ficaste feliz por teres sido mais uma vez o Príncipe da Mentira, e disso te vanglorias, assim como esperas que um dia alguém encontre tuas cartas de amor entre os cartapácios de São Vítor, e sabe-se lá a quem os atribua."

"Não quero parecer humilde. Agrada-me fazer com que as coisas aconteçam, e ser o único a saber que são obra de minha autoria."

"A situação não muda em nada, meu amigo", disse-lhe Nicetas. "Com indulgência sugeri que desejavas ser o Príncipe da Mentira, e agora tu me deixas entender que querias ser Deus."

8
Baudolino no Paraíso Terrestre

Baudolino estudava em Paris, mas estava ao corrente do que se passava na Itália e na Alemanha. Rahewino, obedecendo às ordens de Oto, deu prosseguimento às *Gesta Friderici*, mas, tendo chegado ao fim do quarto livro, decidiu interrompê-lo, porque parecia-lhe blasfemo ultrapassar o número dos Evangelhos. Havia deixado a corte, satisfeito com o dever cumprido, e morria de tédio num mosteiro bávaro. Baudolino escreveu-lhe que passavam pelas suas mãos os livros da infindável biblioteca de São Vítor e Rahewino pediu que citasse algum tratado raro, que pudesse enriquecer seu conhecimento.

Baudolino, compartilhando a opinião de Oto sobre a escassa imaginação do pobre cônego, considerou útil alimentá-la um pouco, e após ter-lhe comunicado alguns títulos de códices que chegara a ver, citou outros que ele próprio acabara de inventar, como o *De optimitate triparum* do Venerável Beda, uma *Ars honeste petandi*, um *De modo cacandi*, um *De castramentandis crinibus*, e um *De patria diabolorum*. Obras que haviam suscitado o assombro e a curiosidade do bom cônego, que se apressara a pedir cópias daqueles desconhecidos tesouros da sabedoria. Serviço que Baudolino lhe prestou de bom grado, para sanar o remorso daquele pergaminho de Oto, que ele próprio apagara, mas não sabia exatamente o que devia copiar, e teve de inventar que aquelas obras estavam, sim, na abadia de São Vítor, mas que cheiravam a heresia e os cônegos não permitiam que ninguém chegasse a vê-las.

"Pouco depois", disse Baudolino a Nicetas, "soube que Rahewino escrevera a um douto parisiense que conhecia, implorando para que pedisse aqueles manuscritos aos vitorinos, dos quais naturalmente não encontraram nenhum rastro; acusaram o bibliotecário de incúria, e o coitado jurou que nunca chegou a vê-los. Imagino que algum cônego, para pôr as coisas no lugar, acabou por escrever realmente aqueles livros, e espero que um dia alguém os encontre."

O POETA, NESSE meio-tempo, informava Baudolino sobre as gestas de Frederico. As comunas italianas não estavam cumprindo os juramentos feitos na assembleia de Roncaglia. Os acordos determinavam que as cidades revoltosas demolissem as muralhas e destruíssem as máquinas de guerra, mas, em vez disso, os cidadãos fingiam aplainar os fossos ao redor da cidade, e os fossos continuavam lá. Frederico mandou alguns legados a Crema, para convidá-los a se apressar, e os cremascos ameaçaram assassinar os enviados imperiais, e se não tivessem escapado, iriam morrer de verdade. Pouco depois foram a Milão nada mais nada menos do que Rainaldo e um conde palatino, para que nomeassem os potestades, pois os milaneses não podiam pretender o reconhecimento dos direitos imperiais e eleger os cônsules sozinhos. Ali também faltou pouco para que arrancassem a pele daqueles dois enviados, que não eram enviados quaisquer, mas o chanceler do império e um dos condes do Palácio! Não contentes, os milaneses sitiaram o castelo de Trezzo, e acorrentaram a guarnição. Finalmente, atacaram Lodi mais uma vez, e quando tocavam em Lodi, o imperador perdia a cabeça. Assim, para dar um exemplo, mandou sitiar Crema.

A princípio, o cerco estava sendo executado segundo as regras de uma guerra entre cristãos. Os cremascos, ajudados pelos milaneses, haviam feito belas surtidas e capturado muitos prisioneiros imperiais. Os cremonenses (que por ódio aos cremascos tomavam então o partido do império, com os paveses e os lodigianos) haviam construído máquinas de assédio poderosíssimas – que custaram a vida mais aos sitiantes do que aos sitiados, e esse era o rumo das coisas. Travaram belíssimos combates, contava o Poeta com entusiasmo, e todos lembravam quando o imperador determinou que os lodigianos lhe dessem duzentos tonéis vazios, os encheu de terra e jogou no fosso, depois mandou cobrir tudo de terra e madeira que os lodigianos trouxeram em mais de duas mil carroças, para que fosse possível passar com os malhos, ou seja, os "gatos", para atacar as muralhas.

Mas quando se deu o assalto à maior das torres de madeira, aquela construída pelos cremonenses, e quando os sitiados começaram a lançar tantas pedras com suas calandras, correndo o risco de quase derrubá-la, o imperador acabou ficando fora de si. Mandou trazer prisioneiros de guerra cremascos e milaneses e os mandou amarrar na frente e nos lados da torre. Pensou que se os sitiados vissem diante deles seus próprios irmãos, primos, filhos e pais, não ousariam atirar. Não havia calculado quão grande era o furor dos cremascos – os que estavam nas muralhas e os que estavam amarrados fora das muralhas. Foram estes que gritaram a seus irmãos que não se preocupassem com eles, e os das muralhas, com os dentes cerrados, as lágrimas nos olhos, carrascos dos próprios parentes, continuavam alvejando a torre, matando nove deles.

Estudantes milaneses, recém-chegados em Paris, juravam a Baudolino que na torre haviam amarrado até as crianças, mas o Poeta lhe assegurou que tudo não passava de boatos. A verdade é que, naquela altura, até o imperador se impressionou, e mandou desamarrar os outros prisioneiros. Porém, cremascos e milaneses, enfurecidos pela morte de seus companheiros, tomaram a cidade dos prisioneiros alamânios e lodigianos, os agruparam nos espaldões, matando-os a sangue-frio, sob o olhar de Frederico. Este mandou então junto às muralhas dois prisioneiros cremascos e junto às muralhas foram julgados como bandidos e perjuros, condenados à morte. Os cremascos deixaram claro que, se Frederico os enforcasse, eles enforcariam aqueles seus homens que ainda mantinham como reféns; Frederico respondeu que pagava para ver e enforcou os dois prisioneiros. Como resposta, os cremascos enforcaram *coram populo* todos os seus reféns. Frederico, que já não raciocinava mais, pôs para fora os cremascos que estavam ainda em seu poder, mandou erguer uma selva de forcas diante da cidade e estava pronto para enforcar a todos. Bispos e abades haviam se precipitado ao lugar do suplício, implorando que ele, que devia ser a fonte da misericórdia, não emulasse a maldade de seus inimigos. Frederico foi tocado por aquela intervenção, mas como não podia engolir o seu propósito, decidiu justiçar pelo menos nove daqueles infelizes.

Ao ouvir essas coisas, Baudolino chorou. Não só por índole era um homem de paz, mas a ideia de que seu pai adotivo amantíssimo se houvesse maculado com tantos crimes acabou por convencê-lo a ficar estudando em Paris e, de maneira assaz obscura, sem perceber muito bem, decidiu que não era culpado por amar a imperatriz. Voltou a redigir cartas cada vez mais apaixonadas, e respostas que fariam estremecer um eremita. Dessa vez, contudo, não mostrou nada a seus amigos.

Sentindo-se, apesar disso, culpado, resolveu fazer algo pela glória de seu senhor. Oto lhe deixara um sacro legado: a missão de fazer sair das trevas dos boatos o Preste João. Baudolino dedicou-se à procura do Padre desconhecido, mas – segundo o testemunho de Oto – seguramente notabilíssimo.

TERMINADOS OS ANOS do trívio e quadrívio, como Baudolino e Abdul haviam sido educados na disputa, perguntaram-se com efeito se o Preste João existia realmente. Mas começaram a perguntar em condições que Baudolino tinha reservas para explicá-lo a Nicetas.

Depois da saída do Poeta, Abdul morava com Baudolino. Certa noite, Baudolino voltou para casa e encontrou Abdul cantando sozinho uma de suas mais belas canções, na qual sonhava encontrar sua princesa distante, mas, de repente, quando a via quase próxima, parecia-lhe que estivesse andando para trás. Baudolino não entendia se era a música ou se eram as palavras, mas a imagem de Beatriz, que lhe apareceu enquanto ouvia aquele canto, escapou-lhe, desaparecendo no nada, ao seu olhar. Abdul cantava e seu canto jamais parecera-lhe tão sedutor.

Terminada a canção, Abdul prostrou-se exausto. Baudolino temeu por um instante que estivesse para desmaiar e se debruçou sobre ele, mas Abdul ergueu a mão como que para tranquilizá-lo e começou a rir em voz baixa, sozinho, sem uma boa razão. Ria e seu corpo tremia da cabeça aos pés; Baudolino pensava que estivesse com febre; disse-lhe Abdul, sempre sorrindo, que o deixasse estar que se acalmaria, pois sabia muito bem do que se tratava. E, no fim, pressionado pelas perguntas de Baudolino, decidiu confessar seu segredo.

"Ouve, meu amigo. Peguei um pouco de mel verde, um pouco apenas. Sei que é uma tentação diabólica, mas às vezes me ajuda a cantar. Ouve, e não me censures. Quando menino, na Terra Santa, eu ouvia uma história maravilhosa e terrível. Contava-se que existia não muito longe de Antioquia uma raça de sarracenos, que morava entre as montanhas, num castelo inacessível, exceto para as águias. Seu senhor chamava-se Aloadin e incutia grandíssimo terror tanto nos príncipes sarracenos quanto nos cristãos. Com efeito, afirmava-se que, no centro de seu castelo, havia um jardim repleto de todas as espécies de frutas e de flores, onde corriam canais cheios de vinho, leite, mel e água, e a seu redor dançavam e cantavam jovens de incomparável beleza. No jardim podiam viver somente as jovens que Aloadin mandava raptar, e naquele lugar de delícias, adestrava-as apenas para o prazer. E digo prazer porque, tal como sussurravam os adultos – o que me fazia corar, perturbado –, aquelas jovens eram generosas e estavam prontas para satisfazer os hóspedes, proporcionando-lhes felicidades inefáveis e, imagino, extenuantes. Assim, naturalmente, quem entrava naquele lugar não desejava mais sair."

"Nada mal esse teu amigo Aloadin ou que raio de nome tivesse", sorriu Baudolino, passando na fronte do amigo um pano úmido.

"É o que pensas", disse Abdul, "porque não sabes a história verdadeira. Certa manhã, um desses jovens acordou num pátio esquálido, exposto ao sol, e se viu acorrentado. Passados alguns dias de sofrimento, levaram-no à presença de Aloadin, aos pés de quem se lançou, ameaçando suicídio e implorando que o levassem de volta para aquelas delícias, sem as quais não podia viver. Aloadin revelou-lhe, então, que ele caíra em desgraça junto ao profeta e que podia apenas cair de novo em suas graças se estivesse disposto a cumprir uma grande missão. Dava-lhe um punhal de ouro e dizia-lhe que, se partisse em viagem, seguisse para a corte de um senhor seu inimigo e que o matasse. Somente assim poderia merecer de novo o que desejava e, mesmo que morresse naquela missão, seria admitido no Paraíso, que era em todo o caso igual ao lugar de que fora excluído; aliás, melhor. Eis por que Aloadin possuía tão grande poder e assustava todos os príncipes vizinhos, mouros ou cristãos, pois seus enviados estavam dispostos a qualquer sacrifício."

"Ora", comentou Baudolino, "é muito melhor uma dessas belas tabernas de Paris, e as suas moças, que podemos ter sem dar garantias. Mas o que tens a ver com essa história?"

"Muito, porque quando tinha dez anos fui raptado pelos homens de Aloadin. E fiquei cinco anos com ele."

"E com dez anos desfrutaste de todas aquelas jovens de que estás falando? E acaso te mandaram matar alguém? Abdul, o que estás me dizendo?", preocupou-se Baudolino.

"Eu era muito pequeno para ser rapidamente admitido entre os jovens beatos, e fui entregue como servidor a um eunuco do castelo, que se ocupava de seus prazeres. Mas, ouve o que acabei descobrindo. Durante cinco anos nunca vi jardim algum, porque os jovens estavam sempre e tão somente acorrentados em fila naquele pátio batido pelo sol. A cada manhã um eunuco tirava de um armário certos vasos de prata, que guardavam uma pasta parecida com mel, mas de cor esverdeada, passava por cada um dos prisioneiros e lhes dava aquela substância. Eles a saboreavam, e começavam a contar a si mesmos e aos outros todas as delícias de que trata a lenda. Passavam o dia de olhos abertos, sorrindo, felizes. Ao anoitecer sentiam-se cansados, começavam a rir, às vezes de forma discreta, às vezes imoderada, e depois adormeciam. Conforme crescia, compreendi o engano a que eram submetidos por Aloadin: viviam acorrentados, achando que estivessem no Paraíso, e para não perder aquele bem, tornavam-se instrumento da vingança de seu senhor. E se depois voltavam salvos de suas missões, acabavam novamente acorrentados, mas voltavam a ver e sentir aquilo que o mel verde lhes fazia sonhar."

"E tu?"

"Certa noite, enquanto todos dormiam, entrei onde ficavam os vasos de prata que guardavam o mel verde e provei um pouco. Provei? Engoli duas colheres e de repente comecei a ver coisas prodigiosas..."

"Te sentias no jardim?"

"Não, eles deviam sonhar com o jardim porque, ao chegarem, Aloadin falava com eles do jardim. Creio que o mel verde faz ver o que cada um quer ver no fundo de seu coração. Eu estava no deserto, ou melhor, num oásis, e vi chegar uma esplêndida caravana de camelos, todos enfeitados com penachos, e um bando de mouros com turbantes coloridos, que tocavam tambores e címbalos. E atrás deles, num baldaquim levado por quatro gigantes, era Ela quem chegava, a princesa. Já não sei dizer como era, era... como posso dizer... fulgurante, lembro apenas de um raio, de um maravilhoso esplendor..."

"Mas como era o seu rosto, era belo?"

"Não cheguei a ver o seu rosto, estava com um véu."

"Mas, então, por quem te apaixonaste?"

"Por ela, porque não a vi. Uma doçura infinita tomou conta de meu coração, um langor que nunca mais se apagou. A caravana afastou-se rumo às dunas; entendi que aquela visão não voltaria mais, e disse para mim que deveria ter seguido aquela criatura, todavia comecei a rir ao amanhecer, pensando que fosse de felicidade, mas era o efeito produzido pelo mel verde quando seu poder se acaba. Quando acordei o sol já estava alto, e por pouco o eunuco não me surpreendeu adormecido naquele lugar. Desde então, decidi que deveria fugir para encontrar a princesa distante."

"Mas compreendeste que era apenas o efeito do mel verde..."

"Sim, a visão era uma ilusão, mas o que eu sentia agora dentro de mim não era uma ilusão, mas um desejo verdadeiro. Quando sentes um desejo, ele deixa de ser uma ilusão, passa a existir."

"Mas era o desejo de uma ilusão."

"Mas eu não queria mais perder aquele desejo. Era o suficiente para dedicar-lhe a vida."

EM POUCAS PALAVRAS, Abdul conseguiu encontrar uma forma de fugir do castelo, e conseguiu reunir-se com a família, que o considerava perdido. Seu pai, preocupado com a vingança de Aloadin, decidiu afastá-lo da Terra Santa e mandá-lo a Paris. Abdul, antes de fugir de Aloadin, levou um dos vasos do mel verde, mas explicou a Baudolino que não o havia mais tomado, pelo temor de que a maldita substância o levasse para aquele mesmo oásis, a reviver infinitamente o seu êxtase. Não tinha ideia se poderia resistir à emoção. Ademais, a princesa já estava com ele, e ninguém poderia tirá-la de si. Melhor desejá-la como meta do que tê-la numa falsa lembrança.

Depois, com o passar do tempo, e para encontrar força para as suas canções, nas quais estava a sua princesa, presente na distância, decidiu correr o risco de tomar um pouco do mel, muito pouco, na ponta da colher, o suficiente para dar gosto à língua. Tinha êxtases de pequena duração, e assim fizera aquela noite.

A história de Abdul intrigou Baudolino, e sentia-se tentado pela possibilidade de ter uma visão, ainda que breve, na qual se revelasse a imperatriz. Abdul não lhe pôde negar que o provasse. E Baudolino sentiu apenas um leve torpor e o desejo de rir. Mas percebeu sua mente excitada. E mais curiosamente, não por Beatriz, mas pelo Preste João – tanto que se perguntou se o seu verdadeiro objeto de desejo não era aquele reino mais inalcançável do que a senhora de seu coração. E foi assim que naquela noite Abdul, praticamente livre do efeito do mel, e Baudolino, ligeiramente inebriado, puseram-se a discutir a respeito do Padre, debatendo precisamente a questão de sua existência. E, já que parecia que a virtude do mel verde era a de tornar tangível o que jamais se viu, decidiram a favor da existência do Padre.

Ele existe, determinou Baudolino, pois não há razões que se oponham à sua existência. Existe, concordou Abdul, pois um clérigo me contou que, além das terras dos medos e dos persas, encontram-se reis cristãos combatendo com os pagãos daquelas regiões.

"Quem é esse clérigo?", perguntou Baudolino fremente.

"Boron", respondeu Abdul. E assim, no dia seguinte, começaram a procurar Boron.

Tratava-se de um clérigo de Montbéliard, o qual, errante como os seus iguais, estava agora em Paris (e frequentava a biblioteca de São Vítor) e não se sabia onde poderia estar no dia seguinte, porque dava a impressão de que estava empenhado num projeto seu do qual não falava com ninguém. Tinha uma cabeça grande, cabelos desgrenhados e olhos vermelhos de tanto ler com a lanterna, mas parecia realmente um poço de ciência. Ele os fascinou desde o primeiro encontro, naturalmente numa taberna, apresentando-lhes questões sutis, sobre as quais seus professores perderiam dias e dias em disputas: se era possível congelar o esperma, se uma prostituta poderia conceber, se o suor da cabeça era mais fedorento do que o de outros membros, se as orelhas coravam de vergonha, se um homem se entristecia mais com a morte do que com o matrimônio daquela que amava, se os nobres deviam ter orelhas caídas, ou se os loucos pioravam durante o plenilúnio. A questão que mais o intrigava era a existência do vazio, sobre a qual se julgava mais sábio do que qualquer outro filósofo.

"O vazio", dizia Boron, já com a boca pastosa, "não existe, porque a natureza tem horror dele. É evidente que não existe por motivos filosóficos, pois se existisse seria substância ou acidente. Substância material não é, pois, do contrário, seria corpo e ocuparia espaço, e não é tampouco substância incorpórea, pois do contrário seria inteligente como os anjos. Não é acidente, porque os acidentes existem apenas como atributos das substâncias. Em segundo lugar, o vazio não existe por motivos físicos: tome-se um vaso cilíndrico..."

"Mas por que", interrompeu Baudolino, "estás tão interessado em demonstrar que o vazio não existe? O que importa o vazio?"

"Importa e muito. Porque o vazio pode ser intersticial, isto é, existir entre dois corpos, em nosso mundo sublunar, ou então extenso, além do Universo que vemos envolto pela grande esfera dos corpos celestes. Se assim fosse, poderia haver naquele vazio outros mundos. Mas se demonstrarmos que não existe o vazio intersticial, tampouco existirá aquele extenso."

 "Mas o que importa se existem outros mundos?"

"Importa e muito. Porque se existissem, Nosso Senhor deveria sacrificar-se em cada um deles e em cada qual deveria consagrar o pão e o vinho. E assim sendo, o objeto supremo, que é testemunha e vestígio daquele milagre, não seria único, mas existiriam diversas cópias do mesmo. E que valor teria a minha vida se eu não soubesse que em algum lugar existe um objeto supremo, que deve ser reencontrado?"

"E qual seria esse objeto supremo?"

Aqui Boron respondia, abrupto:

"Assunto meu", disse, "coisas que não são boas para ouvidos profanos. Mas vamos falar de outra coisa: se existissem vários mundos, teriam existido vários primeiros homens, vários Adões e várias Evas que consumaram infinitas vezes o pecado original. Existiram, assim, vários Paraísos Terrestres de que foram expulsos. Podeis pensar que uma coisa sublime como o Paraíso Terrestre tenha existido muitas e muitas vezes como existem muitas cidades com um rio e com uma colina como a de Santa Genoveva? Só existe um Paraíso Terrestre, numa terra perdida, além do reino dos medos e dos persas."

Tinham chegado ao que interessava, e contaram a Boron acerca de suas especulações sobre o Preste João. Sim, Boron ouviu um monge falar dessa história dos reis cristãos do Oriente. Havia lido a narrativa de uma visita, feita por um patriarca das Índias, havia muitos anos, ao papa Calisto II. Contava sobre a dificuldade que o papa tivera para se entender com ele, em virtude de línguas tão diversas. O patriarca descrevera a cidade de Hulna, onde corre um dos rios que nascem no Paraíso Terrestre, o Physon, que outros chamariam Ganges, e onde, num monte fora da cidade, surge o santuário que conserva o corpo do apóstolo Tomé. Esse monte era inacessível porque surgia no centro de um lago, mas durante oito dias por ano, as águas do lago baixavam e os bons cristãos daquele lugar podiam ir adorar o corpo do apóstolo, ainda íntegro como se não estivesse morto, aliás, como dizia o texto, com o rosto luminoso como a estrela, cabelos ruivos, que chegavam aos ombros, barba, e roupas que pareciam ter sido costuradas havia pouco.

"Nada indica que esse patriarca seria o Preste João", concluiu, cauteloso, Boron.

"Claro que não", retrucou Baudolino, "mas nos diz que há muito tempo circulam boatos de algum reino distante, feliz e desconhecido. Em sua *Historia de duabus civitatibus*, meu caríssimo bispo Oto contava que um tal de Ugo de Gabala dissera que João, após ter vencido os persas, procurara levar ajuda para os cristãos da Terra Santa, mas tivera de parar às margens do rio Tigre, porque não dispunha de embarcações para que seus homens pudessem atravessá-lo. Assim, pois, João vive além do Tigre. Correto? O mais interessante porém é que todos deviam sabê-lo, antes mesmo que Ugo falasse. Vamos reler com atenção aquilo que escreveu Oto, que não escrevia por acaso. Por que cargas d'água esse Ugo devia ir explicar pessoalmente ao papa as razões pelas quais João não podia ajudar os cristãos de Jerusalém, como se tivesse que justificá-lo? Porque evidentemente alguém em Roma nutria já essa esperança. E quando Oto disse que Ugo fala de João, anota *sic enim eum nominare solent*, como costumam chamá-lo. Que significa esse plural? Evidentemente que não só Ugo, mas que também outros *solent*, costumam – e, portanto, costumam desde aquela época – chamá-lo assim. Oto escreve ainda que Ugo afirma que João, assim como os Magos dos quais descende, queria ir para Jerusalém, mas depois não escreve que Ugo afirma que não conseguiu, mas que *fertur*, dizem, e que alguns, outros, no plural, *asserunt*, afirmam que não conseguiu. Estamos aprendendo com nossos mestres que não há prova melhor para a verdade", concluiu Baudolino, "do que a continuidade da tradição."

Abdul sussurrou ao ouvido de Baudolino que o próprio bispo Oto devia tomar de quando em quando um pouco de mel verde, mas Baudolino deu-lhe uma cotovelada nas costas.

"Ainda não entendi por que esse Padre é tão importante para vós", disse Boron, "mas se devemos procurá-lo, que seja não ao longo de um rio que vem do Paraíso Terrestre, mas no próprio Paraíso Terrestre. E aqui eu teria muitas coisas para dizer..."

Baudolino e Abdul tentaram fazer com que Boron falasse mais do Paraíso Terrestre, mas Boron havia abusado demasiadamente dos tonéis dos Três Candelabros, e disse que não lembrava mais nada. Como houvessem pensado a mesma coisa sem dizer uma palavra um ao outro, os dois amigos agarraram Boron pelos braços e o levaram ao próprio quarto. Lá Abdul, embora com parcimônia, ofereceu-lhe um pouquinho do mel verde, uma ponta da colher, e a outra ponta haviam-na dividido entre eles. Boron, após o momento em que ficou atônito, olhando à volta como se não compreendesse exatamente onde estava, começou a ver algo do Paraíso.

Falava, e contava a respeito de um certo Túndalo, que parecia ter visitado o Inferno e o Paraíso. Como era o Inferno não valia a pena falar, mas o Paraíso era um lugar cheio de caridade, jucundidade, alegria, honestidade, beleza, santidade, concórdia, unidade, caridade e eternidade sem fim, defendido por uma vasta muralha de ouro, além da qual percebiam muitas cadeiras enfeitadas com pedras preciosas, nas quais se sentavam homens e mulheres, jovens e velhos vestidos com estolas de seda, o rosto esplêndido como o sol e os cabelos de ouro puríssimo, e todos cantavam *alleluja*, lendo um livro adornado com iluminuras com letras douradas.

"Ora", dizia sensatamente Boron, "todos podem ir até o Inferno, basta querer, e às vezes quem lá vive volta para contar-nos algo, sob a forma de íncubo, súcubo, ou de outra visão perturbadora. Mas pode-se realmente pensar que quem viu algo assim foi admitido ao Paraíso Celeste? Mesmo que isso tivesse acontecido, um vivo jamais teria o despudor de declará-lo, pois uma pessoa modesta e honesta deveria guardar consigo certos mistérios."

"Queira Deus que jamais apareça na face da Terra um ser tão corrompido pela vaidade", comentou Baudolino, "que se tornasse indigno da confiança que o Senhor lhe concedeu."

"Pois bem", disse Boron, "imagino que ouvistes a história de Alexandre Magno, de que teria chegado às margens do Ganges e teria alcançado a extensão de uma muralha, que seguia o curso do rio, mas que não possuía nenhuma porta, e depois de três dias de navegação, teria visto na muralha uma pequena janela, à qual se debruçara um velho; os viajantes pediram que a cidade pagasse um tributo a Alexandre, rei dos reis, mas o velho respondeu que aquela era a cidade dos beatos. É impossível que Alexandre, grande rei, mas pagão, tivesse chegado à cidade celeste; logo, o que ele e Túndalo viram foi o Paraíso Terrestre. Aquele que estou vendo agora..."

"Onde?"

"Lá", e apontou para um canto do quarto. "Vejo um lugar onde crescem prados amenos e verdejantes, ornados de flores e ervas perfumadas, ao passo que à sua volta paira por todos os lados um cheiro delicado e ao respirá-lo já não tenho nenhum desejo de comer ou beber. Há um prado belíssimo com quatro homens de venerando aspecto, com coroas de ouro na cabeça e ramos de palmas nas mãos... Ouço um canto, sinto um odor de bálsamo, oh, meu Deus, percebo na boca uma doçura como que de mel... Vejo uma igreja de cristal com um altar, de cujo centro brota uma água branca como leite. A igreja na parte norte parece uma pedra preciosa, na parte sul é da cor do sangue, a ocidente é branca como a neve, e acima dela brilham inumeráveis estrelas mais esplendorosas do que aquelas que se veem em nosso céu. Vejo um homem de cabelos brancos como a neve, emplumado como um pássaro, os olhos que mal se percebem, cobertos como estão de sobrancelhas que caem brancas. Mostra-me uma árvore, que nunca envelhece e cura todos os males de quem se sentar debaixo de sua sombra, e uma outra, cujas folhas são das cores do arco-íris. Mas por que vejo tais coisas esta noite?"

"Porque deves ter lido talvez a seu respeito em algum lugar, e o vinho fez com que reaflorassem junto ao umbral da alma", disse Abdul. "Aquele homem virtuoso que viveu na minha ilha, que foi São Brandão, navegou pelos mares até os últimos confins da terra, e descobriu uma ilha toda coberta de uvas maduras, algumas azuis, violetas ou brancas, com sete fontes milagrosas e sete igrejas, uma de cristal, a outra de granada, a terceira de safira, a quarta de topázio, a quinta de rubi, a sexta de esmeralda, a sétima de coral, cada uma delas com sete altares e sete lâmpadas. Na frente da igreja, no centro de uma praça, havia uma coluna de calcedônio, que abrigava no topo uma roda que girava carregada de guizos."

"Não, não, a minha não é uma ilha", excitou-se Boron, "é uma terra próxima da Índia, onde vejo homens com orelhas maiores do que as nossas, e uma língua dupla, de modo que podem falar com duas pessoas ao mesmo tempo. Quantas messes, devem crescer de forma espontânea..."

"Muito bem", observou Baudolino, "não esqueçamos que segundo o Êxodo fora prometido ao povo de Deus uma terra onde manam leite e mel."

"Não confundamos as coisas", disse Abdul, "a do Êxodo é a terra prometida, e prometida após a queda, enquanto o Paraíso Terrestre era a terra de nossos antepassados antes da queda."

"Abdul, não estamos numa *disputatio*. Não se trata de identificar aqui o lugar para onde iremos, mas de entender como deveria ser o lugar ideal para onde gostaríamos de ir. É evidente que se essas maravilhas existiram e ainda existem, não só no Paraíso Terrestre, mas também nas ilhas onde Adão e Eva jamais puseram os pés, o reino de João deveria ser muito parecido com aqueles lugares. Estamos tentando entender como é um reino de abundância e de virtude, onde não existam a mentira, a cobiça, a luxúria. Se assim não fosse, por que deveríamos aspirar pelo reino cristão por excelência?"

"Mas sem exageros", recomendou sabiamente Abdul, "senão, ninguém acreditaria mais nisso: quero dizer, ninguém acreditaria mais que fosse possível chegar tão longe."

Ele disse "longe". Pouco antes Baudolino pensou que, para imaginar o Paraíso Terrestre, Abdul tivesse esquecido por uma noite sua impossível paixão. Mas não. Pensava sempre. Via o Paraíso, mas nele procurava a sua princesa.

 Na realidade murmurava, enquanto o efeito do mel ia

passando aos poucos: "Talvez um dia chegaremos lá, *langan li jorn son long en mai*, quando os dias são longos em maio..."

Boron começou a rir baixinho.

"ASSIM, SENHOR Nicetas", disse Baudolino, "quando eu não era vítima das tentações deste mundo, dedicava minhas noites a imaginar outros mundos. Um pouco com a ajuda do vinho e outro tanto do mel verde. Não há nada melhor do que imaginar outros mundos", disse, "para esquecer quanto é doloroso este em que vivemos. Pelo menos eu pensava assim naquele momento. Ainda não compreendera que imaginando outros mundos, acabamos por mudar também este nosso."

"Vamos tentar viver por enquanto serenamente neste, que a divina vontade nos reservou", disse Nicetas. "Vejo que nossos incomparáveis genoveses prepararam algumas delícias de nossa cozinha. Experimentar esta sopa feita com uma grande variedade de peixes de mar e de rio. É possível que existam peixes bons em vossas terras, mas imagino que o vosso frio intenso não os deixe crescer tão exuberantes como na Propôntide. Temperamos a sopa com cebolas fritas em azeite, erva-doce, outras ervas aromáticas, e dois copos de vinho seco. Põe isso tudo nestas fatias de pão, e podes colocar avgolemono, que é este molho de gemas de ovo e suco de limão, temperado com um pouquinho da sopa. Creio que no Paraíso Terrestre Adão e Eva deviam comer assim. Mas antes do pecado original. Depois, limitaram-se a comer tripas, como em Paris."

9
Baudolino censura o imperador e seduz a imperatriz

Baudolino, entre estudos não muito severos e fantasias sobre o Jardim do Éden, havia passado quatro invernos em Paris. Nutria o desejo de rever Frederico, e mais ainda Beatriz, de quem seu espírito alterado já havia perdido as feições terrenas e se transformara num habitante daquele paraíso, como a princesa distante de Abdul.

Certo dia Rainaldo pediu ao Poeta uma ode para o imperador. O Poeta, desesperado, e procurando ganhar tempo, dizendo a seu senhor que esperava a inspiração adequada, enviou a Baudolino um pedido de socorro. Baudolino escreveu um excelente poema *Salve mundi domine*, no qual Frederico estava acima de todos os reis e no qual se dizia que seu jugo era dulcíssimo. Mas como não confiasse enviá-lo por um mensageiro, decidiu voltar à Itália, onde, nesse ínterim, muita coisa havia acontecido e afanava-se em resumir tudo a Nicetas.

"RAINALDO DEDICARA sua vida para criar uma imagem do imperador como senhor do mundo, príncipe da paz, origem de toda a lei, não submisso a ninguém, *rex et sacerdos* ao mesmo tempo, como Melquisedeque, e desse modo não podia entrar em conflito com o papa. Ora, no tempo do cerco de Crema, o papa Adriano havia morrido, aquele mesmo que coroara Frederico, em Roma, e a maioria dos cardeais havia escolhido o cardeal Bandinelli como Alexandre III. Para Rainaldo era uma infelicidade, pois com Bandinelli era como gato e rato, e aquele não cedia no primado papal. Não sei o que Rainaldo tramou, mas conseguiu fazer com que todos os cardeais e a gente do Senado elegessem outro papa, Vítor IV, que ele e Frederico podiam manobrar como queriam. Alexandre III naturalmente excomungou de imediato tanto Frederico quanto Vítor, e não bastava dizer que Alexandre não era o verdadeiro papa e que portanto a sua excomunhão não valia nada, porque, de um lado, os reis da França e da Inglaterra já começavam a reconhecê-lo, e de outro, para as cidades italianas era um maná encontrar um papa que dizia que o imperador era um cismático e que, por conseguinte, ninguém lhe devia mais obediência. Além disso, chegaram notícias de que Alexandre mantinha contato com o vosso basileu, Manuel, procurando um império maior do que o de Frederico, em que poderia encontrar apoio. Se Rainaldo esperava que Frederico fosse o único herdeiro do Império Romano, deveria encontrar a prova visível de uma descendência. Para tanto, pusera o Poeta a trabalhar."

Nicetas tinha dificuldades para acompanhar a história de Baudolino, ano após ano. Não lhe parecia apenas que a sua testemunha se confundisse um pouco sobre o que se passara antes e depois, mas achava também que as aventuras de Frederico repetiam-se sempre iguais, e não compreendia muito bem quando os milaneses retomaram as armas, quando ameaçaram novamente Lodi, quando o imperador desceu novamente para a Itália. Se esta fosse uma crônica, dizia, bastava abrir uma página ao acaso e encontraríamos sempre as mesmas aventuras. Isso parece um daqueles sonhos em que a mesma história sempre se repete e tu imploras para acordar.

Seja como for, Nicetas parecia compreender que havia dois anos os milaneses haviam criado novas dificuldades para Frederico, entre provocações e escaramuças, e no ano seguinte o imperador, com a ajuda de Novara, Asti e Vercelli, o marquês de Monferrato, o marquês Malaspina, o conde de Biandrate, Como, Lodi, Bérgamo, Cremona, Pavia e mais alguém, sitiou Milão novamente. Numa certa manhã de primavera, Baudolino, já com seus vinte anos, com o *Salve mundi domine* para o Poeta e a sua correspondência com Beatriz, que não queria deixar em Paris à mercê dos ladrões, chegara diante das muralhas daquela cidade.

"Espero que Frederico tenha se comportado melhor em Milão do que em Crema", disse Nicetas.

"Muito pior, pelo que ouvi dizer, quando cheguei. Mandara arrancar os olhos de seis prisioneiros de Melzo e de Roncate, e a um milanês arrancara um olho só, para que levasse de volta os outros a Milão, mas, em compensação, cortara-lhe o nariz. E quando capturava alguém que buscava levar mercadorias para Milão, mandava-lhe cortar as mãos."

"Então ele também arrancava os olhos!"

"Do vulgo, não dos senhores, como fazeis. E de seus inimigos, não de seus parentes!"

"Queres desculpá-lo?"

"Agora, não antes. Antes fiquei indignado. Não queria sequer encontrá-lo. Mas depois tive de prestar-lhe homenagem, não podia evitá-lo."

O IMPERADOR, LOGO que o viu, depois de tanto tempo, estava para abraçá-lo, felicíssimo, mas Baudolino não pôde se conter. Deu um passo para trás, chorou, e disse-lhe que era mau, que não poderia desejar ser fonte da justiça se ele próprio se comportava como um homem injusto, e que tinha vergonha de ser seu afilhado.

Se qualquer outra pessoa houvesse falado algo parecido, Frederico mandaria arrancar não apenas os olhos e o nariz, mas também as orelhas. E, todavia, foi atingido pelo furor de Baudolino; o imperador procurou justificar-se.

"Trata-se de uma rebelião, de uma rebelião contra a lei, Baudolino, e foste o primeiro a me dizer que sou a lei. Não posso perdoar, não posso ser bom. É meu dever ser impiedoso. Pensas que isso me agrada?"

"Claro que te agrada, meu pai; era preciso matar toda aquela gente, há dois anos, em Crema, e mutilar estes outros em Milão, não numa batalha, mas a frio, por teimosia, vingança e afronta?"

"Ah, estás a par de minhas gestas, como se fosses Rahewino! Não foi por teimosia, mas como exemplo. É a única maneira de dobrar esses filhos desobedientes. Crês que César e Augusto eram mais clementes? É a guerra, Baudolino; sabes o que é? Tu que bancas o grande sabichão em Paris, sabes que quando voltares hei de querer-te na corte entre os ministeriais, e talvez hei de fazer-te cavaleiro? Achas que podes cavalgar com o sagrado romano imperador sem sujar tuas mãos? O sangue te dá nojo? Basta que me digas e te farei monge. Mas deverás ser casto, presta bem atenção, embora, pelo que me contaram de tuas histórias em Paris, não consigo imaginar-te como um monge. Onde arranjaste esta cicatriz? Admira-me que a tenhas no rosto e não na bunda?!"

"Teus espiões devem ter contado certas histórias a meu respeito em Paris, mas eu, sem necessidade de espiões, ouvi por toda a parte uma bela história a teu respeito em Adrianópolis. Melhor minhas histórias com os maridos parisienses do que as tuas com os monges bizantinos."

Frederico ficou pálido e imóvel. Sabia muito bem do que falava Baudolino (que o ouvira de Oto). Quando era ainda duque da Suábia, tomou a cruz e participou da segunda expedição ultramarina, para prestar socorro ao reino cristão de Jerusalém. Enquanto a armada cristã avançava com dificuldade, perto de Adrianópolis, um de seus nobres, que se afastara da expedição, foi atacado e morto pelos bandidos daquelas terras. Havia já muita tensão entre latinos e bizantinos, e Frederico tomou o incidente como uma afronta. Tal como em Crema, sua ira não conheceu limites: atacou um mosteiro próximo e massacrou todos os monges.

O episódio manchou o nome de Frederico; todos acabaram por esquecê-lo, e até Oto não disse nada nas *Gesta Friderici*, mencionando, contudo, pouco depois como o jovem duque escapara de uma violenta inundação, pouco distante de Constantinopla – sinal de que o céu não lhe havia negado proteção. Mas o único que não se esqueceu disso foi Frederico, e que a ferida daquela má ação jamais havia cicatrizado, ficou provado pela sua reação. De pálido, ficou vermelho; pegou um candelabro de bronze e o atirou sobre Baudolino, como que para matá-lo. Deteve-se com dificuldade, abaixou a arma, quando já o havia agarrado pelas roupas e disse-lhe com os dentes cerrados: "Por todos os diabos do Inferno, jamais repitas o que disseste." Depois saiu da tenda. À soleira, voltou-se um instante: "Vai prestar homenagem à imperatriz e depois volta para as mulherezinhas de teus clérigos parisienses."

"VOU TE MOSTRAR se sou uma mulherzinha, vou te mostrar o que sei fazer", resmungou Baudolino, deixando o campo e não sabendo sequer o que poderia fazer, salvo odiar seu pai adotivo, e desejar-lhe o mal.

Ainda furioso, chegou aos alojamentos de Beatriz. Beijou com cortesia a ponta de seu vestido e depois a mão da imperatriz; ela surpreendeu-se com a cicatriz, fazendo-lhe perguntas ansiosas. Baudolino respondeu com desprezo que fora uma rixa com ladrões de beira de estrada, coisa que acontece com quem viaja pelo mundo; Beatriz o olhou com admiração e era preciso dizer que aquele rapaz de vinte anos, com seu rosto leonino, tornado ainda mais másculo com aquela cicatriz, era já o que se costuma dizer um belo cavaleiro. A imperatriz convidou-o a sentar-se e a contar-lhe suas últimas aventuras. Enquanto a imperatriz bordava, sorridente, sentada sob um gracioso baldaquim, ele se deitou a seus pés e falava, sem bem saber o que estava dizendo, apenas para acalmar sua tensão. Mas enquanto falava fixava, de baixo para cima, o rosto belíssimo, voltava a sentir os ardores daqueles anos – mas todos juntos, centuplicados –, até que Beatriz lhe disse, com um de seus sorrisos mais sedutores:

"Mas não escreveste como te ordenei, quanto eu gostaria."

Disse isso talvez com fraternal solicitude, ou para animar apenas a conversação, mas, para Baudolino, Beatriz não podia dizer nada sem que suas palavras não fossem ao mesmo tempo bálsamo e veneno. Com as mãos trêmulas, tirou do peito as cartas dele para ela e dela para ele e, ao entregá-las, sussurrou:

"Não, escrevi e foi muito, e tu, Senhora, respondeste."

Beatriz não entendeu, tomou os papéis e começou a ler à meia-voz para conseguir decifrar melhor aquela dupla caligrafia. Baudolino, a dois passos dela, torcia as mãos, suando, e dizia a si mesmo que fora um louco, que ela o havia de expulsar dali, chamando os guardas, e queria ter uma arma para enfiá-la no coração. Beatriz continuava a ler, e sua face coloria-se mais e mais, tremia-lhe a voz enquanto soletrava aquelas palavras inflamadas, como se celebrasse uma missa blasfema; levantou-se e, por duas vezes, pareceu vacilar, por duas vezes afastou Baudolino que se aproximava para socorrê-la, depois disse apenas com a voz flébil: "Oh, menino, menino, o que fizeste?"

Baudolino aproximou-se dela novamente, para retirar de suas mãos aqueles papéis, ele tremia, ela tremia, ela estendeu a mão para acariciar-lhe a nuca, ele se voltou de perfil, porque não conseguia fixá-la nos olhos, ela acariciava com a ponta dos dedos a cicatriz. Para evitar aquele toque, ele girou a cabeça, mas ela já se aproximara demasiadamente, e se encontraram frente a frente. Baudolino pôs suas mãos atrás das costas, para não se permitir um abraço, mas seus lábios já se haviam tocado, e depois de terem se tocado, abriram-se ligeiramente, de modo que por um segundo, apenas um segundo, dos pouquíssimos que durou aquele beijo, através dos lábios semicerrados, roçaram também as línguas.

Terminada aquela fulminante eternidade, Beatriz afastou-se, agora branca, como se estivesse doente, e fitando Baudolino nos olhos, disse, com severidade:

"Por todos os santos do Paraíso, não repitas nunca mais o que fizeste."

Disse isso sem ira, quase sem sentimentos, como se estivesse para desmaiar. Depois, com os olhos úmidos, acrescentou suavemente:

"Eu te peço."

Baudolino ajoelhou-se tocando praticamente o chão com a cabeça, e saiu sem saber para onde ir. Mais tarde, percebeu que num segundo cometera quatro crimes: ofendera a majestade da imperatriz, manchara a si mesmo de adultério, traíra a confiança de seu pai e cedera à infame tentação da vingança. "Vingança por que", perguntava, "se Frederico não tivesse cometido aquela carnificina, se não me tivesse insultado, e se eu não tivesse experimentado em meu coração um sentimento de ódio, teria feito exatamente o que fiz?" E, tentando não responder a essa pergunta, percebeu que se a resposta tivesse sido aquela que temia, então ele teria cometido o quinto e mais horrível dos pecados, teria manchado indelevelmente a virtude do próprio ídolo apenas para satisfazer seu rancor, teria transformado aquilo que se tornara o objetivo de sua existência num esquálido instrumento.

"SENHOR NICETAS, essa suspeita acompanhou-me por muitos anos, ainda que eu não conseguisse esquecer a dolorosa beleza daquele instante. Estava cada vez mais apaixonado, mas, dessa vez, sem qualquer outra esperança, nem mesmo em sonho. Porque, se eu buscava um perdão qualquer, a imagem dela devia desaparecer até de meus sonhos. No fundo, disse para mim em tantas e longas noites insones, tiveste tudo e não podes desejar mais nada."

Caía a noite em Constantinopla, e o céu já não brilhava avermelhado. O incêndio começava a apagar-se e somente em algumas colinas da cidade viam-se brilhar não as chamas, mas sim brasas. Nicetas, entretanto, pediu duas taças de vinho com mel. Baudolino o sorveu com os olhos perdidos no vazio.

"É vinho de Thasos. Coloca-se na jarra uma pasta de farro embebida com mel. Depois, mistura-se um vinho forte e perfumado com outro mais suave. É doce, não?", perguntou-lhe Nicetas.

"Sim, muito doce", respondeu Baudolino, que parecia estar pensando em outra coisa. Depois apoiou a taça.

"Naquela mesma noite", concluiu, "renunciei para sempre a julgar Frederico, pois me sentia mais culpado do que ele. O que é pior, cortar o nariz de um inimigo ou beijar a boca da mulher de teu benfeitor?"

No dia seguinte foi pedir perdão ao pai adotivo, pelas palavras duras que lhe dissera, e ficou ruborizado, ao perceber que Frederico sentia remorsos. O imperador o abraçou, desculpando-se por sua ira, e disse-lhe que preferia, aos cem aduladores que estavam à sua volta, um filho como ele, capaz de lhe dizer quando estava errado.

"Nem meu confessor tem essa coragem", disse-lhe, sorrindo. "És a única pessoa em quem confio."

Baudolino começava a pagar pelo seu crime, queimando de vergonha.

10
Baudolino encontra os Reis Magos e canoniza Carlos Magno

Baudolino chegou às portas de Milão quando os milaneses já não podiam mais resistir, até por causa de suas discórdias internas. No fim, mandaram embaixadas para acertar a rendição, e os termos eram os mesmos estabelecidos pela assembleia de Roncaglia, o que significa dizer que quatro anos depois, com tantas mortes e devastações, era ainda como quatro anos antes. Ou melhor, fora uma rendição mais vergonhosa do que a anterior. Frederico gostaria de conceder mais uma vez o seu perdão, mas Rainaldo atiçava o fogo impiedosamente. Era preciso dar uma lição de que todos se lembrassem, e era preciso dar uma satisfação às cidades que haviam lutado com o imperador, não porque o amavam, mas porque tinham ódio de Milão.

"Baudolino", disse o imperador, "não te aborreças comigo. Às vezes o imperador deve fazer também o que querem seus conselheiros." E acrescentou à meia-voz: "Tenho mais medo de Rainaldo do que dos milaneses."

Assim, ordenou que Milão fosse apagada da face da Terra, e mandou sair da cidade todas as pessoas, homens e mulheres.

Os campos ao redor da cidade fervilhavam de milaneses que vagavam sem meta, alguns se refugiaram nas cidades próximas, outros permaneceram acampados diante das muralhas, com a esperança de que o imperador os perdoasse e lhes permitisse voltar. Chovia, os fugitivos tremiam de frio durante a noite, as crianças ficavam doentes, as mulheres choravam, os homens estavam desarmados, prostrados pelas estradas, erguendo os punhos aos céus, pois era mais fácil maldizer o Onipotente do que o imperador, porque os seus homens andavam por perto e pediam satisfação das lamentações demasiadamente fortes.

Frederico tentou primeiro aniquilar a cidade rebelde incendiando-a, depois decidiu que seria melhor deixar tudo nas mãos dos italianos, que odiavam Milão mais do que ele. Determinou aos lodigianos a tarefa de destruir toda a porta oriental, que se chamava porta Renza, aos cremoneses a de demolir a porta Romana, aos paveses de fazer com que não ficasse pedra sobre pedra da porta Ticinese, aos novareses de arrasar a porta Vercellina, aos comascos de sumir com a porta Comacina, e aos de Seprio e Martesana de fazer uma só ruína da porta Nova. Tarefa que agradou muito aos cidadãos daquelas cidades, que antes tinham dado ao imperador muito dinheiro para poder desfrutar o privilégio de acertar com as próprias mãos suas contas com a Milão derrotada.

No dia seguinte, no começo das demolições, Baudolino se aventurou para dentro das muralhas. Em certos lugares, via-se apenas uma grande nuvem de pó. Ao entrar no meio da nuvem, percebiam-se alguns homens que haviam fixado grandes cordas numa fachada, puxando-as em uníssono, até desabar; outros, hábeis pedreiros, afundavam suas picaretas no teto de uma igreja, deixando-a descoberta, e depois, com grandes malhos, quebravam as paredes, ou arrancavam as colunas, cravando cunhas na base.

Baudolino passou alguns dias errando pelas ruas assoladas, e viu desabar o campanário da igreja maior, que outro mais belo e poderoso não havia na Itália. Os mais sagazes eram os lodigianos, que desejavam apenas vingança: foram os primeiros que demoliram a sua parte e que depois correram para ajudar os cremoneses a arrasar a porta Romana. Os paveses, contudo, pareciam mais habilidosos, não davam golpes ao acaso e dominavam sua raiva: esmigalhavam a argamassa, onde se uniam as pedras umas com as outras, ou então cavavam na base das muralhas, e o restante caía sozinho.

Enfim, para quem não conseguisse entender o que estava acontecendo, Milão parecia uma alegre oficina, onde cada um trabalhava com entusiasmo, louvando o Senhor. Mas era como se o tempo andasse para trás: parecia que surgia do nada uma nova cidade, e no entanto, uma cidade antiga estava se transformando em poeira e terra árida. Perdido em tais pensamentos, Baudolino – no dia de Páscoa, enquanto o imperador determinara grandes festejos em Pavia – apressava-se para descobrir as *mirabilia urbis Mediolani* antes que Milão deixasse de existir. Deparou-se, então, com uma esplêndida basílica ainda intacta, e viu nos arredores alguns paveses que terminavam de pôr abaixo um palacete, muito ativos, embora fosse uma comemoração encomendada. Soube por eles que era a basílica de Santo Eustórgio, e que, no dia seguinte, trabalhariam nela: "É bela demais para ficar de pé, não achas?", disse-lhe persuasivamente um dos destruidores.

Baudolino adentrou a nave da basílica, fresca, silenciosa e vazia. Alguém já havia dilapidado altares e capelas laterais; alguns cães, vindos não se sabe de onde, haviam encontrado um lugar acolhedor, nele fizeram seu refúgio, e mijavam aos pés das colunas. Junto do altar maior, vagava uma vaca lamurienta. Era um belo animal, e Baudolino pôde refletir acerca do ódio que animava os demolidores da cidade, que se davam ao luxo de negligenciar presas apetecíveis para fazê-la desaparecer rapidamente.

Numa capela lateral, perto de um sarcófago de pedra, viu um velho padre que soluçava, desesperado, ou melhor, que gania, como um animal ferido, seu rosto, mais branco que o branco dos olhos, e seu corpo, macérrimo, estremeciam a cada lamento. Baudolino procurou prestar-lhe socorro, oferecendo-lhe um cantil com água, que trazia com ele. "Obrigado, bom cristão", disse o velho, "mas agora só me resta esperar a morte."

"Ninguém vai te matar", disse Baudolino, "o cerco terminou, a paz foi assinada e os de fora querem apenas destruir a tua igreja, não tirar a tua vida."

"E que será de minha vida sem a minha igreja? Mas esse é o justo castigo do céu, porque, por ambição, há tantos anos, quis que minha igreja fosse a mais bela e a mais famosa, e cometi um pecado."

Que pecado poderia ter cometido aquele pobre velho?, Baudolino perguntou.

"Há muitos anos, um viajante oriental me propôs a compra das relíquias mais esplêndidas da Cristandade, os corpos intactos dos três Magos."

"Os três reis Magos? Todos três? Inteiros?"

"Três, Magos e inteiros. Pareciam vivos, ou melhor, como se tivessem acabado de morrer. Tinha a certeza de que não podia ser verdade, porque apenas um Evangelho, o de Mateus, trata dos Magos, e não diz muita coisa. Quantos eram, de onde vinham, se foram reis ou sábios... Diz apenas que chegaram a Jerusalém, seguindo uma estrela. Nenhum cristão sabe de onde vieram e para onde voltaram. Quem poderia encontrar seu sepulcro? Por isso, nunca ousei falar com os milaneses que escondi esse tesouro. Temia que, por avidez, se aproveitassem do fato para atrair fiéis de toda a Itália, lucrando com a falsa relíquia..."

"E, portanto, não pecaste."

"Pequei, porque os deixei escondidos neste lugar consagrado. Esperei sempre um sinal do céu, que não veio. Agora não quero que os encontrem, esses vândalos. Poderiam dividir entre si estes despojos, para honrar, com extraordinária dignidade, algumas dessas cidades que hoje nos destroem. Peço tua ajuda, faz com que desapareça todo e qualquer vestígio de minha fraqueza de outrora. Pede ajuda, vem buscar de noite estas relíquias incertas, e faz com que desapareçam. Com pouco esforço, hás de assegurar-te o Paraíso, o que não me parece coisa mínima."

"SENHOR NICETAS, eu me lembrei de que Oto falara dos Magos, referindo-se ao reino do Preste João. É claro que, se aquele pobre padre os tivesse mostrado naquele estado, como se viessem do nada, ninguém lhe daria crédito. Mas uma relíquia, para ser verdadeira, deveria remontar verdadeiramente ao santo ou ao evento de que fazia parte?"

"Claro que não. Muitas relíquias guardadas aqui em Constantinopla são de origem duvidosa, mas o fiel que vai beijá-las sente a emanação de aromas sobrenaturais. É a fé que as faz verdadeiras, não são elas que fazem verdadeira a fé."

"Exatamente. Pensei também que uma relíquia teria valor se encontrasse o lugar certo numa história verdadeira. Fora da história do Preste João, aqueles Magos podiam ser a fraude de algum mercador de tapetes; dentro da história verdadeira do Padre, tornam-se testemunhos seguros. Uma porta não é uma porta se não tem um palácio ao seu redor, senão seria apenas um buraco, aliás, nem sequer um buraco, pois um vazio sem um algo qualquer que o circunde não é sequer um buraco. Compreendi que eu possuía a história em que os Magos podiam ter um significado. Pensei que, se devia dizer algo sobre João para abrir ao imperador os caminhos do Oriente, ter a confirmação dos Magos, que vinham certamente do Oriente, reforçaria a minha prova. Esses pobres reis dormiam em seu sarcófago e deixavam que paveses e lodigianos arruinassem a cidade que os hospedava sem o saber. Não lhes deviam nada, estavam lá de passagem, como numa estalagem, à espera de seguir para outro lugar, eram, por natureza, errantes, não haviam saído de um lugar remoto para seguir uma estrela? Cabia-me dar àqueles três corpos a nova Belém."

BAUDOLINO SABIA que uma boa relíquia podia mudar o destino de uma cidade, fazer com que se tornasse meta de peregrinação ininterrupta, transformando uma paróquia num santuário. A quem poderiam interessar os Magos? Veio-lhe à mente Rainaldo: recebera o arcebispado de Colônia, mas devia ir até lá para ser oficialmente consagrado. Entrar na própria catedral trazendo consigo os Magos seria uma grande cena. Rainaldo não estava buscando símbolos do poder imperial? Pois muito bem, tinha nas próprias mãos não um, mas três reis que foram ao mesmo tempo sacerdotes.

Perguntou ao padre se podia ver os corpos. Ele pediu para que o ajudasse, pois era necessário girar a tampa do sarcófago até a abertura da urna, onde se achavam os corpos.

Foi um grande esforço, mas valeu a pena. Oh, maravilha: os corpos dos três reis pareciam vivos, ainda que a pele estivesse ressecada e enrugada. Mas não ficou preta, como ocorre com os corpos mumificados. Dois dos magos tinham ainda um rosto quase lácteo, um com uma grande barba branca que descia até o peito, bastante íntegra, embora endurecida, parecendo algodão doce, o outro imberbe. O terceiro era da cor do ébano, não por causa do tempo, mas porque devia ser também negro em vida, parecia uma estátua de madeira, e tinha uma espécie de rachadura na face esquerda. Tinha uma barba curta e lábios carnudos, que se erguiam, mostrando apenas dois dentes, ferinos e brancos. Todos os três tinham olhos esbugalhados, grandes e atônitos, com uma pupila que brilhava como vidro. Estavam envoltos em três mantos, um branco, outro verde e o terceiro púrpura, e dos mantos despontavam três bragas, à maneira dos bárbaros, mas de puro damasco bordado com fios de pérolas.

Baudolino voltou rapidamente para os acampamentos imperiais, e foi logo ter com Rainaldo. O chanceler compreendeu o valor da descoberta de Baudolino, e disse:

"É preciso fazer tudo às escondidas, e logo. Não poderemos levar a urna inteira, isso ia dar na vista. Se alguém aqui perceber o que encontraste, não hesitará em tirá-lo de nós, para levá-lo à sua cidade. Mandarei preparar três caixões de madeira simples, e durante a noite os levaremos para fora das muralhas, dizendo que são os corpos de três valorosos amigos mortos no cerco. Ireis somente tu, o

Poeta e um fâmulo. Depois ficarão onde os deixaremos, sem pressa. Antes que eu possa levá-los a Colônia é preciso produzir testemunhos verídicos sobre a origem da relíquia e sobre os próprios Magos. Amanhã voltarás a Paris, onde conheces pessoas sábias, e encontrarás tudo o que puderes sobre a sua história."

Durante a noite, os três reis foram transportados para uma cripta da igreja de São Jorge, fora das muralhas. Rainaldo queria vê-los, e explodiu numa série de imprecações, indignas de um arcebispo:

"De bragas? E com esse gorro que parece o de um bufão?"

"Senhor Rainaldo, deviam se vestir assim os sábios do Oriente; alguns anos atrás estive em Ravena e vi um mosaico, no qual, nas vestes da imperatriz Teodora, os três Magos são representados mais ou menos desse jeito."

"Justamente, coisas que podem convencer os gréculos de Bizâncio. Mas imagina se vou apresentar em Colônia os Magos vestidos como saltimbancos! Troquemos suas roupas."

"Como assim?", perguntou o Poeta.

"Como assim? Eu te fiz comer e beber como um feudatário, escrevendo dois ou três versos por ano, e não sabes vestir para mim quem primeiro louvou Nosso Senhor Jesus Cristo?! Trata de vesti-los como as pessoas imaginam, como bispo, papa, arquimandrita, ou coisa que o valha!"

"O arcebispado e a igreja maior foram saqueados. Talvez possamos recuperar os paramentos sacros. Vou tentar", disse o Poeta.

Foi uma noite terrível. Os paramentos foram encontrados e também algo que se parecia com três tiaras, mas o problema foi desnudar as três múmias. Se os rostos pareciam vivos, os corpos – com exceção das mãos, completamente secas – não eram mais que uma trama de vime e palha, que se desfazia a cada tentativa de lhes tirar as vestes. "Não importa", dizia Rainaldo, "quando chegarmos em Colônia ninguém abrirá mais a urna. Ponham pequenas estacas, algo que os mantenha de pé, como se faz com os espantalhos. Com respeito, por favor."

"Meu Jesus", lamentava-se o Poeta, "mesmo bêbado, nunca pensei que um dia eu metesse por trás dos Reis Magos."

"Cala a boca e veste-os", disse Baudolino, "estamos trabalhando pela glória do império." O Poeta dizia horríveis blasfêmias, e os Magos já se pareciam com cardeais da santa romana igreja.

NO DIA SEGUINTE, Baudolino seguiu viagem. Em Paris, Abdul, que sabia muito das coisas do Oriente, pôs seu amigo em contato com um cônego de São Vítor, que sabia mais do que ele.

"Sim, os Magos", disse. "A tradição recorda-os continuamente, e muitos padres falaram deles, mas três dos Evangelhos não dizem nada, e as citações de Isaías e de outros profetas dizem e não dizem, alguém as leu como se falassem dos Magos mas podiam também estar falando de outra coisa. Quem eram? Como se chamavam realmente? Alguém disse Hormidz, da Selêucia, rei da Pérsia, Jazdegard, rei de Sabá e Peroz, rei de Seba; outros Hor, Basander, Karundas. Mas, segundo outros autores confiáveis, chamavam-se Melkon, Gaspar e Balthasar, ou então Melco, Caspar e Fadizzarda. Ou, ainda, Magalath, Galgalath e Saracin. Ou talvez Appelius, Amerus e Damascus..."

"Appelius e Damascus são belíssimos, evocam terras distantes", disse Abdul, olhando já sabemos onde.

"E por que não Karundas?", replicou Baudolino. "Não devemos encontrar três nomes que te agradem, mas três nomes verdadeiros."

O cônego prosseguiu:

"Eu estaria inclinado por Bithisarea, Melichior e Gataspha, o primeiro rei de Godolia e Sabá, o segundo rei da Núbia e da Arábia, o terceiro rei de Tharsis e da ilha Egriseula. Conheciam-se antes de empreender a viagem? Não, encontraram-se em Jerusalém e milagrosamente se reconheceram. Mas outros dizem que eram sábios que viviam no monte Vitorial, ou monte Vaus, de cujo topo perscrutavam os sinais do céu, e ao monte Vitorial regressaram após a visita a Jesus, e mais tarde uniram-se ao apóstolo Tomé para evangelizar as Índias, com a diferença de que não eram três, mas doze."

"Doze Reis Magos? Não é muito?"

"Também o diz João Crisóstomo. Segundo outros seus nomes seriam Zhwndd, Hwrmzd, Awstsp, Arsk, Zrwnd, Aryhw, Arthsyst, Astnbwzn, Mhrwq, Ahsrs, Nsrdyh e Mrwdk. Devemos ser prudentes, porque Orígines diz que eram três, como os filhos de Noé, e três como as Índias das quais provinham."

Digamos que os Magos foram doze, observou Baudolino, mas em Milão três foram encontrados e é a partir dos três que se deve construir uma história aceitável.

"Vamos dizer que se chamavam Baltasar, Melquior e Gaspar, que me parecem nomes mais fáceis de pronunciar do que aqueles admiráveis espirros que nosso venerável mestre deu há pouco. O problema é como chegaram a Milão."

"Não me parece um problema", disse o cônego, "já que chegaram. Estou convencido de que sua tumba foi encontrada no monte Vitorial pela rainha Helena, mãe de

Constantino. Uma mulher que soube encontrar a Verdadeira Cruz terá sido capaz de encontrar também os verdadeiros Magos. E Helena levou os corpos para Constantinopla, para Santa Sofia."

"Nada disso, senão o imperador do Oriente irá perguntar como nos apoderamos deles", disse Abdul.

"Não temas", disse o cônego. "Se estavam na basílica de Santo Eustórgio, deve tê-los levado para lá aquele santo homem, que partiu de Bizâncio para ocupar a cátedra episcopal em Milão, nos tempos do basileu Maurício, muito tempo antes que vivesse Carlos Magno. Eustórgio não poderia ter roubado os Magos, e assim, pois, ele os recebeu como dádiva do basileu do império do Oriente."

COM UMA HISTÓRIA tão bem urdida, Baudolino voltou no fim do ano para ver Rainaldo, e lembrou-lhe que, segundo Oto, os Magos deviam ser os antepassados do Preste João, que o investiram de sua dignidade e função. Donde o poder do Preste João sobre as três Índias, ou pelo menos sobre uma delas.

Rainaldo havia esquecido completamente aquelas palavras de Oto, mas ao ouvir mencionar um padre que governava o império e ainda por cima um rei com funções sacerdotais, papa e monarca ao mesmo tempo, convenceu-se de que havia criado dificuldades para Alexandre III: reis e sacerdotes os Magos, rei e sacerdote João, como admirável figura, alegoria, vaticínio, profecia, antecipação daquela dignidade imperial que estava aos poucos construindo para Frederico!

"Baudolino", disse, "dos Magos cuido eu, deves pensar no Preste João. Pelo que me disseste, temos até agora apenas boatos, e não bastam. Preciso de um documento que ateste a sua existência, que diga quem é, onde está, como vive."

"E onde irei encontrá-lo?"

"Se não o encontrares, deverás fazê-lo. O imperador te fez estudar, e agora chegou o momento de fazer frutificar teus talentos. E de merecer a investidura de cavaleiro, logo que tenhas terminado teus estudos, que para mim duraram até demais."

"OUVISTE, SENHOR Nicetas?", disse Baudolino. "Agora o Preste João tornara-se para mim um dever, não um jogo. Eu não devia mais procurá-lo para a memória de Oto, mas para obedecer a uma ordem de Rainaldo. Como dizia meu pai Gagliaudo, sempre fui do contra. Quando me obrigam a fazer alguma coisa, perco logo a vontade. Obedeci a Rainaldo e voltei a Paris, para não ter de encontrar a imperatriz. Abdul havia recomeçado a compor suas canções, e percebi que o vaso do mel verde já estava pela metade. Voltei a falar com ele sobre a história dos Magos, e ele cantava com seu instrumento: *E que ninguém se espante de meus ais – de amar enfim quem nunca me verá – meu coração não sabe de outro amar – senão daquele que não viu jamais: – de outra alegria rir não saberá – de mim não sei o que será – ah, ah. Ah, ah...* Desisti de discutir com ele a respeito de meus projetos e, no que concerne ao Padre, durante um ano aproximadamente não fiz mais nada."

"E os Reis Magos?"

"Rainaldo levou as relíquias para Colônia, dois anos depois, mas foi generoso, porque tempos antes fora prepósito na catedral de Hildesheim e, antes de fechar os despojos dos reis na urna de Colônia, cortou um dedo de cada um e os mandou de presente para a sua velha igreja. Porém, naquele mesmo período, Rainaldo teve de resolver outros problemas, e não pequenos. Dois meses antes que pudesse festejar seu triunfo em Colônia, morreu o antipapa

Vítor. Quase todos suspiraram aliviados, assim as coisas deveriam se resolver sozinhas, e talvez Frederico fizesse as pazes com Alexandre. Rainaldo, porém, vivia daquele cisma, compreendes, senhor Nicetas, com dois papas ele contava mais do que com um só papa. Assim, inventou-se um novo antipapa, Pascoal III, organizando uma paródia de conclave com quatro eclesiásticos escolhidos praticamente na rua. Frederico não estava convencido. Ele me disse..."

"Tornaste a vê-lo?"

Baudolino suspirou:

"Sim, por poucos dias. Naquele mesmo ano a imperatriz dera um filho a Frederico."

"Como te sentiste?"

"Entendi que devia esquecê-la definitivamente. Fiz jejum durante sete dias, bebendo apenas água, porque lera em algum lugar que ela purifica o espírito e leva ao fim das visões."

"É verdade?"

"É verdade certa, mas ela não estava nas visões. Decidi então que devia ver aquele menino, para marcar a diferença entre o sonho e a visão. E voltei à corte. Haviam se passado mais de dois anos desde aquele dia magnífico e tremendo, e não nos vimos desde então. Beatriz tinha olhos apenas para o menino e parecia que minha presença não lhe causasse qualquer perturbação. Disse de mim para mim que se eu não podia resignar-me a amar Beatriz como mãe, amaria aquele menino como irmão. Eu olhava porém aquela coisinha no berço e não conseguia evitar o pensamento de que, se o rumo das coisas tivesse sido ligeiramente alterado, ele poderia ter sido meu filho. De qualquer maneira, eu corria sempre o risco de me sentir um incestuoso."

NESSE TEMPO, Frederico estava preocupado com outros problemas. Dizia a Rainaldo que um meio-papa garantia muito pouco seus direitos, que os Reis Magos caíam muito bem, mas não bastavam, porque ter encontrado os Magos não significava necessariamente descender deles. O papa, sorte a dele, podia fazer remontar suas origens a Pedro, e Pedro fora designado por Jesus em pessoa, mas o sacro e romano imperador o que podia fazer? Remontar suas origens a César, que era, em todo o caso, um pagão?

Baudolino manifestou a primeira ideia que lhe passou pela cabeça, ou seja, que Frederico podia fazer remontar sua dignidade a Carlos Magno. "Mas Carlos Magno foi ungido pelo papa, isso dá na mesma", replicou Frederico.

"A não ser que faças dele um santo", disse Baudolino. Frederico ordenou-lhe que devia refletir antes de dizer tolices. "Não é uma tolice", replicou Baudolino, que nesse ínterim, mais que refletir, viu praticamente a cena que aquela ideia poderia produzir. "Ouve: irás a Aquisgrana, onde se encontram os restos mortais de Carlos Magno, irás exumá-los e colocá-los numa bela urna no centro da capela Palatina e, diante de tua presença, com um cortejo de bispos fiéis, incluindo o senhor Rainaldo, que como arcebispo de Colônia é também metropolita daquela província, e uma bula do papa Pascoal que te legitima, proclamas santo Carlos Magno. Compreendes? Proclamas santo o fundador do sacro romano império. Uma vez santo, ele é superior ao papa, e tu, como seu legítimo sucessor, pertences à linhagem de um santo, livre de qualquer autoridade, mesmo daquela que pretendia excomungar-te."

"Pelas barbas de Carlos Magno", disse Frederico com os pelos de sua barba eriçados de excitação. "Ouviste, Rainaldo? Esse menino tem razão como sempre!"

Foi exatamente o que se passou, embora apenas no fim do ano seguinte, porque certas coisas exigem tempo para serem bem preparadas.

NICETAS OBSERVOU como tal ideia era insana, e Baudolino respondeu-lhe que mesmo assim havia funcionado. E olhava Nicetas, com orgulho. É natural, pensou Nicetas, a tua vaidade é ilimitada, e chegaste a fazer santo Carlos Magno. De Baudolino podia-se esperar qualquer coisa.

"E depois?", perguntou.

"Enquanto Frederico e Rainaldo se apressavam a canonizar Carlos Magno, eu, aos poucos, percebia que não bastavam nem ele nem os Magos. Estavam os quatro no Paraíso, com certeza os Magos e esperemos também Carlos Magno, senão em Aquisgrana arranjava-se uma bela confusão, mas era necessário algo que estivesse ainda aqui nesta terra e onde o imperador pudesse dizer estou aqui, e isso sanciona o meu direito. A única coisa que o imperador podia encontrar nesta terra era o reino do Preste João."

11
Baudolino constrói um palácio para o Preste João

Na manhã de sexta-feira, três dos genoveses, Pevere, Boiamundo e Grillo, vieram confirmar aquilo que se via muito bem, mesmo de longe. O incêndio havia se apagado praticamente sozinho, porque ninguém se preocupou muito com ele. Mas isso não significava que já fosse possível aventurar-se por Constantinopla. Ao contrário, como a circulação melhorasse nas ruas e praças, os peregrinos intensificaram a caçada aos cidadãos abastados, e com as ruínas ainda quentes, demoliam o pouco que ficou de pé à procura dos últimos tesouros que escaparam às primeiras pilhagens. Nicetas suspirou, desconsolado, e pediu vinho de Samos. Quis também que torrassem em pouquíssimo óleo sementes de gergelim para mastigar lentamente entre um gole e outro, e depois pediu também um pouco de nozes e pistaches para acompanhar melhor a história que Baudolino estava retomando.

UM DIA O Poeta foi convidado para uma certa missão de Rainaldo em Paris, e aproveitou para voltar aos prazeres tabernários com Baudolino e Abdul. Conheceu também Boron, mas suas fantasias sobre o Paraíso Terrestre pareciam interessar-lhe muito pouco. Os anos que passou na corte haviam-no transformado, notou Baudolino. Tinha se tornado mais duro, não deixou de brindar com alegria, mas parecia controlar-se para não se exceder, para manter-se em alerta, como quem fica de tocaia, pronto para agarrar a sua presa.

"Baudolino", disse-lhe um dia, "estás perdendo tempo. O que tínhamos de aprender em Paris, já o aprendemos. Mas todos esses doutores cagariam nas calças se eu me apresentasse amanhã numa disputa em grande pompa de ministerial, com a espada ao lado. Na corte aprendi quatro coisas: se estás do lado dos grandes homens, te tornas grande também, os grandes homens são na realidade muito pequenos, o poder é tudo, e não há razão pela qual um dia não o possas tomar, pelo menos em parte. É preciso saber esperar, é claro, mas não deixar passar a oportunidade."

Mas ficou de repente com as orelhas em pé, quando ouviu que seus amigos continuavam a falar do Preste João. Quando deixou Paris, aquela história parecia ainda uma fantasia de ratos de biblioteca, mas em Milão ouviu Baudolino falar com Rainaldo como de algo que podia se tornar um possível sinal do poder imperial, pelo menos quanto à descoberta dos Magos. A aventura, nesse caso, interessava-lhe e dela participava, como se estivesse construindo uma máquina de guerra. À medida que falava, parecia-lhe que a terra do Preste João, como uma Jerusalém terrena, estava se transformando como lugar de peregrinação mística numa terra de conquista.

Assim, lembrou aos companheiros que, depois do caso dos Magos, o Padre tornara-se muito mais importante do que antes, e que devia apresentar-se realmente como *rex et sacerdos*. Como rei dos reis devia ter um palácio, diante do qual os dos soberanos cristãos, incluindo aquele do basileu dos cismáticos de Constantinopla, pareceriam casebres, e, como sacerdote, devia ter um templo, comparado ao qual as igrejas do papa seriam meras choupanas. Era preciso dar-lhe um palácio digno.

"O modelo existe", disse Boron, "é a Jerusalém Celeste, como viu o apóstolo João no Apocalipse. Deve ser circundada por altas muralhas, com doze portas, como as doze tribos de Israel, três portas ao sul, três portas a ocidente, três portas a oriente, três portas ao norte..."

"Sim", gracejou o Poeta, "e o Padre entra por uma porta e sai pela outra, e quando der temporal, vão bater todas juntas, imagina quantas correntes de ar; num palácio desses eu não ficaria nem morto..."

"Permita-me continuar. As fundações das muralhas são de jaspe, safira, calcedônia, esmeralda, sardônica, sárdio, crisólito, berilo, topázio, crisopásio, jacinto e ametista, e as doze portas são doze pérolas, e a praça da frente é de ouro puro, transparente como o vidro."

"Nada mal", disse Abdul, "mas acho que o modelo deve ser o do Templo de Jerusalém, tal como o descreve o profeta Ezequiel. Vinde amanhã até a abadia. Um dos cônegos, o doutíssimo Ricardo de São Vítor, está buscando a maneira de reconstruir o desenho do Templo, dado que o texto do profeta apresenta partes obscuras."

"SENHOR NICETAS", disse Baudolino, "não sei se pensaste alguma vez nas medidas do Templo."

"Ainda não."

"Pois bem, não faça isso nunca, porque é de se perder a cabeça. No *Livro dos reis*, diz-se que o templo tem sessenta cúbitos de largura, trinta de altura e vinte de profundidade, que o pórtico tem vinte de largura e dez cúbitos de profundidade. As *Crônicas* afirmam contudo que o pórtico tem cento e vinte cúbitos de altura. Ora, com vinte de largura, cento e vinte de altura e dez de profundidade, não só o pórtico seria quatro vezes mais alto do que todo o templo, mas seria também tão fino que bastaria um sopro para cair. O pior, contudo, está na leitura da visão de Ezequiel. Não há uma só medida que resista, tanto que muitos homens piedosos admitiram que Ezequiel teve não mais que uma visão, que é o mesmo que dizer bebeu um pouco demais e via em dobro. Nenhum problema, pobre Ezequiel, ele também tinha o direito de divertir-se um pouco, mas aquele Ricardo de São Vítor fez o seguinte raciocínio: se cada coisa, cada número, cada palha na Bíblia tem um significado espiritual, é preciso entender muito bem o que diz literalmente, pois uma coisa, para o significado espiritual, é dizer que algo tem três de largura e outro, nove, dado que esses dois números possuem significados místicos diversos.

Imagine a cena quando começamos a seguir a aula de Ricardo sobre o Templo. Ele tinha o livro de Ezequiel debaixo dos olhos e trabalhava com uma pequena corda, para tomar todas as medidas. Desenhava o perfil daquilo que Ezequiel descreveu, pegava algumas varas e ripas de madeira flexível e, com a ajuda de seus acólitos, as cortava e tentava reuni-las, usando cola e pregos... Buscava reconstruir o templo, e reduzir as medidas em proporção, ou seja, onde Ezequiel dizia um cúbito ele mandava cortar pela espessura de um dedo... A cada dois minutos tudo caía, Ricardo ficava aborrecido com seus ajudantes, dizendo que soltaram antes, ou que haviam usado pouquíssima cola, e eles se justificavam, dizendo que fora ele quem dera as medidas erradas. Logo depois, o mestre se corrigia, afirmando que o texto talvez escrevia *porta*, mas naquele caso a palavra queria dizer *pórtico*, senão haveria uma porta quase tão grande quanto o tamanho do templo; outras vezes reexaminava seus passos e dizia que quando duas medidas não estavam de acordo, era porque na primeira vez Ezequiel referia-se à medida de todo o edifício e, na segunda, à medida de uma parte. Ou então, que às vezes dizia cúbito, mas se referia ao cúbito geométrico, que vale seis cúbitos ordinários. Resumindo, durante poucas manhãs foi divertidíssimo ver aquele santo homem se afanando, e morríamos de rir toda vez que o templo ruía. Para que ele não o percebesse, fingíamos pegar alguma coisa que caíra de nossas mãos, mas depois um cônego percebeu que sempre caía algo e mandou-nos embora."

DIAS DEPOIS, Abdul sugeriu que, sendo Ezequiel do povo de Israel, algum esclarecimento poderia vir justamente de alguns de seus correligionários. E como seus companheiros observassem, escandalizados, que não se podiam ler as

Escrituras, pedindo conselho a um judeu, dado que notoriamente essa pérfida gente havia alterado o texto dos livros sagrados para apagar qualquer referência ao Cristo venturo, Abdul revelou que alguns dos maiores mestres parisienses valiam-se às vezes, embora às escondidas, do saber dos rabinos, pelo menos nos trechos em que não estava em questão a vinda do Messias. Por uma estranha coincidência, exatamente naqueles dias, os cônegos vitorinos haviam convidado para a sua abadia um deles, jovem ainda, mas muito famoso, Solomon de Gerona.

Naturalmente, Solomon não ficou em São Vítor: os cônegos arranjaram um quarto para ele, fétido e escuro, em uma das piores ruas de Paris. Era, com efeito, um homem jovem, embora seu rosto parecesse gasto pela meditação e pelo estudo. Falava num bom latim, mas de modo pouco compreensível, pois tinha uma curiosa característica: tinha todos os dentes, de cima e de baixo, do incisivo central à parte esquerda da boca, e nenhum na parte direita. Embora fosse de manhã, a escuridão do quarto o obrigava a ler com uma lanterna, e quando chegaram os visitantes, pegou um rolo de pergaminho que usava para impedir que outras pessoas o espreitassem – precaução inútil, porque o rolo estava escrito em caracteres hebraicos. O rabino procurou desculpar-se, pois, disse, aquele era um livro que os cristãos justamente execravam, o mal-afamadíssimo *Toledot Jeschu*, no qual se contava que Jesus era filho de uma cortesã e de um mercenário, chamado Pantera. Mas eram justamente os cônegos vitorinos que lhe pediram para traduzir algumas páginas, pois queriam entender até que ponto chegava a perfídia dos judeus. Disse que fazia esse trabalho de bom grado porque também considerava esse livro demasiadamente severo, enquanto Jesus era decerto um homem virtuoso, mesmo que tivesse tido a fraqueza de considerar-se, injustamente, o Messias, mas talvez tivesse sido enganado pelo Príncipe das Trevas, os próprios Evangelhos admitem que ele veio tentá-lo.

Ao lhe perguntarem sobre a forma do Templo, segundo Ezequiel, sorriu: "Os melhores comentadores do texto sagrado não conseguiram estabelecer como era exatamente o Templo. Mesmo o grande Rabbi Solomon ben Isaac admitiu que, se nos ativermos à letra do texto, não é possível compreender onde se encontram os aposentos setentrionais externos, onde começam a ocidente e quanto se estendem a leste, e assim por diante. Vós cristãos não entendeis que o texto sagrado nasce de uma Voz. O Senhor, *ha-qadosh barúch hú*, que o Santo seja sempre bendito, quando fala com seus profetas faz com que ouçam os sons, não mostra figuras, como acontece com as vossas páginas com iluminuras. A voz certamente suscita imagens no coração do profeta, mas essas imagens não são imóveis, elas se liquefazem, mudam a forma segundo a melodia daquela voz, e se quiseres reduzir a imagens a palavra do Senhor, que seja sempre o Santo bendito, acabareis por congelar aquela voz, como se fosse água fresca que se torna gelo, que já não pode matar a sede, mas que adormece os membros no frio da morte. O cônego Ricardo, para entender o sentido espiritual de cada parte do Templo, gostaria de construí-lo, como um pedreiro mestre, mas jamais conseguirá. A visão se parece com os sonhos, nos quais as coisas se transformam umas nas outras, não com as imagens de vossas igrejas, em que as coisas permanecem sempre iguais a si mesmas."

Em seguida, Rabbi Solomon perguntou por que os visitantes queriam saber como era o Templo, e eles falaram de sua busca do reino do Preste João. O rabino mostrou-se muito interessado. "Talvez não saibais", disse, "que também nossos textos falam de um reino misterioso no Oriente distante, onde ainda vivem as dez tribos perdidas de Israel."

"Ouvi falar dessas tribos", disse Baudolino, "mas sei muito pouco."

"Tudo está escrito. Depois da morte de Salomão, as doze tribos em que se dividiu então Israel entraram em conflito. Apenas duas, a de Judá e a de Benjamim, permaneceram fiéis à estirpe de Davi, e dez tribos seguiram para o norte, onde foram derrotadas e escravizadas pelos assírios. Delas não soubemos mais nada. Esdras diz que seguiram rumo a um país jamais habitado pelos homens, numa região chamada Arsareth, e outros profetas anunciaram que um dia seriam encontradas e voltariam triunfalmente para Jerusalém. Ora, um de nossos irmãos, Eldad, da tribo de Dan, há mais de cem anos, chegou a Qayrawan, na África, onde existe uma comunidade do Povo Eleito, que dizia ser originário do reino das dez tribos perdidas, uma terra abençoada pelo céu onde se vive uma vida pacífica, jamais perturbada por qualquer espécie de crime, onde corre leite e mel em seus riachos. Essa terra ficou separada de qualquer outra região, porque era protegida pelo rio Sambatyon, que tem a largura correspondente ao tiro de uma flecha do arco mais poderoso, mas é privado de água, e nele correm estranhamente apenas areia e pedra, fazendo um barulho tão horrível que podemos ouvi-lo mesmo a meia jornada de distância, e aquela matéria morta corre tão rapidamente que, quem desejasse porventura atravessar o rio, seria por ele arrastado. Aquele curso pedregoso para apenas no início do sábado, e apenas no sábado ele pode ser atravessado, mas nenhum filho de Israel poderia violar o repouso sabático."

"Mas os cristãos poderiam?", perguntou Abdul.

"Não, porque no sábado uma serpente de chamas torna inacessíveis as margens do rio."

"Então, como fez esse tal de Eldad para chegar até a África?", perguntou o Poeta.

"Isso não sei, mas quem sou eu para discutir os decretos do Senhor, que seja o Santo sempre bendito? Homens de pouca fé, Eldad pode ter sido transportado por um anjo. O problema dos nossos rabinos, que começaram a discutir logo sobre aquela história, da Babilônia até a Espanha, era outro, na verdade: se as dez tribos perdidas viveram segundo a lei divina, suas leis deveriam ser as mesmas de Israel, enquanto segundo a história de Eldad eram diferentes."

"Mas se aquilo de que fala Eldad fosse o reino do Preste João", disse Baudolino, "então suas leis seriam realmente diferentes das vossas, mas semelhantes às nossas, embora melhores!"

"É o que nos distingue de vós, gentios", disse Rabbi Solomon. "Tendes liberdade de praticar a vossa lei, e a corrompestes de tal modo que buscais um lugar onde ainda seja observada. Nós mantivemos íntegra a nossa lei, mas não temos a liberdade de a seguir. Seja como for, saibas que também seria meu desejo encontrar aquele reino, porque pode ser que ali nossas dez tribos perdidas e os gentios vivam em harmonia, cada qual livre para praticar a própria lei, e a própria existência desse reino religioso serviria como exemplo a todos os filhos do Altíssimo, que bendito o Santo seja sempre. Além disso, confesso que desejaria encontrar aquele reino por outra razão. Segundo afirmou Eldad, ainda se fala por lá a Língua Santa, a língua originária que o Altíssimo, que o Santo bendito sempre seja, deu a Adão, e que se dispersou com a construção da torre de Babel."

"Que loucura", disse Abdul, "minha mãe sempre me contou que a língua de Adão foi reconstruída na sua ilha, e é a língua gaélica, composta por nove partes do discurso, o mesmo número dos nove materiais com que foi composta a Torre de Babel, argila e água, sangue e lã, madeira e cal, pez, linho e betume... Foram os setenta e dois sábios da escola de Fenius que construíram a língua gaélica, usando fragmentos de todas as setenta e duas línguas nascidas após a confusão das línguas, e por isso o gaélico contém aquilo que há de melhor em cada língua, e assim como a língua adâmica possui também a mesma forma do mundo criado, de modo que cada um de seus nomes exprime a essência da própria coisa que nomeia."

Rabbi Solomon sorriu com indulgência: "Muitos povos creem que a língua de Adão seja a sua, esquecendo que Adão só podia falar a língua da Torá, não a dos livros que falam de deuses falsos e mentirosos. As setenta e duas línguas nascidas após a confusão ignoram letras fundamentais: por exemplo, os gentios não conhecem a Het e os árabes ignoram a Peh, e por isso essas línguas mais se parecem com o grunhido dos porcos, com o coaxar das rãs, ou com o grito das gruas, porque são próprias dos povos que abandonaram a maneira justa de viver. Todavia, a Torá originária, no momento da criação, encontrava-se na presença do Altíssimo, que bendito seja sempre o Santo, escrita como fogo negro sobre fogo branco, numa ordem que não é aquela da Torá escrita, tal como a lemos hoje, e que assim se manifestou após o pecado de Adão. Por isso, todas as noites passo horas silabando, com grande concentração, as letras da Torá escrita, para confundi-las e fazê-las girar como a roda de um moinho, para fazer reaflorar a ordem da Torá eterna, que preexistia à criação e que era dada aos anjos do Altíssimo, que seja bendito sempre o

Santo. Se eu soubesse da existência de um reino longínquo, onde se conservou a ordem originária e a língua com a qual Adão falava com seu criador, antes de cometer seu pecado, eu dedicaria de bom grado minha vida a procurá-lo."

Ao dizer essas palavras, o vulto de Solomon iluminara-se tanto que nossos amigos se perguntaram se não valeria a pena fazê-lo participar de seus futuros conciliábulos. Foi o Poeta quem encontrou o argumento decisivo: se aquele judeu queria encontrar no reino do Preste João a sua língua e as suas dez tribos, isso não deveria perturbá-los; o Preste João devia ser tão poderoso, a ponto de governar até as tribos perdidas dos judeus, e não via por que não deveria falar também a língua de Adão. A questão principal era construir primeiramente aquele reino e para aquele fim um judeu podia ser tão útil como um cristão.

Com tudo isso, ainda não se havia decidido como devia ser o palácio do Padre. Resolveram a questão algumas noites depois, os cinco nos aposentos de Baudolino e do Poeta. Inspirado pelo gênio do lugar, Abdul resolveu revelar aos novos amigos o segredo do mel verde, dizendo que poderia ajudá-los não a pensar, mas a ver diretamente o palácio do Padre.

Rabbi Solomon disse logo que conhecia modos bem mais místicos para obter visões, e que durante a noite bastava-lhe murmurar as múltiplas combinações das letras do nome secreto do Senhor, fazendo-as girar na língua como um rolo, sem jamais deixá-las repousar; nascia então um redemoinho de pensamentos e de imagens, caindo num bem-aventurado desmaio.

O Poeta parecia desconfiado, no início, depois resolveu experimentar, mas querendo misturar a virtude do mel com a do vinho, perdera, afinal, qualquer reserva e delirava melhor do que os outros.

E eis que, ao atingir o estado de embriaguez, auxiliando-se com poucos e incertos riscos que traçava na mesa, molhando o dedo na caneca, sugeriu que o palácio devia ser como aquele que o apóstolo Tomé fizera construir para Gondóforo, rei dos indianos: forros e traves de madeira de Chipre, teto de ébano, cúpula encimada por dois pomos de ouro, em cada um dos quais fulguravam dois carbúnculos, de tal maneira que o ouro brilhava durante o dia à luz do sol e as gemas, à noite, sob a luz da lua. Depois, deixou de confiar na memória, e na autoridade de Tomé, e começou a ver portas de sardônico misturadas com chifres de serpente cerasta, que impedem a quem passe por ali de jogar veneno em seu interior, e janelas de cristal, mesas de ouro sobre colunas de marfim, luzes alimentadas com bálsamo, e a cama do Padre, de safira, para proteger a castidade, porque – concluía o Poeta – esse João será rei, como quiserdes, mas é também sacerdote e, portanto, nada de mulheres.

"Muito bem", disse Baudolino, "mas para um rei que governa tão vasto território, eu colocaria também, em alguma sala, aqueles autômatos que, como dizem, estavam em Roma e que davam sinais quando se rebelava uma província."

"Não creio que no reino do Padre", observou Abdul, "possam existir revoltas, porque lá reinam a paz e a harmonia." E, apesar disso, a ideia dos autômatos não lhe desagradava, pois que todos sabiam que um grande imperador, mouro ou cristão, devia ter autômatos na corte. Acabou por vê-los e, com admirável hipotipose, ele os tornou visíveis também para os amigos: "O palácio está situado numa montanha, e a montanha é feita de ônix, com o topo muito liso e resplandecente como a lua. O templo é redondo, tem a cúpula de ouro, como também de ouro são as paredes, incrustadas de gemas tão rutilantes que produzem calor no inverno e frescor no verão. O forro é incrustado de safiras, que representam o céu, e de carbúnculos, que representam as estrelas. Um sol dourado e uma lua de prata, e vejo os autômatos, percorrendo a abóbada celeste, onde pássaros mecânicos cantam todos os dias, ao passo que nos cantos, quatro anjos de bronze dourado os acompanham com suas trombetas. O palácio foi edificado sobre um poço escondido, no qual parelhas de cavalos movem uma espécie de mola, fazendo-a rodar, segundo a variação das estações, de modo que ele é a própria imagem do cosmo. Debaixo do assoalho de cristal nadam peixes e fabulosas criaturas marinhas. Mas ouvi falar também de espelhos, nos quais podemos ver todos os acontecimentos. Seria muito útil ao Padre para controlar as partes extremas de seu reino..."

O Poeta, agora inclinado à arquitetura, pôs-se a desenhar o espelho, explicando:

"Será colocado bem no alto, e pode-se chegar até lá depois de subir vinte e cinco degraus de pórfiro..."

"E de alabastro", sugeriu Boron, que até então estava ruminando em silêncio o efeito do mel verde.

"Está bem, alabastro. E os degraus superiores serão de âmbar e pantera."

"O que é a pantera, o pai de Jesus?", perguntou Baudolino.

"Não sejas tolo; segundo Plínio, é uma pedra multicolorida. Mas, na realidade, o espelho está apoiado numa única pilastra. Ou melhor, não, essa pilastra sustenta um pedestal, no qual se apoiam duas pilastras, e estas servem de base para um pedestal, no qual se apoiam quatro pilastras, aumentando sempre o número de pilastras até chegar a sessenta e quatro no pedestal mediano. Estas servem de base para um pedestal com trinta e duas pilastras, que servem de base para um pedestal com dezesseis pilastras, diminuindo sempre mais, e sempre até chegar a uma única pilastra na qual se apoia o espelho."

"Ouve", disse Rabbi Solomon, "com essa história das pilastras, o espelho cairá tão logo alguém se apoie na base."

"Fica quieto, pois és tão falso como a alma de Judas. Para ti, foi ótimo que vosso Ezequiel tenha visto um templo que não sabemos como era, se um pedreiro cristão viesse te dizer que não podia ficar de pé, tu lhe responderias que Ezequiel ouvia vozes e não fazia caso das imagens, e depois sou eu que devo fazer espelhos que fiquem de pé? Vou colocar também doze mil guardas como sentinelas de teu espelho, todos ao redor da coluna da base, e será problema deles mantê-lo de pé. Está bem assim?"

"Está bem, está bem, o espelho é teu", disse conciliador Rabbi Solomon.

Abdul seguia aquelas palavras sorrindo, com os olhos perdidos no vazio, e Baudolino compreendia que naquele espelho desejaria ver pelo menos a sombra da sua princesa distante.

"NOS DIAS QUE se passaram, tivemos de apressar-nos, porque o Poeta devia partir, e não queria perder o restante da história", disse Baudolino a Nicetas. "Mas já estávamos num bom caminho."

"Num bom caminho? Mas esse Padre era, segundo penso, menos verossímil do que os Magos, vestidos como cardeais, e do que Carlos Magno entre as coortes angelicais..."

"O Padre havia de tornar-se verossímil se aparecesse em pessoa, com uma carta para Frederico."

12
Baudolino escreve a carta do Preste João

A decisão de escrever uma carta do Preste João foi inspirada numa história que Rabbi Solomon ouviu dos árabes da Espanha. Um marinheiro, Simbad, que viveu nos tempos do califa Harun al-Rashid, naufragou um dia numa ilha, que se encontra abaixo da linha do equinócio, razão pela qual tanto o dia como a noite duravam exatamente doze horas. Simbad dizia ter visto na ilha muitos indianos, e portanto a ilha devia ficar perto da Índia. Os indianos levaram-no à presença do príncipe de Sarandib. Esse príncipe movia-se apenas num trono, montado num elefante, com oito cúbitos de altura, e dos lados marchavam em fila dupla ministros e feudatários. Fazia-se preceder por um arauto que trazia uma azagaia de ouro, seguido imediatamente por outro, com uma maça de ouro, cuja ponta era de esmeralda. Quando descia do trono para ir a cavalo, seguiam-no mil cavaleiros vestidos de seda e brocado, e outro arauto o precedia anunciando a chegada de um rei, que possuía uma coroa mais bela que a de Salomão. O príncipe recebeu Simbad em audiência, perguntando-lhe diversas informações sobre o reino de onde viera. Por fim, pediu que levasse a Harun al-Rashid uma carta escrita num pergaminho de pele de cordeiro com tinta ultramarina, que dizia: "Eu te envio a saudação da paz, eu, príncipe de Sarandib, diante de quem se encontram mil elefantes e em cujo palácio as ameias são feitas com joias. Nós te consideramos um irmão e te pedimos que nos envie uma resposta. E pedimos que aceites essa dádiva humilde." A dádiva humilde era um enorme cálice de rubi, com o entalhe crivado de pérolas. Aquele presente e aquela carta fizeram com que o nome do grande Harun al-Rashid se tornasse ainda mais venerável no mundo sarraceno.

"Aquele teu marinheiro esteve sem dúvida no reino do Preste João", disse Baudolino. "Sei que em árabe chamam-no de maneiras diversas. Mas mentiste, dizendo que o Padre teria enviado cartas e presentes ao califa, porque João é cristão, ainda que nestoriano, e se tivesse de enviar uma carta, ele a mandaria para Frederico, o imperador."

"Pois então, vamos escrever essa carta", disse o Poeta.

Nessa caçada de toda a notícia que alimentasse a construção do reino do Preste João, nossos amigos encontram Kyot. Era um jovem nascido na Champagne, que acabara de voltar de uma viagem à Bretanha, com o ânimo ainda aceso com histórias de cavaleiros errantes, magos, fadas e feitiços, que os habitantes daquelas terras contavam nos serões noturnos, em volta do fogo. Quando Baudolino falou por alto das maravilhas do palácio do Preste João, ele gritou:

"Mas ouvi falar na Bretanha de um castelo parecido, ou quase! É aquele onde se guarda o Greal!"

"O que sabes do Greal?", perguntou Boron, demonstrando súbita desconfiança, como se Kyot tivesse colocado as mãos sobre uma coisa que era sua.

"O que sabes?", replicou Kyot, igualmente desconfiado.

"Vejo", disse Baudolino, "que esse Greal está no coração de ambos. De que se trata? Pelo que sei, deve ser uma espécie de tigela."

"Tigela, tigela", sorriu, indulgente, Boron. "Um cálice, de preferência." Depois, como que resolvendo revelar seu próprio segredo: "Eu me admiro que nunca tenhas ouvido falar dele. É a mais preciosa relíquia de toda a Cristandade, o cálice no qual Jesus Cristo consagrou o vinho da Última Ceia, e com o qual José de Arimateia recolheu mais tarde o sangue que escorria do flanco do crucificado. Há quem diga que o nome daquele cálice é Santo Graal, outros dizem Sangreal, sangue real, pois quem o possui passa a fazer parte de uma estirpe de cavaleiros eleitos, a mesma de Davi e de Nosso Senhor."

"Greal ou Graal?", perguntou o Poeta, prontamente disposto a ouvir algo que pudesse conferir algum poder.

"Não se sabe", disse Kyot. "Alguns dizem Grasal e outros, Graalz. E não se sabe ao certo se é um cálice. Quem o viu não recorda sua forma, sabe apenas que era um objeto dotado de poderes extraordinários."

"Quem o viu?", perguntou o Poeta.

"Certamente os cavaleiros que o guardavam na Brocelândia. Mas sobre eles também se perdeu qualquer sinal, conheci apenas pessoas que falavam a seu respeito."

"Seria melhor se dele se falasse menos e se buscasse saber mais", disse Boron. "Esse jovem foi até a Bretanha, mal ouviu falar dele, e já me olha como se eu quisesse roubar-lhe o que ele não tem. Isso acontece com todos. Quem ouve falar do Greal acha que será o único a encontrá-lo. Mas eu, na Bretanha, e nas ilhas de além-mar, gastei cinco anos, não para falar, mas apenas para o encontrar..."

"E o encontraste?", disse Kyot.

"O problema não é o fato de achar o Greal, mas os cavaleiros que sabiam onde estava. Vaguei, perguntei, jamais pude encontrá-los. Talvez eu não seja um eleito. E eis-me aqui, a vasculhar pergaminhos, esperando descobrir um rastro que me passou despercebido, enquanto eu errava naquelas florestas..."

"Mas por que estamos falando do Greal?", disse Baudolino. "Se está na Bretanha ou naquelas ilhas, então não interessa, porque nada tem a ver com o Preste João." Não, disse Kyot, porque, onde fica o castelo e o objeto que ele guarda, nunca ficou claro, mas das muitas histórias que ouviu, havia uma que dizia que um daqueles cavaleiros, Feirefiz, o encontrou e depois o deu a seu filho, um padre que teria se tornado rei da Índia.

"Loucura", disse Boron, "então eu o procurei anos a fio no lugar errado? Mas quem te contou a história daquele Feirefiz?"

"Qualquer história pode ser boa", disse o Poeta, "e se seguires a de Kyot, poderás talvez encontrar o teu Greal. O mais importante agora não é encontrá-lo, mas decidir se vale a pena relacioná-lo com o Preste João. Meu caro Boron, não buscamos uma coisa, mas alguém que fale a seu respeito." Depois, dirigindo-se a Baudolino: "Pensaste bem? O Preste João possui o Greal, dali vem sua altíssima dignidade, e poderia transmiti-la a Frederico, oferecendo-a de presente!"

"E poderia ser o mesmo cálice de rubi que o príncipe de Sarandib enviou a Harun al-Rashid", sugeriu Solomon, que pela excitação começou a sibilar da parte sem dentes. "Os sarracenos honram Jesus como um grande profeta, poderiam ter descoberto o cálice, e depois Harun o poderia ter oferecido, por sua vez, ao Preste João..."

"Esplêndido", disse o Poeta. "O cálice como vaticínio da reconquista daquilo que os mouros detiveram injustamente. Muito mais do que Jerusalém!"

Decidiram tentar. Abdul conseguiu tirar, durante a noite, do *scriptorium* da abadia de São Vítor um pergaminho de grande valor, que nunca havia sido raspado. Faltava-lhe apenas um selo para se parecer com a carta de um rei. Naquele quarto, que era para dois e que agora hospedava seis pessoas, todas ao redor de uma mesa vacilante,

Baudolino, com os olhos fechados, como que inspirado, ditava. Abdul escrevia porque sua caligrafia, aprendida nos reinos cristãos de além-mar, poderia lembrar o modo como um oriental escreve com caracteres latinos. Antes de começar, propôs, para que todos fossem inventivos e argutos na medida certa, esvaziar até a última gota o mel verde que ficara no vaso, mas Baudolino replicou que, naquela noite, era preciso manter a lucidez.

Perguntaram-se logo se o Preste João não deveria escrever na sua língua adâmica, ou pelo menos em grego, mas concluiu-se que um rei como João tinha provavelmente a seu serviço secretários que conheciam todas as línguas, e, com relação a Frederico, deveria escrever em latim. Mesmo porque, acrescentou Baudolino, a carta devia surpreender e convencer o papa e os outros príncipes cristãos, e assim devia ser antes de mais nada compreensível para eles. Começaram.

O Presbyter Johannes, por virtude e poder de Deus e de Nosso Senhor Jesus Cristo, senhor dos que imperam, a Frederico, sacro e romano imperador, deseja saúde e gozo perpétuo das divinas bênçãos...

Chegou ao conhecimento de nossa majestade que tinhas em grande conta a nossa excelência e que a ti chegara a notícia de nossa grandeza. Mas soubemos, por intermédio de nossos emissários, que querias enviar-nos algo que fosse aprazível e divertido, para o deleite de nossa clemência. Aceitamos de bom grado o presente e mediante um de nossos embaixadores enviamos a ti um sinal de nossa parte, desejosos de saber se segues conosco a fé verdadeira e se em tudo e por tudo crês em Nosso Senhor Jesus Cristo. Pela generosidade de nossa munificência, se precisares de algo que te possa causar deleite, manda-nos dizer, quer por um aceno ao nosso mensageiro, quer por um testemunho de teu afeto. Aceita em troca...

"Para um instante", disse Abdul, "este poderia ser o momento em que o Padre envia o Greal para Frederico!"

"Sim", disse Baudolino, "mas estes dois insensatos de Boron e Kyot ainda não conseguiram dizer do que se trata!"

"Ouviram tantas histórias, viram tantas coisas, talvez não lembrem de tudo. Eis por que sugeri o mel: é preciso soltar as ideias."

Talvez sim, Baudolino que ditava e Abdul que escrevia podiam limitar-se ao vinho, mas as testemunhas, ou as fontes da revelação, tinham de ser solicitadas com o mel verde. E eis por que, após alguns instantes, Boron, Kyot (estupefato pelas novíssimas sensações que experimentava) e o Poeta, que já havia tomado gosto pelo mel, sentaram-se no chão com um estúpido sorriso no rosto, e deliravam como os reféns de Aloadin.

"Ah, sim", disse Kyot, "há um grande salão, e tochas que iluminam a sala com um clarão, não se podia imaginar um lugar assim. E aparece um criado, empunhando uma lança tão branca que reluz ao fogo da lareira. Da ponta da lança sai uma gota de sangue e escorre pela mão do criado... Chegam mais dois criados com candelabros de ouro nielados, em que brilhavam pelo menos dez velas. Os criados são belíssimos... Pronto, agora entra uma donzela que leva o Greal, e espalha-se na sala uma grande luz... As velas empalidecem como a lua e as estrelas quando desponta o sol. O Greal é feito do ouro mais puro com extraordinárias pedras preciosas encastoadas, as mais ricas que existem no mar e na terra. E agora entra uma jovem que leva uma bandeja de prata..."

"E como é esse maldito Greal?", gritava o Poeta.

"Não sei, vejo apenas uma luz..."

"Vês apenas uma luz", disse então Boron, "mas eu vejo mais. Há tochas que iluminam a sala, sim, mas agora ouve-se um trovão, um frêmito terrível, como se o palácio desmoronasse. Cai uma grande treva... Não, agora um raio de sol ilumina o palácio sete vezes mais do que antes. Oh, está entrando o Santo Greal, coberto por um tecido de veludo branco, e, à sua entrada, o palácio é invadido por perfumes de todas as especiarias do mundo. E à medida que o Greal passa ao redor da mesa, os cavaleiros veem seus pratos que se enchem com todos os alimentos que podiam desejar..."

"Mas como é esse Greal do diabo?", interrompeu o Poeta.

"Não blasfemes, é um cálice."

"Como sabes, se está sob um tecido de veludo?"

"Sei porque sei", obstinava-se Boron. "Foi o que me disseram."

"Sê maldito pelos séculos e atormentado por mil demônios! Parece que tens uma visão e depois contas o que te disseram e não vês? Mas és pior do que aquele idiota do Ezequiel que não sabia o que via, porque esses judeus não olham para as miniaturas e ouvem apenas vozes!"

"Eu te peço, blasfemador", interveio Solomon, "não por mim, mas a Bíblia é livro sagrado também para vós, abomináveis gentios!"

"Acalmem-se, acalmem-se", disse Baudolino. "Ouve, Boron. Admitamos que o Greal seja o cálice em que Nosso Senhor consagrou o vinho. Como poderia José de Arimateia recolher o sangue do crucificado se quando depôs Cristo da cruz o nosso Salvador já estava morto e, como bem sabes, nos mortos o sangue não corre?"

"Jesus fazia milagres, mesmo depois de morto."

"Não era uma taça", interrompeu Kyot, "porque quem me contou a história de Feirefiz revelou-me também que era uma pedra caída do céu, *lapis ex coelis*, e se era uma taça é porque fora talhada nessa pedra celeste."

"E então por que não era a ponta da lança que trespassou o santo costado?", perguntou o Poeta. "Não disseste que viste entrar no salão um criado trazendo uma lança ensanguentada? Pronto, e já não vejo um, mas três criados com uma lança de que caem riachos de sangue... E mais: um homem vestido de bispo com uma cruz nas mãos, levado num trono por quatro anjos que o fazem descer até a mesa de prata, em que se encontra agora a lança... Mais: duas jovens que levam uma bandeja, em cima da qual se vê a cabeça cortada de um homem banhada em sangue. E depois o bispo que oficia sobre a lança, e eleva a hóstia, e na hóstia aparece a imagem de uma criança! A lança é objeto portentoso, e é sinal de poder porque é sinal de força!"

"Não, a lança destila sangue, mas as gotas caem numa taça, como demonstração do milagre, de que falei", disse Boron. "É tão simples...", e começou a sorrir.

"Parem com isso", disse Baudolino, desconsolado. "Deixemos de lado o Greal e continuemos."

"Meus amigos", disse Rabbi Solomon, com o desapego de quem, sendo judeu, não se importava nem um pouco com aquela sacra relíquia, "fazer com que um Padre dê de presente um objeto de tamanha importância parece-me exagerado. E, depois, quem ler a carta poderá pedir a Frederico para que mostre aquele portento. E, contudo, não podemos excluir que as histórias ouvidas por Kyot e Boron não circulem já em muitas regiões, e assim bastaria um sinal, e quem quiser entender, que entenda. Não escrevam Greal, não escrevam taça, usem um termo mais impreciso. A Torá jamais pronuncia as coisas mais sublimes em sentido literal, mas segundo um sentido secreto, que o leitor devoto deve adivinhar aos poucos, aquilo que o Altíssimo, que o santo bendito seja sempre, queria que fosse entendido até o fim dos tempos..."

Baudolino sugeriu:

"Digamos então que lhe manda um escrínio, um cofre, uma arca, digamos *accipe istam veram arcam*, aceita este escrínio verdadeiro..."

"Não está mal", disse Rabi Solomon. "Vela e desvela ao mesmo tempo. E abre o caminho ao vórtice da interpretação."

Continuaram a escrever.

Se acaso quiseres visitar nossos domínios, te daremos o melhor e o mais digno de nossa corte e poderás desfrutar nossas riquezas. Destas que abundam entre nós, serás depois cumulado se quiseres voltar a teu império. Lembra-te dos Novíssimos, e jamais haverás de pecar.

Após essa piedosa recomendação, o Preste João passou a descrever seu poder.

"Nenhuma humildade", recomendou Abdul, "o Padre é tão superior que pode se permitir gestos de soberba."

Imagina. Baudolino não teve qualquer hesitação e ditou.

"Aquele *dominus dominantium* superava em poder a todos os reis da terra e suas riquezas eram infinitas, setenta e dois reis prestavam-lhe tributo, setenta e duas províncias o obedeciam, mesmo que nem todas fossem cristãs – e assim deu-se por satisfeito Rabbi Solomon, colocando no reino também as tribos perdidas de Israel. Sua soberania estendia-se sobre as três Índias, seus territórios chegavam aos desertos mais longínquos, até a Torre de Babel. Todos os meses serviam à mesa do Padre sete reis, sessenta e dois duques e trezentos e sessenta e cinco condes, e todos os dias sentavam-se àquela mesa doze arcebispos, dez bispos, o patriarca de São Tomé, o metropolita de Samarcanda e o arcipreste de Susa."

"Não é muito?", perguntou Solomon.

"Não, não", disse o Poeta, "é preciso fazer rebentar de raiva o papa e o basileu de Bizâncio. E acrescenta que o Preste João fez voto de visitar o Santo Sepulcro com um grande exército para derrotar os inimigos de Cristo. Isso para confirmar aquilo que Oto já dissera, e para calar a boca do papa se, por acaso, objetasse que ele não conseguiria atravessar o Ganges. João há de tentar novamente, por isso vale a pena ir buscá-lo e firmar com ele uma aliança."

"Quero ideias para povoar o reino", disse Baudolino. "Lá devem viver elefantes, dromedários, camelos, hipopótamos, panteras, onagros, leões brancos e vermelhos, cigarras mudas, grifos, tigres, lâmias, hienas, todas as coisas que nunca vimos e cujos espólios são preciosos para quem decide caçar naquela região. E, depois, homens que nunca foram vistos, mas a respeito dos quais se fala nos livros sobre a natureza das coisas e do Universo..."

"Sagitários, homens chifrudos, faunos, sátiros, pigmeus, cinocéfalos, gigantes com quarenta cúbitos de altura, homens monóculos", sugeriu Kyot.

"Muito bom, escreve, Abdul, escreve", disse Baudolino.

Bastava retomar apenas o que já fora pensado e dito nos anos precedentes com algum adorno. A terra do Preste João destilava mel e era cheia de leite – e Rabbi Solomon estava deliciado ao reencontrar ecos do Êxodo, do Levítico ou do Deuteronômio –, não hospedava serpentes nem escorpiões, corria o rio Ydonus, que flui diretamente do Paraíso Terrestre, e nele havia... Pedras e areia, sugeriu Kyot.

Não, respondeu Rabbi Solomon, aquele é o Sambatyon. E não devemos colocar o Sambatyon? Sim, mas depois o Ydonus corre do Paraíso Terrestre, e portanto contém... Esmeraldas, topázios, carbúnculos, safiras, crisólitos, ônix, berilos, ametistas, contribuiu Kyot, que acabara de chegar e não entendia bem por que seus amigos davam sinais de náusea (se me ofereceres outro topázio, eu o engulo e depois cago pela janela, gritou Baudolino), mas agora com todas as ilhas afortunadas e paraísos, que visitaram no decorrer de sua pesquisa, já não aguentavam mais ouvir falar de pedras preciosas.

Abdul sugeriu então, dado que o reino ficava no Oriente, citar raras especiarias, e escolheram a pimenta. Boron afirmou que a pimenta nasce nas árvores infestadas de serpentes, e quando fica madura, põem fogo nas árvores: as serpentes fogem e se enfiam nas tocas; aproximam-se das árvores, sacodem-nas, deixando cair a pimenta dos raminhos, cozinhando-a num modo que ninguém conhece.

"E agora, podemos colocar o Sambatyon?", perguntou Solomon. "Vamos colocá-lo", disse o Poeta, "assim, ficará claro que as dez tribos perdidas vivem além do rio. Melhor, vamos mencioná-las explicitamente, e se Frederico puder reencontrar as tribos perdidas será um troféu a mais para a sua glória."

Abdul observou que o Sambatyon era necessário, porque era o obstáculo insuperável que frustra a vontade e excita o desejo, ou seja, o Ciúme. Alguém propôs que se mencionasse também um riacho subterrâneo cheio de pedras preciosas, e Baudolino disse que Abdul poderia muito bem escrevê-lo, mas ele não entraria ali, porque tinha medo de ouvir falar mais uma vez de topázios. Testemunhas Plínio e Isidoro, decidiu-se, no entanto, colocar naquela terra as salamandras, serpentes de quatro patas que vivem apenas entre as chamas.

"Basta que seja verdade, e nós o colocaremos", disse Baudolino, "o importante é contar fábulas."

A CARTA INSISTIA ainda sobre a virtude que reinava naquelas plagas, onde cada peregrino era acolhido com caridade, onde não se encontrava um só pobre, onde não havia ladrões, predadores, avaros, aduladores. O Padre afirmou, pouco depois, que não considerava que pudesse existir no mundo outro monarca tão rico e com tantos súditos. Para dar prova daquela riqueza, como viu Simbad em Sarandib, eis a grande cena na qual o Preste João descrevia a si mesmo, preparando-se para a guerra contra seus inimigos, precedido por treze cruzes crivadas de joias, cada qual num carro, cada carro seguido por dez mil cavaleiros e cem mil soldados. E, no entanto, quando o Preste João cavalgava em tempos de paz, era precedido por uma cruz de madeira como lembrança da paixão do Senhor, e por um vaso de ouro cheio de terra para recordar a todos e a si mesmo que somos pó e que ao pó voltaremos. Mas, para que ninguém esquecesse que aquele que passava era o rei dos reis, havia também um vaso de prata cheio de ouro.

"Se puseres topázios, eu te quebro esse jarro na tua cabeça", avisou Baudolino. E Abdul não os incluiu dessa vez.

"Escreve, ainda, que não existem adultérios e que ninguém pode mentir, e quem mentisse porventura morreria imediatamente, ou seja, seria como se tivesse morrido, porque seria banido e ninguém mais havia de preocupar-se com ele."

"Mas escrevi que não há vícios, ladrões..."

"Não importa, insiste, o reino do Preste João deve ser um lugar onde os cristãos conseguem observar os mandamentos divinos, enquanto o papa não conseguiu obter nada parecido com seus filhos, porque ele mente também, e mais do que os outros. E, depois, ao insistir no fato de que ali ninguém sabe mentir, fica muito claro que tudo aquilo que João diz é verdade."

João continuou dizendo que todos os anos visitava com um grande exército a tumba do profeta Daniel, na Babilônia deserta, que em seu país pescavam-se peixes, de cujo sangue se extraía a púrpura, e que exercitava sua soberania sobre as Amazonas e sobre os Brâmanes. A questão dos Brâmanes parecera útil a Boron, porque os Brâmanes foram vistos por Alexandre, o Grande, quando chegou ao Oriente mais extremo que se podia então imaginar. Assim, sua presença provou que o reino do Preste englobava até o império de Alexandre.

Nessa altura, bastava descrever seu palácio e o espelho mágico, sobre o qual aliás o Poeta já dissera tudo, noites antes. Só que recordou, sussurrando no ouvido de Abdul, o modo pelo qual Baudolino havia falado de topázios e berilos, mas é claro que naquele caso faziam-se necessários.

"Quem chegar a ler", disse Solomon, "há de se perguntar por que um rei tão poderoso faz-se chamar apenas padre."

"Eis o que nos permite chegar à conclusão", disse Baudolino. "Escreve, Abdul..."

Como então, Frederico diletíssimo, a nossa sublimidade não nos consente um nome mais digno do que aquele de Presbyter, é uma pergunta que honra a tua sabedoria. Temos certamente em nossas cortes ministeriais distinguidos com funções e nomes muito mais dignos, especialmente no que diz respeito à hierarquia eclesiástica... Nosso despenseiro é primaz e rei; rei e arcebispo, nosso copeiro; bispo e rei, nosso camarista; rei e arquimandrita, nosso senescal; rei e abade, o chefe de nossos cozinheiros. Assim, pois, nossa alteza, não suportando ser designada por esses mesmos epítetos, ou ser distinguida com as mesmas ordens de que abunda a nossa corte, por humildade estabeleceu ser chamada com um nome menos importante e com um grau inferior. Por ora basta que saibas que nosso território estende-se de um lado por quatro meses de caminhada, e do outro ninguém sabe onde termina. Se pudesses enumerar as estrelas do céu e a areia do mar, poderias então medir nossas possessões e nosso poder.

ESTAVA QUASE amanhecendo quando nossos amigos terminaram a carta. Quem havia tomado mel, encontrava-se ainda em estado de sorridente estupor, quem havia bebido apenas vinho estava um pouco alto, e o Poeta, que havia escolhido novamente ambas as substâncias, mantinha-se de pé com dificuldade. Foram cantando por vielas e praças, levando com reverência aquele pergaminho, já convencidos de que haviam acabado de chegar do reino do Preste João.

"TU A MANDASTE logo para Rainaldo?", perguntou Nicetas.

"Não. Após a partida do Poeta, durante meses e meses, nós a relemos e tornamos a fazer, raspando e reescrevendo muitas vezes. De quando em quando, alguém propunha um pequeno acréscimo."

"Mas Rainaldo esperava a carta, imagino..."

"O problema é que nesse ínterim Frederico havia liberado Rainaldo do cargo de chanceler do Império para dá-lo a Cristiano de Buch. Rainaldo certamente, como arcebispo de Colônia, era também arquichanceler da Itália e permanecia poderosíssimo, tanto assim que foi ele quem organizou a canonização de Carlos Magno, mas aquela substituição, pelo menos aos meus olhos, significava que Frederico começara a achar Rainaldo muito intrometido. E assim, como apresentar ao imperador uma carta que no fundo fora desejada por Rainaldo? Eu ia me esquecendo de dizer que no mesmo ano da canonização Beatriz teve o segundo filho, e assim o imperador pensava em outras coisas, pois ouvi boatos de que o primeiro continuasse doente. Assim, entre um fato e outro, se passou mais de um ano.

"Rainaldo não insistiu?"

"No começo tinha outras coisas na cabeça. Depois morreu. Enquanto Frederico estava em Roma, para expulsar Alexandre III e pôr no trono seu antipapa, grassou uma pestilência, e a peste ataca ricos e pobres. Morreu também Rainaldo. Fiquei perturbado ainda que jamais o tivesse amado verdadeiramente. Era arrogante, rancoroso, mas foi um homem de coragem e lutou até o fim por seu senhor. Paz à sua alma. E contudo agora, sem ele, teria a carta algum sentido? Ele era o único suficientemente astuto para conseguir tirar-lhe algum proveito, fazendo-a circular pelas chancelarias de todo o mundo cristão." Baudolino fez uma pausa: "E depois, havia o problema de minha cidade."

"Mas que cidade, se nasceste num pântano?"

"É verdade, estou indo muito depressa. É preciso construir a cidade."

"Finalmente não me falas de uma cidade destruída!"

"Sim", disse Baudolino, "era a primeira e a única vez em toda a minha vida em que vi uma cidade nascer, e não morrer."

13
Baudolino vê o nascimento de uma nova cidade

Haviam-se passado dez anos desde que Baudolino chegara a Paris, havia lido tudo o que se podia ler, aprendera grego com uma prostituta bizantina, escrevera poemas e cartas de amor, que seriam atribuídas a outrem, construíra praticamente um reino que agora ninguém conhecia melhor do que ele e seus amigos, mas não havia terminado os estudos. Consolava-se dizendo que fora um grande acontecimento estudar em Paris, justo ele que nascera entre as vacas, mas se lembrava depois de que era mais fácil que estudassem os pobretões como ele do que os filhos dos senhores, os quais deviam aprender a combater e não a ler e escrever... Em resumo, não se sentia de todo satisfeito.

Certo dia, Baudolino percebeu que dentro de poucos meses estaria com 26 anos: tendo saído de casa aos treze, fazia exatamente treze anos que não voltava. Sentiu algo parecido com o que definiríamos como saudade da terra natal, mas ele, que jamais a conhecera, não sabia o que era. Por isso, pensou que gostaria de rever o próprio pai adotivo e decidiu encontrá-lo em Basileia, onde se achava então, ao voltar mais uma vez da Itália.

Não vira Frederico desde o nascimento de seu primeiro filho. Enquanto ele escrevia e reescrevia a carta do Preste João, o imperador fizera de tudo um pouco, movendo-se como uma serpente de norte a sul, comendo e dormindo a cavalo, como seus antepassados, os bárbaros, e a sua corte era o lugar por onde passava a cada momento. Naqueles anos, fora duas vezes mais para a Itália. Na segunda, enquanto voltava, sofrera uma afronta em Susa, onde os cidadãos haviam se rebelado, obrigando-o a fugir, escondido e disfarçado, e haviam tomado Beatriz como refém. Pouco depois, os susanos acabaram por libertá-la, sem lhe fazer mal algum, e, no entanto, ele fizera uma péssima figura, e jurou vingança a Susa. E quando cruzava os Alpes de volta, ele não descansava, pois devia acalmar os príncipes alemães.

Quando Baudolino viu afinal o imperador, encontrou-o de rosto sombrio. Compreendeu que, de um lado, estava cada vez mais aflito com a saúde do filho mais velho, que também se chamava Frederico, e, de outro, com as coisas da Lombardia.

"Muito bem", admitiu, "eu o direi a ti somente: meus potestades, legados, procuradores e exatores não exigiam apenas aquilo que eu devia receber, mas sete vezes mais; assim, cada casa devia pagar três dinheiros por ano, em moeda velha, e vinte e quatro dinheiros antigos para cada moinho que operava nessas águas, dos pescadores tiravam a terça parte dos peixes e confiscavam a herança de quem morria sem filhos. Eu deveria ter dado ouvidos às queixas que me chegavam, sei disso muito bem, mas tinha de pensar em outras coisas... E agora parece que há alguns meses as comunas lombardas se organizaram numa liga, uma liga anti-imperial, compreendes? E o que decidiram em primeiro lugar? Reconstruir as muralhas de Milão!"

Que as cidades italianas fossem briguentas e infiéis, paciência, mas uma liga era a construção de uma outra *res publica*. Não se podia pensar naturalmente que uma liga como aquela pudesse durar muito, levando-se em conta como as cidades da Itália se odiavam, mas era, apesar disso, um *vulnus* para a honra do império.

Quem estava aderindo à liga? Corriam boatos de que estariam reunidos, numa abadia não muito longe de Milão, os representantes de Cremona, Bérgamo, e depois, talvez, Placência e Parma, tudo muito vago. Mas os boatos não paravam aí; falava-se de Veneza, Verona, Pádua, Vicência, Treviso, Mântua, Ferrara e Bolonha.

"Bolonha, é possível imaginar uma coisa dessas?!", gritava Frederico, indo de um lado para o outro, diante de Baudolino. "Lembras, não? Graças a mim seus malditos mestres podem ganhar dinheiro como bem entenderem com aqueles seus malditos estudantes, sem dar satisfação a mim e ao papa, e agora aderem àquela liga? Mas que sem-vergonhas! Agora só falta Pavia!"

"Ou Lodi", respondia Baudolino, como para dizer um absurdo. "Lodi?!, Lodi?!", gritou o Barba Ruiva, com o rosto avermelhado como se estivesse à beira de um ataque. "Mas, se devo dar ouvidos às notícias que acabo de receber, parece que Lodi já teria participado daqueles encontros! Dei o sangue de minhas veias para proteger aqueles indolentes, pois sem mim os milaneses teriam acabado com eles desde os alicerces a cada nova estação, e agora, em conluio com seus carrascos, preparam um complô contra seus benfeitores!"

"Mas meu pai", perguntou Baudolino, "o que são esses *me parece* e *acho que*? Já não recebes notícias seguras?"

"Será que aqueles que estudam em Paris perdem o sentido de como andam as coisas neste mundo? Se há uma liga, há uma conspiração, se há uma conspiração, aqueles que antes estavam contigo te traíram, e contam exatamente o contrário do que estão fazendo, de modo que o último a saber o que estão fazendo realmente é o imperador, assim como acontece com os maridos que vivem com uma esposa infiel, a respeito da qual toda a vizinhança já sabia, menos ele."

Não poderia ter escolhido pior exemplo, porque naquele instante entrara Beatriz, que ouvira a chegada de seu querido Baudolino. Ele ajoelhou-se para beijar-lhe a mão, sem olhá-la no rosto. Beatriz hesitou um instante. Parecia-lhe que se não lhe desse sinais de confiança e de afeto, revelaria algum embaraço; apoiou maternalmente a outra mão sobre a cabeça e lhe desarrumou um pouco os cabelos – esquecendo-se de que uma mulher com pouco mais de trinta anos não podia mais tratar assim um homem feito, pouco mais jovem do que ela. Para Frederico a coisa pareceu normal, ele como seu pai, ela como sua mãe, apesar de serem ambos adotivos. Quem se sentia fora de lugar era Baudolino. Aquele duplo contato, a proximidade com ela, pois que se podia perceber o perfume da veste como se fosse o da carne, o som de sua voz – e que sorte não poder fixar os seus olhos naquela posição, senão, acabaria perdendo a cor, desmaiando – davam-lhe um imenso prazer, prejudicado, todavia, pela sensação de que com aquele simples gesto de homenagem ele poderia estar mais uma vez traindo o próprio pai.

Não saberia como se ausentar, se o imperador não lhe pedisse um favor, ou não lhe tivesse dado uma ordem, que era a mesma coisa. Para ver com maior clareza os problemas da Itália, e não confiando nos mensageiros oficiais e nos oficiais mensageiros, decidiu mandar até lá alguns poucos homens de confiança, que conhecessem bem o lugar, mas que não fossem identificados imediatamente como imperiais, de modo que sondassem a atmosfera e reunissem testemunhos não adulterados pela traição.

Baudolino gostou da ideia de fugir da dificuldade que sentia na corte, mas logo depois teve outro sentimento:

estava extraordinariamente comovido com a ideia de rever a sua terra e compreendeu afinal que fora por isso que se pusera a viajar.

APÓS TER PASSADO por várias cidades, Baudolino cavalga e cavalga, ou melhor, esmuleia e esmuleia, pois se fazia passar por um mercador, que viajava tranquilamente de um vilarejo para o outro, chegou enfim a uma elevação, além da qual, após um longo trecho de planície, deveria ver o Tanaro para chegar, entre pântanos e pedregais, à sua Frascheta natal.

Embora, quando alguém saía de casa naquele tempo, saía sem saber se acaso voltaria, Baudolino sentia um formigamento nas veias, porque subitamente fora tomado pela ânsia de saber se os seus velhos ainda estavam vivos.

Não só, mas de repente voltavam-lhe à memória o rosto dos rapazes das redondezas, o Masulu dos Panizza, com quem costumava preparar armadilhas para os coelhos selvagens, Porcelli chamado Ghino (ou era Ghini chamado Porcello?), e bastava que se vissem para jogar pedras um no outro, o Aleramo Scaccabarozzi, o Tolo, e Cuttica de Quargnento, quando pescavam no Bormida. "Meu Deus", dizia de si para si, "será que vou morrer, porque parece que quando estamos para morrer, começamos a recordar as coisas belas da infância?..."

Era véspera de Natal, mas Baudolino não sabia disso, porque no curso de sua viagem havia perdido a conta dos dias. Tremia de frio, e sua mula estava congelada, mas o céu se revelava límpido sob a luz do ocaso, límpido como quando sentimos no ar cheiro de neve. Ele reconhecia aquelas paragens como se tivesse acabado de passar por lá, pois se lembrava de quando fora com seu pai àquelas colinas para entregar três mulas, arrastando-se com dificuldade naqueles aclives, que por si só deixavam bambas as pernas de um jovem, quanto mais empurrando burros, que não queriam trabalhar. Mas se divertiram na volta, olhando a planície do alto, e passeando livremente na descida. Baudolino lembrou que, não muito longe do curso do rio, num pequeno trecho a planície formava uma elevação e que do alto dessa elevação vira emergir, como que de uma colcha leitosa, os campanários de alguns vilarejos, ao longo do rio Bergoglio, e Roboreto, e pouco depois Gamondio, Marengo, e a Palea, ou seja, aquela zona de pântanos, cascalho e matagal, em cujas margens seria possível enxergar talvez o casebre do bom Gagliaudo.

Mas quando chegou até a elevação, viu um panorama diferente, como se ao redor, nos vales e nas colinas o ar estivesse límpido e claro, e só a planície à sua frente estivesse enevoada com os vapores da neblina, daqueles blocos cinzentos que te surpreendem inesperadamente na estrada e que te envolvem por completo, até não veres coisa alguma, desaparecendo rapidamente como haviam aparecido – tanto que Baudolino dizia de si para si: nossa, mesmo que fosse agosto na Frascheta reinariam as neblinas eternas, como a neve no alto dos Pirêneos – e isso não o desagradava, pois quem nasceu no meio da neblina sentia-se como que em casa. À medida que descia rumo ao rio, dava-se conta de que aqueles vapores não eram neblina, mas nuvens de fumaça que deixavam entrever os fogos que as alimentavam. Entre fumaças e fogos, Baudolino compreendeu agora que, na planície além do rio, à volta daquilo que fora um dia Roboreto, a aldeia transbordava pelo campo, e que por toda a parte havia um viveiro de cogumelos de casas novas, algumas de alvenaria, outras de madeira, muitas ainda não terminadas, e na direção do poente podia-se perceber também o início de uma muralha, como jamais se viu naquelas bandas. Os caldeirões ferviam nas fogueiras, que deviam servir para aquecer a água, evitando que se congelasse rapidamente, enquanto, pouco mais adiante, outros a derramavam em buracos cheios de cal ou de uma argamassa qualquer. Enfim, Baudolino vira o começo da construção da nova catedral em Paris, na ilha que ficava no rio, e conhecia todos aqueles andaimes e maquinarias usados pelos mestres pedreiros: pela sua experiência, estavam acabando de erguer do nada uma cidade, e era um espetáculo que se via – se tudo corresse bem – apenas uma vez na vida.

"Que loucura", disse, "basta virar um pouco a cabeça e já começam a aprontar das suas", e esporeou a mula para chegar o mais rápido possível até o vale. Depois de atravessar o rio numa grande balsa, que transportava pedras de todos os tipos e dimensões, parou onde alguns trabalhadores, num andaime periclitante, estavam aumentando a altura de um muro baixo, enquanto outros, no chão, com um cabrestante erguiam cestos de cascalho para os que estavam em cima. Mas cabrestante era um jeito de falar, pois não se podia imaginar algo mais primitivo, feito com estacas em vez de madeira forte, e que por isso balançava sempre, e os dois que o movimentavam do chão, em vez de fazer a corda correr, pareciam mais ocupados em segurar aquela ameaçadora oscilação de mastros. Baudolino disse de si para si, olha para essa gente, quando faz alguma coisa ela o faz de mal a pior, mas como trabalham mal, se eu fosse o chefe deles, teria agarrado a todos pelos fundilhos e os teria lançado no Tanaro.

Mas depois viu, pouco mais abaixo, outro grupo que pretendia edificar uma pequena galeria, com pedras mal talhadas, traves mal-acabadas e capitéis que pareciam ter sido cortados por um animal. Para erguer o material de construção, eles haviam construído também uma espécie de roldana, e Baudolino percebeu que, comparados com estes, aqueles do muro pequeno eram mestres comascos. Deixou de comparar quando, caminhando um pouco mais, viu outros que trabalhavam como as crianças, quando brincam com a terra molhada: davam os últimos pontapés, poderíamos dizer, a uma construção igual às outras, feitas de lama e pedras disformes, com tetos de palha mal compactada: estava nascendo afinal uma espécie de ruela de casebres muito malfeitos, como se os operários estivessem concorrendo para ver quem terminaria primeiro antes das festas, sem maiores cuidados com as regras do ofício.

Adentrando porém nos incompletos meandros daquela obra incerta, descobria de quando em quando muros bem esquadrados, fachadas solidamente reticuladas, bastiões que, embora incompletos, tinham um ar maciço e protetor. Isso tudo fez-lhe entender que na construção daquela cidade haviam participado pessoas das mais diversas origens e habilidades; e se muitos eram novatos naquele ofício, como os campc ıeses – que construíam casas tal como haviam construído durante toda uma vida taperas para seus animais –, outros deviam ter o hábito da arte.

Enquanto procurava orientar-se naquela multidão de saberes, Baudolino descobriu também uma multidão de dialetos – que demonstravam, afinal, como aquele conjunto de pardieiros estava sendo feito por aldeões de Solero, como aquela torre toda retorcida era obra de monferrinos, como aquela de argamassa estava sendo revirada pelos paveses, que estavam cerrando aquelas tábuas, gente que até então havia derrubado árvores na Palea. Porém, quando ouvia alguém dando ordens, ou quando via um punhado de homens trabalhando como se deve, ouvia falar genovês.

"Será que cheguei bem no meio da construção de Babel?", perguntou-se Baudolino. "Ou na Hibérnia de Abdul, onde aqueles setenta e dois sábios reconstruíram a língua de Adão, colocando lado a lado todas as línguas, tal como se misturam água e argila, pez e betume? Mas aqui ainda não falam a língua de Adão e, apesar de falarem, todos juntos, setenta e duas línguas, homens de raças tão diversas, que normalmente arrancariam o couro uns dos outros, andam agora como que em lua de mel!"

Aproximou-se de um grupo que estava cobrindo com perícia uma construção de entablamentos de madeira, como se fosse uma igreja abacial, usando um guincho de grandes dimensões, que não era movido com a força dos braços, mas com a de um cavalo – que não estava oprimido por arreios, ainda usado em certos campos, que lhe apertava a garganta, mas puxava com grande energia graças a um cômodo arreio nos quartos. Os operários emitiam sons claramente genoveses, e Baudolino falou com eles em sua língua – mesmo não sendo num modo tão perfeito que pudesse esconder o fato de não ser um deles.

"O que estais fazendo de bom?", perguntou, apenas para começar a conversa. E um deles, olhando de soslaio, disse-lhe que estavam construindo uma máquina para coçar o bilau. Ora, como todos começassem a rir, e é claro que riam dele, Baudolino (já impaciente por ter de bancar o mercador sem armas e montado na mula, enquanto trazia na bagagem, cuidadosamente envolvida num rolo de pano, a sua espada de homem de corte) respondeu, no dialeto da Frascheta, que depois de tanto tempo brotava espontaneamente em seus lábios, esclarecendo que não precisava de *machinae* porque o bilau dele, que as pessoas de bem chamavam de passarinho, era coçado frequentemente pelas putas de suas mães. Os genoveses não entenderam bem o sentido de suas palavras, mas intuíram a intenção. Deixaram o trabalho de lado e cada um pegou uma pedra ou uma picareta, fazendo um semicírculo em volta da mula. Por sorte, naquele instante chegaram outros personagens, entre os quais um com ares de cavaleiro, o qual numa língua franca, meio latina, meio provençal e meio não se sabe o quê, disse aos genoveses que o peregrino falava como um homem daquelas bandas, e que não deviam tratá-lo como se não tivesse o direito de passar por lá. Os genoveses justificaram-se, dizendo que ele fizera perguntas como se fosse um espião, e o cavaleiro disse tanto melhor que o imperador mandasse espiões, porque já estava mais do que na hora de saber que ali nascera uma cidade com a intenção deliberada de aborrecê-lo. E depois, disse a Baudolino:

"Nunca te vi, mas pareces com alguém que volta para casa. Vieste para unir-te conosco?"

"Senhor", respondeu Baudolino com urbanidade, "nasci na Frascheta, mas saí de lá há muitos anos e não sabia nada de todas essas coisas que estão acontecendo agora. Eu me chamo Baudolino, filho de Gagliaudo Aulari..."

Mal terminou de falar quando, do grupo dos recém-chegados, um velho de cabelos e barba branca ergueu seu cajado e começou a gritar:

"Seu mentiroso despudorado, que uma flecha acerte agora a tua cabeça, como tens a coragem de usar o nome de meu pobre filho Baudolino, logo comigo que me chamo Gagliaudo e Aulari, ainda por cima; ele saiu de casa há muitos anos com um senhor alamânio, que parecia a rainha Pedoca, mas que era na verdade um daqueles que fazia dançar os macacos, porque de meu pobre menino nunca mais soube nada, e depois de tanto tempo deve estar morto, isso fez sofrer muito a mim e a minha santa mulher há trinta anos, foi a maior dor de nossa vida que já era dura, mas perder um filho é muito pior e quem nunca passou isso na vida não sabe o que é!"

Baudolino então gritou:

"És tu, meu pai!" Era como se sua voz fraquejasse e as lágrimas vieram-lhe aos olhos, mas eram lágrimas que não conseguiam esconder uma grande alegria. Disse depois: "Mas, afinal, não são trinta anos de sofrimento, porque saí de casa há treze anos, e deverias estar feliz porque não perdi tempo e agora me tornei alguém na vida."

O velho desceu da mula, olhou Baudolino no rosto e disse:

"Mas olha que é verdade! Ainda que se tivessem passado trinta anos, não perdeste esse teu olhar de paspalho, sabes o que é que vou dizer? Mesmo que sejas alguém na vida, não deves contrariar teu pai, porque se eu disse trinta anos é porque me parecem trinta, e nesses trinta anos podias ter mandado alguma notícia, seu desgraçado, és a ruína de nossa família, vamos, desce do animal, vai ver até que foi roubado, e vou quebrar esse cajado na tua cabeça!" E mal havia agarrado Baudolino pelos pés, para obrigá-lo a descer da mula, quando aquele que parecia o chefe interveio. "Ora vamos, Gagliaudo, acabas de encontrar teu filho depois de trinta anos..."

"Treze", disse Baudolino.

"Fica quieto, que a nossa conversa fica para depois – tu o encontras depois de trinta anos e nesses casos o que fazemos é nos abraçarmos e agradecermos a Deus, pelo amor de Deus!"

E Baudolino já descera da mula e estava para atirar-se nos braços de Gagliaudo, que havia começado a chorar, quando o sujeito que parecia um chefe pusera-se novamente no meio deles e agarrou Baudolino pelo cangote:

"Mas se alguém aqui tem de acertar uma conta contigo, esse alguém sou eu."

"E quem és?", perguntou Baudolino.

"Sou Oberto del Foro, mas tu não sabes e não deves talvez lembrar-se de nada. Eu devia ter uns dez anos e meu pai dignou-se a procurar o teu para ver algumas vitelas que queria comprar. Eu estava vestido como deve se vestir o filho de um cavaleiro e meu pai não queria que eu entrasse com eles no estábulo, temendo que eu me sujasse. Fiquei dando voltas em torno da casa e estavas justamente atrás dela, feio e sujo, como se acabasses de sair de um monte de estrume. Mas te aproximaste de mim e, enquanto me olhavas, perguntaste se eu queria brincar, e eu, louco, disse que sim, e tu me deste um empurrão tão forte que fui cair dentro da gamela dos porcos. Quando meu pai me viu naquele estado, me cobriu de vergastadas, porque eu havia estragado o terno novo."

"Pode ser", disse Baudolino, "mas é uma história de trinta anos atrás..."

"Treze, na verdade, e desde então penso nisso todos os dias, porque nunca fui tão humilhado em toda a minha vida como aquela vez, e cresci dizendo a mim mesmo que se um dia encontrasse o filho daquele Gagliaudo, acabaria com ele."

"E queres acabar comigo agora?"

"Agora não, ou melhor, agora já não quero mais, porque estamos todos aqui e terminamos praticamente de construir uma cidade para lutar com o imperador, quando ele puser os pés de novo por aqui, imagina se posso perder o meu tempo acabando com você. Durante trinta anos..."

"Treze."

"Durante treze anos guardei essa mágoa no coração e agora, nesse momento, olha só, passou."

"Quando se diz, às vezes..."

"Agora não banques o esperto. Vai e abraça teu pai. Depois, se me pedires desculpas por aquele dia, iremos aqui ao lado, onde estamos festejando uma construção que acabamos de terminar, e nesses casos tira-se do melhor dos tonéis e, como diziam os nossos velhos, vamos encher a cara."

Baudolino viu-se numa grande adega. A cidade ainda não havia sido terminada, e já surgira a primeira taberna com o seu belo parreiral no pátio, mas naquele tempo estava-se melhor lá dentro, num antro que era um barril, e com mesas de madeira compridas, cheias de canecas e de salaminhos de carne de burro, que (explicava Baudolino a um Nicetas horrorizado) chegavam parecendo odres cheios, e eram abertos com uma facada, deixavam-se crepitar em alho e óleo, e eram uma delícia. Eis por que todos os convivas estavam felizes, fedorentos e bêbados. Oberto del Foro anunciou a volta do filho de Gagliaudo para casa, e logo alguns daqueles começaram a dar murros nas costas de Baudolino, que primeiro arregalava os olhos, surpreso, passando a seguir por uma sequência de agnições que mais um pouco e não terminava mais.

"Meu Deus, Scaccabarozzi, olha só o Cuttica de Quargnento – e quem és? Não, não digas nada, quero adivinhar, mas é claro, Squarciafichi! E és Ghini ou Porcelli?"

"Não, ele é o Porcelli, aquele com quem sempre trocavas pedradas! Eu era o Ghino Ghini, e para dizer a verdade não deixei de ser. Nós dois brincávamos de escorregar no gelo no inverno."

"Meu Deus, é verdade, Ghini. Mas não eras capaz de vender tudo, incluindo a bosta das cabras, como aquela que vendeste a um peregrino como se fossem as cinzas de São Baudolino?"

"Claro que sim, e agora sou mercador, veja se não existe um destino. E aquele, tenta dizer quem é..."

"Mas é o Melro! Melro, o que é que eu te dizia sempre?"

"Dizias: sorte a tua que não tomas nada a peito... e, no entanto, olha, em vez de tomar acabei perdendo", e mostrou o braço direito sem a mão, "foi no cerco de Milão, aquele de dez anos atrás."

"Era justamente o que eu estava para dizer, pelo que sei, a gente de Gamondio, Bergoglio e Marengo sempre esteve com o imperador. Como é que todos aqui estavam antes com ele e agora fazem uma cidade contra ele?" Tentaram explicar, mas a única coisa que Baudolino entendeu bem era que ao redor do velho castelo e da igreja de Santa Maria de Roboreto surgira uma cidade feita pela gente das aldeias próximas, ou seja, Gamondio, Bergoglio e Marengo, mas com grupos de inteiras famílias que haviam se deslocado de todos os lugares, de Rivalta Bormida, de Bassignana ou de Piovera, para construir as casas em que iriam morar. Tanto que, desde maio, três deles, Rodolfo Nebia, Aleramo de Marengo e Oberto del Foro levaram a Lodi, às comunas que lá estavam reunidas, a adesão da nova cidade, embora, naquele momento, existisse mais nas intenções do que às margens do Tanaro. Mas todos haviam trabalhado como animais, durante o verão e o outono, e a cidade estava quase pronta para barrar o caminho do imperador, no dia em que descesse à Itália, como era o seu vício.

Mas barrar o quê?, perguntava Baudolino um pouco cético, basta que contorne aqui... Nada disso, respondiam-lhe, não conheces o imperador (imagina), uma cidade que surge sem o seu consentimento é uma vergonha que se deve lavar com sangue, será obrigado a fazer-lhe o cerco (e aqui eles tinham razão, conheciam bem o caráter de Frederico), eis por que são necessárias sólidas muralhas e ruas construídas para a guerra, e é por isso que tivemos necessidade dos genoveses, que são marinheiros, sim, mas que vão a países distantes para construir novas cidades, e sabem muito bem como se faz.

Mas os genoveses não fazem as coisas em troca de nada, disse Baudolino. Quem os pagou? Eles pagaram: eles nos deram um empréstimo de mil sólidos genoveses, e prometeram outros mil para o ano que vem. E o que significa fazer ruas construídas para a guerra? Deixa o Manuele Trotti explicar, pois foi ele quem teve a ideia, vamos, fala, tu que és o Poliorcete!

"Polior o quê?"

"Fica quieto Boidi, deixa Trotti falar."

E Trotti (que como Oberto tinha também o ar de um *miles*, ou seja, de um cavaleiro, de um vavassalo de uma certa dignidade):

"Uma cidade deve resistir ao inimigo de modo que ele não escale as muralhas, mas, se por desgraça ele o fizer, a cidade deve ser capaz ainda de impedi-lo, e arrebentar-lhe o lombo. Se o inimigo transpuser as muralhas, encontrará logo um labirinto de vielas para se enfiar, não o pegarás nunca, uns vão por aqui, outros por ali, e pouco depois os defensores vivem o destino do rato. Em vez disso, o inimigo deve encontrar, logo depois das muralhas, um largo espaço, para que fique suficientemente descoberto, para ser flagelado com flechas e pedregulhos dos terraços e das janelas da frente, de modo que antes de sair de lá já esteja partido ao meio."

(Aí está, intervinha tristemente Nicetas ao ouvir essa história, é o que deveriam ter feito em Constantinopla, mas deixaram que aos pés das muralhas crescesse justamente um labirinto de vielas... Sim, gostaria de responder-lhe Baudolino, mas era necessário também ter gente com os bagos de meus aldeões e não cagarolas como aqueles desmiolados da vossa guarda imperial – mas preferia se calar para não ferir seu interlocutor, e dizia fica quieto e não interrompas Trotti e deixe-me contar.)

Trotti: "Se o inimigo superar depois o espaço aberto e avançar pelas ruas, estas não devem ser retas e aprumadas, nem mesmo se quisesses inspirar-te nos romanos antigos, que desenhavam uma cidade como uma retícula. Pois com uma rua reta o inimigo sabe sempre o que o espera à frente, enquanto as ruas devem ter muitas esquinas ou curvas. O defensor espera atrás de uma esquina, e do chão e dos telhados sabe sempre o que faz o inimigo, porque no teto ao lado – que faz um ângulo com o primeiro – há outro defensor que o vê e faz sinais aos outros que ainda não o viram. Ao contrário do inimigo, que nunca sabe o que o espera, e isso torna mais lenta a sua corrida. Assim, uma boa cidade deve ter casas mal enfileiradas, como os dentes de uma velha, o que parece feio, mas é exatamente ali que se encontra o seu bem. E, por fim, é necessário um túnel falso!"

"Ah, ainda não falaste conosco", comentou Boidi.

"Mas é claro, um genovês acabou de me dizer que ouviu isso de um grego, e que teria sido uma ideia de Belisário, general do imperador Justiniano. Qual é o objetivo de um sitiante? Cavar túneis subterrâneos, que o levem ao coração da cidade. E qual é o seu sonho? Encontrar um túnel já feito e ignorado pelos sitiados. Nós preparamos logo um túnel, que dá para fora e chega dentro das muralhas, e na parte de fora encobrimos a entrada com rochas e arbustos, mas não muito bem para que mais cedo ou mais tarde o inimigo acabe por descobri-lo. A outra extremidade do túnel, que acaba na cidade, deve ser uma tripa estreita, pela qual possa passar apenas um homem ou, no máximo, dois de cada vez, fechada por uma grade – de modo que o primeiro que a descobriu possa dizer, depois de chegar até a grade, que se vê uma praça e, talvez, o canto de uma capela, sinal de que a passagem leva precisamente até a cidade. Junto da grade permanece uma guarda fixa, e quando o inimigo chega é obrigado a sair um por um, e logo que alguém sai basta acabar com ele..."

"E o inimigo é burro e continua saindo, sem perceber que os da frente caem como figos maduros", gargalhava Boidi.

"E quem te disse que o inimigo é burro? Calma. A coisa deve ser um pouco mais estudada, mas não é uma ideia que se deve abandonar."

Baudolino puxou à parte Ghini, que agora era mercador e que devia ser portanto uma pessoa de bom-senso e com os pés no chão, não como aqueles cavaleiros, feudatários de feudatários, que, pelo preço de adquirir fama militar, mergulhavam até em causas perdidas.

"Escuta, Ghinèn, passa-me por favor aquele vinho e me diz uma coisa. Parece-me muito boa a ideia de que, para fazer aqui uma cidade, o Barba Ruiva seja obrigado a sitiá-la para não ficar de cara no chão, para dar tempo que os outros da liga o ataquem pela retaguarda, depois de ter se esgotado no cerco. Mas quem vai pagar essa aventura são os que moram na cidade. E queres que acredite que a nossa gente deixará a sua terra onde bem ou mal vivia, e virá até aqui para deixar-se matar para agradar aos de Pavia. E queres que acredite que os genoveses que não seriam capazes de tirar do bolso um sólido para resgatar a própria mãe dos piratas sarracenos, darão a vós dinheiro e trabalho para construir uma cidade que, na melhor das hipóteses, é cômoda para Milão?"

"Baudolino", disse Ghini, "a história é muito mais complicada do que isso. Ouve até onde chegamos." Molhou um dedo no vinho e começou a fazer sinais na mesa. "Aqui está Gênova, de acordo? E aqui estão Tortona, e depois Pavia, e depois Milão. Essas são cidades ricas, e Gênova é um porto. Assim, Gênova deve ter caminho livre em seu comércio com as cidades lombardas, de acordo? E os desfiladeiros passam pelo vale do Lemme, pelo vale do Orba, e pelo vale do Bormida, e pelo vale do Scrivia. Estamos falando de quatro rios – ou não? – e todos se encontram mais ou menos aqui às margens do Tanaro. E se tiveres uma ponte no Tanaro, terás caminho aberto para negociar com as terras do marquês de Monferrato, e quem sabe até onde. Claro? Ora, enquanto Gênova e Pavia estavam de acordo, era bom que esses vales não tivessem donos, ou seja, todas as vezes que se faziam alianças, por exemplo com Gavi ou Marengo, não havia grandes problemas... Mas com a chegada desse imperador, Pavia, por um lado, e o Monferrato, por outro, puseram-se ao lado do império; Gênova fica bloqueada tanto à esquerda quanto à direita, e se ela decidir aliar-se com Frederico, poderá dizer adeus a seus negócios em Milão. Assim, deveria manter calmas Tortona e Novi, que lhe permitem uma de controlar o vale do Scrivia e a outra, o do Bormida. Mas já sabes o que aconteceu, o imperador arrasou Tortona, Pavia tomou o controle dessa região até as montanhas do Apenino, e os nossos povoados aderiram ao império e, caramba, eu queria só ver se, pequenos como éramos, podíamos bancar os prepotentes. O que os genoveses nos podiam dar para nos convencer a mudar de lado? Algo com que jamais sonhamos, ou seja, uma cidade, com cônsules, soldados e um bispo, e muralhas, uma cidade que recolhe pedágios de homens e de mercadorias. Percebes,

Baudolino? Controlando apenas uma ponte sobre o Tanaro ganhas dinheiro aos montes, ficas tranquilamente sentado e a um pedes uma moeda e a outro, dois frangos, a outro ainda, um boi inteiro, e aqueles, tlitlim, pagam, uma cidade é uma cocanha, olha como eram ricos os de Tortona comparados com os de Palea. E esta cidade tão conveniente para nós era também conveniente para a liga, e era conveniente também para Gênova, como eu te dizia, porque, por mais fraca que seja, pelo simples fato de existir, perturba o plano de todos e garante que naquela região nem Pavia, nem o imperador, nem o marquês de Monferrato podem mandar e desmandar..."

"Sim, mas depois chega o Barba Ruiva e esmaga a todos como uma barata."

"Calma. Quem disse isso? O problema é que, quando ele chegar, a cidade estará ali. Depois, sabes muito bem como são as coisas, um cerco custa tempo e dinheiro, nós lhe faremos um belo ato de submissão, ele se contentará (porque para eles o mais importante é a honra) e acabará indo para outras bandas."

"Mas os membros da liga e os genoveses jogaram dinheiro fora para erguer uma cidade, e agora os mandais tomar no rabo, assim sem mais nem menos?"

"Mas isso depende de quando chegar o Barba Ruiva. Repara bem que no espaço de três meses essas cidades mudam suas alianças como se nada fosse. Vamos estar lá esperando. Quem sabe se naquele momento a liga não se alia com o imperador." (Senhor Nicetas, contava Baudolino, e que meus olhos caiam se eu estiver mentindo, seis anos depois, no cerco da cidade, junto com Frederico estavam os fundibulários genoveses, entendes, os genoveses, aqueles que contribuíram para a sua construção!)

"E se não for assim", continuou Ghini, "enfrentaremos o cerco, oh, filho de uma cadela, neste mundo não se ganha nada à toa. Mas antes de falar, vem ver..."

Pegou Baudolino pelo braço e o levou para fora da taberna. Já caíra a noite e fazia mais frio do que antes. Chegava-se a uma pequena praça, de onde, intuía-se, deveriam desembocar pelo menos três ruas, mas havia só duas esquinas já construídas, com casas baixas, de um andar, os tetos de restolho. A pequena praça era iluminada por algumas luzes que vinham das janelas próximas, e de algum braseiro instigado pelos últimos vendedores que gritavam: senhoras, senhoras, está para começar a noite santa e não quereis que vossos maridos não encontrem nada de bom à mesa. Junto daquela que se transformaria numa terceira esquina, havia um amolador que fazia ranger suas facas, enquanto umedecia a mola com a mão. Mais adiante, numa barraca do mercado, uma mulher vendia farinha de grão-de-bico, figos secos e alfarrobas, e um pastor, vestido com pele de ovelha, carregava um cestinho, gritando: ei mulheres, a boa mascarpa. Num espaço entre duas casas, dois homens estavam negociando um porco. No fundo, duas meninas apoiadas languidamente a uma porta, batendo os dentes sob um xale que deixava entrever um decote generoso, e uma delas disse a Baudolino:

"Que torresminho, por que não vens passar o Natal comigo, para eu te ensinar a fazer o bicho de oito patas?"

Dobraram a esquina, e havia um cardador de lã, que gritava que era a última chance para se comprar os enxergões e as palhiças para se dormir no calor e não congelar como o Menino Jesus; e bem ao lado gritava um aguadeiro; e, seguindo pelas ruas ainda mal desenhadas, viam-se já alguns corredores, onde aqui trabalhava um carpinteiro, lá um ferreiro batia sua bigorna numa festa de cintilas, e lá embaixo outro tirava os pães de um forno, que brilhava como a boca do inferno; e havia mercadores que chegavam de longe para fazer negócios naquela nova fronteira, ou mesmo gente que de costume vivia na floresta, carvoeiros, apanhadores de mel, fabricantes de cinzas para sabão, coletores de cortiça para fazer cordas ou curtir couros, vendedores de pele de coelho, rostos patibulares de quem se adaptava a um novo povoado, pensando que dali poderiam tirar alguma vantagem, e mancos, cegos, coxos e escrofulosos, para quem a mendicância pelas ruas de um burgo e, ainda por cima, durante as festas santas, prometia ser mais rica do que pelas estradas desertas dos campos.

Começaram a cair os primeiros flocos de neve, depois ficaram mais densos, e pela primeira vez embranqueciam aqueles jovens tetos, que ninguém sabia ainda se poderiam suportar tamanho peso. Numa certa altura, evocando a invenção que fizera em Milão conquistada, Baudolino começou a ver três mercadores, que, montados em três asnos, passando por debaixo de um arco nas muralhas, pareceram-lhe os Magos, seguidos por seus fâmulos que traziam vasos e tecidos preciosos. E atrás deles, além do Tanaro, parecia-lhe ver rebanhos que desciam da colina que já prateava, com os seus pastores que tocavam gaitas e pífaros e caravanas de camelos orientais com os mouros com grandes turbantes e faixas coloridas. Na colina alguns poucos fogos já estavam se apagando sob a neve que caía sempre mais intensa, mas para Baudolino, um deles pareceu uma grande estrela caudada que se movia no céu rumo à urbe que vagia.

"Vês o que é uma cidade?", disse-lhe Ghini. "E se já é assim quando ainda não está pronta, imagina depois: é uma outra vida. Todo o dia vês gente nova – para os mercadores, então, é como ter a Jerusalém Celeste, e quanto aos cavaleiros, o imperador proibiu-lhes a venda das terras para não dividir o feudo, e morriam de tédio no campo; em vez disso, agora dirigem companhias de arqueiros, saem a cavalo em desfile, dão ordens aqui e acolá. Mas não é que esteja tudo bem só para os senhores e mercadores, é também providencial para gente como teu pai, que não terá um bom pedaço de terra, mas que tem um pouco de animais, e na cidade chegam pessoas que o procuram e pagam em moeda, começa-se a vender em moeda corrente e não em troca de outras mercadorias, e se não entendes o que isso quer dizer, se receberes duas galinhas por três coelhos, cedo ou tarde, terás de comê-los ou então envelhecerão, ao passo que podes esconder duas moedas debaixo da cama e elas ainda têm valor mesmo depois de dez anos, e se quiseres podem ficar ali, ainda que os inimigos entrem dentro de casa. E depois, aconteceu o mesmo em Milão, Lodi ou Pavia, e acontecerá também aqui: não é que os Ghini e os Aularis devam ficar calados, e mandem apenas os Guascos ou os Trottis, todos fazemos parte daqueles que tomam a decisão, aqui poderás ser importante, mesmo que não sejas nobre, e esta é a parte boa de uma cidade, e é boa principalmente para quem não é nobre e está disposto a morrer, se for necessário (mas é melhor que não), para que seus filhos possam dizer eu me chamo Ghini e mesmo que teu nome seja Trotti, és um merda do mesmo jeito."

É ÓBVIO QUE Nicetas perguntou naquela altura a Baudolino como se chamava aquela bendita cidade. Pois bem (grande talento de narrador aquele de Baudolino, que até o momento manteve suspensa a revelação), a cidade ainda não tinha nome, a não ser o genérico Civitas Nova, que era o nome do *genus*, e não do *individuum*. A escolha do nome dependeria de outro problema, e não menor, o da legitimação. Como uma cidade nova, sem história e sem nobreza, adquire o direito de existir? No máximo por investidura imperial, assim como o imperador pode fazer cavaleiros e barões, mas aqui estamos falando de uma cidade que nascia contra o desejo do imperador. E então? Baudolino e Ghini voltaram à taberna, enquanto todos estavam discutindo a seu respeito.

"Se esta cidade nasce fora da lei imperial, não se pode senão legitimá-la com outra lei igualmente forte e antiga."

"E onde a encontraremos?"

"No *Constitutum Costantini*, na doação que o imperador Constantino fez à Igreja, dando-lhe o direito de governar territórios. Daremos a cidade ao pontífice e, visto que, neste exato momento, existem dois pontífices em circulação, nós a daremos àquele que está do lado da liga, ou seja, para Alexandre III. Como já dissemos em Lodi, meses atrás, a cidade há de se chamar Alexandria e será um feudo papal."

"Mas devias ter ficado quieto em Lodi, porque não tínhamos decidido nada ainda", disse Boidi, "mas não é esse o ponto, para o nome ser belo basta que seja belo, e no entanto não é mais feio do que tantos outros. Porém, aquilo que fica preso na garganta e o que não dá para engolir é que temos uma baita trabalheira para construir uma cidade e depois a entregamos de mão beijada ao papa, que já possui tantas. E com isso devemos depois pagar-lhe tributos e, um pouco daqui e um pouco dali, é sempre dinheiro que sai de casa e então dava na mesma pagá-los ao imperador."

"Para de dizer asneiras, Boidi", disse-lhe Cuttica. "Primeiro, o imperador não quer a cidade, nem se a dermos de presente, e se estivesse pronto para aceitá-la, então não teria valido a pena fazê-la. Segundo, uma coisa é não pagar o tributo ao imperador, que chega de mansinho e que te quebra em pedaços, como fez com Milão, e outra coisa é não pagá-lo ao papa, que está a mil milhas e com o dinheiro que tem, imagine se vai mandar um exército até aqui apenas para resgatar uma ninharia."

"Terceiro", interveio, então, Baudolino, "se me permitires a intromissão, mas estudei em Paris e tenho certa experiência sobre como se fazem cartas e diplomas, e existem maneiras e maneiras de se dar um presente. Preparai um documento em que se diz que Alexandria é fundada em honra do papa Alexandre e é consagrada a São Pedro, por exemplo. Como prova, construireis uma catedral de São Pedro em terreno alodial, que está livre das obrigações feudais. E ireis construí-la com o dinheiro oferecido pelo povo da cidade. Depois disso, ireis dá-la de presente ao papa, com todas as fórmulas mais apropriadas e empenhativas que vossos notários saberão encontrar. Temperai tudo com promessas de filiação, afeto e todo esse tipo de coisa; mandai o pergaminho ao papa e recebei todas as suas bênçãos. Quem for esmiuçar aquele pergaminho, verá que no fim lhes destes apenas a catedral e não o restante da cidade, mas quero ver o papa vir até aqui para pegar a sua catedral e levá-la para Roma."

"Isso parece magnífico", disse Oberto e todos concordaram. "Faremos como disse Baudolino, que me parece muito astuto e espero que permaneça aqui para nos dar outros bons conselhos, por ser também um grande doutor parisiense."

Aqui Baudolino teve de decidir a parte mais embaraçosa daquela bela jornada, ou seja, revelar sem que ninguém pudesse repreendê-lo, pois eles mesmos haviam sido imperiais até bem pouco tempo, que ele era um ministerial de Frederico, a quem estava ligado também por afeto filial – e começou a contar toda a história daqueles admiráveis treze anos, com Gagliaudo que não fazia mais do que murmurar: "Mas se alguém me contasse, eu não acreditava", e: "Mas quem diria: tu que eras um paspalhão pior do que os outros te tornaste agora alguém na vida!"

"Há males que vêm para bem", disse, então, Boidi. "Alexandria ainda não está terminada e já temos um dos nossos na corte imperial. Caro Baudolino, não deves trair teu imperador, visto que lhe queres tão bem, e ele a ti. Mas estarás junto dele e tomarás a nossa defesa todas as vezes que isso for necessário. É a terra onde nasceste e ninguém há de censurar-te se tentares defendê-la nos limites da lealdade, bem entendido."

"Porém, é melhor que vás encontrar esta noite aquela santa mulher de tua mãe, e dormir na Frascheta", disse com delicadeza Oberto, "e amanhã irás embora sem ficar aqui vendo o rumo que tomam as ruas e a espessura das muralhas. Temos certeza de que pelo amor de teu pai natural, se um dia souberes que corremos grande perigo, mandarás um aviso. Mas se tiveres coragem de fazer isso, quem sabe se, pelas mesmas razões, um dia, não avisarás teu pai adotivo de alguma de nossas maquinações demasiadamente dolorosas para ele. Assim, quanto menos souberes, melhor."

"Sim, meu filho", disse, então, Gagliaudo, "faz pelo menos isso de bom, depois de tantas preocupações que nos deste. Tenho de ficar aqui porque estamos tratando de coisas sérias, mas não deixes tua mãe sozinha esta noite, que se pelo menos te vê, de tanta alegria não vai entender é nada e nem vai dar pela minha falta. Vai, e presta atenção ao que te digo, e te dou a minha bênção, pois quem sabe quando nos veremos de novo."

"Está bem", disse Baudolino, "num só dia encontro e perco uma cidade. Oh, que vida mais miserável, já percebeste que, se eu quiser ver de novo meu pai, terei de vir para sitiá-lo?"

E FOI ISSO, explicava Baudolino a Nicetas, o que mais ou menos ocorreu. Mas, por outro lado, não havia outra maneira, sinal de que aqueles eram realmente tempos difíceis.

"E depois?", perguntou Nicetas.

"Comecei a procurar minha casa. A neve no chão chegava no meio da perna, a neve que caía do céu era já uma confusão que fazia girar as pupilas dos olhos e cortava o rosto, os fogos da Cidade Nova haviam desaparecido, e entre aquele branco de baixo e aquele branco de cima, eu não entendia mais qual era o caminho. Julguei lembrar-me dos velhos caminhos, mas naquela altura, não se entendia mais o que era um terreno firme e o que era um pântano. Para construir casas, cortaram matas inteiras e eu não encontrava mais a forma daquelas árvores que antes conhecia de cor. Eu me perdi como Frederico, naquela noite quando me encontrou, com a diferença de que agora era neve e não neblina, pois, se fosse neblina, eu conseguiria me safar. Que maravilha, Baudolino, dizia de mim para mim, tu te perdes nas tuas terras, tinha razão minha mãe, os que sabem ler e escrever são mais estúpidos do que os outros, e agora o que faço? Paro aqui e como a mula, ou amanhã de manhã cavam e cavam e me encontram, parecendo uma pele de coelho deixada ao relento por uma noite nos últimos dias mais frios do inverno?"

SE BAUDOLINO estava lá para contá-lo, queria dizer que conseguira escapar, mas fora por um acontecimento quase milagroso. Enquanto caminhava já sem meta, viu outra vez uma estrela no céu, muito pálida, mas sempre visível, e resolveu segui-la, até perceber que havia chegado a uma pequena depressão e que a luz parecia estar em cima, porque ele estava embaixo, mas, depois de subir novamente o aclive, a luz foi aumentando à sua frente, até perceber que vinha de um daqueles pórticos em que se penduram os animais, quando não há lugar suficiente dentro de casa. E debaixo do pórtico havia uma vaca e um burro que zurrava, assustado, uma mulher com as mãos no meio das patas de uma ovelha, e a ovelha que dava à luz um cordeirinho, que balia como o quê.

Parou então à soleira para esperar que o cordeirinho saísse por inteiro, afastou o asno com um chute e apressara-se para pousar a cabeça no colo da mulher, gritando "Minha mãe bendita", a qual por um instante ficou sem entender nada, levantou-lhe a cabeça, virando-a na direção do fogo, e depois começou a chorar, e lhe acariciou os cabelos, murmurando entre soluços: "Oh, Senhor, oh, Senhor, dois animais numa só noite, um que nasce e outro que volta da casa do demônio, é como ter o Natal e a Páscoa juntas, mas é muito para o meu pobre coração; acho que vou desmaiar; agora chega, Baudolino, acabei de esquentar a água no caldeirão para lavar este infeliz, não vês que estás ficando todo sujo de sangue; mas onde pegaste essa roupa, que parece a de um senhor; será que a roubaste, desgraçado?"

E era como se Baudolino estivesse ouvindo a voz dos anjos.

14
Baudolino salva Alexandria com a vaca de seu pai

"E assim, para rever teu pai, terás de sitiá-lo", disse Nicetas ao anoitecer, enquanto dava a seu hóspede alguns doces de farinha fermentada, modelados para que parecessem flores, plantas ou objetos.

"Não exatamente, porque o cerco aconteceu seis anos depois. Após ter assistido ao nascimento da cidade, voltei para junto de Frederico e lhe contei tudo o que vi. Mal terminei de falar, e já rugia ferozmente. Gritou que uma cidade nasce apenas pelo beneplácito do imperador, e se nascer sem esse beneplácito, deve ser arrasada antes mesmo que tenha acabado de aparecer, pois do contrário qualquer um poderá fazer o seu plácito sem o imperial, e o que seria do *nomen imperii*. Depois se acalmou, mas eu o conhecia muito bem, ele não perdoaria. Por sorte, durante seis anos aproximadamente, ocupou-se com outros assuntos. Atribuiu-me diversos encargos, entre os quais o de examinar as intenções dos alexandrinos. Assim, fui duas vezes a Alexandria para ver se meus concidadãos queriam conceder alguma coisa. Com efeito, eles estavam prontos a conceder bastante, mas a verdade é que Frederico queria apenas que a cidade desaparecesse no nada de que emergiu. Imagina só os alexandrinos, nem ouso repetir o que me diziam que lhe repetisse... Percebi que aquelas viagens eram apenas um pretexto para eu ficar na corte o menos possível, porque era para mim motivo de sofrimento contínuo encontrar-me com a imperatriz, e manter-me fiel a meu juramento..."

"Que mantivestes", perguntou Nicetas, quase afirmando.

"Que mantive, e para sempre. Senhor Nicetas, serei um falsário de pergaminhos, mas sei o que é a honra. Ela me ajudou. A maternidade a havia transformado. Ou pelo menos assim fazia crer, e jamais pude compreender o que ela realmente sentia por mim. Eu sofria, e mesmo assim eralhe grato pelo modo como ela me ajudava a comportar-me com dignidade."

Baudolino estava agora superando os trinta anos, e sentia-se tentado a considerar a carta do Preste João um capricho da juventude, um belo exercício de retórica epistolar, um *jocus*, um *ludibrium*. Porém, encontrara o Poeta, o qual, após a morte de Rainaldo, ficara sem protetor, e sabe-se muito bem o que acontece na corte nesses casos: não vales mais nada, e alguém começa a dizer que teus poemas não eram afinal grande coisa. Consumido pela humilhação e pelo rancor, passou alguns irresponsáveis anos em Pavia, voltando a fazer o que sabia fazer bem, ou seja, bebendo e recitando os poemas de Baudolino (especialmente um verso profético que dizia *quis Papie demorans castus habeatur*, quem pode ser casto morando em Pavia?). Baudolino trouxe-o de volta para a corte, e na sua companhia o Poeta era visto como um homem de Frederico. Além disso, nesse meio-tempo, morrera-lhe o pai, recebera uma herança, e também os inimigos do falecido Rainaldo não o viam mais como um parasita, mas como um *miles* entre tantos, e não mais beberrão que os outros.

Juntos evocaram os tempos da carta, elogiando-se mutuamente por aquela bela história. Considerar um jogo como tal não significava desistir de jogá-lo. Para Baudolino, restava a nostalgia daquele reino que jamais vira, e, de quando em quando, a sós, recitava a carta em voz alta, continuando a aperfeiçoar-lhe o estilo.

"A PROVA DE que jamais cheguei a esquecer a carta é que consegui convencer Frederico a trazer para a corte meus amigos de Paris, todos juntos, contando-lhe que seria proveitoso que na chancelaria de um imperador houvesse pessoas que conhecessem bem outros países, suas línguas e costumes. Em verdade, visto que Frederico me usava sempre mais como seu mensageiro confidencial para várias necessidades, eu queria construir minha pequena corte pessoal, o Poeta, Abdul, Boron, Kyot e Rabbi Solomon."

"Não vais me dizer que o imperador tomou para si um judeu na corte?"

"E por que não? Não precisava aparecer nas grandes solenidades, ou ir à missa com ele e seus arcebispos. Se os príncipes de toda a Europa e até o papa têm médicos judeus, por que não se podia ter por perto um judeu que conhecia a vida dos mouros da Espanha e tantas outras coisas dos países do Oriente? E depois os príncipes germânicos sempre foram muito misericordiosos com os judeus, mais do que todos os outros reis cristãos. Oto me contou que quando Edessa foi reconquistada pelos infiéis e muitos príncipes cristãos tomaram novamente a cruz, seguindo a pregação de Bernardo de Claraval (e foi quando o próprio Frederico também segurou a cruz), um monge chamado Radolfo incitara os peregrinos a massacrar todos os judeus pelas cidades que atravessavam. E foi realmente um massacre. Mas naquela altura muitos judeus pediram proteção ao imperador, que lhes permitiu que se pusessem a salvo e que vivessem na cidade de Nuremberg."

ASSIM, POIS, Baudolino havia se reunido com todos os seus companheiros. Não é que estes na corte tivessem muito o que fazer. Solomon, em cada cidade por onde passava Frederico, punha-se em contato com seus correligionários, e os encontrava por toda parte (erva daninha, provocava-o o Poeta); Abdul descobrira que o provençal de suas canções era mais bem entendido na Itália do que em Paris; Boron e Kyot extenuavam-se em batalhas dialéticas. Boron procurava convencer Kyot de que a inexistência do vazio era crucial para estabelecer a unicidade do Greal. Kyot pôs na cabeça que o Greal era uma pedra que caíra do céu, *lapis ex coelis*, e no que lhe dizia respeito, podia também ter vindo de outro Universo, atravessando espaços muito vazios.

À parte essas fraquezas, todos juntos pensavam frequentemente na carta do Preste João, e com frequência os amigos perguntavam a Baudolino por que ele não convencia Frederico para aquela viagem, à qual eles tão bem contribuíram para prepará-la. Certo dia, quando Baudolino tentou explicar como Frederico estava cheio de problemas para resolver, na Lombardia e na Alemanha, o Poeta disse que talvez valesse a pena que eles partissem por conta própria à procura do reino, sem ter de esperar as comodidades do imperador: "O imperador poderia tirar dessa aventura um benefício dúbio. Supõe que chegue à terra de João e não se ponha de acordo com aquele monarca. Voltaria derrotado, e só lhe teríamos feito mal. Ao contrário, se formos por nossa conta, pouco importa o resultado, de uma terra tão rica e prodigiosa voltaremos com algo de extraordinário."

"Realmente", disse Abdul, "deixemos as delongas, e vamos partir, vamos para longe..."

"SENHOR NICETAS, senti um grande desalento, vendo como todos foram conquistados pela proposta do Poeta, e entendi o motivo. Tanto Boron como Kyot esperavam encontrar a terra do Preste João para se apoderarem do Greal, que lhes daria sabe-se lá que glória e poder naquelas terras setentrionais, onde todos ainda continuavam a buscá-lo. Rabbi Solomon teria encontrado as dez tribos perdidas, e teria se transformado no maior e no mais honrado, não só entre os rabinos da Espanha, mas entre todos os filhos de Israel. De Abdul havia pouco a dizer: já identificara o reino de João com aquele de sua princesa, à exceção de que – crescendo em idade e sabedoria – a distância o satisfazia cada vez menos e a princesa, que o deus dos amantes o perdoasse, ele queria tocá-la com as próprias mãos. Quanto ao Poeta, quem sabe o que alimentara no coração em Pavia. Ora, com uma pequena fortuna própria, parecia que quisesse para si o reino de João, e não para o imperador. Isso explica por que durante alguns anos, desiludido, não falei com Frederico do reino do Preste João. Se isso era um jogo, melhor deixar aquele reino lá onde estava, tirando-o dos desejos de quem não compreendia a sua mística grandeza. A carta tornara-se como que o meu sonho pessoal, no qual não desejava que entrasse mais ninguém. Servia-me para vencer os sofrimentos de meu amor infeliz. Um dia, disse de mim para mim, hei de esquecer tudo porque seguirei para a terra do Preste João... Mas voltemos às coisas da Lombardia."

NOS TEMPOS DO nascimento de Alexandria, Frederico dissera que faltava apenas que Pavia passasse também para o lado de seus inimigos. E dois anos depois Pavia também se uniu à liga anti-imperial. Foi um duro golpe para o imperador. Não reagiu de imediato, mas no correr dos anos seguintes a situação na Itália tornou-se tão agitada que

Frederico decidiu voltar, e deixou claro a todos que apontava justamente para Alexandria.

"DESCULPE", PERGUNTOU Nicetas, "voltava à Itália pela terceira vez?"

"Não, pela quarta. Aliás, não, deixe-me lembrar... Creio que devia ser a quinta. Às vezes deixava de ir por uns quatro anos, como naquela vez com Crema e na destruição de Milão. Ou teria voltado talvez nesse meio-tempo? Não sei, estava mais na Itália do que em sua própria casa, mas qual era a sua casa? Acostumado como estava a viajar, percebi que se sentia à vontade apenas junto de um rio: era um bom nadador, não tinha medo do gelo, das ondas mais altas, dos rodamoinhos. Jogava-se dentro d'água, nadava e parecia que estivesse no próprio elemento. Todavia, dessa vez, desceu cheio de ira e pronto para uma guerra dura. Estavam com ele o marquês de Monferrato, Alba, Acqui, Pavia e Como..."

"Mas se acabastes de dizer que Pavia passara para o lado da liga..."

"É verdade? Ah, sim, antes, mas nesse meio-tempo voltou com o imperador."

"Meu Deus, nossos imperadores arrancam os olhos uns aos outros, mas pelo menos, enquanto um deles nos vê, sabemos de que lado devemos ficar..."

"O que vos falta é imaginação. Enfim, em setembro daquele ano, Frederico desceu pelo Moncenisio em Susa. Lembrou-se muito bem da afronta sofrida sete anos antes, e a pôs a ferro e fogo. Asti rendeu-se prontamente, abrindo-lhe o caminho, acampou, então, na Frascheta ao longo do Bormida, mas dispôs outros homens ao redor, mesmo além do Tanaro. Era o momento de acertar as contas com Alexandria. Eu recebia cartas do Poeta que seguiu com a expedição, e parece que Frederico estava soltando fogo pelas ventas, ele se sentia a própria encarnação da justiça divina."

"Por que não estavas com ele?"

"Porque ele era realmente bom. Entendeu como seria para mim um motivo de angústia assistir ao castigo severo, que ele estava prestes a infligir àqueles da minha terra, e me encorajava com algum pretexto para que ficasse longe até que Roboreto não fosse mais que um monte de cinzas. Compreendes, ele não a chamava de Civitas Nova nem de Alexandria, porque uma nova cidade sem a sua permissão não podia existir. Falava ainda do velho burgo de Roboreto como se o tivessem apenas aumentado um pouco."

Isso lá pelo começo de novembro. Mas em novembro houve um dilúvio naquela planície. Chovia tanto que até mesmo os campos semeados tornaram-se um pântano. O marquês de Monferrato assegurou a Frederico que aquelas muralhas eram de terra e que atrás delas havia gente sem rumo, que se borrava toda quando ouvia o nome do imperador, e no entanto aquela gente sem rumo revelou-se boa defensora, e as muralhas haviam se demonstrado tão sólidas que os gatos ou os arietes imperiais quebravam as suas pontas. Os cavalos e os soldados escorregavam na lama, e os sitiados, numa certa altura, desviaram o curso do Bormida, de modo que o melhor da cavalaria alamânia estava atolada até o pescoço.

Os alexandrinos afinal tiraram para fora uma daquelas máquinas que se viram em Crema: um cabrestante de madeira que estava bem preso aos espaldões e com um passadiço muito comprido, uma ponte ligeiramente inclinada, que permitia dominar o inimigo além das muralhas. E naquele passadiço faziam rolar tonéis cheios de madeira seca, e impregnados de óleo, gordura, banha e pez líquida, aos quais ateavam fogo. Os tonéis partiam velozes e caíam nas máquinas imperiais ou no chão, onde rolavam novamente como bolas de fogo, até chegarem a incendiar outra máquina.

Naquela altura, o trabalho maior dos sitiantes consistia em transportar barris de água para apagar os fogos. Não que faltasse água, com aquela dos rios, do pântano e mais aquela que vinha do céu, mas se todos os soldados transportassem água, quem iria matar o inimigo?

O imperador decidiu dedicar o inverno para reordenar o seu exército, mesmo porque é difícil assaltar as muralhas escorregando no gelo ou afundando na neve. Desafortunadamente, o mês de fevereiro daquele ano também foi muito duro, o exército estava desencorajado, e o imperador ainda mais. Aquele Frederico que subjugara Terdona, Crema e até Milão, cidades antigas e aguerridas, não conseguia vencer um monte de casebres, que apenas por milagre formavam uma cidade, habitada por pessoas que só Deus sabia de onde vinham e por que haviam se afeiçoado tanto àqueles bastiões – que, afinal, mesmo estando ali não eram deles.

Mantendo-se longe para não ver dizimados os seus, Baudolino então resolvera ir àquelas bandas por temor de que os seus fizessem mal ao imperador.

E ASSIM EI-LO diante da planície em que se erguia aquela cidade que vira ainda no berço. Toda hirta de estandartes com uma grande cruz vermelha num campo branco, como se os habitantes quisessem se animar ostentando, recém-nascidos como eram, os quartos de uma antiga nobreza. Diante das muralhas era um enxame de gatos, calandras, catapultas, e no meio deles avançavam, puxadas pela frente por cavalos e empurradas por homens atrás, três torres móveis, que fervilhavam de gente ruidosa, que agitava as armas para as muralhas como se dissessem: "Lá vamos nós!"

Acompanhando as torres móveis viu o Poeta que curveteava com o ar de quem controla que tudo dê certo.

"Quem são esses loucos nas torres?", perguntou Baudolino.

"Balestreiros genoveses", respondeu o Poeta, "os mais temíveis entre as tropas de assalto num assédio como Deus manda."

"Os genoveses?", surpreendeu-se Baudolino. "Mas se contribuíram para a fundação da cidade!" O Poeta pôs-se a rir e disse que desde que chegara àquelas bandas, havia uns quatro ou cinco meses, vira mais de uma cidade que havia mudado de bandeira. Terdona, em outubro, ainda formava fileiras com as comunas, depois começara a ver que Alexandria resistia demasiadamente bem ao imperador, e os dertoneses suspeitaram de que poderia se tornar muito poderosa, e boa parte deles estava agora pressionando para que sua cidade passasse para o lado de Frederico. Cremona, nos tempos da rendição de Milão, estava com o império, nos últimos anos passou para a liga, mas agora, por alguma razão misteriosa, estava tratando com os imperiais.

"Mas como vai o cerco?"

"Mal. Ou aqueles além das muralhas se defendem muito bem, ou então nós não sabemos atacar. Acho que dessa vez Frederico trouxe com ele mercenários cansados. Gente infiel, que se abate na primeira dificuldade, neste inverno muitos fugiram, e apenas porque fazia frio, e no entanto eram flamengos, não vinham absolutamente do *hic sunt leones*. E afinal, no campo morre-se como as moscas, de mil doenças, e lá dentro das muralhas não acho que estejam melhor, porque já deveriam ter acabado os víveres."

Baudolino apresentou-se finalmente ao imperador. "Vim até aqui, meu pai", disse-lhe, "porque conheço essas bandas e poderia ser útil para ti."

"Sim", respondeu o Barba Ruiva, "mas conheces também as pessoas, e não hás de querer fazer-lhes mal."

"E tu me conheces, se não confias em meu coração, sabes que podes confiar em minhas palavras. Não farei mal a minha gente, mas não mentirei para ti."

"Ao contrário, mentirás para mim, mas tampouco me farás mal. Mentirás e eu fingirei acreditar em ti, porque mentes sempre para o bem."

Era um homem rude, explicou Baudolino a Nicetas, mas capaz de grandes argúcias. "Podes compreender o meu sentimento de então? Não queria que destruísse aquela cidade, mas eu o amava, e queria a sua glória."

"Bastava que te convencesses", disse Nicetas, "de que a sua glória brilharia ainda mais se tivesse poupado a cidade."

"Deus te abençoe, senhor Nicetas, é como se lesses o meu ânimo de então. Foi com essa ideia na cabeça que eu ia e vinha entre os acampamentos e as muralhas. Explicava com clareza a Frederico que era óbvio que eu devia estabelecer algum contato com os nativos, como se fosse uma espécie de embaixador, mas evidentemente não estava claro para todos que eu podia movimentar-me sem suspeitas. Havia na corte gente invejosa de minha familiaridade com o imperador, como o bispo de Spira e um certo conde Ditpold, que todos chamavam a Bispa, talvez apenas porque tinha cabelos louros e rosto rosado como uma menina. Talvez não se sujeitasse ao bispo, ao contrário, falava sempre de sua Tecla que deixara lá no norte. Mas quem sabe... Era belo, mas por sorte era também estúpido. E eles justamente mandavam que seus espiões me seguissem até no campo, e iam dizer ao imperador que na noite anterior me viram cavalgando rumo às muralhas e falando com aqueles da cidade. Por sorte, o imperador os mandava às favas, porque sabia que para as muralhas eu costumava ir tanto de dia como de noite."

Enfim, Baudolino ia até as muralhas e também entrava. Na primeira vez não foi fácil, porque correu rumo às portas, ouviu sibilar uma pedra – sinal de que na cidade estavam começando a economizar flechas, e usavam fundas, que desde os tempos de Davi haviam se mostrado eficazes e pouco dispendiosas. Teve de gritar em perfeito vulgar da Frascheta, fazendo amplos acenos com as mãos desarmadas, e por sorte foi reconhecido por Trotti.

"Oh, Baudolino", gritou-lhe Trotti do alto, "vens para ficar conosco?"

"Não banques o idiota, Trotti, já sabes que estou do outro lado. Mas, claro, não estou aqui com más intenções. Deixa-me entrar, pois quero falar com meu pai. Juro pela Virgem que não direi uma palavra daquilo que vi."

"Confio em ti. Abri a porta, ei, entendestes ou sois lesos? Ele é um amigo. Ou quase. Quero dizer, é um deles que é um dos nossos, ou seja, um dos nossos que está com eles, afinal, abri esta porta ou quebro vossos dentes!"

"Está bem, está bem", diziam aqueles combatentes desnorteados, "aqui não se entende mais quem está desse ou daquele lado, ontem saiu um que parecia um pavês..."

"Cala a boca, animal", gritou Trotti. E "Ah, ah", ria, zombava Baudolino ao entrar, "mandastes espiões para o nosso campo... Fica tranquilo, já disse que não vejo e não ouço..."

Ali estava então Baudolino, abraçando Gagliaudo – ainda vigoroso e magro, quase rejuvenescido pelo jejum – diante do poço da pequena praça além das muralhas; ali estava Baudolino, a reencontrar Ghini e Scaccabarozzi em frente da igreja, perguntando na taberna onde estava o Squarciafichi, e os outros chorando e dizendo-lhe que fora atingido na garganta por um grande dardo genovês, exatamente no último assalto, e ali estava Baudolino, chorando, ele que jamais gostou da guerra e agora ainda menos, e teme pelo velho pai; ali estava Baudolino, na praça principal, bela, grande e iluminada pelo sol de março, vê também os meninos que levam cestas de pedras para reforçar as defesas e vasilhas de água para as sentinelas, e se encanta com o espírito indômito que tomou posse de todos os cidadãos; ali estava Baudolino, a se perguntar quem era toda aquela gente que, ocupando Alexandria, como se fosse uma festa de núpcias, e os amigos lhe dizem que a desgraça é exatamente aquela, que por medo do exército imperial confluíram até lá os fugitivos de todas as aldeias próximas, e a cidade tem, de fato, muitos braços, mas também muitas bocas para alimentar; ali estava Baudolino, admirando a nova catedral, que não é grande, mas benfeita, e diz: Por Cristo, mas tem até um tímpano, com o anão no trono, e todos a seu redor fazem: eh eh, como se dissessem vês do que somos capazes, porém, seu tolo, aquele não é um anão, é Nosso Senhor, talvez não seja muito benfeito, mas se Frederico chegasse um mês depois encontraria todo o Juízo Universal com os velhotes do Apocalipse; ali estava Baudolino, a pedir pelo menos uma jarra daquele bom vinho, e todos olham para ele como se viesse do campo dos imperiais, pois é claro que de vinho, bom ou ruim, não havia uma só gota, era a primeira coisa que se dava aos feridos para mantê-los de pé, e aos parentes dos mortos para que não pensassem muito; ali estava Baudolino, vendo ao seu redor rostos macilentos e perguntando por quanto tempo poderão resistir, e aqueles fazem sinais levantando os olhos, como para dizer que aquelas coisas estão nas mãos do Senhor; ali estava Baudolino, afinal, a se encontrar com Anselmo Medico, que comandava cento e cinquenta soldados placentinos, e que correram para ajudar a Civitas Nova, e Baudolino se alegra com essa bela prova de solidariedade, e seus amigos Guasco, Trotti, Boidi e Oberto del Foro dizem que esse Anselmo é alguém que sabe fazer a guerra, mas os placentinos estão sozinhos, a liga nos levou ao motim, mas agora não fazem caso de nós, as comunas italianas, e podes ter certeza de que se sairmos vivos deste cerco, de agora em diante, não deveremos mais nada a ninguém, que se arranjem com o imperador e amém.

"Mas os genoveses, como podem estar contra vós, se antes vos ajudaram a crescer e com ouro sonante?"

"Mas os genoveses sabem fazer seus negócios, não te preocupes, agora estão com o imperador porque é conveniente, sabem muito bem que se existe uma cidade, não há como fazê-la desaparecer mesmo que a destruam totalmente, veja Lodi ou Milão. Em seguida esperam para ver o que vai acontecer e depois, o que restar da cidade servelhes ainda para controlar as vias de circulação, e pagam para edificar o que ajudaram a abater, e no entanto, é sempre dinheiro que circula, e eles estão sempre metidos nisso."

"Baudolino", disse-lhe Ghini, "acabaste de chegar e não viste os ataques de outubro e aqueles das últimas semanas. Eles atacam, e não são apenas os balestreiros genoveses, mas também aqueles boêmios de bigodes quase brancos, que se chegam a colocar uma escada, dá um trabalhão para jogá-los depois lá de cima... É verdade que, na minha opinião, os deles morreram mais do que os nossos, pois mesmo que tenham testudos e bate-estacas, já apanharam muito na cabeça. Mas, afinal, é difícil, e temos de apertar o cinto."

"Recebemos uma mensagem", disse Trotti, "de que as tropas da liga estão se mexendo e querem tomar o imperador pela retaguarda. Sabes algo a esse respeito?"

"Também ouvimos falar a mesma coisa, e é por isso que Frederico quer vos obrigar a ceder primeiro. Vós...", e fazia um gesto movendo o polegar e o indicador, "quereis desistir de tudo, ou nem sequer pensais nisso?"

"Imagina. A nossa cabeça é mais dura que a de um pássaro."

E assim, durante algumas semanas, após diversas escaramuças, Baudolino voltava para casa, sobretudo para contar os mortos (o Panizza também? O Panizza também era um bom rapaz), e depois voltava para dizer a Frederico que eles não se renderiam. Frederico não praguejava mais, e se limitava a dizer: "E eu, o que posso fazer?" Estava claro que se arrependera de ter-se metido naquela confusão: o exército debandava, os camponeses escondiam o trigo e os animais no matagal, ou pior, nos pântanos, não se podia aventurar nem para o norte nem para o leste, para não topar com alguma vanguarda da liga – não é que aqueles rústicos fossem melhores do que os cremascos, mas quando se trata de azar, não tem jeito. Porém, não podia ir embora, porque perderia o moral.

Quanto a salvar o moral, Baudolino entendeu, por uma palavra que o imperador fizera um dia àquela sua profecia de menino, quando induziu os dertoneses à rendição, que se pudesse tirar proveito de um sinal do céu, qualquer sinal, para dizer *urbi et orbi*, que era o céu quem sugeria que se voltasse para casa, não deixaria de fazê-lo...

UM DIA, ENQUANTO Baudolino falava com os sitiados, Gagliaudo lhe disse: "Tu que és tão inteligente e estudaste nos livros em que tudo está escrito, será que tens uma ideia para que todos voltem para casa, pois já tivemos de matar todas as nossas vacas, menos uma, e tua mãe já está começando a ficar sufocada na cidade?"

E eis que Baudolino teve uma boa ideia, e logo perguntou se chegaram a criar afinal aquele falso túnel de que falou Trotti, alguns anos antes, aquele que o inimigo devia acreditar que o levasse diretamente para a cidade, e que, no entanto, levava o invasor para uma armadilha. "Claro que sim", disse Trotti, "vem ver. Olha, o túnel abre-se lá embaixo naquela moita a duzentos passos das muralhas, precisamente debaixo de uma espécie de marco, que parece estar lá há mil anos e que, no entanto, o deslocamos da Villa del Foro. E quem entrar por ele chega aqui atrás daquela grade, de onde vê esta taberna e nada mais."

"E basta sair para matá-lo."

"O problema é que frequentemente num túnel tão estreito, para fazer passar todos os sitiantes, seriam necessários dias, deixamos apenas entrar um esquadrão que deve chegar até as portas e abri-las. Ora, tirando o fato de que não sabemos como informar os inimigos de que existe esse túnel, depois de ter matado uns vinte ou trinta cristãos, terá valido a pena esse esforço? É pura maldade, e nada mais."

"Se for para dar-lhes um golpe na cabeça. Mas agora ouve a cena que estou vendo com estes meus olhos: logo que eles tiverem entrado, ouvirão tocar as trombetas e, em meio às luzes de dez archotes, daquele canto sairá um homem, com uma grande barba branca e com um manto branco, num cavalo branco com uma grande cruz branca em punho, gritando: cidadãos, cidadãos, acordem que o inimigo chegou, e naquela altura – antes que os invasores tenham se decidido a dar um passo – aparecem os nossos nas janelas e telhados, como dizias. E, depois de os ter capturado, todos os nossos ficam de joelhos e gritam que aquele homem era São Pedro que protegia a cidade, e os imperiais enfiam-se de novo no túnel, e diremos agradecei a Deus porque vos agraciamos com a vossa vida, ide e contai ao campo de vosso Barba Ruiva que a Cidade Nova do papa Alexandre é protegida por São Pedro em pessoa..."

"E o Barba Ruiva acreditará numa bravata dessas?"

"Não, porque não é burro, mas justamente por não ser burro fingirá acreditar, pois ele tem mais vontade do que vós de pôr um ponto final em tudo."

"Está bem, admitamos que seja assim. E quem os levará a descobrir o túnel?"

"Eu."

"E onde encontrarás o idiota que cairá nessa?"

"Eu já o encontrei, é ele tão idiota que cairá, e tão filho da puta que merecerá cair, ainda mais que estamos de acordo que não irás matar ninguém."

Baudolino pensava naquele presunçoso do conde Ditpold, e para levar Ditpold a fazer algo, bastava deixar-lhe entender que prejudicaria Baudolino. Era suficiente que se fizesse saber a Ditpold que havia um túnel e que Baudolino não queria que fosse descoberto. Como? Muito fácil, pois Ditpold pusera espiões no encalço de Baudolino.

De noite, ao voltar para o campo, Baudolino seguiu primeiro por uma pequena clareira e depois meteu-se pelo matagal, mas, logo que chegou perto das árvores, parou, olhando para trás, bem a tempo de ver sob o clarão da lua uma sombra tênue que deslizava, quase rastejando, pelo campo. Era o homem que Ditpold pusera em seus calcanhares. Esperou no meio das árvores até que o espião quase caiu em cima dele, apontou-lhe a espada ao peito, e enquanto ele já gaguejava de medo, disse-lhe em flamengo:

"Eu te reconheço, és um dos brabantinos. O que estavas fazendo fora dos campos? Fala, sou um ministerial do imperador!"

Aquele aludiu a uma história de mulheres, e pareceu até convincente. "Está bem", disse-lhe Baudolino, "em todo o caso, é uma sorte que estejas aqui. Segue-me, preciso de alguém que proteja a minha retaguarda, enquanto estiver fazendo uma coisa."

Para ele era um maná, não apenas não fora descoberto, como podia continuar espiando lado a lado com o espiado. Baudolino chegou até a moita de que lhe falara Trotti. Não teve de fingir porque devia realmente revirar para descobrir o marco, enquanto reclamava consigo mesmo acerca de uma indicação que acabara de receber um de seus informantes. Encontrou o marco, que tinha, com efeito, a aparência de ter crescido ali com os arbustos; teve algum trabalho, retirando as folhas da terra até pôr a descoberto uma grade. Pediu ao brabantino que o ajudasse a erguê-la: havia três degraus. "Agora ouve", disse ao brabantino. "Desce e segue em frente até que o túnel que deve haver ali embaixo termine. No fim do conduto verás talvez algumas luzes. Olha aquilo que vês e não te esqueças de nada. Volta depois, e conta-me tudo. Eu fico aqui vigiando a retaguarda."

Àquele pareceu natural, embora doloroso, que um senhor primeiro lhe pedisse para proteger-lhe a retaguarda e depois que este protegesse a dele, enquanto o expunha ao perigo. Mas Baudolino brandia a espada, certamente para cobrir-lhe a retaguarda, porém com os senhores nunca se sabe. O espião fez o sinal da cruz e partiu. Quando voltou, após uns vinte minutos, contou, ofegante, o que Baudolino já sabia, que no fim do conduto havia uma grade não muito difícil de ser retirada, além da qual se via uma pequena praça solitária, e que portanto aquele túnel levava justamente para o coração da cidade.

Baudolino perguntou:

"Tiveste de dar voltas, ou caminhaste sempre em linha reta?"

"Em linha reta", respondeu. E Baudolino, como que falando de si para si:

"Logo, a saída está a poucas dezenas de metros das portas. Aquele vendido estava certo..." Depois ao brabantino: "Percebeste o que acabamos de descobrir. A primeira vez que houver um assalto junto às muralhas, um punhado de homens corajosos poderá entrar na cidade, abrir caminho na direção das portas e abri-las, basta que haja aqui fora um grupo pronto para entrar. A minha fortuna está feita. Mas não deves dizer a ninguém do que viste esta noite, porque não quero que ninguém se aproveite da minha descoberta." Deu-lhe com ar magnânimo uma moeda, e o preço do silêncio era tão ridículo que, senão por fidelidade a Ditpold, mas por vingança, o espião correria logo para contar-lhe tudo.

Não é preciso muito para imaginar o que devia acontecer. Pensando que Baudolino quisesse manter escondida a notícia, para não prejudicar seus amigos sitiados, Ditpold correu ao imperador para dizer-lhe que seu querido afilhado descobrira uma entrada para a cidade, mas que evitava dizê-lo. O imperador ergueu os olhos ao Céu como para dizer: bendito rapaz, depois disse a Ditpold está bem, eu te ofereço a glória, por volta do crepúsculo, irei dispor para ti um bom contingente de assalto bem diante da porta, mandarei colocar alguns onagros e testudos perto da moita, de modo que, quando entrares no túnel com os teus, será quase escuro e não darás na vista, tu entrarás na cidade, abrirás as portas por dentro, e de um dia para o outro serás um herói.

O bispo de Spira reclamou imediatamente o comando da tropa, em frente à porta, porque Ditpold, dizia, era como se fosse um filho seu, imaginem.

Assim, quando na tarde da Sexta-feira Santa Trotti viu que os imperiais se preparavam diante da porta, e quando começou a anoitecer, compreendeu que se tratava de um golpe para distrair os sitiados e que por trás disso estava o dedo de Baudolino. Assim, discutindo apenas com Guasco, Boidi e Oberto del Foro, decidiu-se que fariam aparecer um São Pedro verossímil, e um dos cônsules das origens se apresentou, Rodolfo Nebia, pois tinha o físico adequado. Perderam apenas meia hora discutindo se a aparição devia empunhar a cruz ou as famigeradas chaves, tendendo, afinal, pela cruz, que se via melhor no lusco-fusco.

Baudolino estava a pouca distância das portas, certo de que a batalha não aconteceria, porque alguém sairia antes do túnel com a notícia da ajuda celeste. E com efeito, depois do tempo de três pater, ave e glória, ouviu-se vindo de dentro das muralhas um grande barulho; uma voz que a todos pareceu sobre-humana gritava: "Corram, corram, meus fiéis alexandrinos", e um misto de vozes terrestres vociferava: "É São Pedro, milagre, milagre!"

Mas foi nesse momento que algo deu errado. Como explicariam depois a Baudolino, Ditpold e os seus haviam sido prontamente surpreendidos e estavam atrás dele para convencê-lo de que aparecera São Pedro. Todos teriam acreditado provavelmente, mas não Ditpold, que sabia muito bem de quem vinha a revelação do túnel e – estúpido mas não a tal ponto – tivera como que uma ideia de ter sido enganado por Baudolino. Libertou-se, então, da armadilha de seus capturadores, enfiou-se por uma viela, gritando tão alto que ninguém conseguia entender que língua estava falando e à luz do crepúsculo pensavam todos que fosse um dos seus. Mas quando chegou às muralhas ficou evidente que se dirigia aos sitiantes, e para informá-los sobre uma armadilha – não se sabe para protegê-los de quê, pois aqueles que estavam de fora se não abrissem a porta não conseguiriam entrar, e portanto pouco arriscavam. Mas não importa, justamente porque era estúpido aquele Ditpold tinha coragem, e estava na parte alta das muralhas, brandindo a espada e desafiando todos os alexandrinos. Os quais – como querem as regras de um cerco – não podiam admitir que um inimigo chegasse às muralhas, mesmo passando por dentro; e, além de tudo, apenas poucos estavam ao corrente da armadilha, e os outros viram inesperadamente um alamânio em casa como se isso não tivesse nenhuma importância. Assim, alguém pensou em atravessar Ditpold com um pique nas costas, atirando-o do bastião.

À vista de seu amadíssimo companheiro, que se precipitava sem vida aos pés do torreão, o bispo de Spira ficou fora de si e ordenou o assalto. Numa situação normal, os alexandrinos ter-se-iam comportado como de costume, alvejando os agressores do alto das fortificações, mas, enquanto os inimigos se aproximavam das portas, espalhou-se o boato de que São Pedro aparecera, salvando a cidade de uma armadilha, e que se apressava a guiar uma surtida vitoriosa. Por isso, Trotti pensou em tirar partido daquele equívoco e mandou o seu falso São Pedro sair em primeiro lugar, arrastando atrás de si todos os outros.

Em resumo, a invencionice de Baudolino, que deveria ter obnubilado as mentes dos sitiantes, obnubilou aquela dos sitiados: os alexandrinos, tomados por um furor místico e por um belicosíssimo entusiasmo, lançavam-se como feras contra os imperiais – e de forma tão desordenadamente contrária às regras da arte bélica que o bispo de Spira e seus cavaleiros, desconcertados, recuaram, e fizeram recuar também aqueles que empurravam as torres dos balestreiros genoveses, deixando-as justamente junto à moita fatal. Para os alexandrinos, caía-lhes como uma luva: imediatamente Anselmo Medico com seus placentinos enfiaram-se pelo túnel, que agora realmente servia para algo de bom e saíra nas costas dos genoveses com um grupo de temerários que levavam hastes nas quais haviam espetado bolas de pez ardente. E logo as torres genovesas pegavam fogo como lenha na fogueira. Os balestreiros tentavam jogar-se para baixo, mas logo que tocavam o chão os alexandrinos estavam lá para acertá-los com pauladas na cabeça, uma torre primeiro se inclinou, e depois tombou, indo espalhar chamas entre a cavalaria do bispo, os cavalos pareciam enlouquecidos, perturbando ainda mais as fileiras dos imperiais, e quem não estava a cavalo contribuía para a desordem, porque atravessava a fila dos cavaleiros, gritando que estava chegando São Pedro em pessoa, e quem sabe até São Paulo, e alguém vira São Sebastião e São Tarcísio – em suma, todo o Olimpo cristão formava fileiras com aquela tão odiada cidade.

De noite, alguém levou ao campo imperial, já em grande luto, o cadáver do prelado de Spira, ferido pelas costas enquanto fugia. Frederico mandou chamar Baudolino e perguntou o que ele tinha a ver com aquela história e o que sabia, e Baudolino queria desaparecer, porque naquela noite muitos e bons *milites* morreram, incluindo Anselmo Medico de Placência, e valorosos sargentos e pobres soldados, e tudo por causa daquele seu belo plano – que deveria resolver tudo, sem que se tocasse num fio de cabelo de quem quer que fosse. Atirou-se aos pés de Frederico, dizendo-lhe toda a verdade, que ele pensara realmente ao oferecer-lhe um pretexto plausível para levantar o cerco, mas que depois as coisas aconteceram daquela forma.

"Sou um miserável, meu pai", disse, "tenho nojo de sangue e queria ter as mãos limpas e poupar tantos outros mortos, e vê a carnificina que cometi, estes mortos estão todos na minha consciência."

"Sê maldito, ou quem mandou pelos ares o teu plano", respondeu Frederico, que parecia mais sofrido do que aborrecido, "porque – não o digas a ninguém – mas aquele pretexto teria sido muito bom para mim. Tive notícias recentes, a liga está avançando, e amanhã, talvez, teremos de lutar em duas frentes. O teu São Pedro teria convencido os soldados, mas agora muita gente já morreu e são os meus barões que pedem vingança. Começam a dizer que é o momento certo para dar uma lição àqueles da cidade, que bastava vê-los logo que saíram, estavam mais magros do que nós e fizeram realmente o esforço derradeiro."

Chegara o Sábado Santo. O ar estava morno, os campos se enfeitavam de flores e as árvores ramalhavam alegres. Todos estavam com cara de velório: os imperiais porque cada um dizia que era a hora de atacar e ninguém tinha vontade de fazê-lo; os alexandrinos porque, sobretudo depois do esforço da última surtida, já estavam exaustos e a barriga como que se revirava no meio das pernas. Foi assim que a mente fértil de Baudolino recomeçou a trabalhar.

Cavalgou novamente em direção às muralhas, e encontrou Trotti, Guasco e os outros chefes muito carrancudos. Eles também sabiam da chegada da liga, mas sabiam por fonte segura que as várias comunas haviam-se dividido sobre como agir, e sentiam-se inseguros se deviam realmente atacar Frederico.

"PORQUE UMA coisa, presta bastante atenção, senhor Nicetas, pois esta é uma questão muito sutil e talvez os bizantinos não sejam tão sutis a ponto de a entender, uma coisa era defender-se quando o imperador te sitiava, e outra atacá-lo por tua própria iniciativa. Ou seja, se teu pai te bater com o cinto, terás também o direito de tentar agarrá-lo, para tirá-lo de suas mãos – e isso é defesa –, mas, se levantares a mão para teu pai, isso é parricídio. E uma vez que faltaste com o respeito ao sacro e romano imperador, o que mais restaria para manter unidas as comunas da Itália? Compreendes, senhor Nicetas, tinham feito em pedaços as tropas de Frederico, mas continuavam a reconhecê-lo como seu único senhor, ou seja, não o queriam por perto, e azar o deles se ele não existisse: teriam se aniquilado uns aos outros sem saber se estavam agindo bem ou mal, porque o critério do bem e do mal era, afinal de contas, o imperador."

"LOGO", DISSE Guasco, "a melhor coisa seria se Frederico abandonasse imediatamente o assédio de Alexandria, e tenho certeza de que as comunas deixariam que ele passasse e que chegasse até Pavia." Mas como poderiam deixá-lo salvar as aparências? Já se havia tentado com o sinal do Céu, os alexandrinos já haviam recebido uma bela paga, mas voltaram ao ponto de partida. Talvez a ideia de São Pedro tivesse sido demasiadamente ambiciosa, observou então Baudolino, e depois uma visão ou aparição é algo que existe e não existe, e no dia seguinte é fácil negá-la. E além do mais, por que incomodar os santos? Aqueles mercenários eram gente que não acreditava sequer no Pai Eterno, a única coisa em que acreditavam era na barriga cheia e no pinto duro...

"Faz de conta", disse então Gagliaudo, com aquela sabedoria que Deus – como todos sabem – infunde somente no povo, "faz de conta que os imperiais pegam uma de nossas vacas e que a encontram entupida de grãos, com a barriga quase estourando. Barba Ruiva e os seus vão pensar então que temos tanta comida que resistiremos *sculasculorum*, e os próprios senhores e soldados é que vão dizer vamos embora, porque desse jeito ainda estaremos aqui na próxima Páscoa..."

"Jamais ouvi um ideia tão estúpida", disse Guasco, e Trotti deu-lhe razão, levando um dos dedos à cabeça, como para dizer que o velho já não estava regulando muito bem. "E se por acaso ainda houvesse por aqui uma vaca viva, nós já a teríamos comido mesmo crua", acrescentou Boidi.

"Não é porque se trata de meu pai, mas não acho que seja uma ideia de se jogar fora", disse Baudolino. "Acho que todos esqueceram, mas ainda existe uma vaca, e é precisamente a Rosinha de Gagliaudo. O único problema é se, mesmo escarafunchando cada canto da cidade, conseguis encontrar grão suficiente para fazer com que o animal estoure."

"O problema é que se eu te der o animal, seu animal", pulou Gagliaudo, "porque é claro que para entenderem que está cheia de grão, os imperiais deverão não apenas encontrá-la, mas também desventrá-la, e nós nunca matamos a minha Rosinha porque para mim e para tua mãe é como a filha que o Senhor não nos deu, e assim ninguém vai tocar nela, prefiro te mandar ao açougue, que estás longe de casa há trinta anos, enquanto ela ficou sempre aqui perto de nós, sem caraminholas na cabeça."

Guasco e os outros, que um minuto antes pensavam que aquela ideia fosse digna de um louco, foi só Gagliaudo se opor a ela para logo se convencerem de que isso era o melhor que se podia fazer, e se desdobraram em quatro para convencer o velho de que tendo em vista a sorte da cidade, era preciso sacrificar a própria vaca e era inútil dizer que era melhor Baudolino, porque desventrando Baudolino não se convencia ninguém, ao passo que desventrando a vaca, talvez Barba Ruiva desistisse de tudo. E quanto ao grão, não havia para esbanjar, mas raspa aqui e tira dali, arranjava-se o suficiente para engordar a Rosinha, e sem prestar muita atenção aos pormenores, porque uma vez que estivesse no estômago, difícil para qualquer um dizer se era farelo ou grão e sem ter o cuidado de tirar as baratas de farinha, ou o que quer que seja, pois, nos tempos de guerra, é assim também que se faz o pão.

"ORA, VAMOS, Baudolino", disse Nicetas, "não me venhas dizer que todos estavam levando a sério uma palhaçada dessas."

"Não só a estávamos levando a sério, mas, como verás pelo rumo da história, o imperador também a levou a sério."

A HISTÓRIA ACONTECEU assim. Lá pelas três horas daquele Sábado Santo todos os cônsules e as pessoas mais respeitadas de Alexandria estavam sob um pórtico, onde jazia uma vaca mais magra e moribunda do que qualquer um poderia imaginar, com a pele surrada, as pernas que eram dois palitos, as tetas que pareciam orelhas, as orelhas que pareciam mamilos, o olhar perdido, flácidos os próprios chifres, o resto mais parecia carcaça do que tronco, mais que um bovino, um fantasma de bovino, uma vaca de Totentanz, amorosamente assistida pela mãe de Baudolino, que lhe acariciava a cabeça, dizendo que no fundo era melhor assim, que depois de uma boa refeição não sofreria mais e que portanto estaria bem melhor do que seus próprios donos.

A seu lado, continuavam chegando sacos de sementes e cereais, colhidos como estavam, que Gagliaudo ia enfiando debaixo do focinho do pobre animal, instigando-o a comer. Mas a vaca olhava já para o mundo com gemebunda indiferença, e não recordava sequer o significado de ruminar. Por fim, alguns mais impacientes seguravam suas patas, outros a cabeça e outros, ainda, abriram-lhe à força a boca e enquanto ela mugia exangue, recusando, enfiavam-lhe o grão goela abaixo, como se faz com os gansos. Depois, talvez por instinto de conservação, ou como que animado pela lembrança de tempos melhores, o animal começou a revolver com a língua toda aquela dádiva de Deus e, um pouco por vontade própria e um pouco com a ajuda dos presentes, começou a engolir.

Não foi uma refeição alegre, e mais de uma vez pareceu a todos que Rosinha estava para entregar sua alma bestial a Deus, pois comia tal qual estivesse dando à luz, entre um lamento e outro. Mas depois a força vital levou a melhor, a vaca se levantou sobre as quatro patas e continuou a comer sozinha, enfiando o focinho diretamente nos sacos que colocavam na frente dela. No fim, aquela que todos estavam vendo era uma vaca bem estranha, muito macilenta e melancólica, com os ossos dorsais salientes e marcados como se quisessem saltar para fora do couro que os encerrava, ao contrário da barriga opulenta, redonda e hidrópica, esticada como se estivesse grávida de dez vitelos.

"Não pode andar, não pode andar", sacudiu a cabeça Boidi, diante daquele tristíssimo prodígio, "até um estúpido percebe que este animal não é gordo, é só uma pele de vaca dentro da qual enfiaram umas coisas..."

"E mesmo que acreditassem que está gorda", disse Guasco, "como poderiam aceitar a ideia de que seu dono ainda a leva fora para o pasto com o risco de perder sua vida e os bens?"

"Amigos", dizia Baudolino, "não esqueceis que aqueles que a encontrarem têm uma fome tão grande que não irão reparar se está gorda aqui e magra ali."

Tinha razão Baudolino. Lá pela hora nona, mal Gagliaudo saiu porta afora, num prado a meia légua das muralhas, precipitou-se do matagal um bando de boêmios, que deviam estar certamente caçando passarinhos, se ainda houvesse algum vivo naquelas redondezas. Viram a vaca, sem acreditar nos próprios olhos famélicos, lançaram-se na direção de Gagliaudo, ele levantou logo as mãos, arrastaram-no com o animal para os acampamentos. Formou-se rapidamente uma multidão de guerreiros com as faces encovadas e os olhos esbugalhados, e a pobre Rosinha acabou sendo degolada por um comasco, que devia conhecer o ofício, porque fizera tudo com um só golpe e Rosinha, no tempo que se leva para dizer amém, de viva passou a morta. Gagliaudo chorava de verdade, e assim a cena pareceu verossímil a todos.

Quando se abriu o ventre do animal, aconteceu aquilo que devia acontecer: toda aquela comida fora engolida tão rapidamente que agora se esparramava pelo chão como se estivesse ainda intacta, e ninguém duvidou de que se tratasse de grãos. O estupor foi tamanho que prevaleceu sobre o apetite, e em todo o caso a fome não havia tirado àqueles armados uma elementar capacidade raciocinante: o fato de que numa cidade sitiada as vacas pudessem regalar-se tanto ia de encontro a toda e qualquer regra humana e divina. Um sargento, entre os presentes vorazes, soube reprimir seus próprios instintos e decidiu que seus comandantes deviam ser informados de tal prodígio. A notícia chegou rapidamente aos ouvidos do imperador, junto ao qual se encontrava Baudolino, com aparente indolência, tensíssimo e fremente à espera do acontecimento.

A carcaça de Rosinha, e um toldo no qual se recolhera o grão esparramado, e Gagliaudo acorrentado, foram levados à presença de Frederico. Morta e partida em duas, a vaca não parecia mais nem gorda nem magra, e só se via toda aquela coisa dentro e fora de sua barriga. Um sinal que Frederico não subestimou e interrogou logo o camponês:

"Quem és, de onde vens e de quem é aquela vaca?" E Gagliaudo, apesar de não ter entendido uma palavra, respondeu na língua mais pura da Palea, não sei e nem quero saber, passava ali por acaso e é a primeira vez que vejo esta vaca, aliás se não me dizias, não saberia nem que era uma vaca. Naturalmente Frederico também não entendia, e voltou-se para Baudolino: "Tu que conheces essa língua de animais, conta-me o que diz."

Cena entre Baudolino e Gagliaudo, tradução: "Ele diz que não sabe coisa alguma da vaca, que um camponês rico da cidade lhe deu para levá-la a pastar, e é tudo."

"Sim, mas que diabos, a vaca está cheia de grãos, pergunta-lhe como isso é possível."

"Ele diz que todas as vacas, depois de comer, e antes da digestão, estão cheias daquilo que comeram."

"Diz-lhe que não banque o idiota, senão o amarro pelo pescoço naquela árvore! Naquele burgo, naquela espécie de cidade de bandidos dão sempre grãos de comer às vacas?"

Gagliaudo: "*Per mancansa d'fen e per mancansa d'paja, a mantunuma er bestii con dra granaja... E d'iarbion.*"

Baudolino: "Ele disse que não, somente agora em que há falta de feno por causa do cerco. E que depois não é totalmente grão, mas também vagens secas."

"Vagens?"

"*Erbse*, *pisa*, ervilhas."

"Pelo demônio, vou mandá-lo espicaçar aos meus falcões, devorá-lo aos meus cachorros, o que ele quer dizer, que há falta de feno e não de grão e de ervilhas?"

"Diz que na cidade reuniram todas as vacas do condado e agora há bife que não acaba mais, porém as vacas consumiram todo o feno, e que a gente pode comer carne, mas não come pão, imaginem então as ervilhas secas, portanto parte da gramínea que haviam reunido está sendo destinada às vacas, diz que não é como aqui entre nós que temos tudo, lá devem se virar como podem porque não passam de pobres sitiados. E disse que é por isso que lhe deram a vaca para levá-la para fora, a fim de que comesse um pouco de erva, porque só essa comida lhe faz mal e lhe dá vermes."

"Baudolino, crês em tudo o que diz esse gaiato?"

"Eu traduzo o que ele diz, pelo que me lembro da minha infância, não estou certo de que as vacas gostem de comer grão, mas uma coisa é certa: essa aqui estava cheia daquela comida e não se pode negar o que está diante de nossos olhos."

Frederico cofiou a barba, cerrou os olhos e olhou bem para Gagliaudo.

"Baudolino", disse depois, "tenho a impressão de ter visto este homem, mas deve ter sido há muito tempo. Não o conheces?"

"Meu pai, conheço um pouco todo o mundo daqui, mas o problema agora não é se perguntar quem é este homem, mas se na cidade existem todas essas vacas e todo esse grão. Pois, se queres minha opinião sincera, poderiam ter te enganado, empanturrando a última vaca com o último grão."

"Bem pensado, Baudolino, essa ideia não me passou pela cabeça."

"Sagrada Majestade", interveio o marquês de Monferrato, "não reconheçamos nesses aldeões maior inteligência do que a nossa. Parece-me que estamos diante de um sinal evidente de que a cidade está mais abastecida do que imaginávamos."

"Oh, sim, sim", disseram em uníssono todos os outros senhores e Baudolino concluiu que jamais vira tanta gente de má-fé reunida, cada qual sabendo muito bem reconhecer a má-fé alheia, mas era sinal de que o cerco já se tornara insuportável para todos.

"E assim me parece que deve parecer", disse diplomaticamente Frederico. "O exército inimigo pressiona a nossa retaguarda. Conquistar Roboreto não nos pouparia enfrentar uma outra armada. Tampouco podemos pensar em expugnar a cidade e fecharmo-nos dentro daqueles muros tão malfeitos, pois isso prejudicaria a nossa dignidade. Portanto, senhores, decidimos assim: abandonemos este miserável burgo a seus miseráveis guardadores de vacas, e preparemo-nos para outro combate diverso. Que se deem as ordens necessárias." E depois, ao sair da tenda real, disse a Baudolino: "Manda para casa aquele velho. É claramente um mentiroso, mas se tivesse de enforcar todos os mentirosos, tu, há muito, já não estarias mais neste mundo."

"Vai para casa, meu pai, que deu tudo certo", sibilou Baudolino entre os dentes, tirando os grilhões de Gagliaudo, "e diz a Trotti que o espero de noite no lugar combinado."

FREDERICO AGIU rapidamente. Não havia necessidade de se recolher nenhuma tenda, naquele entulho em que se transformara o campo dos sitiantes. Dispôs os homens em coluna e ordenou que queimassem tudo. À meia-noite, a vanguarda do exército já marchava na direção dos campos de Marengo. No fundo, aos pés das colinas tortonesas, brilhavam as chamas: lá estava aguardando o exército da liga.

Depois de pedir licença ao imperador, Baudolino afastou-se a cavalo na direção de Sale, e, numa encruzilhada, encontrou Trotti, que o esperava, e dois cônsules cremoneses. Seguiram juntos por uma milha até chegarem a um posto avançado da liga. Lá Trotti apresentou Baudolino aos dois chefes do exército comunal, Ezzelino de Romano e Anselmo de Dovara. Seguiu-se uma breve reunião, selada com um aperto de mão. Depois de abraçar Trotti (e foi um belo acontecimento, obrigado, não, obrigado a ti), Baudolino voltou o mais depressa possível para Frederico, que o esperava nos confins de uma clareira. "Ficou resolvido, meu pai. Não atacarão, não têm vontade, nem ousadia. Passaremos, e te saudarão como seu senhor."

"Até o próximo confronto", murmurou Frederico. "Mas o exército está cansado, quanto mais cedo estivermos aquartelados em Pavia, tanto melhor. Vamos."

Eram as primeiras horas da Santa Páscoa. De longe, se Frederico tivesse olhado para trás, veria as muralhas de Alexandria resplandecendo com outros fogos. Voltou-se e os viu Baudolino. Sabia que muitas chamas eram aquelas das máquinas de guerra e dos acampamentos imperiais, mas preferiu imaginar os alexandrinos que dançavam e cantavam para festejar a vitória e a paz.

Depois de uma milha encontraram uma vanguarda da liga. O destacamento de cavaleiros abriu-se e formou como que duas alas no meio das quais passaram os imperiais. Não se compreendia se era para cumprimentar ou para se afastar, porque nunca se sabe. Alguém da liga ergueu as armas e isso podia ser compreendido como um sinal de saudação. Ou era talvez um gesto de impotência, uma ameaça. O imperador, irritado, fingiu não os ver.

"Não sei", disse, "parece que estou fugindo, e eles me prestam a honra das armas. Baudolino, estou agindo bem?"

"Muito bem, meu pai. Não estais te rendendo mais do que eles. Não querem atacar em campo aberto por respeito. E deves ser grato desse respeito."

"É justo", disse, obstinado, Barba Ruiva.

"E se pensas que te devem isso, fica contente porque estão agindo assim. De que te lamentas?"

"De nada, de nada, como sempre, tens razão."

Por volta do amanhecer, entreviram na planície distante e nas primeiras colinas o grosso do exército adversário. Formava um todo com uma ligeira neblina, e mais uma vez não ficou claro se ele se afastava por prudência da armada imperial, se fazia um círculo à nossa volta ou se a acossasse de perto, e ameaçadoramente. Em pequenos agrupamentos, aqueles das comunas se moviam, às vezes acompanhavam a fileira imperial por um certo trecho, às vezes ficavam à espreita no alto de uma colina e a observavam passar, às vezes, ainda, pareciam afastar-se dela. O profundo silêncio era rompido apenas pelo pisotear dos cavalos e pelo passo dos soldados. De uma ponta a outra, percebiase às vezes, na manhã muito pálida, que se elevavam tênues nuvens de fumaça, como se um agrupamento fizesse sinais para outro, do alto de alguma torre, que se escondia na verdura, nas colinas.

Dessa vez Frederico decidiu interpretar aquela perigosa passagem a seu favor: mandou erguer os estandartes e as auriflamas e passou como se fosse César Augusto, que submetera os bárbaros. Fosse como fosse, passou como pai de todas aquelas cidades rebeldes, que naquela noite poderiam ter acabado com ele.

Já na estrada de Pavia, chamou para perto de si Baudolino.

"És o patife de sempre", disse-lhe. "Mas, no fundo, eu deveria mesmo encontrar uma desculpa para sair daquele lodaçal. Eu te perdoo."

"De que, meu pai?"

"Eu sei muito bem. Mas não creias que perdoei aquela cidade sem nome."

"Ela tem um nome."

"Não tem, porque não a batizei. Cedo ou tarde, terei de destruí-la."

"Não logo."

"Não, não logo. E antes disso, imagino, terás cogitado outra das tuas ideias. Eu devia ter entendido, naquela noite, que estava levando comigo um patife. A propósito, já me lembrei de onde vi aquele homem da vaca!"

Mas o cavalo de Baudolino como que se empinou, e Baudolino puxou as rédeas, ficando para trás. Assim, Frederico não pôde lhe dizer de que se lembrava.

15
Baudolino na batalha de Legnano

Terminado o cerco, Frederico, mais aliviado, retirou-se para Pavia, mas estava descontente. Seguira-se um ano mau. O primo Henrique, o Leão, dava-lhe problemas na Alemanha, as cidades italianas eram sempre rebeldes e fingiam que não estava acontecendo nada todas as vezes em que ele pretendia destruir Alexandria. Tinha poucos homens, e os reforços primeiro não chegavam e, quando chegavam, eram insuficientes.

Baudolino sentia-se um pouco culpado pela artimanha da vaca. Não enganara, decerto, o imperador, que simplesmente aceitara o seu jogo, mas agora ambos tinham dificuldade de se olhar nos olhos, como duas crianças que tivessem feito juntas uma traquinagem, da qual se envergonhavam. Baudolino estava comovido com o embaraço quase juvenil de Frederico, que agora começava a encanecer, e era justamente sua bela barba de cobre que perdia primeiro seus reflexos leoninos.

Baudolino gostava cada vez mais daquele pai, que continuava a seguir o seu sonho imperial, arriscando perder todas as vezes as suas terras além dos Alpes, para manter sob controle uma Itália que lhe escapava por todos os lados. Pensou um dia que, na situação em que se encontrava Frederico, a carta do Preste João acabaria permitindo tirá-lo do pântano lombardo, sem que isso parecesse uma renúncia. Em suma, a carta do Padre era um pouco como a vaca de Gagliaudo. Ele tentara falar, mas o imperador estava de mau humor e disse que tinha coisas mais sérias com que se ocupar do que com as fantasias senis do falecido tio Oto. Confiou-lhe depois outra missão, mandando-o para cá e para lá através dos Alpes por quase doze meses.

No fim de maio do ano do Senhor de 1176, Baudolino ouvira que Frederico estava em Como, e quis encontrá-lo naquela cidade. Durante a viagem, disseram-lhe que o exército imperial estava seguindo para Pavia, e assim desviou-se para o sul para cruzar com ele na metade do caminho.

Cruzou com ele ao longo do Olona, não distante da fortaleza de Legnano, onde, poucas horas antes, a armada imperial e a da liga haviam se encontrado por engano, sem que nenhuma das duas tivesse vontade de lutar, e isso forçou ambas ao combate, simplesmente para não perder a honra.

Logo que chegou nos limites do campo, Baudolino viu um soldado correndo em sua direção com um longo pique. Deu com as esporas, na tentativa de passar por cima dele, esperando assustá-lo. Ele se assustou e caiu de pernas para o ar, soltando o pique. Baudolino desceu do cavalo e tomou-lhe o pique, enquanto o outro começara a gritar que iria acabar com ele, levantou-se e tirou um punhal da cintura. Mas ele gritou em dialeto lodigiano. Baudolino acostumara-se à ideia de que os lodigianos estavam do lado do império e, mantendo a distância com o pique, pois parecia um louco, gritou:

"Que diabos estás fazendo, seu idiota? Também estou do lado do império!"

E ele:

"Por isso mesmo, vou acabar contigo!"

E naquela altura Baudolino lembrou-se de que Lodi estava agora do lado da liga, e perguntou a si mesmo: "O que devo fazer, matá-lo porque o pique é maior do que a sua faca? Mas nunca matei ninguém!"

Enfiou-lhe então o pique entre as pernas, fazendo-o cair no chão, depois apontou a arma para a garganta. "Não me mate, *dominus*, porque tenho sete filhos, e se lhes faltar, vão morrer de fome amanhã", gritou o lodigiano, "deixe-me ir, que não posso mesmo fazer mal aos teus, já viste que não passo de um borra-botas!"

"Se vê que és um borra-botas até a um dia de caminhada, mas se eu te deixar ir embora com alguma coisa na mão, és capaz de fazer algum mal. Tira as calças!"

"As calças?"

"Isso mesmo, eu te deixo com vida, mas vou te mandar com as bolas ao vento. Depois, quero ver se tens coragem de voltar para a batalha, ou se correrás para aqueles mortos de fome dos teus filhos!"

O inimigo tirou as calças e corria agora pelos campos, saltando as sebes, não tanto por vergonha, mas porque tinha medo de que um cavaleiro adversário o visse por trás, pensando que ele estivesse mostrando as nádegas por desprezo, e que o empalasse como fazem os turcos.

Baudolino estava satisfeito de não ter tido de matar ninguém, mas de repente viu um outro, que galopava em sua direção, vestido como um francês e se via muito bem que não era lombardo. Decidiu então vender caro a pele e desembainhou a espada. O homem a cavalo passou do seu lado, gritando:

"Mas o que estás fazendo, insensato, não vês que hoje mandamos os imperiais para aquele lugar? Vai para casa que é melhor." E foi, sem procurar sarna para se coçar.

Baudolino voltou a montar na sela e se perguntou para onde deveria ir, sem entender nada daquela batalha, pois até então vira apenas os cercos, e nesses casos, sabemos quem está deste e quem está do outro lado.

Girou ao redor de um tufo de árvores e, no meio da planície, viu algo estranho: uma grande carroça descoberta, pintada de vermelho e de branco, com um grande pendão adornado bem no centro, e à volta de um altar soldados com grandes trombetas, como aquelas dos anjos, que deviam servir talvez para incitar os seus ao combate, tanto que – como se costuma fazer por aquelas bandas – disse: "Oh, espera lá!" Por um momento, pensou que tinha chegado ao reino do Preste João, ou pelo menos em Sarandib, onde se ia para a batalha com uma carroça puxada por elefantes, mas a carroça que via agora era puxada por bois, embora estivessem vestidos como nobres, e à volta do carro não havia ninguém para lutar. Os homens das trombetas emitiam de quando em quando algum som, depois detinham-se, sem saber ao certo o que deviam fazer. Um deles apontou para um enxame de pessoas às margens do rio, que ainda combatiam e cujos berros podiam acordar até os mortos; outros buscavam fazer com que os bois se mexessem, mas imaginem se estes, rebeldes por natureza, iriam se meter naquela confusão.

"O que fazer", perguntou-se Baudolino, "eu me lanço no meio daqueles exaltados, mas se não falarem primeiro, como saberei quem são os inimigos? E enquanto espero que falem, talvez acabem comigo?"

Enquanto meditava sobre o que fazer, veio em sua direção outro cavaleiro, e era um ministerial, que ele conhecia muito bem. Aquele também o reconheceu, e disse:

"Baudolino, perdemos o imperador!"

"Santo Cristo, o que queres dizer com perdestes o imperador?"

"Alguém o viu lutando como um leão no meio de um bando de soldados que empurravam o seu cavalo para aquele bosque, lá no fundo; depois, todos desapareceram entre as árvores. Fomos até lá, mas não havia ninguém, deve ter tentado fugir tomando alguma direção, mas certamente não voltou para o grosso de nossos cavaleiros..."

"E onde está o grosso de nossos cavaleiros?"

"A desgraça não é que ele não se uniu ao grosso da cavalaria, é que o grosso da cavalaria não existe mais. Foi um massacre, maldita jornada! A princípio, Frederico atacou o inimigo com seus cavaleiros, que pareciam estar todos a pé, e barricados ao redor daquele seu catafalco. Mas aqueles soldados resistiram muito bem e, de repente, despontou a cavalaria dos lombardos, e nossos soldados foram surpreendidos pelos dois lados."

"Quer dizer que perdestes o sacro romano imperador! E me contas isso assim, pelas entranhas de Deus?"

"Tens o ar de quem acabou de chegar, mas não fazes ideia do que passamos! Alguém disse até que viu o imperador caindo, mas foi arrastado pelo cavalo, com um dos pés no estribo!"

"Mas o que estão fazendo nossos soldados?"

"Estão fugindo, olha bem lá embaixo, estão se espalhando por entre as árvores, ou mergulhando no rio; já correm boatos de que o imperador esteja morto, e cada um tenta chegar a Pavia como pode."

"Covardes! E ninguém mais busca nosso senhor?"

"Está ficando escuro, mesmo os que ainda lutavam começam a parar; como fazer para encontrar alguém aqui, e sabe Deus onde?"

"Covardes", disse ainda Baudolino, que não era um homem de guerra, mas tinha um grande coração. Deu de esporas no cavalo e correu com a espada em riste rumo ao lugar onde se viam mais cadáveres pelo chão, gritando pelo seu diletíssimo pai adotivo. Buscar um morto naquela planície, entre tantos outros mortos, e gritando para que aparecesse, era um ato de tamanho desespero que os esquadrões de lombardos com os quais cruzava deixavam-no passar, tomando-o por algum santo do Paraíso, que viera para ajudá-los, e todos o cumprimentavam com alegres sinais.

No lugar em que a luta fora mais encarniçada, Baudolino pusera-se a revirar os corpos, deitados de cabeça para baixo, esperando sempre, e temendo descobrir, sob a luz mortiça do crepúsculo, as amadas feições do soberano. Chorava, e seguia às cegas, e saindo de um pequeno bosque foi esbarrar naquela grande carroça puxada pelos bois, que deixava lentamente o campo de batalha.

"Vistes o imperador?", gritou em lágrimas, sem razão e pudor. Eles se puseram a rir, dizendo-lhe:

"Sim, ele estava no meio daquelas moitas, comendo a tua irmã!", e um deles produziu na trombeta um som obsceno.

Eles falavam por falar, mas Baudolino foi olhar também naquelas moitas. Havia um pequeno ajuntamento de cadáveres, três prostrados sobre um de costas. Ergueu os três que lhe davam as costas, e viu, por baixo, com a barba vermelha, mas de sangue, Frederico. Compreendeu logo que estava vivo, porque ouviu como que um leve estertor dos lábios entreabertos. Tinha uma ferida no lábio superior, da qual jorrava muito sangue, e uma grande contusão no rosto, que chegava até o olho esquerdo, e suas mãos, ainda esticadas, seguravam cada uma um punhal, como quem, a ponto de perder os sentidos, ainda tivesse conseguido trespassar os três miseráveis, que o atacaram para matá-lo.

Baudolino levantou a sua cabeça, limpou-lhe o rosto, chamou pelo seu nome, e Frederico abriu os olhos e perguntou onde estava. Baudolino procurou livrá-lo da armadura e o apalpava para saber se tinha alguma outra ferida. Ele gritou quando tocou num dos pés e devia ser verdade talvez que o cavalo o arrastara por um bom trecho, deslocando o seu tornozelo. Falando sempre com ele, enquanto Frederico perguntava onde estava, colocou-o de pé. Frederico reconheceu Baudolino e o abraçou.

"Senhor e meu pai", disse Baudolino, "sobe no meu cavalo, e procura não te cansar. Temos de seguir vigilantes, mesmo que seja de noite, pois ao nosso redor encontram-se as tropas da liga, e a única esperança é que estejam todas comemorando em alguma aldeia, pois que, sem ofensa, parece-me que venceram. Mas alguns poderiam estar aqui por perto, procurando seus mortos. Teremos de passar por bosques e barrancos, não seguir pelas estradas, e chegar a Pavia, para onde fugiram os teus soldados. Podes dormir no cavalo, cuidarei que não caias."

"E quem cuidará que não adormeças, caminhando?", perguntou Frederico com um sorriso forçado. Disse depois: "Dói quando rio."

"Vejo que estás bem agora", disse Baudolino.

Caminharam durante toda a noite, tropeçando na escuridão, o cavalo inclusive, em meio a raízes e arbustos baixos, e viram uma só vez, ao longe, alguns fogos, e deram uma volta bem grande para evitá-los. Caminhando, para manter-se acordado, Baudolino falava, e Frederico mantinha-se desperto para mantê-lo acordado.

"Está tudo acabado", disse Frederico, "não poderei suportar a vergonha dessa derrota."

"Foi apenas uma escaramuça, meu pai. Além disso, todos acham que estais morto; reapareces agora como Lázaro ressuscitado, e aquilo que parecia uma derrota será visto como um milagre, digno de se cantar o *Te Deum*."

Na verdade, Baudolino estava apenas tentando consolar um velho ferido e humilhado. Naquele dia o prestígio do império ficou comprometido, bem mais do que *rex et sacerdos*. A menos que Frederico voltasse à cena num halo de nova glória. E naquela altura, Baudolino não pôde não pensar nos auspícios de Oto e na carta do Preste João.

"Meu pai", disse, "o fato é que de tudo o que aconteceu deve-se tirar uma lição."

"E o que desejarias ensinar-me, senhor sabichão?"

"Não deves aprender de mim, Deus me perdoe, mas do Céu. Deves guardar como um tesouro as palavras do bispo Oto. Nesta Itália, quanto mais insistires, mais ficarás atolado, não se pode ser imperador, onde também há um papa, nestas cidades perderás sempre, porque queres forçá-las à ordem, que é algo artificial, enquanto elas querem é viver na desordem, que é segundo a natureza – ou seja, como diziam os filósofos parisienses, é a condição da *yle*, do caos primordial. Deves rumar para o oriente, além de Bizâncio, impor as insígnias de teu império nas terras cristãs que se estendem além do reino dos infiéis, reunindo-te com o único e verdadeiro *rex et sacerdos*, que impera naquela região desde o tempo dos Magos. Somente quando tiveres feito uma aliança com ele, ou quando tiver jurado submissão a ti, poderás voltar para Roma e tratar o papa como teu copeiro, e os reis da França e da Inglaterra como teus lacaios. Somente assim teus vencedores de hoje teriam de novo medo de ti."

Frederico quase não se lembrava mais dos auspícios de Oto, e Baudolino teve de recordá-los.

"Outra vez com aquele padre?", disse. "Mas existe? E onde está? E como posso movimentar todo um exército para ir buscá-lo? Eu me tornaria Frederico, o Louco, e assim haveriam de lembrar-me durante os séculos."

"Não, se pelas chancelarias de todos os reinos cristãos, até na de Bizâncio, circulasse uma carta de que esse Preste João te escreveu, e apenas a ti, a quem reconhece como seu único igual, e convida a reunir vossos reinos."

E Baudolino, que a sabia quase de cor, começou a recitar, durante a noite, a carta do Preste João, e explicou-lhe qual era a relíquia mais preciosa do mundo que o Padre lhe enviava uma caixa.

"Mas onde está essa carta? Tens uma cópia? Não foste tu que a escreveste?"

"Eu a recompus em bom latim, reuni as partes dispersas do que os sábios já sabiam e diziam, sem que ninguém lhes desse atenção. Mas tudo o que está naquela carta é verdadeiro como o Evangelho. Digamos, se quiseres, que escrevi com a minha mão apenas o endereço, como se a carta fosse enviada para ti."

"E aquele Padre João poderia dar-me, como tu dizes, aquele Greal, em que foi derramado o sangue de Nosso Senhor? Ela seria claramente a unção última e perfeita...", murmurou Frederico.

Assim, naquela noite decidiu-se, juntamente com o destino de Baudolino, também aquele de seu imperador, mesmo que nenhum dos dois tivesse entendido muito bem o que buscavam.

AINDA SONHANDO com um reino distante, encontraram ao amanhecer, bem próximo de um canal, um cavalo que fugira da batalha e que não sabia encontrar o caminho de volta. Com dois cavalos, embora por mil vias secundárias, o caminho para Pavia ficou mais rápido. Ao longo da estrada, encontraram um punhado de imperiais, que estavam fugindo, reconheceram o seu senhor e deram gritos de felicidade. E como houvessem pilhado nas aldeias por onde passaram, tiveram algo para renovar suas forças, correram para avisar os outros que estavam à frente e, dois dias depois, Frederico chegou às portas de Pavia, precedido pela feliz notícia, encontrando os notáveis da cidade e seus companheiros, que o esperavam com grande pompa, sem que pudessem acreditar naquilo que seus olhos viam.

Beatriz também estava lá, vestida de luto, porque já lhe haviam comunicado a morte de seu marido. Estava de mãos dadas com seus dois meninos, Frederico, que já tinha doze anos mas que aparentava a metade, fraco como era desde seu nascimento, e Henrique, que, ao contrário, herdara toda a força do pai, mas que naquele dia chorava perdido e continuava perguntando o que havia acontecido. Beatriz reconheceu Frederico de longe, foi a seu encontro, soluçando, e o abraçou com paixão. Quando este disse que estava vivo por mérito de Baudolino, percebeu que ele também estava lá; ficou vermelha e em seguida pálida, chorou, e estendeu-lhe a mão até tocar seu coração e implorou ao Céu para que lhe recompensasse pelo que fez, chamando-o de filho, amigo, irmão.

"NAQUELE PRECISO instante, senhor Nicetas", disse Baudolino, "entendi que salvando a vida de meu senhor, eu havia saldado minha dívida. Mas, justamente por isso, já não estava mais livre para amar Beatriz. Assim, percebi que não a amava. Era como se fosse uma ferida cicatrizada, a sua visão suscitava em mim gratas lembranças, mas nenhum frêmito, e percebi que poderia estar ao seu lado sem sofrer, distanciar-me dela sem sentir dor. Eu me tornara talvez definitivamente adulto, e se aplacara todo o ardor da juventude. Não senti tristeza, apenas uma leve melancolia. Eu me sentia como uma pomba que arrulhava sem parar, mas agora havia terminado a estação dos amores. Era preciso partir para além-mar."

"Não eras uma pomba, mas uma andorinha."

"Ou uma grua."

16
Baudolino é enganado por Zósimo

Na manhã de sábado, Pevere e Grillo vieram anunciar que bem ou mal a ordem estava voltando em Constantinopla. Não tanto por ter se aquietado a fome de pilhagem daqueles peregrinos, mas porque seus chefes perceberam que eles haviam se apoderado de muitas e veneráveis relíquias. Podia-se transigir sobre um cálice ou uma veste de damasco, mas não se podiam perder as relíquias. Assim, pois, o doge Dandolo ordenara que todos os objetos roubados até então fossem levados para Santa Sofia, para que se realizasse uma distribuição justa. O que significava antes de mais nada dividi-las entre peregrinos e venezianos, sendo que estes últimos esperavam o saldo de as ter transportado com seus navios. Depois, devia-se calcular o valor de cada peça em marcos de prata, e os cavaleiros ganhariam quatro partes, os sargentos a cavalo, duas, e os sargentos a pé, uma. Era de imaginar a reação da soldadesca, a quem não se deixava arrancar nada.

Murmurava-se que os enviados de Dandolo já haviam levado os quatro cavalos de bronze dourado do Hipódromo, para mandá-los a Veneza, e todos estavam de mau humor. Como resposta, Dandolo ordenou que se revistassem todos os homens armados, e que se investigassem também os lugares onde moravam, em Pera. Com um cavaleiro do conde de Saint-Pol encontraram uma ampola. Ele dizia que era um remédio, que não havia mais nada, mas quando a agitaram, sob o calor das mãos, viram correr em seu interior um líquido vermelho, que era evidentemente o sangue que saíra do costado de Nosso Senhor. O cavaleiro gritou que comprara honestamente aquela relíquia de um monge, muito antes do saque, mas, para servir de exemplo, foi enforcado ali mesmo, com o escudo e o brasão pendurados no pescoço.

"Nossa, parecia um bacalhau", disse Grillo.

Nicetas acompanhava com tristeza aquelas notícias, mas Baudolino, subitamente embaraçado, como se fosse culpa sua, mudou de conversa e perguntou se havia chegado o momento de deixar a cidade.

"Há ainda uma grande confusão", disse Pevere, "é preciso ficar de olhos abertos. Para onde querias ir, senhor Nicetas?"

"Para Selímbria, onde temos amigos de confiança que podem nos hospedar."

"Para Selímbria não será nada fácil", disse Pevere. "Fica a ocidente, muito próxima das Grandes Muralhas. Mesmo com algumas mulas, são três dias de viagem, e talvez mais, com uma mulher grávida. Depois, imagina, se atravessares a cidade com uma bela tropa de mulas, parecerás que tens posses e os peregrinos cairão em cima de ti como moscas." As mulas, portanto, deviam ser preparadas fora da cidade, e era preciso atravessá-la a pé. Teriam de passar além das muralhas de Constantino e depois evitar a costa, onde devia haver mais gente, contornar a igreja de São Mócio e sair das muralhas de Teodósio na porta de Pegê.

"Difícil que tudo corra tão bem e que ninguém pare a todos antes", disse Pevere.

"Ah", comentou Grillo, "para enfiar no rabo é um instante, e com todas essas mulheres os peregrinos vão ficar é com água na boca."

Precisavam ainda de um dia inteiro, porque era necessário preparar as mulheres jovens. Não para fazer novamente a cena dos leprosos, porque os peregrinos agora já haviam entendido que os leprosos não circulavam pela cidade. Era preciso fazer pequenas manchas, algumas crostas no rosto, de modo que parecessem acometidas por sarna, o suficiente para afugentar o desejo. E depois, toda aquela gente teria de comer durante três dias, porque saco vazio não fica de pé. Os genoveses haviam preparado alguns cestos com uma fritada de escripilita, pasta de farinha de grão-de-bico, leve e crocante, que cortariam em pequenas fatias envoltas em muitas folhas largas, bastava apenas colocar um pouco de pimenta e seria um prato delicioso, capaz de nutrir um leão, melhor do que um bife com sangue; e grandes fatias de focácia com óleo, sálvia, queijo e cebolas.

Para Nicetas, aquelas comidas bárbaras não lhe caíam bem, mas, já que devia esperar mais um dia, decidiu dedicá-lo para saborear as últimas delícias que Teófilo pudesse preparar e para ouvir as últimas aventuras de Baudolino, porque não queria partir logo na melhor parte, sem saber como acabava a sua história.

"Minha história ainda é muito comprida", disse Baudolino. "Mas, mesmo assim, seguirei em vossa companhia. Aqui em Constantinopla já não tenho o que fazer, e cada lugar desperta em mim dolorosas lembranças. Tu te tornaste meu pergaminho, senhor Nicetas, onde escrevo tantas coisas que eu mesmo havia esquecido, como se minha mão caminhasse sozinha. Acho que aquele que conta histórias deveria ter sempre alguém para contá-las, e somente assim pode contá-las a si mesmo. Lembras quando eu escrevia cartas para a imperatriz, mas ela não as podia ler? Se cometi a imprudência de fazer com que meus amigos as lessem era porque, de outro modo, minhas cartas não teriam tido sentido algum. Mas, quando mais tarde, com a imperatriz, houve o momento do beijo, não pude contar sobre aquele beijo a ninguém, e trouxe dentro de mim sua lembrança durante anos e anos, degustando-o às vezes, como se fosse o teu vinho com mel, e outras vezes sentindo um travo na boca. Só quando pude contá-lo para ti, eu me senti livre."

"E por que pudeste contá-lo para mim?"

"Porque agora que estou te contando essa história, todos os que dela participaram não estão mais vivos. Fiquei apenas eu. Agora és necessário para mim como o ar que respiro. Irei contigo para Selímbria."

MAL ACABARA DE recuperar-se das feridas em Legnano, Frederico convocou Baudolino, juntamente com o chanceler imperial, Cristiano de Buch. Se deviam levar a sério a carta do Preste João, era bom começar logo. Cristiano leu o pergaminho que Baudolino lhe mostrou e, como um chanceler prudente, fez algumas objeções. A escritura, antes de mais nada, não lhe parecia digna de uma chancelaria. Aquela carta devia circular na corte papal, na França e na Inglaterra, devia chegar ao basileu de Bizâncio, e por isso deveria ser feita como são feitos todos os documentos importantes do mundo cristão. Depois, disse que levaria tempo preparar selos que tivessem ares de selo. Se queriam fazer um trabalho sério, as coisas deviam ser feitas com calma.

O primeiro problema era: como fazer com que a carta fosse conhecida pelas outras chancelarias? Se fosse mandada pela chancelaria imperial, isso não pareceria crível. Imaginemos o Preste João, que escreve em particular para permitir que o encontres numa terra por todos ignorada, e tu o fazes saber *lippis et tonsoribus*, para que alguém chegue lá antes de ti? Os boatos sobre as cartas deviam circular certamente, não só para legitimar uma futura expedição, mas sobretudo para surpreender o mundo cristão – mas tudo isso deveria acontecer aos poucos, como se alguém estivesse traindo um segredo secretíssimo.

Baudolino propôs usar seus amigos. Seriam agentes insuspeitos, doutos do *studium* parisiense, e não homens de Frederico. Abdul podia contrabandear a carta nos reinos da Terra Santa, Boron, na Inglaterra, Kyot, na França, e Rabbi Solomon podia fazê-la chegar aos judeus que viviam no império bizantino.

Assim, os meses seguintes foram empregados nessas várias necessidades, e Baudolino se viu dirigindo um *scriptorium*, no qual trabalhavam seus velhos companheiros. Frederico, de quando em quando, pedia notícias. Sugeriu que a oferta do Greal devia ser um pouco mais explícita. Baudolino explicou-lhe as razões pelas quais convinha deixá-la imprecisa, mas percebeu que aquele símbolo de poder real e sacerdotal fascinara o imperador.

Enquanto discutiam essas coisas, Frederico fora tomado por outras preocupações. Devia conformar-se em buscar um acordo com o papa Alexandre III. Visto que o restante do mundo não levava mesmo a sério os antipapas imperiais, o imperador aceitaria prestar-lhe homenagem e reconhecê-lo como o único e verdadeiro pontífice romano – o que já era muito –, mas, em compensação, o papa devia decidir-se a retirar todo o apoio às comunas lombardas – e era muitíssimo. Valia a pena, perguntavam-se naquela altura tanto Frederico quanto Cristiano, enquanto se entreteciam tramas tão delicadas, provocar o papa com um novo apelo à união de *sacerdotium* e *imperium*? Baudolino se impacientava com aquelas delongas, mas não podia protestar.

Ao contrário, Frederico demoveu-o de seus projetos para mandá-lo com encargos delicadíssimos a Veneza, em abril de 1177. Tratava-se de organizar com perspicácia os vários detalhes do encontro que devia acontecer em julho, entre o papa e o imperador. A cerimônia da reconciliação devia ser tratada nos mínimos detalhes e nenhum incidente deveria perturbá-la.

"NO FUNDO, Cristiano estava preocupado que vosso basileu quisesse provocar algum tumulto, para que o encontro desse errado. Deves saber que, há tempo, Manuel Comneno estava de conluios com o papa, e aquele acordo entre Alexandre e Frederico comprometia claramente seus projetos."

"Iriam todos por água abaixo. Há dez anos Manuel vinha propondo ao papa a reunificação das duas igrejas: este reconhecia o primado religioso do papa e o papa reconhecia o basileu de Bizâncio como o único e verdadeiro imperador romano tanto do Oriente quanto do Ocidente. Mas, com esse acordo, Alexandre não ganhava grande poder em Constantinopla e não se livrava de Frederico na Itália, e talvez acabasse alarmando os outros soberanos da Europa. Assim, pois, estava escolhendo a aliança mais vantajosa."

"O teu basileu, entretanto, enviou alguns espiões para Veneza. Passaram-se por monges..."

"Deviam ser, provavelmente. Em nosso império, os homens da igreja trabalhavam a favor do basileu, e não contra. Mas, pelo que sei – e lembra que na época eu ainda não estava na corte –, mandaram não criar nenhum tumulto. Manuel conformara-se com o inevitável. Talvez quisesse apenas estar informado sobre o que estava acontecendo."

"Senhor Nicetas, deves saber, como logóteta de não sei quantos arcanos, que quando dois espiões de partes contrárias se encontram no mesmo campo de intriga, o mais natural é que mantenham relações cordiais de amizade e que cada um confie ao outro os próprios segredos. Assim, não correm riscos de subtraí-los de parte a parte, e se mostram muito hábeis aos olhos de quem os enviou. E foi isso que aconteceu entre nós e aqueles monges: dissemos logo um ao outro por que estávamos lá, nós para os espionar e eles para nos espionar, e depois disso passamos juntos dias muito agradáveis."

"São coisas que um homem atento de governo pode prever, mas o que poderia fazer, além disso? Se interrogasse diretamente os espiões estrangeiros, que ainda por cima não conhece, eles não lhe diriam nada. Decide enviar então os próprios espiões, com segredos de pouca importância para serem usados, e por fim acaba sabendo o que devia saber, e que em geral todos já sabiam, menos ele", disse Nicetas.

"Entre aqueles monges, havia um tal de Zósimo de Calcedônia. Impressionou-me seu vulto magérrimo, dois olhos como carbúnculos que rodavam sem parar, iluminando uma grande barba negra e os longos cabelos. Quando falava, parecia que dialogava com um crucifixo que sangrava a dois palmos do rosto."

"Conheço o tipo, nossos mosteiros estão cheios dele. Morrem muito jovens, de tuberculose..."

"Não ele. Nunca vi na minha vida um glutão daquela espécie. Certa noite o levei para a casa de duas cortesãs venezianas, que, como deves saber, são famosíssimas entre as cultoras daquela arte tão antiga quanto o mundo. Às três da manhã eu já estava bêbado e fui embora, mas ele ficou e, algum tempo depois, uma das moças me disse que nunca tiveram de trabalhar tanto para conter um satanás daquela espécie."

"Conheço o tipo, nossos mosteiros estão cheios dele. Morrem muito jovens, de consumpção..."

Baudolino e Zósimo haviam se tornado, senão amigos, companheiros de algazarras. A familiaridade deles começou quando, após uma libação incomum, Zósimo proferiu uma horrível blasfêmia e disse que naquela noite daria todas as vítimas da morte dos inocentes para uma jovem de indulgente moral. Quando lhe perguntou se era aquilo que se aprendia nos mosteiros de Bizâncio, Zósimo respondeu: "Como ensinava São Basílio, dois são os demônios que podem perturbar o intelecto, o da fornicação e o da blasfêmia. Mas o segundo age por pouco tempo, e o primeiro, se não agita os pensamentos com a paixão, não impede a contemplação de Deus." Foram logo prestar obediência, sem paixão, ao demônio da fornicação, e Baudolino percebeu que Zósimo tinha, para cada acontecimento da vida, uma sentença de algum teólogo ou eremita que o deixava ficar em paz consigo mesmo.

Certa vez, estavam bebendo juntos, e Zósimo enalteceu as maravilhas de Constantinopla. Baudolino envergonhou-se, porque podia contar-lhe apenas das vielas de Paris, cheias de excrementos que as pessoas jogavam das janelas, e das águas revoltas do Tanaro, que não podiam competir com aquelas douradas da Propôntide. Nem podia falar-lhe das *mirabilia urbis Mediolani*, porque Frederico mandara destruí-las por completo. Não sabia como fazê-lo ficar quieto e, para assombrá-lo, mostrou-lhe a carta do Preste João, como para dizer-lhe que havia pelo menos em algum lugar um império que fazia o seu parecer uma charneca.

Zósimo, após ter lido a primeira linha, perguntou com desconfiança:

"Presbyter Johannes? Quem é ele?"

"Não conheces?"

"Bem-aventurado aquele que chegou à ignorância além da qual não pode continuar."

"Podes continuar. Vamos, lê."

Leu, com aqueles olhos que ardiam cada vez mais, depois deixou o pergaminho e disse, com indiferença:

"Ah, o Preste João. Li no mosteiro muitas histórias de pessoas que visitaram o seu reino."

"Como, se antes de ler não sabias de quem se tratava?"

"As gruas formam letras em seus voos sem conhecer a escrita. Essa carta fala de um Preste João e mente, mas fala de um reino verdadeiro, que nas histórias que li refere-se ao Senhor das Índias."

Baudolino achou que aquele malandro estava tentando adivinhar, mas Zósimo não lhe deu tempo suficiente para duvidar.

"O Senhor pede três coisas ao homem batizado: para a alma, a justa fé; para a língua, a sinceridade; para o corpo, a continência. Essa tua carta não foi escrita pelo Senhor das Índias, porque contém muitas inexatidões. Por exemplo, nomeia vários seres extraordinários de lá, mas não diz nada... deixa-me pensar... pronto, não diz nada por exemplo dos *methagallinarii*, das *thinsiretae* e das *cametheterni*."

"E o que são?"

"O que são?! Mas a primeira coisa que acontece com alguém que chega às terras do Preste João é deparar-se com uma *thinsireta* e se não estiver preparado para enfrentá-la... nhac... ela o devora numa bocada. Mas esses são lugares aos quais não se pode ir, assim como quem vai a Jerusalém, pois no máximo encontras poucos camelos, um crocodilo, dois elefantes e assim sucessivamente. Além do mais, a carta me parece suspeita, pois é muito estranho que seja endereçada a teu imperador e não ao nosso baliseu, visto que o reino desse João está mais próximo do império de Bizâncio do que dos latinos."

"Falas como se soubesses onde fica."

"Não sei exatamente onde fica, mas saberia como chegar até lá, pois aquele que conhece a meta, conhece também o caminho."

"Então, por que nenhum romeu foi até lá?"

"Quem te disse que ninguém tentou ir até lá? Eu poderia te dizer que se o basileu Manuel chegou às terras do sultão de Icônio, foi justamente para abrir caminho ao reino do Senhor das Índias."

"Poderias, mas não o dirias a mim."

"Porque nosso glorioso exército foi destruído justamente há dois anos, em Miriocéfalo. E, assim, antes que nosso basileu tente uma nova expedição, será necessário algum tempo. Mas se eu pudesse dispor de muito dinheiro, de um grupo de homens bem armados e capazes de enfrentar mil dificuldades, e se tivesse uma vaga ideia sobre o rumo a ser tomado, eu partiria. Depois, a caminho, faria perguntas, seguiria as indicações dos nativos... Deveria haver muitos sinais, quando estivesses no caminho certo, começarias a ver árvores que florescem apenas naquelas terras ou animais que só vivem lá justamente como os *methagallinarii*."

"Viva os *methagallinarii*!", disse Baudolino, e levantou a taça. Zósimo o convidou a brindar com ele ao reino do Preste João. Depois o desafiou a beber à saúde de Manuel, e Baudolino respondeu que não haveria problema se ele bebesse à saúde de Frederico. Depois brindaram ao papa, a Veneza, às duas cortesãs, que conheceram algumas noites antes, e, no fim, Baudolino desmoronou primeiro, adormecendo com a cabeça sobre a mesa, enquanto ouvia

 Zósimo, enrolando a língua:

"A vida do monge é: não se comportar com curiosidade, não caminhar com o injusto, não pegar com as mãos..."

Na manhã seguinte, Baudolino disse, com a voz pastosa: "Zósimo, és um patife. Não tens a mínima ideia de onde vive o teu Senhor das Índias. Queres partir sem mais nem menos, e quando alguém te diz que viu por lá um *methagallinario*, aceitas e partes logo para aquelas bandas e, num piscar de olhos, chegas a um palácio crivado de pedras preciosas, vês alguém e lhe dizes bom-dia, Preste João, como está? Vai contar essas histórias a teu basileu, não a mim."

"Mas eu queria um bom mapa", disse Zósimo, começando a abrir os olhos.

Baudolino objetou que, mesmo que tivesse um bom mapa, tudo permaneceria ainda vago e difícil de se decidir, pois sabe-se que os mapas são imprecisos, especialmente naquelas regiões, nas quais, para sermos francos, o único que chegou até lá foi, no máximo, Alexandre, o Grande, e mais ninguém. E traçou-lhe toscamente o famoso mapa feito por Abdul.

Zósimo pôs-se a rir. Se Baudolino seguia a ideia hereticíssima e perversa de que a Terra era uma esfera, não poderia seguramente começar a viagem.

"Ou confias nas Sagradas Escrituras, ou és um pagão que pensa como se pensava antes de Alexandre – o qual, aliás, não nos deixou sequer um mapa. As Escrituras dizem não só que a Terra tem a forma de um tabernáculo, mas todo o Universo, ou seja, que Moisés construiu seu tabernáculo como cópia fiel do Universo, da Terra até o firmamento."

"Mas os filósofos antigos..."

"Os filósofos antigos, que ainda não estavam iluminados pela palavra do Senhor, inventaram os Antípodas, enquanto nos Atos dos Apóstolos se diz que Deus derivou de um só homem a nossa humanidade, para que habitasse a face da Terra, a face, não outra parte que não existe. E o Evangelho de Lucas diz que o Senhor deu aos apóstolos o poder de caminhar sobre serpentes e escorpiões, e caminhar significa andar sobre alguma coisa, não embaixo. Por outro lado, se a Terra fosse esférica e suspensa no vazio, não existiria a parte de cima nem a de baixo, não haveria nenhum sentido de direção, nem direção em sentido algum. Quem pensou que o céu era uma esfera? Os pecadores caldeus, do alto da torre de Babel, pelo tanto que conseguiram erigir, enganados pelo sentido do medo que o céu ameaçador incutia neles! Qual foi o Pitágoras ou o Aristóteles que conseguiu anunciar a ressurreição dos mortos? E insipientes dessa natureza poderiam entender a forma da Terra? Esta Terra, concebida como esfera, teria servido para prever o nascimento e o pôr do sol, ou o dia em que caiu a Páscoa, quando pessoas humilíssimas, que não estudaram filosofia ou astronomia, sabem muito bem quando o sol morre e quando nasce, segundo as estações, e sabem calcular em países diversos a Páscoa exatamente do mesmo modo, sem se enganar? Será preciso conhecer outra geometria, além daquela conhecida por um bom carpinteiro, e outra astronomia, além daquela conhecida por um camponês, quando semeia e quando colhe? Ademais, de que filósofos antigos estás falando? Vós, latinos, conheceis porventura Xenófanes de Cólofon que, mesmo repetindo que a Terra era infinita, negava que fosse esférica? O insipiente pode dizer que, considerando o Universo como um tabernáculo, não se conseguem explicar eclipses e equinócios. Pois bem, em nosso império romano viveu, há séculos, um grande sábio, Cosme Indicopleustes, que viajou até os confins do mundo e que na sua *Topografia cristiana* demonstrou de forma indefensável que a Terra possui realmente a forma de um tabernáculo, e que poderiam ser explicados com propriedade os fenômenos mais obscuros. Queres que o mais cristão dos reis, ou seja, João, não siga a mais cristã das topografias, que não é apenas aquela de Cosme, mas também a das Sagradas Escrituras?"

"Para mim, o Preste João não sabe coisa alguma da topografia desse teu Cosme."

"Tu mesmo disseste que o Padre é nestoriano. Ora, os nestorianos tiveram uma dramática discussão com outros heréticos, os monofisitas. Os monofisitas consideravam que a Terra tinha a forma de uma esfera, os nestorianos, a de um tabernáculo. Sabe-se que Cosme era também nestoriano, ou pelo menos discípulo do mestre de Nestório, Teodoro di Mopsuéstia, e lutou toda a sua vida contra a heresia monofisita de João Filípono de Alexandria, que seguia filósofos pagãos como Aristóteles. Nestoriano Cosme, nestoriano o Preste João: ambos só podem pensar firmemente na Terra como um tabernáculo."

"Espera um pouco. Tanto o teu Cosme quanto o meu Preste João são nestorianos, não discuto. Mas visto que os nestorianos, pelo que sei, estão errados a respeito de Jesus e de sua mãe, poderiam estar errados também quanto à forma do Universo. Ou não?"

"Aqui entra o meu argumento sutilíssimo! Quero demonstrar-te que – se quiseres encontrar o Preste João – será conveniente, em todo o caso, apoiar-te em Cosme e não nos topógrafos pagãos. Vamos supor, por um instante, que Cosme tenha escrito algo falso. Mesmo assim, esses escritos são pensados e aceitos por todos os povos do Oriente que Cosme visitou, ou ele nada saberia a seu respeito, e naquelas terras, além das quais se localiza o reino do Preste João, os habitantes daquele reino acreditam certamente que o Universo tem a forma de tabernáculo, e medem as distâncias, as fronteiras, o curso dos rios, a grandeza dos mares, a costa e os golfos, para não dizer as montanhas, segundo o admirável desenho do tabernáculo."

"Mais uma vez não me parece um bom argumento", disse Baudolino. "O fato de que eles acreditam viver num tabernáculo não significa que vivamos dentro de um."

"Deixa-me terminar a demonstração. Se me perguntasses como chegar até a Calcedônia, onde nasci, eu saberia explicar muito bem. Digamos que eu conte os dias de viagem diferentemente de ti, ou que chame de direita o que chamas de esquerda – disseram-me, aliás, que os sarracenos desenham mapas em que o sul está no alto e o norte, embaixo, e assim o sol nasce à esquerda das terras que representam. Mas se aceitares a minha maneira de representar o curso do sol e a forma da Terra, seguindo minhas indicações, chegarás certamente aonde quero te enviar, ao passo que não conseguirias entendê-las se te baseasses nos teus mapas. Portanto", concluiu triunfalmente Zósimo, "se queres chegar à terra do Preste João, deves usar o mapa que o Preste João usaria, e não o teu – presta atenção, mesmo que o teu fosse mais certo do que o dele."

Baudolino foi conquistado pela argúcia do argumento e pediu a Zósimo para explicar-lhe como Cosme e, por consequência, o Preste João viam o Universo. "Claro que não", disse Zósimo, "sei muito bem onde encontrar o mapa, mas por que deveria entregá-lo a ti e a teu imperador?"

"A menos que ele te desse muito ouro para poder partir com um grupo de homens bem armados."

"Exatamente."

Daquele momento em diante, Zósimo não deixou escapar mais nenhuma palavra sobre o mapa de Cosme, ou melhor, fazia às vezes alguma alusão, quando atingia o ápice da embriaguez, desenhando vagamente com o dedo curvas misteriosas no ar, mas depois continha-se como se tivesse falado demais. Baudolino levava-o a beber mais vinho e lhe fazia perguntas aparentemente extravagantes. "Mas quando estivermos próximos da Índia e nossos cavalos estiverem extenuados, teremos de montar em elefantes?"

"Talvez", dizia Zósimo, "porque na Índia vivem todos os animais citados na tua carta, e outros, ainda, com exceção dos cavalos. Mas eles os possuem do mesmo modo, porque os fazem vir da Tzinista."

"Que país é esse?"

"Um país onde os viajantes vão buscar os bichos-da-seda."

"Os bichos-da-seda? O que quer dizer?"

"Quer dizer que em Tzinista existem pequenos ovos que são colocados no colo das mulheres e dos quais, vivificados pelo calor, nascem pequenos bichos. São colocados pouco depois nas folhas da amoreira das quais se nutrem. Quando crescem, fiam a seda com o seu próprio corpo e nela se envolvem como num túmulo. Transformam-se mais tarde em maravilhosas borboletas multicoloridas e furam o casulo. Antes de partir, os machos penetram as fêmeas por trás e ambos vivem sem comida, no calor de seu abraço, até a morte, e a fêmea morre, afinal, chocando seus ovos."

"NÃO SE PODE confiar num homem que quer fazer com que acredites que a seda é feita com bichos", disse Baudolino a Nicetas. "Fazia o espião para o seu basileu, mas, na busca do Senhor das Índias, partiria até com o soldo de Frederico. Depois, quando tivesse chegado lá, o perderíamos de vista. E, todavia, sua alusão ao mapa de Cosme me excitava. Aquele mapa era para mim como que a estrela de Belém, muito embora apontasse na direção oposta. Como se ensinasse a percorrer para trás o caminho dos Magos. E assim, julgando-me mais esperto do que ele, eu me dispunha a fazer com que ele se excedesse, para torná-lo mais estúpido e tagarela."

"No entanto?"

"No entanto ele era mais esperto do que eu. Certo dia não o encontrei mais. E alguns de seus confrades me disseram que havia retornado para Constantinopla. Deixara-me uma mensagem de despedida. Dizia: 'Assim como os peixes quando ficam no seco, assim também os monges que se demoram fora da cela diminuem a força de sua união com Deus. Nestes dias, eu me consumi no pecado, deixa-me reencontrar o frescor da fonte."

"Talvez fosse verdade."

"Nada disso. Ele encontrara a maneira de ordenhar o ouro de seu basileu. E para meu prejuízo."

17
Baudolino descobre que o Preste João escreve para muita gente

Em julho do ano seguinte, Frederico chegou a Veneza por mar, de Ravenna a Chioggia, acompanhado pelo filho do doge, depois chegou à igreja de São Niccolò al Lido e no dia 24, domingo, na praça São Marcos, prosternou-se aos pés de Alexandre. Este o levantou e abraçou com ostentado afeto, e todos à volta cantavam o *Te Deum*. Fora realmente um triunfo, mesmo que não ficasse claro para quem. Em todo o caso, terminava uma guerra que havia durado dezoito anos, e, naqueles mesmos dias, o imperador assinava uma trégua de armas por seis anos com as comunas da liga lombarda. Frederico estava tão feliz que decidiu ficar mais um mês em Veneza.

Numa certa manhã de agosto, Cristiano de Buch convocou Baudolino e os seus, pediu que fossem até o imperador, e, ao chegar diante de Frederico, apresentou-lhe, com um gesto dramático, um pergaminho, que abundava em selos: "Eis a carta do Preste João", disse, "tal e qual chegou às minhas mãos, da corte de Bizâncio."

"A carta?", exclamou Frederico. "Mas se nós ainda não a enviamos!"

"Com efeito, não é a nossa, é uma outra. Não está endereçada a ti, mas ao basileu Manuel. Tirando isso, é igual à nossa."

"Quer dizer então que esse Preste João primeiro me propõe alianças e depois faz o mesmo com os romeus?", disse Frederico, furioso.

Baudolino estava atônito, pois sabia muito bem que não havia mais que uma carta do Preste João, e fora ele quem a escrevera. Se o Padre João existisse, poderia ter escrito também outra carta, mas não certamente aquela. Pediu para examinar o documento, e depois de o ver apressadamente, disse:

"Não é exatamente igual, existem pequenas variações. Meu pai, se me permitires, gostaria de examiná-la melhor."

Retirou-se com seus amigos e juntos leram e releram muitas vezes a carta. Primeiramente, foi escrita em latim. Curioso, observou Rabbi Solomon, que o Preste João a tenha enviado ao basileu grego. Com efeito, o início dizia assim:

O Presbyter Johannes, por virtude e poder de Deus e de Nosso Senhor Jesus Cristo, senhor dos que imperam, a

Manuel, governador dos Romeus, deseja saúde e gozo perpétuo das divinas bênçãos.

"SEGUNDA COISA estranha", disse Baudolino, "chama Manuel de governador dos romeus, e não basileu. Assim, não foi escrita decerto por um grego do meio imperial. Foi escrita por alguém que não reconhece os direitos de Manuel."

"Logo", concluiu o Poeta, "pelo verdadeiro Preste João, que se considera o *dominus dominantium*."

"Continuemos", disse Baudolino. "Vou destacar as palavras e as frases que não estavam na nossa carta."

Chegou ao conhecimento de nossa majestade que tinhas em grande conta a nossa excelência e que a ti chegara a notícia da nossa grandeza. Mas soubemos por intermédio de um nosso apocrisário *que querias enviar-nos algo que fosse aprazível e divertido para deleite de nossa clemência.* Enquanto homem, *aceito de bom grado o presente, e mediante meu apocrisário te envio um sinal da minha parte desejoso de saber se segues conosco a fé verdadeira e se em tudo e por tudo crês em Nosso Senhor Jesus Cristo.* Na verdade, enquanto sei muito bem que sou um homem, os teus gréculos creem que és um deus, embora saibamos que és mortal e que estás sujeito à humana corrupção. *Pela generosidade de nossa munificência, se precisares de algo que te possa causar deleite, manda-nos dizer, quer por um aceno ao nosso* apocrisário, *quer por um testemunho de teu afeto.*

"AQUI HÁ MUITAS coisas curiosas", disse Rabbi Solomon. "Por um lado trata com desprezo o basileu e seus gréculos, beirando o insulto, por outro, usa termos como *apocrisarium*, que me parece grego."

"Significa exatamente embaixador", disse Baudolino. "Mas ouçam: onde nós dissemos que à mesa do Padre João têm lugar o metropolita de Samarcanda e o arcipreste de Susa, aqui está escrito que são o *protopapaten Sarmagantinum* e o *archiprotopapaten de Susis.* E ainda, entre as maravilhas do reino, cita-se uma erva chamada *assidios*, que expulsa os espíritos malignos. Três termos gregos, novamente."

"Logo", disse o Poeta, "a carta foi escrita por um grego, que, apesar disso, trata muito mal os gregos. Não entendo."

Abdul havia tomado o pergaminho em suas mãos: "Há mais: onde falamos da colheita da pimenta, foram acrescentados outros detalhes. Aqui se diz que no reino de João existem poucos cavalos. E aqui, onde citamos apenas as salamandras, fala-se da existência de uma espécie de vermes, que se circundam de um tipo de película, como os bichos que produzem a seda, e a película é depois lavada pelas mulheres do palácio para fazer vestes e tecidos reais, que são lavados apenas num fogo intenso."

"Como, como?", perguntou Baudolino, alarmado.

"Enfim", continuou Abdul, "quanto à lista de seres que moram no reino, entre homens chifrudos, faunos, sátiros, pigmeus, cinocéfalos, aparecem também *methagallinarii*, *cametheternis* e *thinsiretae*, criaturas que não havíamos citado."

"Pela virgem deípara!", exclamou Baudolino. "Mas quem me contou essa história dos vermes foi Zósimo! E foi Zósimo quem me disse que, segundo Indicopleuste, não existiam cavalos na Índia! E foi Zósimo quem me falou dos *methagallinarii* e desses outros animais! Filho de meretriz, vaso de excrementos, mentiroso, ladrão, hipócrita, falsário, fraudulento, traidor, adúltero, comilão, pusilânime, luxurioso, iracundo, herético, incontinente, homicida e predador, blasfemador, sodomita, usurário, simoníaco, necromante, semeador de discórdia, prevaricador!"

"Mas o que foi que ele te fez?"

"Não entendestes ainda? Na noite em que lhe mostrei a carta, fez com que eu me embriagasse e preparou uma cópia! Depois voltou para aquele seu basileu de merda e o avisou que Frederico estava para revelar-se como amigo e herdeiro do Preste João, e escreveram outra carta endereçada a Manuel, fazendo com que a deles circulasse antes da nossa! Eis por que se mostra tão soberba com relação ao basileu: para não deixar suspeitas de que fora produzida pela sua chancelaria! Eis por que contém tantos termos gregos, para demonstrar que essa é uma tradução latina escrita por João, em grego. Mas está em latim, pois ela não deve convencer Manuel, mas as chancelarias dos reis latinos e o papa!"

"Há outro detalhe que passou despercebido", disse Kyot. "Estais lembrados da história do Greal, que o Padre teria mandado ao imperador? Decidimos ficar reticentes, falando apenas de uma *veram arcam*... Fizeste alguma alusão disso para Zósimo?"

"Não", disse Baudolino, "não fiz qualquer alusão."

"Pronto. O teu Zósimo escreveu *yeracam*. O Preste João manda ao basileu uma *yeracam*."

"E o que é?", perguntou o Poeta.

"Nem Zósimo sabe o que é", disse Baudolino. "Veja o nosso original: neste ponto a escritura de Abdul não é muito legível. Zósimo não entendeu do que se tratava, pensou num presente estranho e misterioso, de que apenas nós éramos capazes de conhecer, e está assim explicada aquela palavra. Ah, miserável! Foi tudo por minha culpa, que confiei nele, que vergonha, como irei contá-lo ao imperador?"

Não era a primeira vez que contavam mentiras. Explicaram a Cristiano e Frederico as razões pelas quais a carta fora escrita evidentemente por alguém da chancelaria de Manuel, com o intuito de impedir Frederico de fazer circular a sua, mas acrescentaram que provavelmente devia haver um traidor na chancelaria do sacro romano império, que fizera chegar a cópia de sua carta até Constantinopla. Frederico jurou que se o encontrasse mandaria arrancar dele tudo o que despontava de seu corpo.

Depois, Frederico perguntou se não deviam preocupar-se com algumas iniciativas de Manuel. E se a carta fora escrita para justificar uma expedição às Índias? Cristiano observou-lhe sabiamente que, havia exatos dois anos, Manuel atacara o sultão seldjúcida de Icônio, na Frígia, e sofrera uma dramática derrota em Miriocéfalo. Isso era mais que suficiente para mantê-lo bem longe das Índias pelo resto de sua vida. Aliás, pensando bem, aquela carta era sem dúvida uma forma bastante pueril para readquirir um pouco de prestígio, justamente quando havia perdido muito dele.

Fazia sentido, naquela altura, fazer circular a carta de Frederico? Não seria necessário trocá-la para não dar a entender que fora uma cópia daquela enviada para Manuel?

"ESTAVAS A PAR dessa história, senhor Nicetas?", perguntou Baudolino.

Nicetas sorriu:

"Naquele tempo eu ainda não havia completado trinta anos, e recebia os tributos na Paflagônia. Se eu tivesse sido conselheiro do basileu, eu lhe diria que não recorresse a maquinações tão pueris. Mas Manuel dava ouvidos a muitos cortesãos, cubiculários, eunucos, até mesmo aos servos, e sofria frequentemente a influência de alguns monges visionários."

"Eu me roía, pensando naquele verme. Mas, que Alexandre, o papa, fosse um verme pior do que Zósimo, e pior do que as salamandras, eu o descobri em setembro, quando chegou à chancelaria imperial um documento, que provavelmente já fora comunicado também aos outros reis cristãos e ao imperador grego. Era a cópia de uma carta que Alexandre III escrevera ao Preste João!"

Certamente Alexandre recebera a cópia da carta para Manuel, e talvez estivesse a par da antiga missão de Hugo de Gabala, e temesse talvez que Frederico tivesse tirado algum proveito da notícia da existência do rei e sacerdote, e assim ele fora o primeiro não a receber um pedido, mas a fazê-lo diretamente, tanto assim que a sua carta dizia que mandara imediatamente um legado para tratar com o Preste João.

A carta começava:

Alexandre bispo, servo dos servos de Deus, ao caríssimo Johannes, filho em Cristo, ilustre e magnífico soberano das Índias, deseja saúde e lhe envia sua apostólica bênção.

DEPOIS DISSO, o papa lembrava que uma única sede apostólica (ou seja, Roma) havia recebido de Pedro o mandato de ser *caput et magistra* de todos os crentes. Dizia que o papa ouvira falar da fé e da bondade de João por intermédio de seu médico pessoal, Magister Filipe, e que esse homem próvido, circunspecto e prudente, ouvira de pessoas dignas de confiança que João desejava finalmente converter-se à verdadeira fé católica e romana. O papa lamentava não poder mandar-lhe no momento dignitários de alto grau, mesmo porque ignoravam *linguas barbaras et ignotas*, mas enviava-lhe Filipe, homem discreto e cuidadoso, para que o educasse na verdadeira fé. Logo que Filipe chegasse até ele, João deveria enviar ao papa uma carta de intenções e – aconselhava-se – quanto menos se vangloriasse acerca de seu poder e riquezas, tanto melhor para ele, se quisesse ser acolhido como um humilde filho da santa romana igreja.

Baudolino estava escandalizado com a ideia de que no mundo pudessem existir falsários daquela espécie. Frederico gritou de cólera: "Filho do Demônio! Ninguém jamais escreveu para ele, e ele, por despeito, responde primeiro! E evita chamar de *Presbyter* o seu Johannes, negando-lhe toda e qualquer dignidade sacerdotal..."

"Ele sabe que João é nestoriano", acrescentou Baudolino, "e lhe propõe papalmente renunciar à sua heresia e submeter-se a ele..."

"É com certeza uma carta de suprema arrogância", observou o chanceler Cristiano, "chama-o de filho, não lhe envia sequer um bispo, mas apenas o seu médico pessoal. Trata-o como um menino a quem se deve chamar a atenção."

"Precisamos parar esse Filipe", disse então Frederico. "Cristiano, manda mensageiros, sicários ou quem mais quiseres, para que o alcancem no meio do caminho, que o estrangulem, que lhe arranquem a língua, que o afoguem num rio! Não deve chegar até lá! O Preste João é assunto meu!"

"Fica tranquilo, meu pai", disse Baudolino, "para mim esse Filipe jamais partiu e não se pode sequer afirmar que exista. Primeiro, Alexandre sabe muito bem, segundo acredito, que a carta para Manuel é falsa. Segundo, não sabe absolutamente onde está o seu João. Terceiro, escreveu a carta justamente para dizer antes de ti que João é assunto dele e, além disso, convida a ti e Manuel a esquecerem essa história de rei sacerdote. Quarto, mesmo que Filipe existisse, e que fosse ter com o Padre, e se realmente lá chegasse – imagina por um instante o que aconteceria, se voltasse com as mãos abanando, porque o Preste João não teria absolutamente se convertido. Para Alexandre, seria como receber um punhado de esterco na cara. Não pode arriscar tanto."

Seja como for, chegara demasiadamente tarde para tornar pública a carta para Frederico, e Baudolino sentia-se desencorajado. Havia começado a sonhar com o reino do Preste João, desde a morte de Oto, e haviam-se passado desde então quase vinte anos... Vinte anos gastos em nada...

Depois se reanimou: não dará em nada a carta do Preste João, ou seja, ela se perderá num monte de outras cartas, pois agora, quem quisesse, poderia inventar uma correspondência amorosa com o Preste João: vivemos num mundo de mentirosos de carteirinha, mas isso não significa que se deva renunciar à busca de seu reino. Na verdade, o mapa de Cosme ainda existia, bastava reencontrar Zósimo, tirar-lhe à força, e depois viajar rumo ao desconhecido.

Mas aonde fora parar Zósimo? Mesmo que se soubesse onde estava, coberto de prebendas, no palácio imperial do basileu, como ir até lá para descobri-lo, no meio de toda uma armada bizantina? Baudolino começou a interrogar viajantes, mensageiros, mercadores, para ter alguma notícia daquele monge celerado. E, no entanto, não cessava de lembrar o projeto a Frederico:

"Meu Pai", dizia-lhe, "agora faz mais sentido do que antes, porque antes podia-se temer que aquele reino fosse uma fantasia, agora sabes que nele creem tanto o basileu dos gregos quanto o papa dos romanos, e em Paris me diziam que, se a nossa mente era capaz de conceber uma coisa, muito maior que as demais, aquela coisa certamente existiria. Estou na pista de alguém que poderá me dizer o caminho a seguir, autoriza-me a gastar algumas moedas."

Conseguiu receber ouro suficiente para corromper todos os gréculos que passavam por Veneza, fez contato com pessoas de confiança em Constantinopla, e esperava pelas notícias. Quando chegassem, bastaria induzir Frederico a tomar uma decisão.

"OUTROS ANOS DE espera, senhor Nicetas, e nesse meio-tempo o vosso Manuel acabou morrendo também. Embora eu ainda não tivesse visitado vosso país, sabia o suficiente para pensar que, com a mudança do basileu, todos os seus fiéis seriam eliminados. Eu rezava à Santa Virgem e a todos os santos para que Zósimo não tivesse sido assassinado e, mesmo cego, seria útil para mim, bastava que ele me desse apenas o mapa, que eu mesmo o poderia ler. E, no entanto, tinha a sensação de perder os anos como sangue."

Nicetas animou Baudolino para que não se deixasse abater agora pelo seu desapontamento do passado. Pediu a seu cozinheiro e fâmulo que se superasse, e queria que a última refeição, que fazia sob o sol de Constantinopla, lhe recordasse todas as doçuras de seu mar e de sua terra. Para tanto, quis à mesa lagostas e paguros, camarões cozidos, caranguejos fritos, lentilhas com ostras e moluscos, tâmaras-do-mar, acompanhadas com purê de favas e arroz com mel, rodeados por uma coroa de ovas de peixes, e tudo servido com vinho de Creta. Mas era apenas o primeiro prato. Veio depois um guisado, que exalava um perfume delicioso, e dentro da panela fumegavam quatro flores de couves duras e brancas como a neve, uma carpa e uma vintena de pequenas cavalas, filés de peixes salgados, quatorze ovos, um pouco de queijo de ovelha valáquio, e tudo regado por uma boa dose de óleo, salpicado de pimenta, e temperado com doze cabeças de alho. Mas para aquele segundo prato pediu um vinho de Ganos.

18
Baudolino e Colandrina

Do pátio dos genoveses, ecoavam as queixas das filhas de Nicetas, que não queriam sujar o rosto, acostumadas ao carmim de seus cremes de beleza.

"Calma", disse-lhes Grillo, "nem só de beleza vive a mulher." E explicou que não tinha certeza se aquele pouco de tinha e de bexigas que lhes desenhava no rosto era suficiente para causar náusea a um peregrino cheio de fogo – gente que se satisfazia com o que encontrava, jovens e velhas, sadias ou doentes, gregas, sarracenas, ou judias, porque nesses casos a religião tinha muito pouco a ver. Para causar nojo, acrescentou, deveríeis estar justamente esburacadas como um ralador. A mulher de Nicetas colaborava amorosamente para enfear suas próprias filhas, acrescentando ora uma chaga na fronte, ora uma pele de galinha no nariz, para dar a impressão de que estava corroído.

Baudolino olhou com tristeza para aquela bela família e disse de repente:

"Enquanto eu continuava sem saber o que fazer, também me casei."

Contou a história de seu casamento, com um ar pouco alegre, como se estivesse tratando de uma dolorosa lembrança.

"Naquele tempo, eu ia e vinha entre a corte e Alexandria. Frederico ainda não engolira muito bem a existência daquela cidade, e eu procurava remendar as relações entre meus concidadãos e o imperador. A situação era mais favorável do que antes. Alexandre III morreu e Alexandria perdeu o seu protetorado. O imperador estava assinando diversos acordos com as cidades italianas, e Alexandria não podia mais apresentar-se como um baluarte da liga. Gênova já havia passado para o lado do império, e Alexandria teria muito a lucrar, ficando com os genoveses, e nada, se continuasse como a única cidade malquista por Frederico. Era preciso encontrar uma solução honrada para todos. Assim, enquanto eu passava os dias falando com meus concidadãos, e voltava depois à corte para sentir o humor do imperador, notei Colandrina. Era a filha de Guasco, aos poucos fora crescendo às minhas vistas, e eu não havia percebido que se tornara uma mulher. Era muito doce, e caminhava com uma graça algo desajeitada. Depois da história do cerco, meu pai e eu fomos considerados os salvadores da cidade, e ela me olhava como se eu fosse São Jorge. Eu falava com Guasco, e lá estava ela, agachada diante de mim, com os olhos que brilhavam, bebendo minhas palavras. Eu poderia ser o seu pai, pois ela estava com seus quinze anos e eu, com trinta e oito. Não saberia dizer se estava apaixonado por ela, mas gostava de vê-la perto de mim, tanto que me punha a contar aventuras incríveis aos outros para que ela me ouvisse. Guasco também percebeu, e apesar de ele ser um *miles*, algo mais do que um ministerial como eu (que era, ainda por cima, filho de camponês), eu era, como já te falei, o benjamim da cidade, trazia uma espada ao flanco, vivia na corte... Não seria um mau acordo, e foi o próprio Guasco quem me disse: por que não te casas com Colandrina, que se tornou uma desajeitada, que derruba sempre os talheres e quando não estás, passa os dias na janela para ver quando chegas? Foi uma bela festa de núpcias na igreja de São Pedro, a catedral que havíamos dado de presente ao falecido papa, da qual o novo nem sequer sabia da existência. Foi um estranho casamento, porque, após a primeira noite, tive de partir para me encontrar com Frederico, e isso durou quase um ano, com uma esposa que via sempre que morria um bispo, e tocava-me o coração ver a sua felicidade, todas as vezes que eu voltava."

"Tu a amavas?"

"Acho que sim, porém era a primeira vez que me casava, e não sabia exatamente o que devia fazer, a não ser aquelas coisas que fazem os maridos à noite, mas de dia eu não sabia se devia acariciá-la como uma menina, tratá-la como uma dama, gritar com ela pela sua falta de jeito, porque precisava ainda de um pai, ou perdoar-lhe tudo, porque depois talvez pudesse ficar doente. Até que, no fim daquele primeiro ano, me disse que esperava um filho, e então comecei a vê-la como se fosse a Virgem Maria, e quando eu voltava, pedia-lhe perdão porque estivera ausente, eu a levava à missa aos domingos, para que todos vissem que a bela mulher de Baudolino estava para dar-lhe um filho, e, as poucas noites em que estávamos juntos, conversávamos sobre o que faríamos daquele Baudolininho Colandrinucho que trazia na barriga, ela, num determinado momento, pensou que Frederico lhe daria um ducado e eu também estava quase acreditando nisso. Eu lhe falava do reino do Preste João, e ela dizia que não me deixaria ir sozinho por todo o ouro desse mundo, pois, quem sabe quantas belas damas haveria por lá, e queria ver aquele lugar que devia ser mais belo e maior do que Alexandria e Solero juntas.
 Depois eu lhe falava do Greal e ela esbugalhava os olhos:

imagina, meu Baudolino, vais até lá, voltas com o cálice em que bebeu o Senhor, e serás o cavaleiro mais famoso da Cristandade, fazes um sacrário para este Greal em Montecastello e virão para vê-lo até de Quargnento... Tínhamos fantasias como meninos, e eu dizia para mim mesmo: pobre Abdul, crês que o amor seja uma princesa distante e, no entanto, a minha está tão próxima que posso acariciá-la atrás da orelha, ela ri e me diz que lhe dou arrepios... Mas tudo isso durou pouco."

"Por quê?"

"Porque no momento em que estava grávida, os alexandrinos haviam firmado uma aliança com Gênova contra os de Silvano D'Orba. Eram quatro gatos pingados, mas, naquela época, vagavam ao redor da cidade para depredar os camponeses. Naquele dia Colandrina saíra para fora das muralhas para colher flores, porque soubera da minha chegada. Parou um pouco junto a um rebanho de ovelhas, para brincar com o pastor, que era um homem de seu pai, e um grupo daqueles malfeitores correu para roubar os animais. Talvez não lhe quisessem fazer mal, mas deram-lhe um empurrão e jogaram-na ao chão, as ovelhas fugiram e passaram por cima dela... O pastor fugiu e seus familiares só a encontraram de noite, ardendo de febre, quando perceberam que não havia voltado. Guasco mandou alguém me procurar e voltei o mais rápido que pude, mas só dois dias depois. Eu a encontrei de cama, estava morrendo, e logo que me viu, procurou desculpar-se comigo, o menino nascera antes do tempo e já estava morto, e ela se afligia porque não conseguira sequer dar-me um filho. Parecia uma pequena madona de cera, e era preciso aproximar o ouvido de sua boca para ouvir o que dizia. Não me olhes, Baudolino, estou com o rosto todo murcho de tanto chorar, e além de péssima mãe, encontras uma mulher feia... Morreu, pedindo perdão, enquanto eu lhe pedia perdão, por não ter estado por perto no momento do perigo. Depois pedi para ver o defuntinho, mas não queriam que o visse. Era, era..."

Baudolino fez uma pausa. Mantinha o rosto elevado, como se não quisesse que Nicetas olhasse para seus olhos. "Era um monstrengo", disse pouco depois, "igual àqueles que imaginamos na terra do Preste João. Tinha no rosto olhos pequenos, como se fossem duas fendas oblíquas, o peito magro com dois bracinhos, que mais pareciam os tentáculos de um polvo. E do ventre até os pés estava coberto por uma pelugem branca, como se fosse uma ovelha. Só pude vê-lo por pouco tempo e depois ordenei que fosse enterrado, mas não sabia sequer se podia chamar um padre. Saí da cidade e vaguei durante a noite pela Frascheta, dizendo para mim que passara a vida imaginando criaturas de outros mundos e, na minha imaginação, pareciam prodígios, que em sua diversidade testemunhavam a infinita potência do Senhor, mas depois, quando o Senhor me pediu para fazer o que fazem todos os homens, não gerei um prodígio, mas uma coisa horrível. Meu filho era uma mentira da natureza, Oto tinha mais razão do que pensava, eu era um mentiroso e vivia como um mentiroso, de tal modo que o meu sêmen produziu também uma mentira. Uma mentira morta. Foi então que entendi..."

"Ou seja", hesitou Nicetas, "decidiste mudar a tua vida..."

"Não, senhor Nicetas. Decidi que se aquela era a minha sorte, seria inútil que eu tentasse ser como os outros. Eu já me dedicara à mentira. É difícil explicar aquilo que se passava pela minha cabeça. Eu dizia para mim: enquanto apenas inventavas, criavas coisas que não eram verdadeiras, mas que assim se tornavam. Fizeste aparecer São

Baudolino, criaste uma biblioteca em São Vítor, fizeste vagar os Magos pelo mundo, salvaste a tua cidade engordando uma vaca magra, se existem doutores em Bolonha isso também se deve a ti, criaste em Roma *mirabilia* com que os romanos nem sequer sonhavam, partindo de uma gabarolice daquele tal de Hugo de Gabala, criaste o mais belo dos reinos, amaste até um fantasma e o fizeste escrever cartas, que jamais havia escrito, e quem as chegasse a ler desmaiava, até aquela que nunca as escrevera, e pensar que era uma imperatriz. E, no entanto, a única vez que quiseste fazer uma coisa verdadeira, com a mulher mais sincera que podia existir, falhaste: produziste algo em que ninguém poderia acreditar e tampouco desejar que existisse. Portanto, é melhor que te encerres no mundo de teus prodígios, pois naquele, pelo menos, podes decidir quantos são, justamente, prodigiosos."

19
Baudolino muda o nome de sua cidade

"Ah, pobre Baudolino", disse Nicetas, enquanto continuavam os preparativos para a partida, "privado de uma esposa e de um filho, na flor da idade. E eu que poderia perder amanhã a carne da minha carne e a minha querida mulher, pelas mãos de qualquer um desses bárbaros! Oh, Constantinopla, rainha das cidades, tabernáculo do Deus altíssimo, louvor e glória de teus ministros, delícia dos estrangeiros, imperatriz das cidades imperiais, cântico dos cânticos, esplendor dos esplendores, raríssimo espetáculo das coisas mais raras de se ver, o que será de nós que estamos para abandonar-te, nus, como saímos dos ventres de nossas mães? Quando voltaremos a ver-te, não como agora, vale de lágrimas, pisada pelos exércitos?"

"Silêncio, senhor Nicetas", disse-lhe Baudolino, "e não esqueças de que esta é provavelmente a última vez que poderás saborear essas delicadezas dignas de Apicius. O que são essas bolinhas de carne, que têm o perfume de vosso mercado de especiarias?"

"Keftedes, e o perfume é dado pelo cinamomo, e por um pouco de hortelã", respondeu Nicetas, já reconfortado. "E, para o último dia, consegui fazer com que me trouxessem um pouco de anis, que deves beber enquanto se dissolve dentro d'água como uma nuvem."

"É bom, não entorpece e parece que estamos sonhando", disse Baudolino. "Se eu tivesse tido a oportunidade de bebê-lo depois da morte de Colandrina, poderia talvez esquecê-la, como tu mesmo esqueces as desventuras da tua cidade e perdes o medo diante do que acontecerá amanhã. Eu, no entanto, me entorpecia com o vinho da nossa terra, que te põe logo para dormir, mas quando acordas, estás pior do que antes."

BAUDOLINO PRECISOU de um ano para sair da loucura melancólica que havia tomado conta dele, um ano de que não se lembrava mais nada, a não ser as grandes cavalgadas pelos bosques e planícies, parando em algum lugar e bebendo até cair em sonos profundos e agitados. Quando sonhava, ele se via no momento de pôr as mãos em Zósimo, e arrancando-lhe (juntamente com a barba) o mapa que o levava para um reino onde todos os recém-nascidos seriam *thinsiretae* e *methagallinari*. Não voltara mais para

 Alexandria, temendo que o pai, a mãe, Guasco e os seus

falassem de Colandrina e do filho que nunca nasceu. Refugiava-se frequentemente junto de Frederico, paternalmente solícito e compreensivo, que buscava distraí-lo falando-lhe de belas e novas missões que ele poderia ultimar pelo império. Disse-lhe um dia que se decidisse a encontrar uma solução para Alexandria, pois a sua ira já se aplacara e, para alegrar Baudolino, queria curar aquela *vulnus*, sem ter de destruir forçosamente a cidade.

Esse encargo deu vida nova a Baudolino. Frederico estava agora disposto a assinar uma paz definitiva com as comunas lombardas, e Baudolino disse para si mesmo que, na verdade, era apenas uma questão de tempo. Frederico não suportava a existência de uma cidade que havia sido feita sem a sua permissão, e que ainda por cima trazia o nome de seu inimigo. Pois bem, se Frederico pudesse fundar novamente aquela cidade, naquele mesmo lugar, mas com outro nome, tal como fizera com Lodi, fundando-a novamente mas em outro lugar e com o mesmo nome, não sairia com as mãos abanando. Quanto aos alexandrinos, o que queriam? Ter uma cidade e fazer seu comércio. E por mero acaso eles a dedicaram a Alexandre III, que morrera e que, portanto, não poderia mais se ofender se a chamassem com outro nome. Uma ideia surgiu. Numa bela manhã, Frederico ficaria com seus cavaleiros diante das muralhas de Alexandria, todos os habitantes sairiam, uma coorte de bispos entraria na cidade para desconsagrá-la, se é que algum dia havia sido consagrada, ou seja, ela seria primeiro desbatizada e depois rebatizada com o nome de Cesareia, cidade de César, os alexandrinos passariam diante do imperador, prestando-lhe homenagem, voltariam para dentro, tomando posse da novíssima cidade, como se fosse outra, fundada pelo imperador, e viveriam felizes e contentes.

Como se vê, Baudolino estava se curando de seu desespero com outro belo golpe de sua férvida imaginação.

A ideia não desagradou Frederico, embora, naquele período, estivesse com dificuldades de voltar para a Itália, porque estava tratando de negócios importantes com seus feudatários alamânios. Baudolino encarregou-se das negociações. Hesitava entrar na cidade, mas seus pais vieram até a porta ao seu encontro, e os três desmancharam-se em lágrimas de libertação. Os velhos companheiros fingiam que Baudolino não havia se casado, e o levaram, antes que começasse a falar da sua missão, para a antiga taberna, onde tomou uma carraspana, mas com um vinho esbranquiçado de Gavi, não tanto para fazê-lo adormecer, mas o suficiente para solicitar o seu gênio. Baudolino, então, contou a sua ideia.

O primeiro a reagir foi Gagliaudo:

"De tanto ficar com aquele homem, estás ficando doido que nem ele. Mas imagina se a gente vai aceitar todo esse vaivém, primeiro a gente sai, depois a gente volta e frin frin e frin fron, sai para eu entrar, não obrigado, pode passar, só falta entrar alguém tocando pífanos pra gente dançar a ciranda para a festa de São Baudolino..."

"Não, a ideia é das boas", disse Boidi, "mas depois, em vez de alexandrinos, seremos chamados de cesarinos, e me envergonho, eu é que não vou contar nada para aqueles de Asti."

"Chega de tanta asneira, que assim vamos ficar marcados sempre", respondeu Oberto del Foro. "Para mim podem até rebatizar a cidade, mas não engulo o fato de passar-lhe em frente e prestar-lhe homenagem; afinal de contas, fomos nós que enfiamos no dele, e não ele no nosso; melhor que não banque tanto o prepotente."

Cuttica de Quargnento disse que não via problema algum em rebatizá-la, e quem se importava se a cidade se chamava Cesareta ou Cesarona, para ele podia ser também Cesira, Olívia, Sofrônia ou Eutrópia, mas o problema era saber se Frederico queria mandar para cá seu potestade ou se ficaria satisfeito em dar apenas a legítima investidura aos cônsules que eles elegiam.

"Volta a perguntar-lhe como ele quer fazer", disse-lhe Guasco. E Baudolino: "Ah é? Eu subo e desço os Alpes Pirêneos até chegar a um acordo. Não senhor, dareis plenos poderes a dois de vós que virão comigo falar com o imperador e estudaremos algo que seja bom para todos. Frederico, quando vir de novo dois alexandrinos, ficará fora de si e para tirá-los de perto, vereis que aceitará um acordo."

Assim, partiram com Baudolino dois enviados da cidade, Anselmo Conzani e Teobaldo, um dos Guascos. Encontraram o imperador em Nuremberg e o acordo saiu. Mesmo o problema dos cônsules foi resolvido logo, tratava-se apenas de salvar a forma, que os elegessem também os alexandrinos, bastava que o imperador os nomeasse no fim. Quanto à homenagem, Baudolino falou com Frederico à parte e disse: "Meu pai, não podes vir, e deverás mandar um legado. E mandarás a mim. No fim das contas, sou um ministerial, e como tal na tua imensa bondade me distinguiste com a ordem de cavaleiro, sou um *Ritter*, como se diz aqui."

"Sim, mas ainda assim pertences à nobreza de serviço, podes ter feudos, mas não podes conferi-los, e não estás em condições de ter vassalos e..."

"Mas o que achas que importa a meus conterrâneos, basta que alguém esteja a cavalo para ser o mandachuva? Prestam homenagem a teu representante, e portanto a ti, mas teu representante sou eu, que sou um deles, e, portanto, eles não têm a impressão de prestar homenagem a ti. Depois, se quiseres, os juramentos e todas aquelas coisas, mandarás que os façam a um de teus camareiros imperiais, que estará junto comigo, e eles não conseguirão perceber qual dos dois é mais importante. Deves compreender como é essa gente. Não será bom para todos, se resolvermos esse problema de uma vez?"

E eis que pela metade de março de 1183 concluiu-se a cerimônia. Baudolino estava usando um belo traje e parecia mais importante do que o marquês de Monferrato, e os pais o comiam com os olhos, esplêndido na sua couraça reluzente, com um penacho que nunca terminava sobre o elmo, a mão sobre a empunhadura da espada, e um cavalo branco que não parava um só instante. "Está enfeitado como o cachorro de um senhor", dizia a mãe, deslumbrada. O fato de ter ao lado dois alferes com as insígnias imperiais, o camareiro imperial Rodolfo, e tantos outros nobres do império, e bispos, que não se podiam sequer contar, não interessava mais a ninguém naquela hora. Mas havia também os representantes das outras cidades lombardas, como Lanfranco de Como, Siro Salimbene de Pavia, Filipe de Casale, Gerardo de Novara, Pattinerio de Ossona e Malavisca de Brescia.

Quando Baudolino colocou-se bem à frente das portas da cidade, todos os alexandrinos saíram em fila, com as crianças pequenas ao colo e de braços dados com os velhos, e também os doentes, levados num carro, e até mesmo loucos e aleijados, além dos heróis do cerco, que ficaram sem perna, sem braço, ou com a bunda de fora numa prancha com rodas, que eram empurradas com as mãos. Como não sabiam quanto tempo deviam ficar do lado de fora, muitos levaram algo para comer, uns pão e salame, outros frango assado, e outros ainda cestas de frutas, e no fim tudo parecia um belo piquenique.

Ainda fazia frio, na verdade, e os campos estavam cobertos de geada, de modo que sentar-se era um tormento. Aqueles cidadãos, nem bem desapropriados, estavam em pé, batiam os dentes, sopravam nas mãos, enquanto alguém dizia: "Vamos ou não terminar logo com este circo, que deixamos a panela no fogo?"

Os homens do imperador entraram na cidade e ninguém viu o que estavam fazendo, nem sequer Baudolino, que esperava do lado de fora o fim do desfile. Num determinado momento, um bispo saiu e anunciou que aquela era a cidade de Cesareia, por graça do sacro e romano imperador. Os imperiais que estavam atrás de Baudolino ergueram as armas e as insígnias, aclamando o grande Frederico. Baudolino pôs o cavalo a trote e aproximou-se das primeiras fileiras dos expatriados e anunciou, justamente na qualidade de núncio imperial, que Frederico fundara aquela nobre cidade dos sete povoados de Gamondio, Marengo, Bergoglio, Roboreto, Solero, Foro e Oviglio, impondo-lhes o nome de Cesareia, e que a cedia aos habitantes dos referidos burgos lá reunidos, convidando-os a tomar posse daquele presente torreado.

O camareiro imperial listou alguns artigos do acordo, mas todos estavam com frio, e passaram por alto os detalhes sobre os *regalia*, a curadia, os pedágios e todas aquelas coisas que validavam um tratado.

"Vamos, Rodolfo", disse Baudolino ao camareiro imperial, "tudo isso é uma farsa e quanto mais cedo terminarmos, melhor."

Os exilados tomaram o caminho de volta, e estavam todos, exceto Oberto del Foro, que não aceitara a vergonha daquela homenagem, ele, que derrotara Frederico, e mandara em seu lugar como *nuncii civitatis* Anselmo Conzani e Teobaldo Guasco.

Ao passarem por Baudolino, os *nuncii* da nova Cesareia prestaram juramento formal, falado num latim tão horrível que se dissessem depois que haviam jurado o contrário, não haveria modo de desmenti-los. Quanto aos outros, vinham atrás, fazendo preguiçosas tentativas de saudação, e alguns diziam "salve Baudolino, como vai Baudolino, ei Baudolino, quem é vivo sempre aparece, ei, estamos aqui". Gagliaudo passou resmungando que não era uma coisa séria, mas teve a delicadeza de levantar o chapéu e, visto que se o levantava para aquele desgraçado de seu filho, valia mais como homenagem do que se tivesse lambido os pés de Frederico.

Terminada a cerimônia, tanto os lombardos como os teutônicos haviam-se distanciado de lá o mais rapidamente possível, como se estivessem envergonhados. Baudolino, no entanto, seguiu seus conterrâneos muralhas adentro, e ouviu o que alguns diziam:

"Mas olha que bela cidade!"

"Mas não é que se parece muito com aquela de antes, como é que se chamava?"

"Mas olha que técnica a desses alamânios, num piscar de olhos construíram uma cidade que é uma beleza!"

"Olha lá, aquela se parece muito com a minha casa, fizeram outra igual!"

"Rapazes", gritava Baudolino, "melhor agradecer, porque tudo saiu bem e não tivestes de pagar a jeira!"

"E tu, não te dês todos esses ares, porque senão acabarás acreditando."

Foi um belo dia, Baudolino livrou-se de todos os sinais de seu poder e foi para a festa. Na praça da catedral as jovens dançavam em círculos, Boidi levou Baudolino à taberna, e naquele vestíbulo perfumado com alho todos já iam tirar o vinho diretamente dos tonéis, pois, naquele dia, não deveriam mais existir servos e patrões, especialmente as servas da taberna, que alguém já levara para o andar de cima, pois, como se sabe, o homem é caçador.

"Sangue de Jesus Cristo", disse Gagliaudo, derramando um pouco de vinho sobre a manga, para mostrar que o pano não a absorvia e formava uma gota sólida, com reflexos de rubi, sinal de que se tratava de um bom vinho. "Vamos passar agora alguns anos a chamá-la de Cesareia, pelo menos nos pergaminhos com os selos", sussurrou Boidi a Baudolino, "mas depois voltaremos a chamá-la como antes, e quero ver quem prestará atenção nisso."

"Sim", disse Baudolino, "depois ireis chamá-la como antes, porque era assim que a chamava aquele anjo de Colandrina e, agora que está no Paraíso, corremos o risco de que erre ao mandar as suas bênçãos."

"SENHOR NICETAS, eu me sentia praticamente reconciliado com as minhas desgraças, porque ao filho que nunca tive, e à mulher que tive por tão pouco tempo, eu dera pelo menos uma cidade, que ninguém mais destruiria. Talvez", acrescentou Baudolino, inspirado pelo anis, "Alexandria há de se tornar um dia a nova Constantinopla, a terceira Roma, cheia de torres e basílicas, maravilha do Universo."

"Queira Deus", augurou Nicetas erguendo a taça.

20
Baudolino reencontra Zósimo

No mês de abril, em Constança, o imperador e a liga das comunas lombardas firmaram um acordo definitivo. Em junho chegaram notícias confusas de Bizâncio.

Manuel morrera havia três anos e fora sucedido pelo filho, Aleixo, que era pouco mais do que um menino. Um menino mal-educado, comentou Nicetas, que passava seus dias nutrindo-se de ares leves, sem ter ainda conhecido dores e alegrias, dedicando-se à caça e às cavalgadas, jogando na companhia de rapazolas, ao passo que na corte vários pretendentes pensavam em conquistar sua mãe, a basilissa, perfumando-se como tolos e usando colares, como fazem as mulheres, enquanto outros dedicavam-se a dilapidar o dinheiro público, cada um perseguindo suas próprias ambições e lutando uns contra os outros – como se fora subtraída uma sólida coluna de sustentação e tudo o mais pendesse para o lado contrário.

"Cumpria-se o prodígio que se apresentava à época da morte de Manuel", disse Nicetas. "Uma mulher dera à luz um filho varão com os membros desarticulados e curtos, e a cabeça demasiadamente grande, e este era o presságio da poliarquia, que é mãe da anarquia."

"O que ouvi de nossos espiões é que trabalhava na sombra seu primo Andrônico", disse Baudolino.

"Era filho de um irmão do pai de Manuel, e era como se fosse um tio do pequeno Aleixo. Até então ficara no exílio, porque Manuel o considerava um traidor infiel. Havia-se aproximado agora sub-repticiamente do jovem Aleixo, como se estivesse arrependido de seus erros e quisesse oferecer-lhe proteção, e começou aos poucos a adquirir mais poder. Entre um complô e um envenenamento, prosseguia a sua escalada para o sólio imperial até que, quando já estava velho e macerado pela inveja e pelo ódio, levou à revolta os cidadãos de Constantinopla, fazendo-se proclamar basileu. Enquanto tomava a hóstia bendita, jurou que assumia o poder para proteger o sobrinho, ainda jovem; mas, pouco depois, a sua alma danada, Estêvão Hagiocristoforita, estrangulou o menino Aleixo com a corda de um arco. Quando lhe trouxeram o cadáver do infeliz, Andrônico ordenou que fosse lançado no fundo do mar, cortando-lhe primeiro a cabeça, que esconderam mais tarde num lugar chamado Katabates. Não entendi por que, visto que se tratava de um velho mosteiro arruinado havia tempo, fora das muralhas de Constantino."

"Eu sei o motivo. Meus espiões me contaram que com o Hagiocristoforita havia um monge endiabrado, que Andrônico quisera ter a seu lado, após a morte de Manuel, como perito em necromancia. Por coincidência, chamava-se Zósimo, e tinha a fama de evocar os mortos entre as ruínas daquele mosteiro, onde constituíra uma espécie de palácio subterrâneo... Portanto, eu encontrara Zósimo ou, pelo menos, sabia onde pegá-lo. Isso se passou em novembro de 1184, quando inesperadamente morreu Beatriz de Borgonha."

Outro silêncio. Baudolino bebeu demoradamente.

"Interpretei aquela morte como punição. Era justo que, depois da segunda, desaparecesse também a primeira mulher da minha vida. Eu estava com mais de quarenta anos. Ouvi dizer que em Terdona havia ou houvera uma igreja na qual quem ali fosse batizado viveria até os quarenta anos. Eu havia superado o limite concedido aos miraculados. Poderia morrer tranquilo. Não suportaria ver Frederico: a morte de Beatriz deixara-o prostrado, ele queria cuidar do primeiro filho, que já estava com seus vinte anos, mas estava cada vez mais debilitado e preparava lentamente a sucessão em favor do segundo, Henrique, fazendo-o ser coroado rei da Itália. Pobre do meu pai, estava ficando velho agora, o Barba Branca... Voltei algumas vezes ainda para Alexandria e descobri que meus pais carnais estavam ficando ainda mais velhos. Brancos, rudes e fracos como aquelas bolas brancas que vemos rolando pelos campos na primavera, curvos como um arbusto em dia de vento, passavam os dias junto ao fogo a discutir por uma tigela fora do lugar, ou por um ovo que um dos dois deixara cair. E me censuravam, todas as vezes que eu os visitava, porque nunca ia lá. Decidi então pôr em risco a minha vida e ir até Bizâncio para buscar Zósimo, mesmo que depois tivesse de passar os últimos anos de minha vida cego numa masmorra."

IR A CONSTANTINOPLA podia ser perigoso porque alguns anos antes, instigados justamente por Andrônico, antes que ele tomasse o poder, os habitantes da cidade haviam se levantado contra os latinos que lá residiam, matando não poucos, limpando todas as suas casas e obrigando muitos a se refugiarem nas ilhas dos Príncipes. Agora parecia que venezianos, genoveses ou pisanos podiam circular de novo pela cidade, porque era uma gente indispensável para o bem-estar do império, mas Guilherme II, rei da Sicília, estava se dirigindo para Bizâncio, e para os gréculos eram considerados latinos tanto um provençal quanto um alamânio, um siciliano ou um romano, sem maiores diferenças. Decidiram zarpar de Veneza, chegando pelo mar como uma caravana de mercadores que vinha (fora uma ideia de Abdul) da Taprobana. Poucos sabiam onde ficava a Taprobana e talvez ninguém, mesmo em Bizâncio, tivesse uma pálida ideia de que língua se falasse por ali.

Assim, pois, Baudolino estava vestido como um dignitário persa; Rabbi Solomon, que poderia ser identificado como um judeu até mesmo em Jerusalém, era o médico da companhia, com uma bela samarra escura toda constelada de signos zodiacais; o Poeta tinha ares de um mercador turco com o cafetã azul-marinho; Kyot poderia passar por um libanês daqueles que se vestem mal, mas que possuem moedas de ouro no bolso; Abdul, que raspara a cabeça para não mostrar seus cabelos vermelhos, acabou se parecendo com um eunuco de elevada posição, de quem Boron passava por servo.

Quanto à língua, decidiram falar na gíria dos ladrões que aprenderam em Paris e que todos falavam perfeitamente – o que nos diz muito sobre quanto se aplicaram aos estudos naqueles dias felizes. Incompreensível para os próprios parisienses, para os bizantinos podia ser muito bem a língua da Taprobana.

Partiram de Veneza no início do verão e ouviram, durante uma escala em agosto, que os sicilianos haviam conquistado Tessalônica, e que já estavam avançando pela costa setentrional da Propôntide; assim, entrando naquele braço de mar em plena noite, o capitão preferiu fazer um longo giro para o lado oposto da costa, rumando mais tarde para Constantinopla, como se viesse da Calcedônia. Para consolá-los daquele desvio, prometeu um desembarque de basileus, porque – dizia – Constantinopla devia ser descoberta assim, chegando-se com os primeiros raios de sol.

Quando, ao amanhecer, Baudolino e os seus chegaram ao convés, sofreram certa desilusão, porque a costa aparecia coberta por um denso nevoeiro, mas o capitão os havia tranquilizado: era preciso aproximar-se da cidade desse jeito, lentamente, e aquela nebulosidade, que, não obstante, já se impregnava das primeiras luzes da aurora, acabaria pouco a pouco por se dissipar.

Após mais uma hora de navegação, o capitão apontou-lhes um ponto branco, e era o topo de uma cúpula, que parecia furar aquela bruma... Em resumo, começaram a delinear-se, em meio àquele branco ao longo da costa, as colunas de alguns palácios, e depois os perfis e as cores de algumas casas, campanários que se tingiam de rosa, e mais abaixo as muralhas com suas torres. Depois, inesperadamente, uma grande sombra, ainda coberta por uma série de vapores que se erguiam do alto de uma colina e que vagavam pelo ar, até que se via despontar, tão harmoniosa e esplendente, aos primeiros raios solares, a cúpula de Santa Sofia, como se por milagre tivesse saído do nada.

Daquele ponto em diante, foi uma revelação contínua, com novas torres e cúpulas que surgiam num céu que se clareava aos poucos, num triunfo de verde, colunas douradas, peristilos brancos, mármores rosados e toda a glória do palácio imperial de Boucoleon, com seus ciprestes num labirinto multicolorido de jardins suspensos. E depois, a embocadura do Corno de Ouro, com a grande corrente que obstruía a sua entrada, e a torre branca de Gálata à direita.

BAUDOLINO CONTAVA, comovido, e Nicetas repetia com tristeza como era bela Constantinopla, quando era bela.

"Ah, era uma cidade cheia de emoções", disse Baudolino. "Mal acabamos de chegar e tivemos logo uma ideia do que estava acontecendo. Viemos ao Hipódromo, enquanto se preparava o suplício para um inimigo do basileu..."

"Andrônico estava como que enlouquecido. Os vossos latinos da Sicília haviam posto a ferro e fogo a Tessalônica, Andrônico fizera alguns trabalhos de fortificação, e depois havia-se como que desinteressado do perigo. Dava-se a uma vida dissipada, dizendo que os inimigos não deviam ser temidos, mandava para o suplício aqueles que o poderiam ajudar, afastava-se da cidade em companhia de meretrizes e concubinas, enfiava-se por entre vales e florestas como fazem os animais, seguido por suas namoradas como um galo por suas galinhas, como Dioniso com as bacantes, e faltava-lhe apenas vestir uma pele de cervato e uma veste cor de açafrão. Frequentava apenas flautistas e heteras, desenfreado como Sardanápalo, lascivo como o polvo, não conseguia suportar o peso de seus excessos e comia um imundo animal do Nilo, semelhante ao crocodilo, que parecia favorecer a ejaculação... Eu não gostaria que o considerasses um mau senhor. Fez também coisas boas, limitou os impostos, proclamou editos para impedir que nos portos se antecipasse o naufrágio dos navios em dificuldade para depredá-los, restaurou o velho aqueduto subterrâneo, mandou restaurar a igreja dos Santos Quarenta Mártires..."

"Era afinal uma boa pessoa..."

"Não ponha palavras na minha boca. Um basileu pode usar o poder para fazer o bem, mas para conservar o poder deve fazer o mal. Viveste junto de um homem de poder, também admitiste que podia ser nobre e iracundo, cruel e solícito pelo bem comum. O único modo de não pecar é isolar-se no topo de uma coluna como faziam os santos padres de outrora, mas agora essas colunas estão em ruínas."

"Não quero discutir contigo sobre o modo como devia ser governado este império. Ele é vosso, ou ao menos o era. Volto à minha história. Viemos morar aqui, com estes genoveses, porque já deves ter intuído que meus espiões fidelíssimos eram eles. E foi Boiamundo quem descobriu um dia que naquela mesma noite o basileu iria à antiga cripta de Katabates para seguir práticas de divinações e magia. Se quiséssemos pegar Zósimo, seria o momento certo."

AO CAIR DA NOITE, seguiram para as muralhas de Constantino, onde havia uma espécie de pequeno pavilhão, não muito distante da Igreja dos Santíssimos Apóstolos. Boiamundo disse que de lá se chegava diretamente até a cripta, sem passar pela igreja do mosteiro. Abriu uma porta, fez com que descessem alguns degraus escorregadios, e encontraram-se num corredor impregnado de um mau cheiro um tanto úmido.

"Pronto", disse Boiamundo, "segui pouco mais à frente e estareis na cripta."

"Não vens?"

"Não vou aonde se mexe com os mortos. Para mexer com alguém, prefiro que estejam vivos e que sejam mulheres."

Seguiram sozinhos e passaram por uma sala de abóbadas baixas, onde se viam triclínios, camas desfeitas, cálices virados pelo chão, pratos não lavados com restos de alguma orgia. Era evidente que aquele glutão do Zósimo não realizava apenas os seus ritos com os defuntos, mas também algo que não teria desgostado Boiamundo. Todo aquele armamentário orgiástico fora amontoado às pressas, nos cantos mais escuros, porque naquela noite Zósimo havia marcado um encontro com o basileu, para fazê-lo falar com os mortos e não com as marafonas, pois como se sabe, disse Baudolino, as pessoas acreditam em tudo contanto que se lhes fale dos mortos.

Além da sala, viam-se já as luzes, e com efeito entraram numa cripta circular, iluminada por duas trípodes acesas. A cripta estava circundada por uma colunata, e atrás das colunas entreviam-se as aberturas de alguns corredores ou galerias que levavam não se sabe para onde.

No centro da cripta havia uma bacia cheia d'água, cuja borda formava uma espécie de conduto, que corria à volta da superfície do líquido, cheio de uma substância oleosa.

Perto da bacia, numa pequena coluna, havia algo impreciso, coberto por um pano vermelho. Pelos muitos boatos de que teve notícia, Baudolino compreendeu que Andrônico, depois de ter confiado em ventríloquos e astrólogos, e de ter procurado em vão encontrar ainda em Bizâncio quem, como os antigos gregos, soubesse prever o futuro por meio do voo dos pássaros, e não confiando em alguns miseráveis que se gabavam de saber interpretar os sonhos, dedicava-se agora aos hidromantes, ou seja, àqueles que, como Zósimo, sabiam fazer presságios imergindo dentro da água algo que pertencera a um defunto.

Chegaram até ali, passando por trás do altar e, ao se voltarem, viram uma iconóstase, dominada por um Cristo Pantocrator que os fitava com olhos severos e arregalados.

Baudolino observou que, se as informações de Boiamundo estavam certas, dentro em breve alguém devia chegar e seria preciso esconder-se. Escolheram uma parte da colunata onde as trípodes não refletiam luz alguma, e lá se colocaram bem a tempo, pois já se ouviam os passos de alguém que se aproximava.

Do flanco esquerdo da iconóstase, viram Zósimo, que entrava, envolvido por uma samarra, que parecia aquela de Rabbi Solomon. Baudolino teve um movimento instintivo de raiva e parecia querer logo pôr as mãos naquele traidor. O monge precedia obsequiosamente um homem de vestes suntuosas, seguido por outros dois personagens. Pela atitude respeitosa dos dois, compreendia-se que o primeiro era o basileu Andrônico.

O monarca parou de súbito, impressionado pela encenação. Persignou-se devotamente diante da iconóstase, e depois perguntou a Zósimo:

"Por que me fizeste vir até aqui?"

"Meu senhor", respondeu Zósimo, "fiz com que viesses aqui porque somente em lugares consagrados podemos praticar a verdadeira hidromancia, estabelecendo o contato adequado com o reino dos mortos."

"Não sou um covarde", disse o basileu, persignando-se ainda, "mas e tu? Não tens medo de evocar os mortos?"

Zósimo sorriu, vaidosamente:

"Senhor, eu poderia erguer minhas mãos e os que dormem, nos dez mil lóculos de Constantinopla, haviam de precipitar-se, dóceis, a meus pés. Mas não preciso chamar à vida aqueles corpos. Disponho de um objeto prodigioso, que usarei para estabelecer um contato mais rápido com o mundo das trevas."

Acendeu um tição numa das trípodes, e o aproximou da caneladura da borda da bacia. O óleo começou a arder e uma coroa de pequenas chamas, correndo à volta da superfície da água, iluminou-a com reflexos mutáveis.

"Não vejo nada ainda", disse o basileu, inclinando-se. "Pergunta a essa tua água quem é que se prepara para tomar o meu lugar. Percebo tumultos na cidade, e quero saber quem devo destruir para não ter nenhum receio."

Zósimo aproximou-se do objeto coberto por um tecido vermelho que estava sobre a pequena coluna, tirou com gesto teatral o véu e deu ao basileu uma coisa quase redonda que segurava entre as mãos. Nossos amigos não podiam ver do que se tratava, mas divisavam o basileu que se encolhia, tremendo, como se buscasse afastar de si uma visão insuportável. "Não, não", disse, "isso não! Tu o pediste para os teus rituais, mas eu não sabia que era para mostrá-lo de novo diante de mim!"

Zósimo ergueu aquele seu troféu e o apresentou para uma ideal assembleia como um ostensório, girando-o por todos os cantos daquele antro. Era a cabeça de um defuntinho, com as feições ainda intactas como se mal tivesse sido arrancada do tronco, olhos fechados, narinas dilatadas no narizinho delgado, dois pequenos lábios, ligeiramente erguidos, que revelavam uma fileira íntegra de dentinhos. A imobilidade, e a estranha ilusão da vida daquele rosto, tornava-se mais hierática porque aparecia com uma cor uniformemente dourada, e quase resplandecia à luz das pequenas chamas das quais Zósimo o estava agora aproximando.

"Era preciso que usasses a cabeça de teu sobrinho Aleixo", disse Zósimo ao basileu, "para que se pudesse cumprir o ritual. Aleixo estava ligado a ti por vínculos de sangue, e é pela sua mediação que poderás entrar em contato com o reino dos que não vivem mais." Assim, imergiu lentamente no líquido aquela pequena coisa atroz, deixando-a cair no fundo da bacia, sobre a qual Andrônico se inclinou, pelo tanto que aquela coroa de chamas permitia. "A água está ficando turva", disse num sopro. "Ela encontrou em Aleixo o elemento terrestre que esperava, e o interroga", sussurrou Zósimo. "Esperemos que essa nuvem se dissipe."

Nossos amigos não podiam ver o que acontecia dentro d'água, mas compreenderam que, numa certa altura, ela se tornara límpida e mostrava no fundo o rosto do pequeno basileu. "Pelo Inferno, está retomando as cores de outrora", balbuciou Andrônico, "e leio sinais que lhe apareceram no rosto... Oh, milagre... Iota, Sigma..."

Não era necessário sermos hidromantes para compreender o que acontecera. Zósimo tomara a cabeça do imperador menino, gravara duas letras em sua fronte, e depois as recobrira com uma substância dourada, solúvel dentro d'água. Dissolvida aquela pátina artificial, a desgraçada vítima levava, para o mandante de seu homicídio, a mensagem que evidentemente Zósimo, ou quem a inspirara, queria lhe fazer chegar.

Com efeito, Andrônico continuou a soletrar: "Iota, Sigma, IS... IS..." Ergueu-se, enrodilhou várias vezes os pelos da barba nos dedos, parecia lançar fogo dos olhos, abaixou a cabeça como que para refletir, e depois tornou a erguê-la, como um cavalo fogoso que a custo se contém: "Isaac!", gritou. "O inimigo é Isaac Comneno! O que estará tramando lá em Chipre? Vou enviar-lhe uma frota e o aniquilarei, antes mesmo que aquele miserável possa reagir!"

Um dos dois acompanhantes saiu da sombra, e Baudolino notou que tinha o rosto de quem estava pronto para assar a própria mãe, se lhe faltasse carne à mesa. "Senhor", disse ele, "Chipre fica muito longe, e a tua frota deveria sair da Propôntide, e teria de passar onde já se encontra a armada do rei da Sicília. Mas assim como não podes ir até Isaac, ele também não pode chegar a ti. Eu não pensaria em Comneno, mas em Isaac Ângelo, que está aqui na cidade, e sabes quanto não te ama."

"Estêvão", riu com desprezo Andrônico, "e querias que me preocupasse com Isaac Ângelo? Como podes pensar que aquele asmático, aquele impotente, aquele imprestável e incapaz poderia pensar em fazer-te algum mal? Zósimo, Zósimo", disse, furioso, ao necromante, "esta água e esta cabeça falam ou de alguém que está muito distante ou de alguém que é muito estúpido! Para que te servem os olhos se não sabes ler esse vaso cheio de mijo?" Zósimo compreendeu que estava para perder os olhos, mas, para a sua sorte, interveio aquele Estêvão, que havia falado primeiro. Pelo prazer evidente com que estava prometendo novos delitos, Baudolino compreendeu que devia ser Estêvão Hagiocristoforita, a alma danada de Andrônico, aquele que havia estrangulado e decapitado o menino Aleixo.

"Senhor, não desprezes os prodígios. Acabaste de ver sinais no rosto do menino, que, quando estava vivo, absolutamente não existiam. Isaac Ângelo será um pequeno pusilânime, mas ele te odeia. Outros bem menores e mais pusilânimes do que ele atentaram contra a vida de homens grandes e corajosos como tu, se é que já houve alguém assim... Dá-me a tua permissão, e hoje mesmo vou capturar Ângelo, arranco-lhe os olhos com as mãos e depois o enforco numa coluna de seu palácio. Diremos ao povo que recebeste uma mensagem do céu. Melhor eliminar logo alguém que ainda não te ameaça, do que deixá-lo com vida, para que possa te ameaçar um dia. Ataquemos primeiro."

"Queres me usar para satisfazer alguns de teus rancores", disse o basileu, "mas pode ser que, praticando o mal, acabes fazendo algum bem. Livra-me de Isaac. Lamento apenas..." e olhou para Zósimo de tal maneira que este começou a tremer como vara verde, "que, com Isaac morto, jamais saberemos se ele realmente queria me fazer mal, e se este monge falou a verdade. E, contudo, insinuou-me uma justa suspeita e quando se faz mau juízo de alguém, quase sempre se tem razão. Estêvão, somos obrigados a mostrar-lhe nosso reconhecimento. Cuida para que receba o que quiser." Fez um gesto para seus dois acompanhantes e saiu, deixando Zósimo, que se recuperava lentamente do terror que o petrificara junto à bacia.

"O Hagiocristoforita, com efeito, odiava Isaac Ângelo, e evidentemente pusera-se de acordo com Zósimo para fazê-lo cair em desgraça", disse Nicetas. "Mas servindo à sua maldade não fez o bem a seu senhor, porque já deves saber que apressou a sua ruína."

"Eu sei", disse Baudolino, "mas naquela noite não me importava tanto entender o que estava acontecendo. Bastava-me saber que eu tinha Zósimo nas minhas mãos."

TÃO LOGO emudeceram os passos dos reais visitantes, Zósimo deu um grande suspiro. No fundo, a experiência teve bom êxito. Esfregou as mãos, esboçando um sorriso de satisfação, tirou a cabeça do menino da água e a colocou em seu lugar. Olhou, em seguida, toda a cripta, e começou a rir histericamente, erguendo os braços e gritando: "Tenho nas mãos o basileu! Já não devo temer os mortos!"

Mal acabou de falar, e nossos amigos saíram lentamente para a luz. Em geral quem lida com magia acaba por se persuadir de que, mesmo que ele não acredite no diabo, o diabo certamente acredita nele. Ao ver uma corte de lêmures que despontavam como se fosse o dia do juízo, por mais patife que fosse, Zósimo naquele momento comportou-se com exemplar espontaneidade. Sem tentar esconder os próprios sentimentos, ele os perdeu e desmaiou.

Recobrou-se quando o Poeta o aspergiu com água divinatória. Abriu os olhos e encontrou a um palmo do nariz um Baudolino que dava medo de se ver, mais do que se fosse um habitante do outro mundo. Naquele momento, Zósimo entendeu que não eram as chamas de um inferno incerto, mas a vingança certíssima de sua antiga vítima que o esperava sem erro.

"Foi para servir meu senhor", apressou-se em dizer, "e também para prestar um serviço a ti, que fiz circular a tua carta melhor do que poderias fazer..."

Baudolino disse:

"Zósimo, não por maldade, mas se tivesses de obedecer àquilo que o Senhor me inspira, eu deveria arrancar teus bagos. Sendo porém muito cansativo, como vês eu me contenho." E deu-lhe uma bofetada com tanta força que a sua cabeça girou duas vezes ao redor de si mesma.

"Sou um homem do basileu, se tocares num só fio de minha barba, juro que..." O Poeta o agarrou pelos cabelos, aproximou-lhe o rosto das pequenas chamas que ainda ardiam junto à bacia e a barba de Zósimo começou a fumegar.

"Estais loucos", disse Zósimo, buscando libertar-se de Abdul e de Kyot que o haviam imobilizado nesse meio-tempo, torcendo-lhe os braços atrás das costas. E Baudolino, segurando-o pela nuca, levou-o a apagar o incêndio da sua barba, mergulhando sua cabeça na bacia, para impedi-lo que a levantasse, até que o infeliz, não mais preocupado com o fogo, começou a preocupar-se com a água, e quanto mais se preocupava, mais a engolia.

"Pelas bolhas que fizeste", disse serenamente Baudolino puxando-o pelos cabelos, "tenho o presságio de que esta noite morrerás não com a barba, mas com os pés queimados."

"Baudolino", soluçou Zósimo, vomitando água. "Baudolino, ainda podemos fazer um acordo... Deixa-me tossir, eu te peço, não posso fugir, o que quereis fazer, tantos contra um, não tendes piedade? Ouve, Baudolino, sei que não queres vingar-te daquele meu momento de fraqueza, queres chegar à terra daquele teu Preste João, e eu já disse que tenho o mapa certo para se chegar até lá. Se jogarmos pó no fogo da lareira ele se apaga."

"O que queres dizer, canalha? Para com esses teus provérbios!"

"Quero dizer que, se acabares comigo, nunca irás ver o mapa. Habitualmente, quando os peixes brincam dentro d'água, chegam até a superfície e deixam os limites de sua casa natural. Posso fazer com que sigas além. Façamos um acordo como homens honestos. Tu me libertas e eu te levarei ao lugar onde se encontra o mapa de Cosme Indicopleustes. Minha vida pelo reino do Preste João. Não te parece um bom negócio?"

"Eu preferiria acabar contigo", disse Baudolino, "mas preciso de ti vivo para ter o mapa."

"E depois?"

"Depois ficarás muito bem amarrado e enrolado num tapete até encontrarmos um navio seguro, que nos tire daqui, e só então iremos desenrolar o tapete, porque, se te deixarmos livre, mandarás logo atrás de nós todos os sicários da cidade."

"Irás desenrolá-lo na água..."

"Acaba com isso, porque não somos assassinos. Se eu quisesse te matar depois, não te esbofetearia agora. Mas, observa, eu o faço para tirar uma satisfação, porque não pretendo fazer mais nada." E com toda a calma desse mundo, deu-lhe um bofetão e depois outro, alternando sempre as mãos, com um tapa fazia-lhe girar a cabeça para a esquerda, e com outro, para a direita, duas vezes com a palma das mãos, outras duas com os dedos esticados, duas ainda com as costas das mãos e duas de lado, e mais duas de punho fechado, até deixar Zósimo roxo, e Baudolino, com os pulsos quase deslocados. Falou, então: "Agora está me machucando", disse, "é melhor parar. Vamos ver o mapa."

Kyot e Abdul arrastaram Zósimo pelos braços, pois agora não conseguia mais ficar de pé sozinho, e podia apenas indicar o caminho com o dedo trêmulo, enquanto murmurava: "O monge que é desprezado e tudo suporta é como uma planta regada todos os dias."

Baudolino disse ao Poeta: "Zósimo ensinou-me certa vez que a cólera, mais do que qualquer outra paixão, devasta e perturba a alma, mas às vezes até ajuda. Quando usamos da calma contra os ímpios e os pecadores para salvá-los ou confundi-los, levamos doçura à alma, pois agimos diretamente para o fim da justiça." Comentou Rabbi Solomon: "Como diz o Talmud, existem castigos que lavam todas as iniquidades de um homem."

21
Baudolino e as delícias de Bizâncio

O mosteiro de Katabates estava em ruínas, e todos o consideravam um lugar desabitado, mas ao rés do chão havia ainda algumas celas, e a velha biblioteca, embora desprovida de livros, tornara-se uma espécie de refeitório. Zósimo vivia aqui com dois ou três acólitos, e só Deus sabe quais eram suas práticas monásticas. Quando Baudolino e os seus voltaram para a superfície com seu prisioneiro, os acólitos estavam dormindo, mas, como ficou claro na manhã seguinte, estavam tão ocupados em suas devassidões, que não representavam perigo algum. Decidiram que seria melhor dormir na biblioteca. Zósimo teve um sono agitado, enquanto dormia no chão, entre Kyot e Abdul, que eram agora como que uma espécie de anjos da guarda.

Pela manhã, todos sentaram à mesa e Zósimo foi convidado a ir direto ao ponto.

"Enfim", disse Zósimo, "o mapa de Cosme está no palácio de Boucoleon, mas só eu sei onde e como chegar. Iremos esta noite."

"Zósimo", disse Baudolino, "estás fazendo cera de propósito. Nesse ínterim, explica bem o que é que diz aquele mapa."

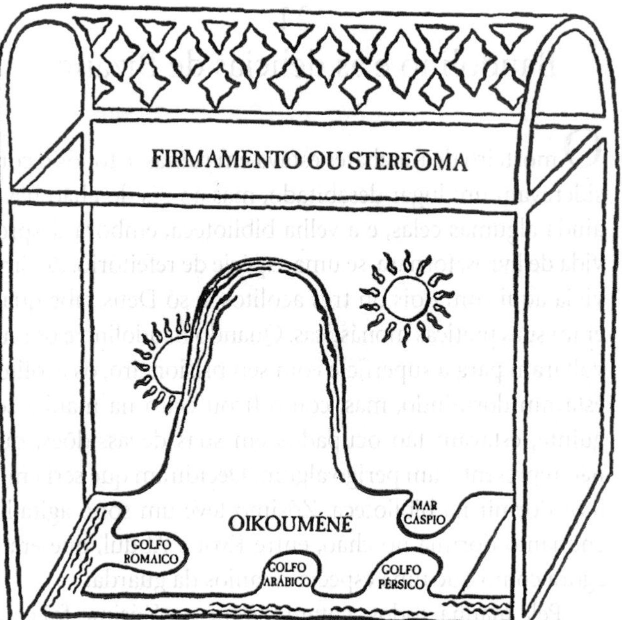
FIRMAMENTO OU STEREŌMA
OIKOUMÉNÉ
MAR CÁSPIO
GOLFO ROMAICO
GOLFO ARÁBICO
GOLFO PÉRSICO

"Mas é simples, não?", disse Zósimo, tomando um pergaminho e um estilete. "Eu te disse que todo cristão que seguir a verdadeira fé deve concordar com o fato de que o Universo é feito como o tabernáculo de que falam as Escrituras. Prestai atenção ao que vou dizer. Na parte inferior do tabernáculo havia uma mesa com doze pães e doze frutos, um para cada mês do ano; ao redor da mesa havia um soco que representava o Oceano, e ao redor do soco havia uma cornija com um palmo de largura, que representava a terra do além, onde se encontra a oriente o Paraíso Terrestre. O céu era representado pela abóbada, que se apoiava totalmente nas extremidades da Terra, mas entre a abóbada e a base abria-se o véu do firmamento, além do qual se encontra o mundo celeste, que somente um dia veremos face a face. Com efeito, como disse Isaías, Deus é Aquele que está sentado sobre a Terra, e seus habitantes são como gafanhotos, Aquele que como um tênue véu estendeu o céu e o abriu como uma tenda. E o salmista louva Aquele que estende o céu como uma tenda. Depois, Moisés colocou ao sul, debaixo do véu, o candelabro que iluminava toda a extensão da Terra, e debaixo destas sete lâmpadas, representando os sete dias da semana e todas as estrelas do céu."

"Mas estás explicando como era feito o tabernáculo", disse Baudolino, "e não como é feito o Universo."

"Mas o Universo é como o tabernáculo, e, portanto, se explico como era o tabernáculo, explico também como é o Universo. Como não entendes uma coisa tão simples? Olha..." E traçou um desenho.

Mostrava a forma do Universo exatamente como um templo, com a sua abóbada curva, cuja parte superior permanece escondida a nossos olhos pelo véu do firmamento. Abaixo dele, descortina-se o ecúmeno, ou seja, toda a terra que habitamos, e que todavia não é plana, mas se assenta sobre o Oceano, que a circunda, e sobe por uma inclinação imperceptível e contínua para o norte e para o Ocidente, onde se ergue uma montanha tão alta que a sua presença escapa ao nosso olhar e cujo topo se confunde com as nuvens. O sol e a lua, movidos pelos anjos – aos quais se devem também a chuva, os terremotos e todos os outros fenômenos atmosféricos –, passam de manhã do oriente para o sul, na frente da montanha, iluminando o mundo, e de noite tornam a subir para o ocidente e desaparecem atrás da montanha, dando-nos a impressão de que se põem. Assim, enquanto para nós a noite desce, do outro lado da montanha é dia, mas esse dia ninguém o vê, porque a montanha do outro lado encontra-se deserta, e ninguém jamais foi até lá.

"E com esse desenho deveríamos encontrar a terra do Preste João?", perguntou Baudolino. "Zósimo, não esquece que o acordo é a tua vida por um bom mapa, mas se o mapa não for bom, nosso acordo deve mudar."

"Calma, calma. Como para representar exatamente o tabernáculo, a nossa arte é incapaz de mostrar tudo aquilo que permanece coberto pelas suas paredes e pela montanha, Cosme desenhou outro mapa que mostra a Terra como se a olhássemos do alto, voando no firmamento, ou como talvez a veem os anjos. Esse mapa, que está guardado no Boucoleon, mostra a posição das terras que conhecemos, compreendidas dentro da moldura do Oceano, e, além do Oceano, as terras onde moravam os homens antes do Dilúvio, mas depois de Noé ninguém jamais voltou até lá."

"Pela última vez, Zósimo", disse Baudolino, fazendo cara feia, "se achares que falando de coisas que não nos deixas ver..."

"Mas essas coisas eu as vejo, como se estivessem aqui debaixo dos meus olhos, e logo ireis vê-las também."

Com aquele rosto emaciado, e ainda mais sofrido pelas manchas e equimoses que o tornavam digno de piedade, e com o olhar iluminado por coisas que somente ele percebia, Zósimo mostrava-se convincente, até mesmo para quem desconfiasse dele. Era a sua força, comentava Baudolino a Nicetas, e tal como o enganou a primeira vez, agora também o estava enganando, e haveria de enganá-lo ainda por muitos anos. Era tão convincente que queria esclarecer até como se explicavam com o tabernáculo de Cosme os eclipses, mas não que Baudolino estivesse interessado nos eclipses. Aquilo que o convencia era que, com o verdadeiro mapa, talvez se pudesse realmente partir à procura do Preste João. "Pois muito bem", disse, "esperemos pela noite."

Zósimo mandou um dos seus trazer verdura e fruta, e ao Poeta, que perguntou se não havia mais nada, respondeu:

"Uma alimentação parca, uniformemente regrada, conduzirá rapidamente o monge ao porto da sua invulnerabilidade." O Poeta disse-lhe que fosse para o diabo, depois, vendo que Zósimo comia com grande gosto, olhou debaixo das verduras e descobriu que seus companheiros haviam escondido, só para ele, belos pedaços de um cordeiro gordo. Sem dizer palavra, trocou os pratos.

Estavam decididos a passar o dia nessa espera quando um dos acólitos entrou com ar transtornado e contou o que estava acontecendo. Na noite seguinte ao ritual, Estêvão Hagiocristoforita, com um grupo de soldados, fora até a casa de Isaac Ângelo, próximo do mosteiro de Pribleptos, ou da Virgem Famosa, e chamou seu inimigo aos berros, ordenando-lhe que saísse, ou melhor, gritava para que seus homens derrubassem a porta, pegassem Isaac pela barba e o trouxessem de cabeça para baixo. Isaac então, por mais indeciso e amedrontado que o considerasse a opinião popular, decidiu arriscar tudo ou nada: montou num cavalo que estava no pátio e, com a espada desembainhada, quase nu, um pouco ridículo com uma capinha de duas cores, que mal lhe chegava aos quadris, saiu inesperadamente, tomando o inimigo de surpresa. Hagiocristoforita não teve tempo de puxar a sua arma, pois Isaac, com um só golpe de espada, já lhe havia partido a cabeça em duas. Seguiu depois na direção dos sicários daquele inimigo, agora bicéfalo, cortando a orelha de um e fazendo com que os outros fugissem, amedrontados.

Matar o homem de confiança do imperador foi um mal extremo e exigia atitudes extremas. Isaac, demonstrando grande intuito de como se devia lidar com o povo, correu para Santa Sofia, clamando pelo asilo, que a tradição concedia aos homicidas, e implorando em voz alta perdão pelo próprio crime. Arrancou as poucas vestes e os pelos da barba, trazia ainda a espada ensanguentada e, enquanto pedia piedade, deixava entender que agira para defender a própria vida, lembrando a todos as maldades do morto.

"Essa história não me agrada", disse Zósimo, perturbado pela inesperada morte de seu nefasto protetor. E devia agradá-lo menos ainda as notícias que chegavam de hora em hora. Isaac foi visitado em Santa Sofia por personagens ilustres como João Ducas, e continuava tentando comover a multidão, que aumentava a cada hora; ao anoitecer, um grande número de cidadãos havia se reunido com Isaac no templo para protegê-lo, já se murmurava que era preciso pôr um fim ao tirano.

Mesmo que Isaac, como havia afirmado a necromancia de Zósimo, estivesse preparando havia tempo o seu golpe,

 ou que se aproveitasse habilmente de um erro de seus

inimigos, ficava claro de todas as maneiras que agora o trono de Andrônico se enfraquecera. E também ficava claro que, naquela situação, seria loucura tentar entrar no palácio real, que podia se tornar de uma hora para outra um açougue público. Todos estavam de acordo que era preciso esperar os eventos em Katabates.

Na manhã seguinte, metade dos cidadãos irrompeu nas ruas, gritando que Andrônico fosse preso e Isaac eleito para o sólio imperial. O povo invadiu as prisões públicas, libertando muitas vítimas inocentes do tirano, e de origem ilustre, que se uniram prontamente à rebelião. Mais do que uma rebelião, era já uma revolta, uma revolução, uma tomada do poder. Os cidadãos moviam-se armados pelas ruas, uns de espada e couraça, outros de maças e paus. Alguns, entre os quais muitos dignitários do império, que haviam julgado ser aquele o momento certo para escolher um novo autocrata, baixaram a coroa de Constantino, o Grande, suspensa sobre o altar maior do templo, e coroaram Isaac.

Partindo belicosa do templo, a multidão cercou o palácio imperial; Andrônico tentou uma desesperada resistência, lançando flechas do topo da torre mais alta, aquela chamada de Kentenarion, mas teve de ceder ao ímpeto furioso de seus súditos. Dizia-se que havia arrancado o crucifixo do pescoço, que havia tirado os sapatos purpúreos, que havia posto na cabeça um barrete de ponta como usam os bárbaros, e que talvez tivesse subido, através dos labirintos do Boucoleon, para seu navio, levando com ele a mulher e a prostituta Maraptica, pela qual estava loucamente apaixonado. Isaac entrou triunfalmente no palácio, a multidão invadiu a cidade, atacou a casa da moeda ou, como a chamavam, então, os Lavacros de Ouro, entrou nos arsenais, começou a saquear as igrejas do palácio, arrancando os ornamentos das santíssimas imagens.

Agora Zósimo, a cada notícia, tremia sempre mais, pois já se dizia que, quando era reconhecido um cúmplice de Andrônico, passavam-no pelas armas. Por outro lado, Baudolino e os seus também não consideravam razoável aventurar-se justamente agora por aqueles corredores do Boucoleon. Assim, sem poder fazer mais do que comer e beber, nossos amigos passaram mais alguns dias em Katabates.

Até que souberam que Isaac se mudara do Boucoleon para o palácio das Blachernae, na extrema ponta setentrional da cidade. Isso tornava talvez o Boucoleon menos protegido e (visto que lá não havia mais nada para saquear) bastante deserto. Naquele mesmo dia, Andrônico foi capturado na costa do Ponto Euxino e levado até Isaac. Os cortesãos o cobriram de bofetadas e pontapés, arrancaram-lhe a barba, tiraram-lhe os dentes, rasparam a cabeça, cortaram-lhe a mão direita e o jogaram na prisão.

Logo que chegou a notícia de que na cidade começaram as danças de júbilo e os festejos em cada esquina, Baudolino decidiu que em meio àquela confusão poderiam muito bem aventurar-se até o Boucoleon. Zósimo observou que alguém poderia reconhecê-lo, e nossos amigos disseram-lhe para que não se preocupasse. Armando-se de todos os instrumentos à disposição, rasparam-lhe a cabeça e a barba, enquanto ele chorava, considerando-se desonrado ao perder aquelas insígnias de monástica venerabilidade. Com efeito, careca como um ovo, Zósimo era todo queixo, com o lábio superior muito saliente, as orelhas pontudas como as de um cão, e mais se parecia, observou Baudolino, com Cichinisio, um louco que vagava pelas ruas de Alexandria, gritando coisas obscenas às meninas, do que com o maldito asceta por que se fizera passar até então.

Para corrigir aquele deplorável efeito, encheram-no de cosméticos e no fim parecia um cinedo, personagem que os meninos da Lombardia seguiriam, gritando e atirando nele frutas podres, mas em Constantinopla era um espetáculo corriqueiro, era, dizia Baudolino, como passear por Alexandria vestido como vendedor de sirasso ou ricota, ou que outro nome tenha.

Atravessaram a cidade e viram passar, acorrentado sobre um camelo sarnento, Andrônico, mais surrado do que a sua cavalgadura, quase nu, com um imundo grumo de farrapos ensanguentados no pulso maneta da mão direita, e sangue pisado nas bochechas magras, porque haviam-lhe acabado de arrancar um olho. À sua volta os mais desesperados habitantes daquela cidade, da qual fora durante tanto tempo senhor e autocrata, salsicheiros, curtidores e o restolho de todas as tabernas, aglomerando-se como montes de moscas na primavera sobre a bosta de um cavalo, davam-lhe golpes na cabeça com suas maças, enfiavam-lhe nas narinas excrementos de boi, espremiam-lhe, embaixo do nariz, esponjas impregnadas de mijo bovino, enfiavam-lhe espetos nas pernas, os mais delicados jogavam-lhe pedras, chamando-o de cão raivoso e filho de uma cadela no cio. Da janela de um bordel, uma meretriz entornou em cima dele uma panela de água fervendo, depois o furor daquela multidão cresceu ainda mais, tiraram-no do camelo, e o penduraram pelos pés nos dois colunelos próximos da estátua da loba que amamenta Rômulo e Remo.

Andrônico comportou-se melhor do que seus carrascos, sem emitir um só lamento. Limitava-se a murmurar *Kyrie eleison, Kyrie eleison*, e perguntava-se por que estavam quebrando uma corrente já partida. Assim mesmo, suspenso como estava, foi despido do pouco que ainda o cobria, um com a espada cortou-lhe de uma só vez os genitais, outro enfiou-lhe uma lança na boca, empalando-o até as vísceras, enquanto outro o empalava do ânus para baixo. Havia também latinos, com cimitarras que circulavam como se dançassem ao redor, dando-lhe golpes que lhe arrancavam toda a carne, e talvez fossem os únicos que tinham o direito a uma vingança, tendo em vista o que Andrônico fizera alguns anos antes com os de sua raça. O infeliz ainda teve forças para levar à boca o seu coto direito, como se quisesse beber do próprio sangue, para compensar aquele que estava perdendo em golfadas. Depois, morreu.

Fugindo daquele espetáculo, nossos amigos tentaram chegar ao Boucoleon, mas, já nas proximidades, deram-se conta de que era impossível chegar até lá. Isaac, aborrecido com os muitos saques, mandou vigiá-lo pelos seus guardas, e quem tentava ultrapassar aquela defesa era justiçado ali mesmo.

"Passarás de qualquer maneira, Zósimo", disse Baudolino. "É simples, entras, pegas o mapa e o trazes para nós."

"E se me cortarem o pescoço?"

"Se não fores, nós é que vamos cortá-lo."

"O meu sacrifício teria sentido se o mapa estivesse no palácio. Mas, a bem da verdade, não há nenhum mapa ali."

Baudolino olhou para ele como se não pudesse acreditar em tanto descaramento. "Ah", rugiu, "e agora finalmente dizes a verdade? E por que mentiste até agora?"

"Eu estava tentando ganhar tempo. Ganhar tempo não é pecado. O pecado, para um monge perfeito, é perdê-lo."

"Vamos matá-lo aqui, agora", disse então o Poeta. "É o momento certo, ninguém dará por isso nessa carnificina. Vamos decidir quem irá esganá-lo e pronto."

"Um momento", disse Zósimo. "O Senhor nos ensina como nos livrarmos de uma ação inoportuna. Eu menti, é verdade, mas por boas razões."

"Mas que boas razões foram essas?!", gritou Baudolino, exasperado.

"A minha", respondeu Zósimo. "Eu tinha o direito de proteger a minha vida, dado que querias tirá-la de mim. O monge, como os querubins e os serafins, deve ter olhos por toda a parte (é assim que entendo a sentença dos santos padres do deserto), deve usar de sagacidade e astúcia diante do inimigo."

"Mas o inimigo de que estavam falando os teus padres era o diabo, e não nós!", berrou mais uma vez Baudolino.

"Os estratagemas dos demônios são muitos: aparecem em sonho, criam alucinações, esforçam-se para nos enganar, transformam-se em anjos de luz e te poupam para te incutir uma segurança mentirosa. O que terias feito em meu lugar?"

"E o que farás agora, gréculo nojento, para salvar de novo a tua vida?"

"Direi a verdade, como é de meu feitio. O mapa de Cosme existe com certeza, e eu o vi com meus próprios olhos. Onde está agora não sei, mas juro que o tenho impresso aqui na cabeça..." E bateu na cabeça desprovida de cabelos. "Eu poderia te dizer a cada dia as distâncias que nos separam da terra do Preste João. Agora, é evidente que não posso ficar nesta cidade, e vós tampouco podeis ficar aqui, já que viestes para me pegar, e já estou em vossas mãos, e para encontrar o mapa, que não tereis. Se me matares, não tereis nada. Se me levardes convosco, juro pelos santíssimos apóstolos que serei vosso escravo e dedicarei os meus dias a pensar num itinerário que vos levará diretamente à terra do Preste João. Poupando a minha vida, não tereis nada a perder, salvo uma boca a mais para alimentar. Mas se me matardes, perdereis tudo. É pegar ou largar."

"Ele é o descarado mais descarado que já encontrei em toda a minha vida", disse Boron, e os outros concordaram. Zósimo esperava em silêncio, compungido. Rabbi Solomon tentou dizer: "O Santo, que sempre bendito seja...", mas Baudolino não o deixou terminar:

"Chega de provérbios, já não bastam os que nos diz esse fingido. É um fingido, mas tem razão. Devemos levá-lo conosco. Senão, Frederico nos verá retornando de mãos vazias e pensará que com o seu dinheiro nos entregamos às delícias do Oriente. No mínimo, voltemos com um prisioneiro. Mas tu, Zósimo, jura, jura que não tentarás outro golpe..."

"Juro por todos os doze santíssimos apóstolos", disse Zósimo.

"Onze, onze, seu desgraçado", gritou Baudolino, agarrando-o pela vestimenta, "se dizes doze estás incluindo Judas também!"

"Está bem, onze."

"ASSIM", DISSE Nicetas, "essa foi a tua primeira viagem a Bizâncio. Não me surpreenderia, depois de tudo o que viste, se considerasses o que agora está acontecendo um lavacro purificador."

"Vê, senhor Nicetas", disse Baudolino, "jamais gostei, como dizes, de lavacros purificadores. Alexandria ainda será um burgo miserável, mas entre nós, quando alguém que manda não nos agrada, dizemos-lhe boa-noite e preparamos outro cônsul. E Frederico também terá sido às vezes colérico, mas quando seus primos o perturbavam ele não os enfraquecia, dava-lhes apenas um ducado a mais. Mas a questão não é essa. É que eu já estava nos confins extremos da Cristandade, e bastaria que eu continuasse

 para o leste, ou para o sul, e acabaria encontrando as

Índias. Mas nosso dinheiro já havia terminado, e para ir ao Oriente eu devia voltar para o Ocidente. Já estava com quarenta e três anos, e seguia o Preste João desde os dezesseis, ou quase, e mais uma vez eu era obrigado a adiar a minha viagem."

22

Baudolino perde o pai e encontra o Greal

Os genoveses convidaram Boiamundo e Teófilo para dar uma primeira volta pela cidade, para ver se a situação era propícia. Era o bastante, contaram ao regressar, porque grande parte dos peregrinos estava nas tabernas, e o restante parecia estar reunido em Santa Sofia, para ver, com os olhos ávidos, o tesouro das relíquias que fora acumulado por lá.

"É de arregalar os olhos!", disse Boiamundo. Mas acrescentou que a pilha do butim havia se transformado em algo que dava vergonha. Alguns fingiam deixar ali as suas presas, punham na pilha um pouco de quinquilharia, mas enfiavam às escondidas nas vestes o osso de um santo. Porém, como ninguém queria ser preso com uma relíquia, mal se deixava o templo, formava-se um pequeno mercado, com cidadãos ainda abastados e negociantes armenos.

"Assim", zombava Boiamundo, "os gregos que salvaram algum sólido de Bizâncio, escondendo-o no meio do rabo, agora pegam uma tíbia de São Baciccia que sempre esteve escondida na igreja! E depois vai ver que voltam para vendê-la à igreja, porque os gregos são astutos. São todos uma escória, e depois dizem que nós genoveses é que só pensamos em dinheiro."

"Mas o que estão levando para a igreja?", perguntou Nicetas. Teófilo fez-lhe uma descrição mais detalhada. Viu a caixa que continha o manto púrpura de Cristo, um pedaço da vara da flagelação, a esponja que foi levada a Nosso Senhor moribundo, a coroa de espinhos, um estojo, onde se guardava um naco do pão consagrado na Última Ceia, aquele que Jesus ofereceu a Judas. Veio depois uma urna com os pelos da barba do Crucificado, arrancado pelos judeus após a deposição da cruz, e para envolver a urna havia as vestes do Senhor, que os soldados tiraram à sorte aos pés do patíbulo. E depois, a coluna da flagelação totalmente intacta.

"Vi que levavam também um pedaço das vestes de Nossa Senhora", disse Boiamundo.

"Que pena!", lamentou Nicetas. "Se viste apenas um pedaço, é sinal de que já foi dividida. Havia uma intacta no palácio das Blachernae. Tempos atrás, um certo Gálbio e um certo Cândido foram em peregrinação até a Palestina, e ouviram em Carfanaum que o *pallion* da Virgem estava na casa de um judeu. Fizeram-se amigos dele, pernoitaram em sua casa, mediram escondido a caixa de madeira na qual se achavam as vestes, depois, em Jerusalém, mandaram construir outra igual, voltaram para Cafarnaum, substituíram de noite a caixa e levaram as vestes para Constantinopla, onde foi erigida a igreja dos apóstolos Pedro e Marcos para conservá-las."

Boiamundo acrescentou que ouvira falar que dois cavaleiros cristãos haviam se apoderado, e ainda não haviam devolvido, de duas cabeças de São João Batista, uma para cada um, e todos se perguntavam qual era a verdadeira. Nicetas sorriu, compreensivo:

"Eu sabia que aqui na cidade duas delas eram veneradas. A primeira fora trazida por Teodósio, o Grande, e fora colocada na igreja do Precursor. Mas depois Justiniano encontrara outra em Emessa. Parece que foi dada para algum cenóbio, dizia-se depois que tivesse vindo para cá, mas ninguém mais sabia onde estava."

"Mas como é possível esquecer uma relíquia tão valiosa?", perguntou Boiamundo.

"A piedade do povo é volúvel. Durante anos ficamos entusiasmados com um resto sacro e depois ficamos excitados com a chegada de algo mais milagroso, de modo que acabamos esquecendo o primeiro."

"Mas qual das duas é a cabeça verdadeira?", perguntou Boiamundo.

"Quando se fala de coisas santas não devemos usar critérios humanos. Se me trouxesses as duas relíquias, eu te asseguro que, ao inclinar-me para beijá-la, sentiria seu perfume místico e saberia dizer qual a verdadeira cabeça."

Naquele momento, Pevere também chegou da cidade. Estavam acontecendo coisas extraordinárias. Para impedir que a soldadesca roubasse também daquela pilha de Santa Sofia, o doge ordenou um primeiro e rápido recenseamento do que foi recolhido, e também recrutou alguns monges gregos para reconhecer as diversas relíquias. Descobriu-se então que, depois que obrigaram a maior parte dos peregrinos a devolver o que haviam roubado, havia agora no templo não apenas duas cabeças do Batista, de que já se tinha notícia, mas duas esponjas para o fel e o vinagre e duas coroas de espinhos, para não dizer mais. Um milagre, ria zombeteiro Pevere, olhando Baudolino de soslaio, as mais preciosas relíquias de Bizâncio haviam se multiplicado, como os pães e os peixes. Alguns dos peregrinos viam o acontecimento como um sinal do céu a seu favor, e gritavam que, se daqueles raríssimos bens havia já tanta riqueza, o doge deveria permitir que cada um levasse para casa aquilo que pegara.

"Mas é um milagre a nosso favor", disse Teófilo, "porque assim os latinos não saberão jamais qual é a relíquia verdadeira, e serão obrigados a deixar tudo aqui."

"Não tenho tanta certeza", disse Baudolino. "Cada príncipe, marquês ou vassalo ficará feliz de levar para casa um espólio sagrado, que atrairá multidões de devotos e doações. E se depois se espalhar a notícia de que existe outro semelhante a mil milhas de distância, dirão que é falso."

Nicetas ficou pensativo.

"Não creio neste milagre. O Senhor não confunde nossas mentes com as relíquias de seus santos... Baudolino, nos meses que se passaram, após a tua chegada à cidade, não terás preparado talvez nenhuma trapalhada com as relíquias?"

"Senhor Nicetas!", tentou dizer Baudolino com ar ofendido. Depois fez um gesto, pedindo calma a seu interlocutor. "Pois bem, se eu tiver de contar tudo, então chegará uma hora em que deverei falar de uma história de relíquias. Mas eu a contarei mais tarde. E depois, acabaste de dizer que quando falamos do que é sagrado não devemos usar critérios humanos. Mas agora é tarde, e acho que dentro de uma hora, no escuro, poderemos seguir viagem. Fiquemos de prontidão."

Nicetas, que queria partir bem revigorado, já havia pedido a Teófilo que preparasse um *monòkythron*, que levava tempo para cozinhar bem. Era uma panela de bronze cheia de carne de boi e de porco, com ossos não de todo descarnados e couves da Frígia, cheias de gordura. Como não houvesse tempo para um jantar demorado, o logóteta abandonou seus bons hábitos e comeu da panela, não com três dedos, mas de mãos cheias. Era como se consumasse a

 última noite de amor com a cidade que amava, virgem,

prostituta e mártir. Baudolino não tinha mais fome e limitou-se a bebericar vinho resinado, sem saber se o encontraria novamente em Selímbria.

Nicetas perguntou-lhe se naquela história das relíquias não havia encontrado Zósimo, e Baudolino disse que preferia ir por ordem.

"Após as coisas terríveis que vimos nesta cidade, voltamos por terra, pois não havia dinheiro suficiente para pagar a viagem de navio. A confusão daqueles dias permitiu a Zósimo, com a ajuda de um de seus acólitos, que estava para abandonar, arranjar, sabe-se lá de que maneira, algumas mulas. Depois, durante a viagem, uma caçada em alguma floresta, a hospitalidade de algum mosteiro ao longo da estrada, e finalmente chegamos a Veneza, e depois na planície lombarda..."

"E Zósimo nunca tentou fugir?"

"Não podia. Daquele momento em diante e após o retorno, e todo o tempo na corte de Frederico, como também na viagem que fizemos depois a Jerusalem, durante mais de quatro anos ficou acorrentado. Ou seja, quando ficava conosco caminhava com os pés livres, mas quando o deixávamos sozinho era preso à cama, a uma estaca, a uma árvore, dependendo de onde estivéssemos, e se montávamos a cavalo era amarrado de tal modo às rédeas que, se tentasse descer, o cavalo se empinava. No temor de que isso lhe fizesse esquecer suas obrigações, todas as noites, antes de dormir, eu lhe dava uma bofetada. Ele já sabia e a esperava antes de dormir como um beijo materno."

DURANTE O CAMINHO nossos amigos jamais deixaram de incitar Zósimo a reconstruir o mapa, e ele dava mostras de boa vontade, lembrando-se a cada dia de um detalhe, tanto que chegou a fazer um cálculo das verdadeiras distâncias.

"Assim por alto", mostrou, desenhando com o dedo na poeira da estrada, "de Tzinista, o país da seda, até a Pérsia são cento e cinquenta dias de marcha, toda a Pérsia, oitenta dias, da fronteira persa à Selêucia, treze dias, de Selêucia a Roma e depois ao país dos Iberos, cento e cinquenta dias. Aproximadamente, para ir-se de uma ponta à outra do mundo, quatrocentos dias de caminhada, se fizeres trinta milhas por dia. A Terra, enfim, é mais comprida do que larga – e te lembrarás de que no Êxodo se diz que no tabernáculo a mesa deve ter o comprimento de dois cúbitos e a largura de um. Portanto, de norte a sul podes calcular cinquenta dias, das regiões setentrionais a Constantinopla, de Constantinopla a Alexandria, outros cinquenta dias, de Alexandria à Etiópia, no golfo Pérsico, setenta dias. Resumindo, mais ou menos duzentos dias. Portanto, se partires de Constantinopla para a Índia extrema, calculando que segues obliquamente e que deverás parar com muita frequência para encontrar o caminho, e quem sabe quantas vezes voltar, eu diria que chegarás ao Preste João em um ano de viagem."

A propósito de relíquias, Kyot perguntou a Zósimo se já ouvira falar do Greal. Ouvira falar seguramente, e pelos Gálatas, que viviam em volta de Constantinopla, e que era uma gente que por tradição conhecia as histórias dos sacerdotes muito antigos do extremo norte. Kyot perguntou se já ouvira falar daquele Feirefiz que teria levado o Greal ao Preste João, e Zósimo disse que certamente ouvira falar dele, mas Baudolino permanecia cético. "E então o que é esse Greal?", perguntou-lhe. "O cálice, o cálice no qual Cristo consagrou o pão e o vinho, vós também dissestes o mesmo." O pão num cálice? Não, o vinho, o pão estava num prato, numa pátena, numa pequena bandeja. Mas, então, o que era o Greal, o prato ou o cálice? Ambos, tentava negociar

Zósimo. Pensando bem, sugeriu o Poeta com um olhar que dava medo, era a lança com a qual Longino trespassou o costado. Sim, é isso, parecia-lhe que fosse ela. Naquele instante, Baudolino deu-lhe uma bofetada, mesmo que ainda não fosse a hora de ir se deitar, mas Zósimo se justificava: os boatos eram incertos, está bem, mas o fato de que corressem também entre os Gálatas de Bizâncio era a prova de que aquele Greal realmente existia. Assim sendo, do Greal sabia-se sempre o mesmo, ou seja, muito pouco.

"Certo", disse Baudolino, "se eu pudesse ter levado o Greal a Frederico, em vez de um rato de prisão como tu..."

"Ainda poderás levá-lo", sugeriu Zósimo. "Encontra um vaso adequado..."

"Ah, porque agora é um vaso também. Mas deixa comigo que eu te enfio naquele vaso! Não sou um falsário como tu!" Zósimo encolhia os ombros e acariciava o queixo, seguindo a sua barba que tornava a crescer, mas estava mais feio agora do que antes, parecendo um peixe-gato, quando estava limpo e brilhante como uma bola.

"E depois", resmungava Baudolino, "mesmo sabendo que é um vaso ou um cálice, como faremos para o reconhecer quando o encontrarmos?"

"Ah, quanto a isso fica tranquilo", interveio Kyot, com os olhos perdidos no mundo de suas lendas, "verás a luz, perceberás o perfume..."

"Esperemos que sim", disse Baudolino. Rabbi Solomon balançava a cabeça: "Deve ser algo que vós, gentios, roubastes do Templo de Jerusalém quando o saqueastes e nos dispersastes pelo mundo."

CHEGARAM A TEMPO para as núpcias de Henrique, o segundo filho de Frederico, já coroado rei dos romanos, com Constança de Altavila. O imperador apostava agora todas as suas esperanças naquele filho mais novo. Não que não amasse o primeiro, ao contrário, ele o nomeara até duque da Suábia, mas era evidente que o amava com tristeza, como acontece com os filhos malsucedidos. Baudolino o encontrou pálido, tossiquento, batendo sempre a pálpebra esquerda como que para enxotar um mosquito. Mesmo durante aqueles festejos reais, ele se afastava com frequência e Baudolino o viu sair pelo campo, batendo nervosamente com um chicote na folhagem, como para acalmar algo que o roía por dentro.

"Vive com dificuldade", disse-lhe uma noite Frederico. Envelhecia cada vez mais, o Barba Branca, e andava como se tivesse um torcicolo. Não renunciava à caça, e logo que via um rio metia-se dentro dele, nadando como outrora. Mas Baudolino tinha medo de que um dia, tendo uma cãibra causada pela água fria, tivesse um ataque, e pedia para que tomasse cuidado.

Para consolá-lo, contou-lhe o sucesso de sua expedição, que haviam capturado aquele monge infiel, que logo obteriam o mapa que os levaria para o reino do Preste João, que o Greal não era uma fábula e que mais cedo ou mais tarde iriam colocá-lo em suas mãos. Frederico assentiu. "O Greal, ah, o Greal", murmurou, com os olhos perdidos sabe-se lá onde, "é claro que com ele poderia, poderia..." Depois distraía-se com alguma mensagem importante, suspirava ainda, e se preparava com dificuldade para cumprir seu dever.

De quando em quando falava com Baudolino à parte, e lhe contava a falta que lhe fazia Beatriz. Para consolá-lo, Baudolino lhe contava a falta que lhe fazia Colandrina. "Sei muito bem", dizia Frederico, "tu que amaste Colandrina, podes bem avaliar quanto amei Beatriz. Mas talvez não consigas imaginar quanto Beatriz era realmente amada." E reabria-se a ferida do antigo remorso de Baudolino.

NO VERÃO SEGUINTE, o imperador voltou para a Alemanha, mas Baudolino não pôde ir com ele. Vieram lhe dizer que sua mãe tinha morrido. Correu para Alexandria, e enquanto seguia viagem, pensava naquela mulher que o havia gerado, e à qual jamais demonstrara verdadeira ternura, a não ser naquela noite de Natal, alguns anos antes, enquanto fazia o parto da ovelha (por Cristo, dizia, já se passaram mais de quinze invernos, meu Deus, talvez dezoito). Chegou quando a mãe já fora enterrada, e encontrou Gagliaudo que abandonara a cidade e se retirara para a sua velha casa na Frascheta.

Estava deitado, com uma tigela de madeira cheia de vinho, já sem forças, abanando a mão exangue para enxotar as moscas do rosto. "Baudolino", disse-lhe, "dez vezes por dia eu acabava perdendo a paciência com aquela pobre mulher e pedia ao céu que a fulminasse com um raio. E agora que o céu a fulminou, não sei mais o que fazer. Aqui dentro não encontro mais droga nenhuma, ela colocava tudo no lugar. Não encontro mais o forcado e os animais no curral estão com mais esterco do que feno. Por isso é que resolvi morrer, que é o melhor a fazer."

Nada valeram os protestos do filho. "Baudolino, o pessoal daqui é cabeça-dura e quando a gente enfia uma coisa na cabeça não adianta. Não sou um vagabundo da tua laia, que um dia está aqui e outro ali, que linda vida a dos senhores! Com essa gente toda que só fica pensando em matar os outros, mas se um dia lhe disserem que vão morrer, eles vão mesmo é fazer nas calças. Sempre vivi direito e nunca fiz mal a uma mosca, ao lado de uma mulher que era uma santa, e agora decidi morrer e pronto. Deixa-me ir como quero, e assim serei muito feliz, pois quanto mais ficar pior será."

De quando em quando bebia um pouco de vinho, depois dormia outra vez, abria os olhos novamente, e perguntava: "Morri?" "Não meu pai", respondia Baudolino, "felizmente ainda estás vivo." "Ai de mim, pobre homem", dizia, "ainda mais um dia, mas amanhã vou morrer, podes ficar tranquilo." Não queria de modo algum tocar na comida.

Baudolino acariciava-lhe a fronte e afugentava as moscas e depois, não sabendo como consolar o pai, que estava morrendo e, querendo lhe mostrar que seu filho não era aquele idiota que ele sempre acreditara, falou sobre a santa empresa para a qual se preparava havia muito tempo, e como queria chegar ao reino do Preste João. "Se tu soubesses", disse, "vou descobrir lugares maravilhosos. Há um local onde reina um pássaro que ninguém nunca viu, a Fênix, que vive e voa por quinhentos anos. Passados quinhentos anos, os sacerdotes preparam um altar espalhando especiarias e enxofre, pouco depois chega o pássaro que se incendeia, transformando-se em cinza. No dia seguinte, das cinzas, encontra-se um verme, no segundo dia um pássaro já está formado e no terceiro dia esse pássaro vai para longe. Não é maior do que uma águia, tem na cabeça uma crista de plumas tal como o pavão, o pescoço de cor dourada, o bico índigo, as asas cor de púrpura e a cauda estriada de amarelo, verde e vermelho. E assim a Fênix nunca morre."

"Balelas", disse Gagliaudo. "Para mim já seria bom se minha Rosinha voltasse a viver, pobre animal, que morreu sufocada com aqueles grãos apodrecidos, que Fêlix que nada."

"Quando eu voltar, trarei para ti o Maná, que se en-

 contra nas montanhas do país de Jó. É branco e muito

doce, vem do orvalho que cai do céu sobre a grama onde se coagula. Limpa o sangue, expulsa a melancolia."

"Limpa os meus colhões. Bom para aquela gentalha da corte que só come narcejas e massas folhadas."

"Não queres pelo menos um pedaço de pão?"

"Não tenho tempo, tenho de morrer amanhã de manhã."

Na manhã seguinte Baudolino contou que daria ao imperador o Greal, o cálice em que bebeu Nosso Senhor.

"Ah, sim! E como é?"

"Todo de ouro, crivado com lápis-lazúli."

"Vês como és burro? Nosso Senhor era filho de carpinteiro e só andava com mortos de fome piores do que ele; usou a mesma roupa a vida toda, o padre falou isso na igreja, sem costuras para não se estragar antes dos trinta e três anos, e agora vens me dizer que se divertia com um cálice de ouro e de eslupilazuro. Vai contar outra. Já era muito se tivesse uma tigela como essa, que seu pai cortou de uma raiz, como eu fiz, coisa que dura uma vida e que não se quebra, nem com martelo, aliás, me dá um pouco desse sangue de Jesus Cristo, que é o único que me ajuda a morrer bem."

Com todos os demônios, dizia Baudolino. Esse pobre velho tem razão. O Greal deve ser uma tigela igual a essa. Simples, pobre como o Senhor. Por isso está ali, ao alcance de todos, e ninguém jamais o reconheceu, porque durante toda a vida buscaram uma coisa que brilha.

Não é que Baudolino naquela hora estivesse pensando no Greal. Não queria ver seu pai morrer, mas entendia que, se o deixasse morrer, fazia a sua vontade. Após alguns dias, o velho Gagliaudo já se encarquilhara como uma castanha seca, e respirava com dificuldade, recusando até mesmo o vinho.

"Meu pai", disse-lhe Baudolino, "se queres realmente morrer, faz as pazes com o Senhor, e entrarás no Paraíso, que é como o palácio do Preste João. Deus, Nosso Senhor, estará sentado num grande trono no alto de uma torre, e no espaldar do trono haverá dois pomos de ouro, e em cada um deles dois grandes carbúnculos, que brilham a noite toda. Os braços do trono serão de esmeralda. Os sete degraus para subir ao trono serão de ônix, cristal, jaspe, ametista, sardônia, cornalina e crisólito. A seu redor haverá colunas de ouro fino. E em cima do trono hão de voar os anjos, cantando canções muito doces..."

"E diabos que vão me expulsar de lá com chutes no traseiro, porque num lugar assim não vão querer alguém que cheira a estrume. Mas cala a boca..."

Depois, subitamente, arregalou os olhos, tentando sentar-se direito, enquanto Baudolino o apoiava. "Oh, Senhor, agora estou morrendo de verdade porque vejo o Paraíso. Ah, como é lindo..."

"O que estás vendo, meu pai?", soluçou agora Baudolino.

"É igual ao nosso curral, mas todo limpo, e Rosinha também está ali... E também aquela santa da tua mãe, sua desgraçada onde foi que deixaste o forcado..."

Gagliaudo arrotou, deixou cair a tigela e ficou de olhos esbugalhados, contemplando o seu estábulo celeste.

Baudolino passou-lhe docemente a mão sobre o rosto, porque, agora, aquilo que devia ver ele o via mesmo de olhos fechados, e fora dizer o que havia acontecido aos de Alexandria. Os cidadãos queriam prestar honras fúnebres ao velho, porque fora ele quem salvara a cidade, e decidiram colocar a sua estátua sobre o portal da catedral.

Baudolino foi mais uma vez à casa dos seus para buscar alguma lembrança, pois decidira nunca mais voltar para lá. Viu no chão a tigela do pai, e a recolheu como uma relíquia preciosa. Lavou-a muito bem, para que não cheirasse a vinho, porque, como dizia para si mesmo, se um dia viesse a dizer que aquele era o Greal, depois de tanto tempo desde a Última Ceia, não deveria ter mais nenhum outro cheiro senão talvez o daqueles aromas que todos iriam decerto sentir, pensando que se tratava do verdadeiro Cálice. Envolveu a tigela em seu manto e a levou embora.

23
Baudolino na terceira cruzada

Quando baixou a escuridão em Constantinopla, puseram-se a caminho. Era uma densa comitiva, mas naqueles dias várias hordas de cidadãos, que haviam ficado sem casa, vagavam de um lado para o outro da cidade como almas penadas, para encontrar um pórtico onde pudessem passar a noite. Baudolino deixou de usar o seu traje de crucífero porque se alguém o parasse, perguntando-lhe quem era o seu senhor, teria tido dificuldades em responder. Na frente deles iam Pevere, Boiamundo, Grillo e Taraburlo, com ar de quem estivesse andando na rua por acaso. Mas olhavam em volta a cada esquina, e escondiam sob as vestes facões bem afiados.

Pouco antes que chegassem em Santa Sofia, um insolente de olhos azuis e grandes bigodes amarelos foi de encontro ao grupo, pegou nas mãos uma das meninas, por mais feia e bexiguenta que parecesse, tentando levá-la consigo. Baudolino disse que chegara o momento de dar batalha, e os genoveses com ele, mas Nicetas teve uma ideia melhor. Viu um grupo de cavaleiros que passava pela rua e ajoelhou-se à frente de um deles, pedindo justiça e piedade, apelando para a sua honra. Eram provavelmente homens do doge, que deram espadeiradas no bárbaro, enxotando-o, e devolvendo a menina para a família.

Depois do Hipódromo, os genoveses escolheram as ruas mais seguras: vielas estreitas, nas quais as casas estavam totalmente queimadas, ou traziam sinais evidentes de um minucioso saque. Os peregrinos, se ainda buscavam alguma coisa para roubar, deviam estar em outros lugares. Quase noite, e haviam ultrapassado as muralhas de Teodósio. Lá os esperavam o resto dos genoveses com os pequenos mulos. Despediram-se de seus protetores entre muitos abraços e desejos de boa sorte, e seguiram por uma estrada no campo, sob um céu de primavera, com uma lua quase cheia no horizonte. Do mar distante vinha um vento leve. Todos haviam descansado durante o dia e a viagem não parecia fatigar nem a mulher de Nicetas. Entretanto, ele estava muito cansado, ofegando a cada solavanco do animal, e a cada meia hora pedia aos outros que o deixassem descansar um pouco.

"Comeste muito, senhor Nicetas", disse-lhe Baudolino.

"Negarias a um exilado as últimas delícias de sua pátria moribunda?", respondeu Nicetas. Depois buscava uma rocha, um tronco de árvore caído onde se pudesse acomodar: "Mas é pela ânsia de conhecer a continuação da tua aventura. Senta aqui, Baudolino, ouve quanta paz, sente os bons aromas do campo. Vamos descansar um pouco, e conta."

Como durante três dias viajassem de dia e descansassem de noite a céu aberto, para evitar os lugares habitados sabe-se lá por quem, foi debaixo das estrelas, num silêncio interrompido apenas pelo sussurro dos ramos e de sons inesperados de animais noturnos, que Baudolino continuou sua história.

NAQUELE TEMPO – e estamos em 1187 – Saladino deflagrou seu último ataque à Jerusalém cristã. Venceu. Comportou-se generosamente, deixando sair ilesos todos aqueles que podiam pagar uma taxa, limitando-se a decapitar diante das muralhas os cavaleiros Templários porque, como admitiam todos, era generoso, sim, mas nenhum líder digno desse nome poderia poupar a elite dos inimigos invasores, e os Templários também sabiam que, para exercer aquele ofício, devia-se aceitar a regra de que não se fazem prisioneiros. Por mais que Saladino se mostrasse magnânimo, todo o mundo cristão ficou abalado pelo fim daquele reino franco d'além-mar, que resistiu durante quase cem anos. O papa recorreu a todos os monarcas da Europa para uma terceira expedição de crucíferos que libertasse de novo aquela Jerusalém reconquistada pelos infiéis.

Baudolino só esperava que seu imperador se unisse à empreitada. Ir até a Palestina significava preparar-se para partir até o Oriente com uma armada invencível. Jerusalém seria retomada num piscar de olhos, e depois restaria apenas seguir para as Índias. Mas foi então que descobriu quanto Frederico estava cansado e inseguro. Pacificara a Itália, mas temia que, ausentando-se, pudesse perder as vantagens obtidas. Ou talvez perturbava-o a ideia de uma nova expedição à Palestina, recordando o seu crime durante a expedição anterior, quando, levado pela cólera, acabou destruindo aquele mosteiro búlgaro. Sabe-se lá. Hesitava. Perguntava a si mesmo qual era o seu dever, e quando se começa a questionar isso (dizia Baudolino) já é um sinal de que não há um dever que nos motiva.

"EU TINHA QUARENTA e cinco anos, senhor Nicetas, e estava apostando o sonho de uma vida, ou melhor, a própria vida, porque minha vida fora construída segundo aquele sonho. Assim, a frio, confiando na minha boa estrela, decidi dar a meu pai adotivo uma esperança, um sinal celeste de sua missão. Após a queda de Jerusalém, chegaram em nossas terras cristãs os sobreviventes daquela ruína, e passaram junto à corte imperial sete cavaleiros do Templo que, sabe Deus como, escaparam à vingança de Saladino. Estavam em péssimo estado, mas talvez não saibas como são os Templários: beberrões e fornicadores, e vendem a própria irmã se lhes deres a tua para apalparem – e melhor ainda se for o teu irmãozinho, é o que se diz. Digamos enfim que lhes dei de comer, e todos me viam andando pelas tabernas com eles. Por isso, não me foi difícil dizer um dia a Frederico que aqueles simoníacos desavergonhados haviam roubado de Jerusalém nada mais nada menos que o Greal. E disse que, como os Templários estavam reduzidos ao limite de suas forças, comprei-o, dando cabo de todas as moedas que eu possuía. Frederico naturalmente surpreendeu-se num primeiro momento. Mas o Greal não estava nas mãos do Preste João que queria dá-lo de presente para ele? E não se planejava ir atrás de João justo para receber como presente aquele santíssimo despojo? Sim, meu pai, disse-lhe eu, mas evidentemente algum ministro infiel o roubou de João, e o vendeu a um punhado de Templários que foram pilhar naquelas bandas, sem se dar conta de onde estivessem. Mas não importava saber como e quando. Apresentava-se agora ao sagrado e romano imperador outra e mais extraordinária oportunidade: ele havia de procurar o Preste João justamente para devolver-lhe o Greal. Não utilizando aquela incomparável relíquia para adquirir poder, mas para cumprir um dever, teria a gratidão do Preste João, e a fama eterna em toda a Cristandade. Entre apropriar-se do Greal e devolvê-lo, entre fazer um tesouro e levá-lo até onde fora roubado, entre tê-lo e doá-lo, entre possuí-lo (como todos sonhavam) e cumprir o sublime sacrifício de se desfazer dele – era evidente de que lado estava a verdadeira unção, a glória de ser o único e verdadeiro *rex et sacerdos*. Frederico tornava-se o novo José de Arimateia."

"Estavas mentindo para teu pai."

"Mas era para o seu bem e para o bem do império."

"Nunca perguntaste o que aconteceria se Frederico chegasse realmente diante do Preste João, e lhe levasse o Greal, e ele arregalasse os olhos, perguntando-se o que era aquela tigela que ele jamais vira? Frederico teria se tornado não a glória, mas o bufão da Cristandade."

"Senhor Nicetas, conheces os homens melhor do que eu. Imagina: és o Preste João, um grande imperador do Ocidente ajoelha-se a teus pés e te entrega uma relíquia daquela espécie, dizendo que é tua por direito, e começa a rir, dizendo que jamais viste aquela caneca de taberna? Ora, vamos! Não digo que o Preste João fingiria reconhecê-la. Digo que, deslumbrado pela glória que recairia sobre ele ao reconhecerem-no como seu guardião, ele a reconheceria logo, acreditando que sempre a possuíra. E assim dei a Frederico, como preciosidade, a tigela de meu pai Gagliaudo, e juro que naquele momento eu me sentia como que o celebrante de um rito sagrado. Eu dava o presente e a lembrança de meu pai carnal para o meu pai espiritual, e meu pai carnal tinha razão: aquela coisa humílima, com a qual comungara durante toda a sua vida de pecador, era de verdade e espiritualmente o cálice usado pelo pobre Cristo, que caminhava para a morte, para a redenção de todos os pecadores. Acaso, ao celebrar a missa, o sacerdote não toma um pão e vinho tão insignificantes, e os torna carne e sangue de Nosso Senhor?"

"Mas não eras um sacerdote."

"É por isso que eu não dizia que aquela coisa era sangue de Cristo, dizia apenas que o recebera. Eu não usurpava um poder sacramental. Eu prestava um testemunho."

"Falso."

"Não. Tu me disseste que, quando se acredita que uma relíquia é verdadeira, sente-se o seu perfume. Pensamos que só precisamos de Deus, mas frequentemente é Deus quem precisa de nós. Naquele momento eu pensava que era preciso ajudá-lo. Aquele cálice devia mesmo ter existido, se Nosso Senhor o tivesse usado. Se foi perdido, foi por culpa de algum homem insignificante. Eu devolvia o Greal à Cristandade. Deus não iria me desmentir. Prova disso é que todos acreditaram logo nisso, incluindo os meus companheiros. O vaso sagrado estava ali, diante de seus olhos, agora nas mãos de Frederico, que o erguia ao céu como se estivesse em êxtase, e Boron pôs-se de joelhos, vendo pela primeira vez o objeto com o qual sempre sonhara, Kyot disse logo que lhe parecia avistar uma grande luz, Rabbi Solomon admitia que – ainda que Cristo não fosse o verdadeiro Messias esperado pelo seu povo – certamente aquele receptáculo emanava uma fragrância de incenso, Zósimo arregalou aqueles seus olhos visionários, persignando-se muitas vezes ao contrário, como é de vosso costume, cismáticos, Abdul tremia como vara verde e murmurava que possuir aquele sagrado espólio equivalia a reconquistar todos os reinos d'além-mar – e achava que devia entregá-lo como sinal de amor à sua princesa distante. Eu mesmo estava com os olhos úmidos e me perguntava a razão pela qual o Céu quisera que eu fosse o mediador daquele evento prodigioso. Quanto ao Poeta, roía as unhas perturbado. Eu sabia no que estava pensando: que eu havia sido um estúpido, que Frederico estava velho e não conseguiria tirar partido daquele tesouro, e que teria valido mais a pena que o conservássemos e que tivéssemos partido para as terras do norte, onde nos dariam de presente um reino. Tendo em vista a fraqueza evidente do imperador, voltava às suas fantasias de poder. Mas me senti consolado, porque compreendi que, reagindo assim, ele também considerava já o Greal como algo verdadeiro."

FREDERICO GUARDOU devotamente o cálice num escrínio, amarrando a chave ao pescoço, e Baudolino pensou que fizera bem, porque naquele instante tinha a impressão de que não só o Poeta, mas todos os seus amigos estariam prontos a roubar aquele objeto, para depois viver a sua aventura pessoal.

O imperador afirmou que agora era preciso partir realmente. Uma expedição de conquista deve ser preparada com cuidado. No ano seguinte, Frederico enviou embaixadores a Saladino e solicitou encontros com os mensageiros do príncipe dos sérvios, Estêvão Nemanjia, do basileu bizantino e do sultão seldjúcida de Icônio, para preparar a travessia de seus territórios.

Enquanto os reis da Inglaterra e da França decidiam partir por mar, em maio de 1189, Frederico partiu por terra de Ratisbona com quinze mil cavaleiros e quinze mil escudeiros; alguns diziam que nas planícies da Hungria ele houvesse passado em revista sessenta mil cavaleiros e cem mil soldados. Outros chegaram a falar até de seiscentos mil peregrinos, mas deviam exagerar todos, e Baudolino tampouco era capaz de dizer quantos fossem na verdade, deviam ser algo em torno de vinte mil homens, mas era em todo o caso um grande exército. Se não os contássemos um a um, vistos de longe era uma multidão acampada, a qual se sabia onde começava, mas não onde terminava.

Para evitar os saques e massacres das expedições anteriores, o imperador não quis que o seguissem aqueles bandos de deserdados que cem anos antes haviam espalhado tanto sangue em Jerusalém. Devia ser uma coisa muito benfeita, por gente que sabia como fazer uma guerra, não por desgraçados que partiam com a desculpa de conquistar o Paraíso e voltavam para casa com os espólios de algum hebreu, de quem haviam cortado a garganta pelo caminho. Frederico só admitia quem pudesse se manter durante dois anos, e os soldados pobres recebiam três marcos de prata cada um, para alimentar-se durante a viagem. Se queres libertar Jerusalém, deves gastar o que for preciso.

Muitos italianos haviam se unido à empreitada, havia cremoneses com o bispo Sicardo, os brescianos, os veroneses com o cardeal Abelardo, e até mesmo alguns alexandrinos, entre os quais velhos amigos de Baudolino como Boidi, Cuttica de Quargnento, Porcelli, Aleramo Scaccabarozzi, o Tolo, Colandrino, irmão de Colandrina, que era, afinal, o seu cunhado, um dos Trotti, e depois Pozzi, Ghilini, Lanzavecchia, Peri, Inviziati, Gambarini e Cermelli, todos à sua custa ou da cidade.

Foi uma partida faustosa pelas margens do Danúbio até Viena; depois, em Bratislava, em junho, Frederico encontrou-se com o rei da Hungria. Depois, entraram na selva búlgara. Em julho, encontraram o príncipe dos sérvios, que solicitava uma aliança contra Bizâncio.

"Creio que este encontro", disse Baudolino, "tenha preocupado o vosso basileu Isaac. Temia que a armada quisesse conquistar Constantinopla."

"E não se enganava."

"Enganava-se em quinze anos. Frederico queria chegar realmente a Jerusalém."

"Mas estávamos inquietos."

"Entendo, um imenso exército estrangeiro estava prestes a atravessar o vosso território, e estáveis preocupados. Mas decerto complicastes a nossa vida. Chegamos em Serdica e depois não encontramos as provisões prometidas. Perto de Filipópolis, fomos enfrentados pelas vossas tropas, que depois fugiam, correndo, como aconteceu em todos os confrontos daqueles meses."

"Fica sabendo que na época eu era governador de Filipópolis. Recebíamos notícias divergentes da corte. Certa vez, o basileu ordenou que construíssemos uma muralha e que cavássemos um fosso, para fazer frente à vossa chegada, e assim que acabamos, veio a ordem para destruir tudo, para que não servisse de abrigo para vós."

"Bloqueastes as passagens das montanhas, mandando cortar árvores. Atacastes nossos soldados que saíam isoladamente à procura de comida."

"Saqueastes nossas terras."

"Porque não fornecestes as provisões prometidas. Vossos soldados baixavam das muralhas da cidade os víveres em cestos, mas misturavam cal dentro do pão e outras substâncias venenosas. Precisamente durante a viagem, o imperador recebeu uma carta de Sibila, a ex-rainha de Jerusalém, que lhe informava como Saladino, para deter o avanço dos cristãos, havia enviado ao imperador de Bizâncio grande quantidade de grãos envenenados, e uma jarra de vinho tão envenenado que um escravo de Isaac, encarregado de cheirá-lo, morreu imediatamente."

"Mentiras."

"Mas quando Frederico enviou embaixadores a Constantinopla, o vosso basileu deixou que esperassem de pé e depois mandou prendê-los."

"Mas depois foram mandados de volta a Frederico."

"Quando entramos em Filipópolis e a encontramos vazia, porque todos haviam desaparecido, tu também não estavas lá."

"Era meu dever esquivar-me de uma captura."

"Pode ser. Mas foi depois que entramos em Filipópolis que o vosso basileu mudou de tom. É porque nos encontramos com a comunidade armena."

"Os armenos vos consideravam irmãos. São cismáticos como vós, não veneram as santas imagens, usam pães ázimos."

"São bons cristãos. Alguns deles falaram logo em nome de seu príncipe Leão, garantindo-nos passagem e assistência através de seu país. Que as coisas não eram tão simples, nós o entendemos em Adrianópolis, quando chegou também uma embaixada do sultão seldjúcida de Icônio, Kilidj Arslan, que se proclamava senhor dos turcos e dos sírios, mas também dos armenos. Quem comandava, e onde?"

"Kilidj queria pôr um freio à supremacia de Saladino, e queria conquistar o reino cristão da Armênia e, portanto, esperava que o exército de Frederico pudesse ajudá-lo. Os armenos esperavam que Frederico pudesse conter as pretensões de Kilidj. O nosso Isaac, ainda perturbado com a derrota infligida pelos seldjúcidas, em Miriocéfalo, esperava que Frederico lutasse contra Kilidj, mas também não lhe daria desgosto se lutasse contra os armenos, que causavam não poucos transtornos ao nosso império. Eis por que, quando soube que tanto os seldjúcidas quanto os armenos asseguravam a Frederico uma passagem por suas terras, compreendeu que não devia impedir a sua marcha, mas favorecê-la, permitindo-lhe atravessar a Propôntide. Ele o enviava contra os nossos inimigos e o afastava de nós."

"Pobre de meu pai. Acho que não suspeitava ser uma arma nas mãos de um bando de inimigos entrecruzados. Ou talvez soubesse disso, mas esperou o momento de derrotar a todos. O que sei é que ao entrever a aliança com um reino cristão, o armeno, para além de Bizâncio, Frederico inquietava-se, pensando na sua meta final. Desejava (e eu com ele) que os armenos pudessem abrir caminho para o reino do Preste João... Em todo o caso, é exatamente como dizes, depois das missões dos seldjúcidas e dos armenos, o vosso Isaac nos deu alguns navios. E foi justamente em Galípolis, em Kallioupolis, que te vi, quando, em nome de teu basileu, nos oferecias as embarcações."

"Não foi uma decisão fácil para nós", disse Nicetas, "o basileu corria o risco de entrar em conflito com Saladino. Teve de enviar-lhe mensageiros para explicar-lhe as razões de sua sujeição. Grande senhor, Saladino, entendeu logo, e não nos guardou rancor. Repito, dos turcos nada temos a temer: nosso problema sois sempre vós, cismáticos, sempre."

Nicetas e Baudolino disseram que não convinha recriminar erros e acertos daquele episódio, que agora fazia parte do passado. Talvez Isaac tivesse razão, todo peregrino cristão que passava por Bizâncio sempre fora tentado a parar ali, onde havia tantas coisas belas para conquistar, sem ir arriscar demais sob as muralhas de Jerusalém. Mas Frederico queria realmente continuar.

CHEGARAM EM Galípolis, e embora esta não fosse Constantinopla, o exército foi seduzido por aquele lugar alegre com o porto cheio de galeras e dromos, prontos a estivar cavalos, cavaleiros e provisões. Não durou um só dia, e nesse meio-tempo nossos amigos descansaram. Desde o início da viagem, Baudolino resolvera usar Zósimo para algo de útil, e o obrigara a ensinar grego a seus companheiros:

"Lá para onde iremos", disse, "ninguém sabe latim, para não falar do tudesco, do provençal ou da minha língua. Com o grego há sempre alguma esperança de nos fazermos entender." E assim, entre uma visita a um bordel e a leitura de algum texto dos padres da igreja do Oriente, a espera não se tornava cansativa.

No porto havia um interminável mercado, e decidiram aventurar-se, conquistados por cintilações distantes e pelo cheiro das especiarias. Zósimo, que fora libertado para que lhe servisse de guia (mas sob o olhar atento de Boron, que não o perdia de vista um só instante), os informou:

"Vós, bárbaros latinos e alamânios, não conheceis as regras de nossos costumes romanos. Deveis saber que, em nossos mercados, num primeiro momento, não devereis comprar nada, porque pedem sempre muito, e se pagais logo o que pedirem, não irão vos tomar por idiotas, porque sabiam como sois, mas eles é que ficam desapontados, porque a felicidade do mercador é negociar. Assim, oferecei duas moedas quando pedem dez, eles descerão até sete, vós ofereceis três e eles descerão até cinco, vós permaneceis com três, até que eles desistam, chorando, e jurando que acabarão na miséria com toda sua família. Só então deveis comprar, mas ficai sabendo que a mercadoria valia apenas uma moeda."

"Então porque devemos comprar?", perguntou o Poeta.

"Porque eles também têm o direito de viver, e três moedas por aquilo que vale uma só é um preço honesto. Mas devo dar-lhes outro aviso: não só os mercadores têm o direito de viver, mas também os ladrões, e como não podem roubar a si mesmos, tentam roubar a vós. Se os impedis estais no vosso direito, mas se tiverem sucesso não deveis lamentar. Assim, aconselho levar na bolsa pouco dinheiro, apenas aquele pouco que decidistes gastar e basta."

Instruídos por um guia tão bem informado sobre os hábitos do lugar, nossos amigos se aventuraram num mar de gente que fedia a alho, como todos os romeus. Baudolino comprou dois punhais árabes a um bom preço, para manter dos dois lados da cintura e para puxá-los rapidamente de braços cruzados. Abdul encontrou uma pequena caixa transparente que continha uma mecha de cabelos (sabe-se lá de quem, mas era claro em quem estava pensando). Solomon chamou os outros aos berros ao descobrir a tenda de um persa que vendia poções milagrosas. O vendedor de elixir mostrou uma ampola que, segundo afirmava, continha um fármaco poderosíssimo, o qual, tomado em pequenas doses, estimulava os espíritos vitais, mas se fosse bebido de uma só vez levaria rapidamente à morte. Depois exibiu uma ampola semelhante, que guardava no entanto o mais poderoso dos antídotos, capaz de anular a ação de qualquer veneno. Solomon, que era também um diletante da arte médica, como todos os judeus, comprou o antídoto. Pertencendo a uma gente que era muito menos ingênua do que os romeus, conseguiu pagar apenas uma moeda em lugar das três pedidas, e se atormentava achando que pagara pelo menos o dobro.

Ao deixar a tenda do apotecário, Kyot encontrou um suntuoso lenço para o pescoço e Boron, após ter considerado longamente cada mercadoria, balançou a cabeça, murmurando que, para quem estava no séquito de um imperador que possuía o Greal, todos os tesouros do mundo eram esterco, e imagine-se então aquele.

Reencontraram Boidi de Alexandria, que já começara a fazer parte de seu grupo. Ficara apaixonado por um anel, talvez de ouro (o vendedor chorava ao entregá-lo, porque era de sua mãe), que continha no engaste um líquor prodigioso, do qual um só gole podia reanimar um ferido e, em certos casos, ressuscitar um morto. Ele o comprou porque, dizia, se fosse preciso arriscar a pele junto às muralhas de Jerusalém, seria melhor tomar alguma precaução.

Zósimo extasiou-se diante de um selo que continha um Z, que era a sua inicial, e que vinha junto com um estilete. O Z estava tão carcomido que talvez não conseguisse deixar sinal algum no lacre, mas isso era testemunha da insigne antiguidade do objeto. Naturalmente, como era um prisioneiro, ele não tinha dinheiro, mas Solomon ficou com pena e comprou-lhe o selo.

Numa certa altura, empurrados por aquela multidão, perceberam que haviam perdido o Poeta, mas o reencontraram pouco depois, regateando o preço de uma espada que, segundo o mercador, remontava à conquista de Jerusalém. Quando porém procurou sua bolsa, percebeu que Zósimo tinha razão, e que ele, com seus olhos azuis de alamânio pensativo, atraíra os ladrões atrás de si como moscas. Baudolino ficou com pena e deu-lhe a espada de presente.

No dia seguinte, nos acampamentos, apresentou-se um homem ricamente vestido, de conduta excessivamente obsequiosa, acompanhado por dois servos, que pediu para ver Zósimo. O monge confabulou um pouco com ele, depois veio dizer a Baudolino que se tratava de Makhitar Ardzrouni, um nobre dignitário armeno, que fora encarregado de uma missão secreta por parte do príncipe Leão.

"ARDZROUNI?", DISSE Nicetas. "Sei quem é. Veio várias vezes a Constantinopla, desde os tempos de Andrônico. Entendo que tenha se encontrado com o teu Zósimo, porque tinha fama de cultor de ciências mágicas. Um de meus amigos de Selímbria, só Deus sabe se o reencontraremos lá, também foi seu hóspede no castelo de Dadjig..."

"Nós também, e para nosso azar. O fato de ele ser amigo de Zósimo era sinal muito infausto para mim, mas informei Frederico, que o quis ver. Esse Ardzrouni era muito reticente a respeito de suas credenciais. Fora e não fora enviado por Leão, ou seja, se fora enviado não o deveria dizer. Estava lá para servir de guia ao exército imperial pelo território dos turcos até a Armênia. Ardzrouni falava com o imperador num latim aceitável, mas quando não queria dizer nada de concreto, fingia não encontrar a palavra adequada. Frederico dizia que era infiel como todos os armenos, mas uma pessoa que conhecia bem aquela região era-lhe útil e decidiu agregá-lo ao exército, pedindo apenas para que eu o vigiasse. Devo dizer que durante a viagem comportou-se de maneira impecável, fornecendo sempre informações que depois se confirmavam."

24
Baudolino no castelo de Ardzrouni

Em março de 1190, o exército entrou na Ásia, chegou a Laodiceia e se dirigiu para os territórios dos turcos seldjúcidas. O velho sultão de Icônio dizia-se aliado de Frederico, mas seus filhos o haviam exautorado, atacando o exército cristão. Ou talvez não, Kilidj teria também mudado de ideia, jamais se soube com certeza. Conflitos, escaramuças, batalhas de verdade, Frederico seguia como vencedor, mas seu exército estava dizimado pelo frio, pela fome e pelos ataques dos turcomanos, que chegavam inesperadamente, investiam contra as alas de seu exército, e fugiam, conhecendo bem caminhos e refúgios.

Avançando com dificuldade por territórios assolados e desertos, os soldados deviam beber da própria urina, ou do sangue dos cavalos. Quando chegaram diante de Icônio, o exército dos peregrinos estava reduzido a não mais do que mil cavaleiros.

E, no entanto, foi um belo cerco, e o jovem Frederico da Suábia, embora doente, lutou muito bem, conquistando ele próprio a cidade.

"FALAS COM frieza do jovem Frederico."

"Ele não me amava. Desconfiava de todos, tinha ciúmes do irmão menor, que lhe estava tirando a coroa imperial, e certamente tinha ciúmes de mim, pois eu não era do seu sangue, e do afeto que seu pai me reservava. Talvez desde menino fora perturbado pelo modo pelo qual eu olhava a sua mãe, ou ela me olhava. Tinha ciúmes da autoridade que eu conquistara, ao dar o Greal para seu pai, e sobre essa história mostrava-se cético. Quando escutava falar de uma expedição para as Índias, eu o ouvia murmurar que voltaria a falar disso no momento oportuno. Sentia-se destronado por todos. É por isso que se comportara corajosamente em Icônio, ainda que estivesse com febre no dia seguinte. Apenas quando seu pai o elogiou por aquela bela empresa, e diante de todos os seus barões, vi brilhar uma luz de felicidade em seus olhos. Creio que foi a única vez em toda a sua vida. Fui prestar-lhe homenagem, e eu estava realmente feliz por ele, mas agradeceu-me distraidamente."

"Pareces comigo, Baudolino. Também escrevi e escrevo as crônicas de meu império, detendo-me mais sobre as pequenas invejas, ódios, ciúmes, que perturbam tanto as famílias dos poderosos quanto as grandes e públicas aventuras. Os imperadores também são seres humanos, e a história é também a história de suas fraquezas. Mas prossegue."

"Depois de ter conquistado Icônio, Frederico enviou prontamente embaixadores a Leão da Armênia para que este o ajudasse a seguir através de seus territórios. Havia um acordo e foram eles que o fizeram. E, no entanto, Leão ainda não mandara ninguém para recebê-los. Talvez estivesse com medo de acabar como o sultão de Icônio. Assim, continuamos não sabendo se receberíamos ou não a sua ajuda, e Ardzrouni nos guiava dizendo não haver dúvida de que chegariam os embaixadores de seu príncipe. Num certo dia de junho, dirigindo-se para o sul, depois de passar Laranda, adentramos pelas montanhas do Taurus, e finalmente vimos alguns cemitérios cheios de cruzes. Estávamos na Cilícia, em terra cristã. Fomos logo recebidos pelo senhor armeno de Sibilia e, mais à frente, junto ao rio maldito, cujo nome quero esquecer, encontramos uma embaixada, que vinha em nome de Leão. Assim que foi vista, Ardzrouni afirmou que era melhor que ele não se deixasse ver, e desapareceu. Encontramos dois dignitários, Constante e Balduíno de Camardeis, e nunca vi embaixadores com propósitos tão incertos. Um anunciava como iminente a chegada com todas as pompas de Leão e do Catholicos Gregório; o outro tergiversava, deixando entender que, desejoso de ajudar o imperador, o príncipe armeno não podia mostrar a Saladino que abria caminho para seus inimigos, e, portanto, devia agir com muita cautela."

DEPOIS QUE a embaixada partiu, reapareceu Ardzrouni, que puxara à parte Zósimo, o qual fora ter depois com Baudolino e juntos foram ter com Frederico.

"Ardzrouni disse que, longe dele o desejo de trair a seu senhor, mas suspeita de que seria uma sorte para Leão se parasses aqui."

"Em que sentido", perguntou Frederico, "quer oferecer-me vinho e mulheres para que eu esqueça que devo seguir para Jerusalém?"

"Vinho talvez, sim, mas envenenado. Pede que recordes a carta da rainha Sibila", disse Zósimo.

"Como podes saber daquela carta?"

"Correm boatos. Se Leão detivesse a tua marcha, faria uma coisa agradabilíssima a Saladino, e Saladino poderia ajudá-lo a realizar o seu desejo de se tornar sultão de Icônio, visto que Kilidj e seus filhos haviam sido vergonhosamente derrotados."

"E por que Ardzrouni preocupa-se tanto com minha vida, a ponto de trair a seu senhor?"

"Somente Nosso Senhor deu a sua vida pelo amor da humanidade. A semente dos homens, nascida no pecado, é semelhante à semente dos animais. O que ensina essa santa máxima? Que Ardzrouni não iria desdenhar um dia ocupar o lugar de Leão. Ardzrouni é estimado por muitos armenos, e Leão, não. Assim, obtendo o reconhecimento do sacro e romano imperador, poderiam um dia confiar no mais poderoso dos amigos. Eis por que sugere ir até o seu castelo de Dadjig, margeando esse rio, e mandar teus homens acamparem ao seu redor. Esperando entender o que Leão realmente queria, poderias morar com ele, livre de qualquer armadilha. E recomenda que de agora em diante tenhas cuidado com as comidas e as bebidas que algum de seus compatriotas poderia oferecer-te."

"Com mil demônios", gritou Frederico, "faz um ano que tenho de atravessar um ninho de víboras após o outro! Os meus bons príncipes alemães eram cordeirinhos comparados com estes – e sabes o que mais? –, até mesmo comparados àqueles traiçoeiros milaneses, que tanto me fizeram sofrer, mas que pelo menos me enfrentavam em campo aberto, sem tentar apunhalar-me durante o sono! O que vamos fazer?"

O filho de Frederico aconselhou-o a aceitar o convite. Melhor defender-se de um só e possível inimigo, conhecido, do que de muitos e desconhecidos. "Ele tem razão, meu pai", disse Baudolino. "Tu te hospedas naquele castelo, e eu com meus amigos faremos a teu redor uma barreira, para que ninguém possa aproximar-se de ti sem passar sobre nossos corpos, de dia e de noite. Provaremos primeiro cada substância que a ti se destinar. Não digas nada, não sou um mártir. Todos saberão que iremos comer e beber antes de ti, e ninguém há de considerar prudente envenenar um de nós, pois a tua ira cairia sobre cada habitante daquela fortaleza. Teus homens precisam de descanso, a Cilícia é habitada por povos cristãos, o sultão de Icônio não tem forças para ultrapassar as montanhas e atacar-te novamente, Saladino ainda está muito longe, esta região é feita de picos e fendas, que são excelentes defesas naturais, e me parece a terra adequada para restaurar as forças de cada um."

Após um dia de marcha na direção de Selêucia, avançaram por uma garganta, que deixava espaço apenas para que o curso do rio seguisse. De repente, a garganta se abriu e deixou o rio correr por um vasto trecho plano, para depois acelerar o seu curso e se desviar, mergulhando em outra garganta. Não muito longe das margens, erguia-se, despontando do chão como um cogumelo, uma torre de contornos irregulares, que se revelava azul para os olhos de quem vinha do Oriente, enquanto o sol se punha atrás dela, de modo que, à primeira vista, não se poderia dizer se era obra do homem ou da natureza. Apenas ao aproximar-se dela compreendia-se que era uma espécie de maciço rochoso em cuja extremidade se instalava uma fortaleza, da qual evidentemente podia-se dominar a planície e a coroa dos montes circunvizinhos.

"Muito bem", disse então Ardzrouni, "podes deixar teu exército acampar na planície, e te aconselho que fique lá embaixo, próximo ao rio, porque há espaço para os acampamentos e água para homens e animais. Minha fortaleza não é grande, te aconselho a subir apenas com um grupo de homens de confiança."

Frederico disse a seu filho que se ocupasse dos acampamentos, e que permanecesse com o exército. Decidiu levar com ele apenas uma dezena de homens, além do grupo de Baudolino e de seus amigos. O filho tentou protestar, dizendo que queria ficar junto com o pai, e não a uma milha de distância. Mais uma vez olhou para Baudolino e para os seus com escassa confiança, mas o imperador permaneceu irredutível.

"Dormirei naquela fortaleza", disse. "Amanhã tomarei banho no rio, e para isso não precisarei de vós. Virei a nado para dar bom-dia a todos." O filho disse que a sua vontade era lei, mas a contragosto.

Frederico separou-se do grosso do exército, com os seus dez armados, Baudolino, o Poeta, Kyot, Boron, Abdul, Solomon e Boidi, que puxava Zósimo pela corrente. Todos estavam curiosos para saber como subiriam até aquele refúgio, mas, olhando ao redor do maciço, descobriu-se, enfim, que para o Ocidente o desfiladeiro abrandava-se um pouco, o suficiente para que se pudesse escavá-lo e calcetar um caminho com degraus, pelo qual não podiam passar mais do que dois cavalos lado a lado.

 Quem quisesse subir com más intenções, deveria percorrer

a escadaria lentamente, de modo que apenas dois arqueiros, das ameias da fortaleza, conseguissem exterminar os invasores, dois a dois.

No fim da subida, abria-se um portal que dava para um pátio. Do lado de fora daquela porta, o caminho seguia, rente às muralhas, e ainda mais estreito, a pico no penhasco, até uma outra porta menor, do lado norte, e depois acabava no vazio.

Entraram no pátio, que levava ao castelo propriamente dito, com as muralhas cobertas de ameias, mas por sua vez defendidas pelas muralhas que separavam o pátio do abismo. Frederico determinou que seus guardas ficassem nos espaldões externos, para que controlassem do alto o caminho. Não parecia que Ardzrouni tivesse homens a seu comando, à exceção de alguns sicários, que vigiavam as muitas portas e corredores.

"Não preciso de um exército aqui", disse Ardzrouni, sorrindo com orgulho. "Sou inatacável. Como verás depois, sacro imperador, este não é um posto de guerra, é o refúgio onde cultivo meus estudos sobre o ar, o fogo, a terra e a água. Vem, vou mostrar-te onde poderás acomodar-te dignamente."

Subiram uma escadaria, e na segunda curva entraram numa ampla sala de armas, decorada com alguns assentos e com panóplias nas paredes. Ardzrouni abriu uma porta de madeira sólida, guarnecida com tachas de metal, e levou Frederico a um quarto suntuosamente decorado. Havia uma cama com baldaquim, uma cômoda com taças e candelabros de ouro, encimada por uma arca de madeira escura, escrínio ou tabernáculo, e uma ampla lareira pronta para ser acesa, com troncos de árvore e pedaços de uma substância semelhante a carvão, mas cobertos por uma matéria oleosa, que provavelmente devia alimentar a chama, tudo muito bem-disposto sobre um leito de galhos secos, coberto de ramos com bagas perfumadas.

"É o melhor quarto de que disponho", disse Ardzrouni, "e é para mim uma honra oferecê-lo a ti. Não te aconselho a abrir aquela janela. Abre-se para o oriente e pela manhã o sol poderia incomodar-te. Esses vitrais coloridos, com a maravilha da arte veneziana, hão de filtrar suavemente a luz."

"Ninguém pode entrar por aquela janela?", perguntou o Poeta.

Ardzrouni abriu laboriosamente a janela, que estava de fato fechada por vários ferrolhos. "Vê", disse, "é muito alto. E além do pátio existem espaldões, onde já estão de prontidão os homens do imperador." Viam-se com efeito os espaldões das muralhas externas, o túnel, pelo qual os guardas passavam de quando em quando, e justo à distância de uma flechada da janela, dois grandes círculos, ou pratos de metal luzente, muito côncavos, inseridos num suporte colocado entre as ameias. Frederico perguntou o que era.

"São espelhos de Arquimedes", disse Ardzrouni, "com os quais aquele sábio dos tempos antigos destruiu os navios romanos que cercavam Siracusa. Cada espelho absorve e remete os raios de luz que caem, paralelos, sobre a superfície, e por isso reflete as coisas. Mas se o espelho não for fixo, e não estiver inclinado de forma adequada como ensina a geometria, suma entre as ciências, os raios não se refletem paralelos, mas vão todos concentrar-se num ponto preciso diante do espelho, segundo a sua curvatura. Ora, se mexeres o espelho de modo que absorva os raios do sol em seu maior esplendor e se os levares a atingirem todos juntos num mesmo ponto distante, tal concentração de raios solares naquele ponto preciso criará uma combustão, e poderás incendiar uma árvore, o tabuado de um navio, uma máquina de guerra, ou a mata ao redor de teus inimigos. Os espelhos são dois, porque um é curvo para que possa acertar no alvo de longe, e o outro incendeia o que está próximo. Assim, com aquelas duas máquinas tão simples, posso defender melhor esta minha fortaleza do que se tivesse mil arqueiros."

Frederico disse que Ardzrouni deveria ensinar-lhe aquele segredo, porque assim as muralhas de Jerusalém cairiam melhor do que aquelas de Jericó, e não ao som das trombetas, mas aos raios do sol. Ardzrouni disse que estava ali para servir ao imperador. Depois fechou a janela e disse:

"Por aqui não passa ar, mas entra por outras fendas. Apesar da época, como as muralhas são espessas, poderias sentir frio esta noite. Melhor do que acender a lareira, que produz uma fumaça incômoda, eu te aconselho a cobrir-te com estas peles que vês sobre a cama. Peço desculpas pela minha rudeza, mas o Senhor criou para nós um corpo: atrás desta pequena porta há um quarto, com um assento muito pouco real, mas tudo aquilo que teu corpo desejar expelir, cairá numa cisterna no subsolo, sem contaminar este ambiente. Entra-se apenas pela porta que acabamos de passar, e além dela, depois que a tiveres fechado por dentro com o ferrolho, hão de ficar os teus cortesãos que terão de se acostumar a dormir naqueles bancos, garantindo a tua tranquilidade."

Perceberam sob o cano da lareira um altorrelevo circular. Era uma cabeça de Medusa, com cabelos retorcidos como serpentes, olhos fechados, e uma boca carnuda e aberta, que mostrava uma cavidade escura, cujo fundo não se via ("Como aquela que vi contigo na cisterna, senhor Nicetas"). Frederico sentiu curiosidade e perguntou o que era.

Ardzrouni disse que era uma orelha de Dioniso:

"É uma de minhas magias. Em Constantinopla existem ainda velhas pedras desse tipo, bastou apenas aumentar um pouco a boca. Há um quarto, embaixo, onde costuma ficar minha pequena guarnição, mas enquanto estiveres aqui, senhor imperador, hei de deixá-lo vazio. Tudo o que se diz lá embaixo, sai por esta boca, como se quem fala estivesse escondido atrás do círculo. Assim, se eu quisesse, poderia ouvir o que confabulam os meus homens."

"Quem dera saber o que confabulam meus primos", disse Frederico. "Ardzrouni, és um homem de valor. Voltaremos a falar disso mais tarde. Agora façamos nossos projetos para amanhã. Quero tomar banho no rio de manhã."

"Poderás chegar até ele facilmente a pé ou a cavalo", disse Ardzrouni, "e sem precisar passar pelo pátio, por onde entraste. Com efeito, depois da porta da sala de armas, abre-se uma pequena escada que chega ao pátio secundário. Através dele poderás encontrar o caminho principal."

"Baudolino", disse Frederico, "manda aprontar naquele pátio alguns cavalos para amanhã."

"Meu pai", disse Baudolino, "sei muito bem quanto gostas de enfrentar águas mais revoltas. Mas agora estás cansado da viagem e de todas as provações que suportaste. Não conheces as águas desse rio, que me parecem cheias de redemoinhos. Por que arriscar?"

"Porque não sou tão velho quanto pensas, meu filho, e porque, se não fosse muito tarde, eu iria logo ao rio, pois estou coberto de poeira. Um imperador não deve feder, a não ser com o óleo das sagradas unções. Manda aprontar os cavalos."

"Como reza o *Eclesiastes*", disse timidamente Rabbi Solomon, "jamais deves nadar contra a corrente do rio."

"E quem disse que nadarei contra?", riu Frederico. "Vou segui-la."

"Não nos deveríamos lavar com tanta frequência", disse Ardzrouni, "a não ser sob a orientação de um médico experiente, mas aqui és tu quem mandas. Mas ainda é cedo, e seria para mim uma honra acompanhar-te numa visita pelo meu castelo."

Ele os fez descer a escadaria, passaram, no andar debaixo, por uma sala preparada para o banquete noturno, já iluminada por muitos candelabros. Passaram depois por um salão cheio de escabelos, onde num dos lados havia entalhado um grande caracol às avessas, uma estrutura espiraliforme, que se fechava como um funil, com um orifício central.

"Lá está a sala dos guardas de que te falei", disse, "e quem falar, aproximando a boca desta fenda, poderá ser ouvido no teu quarto."

"Gostaria de ouvir como funciona", disse Frederico. Baudolino disse, brincando, que naquela noite viria visitá-lo para falar com ele enquanto estivesse dormindo. Frederico riu e disse que não, porque naquela noite queria repousar tranquilamente. "A não ser que", acrescentou, "não venha me avisar que o sultão de Icônio está entrando pelo cano da lareira."

Ardzrouni os fez passar por um corredor, e entraram numa sala de amplas abóbadas, que reluzia pelo brilho de tantos fulgores e fumegava com espirais de vapor. Havia caldeirões nos quais fervia uma espécie de matéria fusa, retortas e alambiques, e outros curiosos recipientes. Frederico perguntou se Ardzrouni produzia ouro. Ardzrouni sorriu, dizendo que aquelas eram histórias de alquimistas. Mas sabia dourar metais e produzir um elixir que, se não era o da longa vida, pelo menos prolongava um pouco a vida tão breve que nos foi destinada. Frederico disse que não queria prová-lo:

"Deus fixou a extensão de nossa vida, e devemos nos conformar com a Sua vontade. Pode ser que eu morra amanhã, ou que viva talvez até os cem anos. Tudo está nas mãos do Senhor." Rabbi Solomon observou que suas palavras eram muito sábias, e os dois conversaram um pouco sobre a questão dos decretos divinos, e era a primeira vez que Baudolino ouvia Frederico falar daquelas coisas.

Enquanto os dois conversavam, Baudolino viu de rabo de olho Zósimo, que se metia numa sala contígua, por uma pequena porta, e Ardzrouni o seguia, preocupado. Temendo que Zósimo conhecesse algum conduto que lhe permitisse escapar, Baudolino foi atrás dos dois e viu-se num pequeno quarto, onde havia apenas um guarda-louças, e no fundo do guarda-louças havia sete cabeças douradas. Representavam todas o mesmo rosto barbado, e estavam suspensas num pedestal. Podia-se reconhecê-las pelos relicários, mesmo porque se via que a cabeça poderia abrir-se como uma caixa, mas as bordas da tampa, na qual se desenhava o rosto, estavam presas à parte superior por um selo de lacre escuro.

"O que estás procurando?", perguntou Ardzrouni a Zósimo, sem perceber ainda a presença de Baudolino.

Zósimo respondeu:

"Ouvi dizer que fabricavas relíquias, e para isso te servias de teus expedientes para dourar os metais. São as cabeças do Batista, não é mesmo? Vi outras dessas, e agora sei exatamente de onde vêm."

Baudolino tossiu delicadamente, Ardzrouni virou-se rápido e levou as mãos à boca, com os olhos que se reviravam pelo susto:

"Eu te peço, Baudolino, não digas nada ao imperador, senão vai-me mandar para a forca", disse em voz baixa. "É verdade, são relicários com a verdadeira cabeça de São João

Batista. Cada qual contém um crânio, tratado com fumigações, para que fique menor e se pareça muito antigo. Vivo nesta terra sem recursos de natureza, sem campos para semear e sem animais, e minhas riquezas são limitadas. Fabrico relíquias, é verdade, e são muito procuradas, tanto na Ásia como na Europa. Basta colocar duas delas, bem distantes uma da outra, por exemplo uma em Antioquia e outra na Itália, e ninguém percebe que existem duas." Sorria com untuosa humildade, como se pedisse compreensão por um pecado, ao fim e ao cabo, venial.

"Jamais suspeitei de que fosses um homem virtuoso, Ardzrouni", disse Baudolino, rindo. "Guarda as tuas cabeças, mas vamos sair logo, senão, criaremos suspeitas nos outros e no imperador." Saíram e, enquanto isso, Frederico estava concluindo a sua troca de reflexões religiosas com Solomon.

O imperador perguntou que outras coisas prodigiosas seu anfitrião tinha para exibir, e Ardzrouni, ansioso para fazê-los sair daquela sala, levou-os de volta ao corredor. Por ali deram numa porta fechada, com dois batentes, ao lado da qual havia um altar, daqueles que os pagãos usavam para seus sacrifícios, de que Baudolino vira diversas ruínas em Constantinopla. No altar havia feixes e ramos. Ardzrouni derramou um líquido pastoso e escuro, pegou uma das tochas que iluminavam o corredor e acendeu a pilha. Imediatamente o altar ardeu e em poucos minutos começamos a ouvir uma ligeira ebulição subterrânea, um chiado lento, enquanto Ardzrouni, de braços erguidos, pronunciava fórmulas numa língua bárbara, olhando de quando em quando para seus hóspedes, como se quisesse dar a entender que estava personificando um hierofante ou um necromante. Finalmente, em meio ao assombro de todos, os dois batentes se abriram, sem que ninguém os tivesse tocado.

"Maravilhas da arte hidráulica", sorriu orgulhoso Ardzrouni, "que cultivo, seguindo os sábios mecânicos de Alexandria, de muitos séculos atrás. É simples: debaixo do altar encontra-se um recipiente de metal que contém água, aquecida pelo fogo do altar. Transforma-se em vapor, e através de um sifão, que não é mais do que um tubo recurvado, que serve para transvasar água de um lugar para o outro, esse vapor vai encher um balde, e então o vapor, esfriando-se, transforma-se novamente em água; o peso da água faz cair o balde; o balde, ao descer, através de uma pequena roldana à qual está preso, move dois cilindros de madeira, que agem diretamente sobre as dobradiças da porta. E a porta se abre. Simples, não?"

"Simples?", disse Frederico. "Espantoso! Mas é verdade que os gregos conheciam tais portentos?"

"Esses e outros, e os conheciam os sacerdotes egípcios, que usavam esse artifício para ordenar com a voz a abertura das portas de um templo, e os fiéis gritavam, diante do milagre", disse Ardzrouni. Depois convidou o imperador a passar a soleira. Entraram numa sala em cujo centro havia outro extraordinário instrumento. Era uma esfera de couro, fixada numa superfície circular do que pareciam ser duas alças recurvadas em ângulo reto, e a superfície encerrava uma espécie de bacia metálica, debaixo da qual havia outra pilha de madeira. Da esfera saíam, para cima e para baixo, dois pequenos tubos que terminavam em dois pequenos bicos, que partiam em direções opostas. Observando melhor, notava-se que também as duas alças que fixavam a esfera à superfície circular eram tubos, que na parte de baixo ligavam-se à bacia, e do alto penetravam no interior da esfera.

"A bacia está cheia d'água. Aqueçamos agora esta água", disse Ardzrouni, e de novo acendeu um grande fogo. Teve de esperar alguns minutos para que a água começasse a ferver, depois ouviu-se um sibilo, primeiro leve, e depois cada vez mais forte, e a esfera começou a girar em torno de seus suportes, ao passo que dos pequenos bicos saíam baforadas de vapor. A esfera rodou ainda um pouco, depois seu ímpeto começou a atenuar-se, e Ardzrouni apressou-se a fechar os pequenos tubos com uma espécie de argila moldável. Disse: "Aqui também o princípio é simples. A água que ferve na bacia transforma-se em vapor. O vapor sobe pela esfera, mas, saindo com violência em direções opostas, imprime-lhe um movimento rotatório."

"E que milagre deveria simular?", perguntou Baudolino.

"Não simula nada, mas demonstra uma grande verdade, ou seja: faz com que se veja a existência do vazio."

Tentem imaginar Boron. Ao ouvir falar do vazio começou logo a nutrir suspeitas e perguntou como aquele brinquedinho hidráulico poderia provar a existência do vazio. É simples, disse-lhe Ardzrouni, a água da bacia transforma-se em vapor e toma conta da esfera, o vapor escapa da esfera fazendo-a rodar; quando a esfera começa a parar, é sinal de que dentro já não existe vapor, fecham-se os bicos, e então o que resta na bacia e na esfera? Nada, ou seja, o vazio.

"Gostaria muito de vê-lo", disse Boron.

"Para vê-lo, terias de abrir a esfera, e aí o ar entraria logo. Mas há um lugar em que poderias ficar e observar a presença do vazio. Mas apenas por pouco tempo poderias perceber isso, porque, sem ar, morrerias sufocado."

"E onde fica esse lugar?"

"É um quarto aqui em cima. E agora vou te mostrar como poderias produzir o vazio naquele quarto."

Ergueu o archote e mostrou outra máquina, que até então ficara na penumbra. Era muito mais complexa do que as duas anteriores, porque possuía, por assim dizer, as próprias vísceras à mostra. Havia um enorme cilindro de alabastro, que revelava no próprio interior a sombra turva de um outro corpo cilíndrico que ocupava pela metade, e sua outra metade saía dele, fechado na parte superior por uma espécie de cabo enorme que podia ser acionado pelas duas mãos de um homem, como se fosse uma alavanca. Ardzrouni movia aquela alavanca, e via-se o cilindro interno primeiro erguer-se e depois abaixar-se até ocupar completamente aquele externo. Na parte superior do cilindro de alabastro encaixava-se um grande tubo feito de pedaços de bexigas de animal, cuidadosamente costuradas umas às outras. Esse tubo acabava sendo engolido pela sua cobertura. Na parte inferior, na base do cilindro, abria-se um orifício.

"Assim", explicou Ardzrouni, "já não há mais água aqui, apenas ar. Quando o cilindro interno é abaixado, comprime o ar contido no cilindro de alabastro e o elimina pelo orifício inferior. Enquanto a alavanca faz com que se erga, o cilindro aciona uma pequena tampa que vai fechar o orifício inferior, de modo que o ar que saiu do cilindro de alabastro não possa voltar. Quando o cilindro interno se levanta completamente, aciona outra pequena tampa, que faz entrar o ar que, através daquele tubo que estais vendo, provém do quarto de que vos falei. Quando o cilindro interno se abaixa novamente, elimina também aquele ar. Pouco a pouco esta máquina aspira todo o ar daquele quarto e faz com que ele saia aqui, de modo que naquele quarto cria-se o vazio."

"E naquele quarto não entra ar por nenhum outro lugar?", perguntou Baudolino.

"Não. Tão logo esta máquina é acionada, através dessas cordas à qual se liga a alavanca, fecha todos os orifícios ou fendas por onde o quarto possa receber ar."

"Mas com essa máquina poderias matar um homem que estivesse no quarto", disse Frederico.

"Poderia, mas nunca fiz isso. Em todo o caso coloquei ali um frango. Quando terminou a experiência subi, e o frango estava morto."

Boron balançou a cabeça e murmurou no ouvido de Baudolino:

"Não confies nele, está mentindo. Se o frango estivesse morto significaria que o vazio existe. Mas como não existe, o frango ainda está vivo e forte. Ou então morreu, mas de pescoço torcido." Disse depois em voz alta para Ardzrouni: "Jamais ouviste dizer que os animais morrem também no fundo dos poços vazios, onde se apagam as velas? Alguns por isso concluem que lá não existe ar, e que, portanto, existe o vazio. E todavia no fundo dos poços falta o ar sutil, mas permanece o ar denso e mefítico, e é aquele que sufoca os homens e a chama das velas. O mesmo acontece também no teu quarto. Tiras o ar sutil, mas permanece aquele denso, que não se deixa aspirar, suficiente para matar o teu frango."

"Basta", disse Frederico, "todos esses artifícios são belos, mas, salvo os espelhos lá de cima, nenhum poderia ser usado num cerco, ou numa batalha. Então para que servem? Vamos, tenho fome. Ardzrouni, prometeu-me um bom jantar. Parece-me ser esta a hora adequada."

Ardzrouni fez uma reverência e conduziu Frederico e os seus à sala do banquete, que a bem da verdade foi esplêndido, pelo menos para pessoas que haviam comido semanas a fio as escassas provisões do campo. Ardzrouni ofereceu o melhor da cozinha armena e turquesa, incluindo certas massas muito doces, que deram aos convidados a sensação de afogar-se no mel. Como fora combinado, Baudolino e os seus provavam primeiro cada prato oferecido ao imperador. Contra todas as etiquetas da corte (mas quando se está em guerra a etiqueta sofre sempre abundantes exceções), estavam todos sentados à mesma mesa, e Frederico bebia e comia alegremente como se fosse um de seus amigos íntimos, ouvindo, curioso, a contenda que começara entre Boron e Ardzrouni.

Disse Boron:

"Tu te obstinas a falar do vazio como se fosse um espaço desprovido de qualquer outro corpo, ainda que aéreo. Mas um espaço desprovido de corpos não pode existir, porque o espaço é uma relação entre os corpos. Além disso, o vazio não pode existir, pois a natureza tem horror dele, como ensinam todos os grandes filósofos. Se aspiras o ar de um tubo imerso dentro d'água, a água sobe, porque não pode deixar um espaço vazio de ar. Além disso, ouve, os objetos caem no chão, e uma estátua de ferro cai com maior velocidade do que um pedaço de tecido, porque o ar tem dificuldade para sustentar o peso da estátua, ao passo que suporta facilmente o tecido. Os pássaros voam porque, ao moverem as asas, agitam muito o ar, que os sustenta apesar do próprio peso. São sustentados pelo ar, tanto quanto os peixes são sustentados pelas águas. Se não houvesse ar, os pássaros cairiam, mas, atenção, na mesma velocidade de todos os outros corpos. Portanto, se houvesse no céu o vazio, as estrelas teriam uma velocidade infinita, porque não seriam amparadas em sua queda, ou em seu meio, pelo ar, que opõe resistência ao seu peso imenso."

Ardzrouni redarguiu:

"Quem disse que a velocidade de um corpo é pro-

 porcional ao seu peso? Como dizia João Filípono, depende

do movimento que lhe foi imprimido. Além disso, diz-me, se não existisse o vazio, como fariam as coisas para se deslocar? Haviam de chocar-se no ar, que não as deixaria passar."

"Nada disso! Quando um corpo move o ar, que estava onde ele está agora, o ar vai ocupar o lugar que o corpo deixou! É como duas pessoas que vêm de direções opostas por um caminho estreito. Encolhem a barriga, comprimem-se contra a parede, à medida que um segue numa direção, o outro segue naquela oposta, e finalmente um ocupa o lugar do outro."

"Sim, porque cada um dos dois, em virtude da própria vontade, imprime um movimento ao próprio corpo. Mas isso não acontece com o ar, que não tem vontade. Ele se desloca por causa do impulso que lhe imprime o corpo que se choca contra ele. Mas o impulso gera um movimento no tempo. Na hora exata em que o objeto se move e imprime um impulso ao ar que está à sua frente, o ar ainda não se moveu, e portanto não está ainda no lugar que o objeto acabou de deixar para impulsioná-lo. E o que existe naquele lugar, ainda que por um único instante? O vazio!"

Frederico até aquela altura se entretivera a acompanhar a discussão, mas agora já ouvira o suficiente:

"Acabai com isso", disse. "Seja como for, amanhã podereis colocar um outro frango no quarto superior. Agora, quanto aos frangos, deixem-me comer este, e espero que lhe tenham torcido o pescoço, como Deus manda."

25
Baudolino vê Frederico morrer duas vezes

O jantar prolongou-se até tarde e o imperador pediu permissão para se retirar. Baudolino e os seus foram com ele até o seu quarto, que inspecionaram ainda com atenção à luz de duas tochas que ardiam presas nas paredes. O Poeta quis também verificar o cano da lareira, mas ele se estreitava quase que repentinamente, não deixando espaço para a passagem de um ser humano.

"Já seria muito se a fumaça passasse", disse. Olharam também no pequeno quarto defecatório, mas ninguém poderia subir pelo fundo do poço de escoamento.

Perto da cama, com uma lanterna acesa, havia uma caneca d'água, e Baudolino quis prová-la. O Poeta observou que poderiam colocar uma substância venenosa no acolchoado em que Frederico apoiaria a boca, enquanto dormia. Seria bom, observou, que o imperador tivesse um antídoto bem perto, nunca se sabe...

Frederico disse para que não exagerassem com aqueles temores, mas Rabbi Solomon pediu humildemente a palavra.

"Senhor", disse Solomon, "sabes que me dediquei lealmente, embora sendo judeu, à empreitada que há de coroar a tua glória. A tua vida é tão preciosa para mim quanto a minha própria. Ouve. Comprei em Galípolis um antídoto prodigioso. Toma-o", acrescentou, tirando a ampola de sua samarra, "eu a ofereço a ti, pois na minha pobre vida terei poucas ocasiões de ser atraiçoado por inimigos tão poderosos. Se por acaso numa dessas noites vieres a te sentir mal, engole-o rapidamente. Se te houvessem administrado algo de nocivo, isso haverá de salvar-te na hora."

"Eu te agradeço, Rabbi Solomon", disse Frederico, comovido, "e bem fizemos nós teutônicos ao proteger aqueles de tua raça, e assim faremos pelos séculos vindouros, juro em nome de meu povo. Aceito o teu líquido salvífico, e eis o que vou fazer." Tirou de seu alforje o escrínio com o Greal, que agora trazia sempre zelosamente consigo. "Pronto, vê", disse Frederico, "eu deito o líquido, que tu, judeu, me deste, no cálice que guardou o sangue do Senhor."

Solomon inclinou-se, mas murmurou, perplexo, para Baudolino:

"A poção de um judeu que se torna o sangue do falso Messias... Que o Santo, que sempre bendito seja, me perdoe. Mas no fundo essa história do Messias fostes vós, gentios, que a inventastes, não Yeoshoua de Nazaré, que era um justo, e nossos rabinos contam que ele estudava o Talmud com Rabbi Yeoshoua ben Pera'hia. E além do mais, gosto de teu imperador. Creio que seja preciso obedecer aos movimentos do coração."

Frederico tomou o Greal, e estava se preparando para colocá-lo de novo no cofre, quando Kyot o interrompeu. Naquela noite todos se sentiram autorizados a dirigir a palavra ao imperador, sem que fossem solicitados: criara-se um clima de familiaridade entre aqueles poucos fiéis e seu senhor, barricados no lugar que não sabiam ainda se era hostil ou hospitaleiro. Disse, então, Kyot:

"Senhor, não penses que eu duvide de Rabbi Solomon, mas ele também poderia ter sido enganado. Permita-me provar este líquido."

"Senhor, eu te peço, deixa que Kyot o faça", disse Rabbi Solomon.

Frederico concordou. Kyot ergueu o cálice, com gesto de celebrante, depois o encostou ligeiramente à boca, como se estivesse comungando. Naquele momento, até mesmo para Baudolino pareceu que no quarto se espalhasse uma luz intensa, mas devia ser talvez uma das tochas que começava a queimar mais forte, precisamente onde se acumulava uma quantidade maior de resina. Kyot permaneceu por algum tempo debruçado sobre o cálice, movendo a boca como que para melhor absorver o pouco líquido que tomara. Depois virou-se, com a taça junto ao peito, e a colocou delicadamente no cofre. Em seguida, fechou aquele tabernáculo, lentamente, para não fazer o menor barulho.

"Sinto o perfume", murmurou Boron.

"Estais vendo essa claridade?", disse Abdul.

"Todos os anjos do céu estão descendo sobre nós", disse convencido Zósimo, persignando-se ao contrário.

"Filho de uma devassa", sussurrou o Poeta no ouvido de Baudolino, "com essa desculpa fez a sua santa missa com o Greal, e quando voltar para casa há de se vangloriar da Champagne até a Bretanha." Baudolino respondeu também sussurrando para que não fosse mau, pois Kyot agia verdadeiramente como quem fora arrebatado ao mais alto dos céus.

"Ninguém poderá nos dobrar", disse então Frederico, tomado por uma forte e mística comoção. "Jerusalém será logo libertada. E depois, iremos todos devolver esta santíssima relíquia ao Preste João. Baudolino, eu te agradeço pelo que me deste. Sou verdadeiramente rei e sacerdote..."

Sorriu, e contudo tremia. Aquela breve cerimônia parecia tê-lo perturbado.

"Estou cansado", disse. "Baudolino, vou me fechar agora nesse quarto com aquela tranca. Fazei boa vigilância, e

 muito obrigado pela vossa devoção. Não me acordeis

enquanto o sol não estiver alto no céu. Depois irei tomar banho." E acrescentou ainda: "Estou terrivelmente cansado, gostaria de não acordar por séculos e séculos."

"Será bastante para ti uma noite de sono tranquila, meu pai", disse com afeto Baudolino. "Não deves sair ao amanhecer. Quando o sol estiver alto, a água estará menos fria. Dorme tranquilo."

Saíram. Frederico encostou os batentes da porta e ouviram o barulho da tranca. Arranjaram-se nos bancos.

"Não temos um quartinho imperial à nossa disposição", disse Baudolino. "Vamos fazer rapidamente as nossas necessidades no pátio. Um de cada vez, para não deixar em momento algum este quarto desguarnecido. Esse tal Ardzrouni talvez seja uma boa pessoa, mas temos de confiar apenas em nós mesmos." Após alguns minutos, todos tinham voltado. Baudolino apagou a lanterna, deu boa-noite a todos e procurou dormir.

"EU ME SENTIA inquieto, senhor Nicetas, sem ter bons motivos. Dormia de maneira ansiosa, e despertava após breves sonhos inquietos, como para interromper um pesadelo. Ao cochilar, eu via minha pobre Colandrina bebendo num Greal de pedra negra, caindo morta no chão. Uma hora depois ouvi um barulho. Na sala de armas também havia uma janela, pela qual filtrava uma luz noturna muito pálida, creio que houvesse um quarto de lua no céu. Percebi que era o Poeta quem estava saindo. Talvez não se tivesse aliviado de todo. Mais tarde – não sei quanto, porque eu adormecia e voltava a acordar, e todas as vezes parecia-me que houvesse passado pouco tempo, mas talvez não fosse verdade –, Boron saiu. Depois percebi que voltava, e ouvi Kyot sussurrar-lhe que ele também estava nervoso e que queria tomar ar. Mas, afinal, o meu dever era controlar quem tentasse entrar, não quem saía, e compreendi que todos estávamos tensos. Depois não me lembro exatamente, não me dei conta de quando o Poeta voltou, mas bem antes do amanhecer, todos dormiam profundamente, e assim os vi quando, nos primeiros raios do sol, acordei definitivamente."

A SALA DE ARMAS estava agora iluminada pela manhã triunfante. Alguns serviçais trouxeram vinho e pão, e algumas frutas da região. Embora Baudolino tentasse não fazer barulho para não perturbar o imperador, todos agiam ruidosamente, de bom humor. Depois de uma hora, Baudolino julgou que, embora Frederico tivesse pedido para não ser acordado, era já muito tarde. Bateu à porta, sem obter resposta. Bateu mais uma vez.

"Dorme profundamente", riu o Poeta.

"Não gostaria que não tivesse passado bem", arriscou Baudolino.

Bateram mais uma vez, mais forte. Frederico não respondeu.

"Ontem parecia muito cansado", disse Baudolino. "Poderia ter tido algum mal-estar. Vamos arrombar a porta."

"Calma", disse o Poeta, "violar a porta que protege o sono do imperador é quase um sacrilégio!"

"Vamos cometer o sacrilégio", disse Baudolino. "Não estou gostando nada dessa história."

Lançaram-se desordenadamente contra a porta, que era robusta, e sólido devia ser o ferrolho que a trancava.

"De novo, todos juntos, ao meu sinal vamos dar um mesmo empurrão", disse o Poeta, já consciente de que, se o imperador não acorda enquanto bates à porta, está evidentemente dormindo um sono suspeito. A porta resistiu mais uma vez. O Poeta foi libertar Zósimo, que dormia acorrentado, e dispôs todos em duas filas, de modo que, juntos, começaram a empurrar com força os dois batentes. Na quarta tentativa, a porta cedeu.

Então, jogado no meio do quarto, viram Frederico desfalecido, quase nu, como se estivesse na cama. Junto dele o Greal, caído no chão, e vazio. A lareira mostrava apenas alguns detritos queimados, como se alguém a tivesse acendido e por fim apagado. A janela estava fechada. Havia no quarto um cheiro de madeira e de carvão queimado. Boron, tossindo, foi abrir os vidros para que o ar entrasse.

Pensando que alguém tivesse entrado, e ainda estivesse no quarto, o Poeta e Boron puseram-se com a espada em punho a revistar todos os cantos, enquanto Baudolino, ajoelhado junto ao corpo de Frederico, ergueu-lhe a cabeça e o esbofeteou com delicadeza. Boidi lembrou-se do líquor que comprara em Galípolis, soltou o engaste do anel, entreabriu à força os lábios do imperador e derramou-lhe o líquido na boca. Frederico continuava exânime. O seu rosto estava aterrador. Rabbi Solomon se debruçou sobre ele, tentou abrir-lhe os olhos, apalpou-lhe a fronte, o pescoço, o pulso, e depois disse, tremendo: "Esse homem está morto, que o Santo, bendito seja sempre, tenha piedade de sua alma."

"Cristo Santíssimo, não pode ser!", gritou Baudolino. Mas, embora não fosse perito em medicina, percebeu que Frederico, sacro e romano imperador, guardião do santíssimo Greal, esperança da Cristandade, último e legítimo descendente de César Augusto e São Carlos Magno, não vivia mais. Começou a chorar, cobriu de beijos aquele rosto pálido, declarou ser seu filho amantíssimo, esperando que ele o ouvisse, mas depois se deu conta de que tudo era em vão.

Levantou-se, gritou aos amigos que olhassem ainda por todos os cantos, até debaixo da cama. Procuraram passagens secretas, sondaram todas as paredes, mas era evidente que ninguém estava nem nunca esteve escondido naquele lugar. Frederico Barba Ruiva morrera num quarto hermeticamente fechado por dentro, e protegido por fora por seus filhos mais devotos.

"Chamai Ardzrouni, ele é versado na arte médica", gritou Baudolino.

"Eu sou versado em arte médica", queixou-se Rabbi Solomon, "acredita em mim, teu pai morreu."

"Meu Deus, meu Deus", delirava Baudolino. "Meu pai morreu! Chamem os guardas, chamem seu filho. Busquemos seus assassinos!"

"Um momento", disse o Poeta. "Por que falar de assassinato? Ele estava num quarto fechado e morreu. Vês a seus pés o Greal, que continha o antídoto. Talvez sentiu-se mal, temia ter sido envenenado e bebeu. Por outro lado, havia um fogo aceso. Quem poderia tê-lo acendido senão ele? Sei de pessoas que sentiram uma grande dor no peito, cobriram-se de suor frio, buscaram se aquecer, bateram os dentes e morreram pouco depois. Talvez a fumaça da lareira tenha piorado o seu estado."

"Mas o que havia no Greal?", gritou então Zósimo, revirando os olhos e agarrando Rabbi Solomon.

"Para, celerado", disse-lhe Baudolino. "Viste que Kyot também provou o líquido."

"Muito pouco, muito pouco", repetiu Zósimo, sacudindo Solomon. "Para embriagar-se não basta um gole! Sois um bando de idiotas para confiar num judeu!"

"Somos um bando de idiotas, mas por confiar num maldito gréculo como tu", gritou o Poeta, empurrando Zósimo, para separá-lo do pobre Rabbi, que batia os dentes de medo.

Enquanto isso, Kyot pegou o Greal e o recolocou religiosamente no cofre.

"Afinal", perguntou Baudolino ao Poeta, "queres dizer que não foi morto, e que morreu pela vontade do Senhor?"

"É mais fácil pensar assim do que pensar num ser feito de ar que tenha passado pela porta que vigiamos tão bem."

"Chamem então o filho, e os guardas", disse Kyot.

"Não", disse o Poeta. "Amigos, estamos arriscando a nossa cabeça. Frederico morreu, e sabemos que ninguém poderia entrar neste quarto fechado. Mas o filho e os outros barões não sabem. Para eles, teremos sido nós."

"Que pensamento miserável!", disse Baudolino, ainda chorando.

Disse o Poeta:

"Baudolino, ouve: o filho não gosta de ti, não gosta de nós e sempre desconfiou de todos. Montávamos guarda, o imperador morreu, e portanto somos os responsáveis. Antes que possamos dizer alguma coisa, o filho irá nos pendurar numa dessas árvores, e se neste maldito vale não houver uma árvore, ele nos irá pendurar nas muralhas. Sabes muito bem, Baudolino, que essa história do Greal para o filho era um complô para levar seu pai a um lugar aonde jamais deveria ir. Ele nos mata e com um só golpe se livra de todos nós. E seus barões? A notícia de que o imperador tenha sido morto os levaria a se acusarem mutuamente, seria um massacre. Nós somos o bode expiatório para o bem de todos. Quem acreditaria no testemunho de um bastardinho como tu, peço desculpas, de um bêbado como eu, de um judeu, de um cismático, de três clérigos errantes, e de Boidi, que como alexandrino tinha mais do que um motivo de rancor contra Frederico? Nós já estamos mortos, Baudolino, como o teu pai adotivo."

"E então?", perguntou Baudolino.

"E então", disse o Poeta, "a única solução é fazer com que acreditem que Frederico morreu fora daqui, onde não tínhamos a obrigação de protegê-lo."

"Mas como?"

"Ele não disse que queria ir até o rio? Vamos vesti-lo de forma simples e o cobrimos com o seu manto. Descemos ao pequeno pátio, onde não há ninguém, mas onde os cavalos estão desde ontem à noite a nossa espera. Nós o amarramos na sela, vamos até o rio, e lá as águas irão arrastá-lo. Morte gloriosa, para este imperador que, embora velho, enfrenta as forças da natureza. O filho decidirá se irá prosseguir para Jerusalém ou voltar para casa. E poderemos dizer que seguiremos para as Índias, para cumprir o último desejo de Frederico. O filho parece não acreditar no Greal. Nós nos apoderamos dele, e vamos fazer aquilo que o imperador gostaria de ter feito."

"Mas será preciso fingir uma morte", disse Baudolino, com o olhar perdido.

"Ele morreu? Sim, morreu. Lamentamos muito, mas morreu. Nada de contar que morreu enquanto ainda está vivo, hein? Morreu, Deus o acolha entre os seus santos. Vamos dizer simplesmente que morreu afogado no rio, ao ar livre, e não neste quarto que deveríamos ter defendido. Estamos mentindo? Um pouco. Se morreu, o que importa se morreu aqui dentro ou lá fora? Fomos nós que o matamos? Todos sabemos que não foi assim. Vamos fazer com que morra lá onde até a gente mais indisposta contra nós não poderá nos caluniar. Baudolino, é a única saída, não há outra, tanto se prezas a tua pele quanto se quiseres chegar ao Preste João e celebrar na sua presença a derradeira glória de Frederico."

O Poeta, embora Baudolino maldissesse a sua frieza, estava com a razão, e todos concordaram com ele. Vestiram

Frederico, levaram-no para o pátio menor, ataram-no à sela, prendendo-lhe um apoio às costas, como o Poeta fizera um dia com os três Magos, de modo que parecesse aprumado em seu cavalo.

"Haverão de levá-lo ao rio apenas Baudolino e Abdul", disse o Poeta, "porque uma escolta numerosa chamaria a atenção das sentinelas, que talvez pensassem que deveriam se reunir ao grupo. Os outros ficam de sentinela no quarto, de modo que Ardzrouni ou qualquer outro não pensem em entrar ali, e o arrumamos. Melhor, irei às muralhas para conversar com aqueles da escolta, assim vou distraí-los enquanto estiveres saindo."

Parecia que o Poeta era o último capaz de tomar decisões sensatas. Todos obedeceram. Baudolino e Abdul saíram do pátio em seus cavalos, lentamente, colocando o de Frederico no meio dos dois. Seguiram a senda lateral até chegar àquela principal, desceram os socalcos, e depois lançaram-se a meio trote pela planície rumo ao rio. Os armígeros dos espaldões saudaram o imperador. Aquela breve viagem pareceu durar uma eternidade, mas finalmente chegaram às margens.

Esconderam-se atrás de um grupo de árvores.

"Daqui ninguém nos vê", disse Baudolino. "Há uma correnteza forte, e o corpo será logo arrastado. Entraremos com os cavalos dentro d'água para socorrê-lo, mas o fundo é acidentado e não nos permitirá alcançá-lo. Seguiremos então o corpo pela margem, gritando por socorro... A correnteza seguirá na direção dos acampamentos."

Desamarraram o cadáver de Frederico, despiram-no, deixando-lhe o pouco que o imperador teria desejado, ao nadar, na defesa de seu pudor. Tão logo o empurraram para o meio do rio, a correnteza tomou conta dele e o corpo foi sugado para dentro. Entraram no rio, puxaram as rédeas para dar a impressão de que os cavalos se empinassem, voltaram e seguiram a galope aquele pobre espólio, violentamente arremessado contra a água e as pedras, fazendo gestos de alarme e gritando àqueles do campo para que salvassem o imperador.

Lá embaixo alguns perceberam seus sinais, mas não entendiam o que estava acontecendo. O corpo de Frederico era tragado por redemoinhos, ia para a frente girando em círculos, desaparecia debaixo d'água e por pouco tempo voltava à superfície. De longe, era difícil perceber que havia um homem se afogando. No fim alguém entendeu e três cavaleiros entraram dentro d'água, mas o corpo, quando chegou até eles, bateu contra os cascos dos cavalos amedrontados e foi jogado para longe. Pouco mais à frente, al guns soldados entraram na água, levando piques e, no fim, conseguiram arpoar o cadáver, trazendo-o para a margem.

Quando chegaram Baudolino e Abdul, Frederico mostrava-se sujo pelo choque contra o monte de pedras, e ninguém podia supor que ainda estivesse vivo. Seguiram-se outros lamentos, avisaram o filho, que chegou, pálido e ainda mais febril, lamentando que seu pai quisera experimentar mais uma vez medir forças com as águas fluviais. Virou-se contra Baudolino e Abdul, mas eles recordaram que não sabiam nadar, como quase todos os seres terrestres, e que ele sabia muito bem que quando o imperador queria mergulhar, ninguém conseguia impedi-lo.

O cadáver de Frederico parecia a todos cheio d'água e no entanto – se estava morto havia horas – decerto não havia engolido água. Mas é assim mesmo, se tiras um corpo morto do rio, pensas que esteja afogado, e afogado te parece.

Enquanto Frederico da Suábia e os outros barões recompunham os restos mortais do imperador, se perguntavam, angustiados, o que deviam fazer, e enquanto Ardzrouni descia precipitadamente, avisado do terrível acontecimento, Baudolino e Abdul voltaram ao castelo, para assegurar-se de que tudo estivesse em ordem.

"IMAGINA O QUE aconteceu nesse meio-tempo, senhor Nicetas."

"Não é preciso ser um adivinho", sorriu Nicetas. "O cálice sagrado, o Greal desapareceu."

"Exatamente. Ninguém sabia mais dizer se havia desaparecido enquanto estávamos no pátio interno amarrando Frederico ao cavalo, ou depois, quando cada um tentou pôr ordem no quarto. Todos estavam transtornados, e moviam-se como abelhas; o Poeta fora distrair os guardas e não estava lá para coordenar com o seu bom-senso as ações de cada um. Numa certa altura, quando estavam para deixar o quarto, onde não parecia que tivesse ocorrido drama algum, Kyot deu uma olhada no cofre, e percebeu que o Greal não estava mais lá. Quando cheguei com Abdul, cada um acusava o outro, de furto, de descuido, dizendo que talvez, enquanto punham Frederico no cavalo, Ardzrouni entrara no quarto. Mas não, dizia Kyot, ajudei a levar para baixo o imperador, mas depois subi logo, justamente para cuidar que ninguém viesse até aqui, em tão pouco tempo Ardzrouni não poderia ter voltado. Então, foste tu que o pegaste, rangia Boron, agarrando-o pelo pescoço. Não, mas se duvidar foste tu, redarguiu Kyot, empurrando-o, enquanto eu jogava pela janela as cinzas recolhidas do pé da lareira. Calma, calma, gritou o Poeta, mas onde estava Zósimo enquanto estávamos no pátio? Eu estava convosco, e convosco voltei a subir, perjurava Zósimo, e Rabbi Solomon confirmava. Uma coisa era certa, alguém roubara o Greal, e daí a pensar que quem o tivesse roubado era o mesmo que de alguma forma matara Frederico, era um pulo. Por mais convincente que fosse o Poeta, dizendo que Frederico podia ter morrido por si só, e que depois um de nós se aproveitara para pegar o Greal, ninguém queria mais acreditar nisso. Meus amigos, acalmava-nos Rabbi Solomon, a humana loucura imaginou crimes atrozes, depois de Caim, mas nenhuma mente humana jamais foi tão tortuosa para imaginar um crime num quarto fechado. Meus amigos, dizia Boron, quando entramos, o Greal estava aqui, e agora não está mais. Portanto, está com um de nós. Naturalmente cada qual pediu para que seus próprios alforjes fossem examinados, mas o Poeta pôs-se a rir. Se alguém pegou o Greal, teve o cuidado de guardá-lo num lugar escondido daquele castelo, para pegá-lo mais tarde. Solução? Se Frederico da Suábia não apresentasse tantos obstáculos, partiríamos todos juntos para o reino do Preste João, e ninguém ficaria para trás para pegar de volta o Greal. Eu disse que era uma coisa horrível, iríamos enfrentar uma viagem cheia de perigos, cada qual tendo de confiar no apoio do outro, e cada um (menos um) suspeitaria de que todos os demais fossem o assassino de Frederico. O Poeta disse que ou isso ou nada, e tinha razão, maldição. Teríamos de partir para uma das maiores aventuras, jamais enfrentadas por bons cristãos, e todos desconfiariam de todos."

"E partistes?", perguntou Nicetas.

"Não de um dia para o outro, pareceria uma fuga. Toda a corte reunia-se continuamente para decidir o destino da expedição. O exército começava a dissolver-se, muitos queriam voltar para casa por mar, outros embarcar para Antioquia, outros, ainda, para Trípoli. O jovem Frederico decidira seguir em frente por terra. Depois, começaram a discutir sobre o que fazer do corpo de Frederico, uns propunham extrair-lhe logo as vísceras, as mais corruptíveis, e sepultá-las o mais rapidamente possível, outros que se esperasse a chegada em Tarso, pátria do apóstolo Paulo. Mas o restante do corpo não podia ser conservado por muito tempo, e mais cedo ou mais tarde seria necessário fervê-lo numa mistura de água e vinho, para que as carnes se separassem dos ossos, e pudessem ser inumadas logo, enquanto o resto deveria ser posto num sepulcro em Jerusalém, após a conquista. Mas sabiam que, antes de ferver o corpo, seria necessário desmembrá-lo. Eu não queria assistir àquele suplício."

"Ouvi dizer que ninguém sabe o que aconteceu com aqueles ossos."

"Também ouvi a mesma coisa, pobre de meu pai. Tão logo cheguei na Palestina, morreu também o jovem Frederico, enfraquecido pela dor e pelas agruras da viagem. De resto, tanto Ricardo Coração de Leão quanto Filipe Augusto jamais chegaram a Jerusalém. Foi realmente uma aventura desafortunada para todos. Mas fiquei sabendo disso tudo apenas este ano, assim que voltei a Constantinopla. Naqueles dias na Cilícia consegui convencer Frederico da Suábia de que, para obedecer aos votos de seu pai, deveríamos partir para as Índias. O filho pareceu-me consolado com aquela minha proposta. Queria apenas saber quantos cavalos seriam necessários para mim, e quantas provisões. Vá com Deus, Baudolino, disse-me, acho que não nos veremos mais. Talvez estivesse pensando que eu me perderia em terras longínquas, e foi ele quem se perdeu, pobre infeliz. Não era mau, apesar de se consumir pela humilhação e pela inveja."

DUVIDANDO UNS dos outros, nossos amigos tiveram de decidir quem deveria tomar parte na viagem. O Poeta observou que devíamos ser doze. Se quiséssemos ser tratados com respeito durante a viagem rumo à terra do Preste João, seria aconselhável que as pessoas os tivessem na conta dos doze Reis Magos, no caminho de volta. Como, porém, ninguém sabia ao certo se os Magos fossem realmente doze, ou três, nenhum deles jamais afirmou que eram os Magos; aliás, se alguém chegasse a perguntar, responderiam que não, como quem não pode revelar um grande segredo. Assim, negando a todos, quem quisesse acreditar, acreditaria. A fé dos outros tornaria verdadeira a sua reticência.

Agora, havia Baudolino, o Poeta, Boron, Kyot, Abdul, Solomon e Boidi. Zósimo era indispensável, porque jurava conhecer de cor o mapa de Cosme, mesmo que todos se aborrecessem um pouco pelo fato de aquele larápio ter de passar por um dos Magos, mas não podiam ser exigentes. Faltavam quatro pessoas. Baudolino, naquela altura, confiava apenas nos alexandrinos, e colocara a par do projeto Cuttica di Quargnento, o irmão de Colandrina, Colandrino Guasco, Porcelli e Aleramo Scaccabarozzi, o Tolo, mas era homem robusto, de confiança, e de poucas perguntas. Aceitaram porque, então, parecia-lhes que nenhum deles chegaria a Jerusalém. O jovem Frederico deu doze cavalos, sete mulas e comida para uma semana. Depois, disse, a Divina Providência cuidaria deles.

Enquanto se ocupavam com a expedição, foram abordados por Ardzrouni, que falou com eles com a mesma submissa cortesia que antes reservava ao imperador.

"Meus caros amigos", disse, "sei que estais partindo para um reino distante..."

"Como podes saber, senhor Ardzrouni?", perguntou com desconfiança o Poeta.

 "Correm boatos... Ouvi também faltar de um cálice..."

"Que jamais viste, não é verdade?", disse-lhe Baudolino, caminhando tão próximo dele a ponto de obrigá-lo a se encolher.

"Nunca vi. Mas ouvi falar."

"Visto que sabes tantas coisas", perguntou então o Poeta, "acaso não sabes se alguém entrou neste quarto enquanto o imperador estava morrendo no rio?"

"Morreu de fato no rio?", perguntou Ardzrouni. "Isso é o que seu filho pensa por enquanto."

"Meus amigos", disse o Poeta, "é evidente que este homem está nos ameaçando. Com a confusão vigente nesses dias no campo e no castelo, bastaria pouco para dar-lhe uma punhalada nas costas, e jogá-lo num canto qualquer. Mas eu gostaria de saber primeiro o que quer de nós. Mas, se for preciso, corto-lhe a garganta."

"Senhor e meu amigo", disse Ardzrouni, "não quero a vossa ruína, quero evitar a minha. O imperador morreu na minha terra, enquanto comia da minha comida e bebia do meu vinho. Da parte dos imperiais, não posso esperar nenhum favor, ou proteção. Terei de agradecer-lhes se me deixarem ileso. Aqui, porém, corro perigo. Desde que hospedei Frederico, o príncipe Leão entendeu que eu queria atraí-lo a meu favor contra ele. Enquanto Frederico estava vivo, Leão não poderia fazer-me nenhum mal – e isso é sinal de quanto a morte daquele homem foi para mim a maior das infelicidades. Agora Leão dirá que por minha culpa, ele, o príncipe dos armenos, não conseguiu assegurar a vida do mais ilustre de seus aliados. Uma ótima oportunidade para mandar me matar. Não tenho mais salvação. É preciso que eu desapareça por um longo período, e que volte com alguma coisa que me devolva prestígio e autoridade. Estais partindo para encontrar a terra do Preste João, e se conseguirdes será uma aventura gloriosa. Quero ir convosco.

Ademais, agindo dessa forma, hei de mostrar-vos que não peguei o cálice de que estais falando, porque, se assim fosse, permaneceria aqui e o usaria para negociá-lo com alguém. Conheço bem as terras para o Oriente, e poderia ser útil para vós. Sei que o duque não vos deu dinheiro, e levarei comigo o pouco ouro de que disponho. Enfim, e Baudolino sabe disso, tenho sete relíquias preciosas, sete cabeças de São João Batista, e durante a viagem, poderemos vendê-las uma aqui e outra ali."

"E se recusássemos", disse Baudolino, "irias soprar no ouvido de Frederico da Suábia que somos responsáveis pela morte de seu pai."

"Eu não disse isso."

"Ouve, Ardzrouni, não és a pessoa que eu levaria comigo a parte alguma, mas agora, em nossa maldita aventura, qualquer um corre o risco de se tornar inimigo do outro. Um inimigo a mais não fará diferença."

"Para falar a verdade, este homem seria um peso para nós", disse o Poeta, "já somos doze, e um décimo terceiro dá azar."

Enquanto discutiam, Baudolino refletia sobre as cabeças do Batista. Não estava convencido de que aquelas cabeças pudessem realmente ser levadas a sério, mas, se pudessem, era inegável que valeriam uma fortuna. Desceu até o quarto, onde as havia descoberto, e pegou uma delas para observá-la com atenção. Eram benfeitas, o rosto esculpido do santo, com grandes olhos esbugalhados e sem pupilas, inspirava santos pensamentos. Claro que ao ver todas as sete enfileiradas, festejavam a própria falsidade, mas mostradas uma a uma podiam ser convincentes. Colocou de volta a cabeça no armário das louças e voltou para cima.

Três deles concordaram em receber Ardzrouni, os outros hesitavam. Boron disse que Ardzrouni tinha sempre um ar de homem de estirpe, e Zósimo, até mesmo por respeito àquelas doze veneráveis pessoas, poderia passar por um lacaio. O Poeta objetou que os Magos ou teriam dez servos cada um, ou viajariam em grande segredo, sozinhos; um único servo causaria má impressão. Quanto às cabeças, poderiam tomá-las da mesma forma sem levar Ardzrouni. Naquela altura, Ardzrouni chorava e dizia que eles realmente queriam vê-lo morto. Em suma, adiaram toda e qualquer decisão para o dia seguinte.

Foi exatamente no dia seguinte, quando o sol estava alto no céu, depois de quase terminarem os preparativos, que de repente alguém se deu conta de que por toda a manhã ninguém mais vira Zósimo. No frenesi dos últimos dias, ninguém mais o vigiara, ele também colaborava, colocando os arreios nos cavalos e carregando as mulas, e não ficava mais preso às correntes. Kyot percebeu que faltava uma das mulas, e Baudolino teve como que uma iluminação.

"As cabeças", gritou, "as cabeças! Zósimo era o único que sabia além de mim e Ardzrouni onde elas ficavam!" E levou todos para o quarto das cabeças e lá perceberam que as cabeças eram agora apenas seis.

Ardzrouni revistou debaixo do guarda-louças, para ver se uma cabeça tivesse caído por acaso, e encontrou três coisas: um crânio humano, pequeno e enegrecido, um selo com um Z e restos de lacre queimado. A coisa já estava infelizmente clara. Zósimo, na confusão daquele dia fatídico, havia tirado o Greal do cofre no qual Kyot o recolocara, e num piscar de olhos descera até lá, abrira uma das cabeças, e retirara-lhe o crânio, escondendo nela o Greal, com o selo de Galípolis fechara a sua tampa, recolocara a cabeça no lugar de antes, e voltara a subir inocentemente como um anjo, esperando pelo momento oportuno. Quando se deu conta de que aqueles que iriam partir dividiriam entre si as cabeças, percebeu que não podia esperar mais.

"É PRECISO DIZER, senhor Nicetas, que malgrado o furor de ter sido enganado, eu sentia certo alívio, e creio que todos pensassem como eu. Havíamos encontrado o culpado, um patife de patifaria notabilíssima, e já não estávamos mais tentados a suspeitar de nós. A trapaça de Zósimo nos deixou lívidos de raiva, mas nos devolveu a confiança recíproca. Não havia provas de que Zósimo, tendo roubado o Greal, tivesse tido algo a ver com a morte de Frederico, porque naquela noite ficara sempre amarrado à própria cama, mas isso nos fazia voltar à hipótese do Poeta: que Frederico não tivesse sido morto."

JUNTARAM-SE PARA discutir. Antes de tudo, Zósimo – se tivesse fugido ao cair da noite – já teria doze horas de vantagem sobre eles. Porcelli lembrou-lhes que estavam a cavalo e o outro numa mula, mas Baudolino os fez observar que ao redor só havia montanhas, sabe-se lá até onde, e pelas trilhas montanhosas os cavalos andam mais lentamente do que as mulas. Impossível segui-lo com velocidade. Estava com meio dia de vantagem, e ainda tinham mais meio dia. A única coisa a fazer seria conseguir entender para onde se dirigia e seguir o mesmo rumo.

Disse o Poeta:

"Não pode ter ido para Constantinopla, especialmente porque lá, com Isaac Ângelo no trono, não lhe sopram bons ares; além disso, teria de atravessar as terras dos seldjúcidas, que acabamos de deixar depois de tantas adversidades, e sabe muito bem que cedo ou tarde acabariam por arrancar-lhe a pele. A hipótese mais razoável, visto que ele é quem conhece aquele mapa, é que queira fazer aquilo que queríamos fazer: chegar ao reino do Preste João, dizendo-se enviado de Frederico ou sabe-se lá de quem, devolve o Greal e é coberto de honras. Assim, para encontrar Zósimo, será preciso viajar para o reino de João, e detê-lo ao longo da estrada. Partiremos, faremos perguntas pelo caminho, procuraremos os rastros de um monge gréculo que se percebe a uma milha de distância que é daquela raça, e deixem-me finalmente ter a satisfação de estrangulá-lo, e recuperaremos o Greal."

"Muito bem", disse Boron, "mas que direção vamos tomar, visto que só ele conhece o mapa?"

"Amigos", disse Baudolino, "aqui será útil Ardzrouni. Ele conhece a região e, além disso, ficamos em onze e precisamos a qualquer custo do décimo segundo rei."

E eis que Ardzrouni começou solenemente a fazer parte do grupo daqueles destemidos, para seu grande alívio. Sobre o caminho a seguir, disse coisas sensatas: se o reino do Preste João ficava para o oriente, próximo do Paraíso Terrestre, teríamos de seguir rumo ao lugar onde o sol nasce. Mas andando assim, em linha reta, corria-se o risco de passar por terras de infiéis, ao passo que ele conhecia o modo de viajar, ao menos um pouco, pelos territórios habitados por gente cristã – mesmo porque precisavam ter em conta as cabeças do Batista, que não podiam vender aos turcos. Ele assegurava que Zósimo também teria pensado da mesma maneira, e mencionava países e cidades de que nossos amigos jamais ouviram falar. Com sua habilidade de mecânico, construíra uma espécie de boneco que se parecia bastante com Zósimo, com cabelos e barbas longos e eriçados, feitos de sorgo enegrecido, e duas pedras negras no lugar dos olhos. O retrato mostrava-se tão endemoniado como aquele que representava:

"Deveremos passar por lugares em que se falam línguas desconhecidas", dizia Ardzrouni, "e para perguntar se viram Zósimo passar por ali bastará mostrar esta efígie." Baudolino assegurou que pelas línguas ignotas não havia problemas, porque depois de ouvir um pouco os bárbaros, ele aprenderia a falar como eles, mas o retrato seria igualmente útil, porque em certos lugares não haveria tempo para parar e aprender a língua.

Antes de partir, desceram todos para que cada um pegasse uma cabeça do Batista. Eles eram doze e as cabeças agora eram apenas seis. Baudolino decidiu que Ardzrouni ficaria calado, Solomon certamente não quereria ir com uma relíquia cristã, Cuttica, o Tolo, Porcelli e Colandrino foram os últimos a chegar, e, portanto, as cabeças ficariam com ele, com o Poeta, Abdul, Kyot, Boron e Boidi. O Poeta estava para pegar logo a primeira e Baudolino fez-lhe observar, rindo, que eram todas iguais, visto que a única boa fora levada por Zósimo. O Poeta enrubesceu e deixou que Abdul escolhesse, com um amplo e delicado gesto de mão. Baudolino contentou-se com a última, e cada um escondeu a sua em seu respectivo alforje.

"E ISSO É TUDO", disse Baudolino a Nicetas. "No fim de junho do ano do Senhor de 1190, nós partimos, em número de doze como os Magos, embora menos virtuosos do que eles, para alcançar finalmente a terra do Preste João."

26
Baudolino e a viagem dos Magos

Daquele momento em diante, a história que Baudolino contava a Nicetas deu-se quase num contínuo, não apenas durante as paradas noturnas, mas também de dia, quando as mulheres se queixavam do calor, quando as crianças paravam para urinar, e quando as mulas se recusavam a seguir em frente. Foi uma história irregular como o caminho, onde Nicetas percebia os vazios, os altos e baixos, espaços infindáveis e tempos demasiado longos. E era compreensível, pois, como narrava Baudolino, a viagem dos doze durou cerca de quatro anos, entre momentos de desorientação, paradas enfadonhas e dolorosas peripécias.

Talvez, viajando assim sob sóis abrasadores, com os olhos às vezes esbatidos por tempestades de areia, ouvindo línguas novíssimas, os viajantes haviam passado por alguns momentos nos quais viviam como que assolados por uma febre, outros em espera sonolenta. Dias incontáveis foram dedicados à sobrevivência, perseguindo animais prontos para fugir, negociando com povos selvagens por um pedaço de pão ou de cordeiro, deparando-se com fontes quase secas em lugares onde não chovia mais que uma vez por ano. E além do mais, disse Nicetas, viajar debaixo de um sol inclemente, por desertos, contam os viajantes que te tornas vítima de miragens, ouves vozes ecoando de noite entre as dunas, e quando encontras algum arbusto corres o risco de comer algumas bagas que em vez de encher a barriga te levam a ter alucinações.

Sem contar que, como bem sabia Nicetas, Baudolino não era sincero por natureza, e se já é difícil acreditar num mentiroso que diz, por exemplo, que esteve em Icônio, como e em que momento acreditar quando conta que viu seres que a mais fértil fantasia custa a imaginar, e nem sequer ele sabe se viu?

Numa só coisa Nicetas resolveu acreditar, porque a paixão com a qual Baudolino falava era o testemunho da verdade: que ao longo da viagem nossos doze Magos eram cada vez mais impelidos pelo desejo de chegar à própria meta. Que se tornava cada vez mais diferente para cada um. Boron e Kyot queriam apenas encontrar o Greal, mesmo que não chegassem ao reino do Preste João; Baudolino queria aquele reino de modo cada vez mais irrefreável, e com ele Rabbi Solomon, porque lá havia de encontrar suas tribos perdidas; o Poeta, com ou sem Greal, buscava um reino qualquer; Ardzrouni estava apenas interessado em fugir de onde vinha, e Abdul, como se sabe, pensava que quanto mais se afastasse, tanto mais se aproximaria do objeto de seus castíssimos desejos.

O grupo dos alexandrinos era o único que parecia andar com os pés no chão, haviam feito um pacto com Baudolino e o seguiam por solidariedade, ou talvez por teimosia, porque se é preciso encontrar um Preste João é preciso encontrá-lo, senão, como dizia Aleramo Scaccabarozzi, o Tolo, as pessoas não te levam a sério. Mas talvez iam em frente também porque Boidi pusera na cabeça que, chegando à meta, fariam provisões de prodigiosas relíquias (e não falsas como as cabeças do Batista), e iriam levá-las para a terra natal de Alexandria, transformando aquela cidade ainda sem história no santuário mais celebrado da Cristandade.

ARDZROUNI, PARA evitar os turcos de Icônio, fez com que passassem por alguns desfiladeiros, onde os cavalos corriam o risco de quebrar uma perna, depois os guiou por seis dias ao longo de um caminho de pedras semeado de cadáveres de lagartos de um palmo de comprimento, mortos de insolação. Ainda bem que temos víveres, senão teríamos de comer esses animais nojentos, disse aliviado Boidi, mas errava, porque um ano depois pegariam lagartos ainda mais nojentos e os teriam grelhado, enfiando-os num ramo, com a baba que descia até o queixo, esperando que fritassem como deviam.

Passaram depois por alguns povoados, e em cada um deles mostraram o boneco de Zósimo. Sim, dizia alguém, um monge exatamente assim passou por essas bandas, ficou aqui um mês e depois fugiu, porque engravidou minha filha. Mas como parou aqui há um mês, se estamos viajando de sol a sol há duas semanas? Quando foi isso? Ah, já se passaram sete Páscoas, vede, o fruto do pecado é aquele menino ali com a escrófula. Então não era ele, como são iguais esses porcalhões dos monges. Ou então: sim, parece, isso mesmo com uma barba igual, foi há uns três dias, era um corcundinha simpático... Mas se era corcunda não era ele, Baudolino, será que não entendes a língua e traduzes o que tens em mente? Ou ainda: sim, sim, nós o vimos, era ele – e apontavam Rabbi Solomon, talvez por causa da barba negra. Em suma, será que perguntavam aos mais apatetados?

Pouco depois encontraram gente que morava em tendas circulares, e que os cumprimentava com um "*La ellec olla Sila, Machimet rores alla*". Responderam com a mesma cortesia em alamânio, pois tanto uma língua valia pela outra, em seguida mostraram o boneco de Zósimo. Eles se puseram a rir, falaram ao mesmo tempo, mas pelos seus gestos deduzia-se que se lembravam de Zósimo, passara por lá, oferecera a cabeça de um santo cristão, e eles ameaçaram enfiar-lhe algo no traseiro. Nossos amigos entenderam que haviam chegado a uma congregação de turcos empaladores, e partiram com grandes gestos de saudação e sorrisos, que lhes mostravam todos os dentes, enquanto o Poeta puxava Ardzrouni pelos cabelos, torcendo-lhe a cabeça, dizendo: muito bem, muito bem, conheces realmente o caminho e nos estavas mandando justamente para a mão dos anticristos – e Ardzrouni dizia, ofegante, que não fora ele que errara o caminho, mas sim aqueles nômades, e nunca sabemos para onde caminham os nômades.

"No entanto, pouco mais à frente", assegurou, "encontraremos apenas cristãos, embora nestorianos."

"Muito bem", dizia Baudolino, "se são nestorianos, são da raça do Preste João, mas de agora em diante, antes de falar é melhor prestar atenção quando entrarmos numa aldeia, para ver se existem cruzes e campanários."

CAMPANÁRIOS, POIS sim. O que encontravam eram emaranhados de casebres de tufo, de modo que mesmo que existisse algum no meio deles, não se poderia reconhecer, era gente que se contentava com pouco para louvar o Senhor.

"Tens certeza de que Zósimo passou por essas bandas?", perguntava Baudolino. E Ardzrouni dizia-lhe para que ficasse tranquilo. Uma noite Baudolino o viu enquanto observava o sol que se punha, e parecia tomar medidas no céu com os braços estendidos e os dedos das duas mãos cruzados, como se formasse pequeninas janelas triangulares pelas quais perscrutava as nuvens. Baudolino perguntou-lhe para que fazia isso, ele disse que tentava encontrar onde ficava a grande montanha, atrás da qual a cada entardecer o sol desaparecia, sob a grande arcada do tabernáculo.

"Virgem Santíssima", gritou Baudolino, "mas também acreditas na história do tabernáculo como Zósimo e Cosme Indicopleustes?"

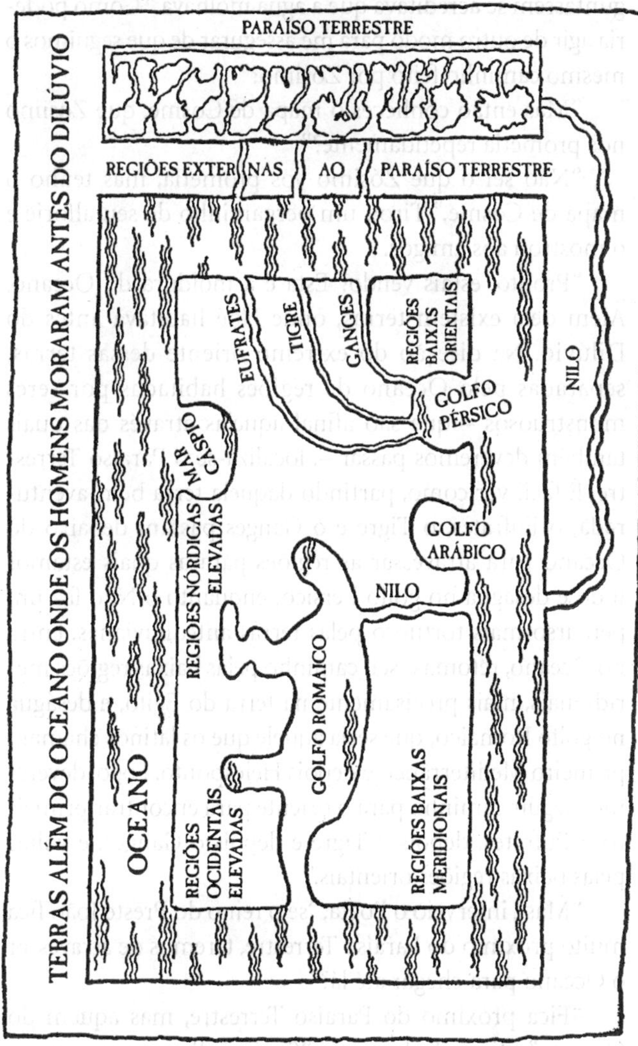
TERRAS ALÉM DO OCEANO ONDE OS HOMENS MORARAM ANTES DO DILÚVIO
PARAÍSO TERRESTRE
REGIÕES EXTERNAS AO PARAÍSO TERRESTRE
EUFRATES
TIGRE
GANGES
REGIÕES BAIXAS ORIENTAIS
NILO
GOLFO PÉRSICO
MAR CÁSPIO
REGIÕES NÓRDICAS ELEVADAS
GOLFO ARÁBICO
NILO
GOLFO ROMAICO
OCEANO
REGIÕES OCIDENTAIS ELEVADAS
REGIÕES BAIXAS MERIDIONAIS

"E por que não?", disse Ardzrouni, como se lhe perguntassem se acreditava que a água molhava. "Como poderia agir de outro modo para me assegurar de que seguimos o mesmo caminho feito por Zósimo?"

"Mas então conheces o mapa de Cosme, que Zósimo nos prometia repetidamente?"

"Não sei o que Zósimo vos prometia, mas tenho o mapa de Cosme." Tirou um pergaminho de seu alforje e o mostrou aos amigos.

"Pronto, estais vendo? Esta é a moldura do Oceano. Além dela existem terras, onde Noé habitava antes do Dilúvio. Na direção do extremo oriente dessas terras, separadas pelo Oceano de regiões habitadas por seres monstruosos – que são afinal aquelas através das quais também deveremos passar –, localiza-se o Paraíso Terrestre. É fácil ver como, partindo daquela terra bem-aventurada, o Eufrates, o Tigre e o Ganges passam debaixo do Oceano para atravessar as regiões para as quais estamos indo e deságua no golfo Pérsico, enquanto o Nilo faz um percurso mais tortuoso pelas terras antediluvianas, entra no Oceano, retoma o seu caminho pelas baixas regiões meridionais, mais precisamente na terra do Egito, e deságua no golfo Romaico, que seria aquele que os latinos chamam primeiro Mediterrâneo e depois Helesponto. Logo, deveremos seguir caminho para o oriente para encontrar primeiro o Eufrates, depois o Tigre e depois o Ganges, e voltar pelas baixas regiões orientais."

"Mas", interveio o Poeta, "se o reino do Preste João fica muito próximo do Paraíso Terrestre, teremos de atravessar o Oceano para chegar até lá?"

"Fica próximo do Paraíso Terrestre, mas aquém do Oceano", disse Ardzrouni. "Será melhor atravessar o Sambatyon..."

"Sambatyon, o rio de pedra", disse Solomon juntando as mãos. "Então Eldad não mentiu, e aquele é o caminho para encontrar as tribos perdidas!"

"Também citamos o Sambatyon na nossa carta do Preste João", emendou Baudolino, "e portanto é evidente que em algum lugar deve existir. Está bem, o Senhor veio em nosso socorro, fez com que perdêssemos Zósimo, mas fez com que encontrássemos Ardzrouni, que ao que parece sabe mais do que ele."

UM DIA AVISTARAM de longe um templo faustoso, com suas colunas e um tímpano historiado. Mas ao se aproximarem viram que o templo era apenas a fachada, porque o restante era de rocha, e, com efeito, aquela entrada ficava no alto, encravada no monte, e era preciso subir, sabe Deus como, até onde voavam os pássaros, para se chegar até lá. Prestando mais atenção, via-se que, ao longo do círculo das montanhas circunvizinhas, outras fachadas sobressaíam no alto, em paredes de lava escarpada, e às vezes era preciso aguçar o olhar para distinguir a pedra trabalhada daquela desenhada pela natureza; e viam-se ainda capitéis esculpidos, arcos, abóbadas e colunatas soberbas. Os habitantes, embaixo, falavam uma língua muito parecida com o grego, e diziam que sua cidade chamava-se Bacanor e o que viam eram igrejas de mil anos atrás, quando ali reinava outrora Aleksandros, um grande rei dos gregos que honrava um profeta morto na cruz. Já não lembravam como subir ao templo, tampouco sabiam o que houvesse dentro dele, e preferiam honrar os deuses (disseram justamente deuses, não Deus Nosso Senhor) num espaço ao ar livre, em cujo centro sobressaía a cabeça dourada de um búfalo erguida num pedaço de madeira.

Precisamente naquele dia, a cidade celebrava os funerais de um jovem amado por todos. Na esplanada, aos pés da montanha, preparava-se um banquete, e no meio do círculo de mesas já arrumadas, havia um altar e em cima dele o corpo do defunto. No alto voavam, em grandes círculos, cada vez mais baixo, águias, corvos, milhafres e outras aves de rapina, como se tivessem sido chamados para a festa. Vestido completamente de branco, o pai aproximou-se do cadáver, cortou-lhe a cabeça com um machado e a colocou num prato de ouro. Depois, alguns senescais, também vestidos de branco, cortaram o corpo em pequenos pedaços, e os convidados vinham um a um para pegar partes daquilo e lançá-las a um dos pássaros, que o pegava ainda no ar e depois desaparecia para longe. Alguém explicou a Baudolino que os pássaros levavam o morto ao Paraíso, e que era muito melhor o seu rito do que o de outros povos que deixavam o corpo dos mortos apodrecer na terra. Depois, todos se agacharam diante das mesas e cada um provou a carne da cabeça, até que, restando apenas o crânio, polido e reluzente como se fora um metal, fizeram dele um cálice no qual todos beberam, felizes, louvando o defunto.

DE OUTRA FEITA atravessaram durante uma semana um mar de areia, em que a areia se elevava como as ondas do mar, e parecia que tudo se movia debaixo dos pés e dos cascos dos cavalos. Solomon, que já sofrera de enjoo, depois do embarque em Galípolis, passou aqueles dias entre frequentes ânsias de vômito, mas pôde vomitar muito pouco porque a comitiva teve bem poucas ocasiões de regurgitar e por sorte tinham feito reserva de água antes de passar por aquela circunstância. Abdul começou então a ser acometido por calafrios, que o acompanharam cada vez mais intensamente durante o restante da viagem, tanto que não conseguiu mais cantar suas canções, como os amigos o convidavam a fazer quando repousavam ao luar.

ÀS VEZES MARCHAVAM rapidamente por planícies relvosas, e não tendo que lutar com elementos adversos, Boron e Ardzrouni começavam intermináveis diatribes sobre o tema que os obcecava, ou seja, o vazio.

Boron usava seus argumentos de sempre, de que se existisse o vazio no Universo nada impediria que além do nosso, no vazio, existissem outros mundos etc. Mas Ardzrouni fazia-lhe observar que ele confundia o vazio universal, a cujo respeito se podia discutir, com o vazio que se cria nos interstícios entre um e outro corpúsculo. E diante da pergunta de Boron, sobre o que eram esses corpúsculos, seu opositor lembrou-lhe que, segundo alguns antigos filósofos gregos, e outros sábios teólogos árabes, os seguidores do Kalam, ou seja, os mutakallimun, não era necessário pensar que os corpos fossem substâncias densas. Todo o Universo, todas as coisas que nele existem, e também nós, somos compostos de corpúsculos indivisíveis, que se chamam átomos, os quais, movendo-se incessantemente, dão origem à vida. O movimento desses corpúsculos é a condição mesma de toda a geração e corrupção. E entre átomo e átomo, justamente porque eles podem se mover livremente, existe o vazio. Sem o vazio entre os corpúsculos, que compõem todos os corpos, nada poderia ser cortado, quebrado ou partido, nem absorver água, ou ser tomado pelo frio ou pelo calor. Como pode a alimentação difundir-se em nosso corpo senão viajando através dos espaços vazios entre os corpúsculos que nos compõem? Enfia uma agulha, disse Ardzrouni, numa bexiga cheia, antes que ela comece a se esvaziar, somente porque a agulha ao entrar amplia o buraco que fez. Como pode acontecer que por um só instante a agulha esteja dentro da bexiga que ainda está cheia de ar? Porque se insinua no vazio intersticial entre os corpúsculos do ar.

"Esses teus corpúsculos são uma heresia e ninguém jamais os viu senão os teus árabes kallomotemun ou que raio de nome tenham", respondeu Boron. "Enquanto a agulha entra, já sai um pouco de ar, deixando espaço para a agulha."

"Pega então um frasco vazio, mergulha-o dentro d'água com o gargalo para baixo. A água não entra, porque existe ar. Suga o ar do frasco, fecha-o com um dedo para que não entre outro, mergulha-o dentro d'água, tira o dedo, e a água entrará onde criaste o vazio."

"A água sobe porque a natureza age para que não se crie o vazio. O vazio é contra a natureza, e sendo contra a natureza não pode existir na natureza."

"Mas enquanto a água sobe, e não o faz de uma só vez, o que existe na parte do frasco que ainda não se encheu, visto que tiraste dele todo o ar?"

"Quando tiras o ar, eliminas apenas o ar frio que se move lentamente, mas deixas ali uma parte de ar quente, que segue veloz. A água entra e faz com que saia logo o ar quente."

"Agora pega de novo aquele frasco cheio de ar, mas aquece-o, de modo que dentro haja apenas ar quente. Depois mergulha-o com o gargalo para baixo. Ainda que exista apenas ar quente, a água não entra da mesma forma. Assim o calor do ar não entra."

"Ah, sim? Pega de novo o frasco, e no fundo faz-lhe um furo na parte bojuda. Mergulha-o dentro d'água pela parte do furo. A água não entra porque existe ar. Põe depois os lábios no gargalo, que ficou fora d'água, e chupa todo o ar. Enquanto sugas o ar, a água sobe através do furo inferior.

Tira então o frasco d'água, mantendo fechada a embocadura superior, de modo que o ar não force a entrada. E verás que a água continua dentro do frasco e que não sai pelo furo inferior, pelo desgosto que a natureza experimentaria se existisse o vazio."

"A água não desce pela segunda vez porque subiu na primeira, e um corpo não pode fazer um movimento oposto ao primeiro, se não recebe uma nova solicitação. Ouve essa agora. Enfia uma agulha numa bexiga cheia, deixa que o ar saia todo, pffff, depois tapa logo o buraco feito pela agulha. Segura com os dedos ambas as partes da bexiga, como se puxasses a pele aqui na pele de tua mão. E verás que a bexiga se abre. O que há naquela bexiga, cujas paredes abriste? O vazio."

"Quem disse que as paredes da bexiga se separam?"

"Experimenta!"

"Eu não, não sou um mecânico, sou um filósofo, e tiro minhas conclusões com base no pensamento. E além disso, se a bexiga se alarga é porque tem poros, e depois que se esvaziou um pouco de ar entrou em seus poros."

"Ah, é? Primeiramente, o que são os poros, senão espaços vazios? E como faz o ar para entrar sozinho se nele não imprimisse um movimento? E por que depois que tiraste o ar da bexiga esta não volta a se encher espontaneamente? E se existem poros, por que então quando a bexiga está cheia e bem fechada e tu a apertas imprimindo um movimento no ar, a bexiga não se esvazia? Por que os poros, com efeito, são espaços vazios, mas menores do que os corpúsculos do ar."

"Continua a comprimi-la sempre mais forte e verás. E depois deixa por algumas horas a bexiga cheia ao sol e verás que pouco a pouco se esvazia sozinha, porque o calor transforma o ar frio em ar quente, que sai com maior velocidade."

"Então, pega um frasco..."

"Com ou sem buraco no fundo?"

"Sem. Mergulha-o por completo, inclinado, dentro d'água. Vês que, à medida que entra dentro d'água, o ar sai e faz plop plop, manifestando assim a sua presença. Agora tira o frasco, deixa-o vazio, suga todo o ar, fecha com o polegar a embocadura, coloca-o inclinado na água, e tira o dedo. A água entra, mas não se ouve ou não se vê nenhum plop plop. Porque ali dentro havia o vazio."

Nesse momento, o Poeta os interrompia, lembrando que Ardzrouni não devia distrair-se, pois com todo aquele plop plop e aqueles frascos, todos já estavam começando a ficar com sede, e suas bexigas já estavam vazias, e seria razoável encaminharem-se para um rio ou para qualquer outro lugar mais úmido do que aquele onde se encontravam.

DE QUANDO em quando ouviam falar de Zósimo. Alguém o vira, outro ouvira falar sobre um homem de barba negra que perguntava sobre o reino do Preste João. Ao que nossos amigos perguntavam, ansiosos: "E o que foi que lhe disseste?", e eles quase sempre respondiam que lhe haviam dito o que todos sabiam naquelas terras, que o Preste João ficava a oriente, mas que levariam anos para chegar até lá.

O Poeta dizia, espumando de raiva, que nos manuscritos da biblioteca de São Vítor lia-se que quem viajava por aquelas terras não fazia mais que deparar-se com esplêndidas cidades, templos com telhados cobertos de esmeraldas, palácios com tetos de ouro, colunas com capitéis de ébano, estátuas que pareciam vivas, altares de ouro com sessenta degraus, muros de safira pura, pedras tão luminosas que chegavam a luzir como tochas, montanhas de cristal, rios de diamantes, jardins com árvores das quais gotejam bálsamos perfumados, que permitem aos habitantes viver aspirando apenas seus aromas, mosteiros em que se criavam apenas pavões coloridíssimos, cuja carne não sofria corrupção, e se a levassem em viagem, mantinha-se conservada por trinta dias ou mais, mesmo sob um sol ardente, sem nunca emanar mau cheiro, fontes esplendorosas cuja água brilha como a luz de um raio, tanto que, se ali colocarmos um peixe seco, conservado em sal, ei-lo que retorna à vida e foge, sinal de que ela é a fonte da eterna juventude – mas, até então, viram desertos, matagais e maciços em que não se podia sequer descansar sobre suas pedras porque cozinhavam suas nádegas; as únicas cidades que haviam encontrado eram feitas de casebres miseráveis, e habitadas por uma gentalha repugnante, como em Colandiofonta, onde viram os artabantes, homens que caminhavam agachados como as ovelhas, em Iambut, onde esperavam repousar após ter atravessado planícies queimadas, e as mulheres, embora não fossem belas, não eram muito feias, mas descobriram que, fidelíssimas a seus maridos, guardavam serpentes venenosas na vagina para defender sua castidade – e se ao menos lhe tivessem dito isso antes, mas não, uma fingira entregar-se ao Poeta, que por pouco não teve de se consagrar à castidade perpétua, e sorte a dele que ouviu um sibilo e deu um salto para trás. Perto dos pântanos de Cataderse encontraram homens com testículos que chegavam até os joelhos, e em Necuveran, homens nus como animais selvagens, que copulavam na rua feito cães, o pai se unia com a filha e o filho com a mãe. Em Tana, encontraram antropófagos, que, por sorte, não comiam estrangeiros, porque lhes davam nojo, mas apenas as suas crianças. Junto do rio Arlon, passaram por uma aldeia onde os habitantes dançavam ao redor de um ídolo e com facas afiadas infligiam-se feridas em todos os membros, depois o ídolo foi colocado numa carroça, e levado pelas ruas, e muitos deles se lançavam com alegria debaixo das rodas da carroça, quebrando os próprios membros até morrer. Em Salibut, atravessaram um bosque infestado de pulgas tão grandes como as rãs, e em Cariamaria encontraram homens peludos que ladravam, e nem sequer Baudolino podia entender a sua língua, e mulheres com dentes de javalis, cabelos até os pés e rabo de vaca.

Viram essas e outras coisas horripilantes, mas nunca as maravilhas do Oriente, como se todos aqueles que escreveram a seu respeito não passassem de grandes mentirosos.

Ardzrouni recomendou que tivessem paciência, porque dissera também que antes do Paraíso Terrestre havia uma terra muito selvagem, mas o Poeta respondia que a terra selvagem era habitada por animais ferozes, que por sorte ainda não haviam visto, e portanto ainda estava por vir, e se aquelas que viram eram, no entanto, as terras não selvagens, imaginemos o restante. Abdul, cada vez mais febril, dizia que era impossível que sua princesa vivesse em lugares tão amaldiçoados por Deus, e que talvez tivessem tomado o caminho errado: "Mas não tenho forças para voltar, meus amigos", dizia lacriminoso, "e portanto creio que morrerei em meu caminho para a felicidade."

"Mas fica quieto, não sabes o que estás dizendo", gritava-lhe o Poeta, "tu nos fizeste perder noites e noites ouvindo cantar a beleza de teu amor impossível, e agora que vês que mais impossível do que isso não existe, deverias estar feliz e erguer as mãos para o céu!" Baudolino puxava-o pela manga e sussurrava-lhe que agora Abdul delirava, e não era preciso fazê-lo sofrer mais.

CHEGARAM, DEPOIS de um tempo que parecia não passar, em Salopatana, uma cidade bastante miserável, onde foram acolhidos com estupor, como que contando-os com os dedos. Ficou claro que se surpreenderam que fossem doze, e todos se ajoelharam, enquanto um deles correu para levar a notícia aos outros cidadãos. Veio ao encontro deles uma espécie de arquimandrita que salmodiava em grego, segurando uma cruz de madeira (qual cruzes de prata crivadas de rubis, qual nada, resmungava o Poeta), e disse a Baudolino que havia tempo naquele lugar esperava-se a volta dos santíssimos Magos, que por mais de mil anos haviam percorrido mil aventuras, depois de terem adorado o Menino, em Belém. E este arquimandrita estava justamente perguntando se eles estavam voltando para a terra do Preste João, da qual certamente eram originários, para aliviá-lo de seu longo tormento e retomar o poder que tiveram um dia naqueles terras benditas.

Baudolino exultava. Fizeram muitas perguntas sobre o que os esperava, mas entenderam que nem mesmo aqueles habitantes sabiam onde ficava o reino do Preste João, tinham apenas a forte convicção de que existia em algum lugar, para o oriente. Aliás, visto que os Magos vinham justamente de lá, admiravam-se porque justo eles não tinham nenhuma notícia concreta.

"Senhores santíssimos", disse o bom arquimandrita, "com certeza não sois como aquele monge bizantino, que passou por aqui algum tempo atrás, e que estava tentando devolver ao Preste João alguma relíquia que lhe fora roubada. Aquele homem tinha um ar suspeito, e era indubitavelmente um herético como todos os gregos das terras junto ao mar, porque invocava sempre a Santíssima Virgem mãe de Deus, e Nestório, nosso pai e luz da verdade, nos ensinou que Maria foi apenas a mãe de Cristo homem. Mas pode-se pensar num Deus usando fraldas, num Deus de dois meses, num Deus da cruz? Só os pagãos dão mães a seus deuses!"

"E aquele monge é realmente infiel", interrompeu o Poeta, "e saibam que aquela relíquia foi ele quem a roubou de nós."

"Que o Senhor o castigue. Nós o deixamos seguir sem dizer-lhe nada acerca dos perigos que encontraria e portanto não sabia nada de Abcásia, que Deus o castigue mergulhando-o naquela escuridão. E acabará encontrando a mantícora e as pedras negras de Bubuctor."

"Meus amigos", comentou o Poeta a meia-voz, "eles poderiam nos dizer muitas coisas preciosas, mas acabariam por dizê-las somente porque somos os Magos; porém, visto que somos os Magos, não pensam que seja necessário dizer-nos qualquer coisa. Acho que é melhor tratar de irmos logo, porque se falarmos com eles um pouco mais, acabaremos dizendo alguma bobagem e irão perceber que não sabemos aquilo que os Magos deveriam saber. Nem sequer poderemos oferecer-lhes uma cabeça do Batista, porque não consigo ver os Magos fazendo simonia. Vamos sair de mansinho, porque podem ser até bons cristãos, mas nada nos diz que sejam mansuetos com quem lhes passa a perna."

Despediram-se, recebendo como presente muitas provisões, e perguntando-se o que era aquela Abcásia em que se mergulhava tão facilmente.

APRENDERAM LOGO o que eram as pedras negras de Bubuctor. Estavam havia milhas e milhas no leito daquele rio, e alguns nômades que encontraram pouco antes explicaram que quem tocasse nelas ficava negro. Ardzruoni disse que deviam ser pedras muito preciosas, que os nômades vendiam não se sabe em que mercado distante, e contavam aquela fábula para impedir que outros se apoderassem delas. Correu para pegar um monte e mostrou aos amigos quanto eram luminosas e perfeitamente modeladas pela água. Mas, enquanto falava, o seu rosto, o pescoço e as mãos ficaram instantaneamente negros como o ébano; ele abriu as vestes na altura do peito e seu peito também estava negro, descobrira as pernas e as mãos e mesmo aquelas pareciam carvão.

Ardzrouni atirou-se nu dentro do rio, rolou dentro d'água, raspou a pele com o cascalho do fundo... Não havia nada mais a fazer, Ardzrouni tornara-se negro como a noite e viam-se apenas seus olhos brancos e os lábios vermelhos debaixo da barba também negra.

Primeiro os outros riram até não aguentar mais, enquanto Ardzrouni maldizia suas mães, depois procuraram consolá-lo:

"Queremos ser tomados pelos Magos?", disse Baudolino. "Pois muito bem, pelo menos um deles era negro, juro que é negro um dos três que agora repousam em Colônia. E, assim, a nossa comitiva torna-se ainda mais verossímil." Solomon, mais solícito, lembrou que ouvira falar de pedras que mudavam a cor da pele, mas que havia remédio para isso, e Ardzrouni voltaria a ficar mais branco do que antes. "Sim, na semana das três sextas-feiras", zombava o Tolo, e tiveram de segurar o desafortunado armeno, pois queria arrancar-lhe a orelha com uma mordida.

NUM BELO DIA, entraram numa selva rica de árvores frondosíssimas, com frutas de todas as espécies, no meio da qual corria um rio de água da cor do leite. E na selva abriam-se clareiras verdejantes, com palmeiras e vinhas carregadas com esplêndidos cachos com grandes bagos de uva do tamanho da cidra. Numa dessas clareiras, havia uma aldeia de cabanas simples e robustas, de palha polida, das quais saíram homens completamente nus da cabeça aos pés, e era por mero acaso que a barba longuíssima e abundante de alguns machos cobria suas partes pudendas. As mulheres não se envergonhavam em mostrar os seios e o ventre, mas davam a impressão de fazê-lo de modo muito casto: olhavam os recém-chegados ousadamente nos olhos, mas sem suscitar pensamentos inconvenientes.

Eles falavam grego e, acolhendo com cortesia os hóspedes, declararam-se gimnosofistas, ou seja, criaturas que, em inocente nudez, cultivavam a sabedoria e praticavam a benevolência. Nossos viajantes foram convidados a caminhar livremente pela aldeia silvestre, e de noite foram chamados para um jantar feito com alimentos espontaneamente produzidos pela terra. Baudolino fez algumas perguntas ao mais velho, que todos tratavam com especial reverência. Perguntou o que possuíam, e ele respondeu: "A terra, as árvores, o sol, a lua e os astros. Quando temos fome comemos os frutos das árvores, que se reproduzem sozinhos, segundo o sol e a lua. Quando estamos com sede vamos ao rio e bebemos. Temos uma mulher para cada um e segundo o ciclo lunar cada qual fecunda a sua companheira, até dar à luz dois filhos, dando um ao pai e o outro à mãe."

Baudolino surpreendeu-se por não ter visto nenhum templo ou cemitério, e o velho disse:

"Este lugar em que nos encontramos é também a nossa tumba, e aqui morremos prolongando-nos o sono da morte. A terra nos gera, a terra nos nutre e debaixo da terra dormimos o sono eterno. Com relação ao templo, sabemos que os edificam em outros lugares para honrar o que eles consideram o Criador de todas as coisas. Mas acreditamos que as coisas nasceram por *charis*, graças a si mesmas, assim como por si mesmas se mantêm, e a borboleta poliniza a flor que, ao crescer, haverá de nutri-la."

"Mas pelo que entendo, praticais o amor e o respeito recíproco, não matais animais, tampouco vossos semelhantes. Segundo qual mandamento o fazeis?"

"Nós o fazemos justamente para compensar a ausência de qualquer mandamento. Somente praticando e ensinando o bem podemos consolar nossos semelhantes pela falta de um Pai."

"Não podemos viver sem um Pai", murmurou o Poeta a Baudolino, "veja a que se reduziu nosso belo exército após a morte de Frederico. Eles estão aqui andando com o passarinho à solta, mas não sabem como é a vida..."

Boron comovera-se com aquela sabedoria, e começara a fazer uma série de perguntas ao velho.

"O que há em maior número, vivos ou mortos?"

"Há mais mortos, mas não se pode mais contá-los. Portanto, aqueles que vemos são em maior número do que os outros que não podemos ver mais."

"O que é mais forte, a morte ou a vida?"

"A vida, porque o sol, ao nascer, possui raios luminosos e esplendentes e quando se põe torna-se mais fraco."

"O que é maior, a terra ou mar?"

"A terra, porque também o mar se apoia no fundo da terra."

"O que veio antes, o dia ou a noite?"

"A noite. Tudo o que nasce forma-se na escuridão do ventre e só depois é que vem à luz."

"Qual é a melhor parte, a direita ou a esquerda?"

"A direita. Com efeito, o sol também nasce à direita e percorre a sua órbita no céu para a esquerda, e a mulher amamenta primeiro com o seio direito."

"Qual é o mais feroz dos animais?", perguntou o Poeta.

"O homem."

"Por quê?"

"Pergunta a ti mesmo. És também uma fera que tem em si mesma outras feras e por desejo de poder quer tirar a vida de todas as outras feras."

Então, disse o Poeta:

"Mas se todos fossem como vós o mar não seria navegado, a terra não seria cultivada, não surgiriam os grandes reinos que levam ordem e grandeza à infeliz desordem das coisas terrenas."

Respondeu o velho: "Todas essas coisas são decerto uma ventura, mas se constroem com a desventura dos outros, e não queremos isso."

Abdul perguntou se sabiam onde vivia a mais bela e a mais distante de todas as princesas. "Acaso a procuras?", perguntou o velho, e Abdul respondeu que sim. "Acaso a viste?" e Abdul respondeu que não. "Tu a queres?" e Abdul respondeu que não sabia. Então o velho entrou na cabana e saiu com um prato de metal, tão polido e brilhante que todas as coisas ao redor espelhavam-se nele como numa superfície de água límpida. Disse: "Uma vez recebemos de presente este espelho, que não podíamos recusar por cortesia ao seu doador. Mas nenhum de nós queria se olhar nele, porque isso poderia nos induzir à vaidade do nosso corpo, ou ao horror por algum defeito nosso, e assim viveríamos temendo que outros nos desprezassem. Nesse espelho talvez verás um dia aquilo que buscavas."

Enquanto tentavam dormir, Boidi falou, com os olhos marejados:

"Vamos ficar aqui."

"Que lindo serias, nu como um verme", rebateu o Poeta.

"Talvez desejemos muito", disse Rabbi Solomon, "mas agora não podemos evitar de querer."

Partiram na manhã seguinte.

27
Baudolino nas trevas da Abcásia

Após deixar os gimnosofistas, vagaram por longo tempo, perguntando-se de que modo poderiam chegar ao Sambatyon sem passar por aqueles lugares horrendos que eles haviam mencionado. Mas foi em vão. Atravessaram planícies, venceram torrentes, subiram penhascos escarpados, com Ardzrouni que fazia de quando em quando seus cálculos no mapa de Cosme e avisando que o Tigre, ou o Eufrates, ou o Ganges não deviam estar longe. O Poeta mandava-o calar a boca, horrendo homenzinho negro, Solomon repetia-lhe que cedo ou tarde voltaria a ficar branco, e os dias e os meses passavam sempre iguais.

CERTA VEZ acamparam junto de um pântano. A água não era muito límpida, mas deveria servir e foi proveitosa sobretudo para os cavalos. Estavam se preparando para dormir quando surgiu a lua, e, à luz de seus primeiros raios, viram na sombra um sinistro formigueiro. Era um número infinito de escorpiões, todos com a ponta das caudas levantadas, à procura de água, seguidos por um grupo de serpentes com uma grande variedade de cores: algumas mostravam escamas vermelhas, outras brancas e pretas, outras ainda resplandecentes como o ouro. Tudo à volta não passava de um silvo, e foram tomados por um grande terror. Formaram como que um círculo com as espadas apontadas para fora, buscando matar aquelas pestes malignas, antes que elas pudessem chegar perto da barreira. Mas as serpentes e os escorpiões pareciam mais atraídos pela água do que por eles, e como tivessem bebido voltaram aos poucos, entocavam-se em algumas fendas do terreno.

À meia-noite, enquanto já pensavam em pegar no sono, chegaram serpentes cristadas, cada qual com duas ou três cabeças. Com suas escamas limpavam a terra e mantinham escancaradas as fauces dentro das quais vibravam três línguas. A uma milha sentia-se o seu fedor e tinha-se a impressão de que seus olhos, que cintilavam sob a luz da lua, espalhassem algum veneno, como ocorre habitualmente com o basilisco... Lutaram durante uma hora, pois aqueles animais eram mais agressivos do que os outros, e talvez porque estivessem buscando carne. Mataram alguns e seus companheiros avançaram sobre os cadáveres, banqueteando-se com eles e esquecendo-se dos homens. Já estavam achando que tinham superado aquele perigo quando, depois das serpentes, chegaram os caranguejos, mais de cem, cobertos com escamas de crocodilo, e com a sua couraça repeliam os golpes das espadas. Até que Colandrino teve uma ideia, inspirada pelo desespero: aproximou-se de um deles, deu-lhe um chute violento bem debaixo do ventre, e ele caiu de costas, agitando desvairadamente as tenazes. Assim, puderam cercá-los, cobri-los com ramos e atear-lhes fogo. Perceberam depois que, privados de sua couraça, eram também bons de se comer, e assim por dois dias tiveram uma provisão de carne doce e rija, mas que no fim das contas era muito boa e nutritiva.

De outra feita, encontraram realmente o basilisco, e era exatamente como o haviam narrado tantas histórias indubitavelmente verdadeiras. Saiu de um maciço, quebrando a rocha, como observara Plínio. Tinha cabeça e unhas de galo, e no lugar da crista uma excrescência vermelha, em forma de coroa, olhos amarelos e salientes, como aqueles do sapo, e corpo de serpente. Era de um verde-esmeral-

 da, com reflexos argentinos, e à primeira vista parecia

quase belo, mas sabia-se que seu hálito podia envenenar um animal ou um ser humano, e já de longe percebia-se o seu horrível fedor.

"Não vos aproximeis", gritou Solomon, "e cuidado para não olhá-lo nos olhos porque eles também emanam uma força tóxica!" O basilisco arrastava-se na sua direção, o cheiro tornava-se cada vez mais insuportável, até que Baudolino lembrou-se de que havia um modo para matá-lo. "O espelho, o espelho!", gritou para Abdul. Este trouxe-lhe o espelho de metal que ganhara dos gimnosofistas. Baudolino tomou-o, e o manteve firme com a mão direita, como um escudo voltado para o monstro, enquanto com a esquerda cobria os olhos para se proteger daquele olhar, e calculava seus passos pelo que via no chão. Parou na frente do animal, ainda mantendo firme o espelho. Atraído por aqueles reflexos, o basilisco ergueu a cabeça, fixou os olhos de batráquio na superfície luzente e lançou o bafo atroz. Mas logo tremeu por inteiro, bateu as pálpebras violeta, lançou um grito terrível e caiu morto. Todos se lembraram então de que o espelho mandava de volta ao basilisco tanto a potência de seu olhar, quanto o fluxo do hálito, e por causa desses dois prodígios, foi vítima de si mesmo.

"Já estamos numa terra de monstros", disse, feliz, o Poeta. "O Reino está cada vez mais próximo." Baudolino não compreendia mais se quando falava "o reino" ele pensava ainda naquele do Preste João ou no seu próprio, futuro.

ASSIM, ENCONTRANDO ora hipopótamos antropofágicos, ora morcegos maiores do que pombos, chegaram a uma aldeia entre os montes, a cujos pés havia uma planície com poucas árvores, que de perto parecia imersa numa leve neblina, mas depois a neblina ficava cada vez mais densa, para tornar-se gradativamente uma nuvem escura e impenetrável, transformando-se no horizonte numa única linha muito escura, que contrastava com as linhas vermelhas do ocaso.

Os habitantes eram afáveis, mas para aprender a sua língua, toda feita de sons guturais, Baudolino precisou de alguns dias, no curso dos quais foram hospedados e alimentados com a carne de certas lebres montanhosas, que proliferavam naquelas rochas. Quando foi possível compreendê-los, disseram que aos pés do monte iniciava-se a vasta província da Abcásia, cuja principal característica era a de ser uma única e imensa floresta, onde reinava sempre a escuridão mais profunda, mas não como se fosse noite, onde se tem pelo menos a luz do céu estrelado, mas uma escuridão densa, como se estivéssemos no fundo de uma gruta com os olhos fechados. Aquela província sem luz era habitada pelos abcásios, que viviam muito bem dentro dela, como acontece com os cegos nos lugares onde foram criados, desde pequenos. Parece que se orientavam pela audição e pelo olfato, mas como era a sua aparência ninguém sabia, porque ninguém jamais ousara aventurar-se por aquelas bandas.

Perguntaram se havia outras maneiras para seguir rumo ao oriente, e eles responderam que sim, bastava contornar a Abcásia e a sua floresta, mas isso, como ensinavam antigas histórias, levaria mais de dez anos de viagem, porque a floresta escura estendia-se por cento e doze milhas *salamoc*, e foi impossível entender qual era o comprimento de um *salamoc* para eles, mas certamente mais de uma milha, de um estádio, de uma parasanga.

Estavam para desistir quando Porcelli, que da comitiva fora até então o mais silencioso, lembrou a Baudolino de

 que aqueles da Frascheta estavam acostumados a caminhar

em densos nevoeiros, que se cortavam com a faca, o que era pior do que a completa escuridão, porque naquele cinza viam-se, enganados pelos olhos cansados, surgirem formas que não existiam no mundo, e portanto mesmo onde se poderia seguir em frente era preciso parar, e se alguém sucumbia à miragem, mudava de caminho e caía numa ribanceira.

"E o que fazemos na neblina de nossa terra", dizia, "senão caminhar com cuidado, por instinto, aproximadamente, como fazem os morcegos, que são completamente cegos, e não podes sequer seguir o teu olfato, pois a neblina entra nas narinas e o único cheiro que sentes é o teu? Assim", concluiu, "se já te habituaste a andar na neblina, a completa escuridão é como andar de dia."

Os outros alexandrinos concordaram, e foram, portanto, Baudolino e seus cinco compadres que conduziram o grupo, enquanto os outros haviam se amarrado cada qual a um de seus cavalos, e os seguiam esperando pelo melhor.

No início caminhar era um prazer, porque pareciam justamente estar dentro da neblina de sua terra, mas depois de alguma horas sobreveio uma negra escuridão. Os guias ficavam de orelha em pé para ouvir o rumor de alguns galhos, e quando não ouviam mais nada, deduziram que estivessem numa clareira. Os habitantes da aldeia disseram-lhes que naquelas terras soprava sempre um vento muito forte de sul para norte, e assim de quando em quando Baudolino umedecia um dedo, levantava-o no ar para sentir de onde vinha o vento, e voltava-se para o oriente.

Percebiam quando sobrevinha a noite, porque o ar se resfriava, e, assim, paravam para descansar – decisão inútil, disse o Poeta, porque naquela terra podia-se muito bem descansar durante o dia. Mas Ardzrouni observou que, quando fazia frio, não se ouvia mais o rumor dos animais, e voltavam a ouvi-los, especialmente o canto dos pássaros, quando sobrevinha o primeiro tepor. Sinal de que todos os seres vivos da Abcásia calculavam o dia segundo a aproximação do frio e do calor, como se fossem a aparição do sol ou da lua.

Por muitos dias, não se depararam com presenças humanas. Terminadas as provisões, esticavam as mãos até tocarem os ramos das árvores, e apalpavam ramo por ramo, às vezes durante horas, até que encontravam um fruto – que comiam, esperando que não fosse venenoso. Frequentemente era o perfume pungente de algumas maravilhas vegetais que dava a Baudolino (que entre todos tinha o olfato mais apurado) o indício para decidir seguir em frente, ou dobrar à direita ou à esquerda. Com o passar dos dias, tornaram-se cada vez mais atentos. Aleramo Scaccabarozzi, o Tolo, tinha um arco, e o esticava até sentir à sua frente o bater das asas de algum pássaro menos veloz e talvez menos volátil, como dentre nós as galinhas. Lançava o dardo, e no mais das vezes, guiados por um grito ou por um agitar frenético de asas moribundas, agarravam a presa, tiravam-lhe as penas e a cozinhavam num fogo de ramos. A coisa mais impressionante era que, ao esfregarem algumas pedras, podiam queimar a lenha: a chama se erguia, vermelha como convém, mas não iluminava nada, nem sequer eles próprios que estavam junto dela, e depois se reduzia justo quando, espetado num ramo, inseria-se o animal para assar.

Não era difícil encontrar água, porque muito frequentemente ouvia-se o borbulhar de alguma fonte ou riacho. Caminhavam com muita lentidão, e certa vez perceberam que, após dois dias de viagem, voltaram ao lugar de que haviam partido, porque junto de um pequeno curso d'água, ao apalparem o que estava ao redor, haviam encontrado as marcas de seu acampamento anterior.

Finalmente, perceberam a presença dos abcásios. Ouviram primeiro algumas vozes, como sussurros, à sua volta, e eram vozes excitadas, embora bastante fracas, como se os habitantes da floresta estivessem apontando um ao outro aqueles visitantes inesperados e nunca vistos – ou melhor, nunca ouvidos. O Poeta deu um grito fortíssimo, e as vozes se calaram, enquanto uma agitação de ervas e de folhas revelava que os abcásios estavam fugindo, com medo. Mas depois voltaram e começaram a sussurrar sempre mais, admirados por aquela invasão.

Numa certa altura, o Poeta sentiu que fora levemente tocado por uma mão, ou seja, por um membro peludo, agarrara alguma coisa de repente, e ouviu um grito de terror. O Poeta deixou a presa, e as vozes dos nativos afastaram-se um pouco, como se tivessem aumentado o círculo para manter-se a certa distância.

Nada aconteceu por alguns dias. A viagem prosseguia e os abcásios os acompanhavam, e talvez não fossem os mesmos da primeira vez, mas outros que haviam sido avisados de sua passagem. Com efeito, uma noite (era noite?) ouviram ao longe como que um rufar de tambores, ou como se alguém batesse num tronco de árvore oca. Era um rumor suave, mas que se espalhava por todo o espaço à nossa volta, por milhas, talvez, e compreenderam que com aquele sistema os abcásios mantinham-se informados, a distância, do que acontecia na floresta.

Com o passar do tempo, haviam se habituado àquela companhia invisível. E estavam se acostumando cada vez mais ao escuro, tanto que Abdul, que particularmente sofria com os raios solares, dizia que se sentia melhor, quase sem febre, e voltara às suas canções. Certa noite (era noite?), enquanto se aqueciam junto ao fogo, pegou na sela o seu instrumento, e voltou a cantar:

Triste e feliz ao fim da minha estrada
verei talvez o meu amor distante.
Aonde quer que eu vá, nessa jornada,
dele estarei decerto bem distante.
Pelos ásperos caminhos me obstino
sem que eu saiba jamais de meu destino.
Seja feita a vontade do Senhor.

Serei muito feliz se, como imploro,
vir de longe esse castelo distante.
Se me aceitar, essa mulher que adoro,
hei de viver com ela, tão distante.
E meu canto será ligeiro e fino
se estar com ela for o meu destino.
E o canto há de trazer-me um novo ardor.

PERCEBERAM QUE os abcásios, que até então estavam sussurrando a sua volta sem parar, haviam se calado. Ouviram em silêncio o canto de Abdul, e depois tentaram responder: ouviam-se cem lábios (eram lábios?) que assobiavam, silvavam com graça como melros delicados, repetindo a melodia tocada por Abdul. Encontraram assim um entendimento sem palavras com seus hóspedes, e nas noites seguintes entretinham-se reciprocamente, uns cantando e outros que pareciam tocar flautas. Certa feita, o Poeta entoou grosseiramente uma daquelas canções de taberna que em Paris faziam corar até mesmo as serviçais, e Baudolino o acompanhou. Os abcásios não responderam, mas após um longo silêncio um ou dois deles retomaram a modular as melodias de Abdul, como se dissessem que aquelas eram boas e agradavam, não as outras. Razão pela qual manifestavam, como observou Abdul, doçura de sentimentos e capacidade de discernir a boa música daquela má.

Único autorizado a "falar" com os abcásios, Abdul sentia-se renascido. Estamos no reino da delicadeza, dizia, e portanto próximos à minha meta. Vamos. Não, respondeu Boidi, fascinado, por que não ficamos aqui? Haverá um lugar mais belo no mundo, no qual ainda que exista alguma coisa feia, não a vês?

Até mesmo Baudolino pensava que, após ter visto tantas coisas pelo vasto mundo, aqueles longos dias passados na escuridão haviam-no pacificado consigo mesmo. Na escuridão voltava às suas lembranças, pensava na sua juventude, no pai, na mãe, na doce e infeliz Colandrina. Certa noite (era uma noite? Sim, porque os abcásios calavam-se para dormir), não podendo pegar no sono, moveu-se tocando com as mãos as folhas das árvores, como se buscasse algo. Encontrou de repente um fruto, macio ao tato e perfumadíssimo. Ele o pegou e o abocanhou, e sentiu-se invadir por súbito langor, e já não sabia se estava sonhando ou se estava acordado.

De repente viu, ou melhor, sentiu próxima como se a estivesse vendo, Colandrina. "Baudolino, Baudolino", chamava-o com voz adolescente, "não pare, mesmo que tudo ali te pareça tão belo. Deves chegar ao reino daquele João de que me falavas e dar-lhe o cálice, senão, quem há de fazer duque o nosso Baudolininho Colandrinucho? Dá-me essa alegria, porque aqui não se está mal, mas sinto muito a sua falta."

"Colandrina, Colandrina", gritou Baudolino, ou pensou que estivesse gritando, "cala-te, és um fantasma, um engano, o fruto daquela fruta! Os mortos não voltam!"

"Normalmente não", respondeu Colandrina, "mas insisti muito. Disse, enfim: deste-me apenas uma estação com o meu marido, apenas um pouquinho. Dai-me este santo prazer, se acaso tendes um coração. Estou bem aqui, e vejo a Beata Virgem e todos os santos, mas faltam-me as carícias de meu Baudolino que me deixavam arrepiada. Deram-me pouco tempo, só para te dar um beijinho. Baudolino, não pares no meio do caminho com as mulheres daquelas bandas, que devem ter doenças terríveis que nem eu mesma conheço. Põe o pé na estrada e segue rumo ao sol."

Desapareceu, enquanto Baudolino percebia um toque úmido no rosto. Livrou-se daquela sonolência e teve sonos tranquilos. No dia seguinte disse aos companheiros que deviam prosseguir.

Depois de muitos dias ainda perceberam um brilho, uma claridade láctea. A escuridão se transformava novamente no cinza de uma bruma espessa e contínua. Perceberam que os abcásios que os acompanhavam haviam parado, e os cumprimentavam, silvando. Perceberam-nos parados nos limites de uma clareira, nos confins da luz, que eles certamente temiam, como se estivessem agitando as mãos, e pela delicadeza daqueles sons, perceberam que estavam sorrindo.

PASSARAM ATRAVÉS da neblina, depois voltaram a ver a luz do sol. Ficaram como que obnubilados, e Abdul voltou a ser agitado por tremores febris. Pensavam que depois da prova de Abcásia entrariam nas terras desejadas, mas tiveram de se corrigir.

Subitamente esvoaçaram sobre suas cabeças pássaros de rosto humano, que gritavam: "Que terra maculastes? Voltem! Não se pode violar a terra dos Bem-aventurados! Voltem a pisar a terra que vos foi dada!" O Poeta disse que se tratava de uma bruxaria, talvez um dos modos pelos quais era protegida a terra do Preste João, e os convenceu a ir em frente.

Depois de alguns dias de caminhada por um pedregal, desprovido de todo e qualquer fio de erva, viram chegar a seu encontro três animais. Um era certamente um gato, com dorso curvo, o pelo eriçado e os olhos como dois tições acesos. O outro tinha uma cabeça de leão, que rugia, o corpo de cabra e as costas de dragão, mas sobre o dorso caprino erguia-se uma segunda cabeça chifruda e que balia. A cauda era uma serpente, que sibilando se voltava para a frente a ameaçar os presentes. O terceiro tinha corpo de leão, cauda de escorpião e uma cabeça quase humana, com olhos azuis, nariz bem desenhado e boca escancarada, na qual se percebia, em cima e embaixo, uma fileira tríplice de dentes, afiados como lâminas.

O animal com que mais se preocuparam logo foi o gato, conhecido mensageiro de Satanás e animal doméstico de necromantes, mesmo porque de qualquer monstro nos podemos defender, mas não dele, pois antes que possamos tirar a espada ele pula no rosto e fere os olhos. Solomon murmurava que não se devia esperar nada de bom de um animal que o Livro dos Livros jamais havia nomeado, Boron disse que o segundo animal era certamente a quimera, o único que, existindo o vazio, poderia voar zunindo nele, e sugar os pensamentos dos seres humanos. Quanto ao terceiro animal, não havia dúvidas, e Baudolino o reconheceu como a mantícora não diferente do animal *leucocroca* sobre a qual havia tempos (quanto, afinal?) escrevera Beatriz.

Os três monstros avançavam na direção deles: o gato com ágeis passos felpudos, os outros dois com igual determinação, porém um pouco mais lentos, pela dificuldade que possui um animal triforme para adequar-se a um movimento de compleições tão diversas.

O primeiro a reagir foi Aleramo Scaccabarozzi, o Tolo, que agora já não se separava mais de seu arco. Lançou uma flecha bem no meio da cabeça do gato, que se estatelou exânime. Àquela visão, a quimera deu um salto à frente. Corajosamente, Cuttica de Quargnento, gritando que em sua casa soubera apaziguar touros enamorados, seguiu em frente para trespassá-la, mas inopinadamente o monstro deu um salto, caiu-lhe em cima e o estava abocanhando com as suas fauces leoninas quando acorreram o Poeta, Baudolino e Colandrino para golpear o animal com espadeiradas até que soltou a presa, caindo no chão.

Nesse meio-tempo, atacara a mantícora. Enfrentaram-na Boron, Kyot, Boidi e Porcelli; enquanto Solomon lançava-lhe pedras, murmurando maldições na sua língua santa, Ardzrouni recuava, negro também de medo, e Abdul estava encarquilhado no chão, tomado por intensos tremores. Parecia que o animal estivesse examinando a situação com astúcia humana e selvagem ao mesmo tempo. Com inesperada agilidade, esquivou-se de quem parava à sua frente e, antes que eles pudessem feri-la, já avançara sobre Abdul, incapaz de se defender. Com seus tríplices dentes mordeu-o num dos ombros, e não soltou a presa quando os outros correram para libertar seu companheiro. Ululava sob os golpes das espadas, mas segurava firmemente o corpo de Abdul, que jorrava sangue de uma ferida que aumentava cada vez mais. Finalmente, o monstro não pôde sobreviver aos golpes que lhe infligiam quatro adversários cheios de fúria e morreu, com um terrível estertor. Mas foi preciso muito trabalho para abrir-lhe as fauces e libertar Abdul de sua garra.

No fim daquela batalha, Cuttica tinha um braço ferido, mas Solomon já o estava curando com um certo unguento, dizendo que tudo acabaria bem. Abdul, no entanto, queixava-se extenuado, perdendo muito sangue. "Melhor enfaixá-lo", disse Baudolino, "fraco como já estava, não pode sangrar mais!" Todos tentaram estancar aquele fluxo, usando as próprias roupas para fechar a ferida, mas a mantícora mordera em profundidade, até atingir talvez o coração.

Abdul começou a delirar. Murmurava que a sua princesa devia estar muito perto e não podia morrer justo naquele momento. Pedia para que o colocassem de pé, e que deviam segurá-lo, porque estava claro que o monstro inoculara algum veneno em suas carnes.

Acreditando no seu próprio engano, Ardzrouni tirou do alforje de Abdul a cabeça do Batista, rompeu o selo, pegou o crânio de dentro do relicário, e o colocou entre suas mãos.

"Reza", dizia, "reza para a tua salvação."

"Imbecil", disse-lhe o Poeta com desprezo, "primeiro não te ouve, e segundo aquela é a cabeça não se sabe de quem, que pegaste de algum cemitério desconsagrado."

"Qualquer relíquia pode reavivar o espírito de um moribundo", disse Ardzrouni.

À tardinha Abdul não via mais nada e perguntou se estavam de novo na floresta de Abcásia. Compreendendo que estava chegando o momento supremo, Baudolino decidiu-se e – como fazia frequentemente por bom coração – consumou outra mentira.

"Abdul", disse-lhe, "agora estás no auge de teus desejos. Chegaste ao lugar com que tanto sonhaste, devias apenas passar pela prova da mantícora. Vê, tua senhora está diante de ti. Como soube de teu amor infeliz, nos últimos confins da terra bem-aventurada onde vive, ela correu arrebatada e comovida pela tua devoção."

"Não", suspirou Abdul, "não é possível. É ela que vem até mim e não eu que vou até ela? Como poderei sobreviver a tanta benevolência? Dizei-lhe que espere; levantai-me, imploro, para que eu possa fazer um movimento para prestar-lhe homenagem..."

"Fica calmo, meu amigo, se ela decidiu assim, tens de aceitar a sua vontade. Pronto, abre os olhos, já está se debruçando sobre ti." E enquanto Abdul erguia as pálpebras, Baudolino pôs diante daquele olhar, já ofuscado, o espelho dos gimnosofistas, no qual o moribundo viu, talvez, a sombra de um semblante que não lhe era desconhecido.

"Eu te vejo, senhora", disse com um fio de voz, "pela primeira e última vez. Não julgava ser merecedor de tanta felicidade. Mas temo que me ames, e isto poderia saciar a minha paixão... Oh, não, princesa, já estás fazendo demais, por que te debruças para beijar-me?", e aproximou os lábios, trêmulos, ao espelho. "O que sinto agora? Pena pelo fim da minha busca ou prazer pela conquista imerecida?"

"Eu te amo, Abdul, e isso basta", teve coragem de sussurrar Baudolino no ouvido do amigo que expirava, e ele sorriu.

"Sim, tu me amas e é o que basta. Não é o que sempre quis, ainda que eu desviasse o pensamento com medo de que isso viesse a acontecer? Ou aquilo que eu não queria, por medo de que não fosse como eu esperara? Mas agora não poderia desejar mais. Como és bela, minha princesa, e como teus lábios são vermelhos..." Deixou cair no chão o falso crânio do Batista e agarrou com as mãos trêmulas o espelho, e com os lábios se esticava, sem conseguir, para tocar a superfície, embaçada pela sua respiração. "Hoje celebramos a morte feliz, aquela de minha dor. Oh, gentil senhora, foste meu sol e minha luz, por onde passavas era primavera, e em maio eras a lua que encantava minhas noites." Voltou a si por um instante e disse, trêmulo: "Será talvez um sonho?"

"Abdul", sussurrou-lhe Baudolino, lembrando os versos que ele cantara um dia, "o que é a vida senão a sombra de um sonho que foge?"

"Obrigado, meu amor", disse Abdul. Fez um último esforço, enquanto Baudolino erguia-lhe a cabeça, e beijou três vezes o espelho. Depois inclinou o rosto já exangue, céreo e iluminado pela luz do sol, que se punha atrás das pedras.

Os alexandrinos cavaram um fosso. Baudolino, o Poeta, Boron e Kyot, que choravam um amigo com o qual haviam dividido tudo desde os anos da juventude, baixaram os pobres despojos à terra, colocaram-lhe sobre o peito aquele instrumento que não cantaria mais os louvores da princesa distante, e cobriram-lhe o rosto com o espelho dos gimnosofistas.

Baudolino recolheu o crânio e a caixa dourada, e depois foi buscar o alforje do amigo, onde encontrou um rolo de pergaminho com suas canções. Estava para repor ali também o crânio do Batista, que colocara de novo no relicário, e depois disse:

"Se for ao Paraíso, como espero, não precisará dele, porque encontrará o Batista, aquele verdadeiro, a cabeça e o restante. Em todo o caso, é melhor que não o vejam naquelas plagas com uma relíquia tão falsa como esta. Ficará comigo, e se um dia eu a vender, usarei o dinheiro para mandar-lhe fazer, se não um sepulcro, pelo menos uma bela lápide numa igreja cristã." Fechou o relicário, recompondo grosseiramente o selo, junto ao próprio, no seu alforje. Por um momento teve a suspeita de roubar um morto, mas decidiu que no fundo tomava emprestado algo que devolveria de outra maneira. Em todo o caso, não disse nada aos outros. Recolheu todo o resto no alforje de Abdul e foi colocá-lo no sepulcro.

Deixaram o fosso e nele fincaram, à maneira de uma cruz, a espada do amigo. Baudolino, o Poeta, Boron e Kyot ajoelharam-se numa oração, enquanto um pouco afastado Solomon murmurava algumas ladainhas, usadas entre os judeus. Os outros permaneceram um pouco mais atrás. Boidi estava para esboçar um sermão, depois limitou-se a dizer: "Bah!"

"E dizer que poucos minutos antes ainda estava aqui", observou Porcelli.

"Hoje podemos estar aqui e amanhã não estar", disse Aleramo Scaccabarozzi, o Tolo.

"Mas por que justo ele?", disse Cuttica.

"É o destino", concluiu Colandrino, que, apesar de jovem, era muito sábio.

28
Baudolino atravessa o Sambatyon

"Alelluja!", exclamou Nicetas, após três dias de marcha. "Lá está Selímbria, ornada de troféus." E estava verdadeiramente ornada de troféus, aquela pequena cidade de casas baixas e de ruas desertas, porque – como souberam depois – celebrar-se-ia no dia seguinte a festa de algum santo ou arcanjo. Os habitantes haviam enfeitado também uma alta coluna branca que se erguia num campo nos confins do povoado, e Nicetas explicou a Baudolino que em cima daquela coluna, séculos e séculos antes, vivera um eremita que jamais descera, a não ser depois de morto, e que de lá de cima realizara inúmeros milagres. Mas hoje em dia homens daquela têmpera não existiam mais, e talvez essa fora também uma das razões das desgraças do império.

Dirigiram-se logo à casa do amigo em quem Nicetas confiava, e este Teofilato, homem de idade, jovial e hospitaleiro, acolheu-os com afeto verdadeiramente fraterno, informou-se de suas desventuras, chorou com eles por Constantinopla destruída, mostrou-lhes a casa com muitos quartos livres para todo o grupo dos hóspedes, restaurou-lhes as forças com um vinho jovem e com uma generosa salada com queijo e azeitonas. Não eram os requintes a que Nicetas estava acostumado, mas aquele almoço campestre foi mais que suficiente para esquecer as dificuldades da viagem e a casa distante.

"Ficai em casa por alguns dias sem circular", recomendou Teofilato. "Já chegaram muitos fugitivos de Constantinopla, e a nossa gente nunca se deu muito bem com aqueles da capital. Vós, que tínheis o rei na barriga, é o que dizem, agora estais aqui pedindo esmola. E por um pedaço de pão querem o seu peso equivalente em ouro. Mas fosse apenas isso... Aqui já chegaram há tempo alguns peregrinos. Se antes bancavam os prepotentes, imaginai agora que souberam que Constantinopla lhes pertence, e que um de seus chefes há de se tornar basileu. Andam vestidos com roupas solenes, que roubaram de alguns dos nossos funcionários, põem as mitras roubadas das igrejas na cabeça de seus cavalos, e cantam nossos hinos num grego que eles inventam, misturando sabe-se lá quantas palavras obscenas de sua língua, cozinham as comidas nos nossos vasos sagrados, e passeiam com suas putas vestidas como grandes damas. Mais cedo ou mais tarde isso vai acabar, mas por enquanto estareis a salvo comigo."

Baudolino e Nicetas não pediam mais. Nos dias que se seguiram, Baudolino continuou a falar debaixo das oliveiras.

Tinham vinho fresco, azeitonas e azeitonas, e depois mais azeitonas para saborear, a fim de serem estimulados a beber ainda mais. Nicetas estava ansioso para saber se haviam chegado finalmente ao reino do Preste João.

Sim e não, disse-lhe Baudolino. Seja como for, antes de dizer onde haviam chegado era preciso atravessar o Sambatyon. E foi aquela aventura que passou logo a contar. Como fora terno e pastoral, ao narrar a morte de Abdul, assim foi épico e majestoso ao referir-se àquele vau. Sinal, pensava Nicetas mais uma vez, de que Baudolino era como aquele estranho animal, de que ele – Nicetas – apenas ouvira falar, mas que talvez Baudolino chegara a ver, chamado camaleão, semelhante a uma pequeníssima cabra, que muda as cores, segundo o lugar em que se encontra, e pode variar do preto ao verde-claro, e só não pode ter o branco, que é a cor da inocência.

TRISTES PELO desaparecimento de seu companheiro, os viajantes puseram-se de novo a caminho, encontrando-se novamente aos pés da montanha. Enquanto caminhavam, ouviram primeiro um barulho distante, depois uma crepitação, um fragor que se tornava cada vez mais evidente e distinto, como se alguém lançasse uma grande quantidade de pedras e de rochas dos cimos, e a avalanche arrastasse com ela marga e cascalho ribombando para baixo. Depois perceberam uma nuvem de pó, como uma bruma ou um nevoeiro, mas diferentemente de uma grande massa de umidade, que teria ofuscado os raios do sol, emanava uma miríade de reflexos, como se os raios solares batessem contra um borboletear de átomos minerais.

Numa certa altura, Rabbi Solomon foi o primeiro a entender: "É o Sambatyon", gritou, "estamos próximos da meta!"

Era realmente o rio de pedra, e se deram conta disso quando chegaram junto de suas margens, perturbados pelo grande estrépito, que quase impedia que cada um deles ouvisse as palavras do outro. Era um fluir majestoso de rochas e de terra, que corria inarrestável, e podíamos perceber, naquela correnteza de grandes rochas informes, placas irregulares, cortantes como lâminas, amplas como pedras tumulares, e entre uma e outra, cascalho, fósseis, pontas, escolhos, espontões.

Vindo com igual velocidade como que impelidos por um vento impetuoso, fragmentos de travertino rolavam uns sobre os outros, grandes falhas deslizavam por cima deles, para diminuir depois o próprio ímpeto quando ricocheteavam em volumosas avalanches de pedregulhos, enquanto seixos bem redondos, como que aplainados pela água naquele deslizar de rocha a rocha, saltitando no ar, tornavam a cair com rumores secos e eram puxados por aqueles mesmos vórtices que eles mesmos criavam ao se chocarem uns contra os outros. No meio e no alto daquele sobrepor-se de massas minerais, formavam-se baforadas de areia, rajadas de gesso, nuvens de lapili, espumas de pomes, riachos de malta.

Aqui e acolá borrifos de estuque, chuvas de pedras de carvões caíam sobre as margens e os viajantes tinham então de cobrir o rosto para não virem a ser desfigurados.

"Que dia é hoje?", gritou Baudolino para seus companheiros. E Solomon, que mantinha o número de todos os sábados, lembrou que a semana acabara de começar, e para que o rio parasse o próprio curso era preciso esperar pelo menos seis dias. "E depois, mesmo parando, não se pode atravessá-lo violando o preceito sabático", gritou perturbado. "Mas por que o Santo, que seja bendito sempre, na sua sabedoria não quis que esse rio parasse no domingo, que vós gentios sois mesmo descrentes e não ligais para o repouso festivo?"

"Não penses no sábado", gritou Baudolino, "que se o rio parasse eu saberia muito bem como te fazer atravessá-lo sem que cometas pecado algum. Bastará deslocar-te em cima da mula enquanto estiveres dormindo. O problema é que tu mesmo nos disseste que quando o rio para surge ao longo da margem uma barreira de chamas, e voltamos ao ponto de partida... Assim, é inútil esperar aqui por seis dias. Vamos em direção da nascente do rio, e pode ser que haja uma passagem antes dela."

"Como, como?", berravam seus companheiros, que não conseguiam ouvir nada, mas depois, ao vê-lo caminhar, seguiram-no, imaginando que talvez tivera uma boa ideia. No entanto, foi péssima, porque cavalgaram durante seis dias, vendo que o leito se estreitava, sim, e o rio tornava-se aos poucos torrente e depois riacho, mas sem chegar à fonte senão lá pelo quinto dia, quando já desde o terceiro via-se surgir no horizonte uma cadeia impérvia de montanhas altíssimas, que ao fim dominavam os viajantes quase impedindo-lhes de ver o céu, encerrados como estavam numa trincheira cada vez mais estreita, e sem nenhuma saída, e de onde bem no alto já se via apenas um ajuntamento de nuvens pouco luminoso, que fazia desaparecer a parte mais alta daqueles cimos.

Aqui, por uma fenda, praticamente uma ferida, entre dois montes, via-se nascer o Sambatyon: um ferventar de arenito, um borbotar de tufo, um escorrer de limo, um tiquetear de lascas, um rosnar de marga que se coagula, um transbordar de torrões, uma chuva de argilas que aos poucos se transformavam num fluxo mais constante, que começava sua viagem em direção a algum interminável oceano de areia.

Nossos amigos empregaram um dia para tentar contornar as montanhas e descobrir uma passagem acima da nascente, mas foi tudo em vão. Foram até ameaçados por inesperadas ondas que vinham se despedaçar à frente dos cascos de seus cavalos, e tiveram que tomar um caminho mais tortuoso; foram surpreendidos pela noite num lugar onde de quando em quando rolavam do topo blocos de enxofre vivo, mais adiante o calor tornou-se insuportável e compreenderam que, seguindo em frente, mesmo que tivessem encontrado um modo de transpor as montanhas, quando houvesse terminado a água de seus frascos naquela natureza morta não teriam encontrado nenhuma forma de umidade, e decidiram voltar. E no entanto descobriram que estavam perdidos naqueles meandros, e empregaram outro dia para reencontrar a nascente.

Quando chegaram, segundo os cálculos de Solomon, o sábado já havia passado e, ainda que o rio tivesse parado, havia já retomado o seu curso, e era preciso esperar outros seis dias. Proferindo exclamações que certamente não lhes garantia a benevolência do céu, decidiram então seguir o rio, na esperança de que ele, abrindo-se enfim numa foz, ou delta ou estuário que fosse, se transformasse num calmo deserto.

Viajaram assim durante alguns ocasos e auroras, longe das margens para encontrar zonas mais acolhedoras, e o céu devia ter se esquecido de seus impropérios, pois encontraram um pequeno oásis com algum verde e uma nascente d'água muito avara, mas suficiente para dar-lhes alívio e provisão ainda por alguns dias. Prosseguiram depois, acompanhados sempre pelo bramir do rio, sob céus ardentes cortados de quando em quando por nuvens negras, finas e chatas como as pedras do Bubuctor.

Até que, após quase cinco dias de viagens, e de noites sufocantes como o dia, perceberam que o contínuo ribombar daquela maré estava se transformando. O rio tomara uma velocidade maior, desenhavam-se em seu curso como que correntes, tão rápidas que arrastavam granadas de basalto como palha, ouvia-se como que um trovão distante... Depois, sempre mais impetuoso, o Sambatyon começou a subdividir-se numa miríade de riachos, que seguiam por declives montanhosos como os dedos da mão num monte de lama, às vezes uma onda se engolfava numa gruta e depois, por uma espécie de passagem rochosa que parecia transitável, saía como um rugido que se lançava raivosamente para o vale. E inesperadamente, após uma grande volta que foram obrigados a dar, porque as próprias margens já se tornavam inacessíveis, batidas por turbilhões de cascalho, depois de chegar ao cume de uma planura, viram como o Sambatyon – a seus pés – se anulava numa espécie de garganta do Inferno.

Eram cataratas que caíam de dezenas de goteiras rupestres dispostas como anfiteatro, num desmedido vórtice final, uma incessante regurgitação de granito, um remoinho de betumes, uma ressaca de alúmen, um fermentar de xisto, um repercutir de ouro-pigmento contra as margens. E sobre a matéria que o sorvedouro eructava para o céu, mas na parte inferior com relação aos olhos de quem via como que do alto de uma torre, os raios de sol formavam sobre aquelas gotículas silíceas um imenso arco-íris, e cada corpo, ao refletir os raios com um esplendor diverso, segundo a própria natureza, apresentava muito mais cores do que aquelas que se formavam frequentemente no céu depois de um temporal, e com a diferença de que esse parecia destinado a brilhar eternamente sem jamais se dissolver.

Era um avermelhar-se de hematitas e cinabres, um cintilar de atramento, como se fosse aço, um sobrevoar de minúsculos auripigmentos, do amarelo ao laranja vivo, um azulado de armênio, um branquejar de conchas calcinadas, um verdejar de malaquitas, um esvanecer de litargírio em açafrões cada vez mais pálidos, um tinir de rosalgar, um eructar de verdacho que empalidecia a poeira de crisocola e que depois transmigrava em matizes de roxo e anil, um triunfo de ouro mosaico, um purpurear de alvaiade queimada, um flamejar de sandáraca, um cintilar de argila prateada, uma só transparência de alabastros.

Nenhuma voz humana podia se fazer ouvir naquele clangor, e tampouco os viajantes tinham desejo de falar. Assistiam à agonia do Sambatyon, que se enfurecia para desaparecer nas vísceras da terra, e buscava levar consigo tudo o que estava ao seu redor, pulverizando suas pedras para exprimir toda a sua impotência.

Nem Baudolino nem os seus perceberam por quanto tempo admiraram as iras do precipício em que o rio se enterrava contra a sua vontade, mas deviam ter se atrasado demais, e chegara o ocaso da sexta-feira, e portanto o início do sábado, porque repentinamente, como sob uma ordem, o rio se enrijeceu num rigor cadavérico e o turbilhão no fundo do abismo havia se transformado num vale escamoso e inerte no qual dominava, inesperado e assustador, um imane silêncio.

De acordo com aquilo que ouviram, tiveram de esperar para que se erguesse ao longo das margens uma barreira de chamas. Mas nada aconteceu. O rio silenciava, o turbilhão das partículas que o dominava havia pousado lentamente dentro do próprio leito, o céu noturno havia se acalmado, mostrando um esplendor de estrelas até então escondidas.

"Donde se conclui que nem sempre se deve dar ouvidos ao que nos dizem", concluiu Baudolino. "Vivemos num mundo em que as pessoas inventam as histórias mais incríveis. Solomon, essa foram vós, judeus, que a pusestes em circulação, para impedir os cristãos de vir para essas bandas."

Solomon não respondeu, porque era um homem de pronta inteligência, e naquele momento entendeu como Baudolino pensou em fazê-lo atravessar o rio.

"Eu não dormirei", disse imediatamente.

"Nem pense nisso", respondeu Baudolino, "procura descansar enquanto buscamos uma passagem."

Solomon preferiria fugir, mas no sábado não podia cavalgar e muito menos viajar por declives montanhosos. Assim, ficou sentado durante toda a noite, dando socos na cabeça e amaldiçoando, com a sua sorte, os malditos gentios.

Na manhã seguinte, quando os outros encontraram um ponto onde se podia passar sem risco, Baudolino voltou a Solomon, sorriu-lhe com afetuosa compreensão, e o golpeou com um martelo bem atrás da orelha.

E foi assim que Rabbi Solomon, o único dentre todos os filhos de Israel, atravessou, dormindo, o Sambatyon em pleno sábado.

29
Baudolino chega a Pndapetzim

Atravessar o Sambatyon não era o mesmo que chegar ao Reino do Preste João. Significava simplesmente que haviam abandonado as terras conhecidas até onde chegaram os mais ousados viajantes. E com efeito nossos amigos tiveram de seguir ainda por muitos dias, e por terras acidentadas, pelo menos tanto quanto as margens daquele rio de pedra. Alcançaram depois uma planície que não terminava nunca. Percebia-se ao longe no horizonte um relevo montanhoso demasiadamente baixo, mas entrecortado por picos, tão finos como os dedos, que lembravam a Baudolino a forma dos Alpes Pirêneos, quando os atravessou, em menino, pela encosta oriental, para subir da Itália à Alemanha – mas aquelas eram bem mais altas e imponentes.

O relevo, todavia, era um horizonte interminável, e naquela planície os cavalos seguiam com dificuldade porque crescia por toda parte uma vegetação exuberante, como um interminável campo de trigo maduro, a menos que se tratasse de uma espécie de ervas altas verdes e amarelas, mais altas do que um homem, e aquela espécie de fecundíssima estepe expandia-se a perder de vista, como um mar agitado por uma brisa contínua.

Atravessando uma clareira, praticamente uma ilha naquele mar, viram que de longe, e num só ponto, a superfície não se movia mais de modo uniformemente ondulado, mas agitava-se irregularmente, como se um animal, uma lebre enorme, sulcasse as ervas, mas se era uma lebre movia-se em curvas sinuosíssimas e não em linha reta, a uma velocidade superior à de qualquer lebre. Como os nossos aventureiros já haviam encontrado animais, e alguns que não inspiravam confiança, puxaram as rédeas, e se prepararam para uma nova batalha.

A serpentina vinha em sua direção, e ouvia-se um roçar das ervas altas remexidas. Nos confins da clareira as ervas finalmente se abriam e apareceu-lhes uma criatura que as afastava com suas mãos, como se fossem um cortinado.

Deviam ser aquelas mãos e braços do ser que vinha em sua direção. De resto, possuía uma perna, mas era a única. Não que fosse perneta, porque aliás aquela perna ligava-se naturalmente ao corpo como se nunca tivesse havido lugar para a outra, e com o único pé daquela única perna aquele ser corria com muita desenvoltura, como se desde o nascimento estivesse acostumado a mover-se daquele modo. Aliás, enquanto vinha velocíssimo na direção deles, não conseguiram entender se estava saltando, ou se conseguia, configurado daquele jeito, dar passos, e se sua única perna ia para a frente e para trás, como fazemos com duas, e a cada passo o levasse para a frente. A rapidez com a qual se movia era tamanha que não se conseguia diferenciar um movimento do outro, como acontece com os cavalos, que ninguém jamais pôde dizer se há um momento no qual os quatro cascos se levantam todos do chão, ou se apoiam pelo menos dois destes.

Quando o ser parou diante deles, viram que o seu único pé era maior do que o dobro de um pé humano, mas bem formado, com unhas quadradas, e cinco dedos que pareciam todos dedões, gordos e robustos.

De resto, tinha a altura de um menino de dez ou doze anos, ou seja, chegava à cintura de um deles, tinha uma cabeça benfeita, com cabelos curtos, amarelos, eriçados na cabeça, dois olhos redondos de boi afetuoso, um nariz pequeno e redondinho, uma boca larga que chegava quase às orelhas, e que revelava, naquilo que indubitavelmente era um sorriso, uma bela e robusta dentição. Baudolino e seus amigos reconheceram-no logo, por ter lido e ouvido falar tantas vezes a respeito: era um ciápode – e, além do mais, haviam incluído também ciápodes na carta do Preste João.

O ciápode sorriu mais uma vez, ergueu ambas as mãos, unindo-as acima da cabeça como sinal de saudação e, de pé como uma estátua num único pé, disse mais ou menos: "*Aleichem sabì, Iani kalà bensor.*"

"Nunca ouvi essa língua", disse Baudolino. Depois, dirigindo-se a ele em grego: "Que língua estás falando?"

O ciápode respondeu num grego todo seu:

"Eu não sabe que língua falava. Eu pensava vós estrangeiros e falava língua inventada como aquela dos estrangeiros. Mas vós fala a língua do Presbyter Johannes e de seu Diácono. Eu saúda vós, eu é Gavagai, a vosso serviço."

Vendo que Gavagai era inócuo, aliás, benévolo, Baudolino e os seus apearam e sentaram-se no chão, convidando-o a fazer o mesmo e oferecendo-lhe um pouco da comida que ainda possuíam.

"Não", disse ele, "eu agradece, mas eu comeu muitíssimo de manhã." Depois fez o que, segundo toda a boa tradição, devia-se esperar de um ciápode: deitou-se primeiro no chão, depois ergueu a perna para fazer sombra com o pé, pôs as mãos debaixo da cabeça e de novo sorriu, alegremente, como se estivesse deitado debaixo de um guarda-sol. "Pouco de fresco faz bem hoje, depois de tanta corrida. Mas vós quem é? Pena, se vós era doze vós era os santíssimos Magos que volta, até com um negro. Pena que é só onze."

"É uma pena", disse Baudolino. "Mas somos onze. A ti onze Magos não interessam, não é?"

"Onze Magos não interessa a ninguém. Todas as manhãs na igreja nós reza para a volta dos doze. Se volta onze, nós rezamos mal."

"Aqui esperam realmente pelos Magos", murmurou o Poeta a Baudolino. "Será preciso encontrar um modo para fazer pensar que o décimo segundo esteja em algum lugar."

"Mas sem nunca nomear os Magos", recomendou Baudolino. "Nós somos doze e, quanto ao resto, tirem a sua própria conclusão. Senão, depois o Preste João poderá descobrir quem somos e nos dará de comer aos seus leões brancos ou coisa parecida."

Depois, voltou-se novamente para Gavagai:

"Disseste que és um servo do Presbyter. Chegamos pois ao reino de Preste João?"

"Tu espera. Tu não pode dizer: estou aqui no reino do Presbyter Johannes, depois que fez algum pouco caminho. Senão, todos vêm. Vós estar numa grande província do Diácono Johannes, filho do Presbyter, e governa toda esta terra que vós se quer o reino do Presbyter deve passar somente por ela. Todos visitantes que vem, deve primeiro esperar em Pndapetzim, grande capital do Diácono."

"Quantos visitantes já chegaram até aqui?"

"Ninguém. Vós é os primeiros."

"É verdade que ninguém chegou antes de nós, nem mesmo um homem com uma barba negra?", perguntou Baudolino.

"Eu nunca viu", disse Gavagai. "Vós é os primeiros."

"Assim teremos de ficar nessa província para esperar Zósimo", exclamou o Poeta, "e quem sabe se virá. Talvez esteja ainda em Abcásia, tateando na escuridão."

"Teria sido pior se já tivesse chegado e entregado o Greal a essa gente", observou Kyot. "Mas sem o Greal, o que daremos de presente?"

"Calma, a pressa também requer tempo", disse sabiamente Boidi. "Vejamos agora o que poderemos encontrar aqui, e depois iremos pensar em alguma coisa."

Baudolino disse a Gavagai que gostariam de ficar em Pndapetzim, à espera de seu décimo segundo companheiro, que se perdera durante uma tempestade de areia num deserto a muitos dias de caminhada de onde se encontravam então. Perguntou-lhe onde vivia o Diácono.

"Lá, no seu palácio. Eu leva vós. Aliás, eu antes diz meus amigos que vós chega, e quando vós chega vós é festejados. Hóspedes é presente do Senhor."

"Há outros ciápodes aqui no meio da erva?"

"Eu não acredita, mas eu vi há pouco blêmio que eu conhece, por mero acaso porque ciápode não é muito amigo dos blêmios." Levou seu dedo à boca e deu um longo e bem modulado assobio. Após alguns instantes, as ervas altas se abriram e surgiu outro ser. Era muito diferente do ciápode, e, além disso, ao ouvirem falar de um blêmio, nossos amigos esperavam ver aquilo que viram. A criatura, com espáduas muito amplas e, portanto, bastante atarracada, mas de cintura muito fina, possuía duas pernas curtas e peludas e não tinha cabeça, nem pescoço. No peito, onde ficam os mamilos dos homens, abriam-se dois olhos em forma de amêndoa, muito vivos e, sob uma leve protuberância com duas narinas, uma espécie de furo circular, mas muito dúctil, de modo que quando se pôs a falar assumiu várias formas, segundo os sons que emitia. Gavagai foi confabular com ele; enquanto lhe mostrava os visitantes, aquele visivelmente concordava, e concordava, dobrando as costas como se fizesse uma reverência.

Aproximou-se dos visitantes e disse mais ou menos: "*Ouiii, ouioioioi, aueua!*" Como sinal de amizade os viajantes ofereceram-lhe uma tigela d'água. O blêmio tirou de um alforje que trazia uma espécie de canudo, enfiou no furo que tinha debaixo do nariz e começou a sugar a água. Depois Baudolino ofereceu-lhe um grande pedaço de queijo. O blêmio o levou até a boca, e esta rapidamente ficou tão grande quanto o queijo, que desapareceu naquele buraco. Disse o blêmio: "*Euaoi oea!*" Depois disso, levou uma das mãos ao peito, ou seja, à cabeça, como quem faz uma promessa, saudou os nossos com os dois braços, e afastou-se pela erva.

"Ele chega antes que nós", disse Gavagai. "Blêmios não corre como ciápodes, mas sempre melhor do que animais tão vagarosos que vós ir em cima. O que é eles?"

"Cavalos", disse Baudolino, lembrando que não nasciam no reino do Preste João.

"Como é cavalos?", perguntou o ciápode, curioso.

"Como estes", respondeu o Poeta, "exatamente iguais."

"Eu agradece. Vós homens poderosos, que vai com animais iguais a cavalos."

"Ouve agora. Ouvi dizer há pouco que os ciápodes não são amigos dos blêmios. Não pertencem ao reino ou à província?"

"Oh, não, eles como nós é servos do Presbyter, e como eles os pôncios, os pigmeus, os gigantes, os panotos, os sem-língua, os núbios, os eunucos e os sátiros-que-não-se-veem-nunca. Todos bons cristãos e servos fiéis do Diácono e do Presbyter."

"Não sois amigos porque sois diferentes?", perguntou o Poeta.

"O que ser diferentes?"

"Bem, no sentido de que és diferente de nós e..."

"Por que eu diferente de vós?"

"Santo Deus", disse o Poeta, "tanto para começar tens uma perna só! Nós e o blêmio temos duas!"

"Também vós e blêmio se levantar uma perna tem apenas uma!"

"Mas não tens outra para abaixar."

"Por que devo eu abaixar perna que não tem? Deve tu baixar terceira perna que não tem?"

Boidi intrometeu-se, conciliador:

"Ouve, Gavagai, admitirias que o blêmio não tem cabeça?"

"Como não tem cabeça? Tem olhos, nariz, boca, fala, come. Como faz tu isso se não tem cabeça?"

"Mas não reparaste que não tem pescoço, e que depois do pescoço, tem uma coisa redonda que tu também tens no pescoço e ele não?"

"O que quer dizer reparaste?"

"Viste, percebeste, que sabes quê!"

"Talvez tu diz que ele não é totalmente igual a mim, que minha mãe não pode confundir eu com ele. Mas tu também não é igual a esse teu amigo, porque ele tem sinal no rosto e tu não tem. E teu amigo é diferente daquele negro como um dos Magos, e ele diferente daquele outro com barba negra de rabino."

"Como sabes que tem a barba de rabino?", perguntou esperançoso Solomon, que evidentemente estava pensando nas tribos perdidas, e tirava daquelas palavras um sinal evidente de que haviam passado por lá ou de que moravam naquele reino. "Acaso já viste outros rabinos?"

"Eu não, mas todos diz barba de rabino, lá em Pndapetzim."

Boron disse:

"Vamos acabar com isso. Este ciápode não sabe reconhecer uma só diferença entre ele e um blêmio, como não sabemos ver nenhuma entre Porcelli e Baudolino. E o que acontece quando dois estrangeiros se encontram? Entre dois mouros, sabereis ver bem a diferença?"

"Sim", disse Baudolino, "mas um blêmio e um ciápode não são como nós e os mouros, que os vemos somente quando vamos ter com eles. Vivem todos na mesma província e ele distingue entre blêmio e blêmio, se diz que aquele que acabamos de ver é seu amigo, enquanto os outros não. Ouça-me bem, Gavagai: disseste que na província moram panotos. Sei o que são os panotos, é uma gente muito parecida conosco, só que possuem duas orelhas tão grandes que descem até os joelhos, e quando faz frio costumam envolver o corpo com elas, como um manto. São assim os panotos?"

"Sim, como nós. Eu também tem orelhas."

"Mas não até os joelhos, por Deus!"

"Tu também tem orelhas muito maiores do que teu amigo próximo."

"Mas não como os panotos, pelo amor de Deus!"

"Cada um tem orelhas que sua mãe fez para ele."

"Mas então por que dizes que blêmios e ciápodes jamais se entendem?"

"Eles pensa mal."

"Como mal?"

"Eles cristãos que erram. Eles *phantasiastoi*. Eles dizem igual a nós que Filho não é de mesma natureza do Pai, porque Pai existe antes que começa tempo, enquanto Filho é criado pelo Pai, não por necessidade, mas por vontade. Portanto, o Filho é filho adotivo de Deus, não? Blêmios diz sim, Filho não tem mesma natureza do Pai, mas este Verbo, mesmo que apenas filho adotivo não pode se fazer carne. Assim, Jesus nunca se transforma em carne, aquilo que apostólos viu era apenas... como posso dizer... *phantasma*..."

"Pura aparência."

"Isso. Eles diz que só fantasma de Filho morreu na cruz, não nasce em Belém, não nasce de Maria, um dia no rio Jordão diante de João Batista ele aparece e todos diz 'oh'. Mas se Filho não é carne, como diz este pão é minha carne? Na verdade, eles não faz comunhão com pão e *burq*."

"Talvez porque eles devessem sorver o vinho, ou que nome tenha, com aquele canudo", disse o Poeta.

"E os panotos?", perguntou Baudolino.

"Oh, a eles não importa o que faz Filho quando desce à terra, eles pensa só no Espírito Santo. Ouve: eles diz que cristãos no Ocidente pensa que Espírito Santo procede do Pai e do Filho. Eles protesta e diz que este como Filho veio depois e no credo de Constantinopla não diz assim. Espírito Santo para eles procede somente do Pai. Eles pensa contrário dos pigmeus. Pigmeus diz que Espírito Santo procede só do Filho e não do Pai. Panotos odeia principalmente pigmeus."

"Amigos", disse Baudolino, voltando-se aos seus companheiros. "Parece-me evidente que as várias raças que existem nesta província não dão nenhuma importância às diferenças do corpo, da cor, da forma, como fazemos nós, que tão logo vemos um anão o julgamos um erro da natureza. Mas, ao contrário, como muitos de nossos sábios, dão excessiva importância às diferenças das ideias sobre a natureza de Cristo, ou da Santíssima Trindade, sobre o que ouvimos falar em Paris. É a sua maneira de pensar. Tentemos entender, senão ficaremos sempre perdidos em discussões intermináveis. Está bem, fingiremos que os blêmios são como os ciápodes, e que o que pensam sobre a natureza de Nosso Senhor, no fundo, não nos diz respeito."

"Pelo que entendo, os ciápodes condividem a terrível heresia de Ário", disse Boron, que como sempre era aquele que lera mais livros dentre eles.

"Então?", disse o Poeta. "Parece coisa de gréculos. Nós, ao norte, estávamos mais preocupados em saber quem era o papa verdadeiro, e quem era o antipapa, e dizer que tudo dependia de um capricho de meu falecido senhor Rainaldo. Cada um tem seus defeitos. Tem razão Baudolino, vamos fingir que nada aconteceu e vamos pedir que ele nos leve ao seu Diácono, que não será grande coisa, mas que, pelo menos, se chama João."

Pedirам então a Gavagai que os levasse a Pndapetzim, e ele se apressou, com saltos moderados, para possibilitar aos cavalos que o seguissem. Depois de duas horas, chegaram ao fim do mar das ervas altas, e entraram numa zona cultivada com oliveiras e árvores frutíferas: sentaram-se debaixo das árvores, observando-as com curiosidade, seres de feições quase humanas, que cumprimentavam com as mãos, emitindo apenas uivos. Eram, explicou Gavagai, os seres sem língua, que viviam fora da cidade, porque eram messalianos, acreditavam que se poderia ir para o céu somente graças a uma oração silenciosa e contínua, sem se aproximar dos sacramentos, sem praticar obras de misericórdia e outras formas de mortificação, sem outros atos de culto. Por isso, não frequentavam as igrejas de Pndapetzim. Eram malvistos por todos, porque consideravam que até mesmo o trabalho era uma obra de bem e, portanto, inútil. Viviam paupérrimos, nutrindo-se das frutas das árvores, que, no entanto, pertenciam a toda a comunidade, e das quais se serviam sem reserva alguma.

"De resto, são como vós, não é verdade?", provocava-o o Poeta.

"É como nós quando nós está calados."

AS MONTANHAS tornavam-se cada vez mais próximas, e mais se aproximavam, mais percebiam a sua natureza. No fim da zona pedregosa, erguiam-se gradativamente alguns suaves montículos amarelados, como se se tratasse, sugeria Colandrino, de nata batida, não, de montes de nuvem de açúcar, nada disso, de montes de areia, dispostos lado a lado, como se fossem uma floresta. Por trás deles elevavam-se aquilo que, de longe, pareciam dedos, picos rochosos, que tinham na parte alta como que uma cobertura de rocha mais escura, de quando em quando em forma de capuz, outras vezes de calota quase chata, que se expandia para a frente e para trás. Seguindo em frente, os relevos eram menos pontudos, mas cada qual se mostrava perfurado por buracos como se fosse uma colmeia, até se compreender que aquelas eram casas, ou melhor, refúgios de pedra, nos quais foram escavadas algumas grutas, e a cada uma delas chegava-se através de uma pequena escada de madeira, as pequenas escadas ligavam-se umas às outras de patamar em patamar e, todas juntas, formavam, em cada um daqueles contrafortes, um emaranhado aéreo que os habitantes – que de longe pareciam ainda umas formigas – percorriam com agilidade para cima e para baixo.

No centro da cidade viam-se verdadeiros edifícios ou palacetes, também encaixados na rocha, da qual despontavam parte das fachadas, e todos no alto. Pouco mais adiante, perfilava-se um maciço mais imponente, de forma irregular, constituído por uma só colmeia de grutas, embora de aspecto mais geométrico, como janelas ou portas, e, em certos casos, surgiam daqueles fórnices, mirantes, arcadas e terraços. Algumas daquelas entradas estavam encobertas por um cortinado colorido, outros, por esteiras de palha entrelaçada. Localizava-se, afinal, no meio de um círculo de montanhas bastante selvagens e, ao mesmo tempo, no centro de uma cidade povoada e ativa, mesmo que certamente não magnífica como teriam esperado.

Que a cidade fosse ativa e populosa via-se pela multidão que animava, não diremos aquelas ruas e aquelas praças, mas aqueles espaços entre picos e contrafortes, entre maciços e torres naturais. Era uma multidão colorida, na qual se misturavam cães, burros e muitos camelos, que os nossos viajantes já haviam divisado no início de seu caminho, mas nunca tantos e tão diferentes como naquele lugar, uns com uma corcova, outros com duas, e outros até com três. Viram também um engolidor de fogo, que se exibia diante de um grupo de habitantes e levava pela coleira uma pantera. Os animais que mais os surpreenderam foram os quadrúpedes muito ágeis, destinados ao reboque das carroças: tinham o corpo de potro, pernas muito compridas, com um casco bovino, eram amarelos com grandes manchas marrons e, sobretudo, tinham um pescoço muito alto, no qual se erguia a cabeça de camelo com dois pequenos chifres no alto. Gavagai disse que eram camelopardos, difíceis de serem capturados, porque fugiam muito velozes, e somente os ciápodes podiam segui-los e enlaçá-los.

Com efeito, mesmo sem ruas ou praças, aquela cidade era toda um imenso mercado e, em todo o espaço livre, levantaram uma tenda, erigiram um pavilhão, estenderam um tapete no chão, apoiaram uma mesa horizontalmente sobre duas pedras. E viam-se exposições de frutas, cortes de carne (privilegiada, parecia, a de camelopardo), tapetes bordados com todas as cores do arco-íris, vestimentas, facas com obsidiana negra, machados de pedra, taças de argila, colares de ossinhos e de pedrinhas vermelhas e amarelas, cabelos de feitios muito estranhos, xales, cobertas, caixas de madeira entalhada, instrumentos para trabalhar o campo, bolas e bonecas de pano para crianças e, depois, ânforas cheias de líquidos azuis, âmbar, cor-de-rosa e limão, e tigelas cheias de pimenta.

A única coisa que não se via naquela feira eram objetos de metal e, com efeito, Gavagai, indagado a respeito, não entendia o que significavam palavras como ferro, metal, bronze ou cobre, em qualquer língua em que Baudolino tentava nomeá-las.

Naquela multidão circulavam ciápodes muito ativos, que aos saltos levavam na cabeça cestas cheias, blêmios, quase sempre num grupo isolado, ou atrás de bancos, onde se vendiam cocos, panotos com suas orelhas ao vento, menos as mulheres, que as amarravam pudicamente debaixo do seio, apertando-as ao peito com uma das mãos, como se fosse um xale, e outras pessoas que pareciam ter saído de um daqueles livros das maravilhas, sobre cujas miniaturas

Baudolino tanto se extasiou, quando buscava inspiração para suas cartas para Beatriz.

Viram aqueles que deviam ser decerto pigmeus de pele muito escura, com uma tanga de palha e aquele arco a tiracolo com o qual, como era de sua natureza, eles viviam eternamente em guerra com as gruas – uma guerra que devia consentir-lhes não poucas vitórias, visto que muitos deles iam oferecer aos passantes as suas presas, suspensas pelos pés num longo bastão, que requeria quatro deles para carregá-las, dois por cabeça. Sendo os pigmeus mais baixos do que as gruas, os animais, pendurados, arrastavam-se pelo chão e, por isso, haviam-nos amarrado pelo pescoço, de modo que eram as patas que deixavam um longo rastro na poeira.

Eis os pôncios e, apesar de ter lido a respeito, nossos amigos não cessavam de examinar com olhos curiosos aqueles seres de pernas retas sem articulações nos joelhos, que caminhavam de maneira firme, apoiando no chão os cascos equinos. Mas, no que diz respeito aos homens, faziam-se notar pelo falo, pendurado no peito, e quanto às mulheres, na mesma posição, a vagina, que porém não se via, pois costumavam cobri-la com um xale amarrado atrás das costas. A tradição dizia que eles criavam cabras com seis chifres, e, de fato, eram alguns daqueles animais que estavam vendendo no mercado.

"Exatamente como nos livros", continuava murmurando Boron, admirado. Depois, em voz alta para fazer-se ouvir por Ardzrouni: "Naqueles livros estava escrito que o vazio não existe. Assim, se os pôncios existem, não existe o vazio." Ardzrouni dava de ombros e procurava ver se em alguma daquelas ampolas havia um líquido para clarear a pele.

Para apreciar a inquietação de toda aquela gente, passavam às vezes homens muito negros, de alta estatura, nus até a cintura, com calças mouriscas e brancos turbantes, armados apenas com enormes maças nodosas, que poderiam matar um boi com um só golpe. Como os habitantes de Pndapetzim estavam se aglomerando a cada passo da passagem dos estrangeiros, apontando especialmente para os cavalos, que evidentemente jamais tinham visto até então, os homens negros intervinham para disciplinar a multidão, e não tinham mais o que fazer do que girar suas maças para criarem imediatamente o vazio em torno.

Não passou despercebido a Baudolino que, quando o aglomerado se adensava, era justamente Gavagai quem dava um sinal de alarme aos homens negros. Pelo gesto de muitos presentes, compreendia-se que queriam servir de guia àqueles hóspedes ilustres, mas Gavagai decidira mantê-los para si, e mais se pavoneava como se dissesse "estes são de minha propriedade, não toquem neles".

Quanto aos homens negros, eram, dizia Gavagai, as guardas núbias do Diácono, cujos avós vieram do interior da África, mas que não eram mais estrangeiros, porque as inumeráveis gerações nasciam nas proximidades de Pndapetzim, e ao Diácono eram devotos até a morte.

Viram enfim, muito mais altos do que os próprios núbios, despontar muitos palmos acima da cabeça dos demais os gigantes, que além de gigantes eram zarolhos. Andavam desgrenhados e malvestidos e, acrescentou Gavagai, se ocupavam em construir habitações naquelas rochas ou apascentavam ovelhas e bois, e nisto eram excelentes, porque podiam dominar um touro agarrando-o pelos chifres, e se um carneiro se afastasse do rebanho, não iriam precisar de um cão, bastava que alongassem as mãos, o agarrassem pela pelugem e o trouxessem de volta de onde saíra.

"E sois inimigos deles também?", perguntou Baudolino.

"Aqui ninguém inimigo de ninguém", respondeu Gavagai. "Tu vê estes todos juntos vende e compra como bons cristãos. Depois volta todos casa deles, não fica junto para comer ou dormir. Cada um pensa como quer, mesmo se pensa mal."

"E os gigantes pensam mal..."

"Oh! Pior do que os piores! Eles são artotiritas, crê que Jesus na Última Ceia consagra pão e queijo, porque dizem que aquilo é comida normal de antigos patriarcas. Assim faz comunhão blasfemando com pão e queijo, e considera heréticos todos aqueles que faz com *burq*. Mas aqui gente que pensa mal é quase todos, menos os ciápodes."

"Tu me disseste que nesta cidade também vivem os eunucos? Eles também pensam mal?"

"Eu melhor que não fala de eunucos, muito poderosos. Eles não se mistura com gente comum. Porém pensa diferente de mim."

"E, além do pensamento, são iguais a ti, imagino..."

"Por que eu diferente deles?"

"Mas seu diabo de pé grande", irritou-se o Poeta, "tu andas com as mulheres?"

"Com as mulheres ciápodes sim, porque elas não pensa mal."

"E nas tuas ciápodes, pões dentro aquela coisa ali, maldição, mas onde a tens?"

"Aqui, atrás perna, como todos."

"Tirando o fato de que eu não o tenho atrás da perna, ou em cima do umbigo, como é o caso de alguns fulanos que acabamos de ver, sabes pelo menos que os eunucos não têm aquela coisa e que não saem absolutamente com as mulheres?"

"Talvez porque eunucos não gosta mulheres. Talvez porque eu em Pndapetzim nunca vi mulheres eunucas.

Pobrezinhos, talvez eles gosta, mas não encontra mulher eunuca, e não podem ir com mulheres de blêmios ou de panotos, que pensa mal?"

"Mas notastes que os gigantes têm apenas um olho?"

"Eu também. Vê, eu fecho este olho e fica só o outro."

"Alguém me segure, senão, acabo com ele", disse o Poeta, vermelho no rosto.

"Afinal", disse Baudolino, "os blêmios pensam mal, os gigantes pensam mal, todos pensam mal, menos os ciápodes. E o que pensa esse vosso Diácono?"

"Diácono não pensa. Ele manda."

Enquanto falavam, um dos núbios precipitou-se à frente do cavalo de Colandrino, ajoelhou-se e, abrindo os braços e abaixando a cabeça, pronunciou algumas palavras numa língua desconhecida, mas cujo tom deixava perceber que se tratava de um angustiado pedido.

"O que ele quer?", perguntou Colandrino. Gavagai disse-lhe que o núbio pedia-lhe, em nome de Deus, para arrancar-lhe a cabeça, com aquela bela espada que Colandrino trazia ao flanco.

"Quer que eu o mate? Mas por quê?"

Gavagai parecia embaraçado.

"Núbios é gente muito estranha. Tu sabe, esses circuncélios. Bons guerreiros só porque deseja martírio. Não há guerra e eles quer martírio logo. Núbio é como crianças, quer logo o que gosta." Disse algo ao núbio, e aquele se afastou, cabisbaixo. Solicitado para que explicasse algo mais sobre aqueles circuncélios, Gavagai disse que os circuncélios eram os núbios. Depois observou que estava próximo o ocaso, que o mercado começava a se desfazer, e que era preciso ir à torre.

Com efeito, a multidão começava a se dispersar, os vendedores recolhiam as suas coisas em grandes cestos; das várias fórnices que despontavam nas paredes de rocha, baixavam cordas e havia sempre alguém, nas diversas moradias, que puxava as mercadorias. Era um sobe e desce operoso, e logo toda a cidade ficou deserta. Parecia agora um grande cemitério de incontáveis lóculos, mas, uma após outra, aquelas portas ou janelas na rocha começavam a iluminar-se, sinal de que os habitantes de Pndapetzim estavam acendendo lareiras e lanternas para se preparar para a noite. Por causa de não sei quantos buracos invisíveis, a fumaça daqueles fogos saía toda do alto dos picos e contrafortes, e o céu, agora pálido, estava canelado de penachos negros, que iam dissolver-se entre as nuvens.

Percorreram o pouco que restava de Pndapetzim, e chegaram a uma esplanada, atrás da qual as montanhas não deixavam mais nenhuma passagem visível. Metade engastada na montanha, via-se a única construção artificial de toda a cidade. Era uma torre, ou seja, a parte anterior de uma torre em socalcos, ampla na base, e sempre mais estreita à medida em que subia, mas não como uma pilha de focácias, uma menor do que a outra como se estivessem sobrepostas para formar muitos estratos, porque uma trincheira de comunicação espiraliforme prosseguia ininterrupta de socalco em socalco, e era fácil adivinhar que penetrava também dentro da rocha, envolvendo a construção da base até o cume. A torre era completamente guarnecida por grandes portas com arco, uma ao lado da outra, sem qualquer espaço livre entre elas, a não ser o estípite que separava uma porta da outra, e parecia um monstro de mil olhos. Solomon disse que assim devia ser a torre erigida em Babel pelo cruel Nembroth, para desafiar o Santo, que sempre era bendito.

"E este", disse Gavagai com tom orgulhoso, "este é o palácio do Diácono Johannes. Agora vós fica parados e espera, porque eles sabe que vós chega e preparou solene boas-vindas. Eu agora vai."

"Aonde vais?"

"Eu não pode entrar na torre. Depois que vós for recebido e ver o Diácono, então eu volta. Eu vossa guia em Pndapetzim, eu nunca deixo vós. Cuidado com eunucos, ele é homem jovem..." e indicou Colandrino, "e eles gosta jovens. *Ave, evcharistó, salam.*" Cumprimentou erguido sobre seu pé, de modo vagamente marcial, e se virou, e um segundo depois já estava longe.

30
Baudolino encontra o Diácono João

Quando chegaram a uns cinquenta passos da torre, viram sair um cortejo. Primeiro, um destacamento de núbios, mais faustosamente adornados do que os que estavam no mercado: da cintura para baixo estavam enlaçados com faixas brancas amarradas nas pernas, cobertas por um saiote que chegava à metade da coxa, andavam com o torso nu, mas trajavam um manto vermelho, e no pescoço ostentavam um colar de couro no qual estavam fixadas pedras coloridas, não joias, mas pedrinhas do leito de um rio, dispostas, contudo, como um vivo mosaico. Na cabeça, vestiam um capuz branco com muitas franjas. Nos braços, nos pulsos e nos dedos, usavam braceletes e anéis de corda entrançada. Os da primeira fila tocavam pífanos e tambores, os da segunda apoiavam suas maças enormes nas costas, os da terceira levavam apenas um arco a tiracolo.

Vinha, em seguida, uma fileira daqueles que certamente eram os eunucos, envolvidos em amplas e delicadas vestimentas, maquiados como mulheres e com turbantes que pareciam catedrais. Aquele do centro levava uma bandeja com duas focácias. Enfim, escoltado por dois núbios, que agitavam na cabeça flabelos de pena de pavão, caminhava aquele que devia ser o maior dignitário daquela fileira: a cabeça estava coberta com um turbante da altura de duas catedrais, um emaranhado de fitas de seda de cores diversas, trazia nas orelhas brincos de pedra colorida e usava braceletes de plumas variegadas. Tinha também uma veste longa, até os pés, mas apertada na cintura por uma faixa da altura de um palmo, de seda azul, e no peito trazia uma cruz de madeira pintada. Era um homem de idade, e a maquiagem dos lábios mais o bistre nos olhos contrastavam com a sua pele flácida e amarelada, ressaltando-lhe a papada, que tremia a cada passo. Tinha as mãos gorduchas, unhas muito compridas e afiadas como lâminas, esmaltadas de rosa.

O cortejo parou na frente dos visitantes, os núbios dispuseram-se em duas filas, enquanto os eunucos de ordem menor ajoelhavam-se e aquele que levava a bandeja inclinava-se, oferecendo a comida. Baudolino e os seus, antes incertos sobre o que deviam fazer, apearam e aceitaram pedaços de focácia que mastigaram educadamente, fazendo uma reverência. Ao seu cumprimento, apresentou-se o eunuco maior, que se prostrou no chão, levantando-se em seguida, e lhes falou em grego.

"Desde o nascimento de Nosso Senhor Jesus Cristo esperávamos pelo vosso regresso, se vós sois certamente aqueles que pensamos, e lamento saber que o décimo segundo, mas tal como vós o primeiro dentre todos os cristãos, tenha se desviado no meio do caminho pela natureza inclemente. Ao mesmo tempo em que dou ordens aos nossos guardas de perscrutar incansavelmente o horizonte à sua espera, eu vos desejo uma feliz estada em Pndapetzim", disse. "Pronuncio essas palavras em nome do Diácono João, eu Praxeas, chefe supremo dos eunucos da corte, protonotário da província, único legado do Diácono junto ao Preste João, Máximo Guardião e Logóteta do Caminho Secreto." Disse como se também os Magos tivessem de ficar impressionados com tanta dignidade.

"Calma lá", murmurou Aleramo Scaccabarozzi, o Tolo, "mas ouve só!"

Baudolino pensou inúmeras vezes como poderia apresentar-se ao Preste João, mas nunca como devia apresentar-se a um chefe eunuco a serviço do diácono de um padre. Decidiu seguir a linha que haviam preestabelecido:

"Senhor", disse, "exprimo nossa felicidade por termos chegado a esta nobre, rica e maravilhosa cidade de Pndapetzim, que nunca vimos tão bela e florescente em nossa viagem. Viemos de longe, trazendo ao Preste João a relíquia máxima da Cristandade, o cálice, no qual Jesus bebeu durante a última ceia. Infelizmente o demônio, invejoso, lançou contra nós as forças da natureza, e fez desaparecer pelo caminho um de nossos confrades, e justamente aquele que trazia o presente, e com ele outros testemunhos de nosso respeito para o Preste João..."

"Ou seja", acrescentou o Poeta, "cem lingotes de ouro maciço, duzentos macacos grandes, uma coroa de mil libras de ouro com esmeraldas, dez fios de pérolas inestimáveis, oitenta caixinhas de marfim, cinco elefantes, três leopardos domesticados, trinta cães antropófagos, trinta touros de combate, trezentas presas de elefante, mil peles de pantera e três mil varas de ébano."

"Ouvimos falar dessas riquezas e substâncias, que desconhecemos, abundantes nas terras onde o sol se põe", disse Praxeas com os olhos brilhantes, "e louvado seja o Céu, se antes de deixar este vale de lágrimas eu as puder ver!"

"Mas não podes fechar essa boca de merda?", sibilou Boidi nas costas do Poeta, dando-lhe socos na coluna, "e se depois Zósimo chegar e perceberem que está mais liso do que nós?"

"Fica quieto", rosnou o Poeta com a boca torta, "já dissemos que é obra do demônio, e o demônio terá comido tudo. Menos o Greal."

"Mas pelo menos, agora, seria necessário um presente para mostrar que não somos mendigos", continuou murmurando Boidi.

"Talvez a cabeça do Batista", sugeriu em voz baixa Baudolino.

"Sobraram apenas cinco", disse o Poeta, sem mover os lábios, "mas não importa, enquanto ficarmos neste reino, não devemos mostrar as outras quatro."

Baudolino era o único a saber que, com aquela que ele tomara de Abdul, havia ainda seis cabeças. Tirou uma do alforje e a entregou a Praxeas, dizendo-lhe que por enquanto – na espera do ébano, do leopardo, e de todas aquelas outras coisas – queriam que entregasse ao Diácono a única lembrança que ficou na Terra daquele que batizou Nosso Senhor.

Praxeas aceitou, emocionado, aquele presente, inestimável a seus olhos pela arca cintilante, que ele considerou ser decerto daquela preciosa substância amarela sobre a qual ouvira tantas histórias fabulosas. Impaciente para venerar aquele despojo sagrado, e com ar de quem examinava todo e qualquer presente feito especialmente para o Diácono, o abriu sem esforço (era a cabeça de Abdul, com o selo forçado, disse para si Baudolino), tomou entre as mãos o crânio trigueiro e ressecado, obra do engenho de Ardzrouni, exclamando com a voz embargada, que jamais em toda a sua vida contemplara uma relíquia tão preciosa.

Depois o eunuco perguntou quais eram os nomes com os quais deveria se dirigir a seus veneráveis hóspedes, porque a tradição havia lhes assinalado tantos e ninguém sabia mais do que eles quais eram os verdadeiros. Com muita cautela, Baudolino respondeu que, enquanto não estivessem na presença do Preste João, desejavam ser chamados pelos nomes como eram conhecidos no longínquo Ocidente, e disse os verdadeiros nomes de cada um. Praxeas apreciou o som evocativo de nomes como Ardzrouni ou Boidi, considerou altissonantes Baudolino, Colandrino e Scaccabarozzi e sonhou com países exóticos, ouvindo chamar Porcelli e Cuttica. Disse que respeitava a sua reserva, e concluiu:

"Agora entrai. Já é tarde e o Diácono poderá receber-vos apenas amanhã. Esta noite sereis meus hóspedes e vos asseguro que ninguém jamais vos oferecerá um banquete mais rico e suntuoso, e ireis provar iguarias tais que haveis de pensar com desprezo naquelas que vos foram oferecidas nas terras onde o sol se põe."

"Mas se estão vestidos com farrapos, que até uma de nossas mulheres atormentaria o marido para ter algo melhor", resmungou o Poeta, "nós partimos e sofremos o que sofremos para ver cascatas de esmeraldas, e quando escrevíamos a carta do Preste João, tu, Baudolino, tinhas náuseas de topázios, e ei-los aqui com dez pedrinhas de quatro cordinhas, e pensam que são os mais ricos do mundo!"

"Cala-te e vamos ver", murmurou Baudolino.

Praxeas entrou primeiro na torre, e os fez entrar num salão sem janelas, iluminado por trípodes acesas, com um tapete central cheio de taças e bandejas de argila, e uma série de travesseiros no chão, nos quais os convidados se agachavam com as pernas cruzadas. Serviam à mesa rapazolas, certamente eunucos, seminus e cobertos com óleos perfumados. Eles davam aos hóspedes vasos com misturas aromáticas, nas quais os eunucos molhavam os dedos para tocar depois os lóbulos das orelhas e das narinas. Após se aspergirem, os eunucos acariciavam docemente os rapazolas e os convidavam a oferecer perfumes aos hóspedes, que se adequavam aos costumes daquela gente, enquanto o Poeta rosnava que se um deles ousasse tocá-lo, iria fazer-lhe cair todos os dentes com um murro.

O jantar foi assim: grandes pratos de pão, ou seja, daquelas suas focácias e uma enorme quantidade de verdura fervida, no meio das quais abundavam as couves, que não fediam muito porque foram cobertas com várias especiarias; taças com um molho escuro muito quente, o *sorq*, no qual se embebiam as focácias, e Porcelli, que foi o primeiro a provar, começou a tossir como se lançasse chamas pelo nariz, de modo que seus amigos limitaram-se a degustá-las com moderação (e depois passaram a noite abrasados por uma sede interminável); um peixe de rio seco e macilento, que chamavam *thinsireta* (olha, olha, murmuravam nossos amigos), panado em semolina e literalmente afogado em óleo fervente, que devia ser o mesmo de muitas refeições; uma sopa de grãos de linho, que chamavam *marac*, e que, segundo o Poeta, tinha gosto de merda, na qual flutuavam pedaços de voláteis, mas tão malcozidos que pareciam couro, e Praxeas disse com orgulho que se tratava de *methagallinario* (olha, olha, cutucavam-se de novo nossos amigos); uma mostarda que chamavam *cenfelec*, feita de fruta cristalizada, na qual havia mais pimenta do que fruta. A cada novo prato, os eunucos serviam-se gulosamente, e mastigavam fazendo barulho com os lábios para exprimir o seu prazer, e sinais aos hóspedes, como se dissessem: "Estão gostando? Não é um presente do céu?" Comiam com as mãos, até a sopa, sorvendo-a da palma da mão, em forma de concha, misturando num só punhado coisas diferentes, e enfiando tudo na boca de uma só vez. Mas só com a mão direita, porque a esquerda mantinham-na sobre a espádua do menino que cuidava em providenciar-lhes sempre um novo prato. Retiravam-na apenas para beber, e agarravam os jarros, erguendo-os acima da cabeça, para depois verter água na boca, como quem bebe numa fonte.

Somente ao término daquele jantar de nababos, Praxeas fez um sinal e chegaram alguns núbios que deitaram um líquido branco em taças minúsculas. O Poeta engoliu num trago e ficou logo vermelho, soltou uma espécie de rugido, e caiu morto, até que os rapazolas borrifaram seu rosto com água. Praxeas explicou que na terra deles não vingava a árvore do vinho e a única bebida alcoólica que sabiam produzir vinha da fermentação do *burq*, uma baga muito comum naquelas regiões. E, no entanto, a força daquela bebida era tamanha que era preciso prová-la apenas em pequenos goles, aliás, colocando apenas a língua dentro da taça. Uma verdadeira má sorte não ter aquele vinho que se lia nos Evangelhos, porque os padres de Pndapetzim, todas as vezes que diziam a missa, caíam na embriaguez mais indecorosa e custavam a terminá-la.

"Pensando bem, que mais deveríamos esperar desses monstros?", disse com um suspiro Praxeas, pondo-se à parte com Baudolino, enquanto os outros eunucos examinavam com ganidos de curiosidade as armas de ferro dos viajantes.

"Monstros?", perguntou Baudolino, fingindo ingenuidade. "Tive a impressão de que aqui ninguém percebia as admiráveis deformidades dos outros."

"Deves ter ouvido falar um daqueles", disse Praxeas com um sorriso de desprezo. "Vivem juntos aqui há séculos, já se acostumaram uns com os outros, e se recusam a ver a monstruosidade de seus vizinhos, ignorando a própria. Monstros sim, mais parecidos com animais do que com homens, e capazes de reproduzir-se mais rapidamente do que os coelhos. Esse é o povo que temos que governar, e com mãos de ferro, para evitar que se exterminem uns aos outros, cada qual obnubilado pela própria heresia. Por isso, séculos atrás, o Preste João deixou que morassem aqui, nas fronteiras do reino, para que não perturbassem os seus súditos que são – eu garanto, senhor Baudolino – homens belíssimos. Mas é natural que a natureza gere também monstros, e é ainda mais inexplicável por que todo o gênero humano ainda não se tenha tornado monstruoso, pois cometeu o crime mais horrendo de todos, crucificando Deus Pai."

Baudolino começava a perceber que os eunucos também pensavam mal, e fez algumas perguntas a seu anfitrião.

"Alguns daqueles monstros", disse Praxeas, "creem que o Filho foi apenas adotado pelo Pai, outros se afligem, discutindo quem procede de quem, e cada qual é arrastado, monstro que é, para seu monstruoso erro, multiplicando as hipóstases da divindade, acreditando que o Sumo Bem é composto de três substâncias diferentes ou, então, quatro. Pagãos. Há uma única substância divina que se manifesta no curso dos acontecimentos humanos em vários modos ou pessoas. A única substância, enquanto gera, é o Pai; enquanto é gerado, é o Filho; enquanto santifica, é o Espírito, mas trata-se sempre de uma mesma natureza divina, o restante é como uma máscara debaixo da qual Deus se esconde. Uma substância e uma só tríplice pessoa, e não, como alguns heréticos afirmam, três pessoas numa única substância. Mas se assim fosse, e se Deus, integralmente, e presta atenção, não delegando um filho adotivo qualquer, se fez carne, então é o próprio Pai que sofreu na cruz. Crucificar o Pai! Compreendes? Só uma raça maldita podia chegar a tanto ultraje, e a obrigação do fiel é vingar o Pai. Nenhuma piedade pela estirpe maldita de Adão."

DESDE QUE HAVIA começado a história da viagem, Nicetas ouvira, em silêncio, sem jamais interromper Baudolino. Mas agora o fez, porque percebeu que seu interlocutor estava incerto a respeito da interpretação que daria ao que estava dizendo.

"Acreditas", perguntou, "que os eunucos odiassem o gênero humano porque fizera sofrer o Pai, ou que tivessem abraçado aquela heresia porque odiavam o gênero humano?"

"É o que me perguntei naquela noite e, depois, sem saber responder."

"Sei como pensam os eunucos. Conheci muitos no palácio imperial. Procuram acumular poder para desabafar o seu rancor para com todos os que são capazes de gerar. Mas frequentemente, na minha longa experiência, intuí que muitos, que não são eunucos, usam o poder para exprimir aquilo que não saberiam fazer de outra maneira. E talvez mandar seja uma paixão mais irresistível do que fazer amor."

"Havia outras coisas que me deixaram perplexo. Ouve: os eunucos de Pndapetzim constituíam uma casta que se reproduzia por eleição, visto que a sua natureza não lhes permitia outros caminhos. Dizia Praxeas que há muitas gerações os velhos escolhiam jovens atraentes e os reduziam à sua condição, tornando-os inicialmente seus servos e depois seus herdeiros. Onde pegavam aqueles jovens, graciosos e bem-formados, se toda a província de Pndapetzim era habitada apenas por prodígios da natureza?"

"Certamente os eunucos vinham de países estrangeiros. Ocorre em muitos exércitos e administrações públicas que quem tem poder não deve pertencer à comunidade que governa, para não experimentar sentimentos de ternura ou de cumplicidade pelos seus súditos. Talvez assim desejava o Preste João para manter submissa aquela gente disforme e briguenta."

"Para poder mandá-los morrer sem remorsos. Porque das palavras de Praxeas compreendi duas outras coisas. Pndapetzim era o último posto avançado, antes que se iniciasse o reino do Preste João. Depois, havia apenas uma garganta entre as montanhas que levava a outro território, e sobre as rochas que dominavam a garganta, ficavam permanentemente os guardas núbios, prontos para precipitar avalanches de rochas sobre quem se aventurasse por aquele estreito. Na saída da garganta, começava um pântano sem fim, mas um pântano tão perigoso que quem tentasse percorrê-lo seria engolido por terrenos lamacentos ou arenosos em perpétuo movimento, e logo que começasse a afundar até a metade da perna, não podia mais sair de lá, até desaparecer por completo, como se afogasse no mar. No pântano havia um único caminho seguro que permitia atravessá-lo, mas era conhecido apenas pelos eunucos, que foram educados a reconhecê-lo a partir de alguns sinais. Assim, Pndapetzim era a porta, a defesa, o cadeado que se devia violar para se chegar ao reino."

"Visto que fostes os primeiros visitantes há tantos séculos, aquela defesa não constituía uma aventura onerosa."

"Pelo contrário. Praxeas foi muito vago sobre aquele ponto, como se o nome daqueles que os ameaçavam estivesse coberto de proibições, mas depois, relutando, decidiu dizer-me que toda a província vivia sob o pesadelo de um povo guerreiro, os hunos brancos, que de um momento para outro poderiam tentar uma invasão. Se eles tivessem chegado antes às portas de Pndapetzim, os eunucos enviariam ciápodes, blêmios e todos os outros monstros que se deixariam massacrar para deter um pouco a conquista, pois deveriam levar o Diácono ao despenhadeiro, precipitar várias rochas no vale para obstruir todas as passagens, e seguir para o reino. Se não conseguissem e fossem capturados, como os hunos brancos poderiam obrigar um deles sob tortura a revelar o único caminho certo para a terra do Preste João, foram todos doutrinados de modo que, antes de caírem prisioneiros, morreriam com um veneno que cada um levava num saquinho pendurado no pescoço, debaixo das vestes. A coisa horrível é que Praxeas estava certo de que haviam de salvar-se em todo o caso, pois, no último momento, teriam como escudo os núbios. É a sorte, dizia Praxeas, de ter como guarda-costas os circuncélios."

"Ouvi falar deles, mas aconteceu há muitos séculos na costa da África. Havia por lá alguns heréticos chamados donatistas, que consideravam que a Igreja devia ser a sociedade dos santos, mas que, infelizmente agora, todos os seus ministros eram corruptos. Assim, segundo eles, nenhum padre podia ministrar o sacramento e estavam em guerra perene com todos os outros cristãos. Os mais decididos entre os donatitas eram justamente os circuncélios, povo bárbaro de raça moura, que iam por campos e vales, buscando o martírio, precipitavam-se das rochas sobre os viandantes, gritando *Deo laudes*, e ameaçavam-nos com suas maças, ordenando-lhes que os matassem, para que pudessem provar a glória do sacrifício. E visto que a gente, assustada, recusava-se a fazê-lo, os circuncélios roubavam-lhes primeiro todos os bens e depois esfacelavam a sua cabeça. Mas eu pensava que esses exaltados tivessem desaparecido."

"Evidentemente os núbios de Pndapetzim eram os descendentes daqueles. Teriam sido, me dizia Praxeas, com o frequente desprezo pelos seus súditos, preciosos na guerra, porque se deixariam matar pelo inimigo de bom grado, e durante o tempo necessário que levariam para matar a todos, os eunucos poderiam obstruir a garganta. Mas havia muitos séculos os circuncélios esperavam essa ventura, ninguém chegava para invadir a província, e se inquietavam, não sabendo viver em paz, não podiam atacar e roubar os monstros que tinham ordens de proteger, e desabafavam caçando e enfrentando de mãos limpas animais selvagens, iam às vezes além do Sambatyon, nos pedregais, onde se encontravam quimeras e mantícoras, e alguns deles tiveram a felicidade de acabar como Abdul. Mas não era o suficiente. Às vezes, os mais convictos entre eles enlouqueciam. Praxeas já soubera que um deles nos implorara de tarde para que o decapitássemos, outros, enquanto estavam de guarda na garganta, lançavam-se dos picos, e, no fim das contas, era difícil controlá-los. Não restava senão aos eunucos mantê-los sob vigilância, prefigurando-lhes todos os dias o perigo iminente, fazendo com que acreditassem que os hunos brancos estavam realmente muito próximos e, assim, os núbios vagavam frequentemente pela planície, aguçando o olhar, estremecendo de felicidade a cada nuvem de poeira, que se entrevia de longe, esperando pela chegada dos invasores, numa esperança que os consumia havia séculos, geração após geração. E nesse ínterim, como nem todos estivessem realmente prontos para o sacrifício, mas anunciavam em voz alta o seu desejo de martírio, para serem bem nutridos e bem-vestidos, era preciso mantê-los calmos, dando-lhes guloseimas e muito *burq*. Entendi como o rancor dos eunucos ia crescendo a cada dia, obrigados a governar monstros que odiavam, e tendo que confiar suas vidas a glutões exaltados e eternamente bêbados."

JÁ ERA TARDE, e Praxeas fez com que fossem acompanhados pela guarda núbia até os seus alojamentos, de frente para a torre, num casario de pedra de reduzidas dimensões, que, em seu interior, deixava lugar para todos eles. Subiram por aquelas escadas aéreas e, cansados daquela insólita jornada, dormiram até o amanhecer.

Foram acordados por Gavagai, pronto para servi-los. Fora informado pelos núbios de que o Diácono estava pronto a receber os seus hóspedes.

Voltaram para a torre e Praxeas, pessoalmente, os fez subir pelos socalcos externos, até o último andar. Passaram por uma porta e se encontraram num corredor circular no qual se abriam muitas outras portas, uma ao lado da outra, como se fosse uma fileira de dentes.

"SOMENTE DEPOIS, senhor Nicetas, compreendi como havia sido planejado aquele andar. Tenho dificuldades para descrevê-lo, mas tentarei. Imagina que aquele corredor circular seja a periferia de um círculo, em cujo centro localiza-se uma sala central, também circular. Cada porta que se abre para o corredor leva a um conduto, e cada conduto devia ser um dos raios do círculo que conduz ao vão central. Mas se os corredores fossem retos, qualquer um do corredor circular periférico poderia ver o que se passa no salão central, e quem se encontra no salão central poderia ver se alguém estava chegando pelo conduto. E, no entanto, cada conduto começava em linha reta, mas, no fim, dobrava fazendo uma curva, e depois dela entrava-se no salão central. Assim, ninguém do corredor periférico podia ver o salão, o que assegurava a privacidade de quem o habitava..."

"Mas nem sequer o habitante do salão podia ver quem estava chegando, a não ser no último momento."

"Exatamente, e esse detalhe logo me surpreendeu. Percebes, o Diácono, senhor da província, estava ao abrigo de olhares indiscretos, mas, ao mesmo tempo, podia ser surpreendido sem um anúncio prévio, por uma visita de seus eunucos. Era um prisioneiro que não podia ser espiado por seus guardiães, mas que também não podia sequer espiá-los."

"Aqueles seus eunucos eram mais astutos do que os nossos. Mas fala-me agora do Diácono."

ENTRARAM. O grande salão circular estava vazio, com exceção de um escrínio em volta do trono. O trono estava no centro, era de madeira escura, coberto por um baldaquim. No trono, havia uma figura humana, envolvida numa veste escura, com a cabeça coberta por um turbante, e um véu que lhe encobria o rosto. Os pés estavam calçados com pantufas pretas, e eram pretas as luvas que lhe cobriam as mãos, de modo que nada se podia ver das feições daquele que estava sentado.

Nos dois lados do trono, agachadas junto ao Diácono, outras duas figuras veladas. Uma delas, de quando em quando, levava ao Diácono uma taça, na qual queimavam perfumes para que aspirasse os vapores. O Diácono tentava recusar, mas Praxeas fazia-lhe um sinal com o qual, implorando, pedia-lhe que o aceitasse e, portanto, devia tratar-se de um remédio.

"Ficai a cinco passos do trono, inclinai-vos e antes de apresentar os vossos cumprimentos, esperai que Ele vos convide", sussurrou Praxeas.

"Por que faz uso do véu?", perguntou Baudolino.

"Não se pergunta, é assim porque lhe agrada."

Fizeram como lhes foi ordenado. O Diácono ergueu uma das mãos e disse, em grego:

"Desde menino fui preparado para o dia da vossa chegada. O meu logóteta disse-me tudo, e ficarei feliz em prestar-vos auxílio e hospedar-vos à espera de vosso augusto companheiro. Recebi também o vosso incomparável presente. É imerecido, e ainda mais quando uma coisa tão sagrada provém de doadores igualmente dignos de veneração."

Sua voz era incerta, de uma pessoa que estava sofrendo, mas o timbre era juvenil. Baudolino multiplicou-se em saudações tão reverentes que ninguém poderia acusá-lo depois de ter se vangloriado da dignidade que lhe fora atribuída. Mas o Diácono observou que tanta humildade era sinal evidente de sua santidade, e não havia o que fazer.

Depois pediu para que se acomodassem numa coroa de onze almofadas, que mandara preparar a cinco passos do trono, ofereceu-lhes *burq* com algumas roscas com sabor rançoso, e disse que estava ansioso para saber deles, que haviam visitado o famoso Ocidente, se, de fato, existiam lá todas as maravilhas, sobre as quais lera em tantos livros que lhe passaram pelas mãos. Perguntou se havia realmente uma terra chamada Enótria, onde cresce a árvore de que brota a bebida que Jesus transformou no próprio sangue. Se realmente lá o pão não era chato e da espessura de meio dedo, mas inchava milagrosamente toda manhã, ao canto do galo, em forma de fruta suave e macia, sob uma crosta dourada. Se era verdade que havia igrejas construídas fora das rochas, se o palácio do grande Padre de Roma tinha tetos e traves de madeira perfumada da legendária ilha de Chipre. Se aquele palácio tinha porta de pedras azuis, misturadas com chifres de serpente cerasta, que impedem a quem passa de colocar veneno lá dentro e janelas de uma pedra, através da qual passava a luz. Se naquela mesma cidade havia uma grande construção circular, onde agora os cristãos comiam os leões, e sobre a sua abóbada apareciam duas perfeitas imitações do sol e da lua, muito grandes, que percorriam o seu arco celeste, entre pássaros feitos pela mão humana que cantavam melodias dulcíssimas. Se debaixo do assoalho, feitos também de pedras transparentes, nadavam peixes semoventes de pedra límpida. Se era verdade que à construção se chegava por uma escada onde, na base de um certo degrau, havia uma fenda, pela qual se viam passar todas as coisas que acontecem no Universo, todos os monstros das profundezas do mar, o alvorecer e o entardecer, tudo aquilo que vive na Última Thule, uma teia de aranha de fios da cor da lua no centro de uma pirâmide negra, e flocos de uma substância branca e fria que cai do céu sobre a África Perusta em agosto, todos os desertos deste Universo, todas as letras de cada papel de cada livro, ocasos cor-de-rosa sobre o Sambatyon, o tabernáculo do mundo, posto entre duas placas luzidias, que o reproduzem ao infinito, extensões de água, como lagos sem margens, touros, tempestades, todas as formigas que existem na Terra, uma esfera que reproduz o movimento das estrelas, o secreto palpitar do próprio coração e das próprias vísceras, e o rosto de cada um de nós quando formos transfigurados pela morte...

"Mas quem contou tantas lorotas para essa gente?", perguntou, escandalizado, o Poeta, enquanto Baudolino buscava responder com prudência, dizendo que as maravilhas do distante Ocidente eram decerto muitas, mesmo que de fato algumas vezes a fama, que voa, agigantando vales e montanhas, gostasse de exagerar, e ele podia testemunhar com certeza nunca ter visto, nas terras onde o sol se põe, cristãos comendo leões. O Poeta ria em voz baixa: "Pelo menos, não nos dias de abstinência..."

Perceberam que só a presença deles inflamava a imaginação daquele jovem príncipe, fechado eternamente em sua prisão circular, e quem vive nas terras onde o sol nasce, não pode senão sonhar com as maravilhas do ocaso – principalmente, continuou murmurando o Poeta, felizmente, em teutônico, se alguém vive num lugar de merda como Pndapetzim.

Depois o Diácono entendeu que seus hóspedes também queriam saber algo, e observou que talvez, após tantos anos de ausência, não se lembravam de como voltar ao reino do qual provinham, segundo a tradição, mesmo porque, durante séculos, uma série de terremotos e outras transformações daquela sua terra haviam profundamente modificado montanhas e planícies. Explicou como era difícil transpor a garganta e superar o pântano, lembrou que estava começando a estação das chuvas, e que não seria oportuno pôr-se imediatamente em viagem. "Além disso, os meus eunucos", disse, "deverão mandar mensageiros para o meu pai, para que lhe contem acerca da vossa visita, e estes deverão regressar com o seu consenso para a vossa viagem. O caminho é longo e tudo isso levará um ano ou talvez mais. Nesse ínterim, devereis esperar a chegada de vosso irmão. Ficai sabendo que sereis hospedados aqui, segundo a vossa condição." Dizia isso com voz quase mecânica, como se recitasse uma lição que acabara de aprender.

Os hóspedes perguntaram-lhe qual era a função e o destino de um Diácono João, e ele explicou: talvez no seu tempo as coisas ainda não fossem assim, mas as leis do reino foram justamente modificadas, depois da partida dos Magos. Não se devia pensar que o Padre João fosse uma

 única pessoa que continuara a reinar por milênios, era mais

uma dignidade. À morte de cada Padre, subia ao trono o próprio Diácono. Logo, dignitários do reino iam visitar todas as famílias e localizavam, por certos sinais milagrosos, um menino que não tivesse mais do que três meses, e que se tornava futuro herdeiro e filho putativo do Padre. O menino era entregue com alegria pela família e era imediatamente enviado a Pndapetzim, onde passava a infância e a juventude, preparando-se para suceder o pai adotivo e para temê-lo, honrá-lo e amá-lo. O jovem falava com voz triste, porque dizia, é destino de um Diácono jamais conhecer o próprio pai, tanto aquele carnal, quanto aquele putativo, que não via sequer no catafalco, porque desde a sua morte até o momento no qual o herdeiro chegava à capital do reino, passava-se, como dissera, pelo menos um ano.

"Eu o verei apenas", disse, "e imploro que aconteça o mais tarde possível, a efígie impressa em seu lençol fúnebre, no qual será envolvido antes do funeral, com o corpo coberto de óleos e outras substâncias milagrosas, que estampam suas formas no linho." Depois disse: "Deveis ficar aqui por longo tempo, e peço que me venham visitar de quando em quando. Gosto que me contem as maravilhas do Ocidente, e gosto de ouvir também histórias de mil batalhas e cercos que lá, como dizem, fazem com que a vida seja digna de ser vivida. Vejo aos vossos flancos armas, muito mais belas e poderosas do que as que se usam aqui, e imagino que vós liderastes exércitos em batalhas, como se espera de um rei, enquanto nós nos preparamos há tempos imemoriais para a guerra, mas nunca tive o prazer de comandar um exército em campo aberto." Não convidava, praticamente implorava, e com um tom de rapazinho, que estimulara a sua mente em livros de aventuras mirabolantes.

"Contanto que não vos canseis demasiadamente, senhor", disse, com grande reverência, Praxeas. "Agora é tarde e estais cansado, será melhor vos despedir de vossos visitantes." O Diácono anuiu mas com gesto de resignação, com o qual acompanhou o seu cumprimento. Baudolino e seus visitantes entenderam quem realmente mandava naquele lugar.

31
Baudolino espera partir para o reino do Preste João

Baudolino falou durante longo tempo e Nicetas estava com fome. Teofilato levou-o à mesa de jantar oferecendo-lhe caviar de vários peixes, seguido por uma sopa de cebolas e azeite de oliva, servida num prato cheio de migalhas de pão, depois molho de moluscos triturados, temperados com vinho, alho, óleo, cinamomo, orégano e mostarda. Embora a contragosto, Nicetas não fez má figura. Enquanto as mulheres, que jantaram à parte, preparavam-se para dormir, Nicetas voltou a interrogar Baudolino, ansioso para saber se finalmente havia chegado ao reino do Preste João.

"Tu gostarias que eu corresse, senhor Nicetas, mas nós ficamos em Pndapetzim durante dois longos anos, e o tempo corria sempre igual. De Zósimo, nenhuma notícia, e Praxeas nos fazia entender que, se não chegasse o décimo segundo do nosso grupo, sem o anunciado presente para o Padre, seria inútil viajar. Além disso, a cada semana nos dava novas e desconfortantes notícias: a estação das chuvas havia durado mais tempo que o previsto e o pântano ficara mais intransitável, não se tinham notícias dos embaixadores enviados ao Padre, talvez não tivessem conseguido encontrar o único caminho possível... Depois vinha a boa estação e se vociferava que os hunos brancos estavam chegando, um núbio os avistara ao norte, e não podiam sacrificar homens para nos acompanhar numa viagem tão difícil, e assim por diante. Não sabendo o que fazer, aprendíamos, pouco a pouco, a falar as diversas línguas daquele país, sabendo que se um pigmeu exclamava *Hekinah degul*, queria dizer que estava feliz, e que a resposta ao cumprimento era *Lumus kelmin pesso desmar lon emposo*, ou seja, que nos comprometíamos em não fazer guerra contra ele e o seu povo; que se um gigante respondia *Bodh-koom* a uma pergunta significava que não sabia; que os núbios chamavam *nek* o cavalo por imitação de *nekbrafpfar*, que era o camelo, enquanto os blêmios denominavam o camelo *houyhmhnm*, e era a única vez que os ouvimos pronunciar sons que não fossem vogais, sinal de que inventavam um termo nunca usado para um animal que nunca viram antes; os ciápodes rezavam, dizendo *Hai coba*, que para eles significa Pater Noster, e chamavam *deba* o fogo, *deta* o arco-íris e *zita*, o cachorro. Os eunucos durante a sua missa louvavam a Deus, cantando *Khondinbas Ospamerostas, kamedumas karpanemphas, kapsimunas Kamerostas perisimbas prostamprostamas.* Estávamos nos tornando habitantes de Pndapetzim, tanto que os blêmios ou os panotos não nos pareciam mais tão diferentes de nós. Nós nos havíamos transformado num punhado de indolentes, Boron e Ardzrouni passavam os dias discutindo sobre o vazio, e Ardzrouni convenceu Gavagai que o pusesse em contato com um lenhador dos pôncios, que discutia com ele se era possível construir apenas usando madeira, sem nenhum metal, uma de suas bombas milagrosas. Enquanto Ardzrouni se dedicava à sua insensata aventura, Boron saía com Kyot, faziam cavalgadas pela planície e sonhavam com o Greal, mantendo os olhos abertos para ver se no horizonte surgia o fantasma de Zósimo. Talvez, sugeriu Boidi, tivesse tomado um caminho diferente, havia encontrado hunos brancos, e quem sabe o que estivesse contando para eles, que deviam ser idólatras, e tentava convencê-los a atacar o reino... Porcelli, Cuttica e Aleramo Scaccabarozzi, o Tolo, que haviam participado da fundação de Alexandria, adquirindo algum saber edificatório, colocaram na cabeça que deviam convencer os habitantes daquela província de que quatro muros bem construídos eram melhores do que os seus pombais, e encontraram alguns gigantes que, por ofício, perfuravam aqueles nichos nas rochas, dispostos a aprender como se misturava a argamassa ou como se modelavam tijolos de argila, deixando-os, depois, secar ao sol. Nos confins da cidade, surgiram cinco ou seis casebres, mas numa certa manhã viram-nos sendo ocupados pelos homens sem língua, vagabundos por vocação, e preguiçosos. Buscaram desalojá-los com pedradas, mas eles resistiram. Boidi olhava todas as noites para a garganta para ver se o tempo melhorava. Cada um inventara, afinal, o próprio passatempo, e já estávamos acostumados àquela comida insossa e, sobretudo, não conseguíamos mais ficar sem *burq*. Consolava-nos o fato de que o reino estava a dois passos de distância, ou seja, a um ano de marcha, se tudo corresse bem, mas já não tínhamos o dever de descobrir nada, nem de encontrar caminho algum, devíamos apenas esperar que os eunucos nos guiassem na direção correta. Estávamos, como posso dizer, bem-aventuradamente extenuados e felizmente entediados. Cada um de nós, com exceção de Colandrino, já estava com certa idade; eu passava dos cinquenta, e, nessa idade, as pessoas morrem, se é que já não morreram há tempo; agradecemos ao Senhor, e se vê que aquele ar nos fazia bem, porque parecíamos todos mais jovens, eu aparentava dez anos a menos de quando chegara. Nosso corpo era vigoroso, embora nosso ânimo estivesse debilitado, se assim posso dizer. Estávamos nos identificando totalmente com a gente de Pndapetzim e havíamos começado até a nos apaixonar por seus debates teológicos."

"Qual era a vossa posição?"

"Com efeito, tudo começara porque o Poeta sentia o sangue ferver-lhe nas veias e não aguentava mais ficar sem mulher. E pensar que até o pobre Colandrino conseguia aguentar, mas ele era um anjo na terra, como a sua pobre irmã. A prova de que até os nossos olhos estavam se acostumando àquele lugar foi quando o Poeta começou a ter suas fantasias com uma panota. Fora atraído pelos seus ouvidos fluentes, excitava-o a brancura de sua pele, considerava-a delgada e de lábios bem definidos. Vira dois panotos copulando no campo e imaginava que a experiência devia ser deliciosa: ambos se encobriam, um ao outro, com suas orelhas, e faziam amor como se estivessem dentro de uma concha, ou como se fossem aquela carne triturada envolvida por folhas de parreira, que comeram na Armênia. Deve ser esplêndido, disse. Depois, tendo reações negativas da panota, da qual tentara se aproximar, se enrabichara por uma mulher dos blêmios. Achava que, excetuando-se a ausência da cabeça, tinha uma cintura fina e uma vagina convidativa, e além disso seria belo poder beijar na boca uma mulher como se lhe beijasse o ventre. E assim procurava frequentar aquela gente. Certa noite nos levou para uma reunião. Os blêmios, como todos os monstros da província, não admitiam nenhum dos outros seres nas suas discussões sobre coisas sagradas, mas nós éramos diferentes, não se admitia que também pensássemos mal, aliás, cada raça convencera-se de que pensávamos como eles. O único que gostaria de mostrar seu desapontamento por aquela nossa familiaridade com os blêmios era, evidentemente, Gavagai, mas agora o fiel ciápode nos adorava e o que fazíamos não podia ser senão benfeito. Um pouco por ingenuidade, um pouco por amor, convencera-se de que íamos aos ritos dos blêmios para ensinar-lhes que Jesus era filho adotivo de Deus."

A IGREJA DOS blêmios ficava ao rés do chão, uma única fachada com duas colunas e um tímpano, e o resto no fundo da rocha. O padre chamava os fiéis para a assembleia, batendo com um martelete numa lâmina de pedra envolvida por cordas, que produzia um som de sino quebrado. Dentro, via-se apenas o altar iluminado por lâmpadas que, pelo cheiro, queimavam não óleo, mas manteiga, talvez de leite de cabra. Não havia crucifixos nem outras imagens porque, como explicava o blêmio que nos guiava, eles julgavam (os únicos que pensavam bem) que o Verbo não se fez carne, e que portanto não podiam adorar a imagem de uma imagem. Tampouco, pelas mesmas razões, podiam levar a sério a eucaristia, e, portanto, a missa deles não conhecia a consagração das espécies. Não podiam sequer ler o Evangelho, porque era a história de um engano.

Baudolino perguntou naquela altura que tipo de missa podiam celebrar, e o guia disse-lhe que, de fato, reuniam-se em oração, e depois discutiam sobre o grande mistério da falsa encarnação, a respeito da qual não haviam alcançado total esclarecimento. E, de fato, depois que os blêmios se ajoelharam e dedicaram quase meia hora a seus estranhos vocalises, o padre deu início àquilo que chamavam a sacra conversação.

Um dos fiéis pôs-se de pé e recordou que talvez o Jesus da Paixão não fosse propriamente um fantasma, razão pela qual não se levou a sério os apóstolos, mas era uma potência superior emanada do pai, um Éon, que entrara no corpo já existente de algum marceneiro da Galileia. Outro fez notar que talvez, como sugeriam alguns, Maria tinha realmente dado à luz um ser humano, mas o Filho, que não podia se fazer carne, passara através dela como água por um tubo, ou talvez entrara ali por um ouvido. Houve então um coro de protestos, e muitos gritaram: "Pauliciano! Bogomilo!", para dizer que o orador proferiu uma doutrina herética – e com efeito foi expulso do templo. Um terceiro arriscou que aquele que sofrera na Cruz fora o Cireneu, que substituíra Jesus no último momento, mas os outros mostraram-lhe que, para substituir alguém, devia haver alguém. Não, rebatera o fiel, o alguém substituído era justamente o fantasma de Jesus, o qual, como fantasma, não poderia sofrer e, sem a Paixão, não teria ocorrido a redenção. Outro coro de protestos, porque assim afirmava-se que a humanidade fora redimida por aquele pobre Cireneu. Um quarto lembrou que o Verbo descera no corpo de Jesus em forma de pomba, no momento do batismo, no Jordão, mas certamente, desse modo, confundia-se o Verbo com o Espírito Santo, e aquele corpo invadido não era um fantasma – e por que então os blêmios seriam considerados, e com toda a razão, fantasiastas?

Tomado pelo debate, o Poeta perguntou:

"Mas se o filho não encarnado era apenas um fantasma, então por que, no Horto das Oliveiras, pronunciou palavras de desespero e se queixou na cruz? O que importa a um divino fantasma se lhe enfiam pregos no corpo, que não passa de pura aparência? Fazia apenas cena, como um histrião?" Disse isso pensando em seduzir, dando mostras de inteligência e desejo de conhecimento, a mulher blêmia, que cobiçara, mas deu-se o efeito contrário. Toda a assembleia pôs-se a gritar: "Anátema, anátema!", e nossos amigos compreenderam que havia chegado o momento de abandonar aquele sinédrio. E foi assim que o Poeta, por excesso de sutileza teológica, não conseguiu satisfazer a sua densa paixão carnal.

ENQUANTO BAUDOLINO e os outros cristãos dedicavam-se a tais experiências, Solomon interrogava um a um todos os habitantes de Pndapetzim para saber algo das tribos perdidas. A alusão de Gavagai aos rabinos, no primeiro dia, dava-lhe a entender que estava na pista certa. Mas, seja porque os monstros das diferentes raças nada sabiam de verdade, seja porque o argumento era tabu, Solomon não conseguia tirar o coelho da toca. Finalmente, um dos eunucos disse-lhe que sim, a tradição afirmava que pelo reino do Preste João haviam passado as comunidades dos judeus, muitos séculos antes, mas depois decidiram seguir viagem, talvez por medo de que a ameaçada invasão dos hunos brancos os obrigasse a enfrentar uma nova diáspora, e só Deus sabia por onde andavam. Solomon achou que o eunuco mentia, e continuou a esperar o momento no qual iriam para o reino, onde certamente encontraria seus correligionários.

Às vezes Gavagai buscava convertê-los para o pensamento certo. O Pai é o que de mais perfeito e distante de nós pode existir no Universo, não é? E assim como poderia ter gerado um Filho? Os homens geram filhos para dar continuidade à prole e por meio dela viver num tempo em que não estarão mais vivos, porque serão arrebatados pela morte. Mas um Deus que precisa gerar um filho não seria mais perfeito desde o início dos séculos. E se o Filho tivesse existido sempre junto com o Pai, sendo da mesma divina substância ou natureza, como se queira (aqui Gavagai confundia-se, citando termos gregos como *ousia*, *hyposthasis*, *physis* e *hyposopon*, que nem mesmo Baudolino conseguia decifrar), teríamos o fato inacreditável de que um Deus, por definição não gerado, foi desde o início dos séculos gerado. Assim, pois, o Verbo, que o Pai gera para que se ocupe da redenção do gênero humano, não é da mesma substância do Pai: é gerado depois, certamente antes do mundo e superior a qualquer outra criatura, mas, ao mesmo tempo, inferior ao Pai. O Cristo não é potência de Deus, insistia Gavagai, não é certamente uma potência qualquer como o gafanhoto, ao contrário, é uma grande potência, mas é primogênito e não ingênito.

"Então, para vós o Filho", perguntou-lhe Baudolino, "foi apenas adotado pelo Pai e, portanto, não é Deus?"

"Não, mas o mesmo santíssimo, como santíssimo está Diácono, que está filho adotivo Padre. Se funciona com Padre, por que não funciona com Deus? Eu sabe que Poeta perguntou blêmio, porque se Jesus fantasma, ele tem medo no Horto das Oliveiras e chora na cruz. Blêmio que pensa mal não sabe responder, Jesus não fantasma, mas Filho adotivo, e Filho adotivo não sabe tudo como o seu Pai. Entende tu? Filho não é *omoousios* da mesma substância do Pai, mas *omoiusios*, semelhante mas não igual substância. Nós não estamos heréticos como anomeus: eles acham Verbo nem mesmo semelhante ao Pai, todo diferente. Mas sorte em Pndapetzim não está anomeus. Eles pensa mais mal do que todos."

COMO BAUDOLINO, ao citar essa história, disse que eles continuavam a perguntar se fazia diferença *omoousios* e *omoiusios*, e se Deus, nosso Senhor, podia ser reduzido a duas palavrinhas, Nicetas sorriu:

"Faz diferença, faz diferença. Talvez dentre vós, no Ocidente, essas diatribes tenham sido esquecidas, mas em nosso império, romano, continuaram por muito tempo, e houve pessoas que foram excomungadas, banidas, ou até mesmo mortas por matizes semelhantes. O que me impressiona é que tais discussões, que terminaram há tempo entre nós, sobrevivam ainda naquela terra de que me falas."

E depois pensou: tenho cá minhas dúvidas de que Baudolino esteja me contando balelas, mas um semibárbaro como ele, que viveu entre alamânios e milaneses, que mal distinguem a Santíssima Trindade de São Carlos Magno, não poderia saber essas coisas, se não as tivesse ouvido lá. Ou será que ouviu alhures?

De quando em quando, nossos amigos eram convidados aos fastientos jantares de Praxeas. Encorajados pelo *burq*, devem ter dito, lá pelo fim de um daqueles banquetes, coisas pouco convenientes para os Magos, mas por outro lado Praxeas havia já tomado maior intimidade. Assim, certa noite, quando ele estava embriagado e com ele os outros, disse: "Senhores e gratíssimos hóspedes, refleti longamente sobre cada palavra que pronunciastes, desde que chegastes aqui, e me dei conta de que jamais afirmastes ser os Magos que esperávamos. Continuo pensando que sois realmente, mas se por acaso, eu disse por acaso, não fordes, não seria culpa vossa que todos acreditem nisso. Nesse caso, permiti que vos fale como um irmão. Vistes a cloaca de heresias que é Pndapetzim, e como é difícil manter quieta essa monstruosa gentalha, de um lado pelo terror dos hunos brancos, e de outro fazendo-nos intérpretes da vontade e da palavra daquele Padre João que eles nunca viram. Já percebestes também para que serve o nosso jovem Diácono. Se nós, eunucos, pudermos contar com o apoio e com a autoridade dos Magos, aumentará o nosso poder. Aumenta e se fortalece aqui, mas também poderá estender-se... alhures."

"No reino do Padre?", perguntou o Poeta.

"Se chegardes até lá, devereis ser reconhecidos como legítimos senhores. Para chegardes até lá, precisareis de nós, e nós precisaremos de vós aqui. Somos uma estranha raça, não como os monstros daqui, que se reproduzem, segundo as miseráveis leis da carne. Tornamo-nos eunucos porque outros eunucos nos escolheram, e assim nos fizeram. No que muitos reputam uma desventura, nós nos sentimos unidos numa única família, digo nós com todos os outros eunucos que governam alhures, e sabemos que existem outros muitíssimo poderosos até no longínquo Ocidente, para não falar de muitos outros reinos da Índia e da África. Bastaria que, a partir de um centro poderosíssimo, nos pudéssemos associar numa secreta aliança com os nossos confrades de todas as terras, e constituiríamos o mais vasto de todos os impérios. Um império que ninguém poderia conquistar ou destruir, porque não seria feito de exércitos e territórios, mas de uma teia de aranha de acordos recíprocos. Seríeis o símbolo e a garantia de nosso poder."

No dia seguinte, Praxeas viu Baudolino e confidenciou-lhe que tinha a impressão de ter dito, na noite anterior, coisas más e absurdas, nas quais nunca havia pensado. Pediu perdão, implorando que esquecessem as suas palavras. Deixara-o, repetindo-lhe: "Eu vos peço, lembrai-vos de esquecê-las."

"Padre ou não", comentou naquele mesmo dia o Poeta, "Praxeas está oferecendo para nós um reino."

"Estás louco", disse-lhe Baudolino, "temos uma missão, e juramos a Frederico."

"Frederico está morto", respondeu secamente o Poeta.

COM A PERMISSÃO dos eunucos, Baudolino ia frequentemente visitar o Diácono. Haviam se tornado amigos; Baudolino lhe contava sobre a destruição de Milão, a fundação de Alexandria, como se escalam as muralhas ou o que é preciso fazer para incendiar as calandras e os bate-estacas dos sitiantes. Ouvindo tais histórias, Baudolino diria que os olhos do jovem Diácono brilhavam, mesmo que seu rosto continuasse velado.

Depois, Baudolino perguntou ao Diácono a respeito das controvérsias teológicas que se espalhavam pela sua província, e pareceu-lhe que o Diácono, ao responder, sorrisse com melancolia.

"O reino do Preste João", disse, "é muito antigo e nele encontram abrigo todas as seitas, que no correr dos séculos foram excluídas do mundo dos cristãos do Ocidente." E ficava claro que, também para ele, Bizâncio, de que pouco sabia, era o Extremo Ocidente. "O Preste João não quisera tirar de nenhum desses exilados a própria fé, e a pregação de muitos seduziu as várias raças que habitam o reino. Mas, afinal, que importa saber como é realmente a Santíssima Trindade? Basta que essa gente siga os preceitos do Evangelho, e não irão ao Inferno somente porque pensam que o Espírito procede apenas do Pai. É gente boa, como terás observado, e aperta-me o coração saber que um dia todos talvez deverão morrer, servindo como baluarte para os hunos brancos. Observa, enquanto meu Pai estiver vivo, governarei um reino de moribundos. Mas talvez eu morra primeiro."

"O que estás dizendo, senhor? Pela voz e pela tua própria dignidade de padre hereditário, sei que não és velho."

O Diácono balançou a cabeça. Baudolino, então, para consolá-lo, tentou fazer com que risse, contando-lhe as suas e outras façanhas de estudante em Paris, mas percebeu que infundia no coração daquele homem desejos furiosos, e a raiva de não poder jamais tirá-los dali. Assim, Baudolino mostrava-se como era e como fora, esquecendo que era um dos Magos. Mas o Diácono também não reparava mais nisso, e dava a entender que jamais acreditou naqueles onze Magos, e repetia apenas a lição sugerida pelos eunucos.

Certo dia Baudolino, diante de seu evidente desconforto por se sentir excluído das felicidades que a juventude a todos consente, tentou dizer-lhe que podemos ter o coração cheio de amor mesmo por uma amada inatingível, e contou-lhe a respeito de sua paixão por uma dama nobilíssima e das cartas que lhe escrevera. O Diácono interrogava com voz excitada, e depois explodia num lamento de animal ferido:

"Tudo me é proibido, Baudolino, mesmo um amor apenas sonhado. Se soubesses como gostaria de cavalgar à frente de um exército, sentindo o cheiro de vento e de sangue. É mil vezes melhor morrer numa batalha, murmurando o nome da amada, do que ficar neste antro esperando... o quê? Talvez nada..."

"Mas", disse-lhe Baudolino, "estás destinado a tornarte chefe de um grande império – Deus conserve teu pai por muito tempo –, hás de sair um dia desta espelunca, e Pndapetzim será apenas a última e a mais perdida das tuas províncias."

"Um dia farei, um dia serei...", murmurou o Diácono. "Quem garante? Vês, Baudolino, meu sofrimento é profundo, Deus me perdoe por essa dúvida que me aflige, a de que o reino não exista. Quem me falou a respeito? Os eunucos, desde que eu era pequeno. De onde voltam os mensageiros que eles, eu disse eles, enviam para meu pai? Deles, dos eunucos. Esses mensageiros partiram realmente? Voltaram realmente? Acaso existiram? Sei tudo o que sei pelos eunucos. E se tudo, esta província, talvez todo o Universo, não fosse mais que o fruto de um complô dos eunucos, que se riem de mim, como do último núbio ou ciápode? E se não existissem tampouco os hunos brancos? De todos os homens exige-se uma fé profunda para acreditar no criador do céu e da terra e nos mistérios mais insondáveis de nossa santa religião, mesmo quando causam repugnância ao nosso intelecto. Mas a exigência de crer nesse Deus incompreensível é infinitamente menos exigente daquilo que se exige de mim, acreditar apenas nos eunucos."

"Não, senhor, não, meu amigo", consolava-o Baudolino, "o reino de teu pai existe, porque ouvi falar dele não pelos eunucos, mas por pessoas que acreditavam nele. A fé torna verdadeiras as coisas; os meus concidadãos acreditaram numa cidade nova a ponto de incutir medo a um grande imperador, e a cidade surgiu porque eles queriam acreditar nisso. O reino do Preste João é verdadeiro porque eu e meus companheiros consagramos dois terços de nossa vida a buscá-lo."

"Quem sabe", dizia o Diácono, "mas mesmo que exista, não o verei."

"Agora basta", disse-lhe um dia Baudolino. "Temes que o reino não exista e, enquanto esperas vê-lo, te consomes num tédio sem fim, que acabará por te matar. No fundo não deves nada aos eunucos ou ao Padre. Eles te escolheram, eras uma criança e não podias escolher. Queres uma vida de aventura e de glória? Parte, monta num de nossos cavalos, alcança as terras da Palestina onde cristãos valorosos combatem contra os mouros. Torna-te o herói que querias ser, os castelos da Terra Santa estão cheios de princesas que dariam a vida por um sorriso teu."

"Acaso já viste o meu sorriso?", perguntou-me então o Diácono. Com um só gesto, arrancou o véu do rosto e Baudolino viu uma máscara espectral, com os lábios róseos que descobriam as gengivas podres e os dentes cariados. A pele do rosto se enrugara e, em certos trechos, desaparecera, mostrando a carne, de um rosa repugnante. Os olhos brilhavam debaixo das pálpebras remelentas e corroídas. A testa era uma só chaga. Tinha cabelos longos, e uma barba rala bipartida cobria o que lhe restara do queixo. O Diácono tirou as luvas e surgiram mãos afiladas, maculadas por nódulos escuros.

"Essa é a lepra, Baudolino, a lepra que não perdoa reis nem outros poderosos da terra. Desde meus vinte anos, levo comigo esse segredo que meu povo ignora. Pedi aos eunucos para que enviassem mensagens a meu pai, para que soubesse que não chegarei a sucedê-lo e para que se apressasse a criar outro herdeiro – digam até que já morri, eu me esconderia em alguma colônia de meus iguais e ninguém saberia mais nada de mim. Mas os eunucos dizem que meu pai quer que eu permaneça. Não acredito nisso. Aos eunucos interessa um Diácono fraco, porque morrerei logo e eles continuarão a conservar o meu corpo embalsamado nesta caverna, governando em nome de meu cadáver. Talvez, após a morte do Padre, um deles tome meu lugar, e ninguém poderá dizer que não sou eu, porque aqui ninguém nunca viu o meu rosto, e no reino me viram apenas quando eu ainda bebia o leite de minha mãe. Eis por que, Baudolino, aceito a morte por tédio, de que estou entranhado até os ossos pela morte. Jamais serei cavaleiro, jamais serei amante. Tu também agora, e sem perceber, deste três passos para trás. E, se notaste, Praxeas, quando fala comigo, fica a pelo menos cinco passos para trás. Vê, os únicos que ousam estar junto de mim são esses dois eunucos velados, jovens como eu, flagelados pelo mesmo mal, e que podem tocar os objetos que eu toquei, sem perder nada com isso. Deixa que eu me cubra de novo, e talvez não me considerarás novamente indigno da tua compaixão, ou ao menos da tua amizade."

"EU BUSCAVA palavras de conforto, senhor Nicetas, mas não conseguia encontrá-las. Não dizia palavra. Depois disse-lhe que talvez, entre todos os cavaleiros que iam assaltar uma cidade, ele era o verdadeiro herói, que consumia a sua sorte em silêncio e dignidade. Agradeceu-me, e naquele mesmo dia pediu para que eu fosse embora. Mas eu já me afeiçoara àquele infeliz, e comecei a visitá-lo quotidianamente; contava-lhe minhas leituras de outrora, as discussões ouvidas na corte, e lhe descrevia os lugares que vi, de Ratisbona a Paris, de Veneza a Bizâncio, e depois Icônio e a Armênia, e os povos que havíamos encontrado em nossa viagem. Estava condenado a morrer sem jamais ter visto nada senão dos lóculos de Pndapetzim, e eu procurava fazê-lo viver por meio de minhas histórias. Quem sabe, até, cheguei a inventar, falei de cidades que jamais visitei, de batalhas em que jamais combati, de princesas que jamais possuí. Contava-lhe as maravilhas das terras onde o sol morre. Fiz com que usufruísse ocasos na Propôntide, reflexos de esmeralda na laguna veneziana, um vale na Hibérnia, onde sete igrejas brancas se espalham às margens de um lago silencioso, entre rebanhos de ovelhas igualmente brancas, contei como os Alpes Pirêneos estão sempre cobertos por uma delicada substância branca, que no verão se dissolve em majestosas cataratas e se perde por rios e riachos, ao longo de declives exuberantes de castanheiros, falei dos desertos de sal que se espraiam na costa da Apúlia, e o fiz estremecer, evocando mares nos quais jamais naveguei, onde saltavam peixes tão grandes quanto um vitelo, tão mansos que os homens podiam cavalgá-los, narrei as viagens de São Brandão às Ilhas Afortunadas e como um dia, acreditando ter aproado numa terra no meio do mar, descera no dorso de uma baleia, que é um peixe tão grande quanto uma montanha, capaz de engolir um navio inteiro, mas tive de explicar-lhe o que eram navios, peixes de madeira, que sulcavam as águas movendo asas brancas, listei-lhe os animais prodigiosos de minhas terras, o cervo, que tem dois grandes chifres em forma de cruz, a cegonha, que voa de terra em terra, e cuida dos próprios pais senis, carregando-os às costas pelo céu, a joaninha, que se parece com um pequeno cogumelo, vermelha e pontilhada de manchas lácteas, a lagartixa, que é como um crocodilo, mas tão pequena que passa por baixo das portas, o cuco, que põe seus ovos nos ninhos dos outros pássaros, a coruja, de olhos redondos que parecem duas lâmpadas em plena noite, e vive tomando o azeite das candeias nas igrejas, o ouriço, animal coberto de aguilhões, que chupa o leite das vacas, a ostra, cofre vivo, que produz às vezes uma beleza morta, mas de inestimável valor, o rouxinol, que passa a noite cantando e vive em adoração da rosa, a lagosta, monstro lorigado de um vermelho chamejante, que anda para trás para fugir à caça de quem é ávido de suas carnes, a enguia, assustadora serpente aquática de sabor suculento e refinado, a gaivota, que sobrevoa as águas como se fosse um anjo do Senhor, mas que emite gritos estrídulos como um demônio, o melro, pássaro negro de bico amarelo que fala como nós, sicofanta que conta o que lhe confiou seu dono, o cisne, que sulca, majestoso, as águas de um lago e canta ao morrer, uma doce melodia, a doninha, sinuosa como uma menina, o falcão, que voa a pique sobre a sua presa e a leva até o cavaleiro que o criou. Imaginei o esplendor de joias que ele nunca viu – nem eu –, as manchas purpúreas e lácteas da murra, os veios violáceos e brancos de algumas pedras egípcias, a brancura do oricalco, a transparência do cristal, o fulgor do diamante, depois celebrei o esplendor do ouro, metal delicado que se pode plasmar em folhas finas, o chiado de lâminas incandescentes, quando são imersas dentro d'água para serem temperadas, que inimagináveis relicários se pode ver nos tesouros das grandes abadias, como são altas e pontudas as torres de nossas igrejas, como são altas e retas as colunas do Hipódromo de Constantinopla, que livros leem os judeus, cobertos de sinais que parecem insetos, e que sons produzem quando os leem, como um grande rei cristão recebera de um califa um galo de ferro, que cantava apenas quando o sol nascia, a esfera que roda, arrotando vapor, como queimam os espelhos de Arquimedes, como é assustador ver de noite um moinho de vento, e depois contei-lhe sobre o Greal, dos cavaleiros que ainda estavam a procurá-lo na Bretanha, e de nós que o devolveríamos a seu pai tão logo tivéssemos encontrado o infame Zósimo. Vendo que esses esplendores o fascinavam, mas que a sua inacessibilidade o entristecia, pensei que seria bom, para convencê-lo de que o seu não era o pior tormento, contar-lhe do suplício de Andrônico com tantas minúcias que superavam de longe o que se lhe fizera, dos massacres de Crema, dos prisioneiros com a mão, a orelha e o nariz cortados, fiz brilhar diante de seus olhos doenças inenarráveis, diante das quais a lepra era um mal menor, descrevia-lhe como horrivelmente horríveis a escrófula, a erisipela, a dança de São Vito, o fogo de Santo Antônio, a mordida da tarântula, a sarna, que faz a coçar toda a pele, a ação pestilenta da áspide, o suplício de

Santa Ágata, de quem arrancaram os seios, o de Santa Luzia, de quem arrancaram os olhos, o de São Sebastião, trespassado de flechas, o de Santo Estêvão, com o crânio quebrado com pedras, o de São Lourenço, queimado na grelha, em fogo lento, e inventei outros santos e outras atrocidades, como Santo Ursicino, empalado do ânus até a boca, São Serapião esfolado, São Mopsuestio, amarrado com seus quatro membros a quatro cavalos furiosos, que depois foi esquartejado, São Dracôncio, obrigado a engolir pez fervente... Parecia que esses horrores lhe dessem algum alívio, mas depois eu temia ter exagerado, e passava a descrever-lhe as outras belezas do mundo, cujo pensamento era frequentemente o consolo do prisioneiro, a formosura das adolescentes parisienses, a graça indolente das prostitutas venezianas, o incomparável encarnado de uma imperatriz, o riso infantil de Colandrina, os olhos de uma princesa distante. Excitava-se, pedia que lhe contasse mais, perguntava como eram os cabelos de Melisenda, condessa de Trípoli, os lábios daquelas fúlgidas beldades que haviam encantado os cavaleiros de Brocelândia mais do que o Santo Greal, e ele se excitava; Deus me perdoe, mas acho que uma ou duas vezes deve ter tido uma ereção e deve ter provado o prazer de espalhar o próprio sêmen. E ainda tentava fazer-lhe entender como o Universo era rico de especiarias de perfumes extenuantes, e como não as tivesse comigo, eu tentava lembrar-me do nome daquelas que eu conhecera e do nome daquelas que eu conhecia apenas de nome, pensando que aqueles nomes o inebriassem como odores, e citava-lhe o malabrato, o benjoim, o incenso, o nardo, o lício, a sandáraca, o cinamomo, o sândalo, o açafrão, o gengibre, o cardamomo, a canafístula, a zedoária, o louro, a manjerona, o coentro, o aneto, o estragão, o cravo-da-índia, o sésamo, a papoula, a noz-moscada, a erva-cidreira, o cúrcuma e o cominho. O Diácono ouvia, na iminência de um desmaio, tocava-se o rosto como se seu pobre nariz não pudesse suportar todas aquelas fragrâncias, perguntava, chorando, o que lhe haviam dado de comer até então aqueles malditos eunucos com o pretexto de que estava doente, leite de cabra e pão umedecido no *burq*, que afirmavam ser bom para a lepra, e ele passava os dias atordoado, quase sempre dormindo e com o mesmo sabor na boca, dia após dia."

"Estavas apressando a sua morte, levando-o ao limite do frenesi e da consumação de todos os seus sentidos. E satisfazias o teu gosto pela fábula, estavas orgulhoso de tuas invenções."

"Talvez, mas pelo pouco que viveu ainda, eu o tornei feliz. Além disso, falo desses nossos colóquios como se tivessem acontecido todos num só dia, mas nesse meio-tempo acendeu-se também dentro de mim uma nova chama, e eu vivia num estado de exaltação contínua, que procurava transmitir-lhe, dando-lhe sob falsas aparências parte do meu bem. Eu encontrara Ipásia."

32
Baudolino vê uma dama com um unicórnio

"Primeiro houve a história do exército dos monstros, senhor Nicetas. O terror dos hunos brancos cresceu, e se tornou mais atormentador do que nunca, pois um ciápode, que fora até os extremos limites da província (aqueles seres amavam, às vezes, correr ao infinito, como se a sua vontade fosse dominada por aquele pé incansável), voltou dizendo que os viu: tinham o rosto amarelo, bigodes muito grandes e baixa estatura. Montavam cavalos tão pequenos como eles, mas velocíssimos, e pareciam formar com eles um só corpo. Viajavam por desertos e estepes levando apenas, além das armas, um cantil de couro para o leite e uma pequena panela de barro para cozinhar a comida que encontravam ao longo do caminho, mas podiam cavalgar por dias a fio sem comer ou beber. Haviam atacado a caravana de um califa, com escravos, odaliscas e camelos, que estava acampada com tendas suntuosas. Os guerreiros do califa avançavam contra os hunos, e eram belos e terríveis de se ver, homens gigantescos que irrompiam sobre seus camelos, armados com terríveis espadas curvas. Sob aquele ímpeto, os hunos fingiram recuar, levando atrás deles seus perseguidores, depois formaram um círculo, deram voltas ao redor dos inimigos e, lançando gritos ferozes, acabaram por exterminá-los. Invadiram o acampamento e decapitaram todos os sobreviventes – mulheres, servos, até as crianças –, deixando viva uma única testemunha do excídio. Incendiaram as tendas e retomaram a sua cavalgada sem sequer se importar com o saque, sinal de que destruíam apenas para que se espalhasse pelo mundo a fama de que por onde passavam nem a grama crescia, e no combate seguinte suas vítimas já ficariam paralisadas de medo. Talvez o ciápode estivesse falando depois de ter recuperado suas forças com o *burq*, mas quem poderia verificar se estava falando sobre coisas que vira ou se delirava? O medo serpejava Pndapetzim, sentia-se no ar, nos boatos que a gente espalhava de boca em boca, como se já pudessem ouvir os invasores. Nessa altura, o Poeta decidiu levar a sério as ofertas, embora travestidas pelos devaneios de um bêbado, de Praxeas. Dissera-lhe que os hunos brancos poderiam chegar de uma hora para a outra, e com que lhes enfrentariam? Com os núbios, é claro, combatentes prontos ao sacrifício, mas e depois? Fora os pigmeus, que sabiam manejar os arcos contra as gruas, os ciápodes combateriam de mãos limpas, os pôncios dariam assalto com o membro em riste, e os sem-língua seriam enviados como vanguarda para relatar depois o que viram? E, no entanto, daquele bando de monstros, explorando bem as possibilidades de cada um, podia-se formar um exército temível. E se havia alguém que sabia como fazê-lo, esse alguém era o Poeta."

"Pode-se aspirar à coroa imperial depois de ter sido um *condottiere* vitorioso. Ao menos foi isso que aconteceu várias vezes conosco em Bizâncio."

"Era esse sem dúvida o propósito de meu amigo. Os eunucos concordaram prontamente com isso. Acho que, enquanto estivessem em paz, o Poeta com seu exército não constituía perigo, e se houvesse uma guerra, poderia pelo menos retardar a entrada daqueles loucos na cidade, deixando-lhes mais tempo para passar as montanhas. E, depois, a constituição de um exército mantinha os súditos em estado de vigília obediente, que era afinal o que eles sempre quiseram."

BAUDOLINO, QUE não amava a guerra, pediu para ficar de fora. Não os outros. O Poeta considerava que os cinco alexandrinos eram bons capitães porque viveram o cerco de sua cidade, e do lado oposto, ou seja, aquele dos derrotados. Confiava também em Ardzrouni, que poderia talvez ensinar aos monstros a construir alguma máquina de guerra. Não desdenhava Solomon: um exército, dizia, deve ter consigo um homem entendido em medicina, porque não se faz uma omelete sem quebrar os ovos. Decidiu, por fim, que também Boron e Kyot, que considerava uns sonhadores, poderiam ter uma função dentro de seu plano, pois enquanto homens de letras, poderiam conservar os livros da tropa, cuidar dos víveres, revigorar os guerreiros.

Considerara atentamente a natureza e as virtudes das várias raças. Sobre o núbios e os pigmeus, nada a dizer, tratava-se apenas de estabelecer qual a sua posição numa eventual batalha. Os ciápodes, velozes como eram, podiam ser usados como esquadrões de assalto, contanto que pudessem aproximar-se do inimigo, deslizando rapidamente entre as ervas altas e a erva daninha, surgindo inesperadamente, sem que aqueles rostos amarelos com grandes bigodes tivessem tempo de perceber a sua presença. Bastava adestrá-los no uso da zarabatana, ou seia, da fístula, como sugerira Ardzrouni, fácil de se fazer, visto que a zona era abundante em canas. Talvez Solomon, com todas aquelas ervas do mercado, pudesse encontrar um veneno para embeber as flechas, e que não bancasse a mamãezinha, porque guerra é guerra. Solomon respondia que seu povo, nos tempos de Massada, dera trabalho aos romanos, porque os judeus não eram gente que recebia tapas sem dizer nada, como achavam os gentios.

Os gigantes poderiam ser bem empregados, não de longe, por causa daquele único olho que possuíam, mas num confronto direto, despontando das ervas talvez, logo após o ataque dos ciápodes. Altos como eram, iriam superar em muito os cavalos pequeninos dos hunos brancos, a ponto de podê-los frear com um soco no focinho, agarrá-los de mãos limpas pela crina, sacudi-los o suficiente para derrubar o cavaleiro da sela, e acabar com ele com um chute, pois quanto ao tamanho, o deles valia duas vezes mais o de um ciápode.

De mais incerta função, restavam os blêmios, os pôncios e os panotos. Ardzrouni sugeriu que estes últimos, com suas orelhas, poderiam ser empregados para planar no alto. Se os pássaros se mantêm no ar batendo as asas, por que não poderiam fazê-lo os panotos com suas orelhas, concordou Boron, e sorte a deles que não as abanariam no vazio. Assim, os panotos deviam ser reservados para o momento desafortunado, no qual os hunos brancos, superadas as primeiras defesas, já tivessem entrado na cidade. Os panotos haviam de esperá-los no alto de seus refúgios rupestres, cairiam sobre suas cabeças, e poderiam degolá-los, se fossem bem adestrados no uso de uma faca, até mesmo uma obsidiana. Os blêmios não podiam ser empregados como sentinelas, porque para ver precisariam emergir com o busto inteiro, e isso, em termos bélicos, seria um suicídio. Porém, oportunamente dispostos, como tropa de assalto, não seria nada mau, porque o huno branco (presume-se) estava acostumado a mirar na cabeça, e quando se tem pela frente um inimigo sem cabeça, tem-se pelo menos um segundo de perplexidade. É desse segundo que os blêmios deveriam usufruir, surgindo por baixo dos cavalos com machados de pedra.

Os pôncios eram o ponto fraco da arte militar do Poeta, pois como se pode mandar na frente seres com o pênis no ventre, se logo no primeiro embate lhe acertam os colhões e rolam no chão, invocando a mãe? Podiam ser usados porém como sentinelas, porque descobriu-se que aquele pênis era para eles como que a antena de certos insetos, que à menor variação do vento e da temperatura ficava de pé e começava a vibrar. E assim podiam desempenhar a função de informantes, mandados na vanguarda, e ademais, se os tivessem matado primeiro, dizia o Poeta, guerra é guerra e não há lugar para a piedade cristã.

A princípio pensou-se em deixar de molho os sem-língua, porque, indisciplinados como eram, poderiam dar mais problemas a um *condottiere* do que o inimigo. Resolveu-se depois que, devidamente açoitados, podiam trabalhar na retaguarda, ajudando os mais jovens dentre os eunucos, que, com Solomon, se ocupariam dos feridos, e manteriam calmas as mulheres e as crianças de todas as raças, cuidando para que não colocassem a cabeça para fora de seus buracos.

No primeiro encontro, Gavagai recordou os sátiros-que-não-se-veem-nunca, e o Poeta imaginou que poderiam dar chifradas, e saltar como cabras com seus cascos bifurcados, mas toda pergunta sobre esse povo recebia apenas respostas evasivas. Eles moravam nas montanhas, além do lago (qual?), e na verdade ninguém chegou a vê-los. Formalmente submetidos ao Preste João, viviam por conta própria, sem manter nenhuma relação com os outros, e depois era como se não existissem. Paciência, dizia o Poeta, além do mais, poderiam ter os chifres recurvados, com a ponta virada para dentro ou para fora, e para lutar deveriam ficar de barriga para cima ou de quatro e, sejamos sinceros, não podemos fazer guerra com as cabras.

"A guerra se faz também com as cabras", disse Ardzrouni. Falou de um grande *condottiere* que amarrara alguns archotes nos chifres das cabras, e que depois as mandara, de noite, aos milhares pela planície por onde vinham os inimigos, fazendo com que acreditassem que os defensores dispunham de uma imensa armada. Tendo à disposição cabras com seis chifres, o efeito teria sido imponente. "Isso se os inimigos chegarem de noite", comentou cético o Poeta. Seja como for, não se sabe ao certo se Ardzrouni conseguiria arranjar tantas cabras e tantos archotes.

Com base nesses princípios, desconhecidos por Vegécio e Frontino, começaram os treinamentos. A planície estava povoada de ciápodes, que se exercitavam em soprar suas novíssimas fístulas, com Porcelli, que dizia blasfêmias todas as vezes que erravam o alvo, e ainda bem que se limitava a dizer Cristo isso e Cristo aquilo, e para aqueles heréticos, dizer em vão o nome de alguém que era apenas filho adotivo não era pecado. Colandrino preocupava-se em ensinar os panotos a voar, coisa que jamais haviam feito, mas parecia que Deus Nosso Senhor os tivesse criado só para isso. Era difícil circular pelas estradas de Pndapetzim porque, quando menos se esperava, caía na cabeça um panoto, mas todos aceitaram a ideia de que estavam se preparando para uma guerra e ninguém se queixava. Os mais felizes de todos eram os panotos, tão espantados por descobrirem suas inauditas virtudes, que até as mulheres e as crianças queriam participar da empresa, e o Poeta consentiu de bom grado.

Scaccabarozzi exercitava os gigantes na captura do cavalo, mas os únicos cavalos do lugar eram aqueles dos Magos, e depois de dois ou três exercícios corriam o risco de entregar a alma a Deus, decidindo remediar a coisa com os asnos. O que aliás era melhor, porque os asnos davam coices zurrando, era mais difícil de pegá-los pela cerviz do que um cavalo a galope, e os gigantes agora já se haviam transformado em mestres daquela arte. Deviam, porém, aprender também a correr agachados por entre as ervas, para não se deixarem ver logo pelos inimigos, e muitos deles se queixavam porque após cada exercício sentiam dores nos rins.

Boidi fazia com que os pigmeus se exercitassem, porque um huno branco não é uma grua, e era preciso mirar bem no meio dos olhos. O Poeta doutrinava diretamente os núbios, que não esperavam senão morrer na batalha; Solomon buscava poções venenosas e a toda hora experimentava embeber nelas a ponta de um aguilhão, mas uma vez conseguiu fazer dormir um coelho por alguns minutos, e outra vez levou uma galinha a voar. Não importa, dizia o Poeta, um huno branco que dorme no tempo de um Benedicte, ou que se põe a agitar os braços, é já um huno morto, vamos em frente.

Cuttica consumia-se com os blêmios ensinando-lhes a rastejar debaixo de um cavalo e fender-lhe o ventre com uma machadada, mas tentar demonstrar isso com os burros era outra coisa. Quanto aos pôncios, visto que faziam parte dos serviços e dos víveres, deles cuidavam Boron e Kyot.

BAUDOLINO INFORMOU o Diácono do que estava acontecendo, e o jovem parecia renascido. Mandou que o levassem, com a permissão do eunucos, aos socalcos externos, e do alto observou os destacamentos que se exercitavam. Disse que queria aprender a montar a cavalo, para guiar os seus súditos, mas teve um desmaio, talvez pela forte emoção, e os eunucos reconduziram-no ao trono para definhar de novo.

Foi naqueles dias que, um pouco por curiosidade e um pouco por tédio, Baudolino perguntou a si mesmo onde podiam viver os sátiros-que-não-se-veem-nunca. Perguntou a todos, e interrogou até um dos pôncios, cuja língua jamais conseguira decifrar. Aquele respondeu: "*Prug frest frinss sorgdmand strochdt drhds pag brlelang gravot chavygny rusth pkalhdrcg*", e não era muito. Nem sequer Gavagai disse algo de concreto. Lá, disse, e apontou para uma série de colinas azuladas a ocidente, e atrás destas se elevavam ao longe as montanhas, mas ninguém nunca tinha ido até lá, porque os sátiros não gostam de intrusos.

"O que pensam os sátiros?", perguntou Baudolino, e Gavagai respondeu que pensavam pior do que todos, porque consideravam que o pecado original jamais existiu. Os homens não se tornaram mortais em consequência daquele pecado, eles seriam da mesma forma, ainda que Adão jamais tivesse comido a maçã. Portanto, não é necessária a redenção, e cada um pode salvar-se com a própria boa vontade. Toda a história de Jesus valeu apenas para dar-nos um bom exemplo de vida virtuosa, e nada mais. "Quase como os heréticos de Mahumeth, que diz que Jesus é apenas profeta."

Ao ser perguntado sobre o motivo pelo qual ninguém jamais fora ter com os sátiros, Gavagai respondeu que aos pés das colinas dos sátiros havia um bosque com um lago, e que todos estavam proibidos de frequentá-los, porque lá morava uma raça de mulheres más, todas pagãs. Os eunucos diziam que um bom cristão não vai até lá, porque poderia incorrer em algum malefício, e, portanto, ninguém ia. Mas Gavagai, dissimulado, descrevia tão bem o caminho para se chegar até lá que levava a pensar que ele, ou algum outro ciápode, em suas corridas por toda a parte, tivesse metido o nariz também por lá.

Era o que bastava para excitar a curiosidade de Baudolino. Esperou que ninguém mais se importasse com ele, montou a cavalo, e em menos de duas horas atravessou um grande matagal e chegou aos confins do bosque. Amarrou o cavalo a uma árvore e entrou naquela verdura, fresca e perfumada. Tropeçando nas raízes que afloravam a cada passo, esbarrando em cogumelos enormes e multicoloridos, chegou finalmente à margem de um lago, além do qual subiam os declives das colinas dos sátiros. Era aproximadamente a hora do pôr do sol, as águas do lago, claríssimas, começavam a escurecer, refletindo a sombra alongada dos muitos ciprestes que o margeavam. Reinava um altíssimo silêncio, que não era sequer interrompido pelo canto dos pássaros.

ENQUANTO BAUDOLINO meditava às margens daquele espelho-d'água, viu sair do bosque um animal que jamais vira em toda a sua vida, mas que reconhecia muito bem. Parecia um jovem cavalo, todo branco, e seus movimentos eram delicados e flexíveis. No focinho bem formado, exatamente na testa, possuía um chifre, branco também, espiralado, que terminava pontiagudo. Era o licorne ou, como dizia Baudolino desde pequeno, o leãocorno, ou seja, o unicórnio, o monóceros de suas fantasias infantis. Admirava-o, prendendo a respiração, quando por trás dele saiu do meio das árvores uma figura feminina.

Armada com uma lança, envolta numa longa veste que lhe desenhava com graça pequenos seios pontudos, a criatura caminhava com passos de camelopárdale indolente, e a sua veste roçava a grama que adornava as margens do lago como se estivesse flutuando sobre a terra. Possuía longos e delicados cabelos louros, que lhe chegavam até as ancas, e o perfil puríssimo, como se fora modelado numa joia de marfim. A pele era levemente rosada, e aquele rosto angélico se voltava para o lago, em atitude de muda oração. O unicórnio pateava docemente à sua volta, levantando às vezes o focinho com as pequenas ventas que se agitavam para receber uma carícia.

Baudolino olhava extasiado.

"DEVES ESTAR pensando, senhor Nicetas, que desde o início da viagem eu não vira mais uma mulher digna deste nome. Não me entendas mal: não era desejo aquilo que tomava conta de mim, mas um sentido de serena adoração, não apenas diante dela, mas diante do animal, e do lago tranquilo, e dos montes, à luz daquele dia que declinava. Eu me sentia como num templo."

Baudolino procurava com palavras descrever a sua visão – coisa que certamente não se pode fazer.

"Vê, existem momentos nos quais a própria perfeição se revela por meio de uma das mãos ou de um rosto, em algum matiz nas encostas de uma colina ou no mar, momentos nos quais teu coração se paralisa diante do milagre da beleza... Aquela criatura parecia-me naquele momento um soberbo pássaro aquático, ora um airão, ora um cisne. Disse que seus cabelos eram louros, mas não, ao mover levemente a cabeça ganhavam às vezes reflexos azulados, às vezes pareciam cobertos por um fogo suave. Notava-lhe de perfil o seio, suave e delicado como o peito de uma pomba. Eu me tornara um puro olhar. Via algo antigo, porque senti que não via uma coisa bela, mas a própria beleza, como sagrado pensamento de Deus. Eu descobria que a perfeição, tendo-a visto apenas uma, e única vez, era algo leve e gracioso. Eu observava aquela figura de longe, mas sentia que não pegara naquela imagem, como acontece quando se tem idade avançada, e parece que percebes sinais claros num pergaminho, mas sabes que tão logo te aproximes eles se tornarão confusos, e que jamais poderás ler o segredo que aquela página prometia – ou como nos sonhos, quando aparece diante de ti algo que desejarias, estendes a mão, moves os dedos no vazio, e não pegas nada."

"Eu te invejo por aquele encanto."

"Para não quebrá-lo, eu me transformara numa estátua."

33
Baudolino encontra Ipásia

O encanto todavia terminara. Como uma criatura do bosque, a jovem percebeu a presença de Baudolino e se voltou para ele. Não teve um instante de medo, apenas um olhar de espanto.

Disse em grego: "Quem és?" E, como não lhe respondesse, ela se aproximou de forma ousada, examinando-o de perto, sem pudor e sem malícia, e seus olhos também eram como seus cabelos, de uma coloração variável. O unicórnio pôs-se a seu lado, de cabeça inclinada, como se apontasse a sua belíssima arma em defesa de sua senhora.

"Não és de Pndapetzim", disse ela ainda, "não és um eunuco nem um monstro, és... um homem!" Dava a entender que reconhecia um homem assim como ele reconhecera o unicórnio, por ter ouvido falar tantas vezes, sem jamais ter visto algum deles. "Tu és belo, é belo um homem, posso tocar-te?" Estendeu a mão e com seus dedos finos acariciou-lhe a barba, e roçou a cicatriz do rosto, como aquele dia com Beatriz. "Esta era uma ferida, és um daqueles homens que fazem guerra? E o que é isso?"

"Uma espada", respondeu Baudolino, "mas eu a uso para me defender dos animais, não sou um homem que faz a guerra. Chamo-me Baudolino, e venho das terras onde o sol se põe, lá", e fez um sinal impreciso. Percebeu que a mão lhe tremia. "Quem és?"

"Sou uma ipásia", disse ela, com o tom de quem se diverte ao ouvir uma pergunta tão ingênua, e riu, tornando-se ainda mais bela. Depois, lembrando que quem falava era um estrangeiro, disse: "Neste bosque, além daquelas árvores, vivemos somente nós, as ipásias. Não tens medo de mim, como aqueles de Pndapetzim?" Dessa vez foi Baudolino quem sorriu: era ela que temia que ele tivesse medo.

"Costumas vir sempre ao lago?", perguntou.

"Nem sempre", respondeu a ipásia, "nossa Mãe não quer que nos afastemos sozinhas do bosque. Mas o lago é tão belo, e Acácio me protege", e indicou o unicórnio. Depois acrescentou, com olhar preocupado: "É tarde. Não devo ficar longe por tanto tempo. Eu não deveria sequer encontrar as gentes de Pndapetzim, se vierem até aqui. Mas tu não és um deles, és um homem, e ninguém jamais me disse para ficar longe dos homens."

"Voltarei amanhã", ousou Baudolino, "mas quando o sol estiver alto no céu. Estarás aqui?"

"Não sei", disse a ipásia perturbada, "talvez." E desapareceu rapidamente entre as árvores.

NAQUELA NOITE Baudolino não dormiu, tanto – dizia – já sonhara, o suficiente para recordar aquele sonho pelo resto da vida. Porém, no dia seguinte, em pleno meio-dia, tomou o cavalo e voltou ao lago.

Esperou até a noite, sem ver ninguém. Desconsolado, voltou para casa, e nos confins da cidade deparou-se com um grupo de ciápodes, que se exercitava com a fístula. Viu Gavagai, que lhe disse:

"Tu olha!" Voltou a cana para o alto, arremessou o dardo e transpassou um pássaro, que caiu não muito longe. "Eu grande guerreiro", disse Gavagai, "se chega huno branco eu transpassa ele!" Baudolino disse-lhe muito bem, e foi logo dormir. Naquela noite sonhou com o encontro do dia anterior e de manhã disse que apenas um sonho não bastava para toda uma vida.

VOLTOU AO LAGO. Ficou sentado junto d'água, ouvindo o canto dos pássaros, que celebravam a manhã, depois as cigarras na hora em que assola o demônio do meio-dia. Mas não estava quente, as árvores espalhavam um delicioso frescor, e não foi penoso esperar algumas horas. Depois ela reapareceu.

Sentou-se perto dele e disse-lhe que voltara porque queria saber mais sobre os homens. Baudolino não sabia por onde começar, e descreveu o lugar onde nascera, as aventuras na corte de Frederico, o que eram os impérios e os reinos, como se caçava com o falcão, o que era e como se construía uma cidade, as mesmas coisas que contara para o Diácono, evitando, contudo, histórias vulgares e licenciosas, e observou, enquanto falava, que dos homens podia se dar até um retrato afetuoso. Ela o ouvia, e os olhos se tingiam de reflexos diversos, segundo a sua emoção.

"Falas tão bem. Todos os homens contam histórias tão belas como as tuas?" Não, admitiu Baudolino, talvez ele contasse mais e melhor do que os seus congêneres, mas no meio deles havia também poetas, que sabiam narrar melhor ainda. E pôs-se a cantar uma das canções de Abdul. Ela não compreendia as palavras provençais, mas, tal como os abcásios, foi enfeitiçada pela melodia. Seus olhos estavam agora cobertos de orvalho.

"Dize-me", perguntou ruborizando um pouco, "mas junto aos homens, existem ainda... suas mulheres?" Disse como se tivesse percebido que aquilo que Baudolino cantava dirigia-se a uma mulher. Claro que sim, respondeu-lhe Baudolino, assim como os ciápodes se unem com as ciápodas, assim também os homens se unem às mulheres, do contrário não poderiam gerar filhos, e é assim, acrescentou, em todo o Universo.

"Não é verdade", disse a ipásia, rindo, "as ipásias são apenas ipásias e não existem, como posso dizer, os... ipásios!" E riu ainda, divertida com aquela ideia. Baudolino perguntou-se o que era preciso fazer para ouvi-la rir mais, porque o seu riso era o som mais suave que jamais ouvira. Foi tentado a perguntar-lhe como nasciam as ipásias se não existiam os ipásios, mas temeu ofuscar-lhe a inocência. Porém, naquela hora, sentiu-se encorajado a perguntar quem eram as ipásias.

"Oh", disse ela, "é uma longa história, e não sei contar as histórias como tu. Deves saber que há mil e tantos anos, numa cidade rica e distante, vivia uma mulher virtuosa e sábia chamada Ipásia. Ela dirigia uma escola de filosofia, que é o amor pela sabedoria. Mas naquela cidade viviam também homens maus, que se chamavam cristãos, não temiam os deuses, tinham ódio à filosofia e principalmente não suportavam o fato de que uma mulher conhecesse a verdade. Num certo dia, eles prenderam Ipásia e a fizeram morrer em atrozes tormentos. Ora, algumas entre as mais jovens de suas discípulas foram poupadas, talvez porque consideraram-nas meninas ignorantes que estavam junto dela apenas para servi-la. Fugiram, mas os cristãos já estavam por toda a parte, e elas tiveram de viajar muito, antes de chegar a este lugar de paz. Aqui tentaram manter vivo aquilo que aprenderam com sua mestra, mas ouviam-na falar quando eram muito jovens, não eram sábias como ela, e não lembravam bem todos os seus ensinamentos. Diziam-se então que viveriam, num círculo, isoladas do mundo, para redescobrir aquilo que realmente dissera Ipásia. Mesmo porque Deus deixou sombras de verdade nas profundezas dos corações de cada um de nós, e trata-se apenas de fazê-las reaflorar e resplandecer à luz da sabedoria, assim como se liberta a polpa de um fruto da sua casca."

Deus, ou deuses, se não eram o Deus dos cristãos, eram forçosamente falsos e mentirosos... Mas o que está me dizendo esta ipásia?, perguntou-se Baudolino. Porém pouco importava, bastava ouvi-la falar e já estava pronto para morrer pela sua verdade.

"Conta-me pelo menos uma coisa", interrompeu. "Vós sois ipásias, em honra àquela Ipásia, isso eu entendi. Mas como te chamas?"

"Ipásia."

"Não, quero dizer tu, enquanto tu mesma, diferente de outra ipásia... Quero dizer, como te chamam as tuas companheiras?"

"Ipásia."

"Mas hoje à noite voltarás para o lugar onde vives, e encontrarás uma ipásia antes das outras. Como irás cumprimentá-la?"

"Desejando-lhe boa-noite. É assim que fazemos."

"Sim, mas se eu voltar para Pndapetzim e vir, digamos, um eunuco, ele me dirá boa noite, Baudolino. Tu dirás: boa noite ou... o quê?"

"Se quiseres, direi: boa noite, Ipásia."

"Chamais umas às outras de Ipásia?"

"É natural, todas as ipásias se chamam Ipásia, nenhuma é diferente das outras, pois do contrário não seria uma ipásia."

"Mas se uma Ipásia qualquer te procurar, precisamente agora que não estás lá, e perguntar para outra ipásia se viu aquela ipásia que saiu para passear com um unicórnio que se chama Acácio, como dirá?"

"Como disseste, procuro a ipásia que saiu com o unicórnio, que se chama Acácio."

Se Gavagai tivesse respondido assim, Baudolino sentiria a tentação de dar-lhe alguns tapas. Com Ipásia não,

Baudolino pensava como devia ser maravilhoso o lugar onde todas as ipásias se chamavam Ipásia.

"PRECISEI DE ALGUNS dias, senhor Nicetas, para compreender quem eram realmente as ipásias..."

"Porque imagino que vos encontrastes outras vezes."

"Todos os dias, ou quase. O fato de que eu não pudesse mais deixar de vê-la e de ouvi-la, não deveria surpreender, mas me surpreendia, e me dava um orgulho imenso perceber que ela também estava feliz de me ver e ouvir. Eu, eu... voltava a ser como um menino que procura o seio, e quando a mãe está ausente, chora porque tem medo de que ela não volte mais."

"O mesmo acontece com os cães e seus donos. Mas essa história das ipásias deixou-me curioso. Porque deves saber talvez, ou não sabes, que Ipásia viveu realmente, mesmo que a menos de mil e tantos anos, mas há quase oito séculos, viveu em Alexandria do Egito, quando o império era governado por Teodósio e Arcádio. Era realmente, como se dizia, uma mulher de grande saber, versada em filosofia, matemática e astronomia, e os próprios homens ficavam suspensos com as suas palavras. Enquanto a nossa santa religião já triunfava em todos os territórios do império, havia ainda alguns obstinados que procuravam manter vivo o pensamento dos filósofos pagãos, como o divino Platão, e não nego que fizessem bem, transmitindo também a nós cristãos aquele seu saber, que de outra forma estaria perdido. E, todavia, um dos maiores cristãos de seu tempo, e que depois se tornou um santo da igreja, Cirilo, homem de grande fé, mas também de grande intransigência, via o ensinamento de Ipásia como contrário aos Evangelhos, e desencadeou contra ela uma multidão de cristãos ignorantes e ferozes, que não sabiam o que ela pregava, mas já a consideravam, segundo o testemunho de Cirilo e de outros, mentirosa e dissoluta. Foi talvez caluniada, embora seja também verdade que mulheres não deveriam interferir em questões divinas. Em suma, arrastaram-na para um templo, despiram-na, mataram-na e despedaçaram o seu corpo, usando cacos cortantes de vasos quebrados, depois jogaram na fogueira seu cadáver... Surgiram muitas lendas a seu respeito. Dizem que era belíssima, mas que se consagrou à virgindade. Que uma vez um de seus jovens discípulos se apaixonou loucamente por ela, e ela mostrou-lhe um pano com o sangue de sua menstruação, dizendo-lhe que era somente aquilo o seu objeto, não a beleza como tal... Na realidade, ninguém jamais soube com certeza o que ela ensinava. Perderam-se todos os seus escritos, quem ouviu o que ela falou já estava morto, ou buscara esquecer o que ouvira. Tudo o que dela sabemos chegou até nós pelos santos padres que a condenaram e, honestamente, como escritor de crônicas e Histórias, costumo não dar muita fé às palavras que um inimigo põe na boca de seu inimigo."

TIVERAM OUTROS encontros e vários colóquios. Ipásia falava, e Baudolino gostaria que a sua doutrina fosse amplíssima e infinita, para não deixar de estar suspenso pelas suas palavras. Respondia a todas as perguntas de Baudolino, com intrépido candor, sem jamais enrubescer: nada para ela era tema de sórdida proibição, tudo era transparente.

Baudolino, enfim, arriscou-se a perguntar-lhe como as ipásias, havia séculos, se perpetuavam. Ela respondeu que todos os anos a Mãe escolhia algumas dentre elas que deveriam procriar, e as acompanhava até os fecundadores. Ipásia fora reticente a respeito, naturalmente jamais os vira, tampouco vira as ipásias consagradas ao rito. Eram levadas a um lugar, de noite; bebiam uma poção que as inebriava e as aturdia, eram fecundadas, e depois voltavam para a sua comunidade, e aquelas que ficavam grávidas eram cuidadas pelas companheiras até o parto: se o fruto de suas entranhas fosse macho, era devolvido aos fecundadores, que o educariam para ser como eles, se fosse fêmea ficava na comunidade e crescia como uma ipásia.

"A união carnal", disse Ipásia, "tal como fazem os animais, que não possuem uma alma, é apenas um modo de multiplicar o erro da criação. As ipásias que são enviadas para os fecundadores aceitam essa humilhação somente porque devemos continuar existindo, para redimir o mundo daquele erro. Quem de nós sofreu a fecundação não lembra nada daquele ato que, se não tivesse sido realizado, como se fora um sacrifício, teria alterado a nossa apatia..."

"O que é a apatia?"

"Aquilo em que cada ipásia vive e se sente feliz por viver."

"Por que o erro da criação?"

"Mas Baudolino", dizia ela rindo com cândida surpresa, "achas que o mundo é perfeito? Olha para esta flor, olha para a delicadeza do caule, olha para esta espécie de olho poroso que triunfa ao centro, olha como suas pétalas são todas iguais, e um pouco arqueadas para colher o orvalho pela manhã como numa concha, olha a felicidade com a qual se oferece a este inseto que está sugando sua seiva... Não é lindo?"

"É lindo, realmente. Mas, justo por isso, não é bom que seja lindo? Não é esse o milagre divino?"

"Baudolino, amanhã de manhã esta flor estará morta, e daqui a dois dias será apenas putrefação. Vem comigo." Levou-o para o mato, mostrando-lhe um cogumelo de cúpula vermelha listrado de chamas amarelas.

"É lindo?", disse.

"É lindo."

"É venenoso. Quem comer, morrerá. Pode parecer perfeita uma criação na qual a morte está à espreita? Sabes que morrerei também, um dia, e que também serei putrefação, se não me consagrasse à redenção de Deus?"

"A redenção de Deus? Explica-me..."

"Acaso não serás também um cristão, Baudolino, como os monstros de Pndapetzim? Os cristãos que mataram Ipásia acreditavam numa divindade cruel que criara o mundo, e com ele a morte, o sofrimento e, pior do que o sofrimento físico, o mal da alma. Os seres criados são capazes de odiar, de matar, de fazer sofrer os próprios semelhantes. Não acreditarás que um Deus justo tenha destinado seus filhos a essa miséria..."

"Mas os homens injustos fazem essas coisas, e Deus os castiga, salvando os bons."

"Mas então por que esse Deus nos criou, para depois expor-nos ao risco da perdição?"

"Mas porque o bem supremo é a liberdade de se fazer o bem ou o mal e, para dar a seus filhos semelhante bem, Deus deve aceitar que alguns façam mau uso dele."

"Por que dizes que a liberdade é um bem?"

"Porque se a subtraem de ti, se te acorrentam, se não te deixam fazer o que desejas, sofres, e então a falta da liberdade é um mal."

"Acaso podes girar tua cabeça de modo que vejas o que está atrás de ti, mas girá-la de verdade, a ponto de poderes ver as tuas costas? Podes entrar naquele lago e permanecer lá embaixo até à noite, mas digo ali embaixo, sem nunca pôr a cabeça para fora?", falava e ria.

"Não, porque se tentasse girar completamente a cabeça eu quebraria o pescoço e se ficasse debaixo d'água a água me impediria de respirar. Deus criou-me com esses limites para impedir que eu causasse mal a mim mesma."

"Mas dizes que tirou algumas liberdades para o teu bem, não é verdade?"

"Ele as tirou para que eu não sofra."

"Então por que te deu a liberdade de escolher entre o bem e o mal, de modo que corres o risco depois de sofrer os castigos eternos?"

"Deus nos deu a liberdade pensando que a usaríamos bem. Mas houve a rebelião dos anjos, que introduziu o mal no mundo, e foi a serpente que tentou Eva, razão pela qual sofremos todos o pecado original. Não é culpa de Deus."

"E quem criou os anjos e a serpente?"

"Deus, certamente, mas antes que se rebelassem eram bons como ele os fizera."

"Então o mal não foi criado por eles?"

"Não, eles o cometeram, mas existia antes, como possibilidade de rebelar-se contra Deus."

"Portanto, o mal foi criado por Deus?"

"Ipásia, és inteligente, sensível, perspicaz, e sabes conduzir uma *disputatio* muito melhor do que eu, que estudei em Paris, mas não me digas estas coisas do bom Deus. Ele não pode querer o mal!"

"Claro que não, um Deus que quer o mal seria o contrário de Deus."

"E então?"

"E então, Deus encontrou o mal a seu lado, sem o desejar, como a parte obscura de si mesmo."

"Mas Deus é o ser perfeitíssimo!"

"Certo, Baudolino, Deus é o que de mais perfeito pode existir, mas se soubesses o trabalho que dá para ser perfeito! Agora, Baudolino, vou te dizer quem é Deus, ou seja, o que ele não é."

Não tinha realmente medo de nada.

Disse: "Deus é o Único, e totalmente perfeito que não se parece com nenhuma das coisas que existem e com nenhuma das coisas que não existem; não o podes descrever usando a tua inteligência humana, como se fosse alguém que se deixa levar pela ira, se és mau, ou que se ocupa de ti por bondade, alguém que tenha boca, orelhas, rosto, asas, ou que seja espírito, pai ou filho, nem mesmo de si próprio. Do Único não podes dizer que existe ou que não existe, tudo abrange mas não é nada; podes nomeá-lo apenas por meio da dessemelhança, porque é inútil chamá-lo Bondade, Beleza, Sabedoria, Amabilidade, Potência, Justiça, seria o mesmo que chamá-lo Urso, Pantera, Serpente, Dragão ou Grifo, pois, não importa o que disseres, nunca poderás exprimi-lo. Deus não é corpo, figura, ou forma, não tem quantidade, qualidade, peso ou leveza, não vê, não ouve, não conhece desordem e perturbação, não é alma, inteligência, imaginação, opinião, pensamento, palavra, número, ordem, grandeza, não é igualdade nem desigualdade, não é tempo nem eternidade, é uma vontade sem objetivo; procura entender, Baudolino, Deus é uma lâmpada sem chama, uma chama sem fogo, um fogo sem calor, uma luz escura, um rumor silencioso, um relâmpago sem rumo, uma escuridão luminosíssima, um raio da própria treva, um círculo que se expande contraindo-se no próprio centro, uma multiplicidade solitária, é... é..." Hesitou para encontrar um exemplo que convencesse a ambos, ela, a mestra, e ele, o aluno. "É um espaço que não existe, no qual tu e eu somos a mesma coisa, como hoje nesse tempo que não passa."

Uma leve chama passou-lhe pelo rosto. Calou-se, assustada por aquele exemplo incongruente, mas como julgar incongruente qualquer adição a uma lista de incongruências?

Baudolino sentiu a mesma chama que lhe atravessava o peito, mas temeu pelo embaraço e ficou paralisado, sem permitir que um só músculo de seu rosto traísse os impulsos do coração, ou que a sua voz tremesse, e perguntou com teológica firmeza: "Mas e a criação? O mal?"

O rosto de Ipásia retomou a sua rósea palidez: "Mas então o Único, por causa de sua perfeição, por generosidade de si mesmo tende a difundir-se, a dilatar-se em esferas cada vez mais amplas da própria plenitude, é como uma vela que é vítima da luz que propaga, quanto mais ilumina mais se desfaz. Aí está, Deus se liquefaz nas sombras de si mesmo, torna-se uma multidão de divindades mensageiras, Éons que possuem grande parte de sua potência, mas num modo bem mais fraco. São tantos deuses, demônios, Arcontes, Tiranos, Forças, Centelhas, Astros, aqueles mesmos que os cristãos chamam de anjos ou arcanjos... Mas não foram criados pelo Único, são a sua emanação."

"Emanação?"

"Vês aquele pássaro? Mais cedo ou mais tarde irá gerar outro pássaro por meio de um ovo, como uma ipásia pode gerar um filho de seu ventre. Mas, uma vez gerada, a criatura, ipásia ou passarinho, vive por conta própria, mesmo que sua mãe morra. Pois muito bem, pensa agora no fogo. O fogo não gera calor, emana. O calor é a mesma coisa que o fogo, se apagasses o fogo cessaria também o calor. O calor do fogo é fortíssimo onde ele nasce, e se torna cada vez mais fraco à medida que a chama se torna fumaça. Assim acontece com Deus. À medida que se expande para longe do próprio centro obscuro, de alguma forma perde o seu vigor, e o perde cada vez mais até que se torna matéria viscosa e insensível, como a cera sem forma em que se desmancha a vela. O Único não desejaria emanar-se tão longe de si, mas não pode resistir a este seu desintegrar-se até a multiplicidade e a desordem."

"E esse teu Deus, não consegue dissolver o mal que... que se forma a seu redor?"

"Oh, sim, ele poderia. O Único procura reabsorver continuamente essa espécie de sopro, que pode se tornar veneno, e por setenta vezes sete milhares de anos conseguiu continuamente fazer voltar ao nada os seus resíduos. A vida de Deus era uma respiração regular, ele respirava sem esforço. Assim, ouve." Aspirava o ar fazendo vibrar suas delicadas narinas, depois soltava o ar pela boca. "Um dia, porém, não conseguiu controlar uma de suas potências intermediárias, que nós chamamos o Demiurgo, e que é talvez Sabaoth ou Ildabaoth, o falso Deus dos cristãos. Essa imitação de Deus, por erro, por orgulho, por insipiência, criou o tempo, onde antes havia apenas a eternidade. O tempo é uma eternidade que gagueja, compreendes? E com o tempo criou o fogo, que transmite calor mas também corre o risco de queimar tudo, a água, que tira a sede mas que também afoga, a terra, que nutre as ervas mas que pode provocar avalanche e sufocá-las, o ar que nos permite respirar mas que pode se tornar furacão... Errou tudo, pobre Demiurgo. Fez o Sol, que dá a luz, mas pode secar os prados, a lua, que não consegue dominar a noite além de alguns poucos dias, e que depois míngua e morre, os outros corpos celestes, que são esplêndidos, mas que podem emitir influxos nefastos, e depois seres dotados de inteligência, mas incapazes de compreender os grandes mistérios, os animais, que às vezes são fiéis e outras vezes nos ameaçam, os vegetais, que alimentam mas que têm vida muito breve, os minerais, sem vida, sem alma, sem inteligência, condenados a não entender nada. O Demiurgo era como um menino, que se lambuza com a lama para imitar a beleza de um unicórnio, e dele acaba saindo algo que se parece com um rato!"

"Então o mundo é uma doença de Deus?"

"Se és perfeito, não podes emanar, se emanas adoeces. E depois procura entender que Deus, na sua plenitude, é também o lugar, ou o não lugar, no qual os opostos se confundem, não?"

"Os opostos?"

"Sim, nós experimentamos frio e calor, a luz e a escuridão, e todas aquelas coisas que são contrárias umas às outras. Às vezes o frio nos desagrada, e parece um mal comparado ao calor, mas às vezes faz muito calor, e desejamos o frescor. Somos nós que, diante dos opostos, acreditamos, conforme o nosso desejo, e a nossa paixão, que um deles seja o bem e o outro, o mal. Ora, em Deus os opostos se unem e encontram recíproca harmonia. Mas quando Deus começa a se emanar, não consegue mais controlar a harmonia dos opostos, e estes se quebram e lutam uns contra os outros. O Demiurgo perdeu o controle dos opostos, e criou um mundo onde o silêncio e o ruído, o sim e o não, um bem combate com outro bem. Isto é o que percebemos como mal."

Tomada de entusiasmo, mexia as mãos como se fosse uma menina que, ao falar de um rato, imita-lhe as formas, ou nomeando um temporal desenha redemoinhos no ar.

"Falas do erro da criação, Ipásia, e do mal, mas como se não te dissesse respeito, e vives neste bosque como se tudo fosse belo como tu."

"Mas se também o mal vem de Deus, haverá ainda algum bem no mal. Estás me ouvindo, porque és um homem, e os homens não estão acostumados a pensar da maneira certa sobre tudo que existe."

"Eu sabia, até eu penso mal."

"Não, apenas pensas. E pensar não é suficiente, não é essa a maneira certa. Agora procura imaginar uma nascente, que não tenha nenhum princípio e que se espalhe por mil rios, sem jamais secar. A fonte permanece sempre calma, fresca e límpida, enquanto os rios correm para pontos diversos, misturam-se à areia, estreitam-se entre as rochas e tossem estrangulados, às vezes secam. Os rios sofrem muito, sabes? E no entanto até mesmo aquela dos rios e da torrente mais lamacenta é água, e se origina da mesma fonte deste lago. Este lago sofre menos do que um rio, pois que em sua limpidez recorda melhor a nascente de que se originou, um charco cheio de insetos sofre mais do que um lago e do que uma corrente. Mas de qualquer modo todos sofrem, porque gostariam de voltar para a sua origem e esqueceram como se faz."

Ipásia deu o braço a Baudolino, e fez com que se virasse para o bosque. Nisso, a sua cabeça aproximou-se da dele, e ele sentiu o aroma vegetal daquela cabeleira.

"Olha aquela árvore. O que se espalha dentro dela, das raízes até a última folha, é a mesma vida. Mas as raízes reforçam-se na terra, o tronco se fortalece e sobrevive a todas as estações, enquanto os ramos tendem a secar e a se despedaçar, as folhas duram alguns poucos meses e depois caem, os rebentos vivem algumas semanas. O mal maior está nas folhas e não no tronco. A árvore é uma, mas sofre quando cresce porque se transforma em muitas e ao se multiplicar se enfraquece."

"Mas as folhas são belas, tu mesma desfrutas a sua sombra..."

"Vês que também podes tornar-te sábio, Baudolino? Se não houvesse essas folhas, não poderíamos estar sentados, falando de Deus, se não houvesse o bosque jamais nos teríamos encontrado, e isso seria talvez o maior dos males."

Dizia isso como se fosse a verdade nua e crua, mas Baudolino sentia mais uma vez o peito sendo apunhalado, sem poder ou querer mostrar o seu tremor.

"Mas então explica-me, como podem os muitos serem bons, pelo menos em certa medida, se são uma doença do Único?"

"Vês que ainda podes tornar-te sábio, Baudolino? Disseste em certa medida. Apesar do erro, uma parte do Único permaneceu em cada um de nós, criaturas pensantes, e também em cada uma das outras criaturas, dos animais aos corpos mortos. Tudo o que nos circunda é habitado por deuses, as plantas, as sementes, as flores, as raízes, as fontes, cada um deles, embora sofrendo por ser uma péssima imitação do pensamento de Deus, não quereria mais do que reunir-se com ele. Devemos encontrar a harmonia entre os opostos, devemos ajudar os deuses, devemos reavivar essas centelhas, essas lembranças do Único, que jazem ainda sepultadas em nossa alma e nas próprias coisas."

POR DUAS VEZES Ipásia deixou escapar que era bom estar com ele. Isso encorajou Baudolino a voltar outras vezes.

Um dia Ipásia explicou-lhe como elas faziam para reavivar a centelha divina em todas as coisas, para que estas por simpatia remetessem algo de mais perfeito do que elas, não diretamente a Deus, mas às suas emanações menos extenuadas. Conduziu-o para um ponto no lago onde cresciam os girassóis, enquanto se abriam dentro d'água as flores de lótus.

"Vês o que faz o heliotrópio? Move-se seguindo o sol, procura-o, faz-lhe uma súplica, e é uma pena que ainda não consigas ouvir o zumbido que espalha no ar enquanto cumpre seu movimento circular no curso do dia. Assim poderias perceber que canta um hino ao sol. Olha agora para o lótus: abre-se ao nascer do sol, oferecendo-se todo no zênite e fechando-se quando o sol se põe. Louva o sol, abrindo e fechando suas pétalas, como nós abrimos e fechamos os lábios, quando oramos. Essas flores vivem em simpatia com o astro e conservam, portanto, uma parte da sua potência. Se ages sobre a flor, agirás sobre o sol, se souberes agir sobre o sol, poderás influenciar sua ação, e por meio do sol unir-te a algo que vive em simpatia com o sol, e é mais perfeito do que o sol. Mas isso não acontece apenas com as flores, acontece também com as pedras e com os animais. Cada um deles é habitado por um deus menor que procura reunir-se, por intermédio de outros mais poderosos, à origem comum. Nós aprendemos desde a infância a praticar uma arte que nos permita agir sobre os deuses maiores e restabelecer o elo perdido."

"O que quer dizer?"

"É fácil. Aprendemos a entrelaçar pedras, ervas, aromas, perfeitos e deiformes, para formar... como posso dizer, vasos de simpatia que condensem a força de muitos elementos. Sabes, uma flor, uma pedra, até mesmo um unicórnio, todos possuem caráter divino mas, sozinhos, não conseguem evocar os deuses maiores. Nossas misturas reproduzem, graças a essa arte, a essência que se quer evocar, e multiplicam o poder de cada elemento."

"E depois que evocastes aqueles deuses maiores?"

"Isso é apenas o começo. Aprendemos a nos tornar mensageiras entre o que está no alto e o que está embaixo, provamos que podemos regressar novamente até a corrente na qual Deus se emana, ao inverso, mas mostramos à natureza que isso é possível. A tarefa suprema não consiste porém em reunir o girassol com o Sol, mas em reunir nós mesmos com a origem. Aqui começa a ascese. Antes aprendemos a nos comportar de maneira virtuosa, não matamos criaturas vivas, procuramos difundir harmonia entre os seres que estão à nossa volta, e fazendo assim podemos despertar por toda a parte fagulhas escondidas. Vês essas raízes de erva? Já estão amareladas e dobram-se até o chão. Posso tocá-las e fazê-las vibrar ainda, fazer com que sintam o que esqueceram. Olha, pouco a pouco readquirem seu frescor, como se despontassem agora da terra. Mas ainda não basta. Para reavivar esse fio de erva será suficiente praticar as virtudes naturais, atingir a perfeição da visão e da audição, o vigor do corpo, a memória e a facilidade de aprender, a fineza dos modos, por meio de frequentes abluções, cerimônias lustrais, hinos e orações. Damos um passo adiante, cultivando a sabedoria, a fortaleza, a temperança e a justiça, e chegamos, afinal, a adquirir as virtudes purificadoras: tentamos separar a alma do corpo, aprendemos a evocar os deuses – não a falar dos deuses, como faziam os outros filósofos, mas a agir sobre eles, fazendo precipitar a chuva, mediante uma esfera mágica, colocando amuletos contra os terremotos, experimentando os poderes divinatórios das trípodes, animando as estátuas para obter oráculos, convocando Asclépio para que cure os doentes. Mas atenção, ao fazer isso devemos ter cuidado para não sermos possuídos por um deus, porque neste caso começaremos a nos transtornar e agitar, e portanto a nos afastar de Deus. É preciso aprender a fazer isso na mais absoluta calma."

Ipásia pegou a mão de Baudolino, que a segurava, para que não cessasse aquela sensação de tepor.

"Baudolino, talvez eu esteja fazendo com que acredites que eu já esteja tão adiantada na ascese quanto as minhas irmãs maiores... Se soubesses contudo quanto ainda sou imperfeita. Ainda me confundo ao pôr uma rosa em contato com a potência superior da qual é amiga... E como podes ver, ainda falo demasiadamente, e isso é sinal de que não sou sábia, porque a virtude se adquire no silêncio. Mas falo porque estás aqui, para que sejas instruído, e se consigo instruir um girassol por que não deveria instruir a ti? Atingiremos um estágio mais perfeito quando conseguirmos ficar juntos sem falar, bastará tocar-te para me entenderes da mesma forma. Tal como o girassol." Acariciava o girassol sem dizer palavra. Depois sem dizer palavra, começou a acariciar a mão de Baudolino, e disse apenas no final: "Ouves?"

NO DIA SEGUINTE falou-lhe do silêncio cultivado pelas ipásias, para que ele, dizia, pudesse também aprendê-lo.

"É preciso criar uma absoluta calma à nossa volta. Ficamos em solidão remota diante daquilo que pensávamos, imaginávamos e sentíamos; encontramos a paz e a tranquilidade. Então não sentiremos mais nem ira ou desejo, dor ou felicidade. Teremos saído de nós mesmas, raptadas em absoluta solidão e profunda quietude. Não olharemos as coisas belas e boas, estaremos além do próprio belo, além do coro das virtudes, como quem ao entrar no interno dos penetrais do templo tenha deixado atrás de si as estátuas dos deuses e a sua visão não seja mais feita de imagens, mas do próprio Deus. Não deveremos evocar mais potências intermediárias, ao superá-las, teremos vencido o defeito, naquele recesso, naquele lugar inacessível e santo, chegaremos muito além da estirpe dos deuses e das hierarquias dos Éons, todas essas coisas já seriam em nós a lembrança de algo que curamos do próprio mal de ser. Aquele será o fim do caminho, a libertação, a dissolução de todos os laços, a fuga do solitário para o Solitário. Nesse retorno ao absolutamente simples não veremos mais nada, a não ser a glória da obscuridade. Livres de alma e de intelecto, teremos chegado além do reino da mente, em veneração pousaremos lá em cima, como se fôssemos um sol que nasce, de pupilas fechadas contemplaremos o sol da luz, nos tornaremos fogo, fogo escuro naquela escuridão, e através do fogo cumpriremos a nossa trajetória. E será naquele momento que, voltando a subir na correnteza do rio, e mostrando não apenas a nós mesmas, mas também aos deuses e a Deus, que podemos subir a correnteza, teremos curado o mundo, matado o mal, feito morrer a morte, dissolvendo o nó no qual estavam emaranhados os dedos do Demiurgo. Nós, Baudolino, estamos destinadas a curar Deus, e a nós foi confiada a sua redenção: faremos com que volte, por meio do nosso êxtase, toda a criação ao próprio coração do Único. Daremos ao Único a força para que ele tome aquele grande fôlego que lhe permitirá absorver em si o mal que expirou."

"Vós o fazeis, alguma de vós já o fez?"

"Esperamos conseguir, preparamo-nos todas, há séculos, para que alguma de nós tenha êxito. O que aprendemos desde meninas é que não é necessário que todas nós cheguemos a esse milagre: basta que um dia, mesmo que seja daqui a mil anos, apenas uma de nós, a eleita, atinja o momento da perfeição suprema, na qual se sinta uma só coisa com a própria origem remota, e o prodígio estará cumprido. Assim, mostrando que da multiplicidade do mundo que sofre podemos voltar ao Único, teremos devolvido a Deus a paz e a confiança, a força para recompor-se no próprio centro, a energia para retomar o ritmo do próprio hálito."

Seus olhos brilhavam, a carnação como que se amornara, tremiam-lhe as mãos, a voz se entristecera, e parecia que implorasse a Baudolino para que ele acreditasse também naquela revelação. Baudolino pensou que talvez o

Demiurgo tivesse criado muitos erros, mas a existência daquela criatura tornava o mundo um lugar inebriante e resplandecente de todas as perfeições.

Não resistiu, ousou pegar em sua mão e roubar-lhe um beijo. Ela teve como que um sobressalto, como se estivesse tendo uma experiência desconhecida. Disse, primeiro:

"Tu também estás habitado por um Deus." Depois cobriu o rosto com as mãos e Baudolino a ouviu murmurar, admirada: "Eu perdi... eu perdi a apatia..."

Correu para o bosque sem dizer palavra e sem olhar para trás.

"SENHOR NICETAS, naquele momento percebi que amava como jamais havia amado, mas amava mais uma vez a única mulher que não podia ser minha. Uma me fora subtraída pela elevação de seu estado, a outra pela miséria da morte, agora a terceira não podia pertencer-me porque estava destinada à salvação de Deus. Afastei-me, voltei para a cidade pensando que talvez não devesse mais voltar. Senti-me quase consolado no dia seguinte, quando Praxeas me disse que, aos olhos dos habitantes de Pndapetzim, eu era com certeza o mais respeitável dos Magos, que eu desfrutava da confiança do Diácono e era o Diácono que me queria no comando daquela armada, que o Poeta, não obstante, estava adestrando tão bem. Eu não podia recusar aquele convite, uma ruptura no grupo dos Magos tornaria insustentável a nossa situação aos olhos de todos, e todos já estavam tão apaixonadamente dedicando-se a preparar a guerra, que aceitei – até mesmo para não desiludir os ciápodes, os panotos, os blêmios e toda aquela boa gente à qual eu já me sentia sinceramente afeiçoado. Sobretudo pensei que, dedicando-me àquela nova aventura, eu teria esquecido o que deixara no bosque. Durante dois dias ocupei-me de mil incumbências. No entanto, eu me angustiava, estava aterrorizado pela ideia de que Ipásia tivesse voltado ao lago, e não me encontrando lá, pensasse que a sua fuga me ofendera, e que eu decidira não vê-la mais. Fiquei transtornado com a ideia de que ela estivesse transtornada e não me quisesse ver mais. Se assim fosse, eu seguiria os seus rastros, chegaria a cavalo ao lugar onde vivem as ipásias, e o que eu faria, eu iria raptá-la, destruiria a paz daquela comunidade, perturbaria a sua inocência fazendo-lhe entender o que não devia entender, ou talvez não, e eu a teria visto absorvida pela sua missão, já livre de um seu momento, infinitesimal, de paixão terrena? Mas houvera afinal aquele momento? Eu revivia cada palavra sua, cada gesto. Duas vezes, para dizer como era Deus, ela usou como exemplo o nosso encontro, mas talvez fosse apenas uma sua maneira adolescencial, completamente inocente, para tornar compreensível o que dizia. Muitas vezes me tocou, mas como teria feito com um girassol. Minha boca na sua mão a fizera tremer, eu sabia, mas era natural: nenhuma boca humana jamais a tocara, para ela fora como que tropeçar numa raiz e perder por um instante a compostura que lhe haviam ensinado; aquele momento já passara, agora ela já não pensava mais nisso... Eu discutia com os meus questões de guerra, tinha de decidir onde enfileirar os núbios, e não percebia sequer onde eu estava. Devia sair daquela angústia, devia saber disso. Para fazê-lo, devia pôr a minha vida, e a sua, nas mãos de alguém que nos mantivesse em contato. Eu já tivera muitas provas da devoção de Gavagai. Falei-lhe secretamente, fazendo-o jurar muitas vezes, disse-lhe o menos possível, mas quanto bastava para que fosse até o lago e esperasse. O bom ciápode era realmente generoso, sagaz e discreto. Perguntou-me pouco, creio que entendeu muito, e

 durante dois dias voltou ao ocaso, dizendo-me que não vira

ninguém, e ficava triste ao ver-me empalidecer. No terceiro dia chegou com um daqueles seus sorrisos que pareciam um quarto de lua crescente e me disse que, enquanto ele esperava beatamente deitado à sombra de seu pé, aquela criatura aparecera. Aproximara-se dele confiante e solícita como se esperasse ver alguém. Recebera com emoção a minha mensagem ("ela parece que muito quer ver a ti", dizia Gavagai com alguma malícia na voz) e me fazia saber que voltaria ao lago todos os dias, todos os dias ("Ela fala duas vezes"). Talvez, comentou Gavagai de forma dissimulada, ela também esperava havia tempo os Magos. Ainda tive de ficar em Pndapetzim no dia seguinte, mas ocupava-me de minhas tarefas de *condottiere* com um entusiasmo que impressionou o Poeta, que me sabia pouco inclinado às armas, e animou a minha armada. Parecia-me ser o dono do mundo, eu poderia enfrentar cem hunos brancos sem temor. Dois dias depois voltei, tremendo de medo, para aquele lugar fatal."

34
Baudolino descobre o verdadeiro amor

"Naqueles dias de espera, senhor Nicetas, eu vivia sentimentos opostos. Ardia de desejo de vê-la, e temia não a ver nunca mais, eu a imaginava presa de mil perigos, experimentava afinal todas as sensações próprias do amor, mas não sentia ciúme."

"Não pensavas que a Mãe a tivesse mandado então para os fecundadores?"

"É uma dúvida que jamais passou pela minha cabeça. Talvez, sabendo quanto eu já era seu, pensava que ela fosse minha a tal ponto que se recusaria deixar-se tocar por outros. Refleti então demoradamente e me convenci de que o amor perfeito não dá espaço ao ciúme. O ciúme é suspeita, temor e calúnia entre amante e amada, e São João disse que o amor perfeito expulsa todo o temor. Eu não sentia ciúme, mas buscava a cada minuto evocar o seu rosto, e não conseguia. Lembrava o que sentia, olhando-a, mas não podia imaginá-la. E no entanto, durante nossos encontros, não fazia mais que fitar-lhe o rosto, não fazia mais nada..."

"Li o que se passa aos quem amam com intenso amor...", disse Nicetas, com o embaraço de quem talvez jamais viveu uma paixão tão irresistível. "Isso não acontecera com Beatriz e Colandrina?"

"Não, não de modo a fazer-me sofrer tanto. Creio que com Beatriz eu cultivava a própria ideia do amor, que não precisava de um rosto, e depois me parecia sacrilégio esforçar-me por imaginar seus traços carnais. Quanto a Colandrina, dei-me conta – depois de ter conhecido Ipásia – de que no que lhe diz respeito não fora paixão, mas de preferência alegria, ternura, afeto muito forte, como eu poderia sentir, Deus me perdoe, por uma filha, ou pela irmã mais nova. Creio que aconteça com todos os que se apaixonam, mas naqueles dias eu estava convencido de que Ipásia era a primeira mulher que amara de verdade, como também é verdade, ainda agora e para sempre. Compreendi depois que o verdadeiro amor habita o triclínio do coração, e lá encontra quietude, atento aos próprios e mais nobres segredos, e raramente volta aos aposentos da imaginação. Por isso, não consegue reproduzir a forma corporal do amante ausente. É apenas o amor de fornicação, que jamais adentra nos penetrais do coração, e que se nutre apenas de fantasias voluptuosas, que consegue produzir tais imagens."

Nicetas calou-se, dominando com dificuldade sua inveja.

O REENCONTRO DELES foi tímido e comovido. Seus olhos brilhavam de felicidade, mas logo baixaram pudicamente o olhar. Sentaram-se no meio das ervas. Acácio pastava tranquilo ali perto. As flores em volta perfumavam mais do que o habitual, e Baudolino sentia-se como se mal tivesse tocado o *burq* com os lábios. Não ousava falar, mas decidiu fazê-lo porque a intensidade daquele silêncio o levaria a algum gesto inconveniente.

Só então compreendeu por que ouvira dizer que os verdadeiros amantes, em seu primeiro colóquio de amor, empalidecem, tremem e emudecem. Isso porque o amor, ao dominar ambos os reinos da natureza e da alma, atrai para si todas as suas forças, não importa como se mova. Assim, quando os verdadeiros amantes se reúnem, o amor perturba e quase petrifica todas as funções do corpo, tanto físicas como espirituais: razão pela qual a língua se recusa a falar, os olhos a ver, os ouvidos a ouvir, e cada membro subtrai-se ao próprio dever. Isso faz com que, quando o amor demora-se muito no fundo do coração, o corpo, desprovido de força, morre. Mas numa certa altura o coração, pela impaciência do ardor que vive, quase lança para fora de si a sua paixão, permitindo ao corpo retomar as próprias funções. Daí, o amante fala.

"E assim", disse Baudolino, sem explicar o que sentia e o que estava compreendendo, "todas as coisas belas e terríveis que me contaste foi o que Ipásia vos transmitiu..."

"Oh, não", disse ela, "eu te falei que nossas progenitoras fugiram, esquecendo tudo o que Ipásia lhes ensinara, com exceção da necessidade do conhecimento. É por meio da meditação que descobrimos cada vez mais a verdade. Durante todos estes mil e tantos anos, cada uma de nós tem refletido sobre o mundo que nos circunda, e sobre o que sentia no próprio espírito, e a nossa consciência enriqueceu-se dia após dia, e a obra ainda não terminou. Talvez naquilo que te contei houvesse algo que minhas companheiras ainda não haviam entendido, e que entendi tentando explicá-lo a ti. Assim, cada uma de nós se torna sábia, ensinando às companheiras o que sente, e ao tornar-se a mestre, aprende. Se não estivesses aqui comigo talvez eu não tivesse esclarecido para mim mesma algumas coisas. Foste o meu demônio, o meu arconte benigno, Baudolino."

"Mas todas as tuas companheiras são tão claras e facundas como tu, minha doce Ipásia?"

"Oh, sou a última delas. Às vezes riem de mim porque não sei exprimir o que sinto. Devo crescer ainda, sabes? Porém, nesses últimos dias, venho me sentindo orgulhosa, como se possuísse um segredo que elas não conhecem, e – não sei por que – preferi que continuasse em segredo. Não entendo bem o que está acontecendo comigo, é como se... como se preferisse dizer as coisas a ti mais do que a elas. Achas que isso é ruim, que eu esteja sendo desleal com elas?"

"Estás sendo leal comigo."

"Contigo é fácil. Acho que eu te diria tudo o que passa no meu coração. Mesmo que não estivesse ainda segura do que seja certo. Sabes o que estava acontecendo comigo nesses últimos dias, Baudolino? Eu sonhava contigo. Quando acordava pela manhã imaginava que seria um belo dia porque estavas em algum lugar. Depois imaginava que o dia fosse feio, porque não te via. É estranho, ri-se quando se está contente, e chora-se quando se sofre, e ocorre-me que agora rio e choro ao mesmo tempo. Acaso estarei talvez doente? E no entanto é uma doença belíssima. É justo amar a própria doença?"

"Tu és a mestra, minha doce amiga", sorria Baudolino, "não deves perguntar a mim, mesmo porque acho que sofro da mesma doença."

Ipásia estendeu a mão, roçando-lhe ainda a cicatriz: "Tu deves ser uma coisa boa, Baudolino, porque gosto de tocar-te, como acontece com Acácio. Toca-me também, talvez possas despertar alguma centelha que ainda existe dentro de mim, e que desconheço."

"Não, meu doce amor, tenho medo de fazer-te mal."

"Toca-me aqui atrás da orelha. Assim mesmo, mais... Talvez por intermédio de ti se possa evocar um deus. Em algum lugar deves ter um sinal que te ligue a algo mais..."

Pusera-lhe as mãos debaixo da veste, deixava correr os dedos entre os pelos de seu peito. Aproximou-se para cheirá-lo. "Estás cheio de erva, de boa erva", disse. Depois disse ainda: "Como és belo aí embaixo, suave como um animal jovem. És jovem? Eu não percebo a idade de um homem. És jovem?"

"Sou jovem, meu amor, começo a nascer agora."

Ele acariciava-lhe agora os cabelos quase com violência, ela pôs suas mãos atrás da nuca e depois começou a dar-lhe pequenas lambidas no rosto, e o fazia como se ele fosse um cabrito, depois riu olhando bem nos seus olhos e dizia que tinha gosto de sal. Baudolino, que jamais fora um santo, apertou-a contra si e buscou com os lábios os seus lábios. Ela deu um gemido de susto e de surpresa, tentou afastar-se, e depois cedeu. Sua boca tinha gosto de pêssego, de damasco, e com a língua dava pequenas lambidas na dele, a qual ela experimentava pela primeira vez.

Baudolino empurrou-a para trás, não por virtude, mas para libertar-se daquilo que o cobria, ela viu o seu membro, tocou-o com os dedos, sentiu que estava vivo, e disse que o queria: estava claro que não sabia como nem por que o queria, mas alguma potência dos bosques ou das fontes estava lhe sugerindo o que devia fazer. Baudolino voltou a cobri-la de beijos, desceu dos lábios ao pescoço, depois às costas, enquanto lhe tirava lentamente o vestido, descobriu-lhe os seios, afundou o rosto neles, enquanto com as mãos continuava a fazer o vestido deslizar até as ancas, sentia o pequeno ventre tenso, apalpava seu umbigo, percebeu antes do que esperava aquilo que devia ser a pelugem que lhe escondia o bem supremo. Ela sussurrava, chamando-o: meu Éon, meu Tirano, meu Abismo, minha Ogdoade, meu Pleroma...

Baudolino empurrou as mãos debaixo do vestido que ainda a cobria e sentiu que aquela pelugem que parecia anunciar o púbis tornava-se mais densa, cobria-lhe o início das pernas, a parte interna da coxa, e se prolongava até as nádegas...

"SENHOR NICETAS, eu arranquei-lhe a veste, e a vi. Do ventre para baixo, Ipásia tinha formas caprinas, e suas pernas terminavam em dois cascos cor de marfim. Entendi logo por que, coberta pela veste até o chão, não parecia caminhar como quem apoia os pés, mas passava suavemente, como se não tocasse o chão. E entendi quem eram os fecundadores: os sátiros-que-não-se-veem-nunca, de cabeça humana chifruda e corpo de carneiro, os sátiros que havia séculos viviam a serviço das ipásias, dando-lhe suas fêmeas e criando os próprios machos, estes com o mesmo vulto horrendo, e elas que ainda lembravam a formosura egípcia da bela Ipásia, a antiga, e de suas primeiras pupilas."

"Que horror!", disse Nicetas.

"Horror? Não, não foi o que senti naquele momento. Surpresa, sim, mas apenas por um instante. Depois decidi, meu corpo decidiu pela minha alma, minha alma pelo meu corpo, que aquilo que eu via e tocava era belíssimo, porque aquela era Ipásia, e também a sua natureza ferina fazia parte de suas graças, aquele pelo encaracolado e macio era o que eu mais poderia desejar, perfumava a musgo, aqueles seus membros antes escondidos eram desenhados pela mão de um artista, e eu a amava, queria aquela criatura perfumada como o bosque, e teria amado Ipásia mesmo que tivesse as feições da quimera, da icnêumone, da cerasta."

FOI ASSIM que Ipásia e Baudolino se uniram, até o ocaso, e quando já estavam esgotados, deitaram-se um do lado do outro, acariciando-se e chamando um ao outro com termos muito carinhosos, esquecidos de tudo quanto os circundava.

Ipásia dizia:

"Minha alma foi-se qual uma bola de fogo... Parece que faço parte da abóbada estrelada..." Não cessava de explorar o corpo do amado: "Como és belo, Baudolino. Porém, também vós, homens, sois monstros", brincava. "Tens pernas compridas e brancas sem peliça e pés tão grandes como os de dois ciápodes! Mas és belo da mesma forma, aliás, mais ainda..." Ele beijava seus olhos em silêncio.

"As mulheres dos homens também têm pernas como as tuas?", perguntava ela irritada. "Já... tiveste o êxtase junto a criaturas de pernas como as tuas?"

"Porque não sabia que existias, meu amor."

"Não quero que olhes mais para as pernas das mulheres dos homens." Ele beijava seus cascos em silêncio.

Estava escurecendo, e deviam separar-se.

"Creio", sussurrou Ipásia, roçando-lhe ainda os lábios, "que não contarei nada para minhas companheiras. Talvez não entendam, elas não sabem que existe também esta forma para se elevar mais alto. Até amanhã, meu amor. Ouviste? Eu te chamo como tu me chamaste. Estarei te esperando."

"PASSARAM-SE assim alguns meses, os mais doces e puros da minha vida. Eu ia ter com ela todos os dias e, quando não podia, o fiel Gavagai fazia-se de pronubo. Eu esperava que os hunos não chegassem nunca e que aquela espera em Pndapetzim durasse até a minha morte, e além. Mas me sentia como se tivesse derrotado a morte."

ATÉ QUE UM DIA, passados muitos meses, depois de ter se entregado com o ardor de sempre, quando se haviam acalmado, afinal, Ipásia disse a Baudolino:

"Aconteceu uma coisa comigo. Sei o que é, porque ouvi as confidências de minhas companheiras quando voltavam depois de passarem a noite com os fecundadores. Acho que tenho um menino no ventre."

No momento Baudolino foi invadido por uma felicidade indizível, e lhe beijava aquele ventre bendito, por Deus ou pelos Arcontes, pouco lhe importava. Depois ficou preocupado: Ipásia não poderia esconder o seu estado à comunidade, o que faria?

"Confessarei a verdade à Mãe", disse. "Ela entenderá. Alguém, algo quis que aquilo que as outras fazem com os fecundadores eu o fizesse contigo. Foi justo, segundo a parte boa da natureza. Não poderá censurar-me."

"Mas serás guardada por nove meses pela comunidade, e depois não poderei ver nunca mais a criança que vai nascer!"

"Virei aqui ainda durante muito tempo. Falta muito antes que a barriga comece a crescer e todos percebam. Não nos veremos somente nos últimos meses, quando direi tudo à Mãe. E quanto à criança, se for homem será entregue a ti, se for mulher não te diz respeito. Assim quer a natureza."

"Assim quer aquele idiota do teu Demiurgo e aquelas meias-cabras com quem vives!", gritou Baudolino fora de si. "A criança também é minha, menino ou menina!"

"Como és belo quando te aborreces, Baudolino, embora não devesses jamais fazer isso", disse-lhe ela, beijando-lhe o nariz.

"Mas percebes que depois que tiveres um filho não te deixarão mais vir ao meu encontro, assim como tuas companheiras não voltaram a ver seus fecundadores? Não é assim, conforme pensais, que quer a natureza?"

Percebera apenas naquele momento, e começou a chorar, com pequenos gemidos como quando fazia amor, com a cabeça inclinada sobre o peito de seu homem, enquanto o abraçava e ele sentia junto a si que o seio dela palpitava. Baudolino acariciou-a, disse-lhe palavras delicadíssimas ao ouvido e depois fez a única proposta que lhe parecia sensata: Ipásia fugiria com ele. Diante de seu olhar assustado, disse-lhe que assim não trairia a sua comunidade. Ela fora simplesmente honrada com um privilégio diferente, e diferente se tornava o seu dever. Ele a levaria para um reino distante e ali ela havia de fundar uma nova colônia de ipásias, simplesmente tornaria mais fecundo o sêmen de sua mãe remota, levaria alhures sua mensagem, com a diferença que ele viveria a seu lado e encontraria uma nova colônia de fecundadores, com a forma de homem como provavelmente haveria de ser o fruto de suas vísceras.

Fugindo não farás mal, dizia-lhe, pelo contrário, ajudas a propagar o bem...

"Pedirei então permissão à Mãe."

"Espera, não sei ainda de que farinha é feita essa Mãe. Deixa-me pensar, iremos juntos falar com ela, saberei convencê-la, dá-me alguns dias para que invente a maneira certa."

"Meu amor, não quero deixar de te ver", soluçava agora Ipásia. "Farei o que quiseres, passarei por uma mulher dos homens, irei contigo àquela cidade nova de que me falaste, eu me comportarei como os cristãos, direi que Deus teve um filho morto na cruz, se não estiveres mais comigo não quero mais ser uma ipásia!"

"Acalma-te, meu amor. Verás que encontrarei uma solução. Santifiquei Carlos Magno, resgatei os Magos, saberei conservar a minha esposa!"

"O que é esposa?"

"Depois te ensino. Agora vai, é tarde. Amanhã nos veremos de novo."

"JAMAIS HOUVE amanhã, senhor Nicetas. Voltando a Pndapetzim, todos vinham ao meu encontro, procuravam-me havia horas. Não havia mais dúvidas: os hunos brancos estavam chegando, podia-se perceber no extremo horizonte a nuvem de poeira erguida por seus cavalos. Chegariam aos confins da planície das ervas altas às primeiras luzes da aurora. Restavam poucas horas para preparar a defesa. Fui procurar logo o Diácono, para anunciar-lhe que eu assumiria o comando de seus súditos. Tarde demais. Aqueles meses de espera espasmódica pela batalha, o esforço que fizera para poder ficar de pé e participar da empreitada, talvez também a nova seiva que eu injetara em suas veias com minhas histórias, haviam apressado o seu fim. Não tive medo de ficar a seu lado quando dava o último suspiro, ao contrário, apertei-lhe a mão enquanto me cumprimentava e me desejava vitória. Disse-me que, se vencesse, eu poderia talvez chegar ao reino de seu pai, e me implorava para prestar-lhe o último serviço. Mal tivesse expirado, os seus dois acólitos encobertos iriam preparar o seu cadáver como se fosse o de um Padre, ungindo o seu corpo com aqueles óleos que deixariam estampada a sua imagem no linho em que o envolveriam. E que eu levasse ao Padre aquele seu retrato, e por mais pálido que parecesse, mostrar-se-ia ao pai adotivo menos desfigurado do que estava. Expirou pouco depois, os dois acólitos fizeram o que devia ser feito. Diziam que a mortalha levaria algumas horas para impregnar-se dos seus traços, e que depois o enrolariam e colocariam numa caixa. Sugeriam timidamente que informasse os eunucos da morte do Diácono. Resolvi não fazê-lo. O Diácono me investira do comando e somente assim os eunucos não ousariam desobedecer-me. Eu precisava que eles também colaborassem de alguma forma na guerra, preparando na cidade a recepção dos feridos. Se soubessem logo do falecimento do Diácono, no mínimo teriam perturbado o espírito dos combatentes espalhando a terrível notícia, e distraindo-os com rituais fúnebres. No máximo, desleais como eram, teriam talvez tomado logo o poder supremo e igualmente teriam mandado por água abaixo todos os planos de defesa do Poeta. Vamos à guerra, disse para mim. Embora tivesse sempre sido um homem de paz, tratava-se agora de defender a criança que estava para nascer."

35
Baudolino contra os hunos brancos

Haviam estudado o plano durante meses, nos mínimos detalhes. Se o Poeta, ao preparar as suas tropas, se mostrara um bom capitão, Baudolino revelara dotes de estrategista. Nos confins da cidade, elevava-se a mais alta daquelas colinas parecidas com montes de creme batido, que viram assim que chegaram. Lá de cima dominava-se toda a planície, até as montanhas, de um lado, e além dos campos de ervas altas. De lá, Baudolino e o Poeta dirigiriam os movimentos de seus guerreiros. Junto deles, um destacamento de elite dos ciápodes, instruído por Gavagai, estabeleceria comunicações rapidíssimas com os diversos esquadrões.

Os pôncios se espalharam por vários pontos da planície, prontos a captar com o seu sensibilíssimo apêndice ventral os movimentos do adversário e enviar sinais de fumaça, conforme o combinado.

À frente de todos, quase no limite extremo da planície das ervas, deviam esperar os ciápodes, sob o comando de Porcelli, prontos para emergir inesperadamente diante dos invasores com suas fístulas e dardos envenenados. Depois que as colunas dos inimigos fossem arrasadas por aquele primeiro impacto, atrás dos ciápodes, apareceriam os gigantes instigados por Aleramo Scaccabarozzi, o Tolo, atacando seus cavalos. Mas, insistia o Poeta, enquanto não tivessem recebido a ordem de entrar em ação, deveriam andar agachados.

Se uma parte dos inimigos tivesse vencido a barreira dos gigantes, dos dois lados da planície, deveriam entrar em ação, numa parte os pigmeus, liderados por Boidi, e, na outra, os blêmios, liderados por Cuttica. Empurrados para o lado oposto pela nuvem de flechas, lançadas pelos pigmeus, os hunos acabariam indo na direção dos blêmios e, antes que os pudessem perceber entre as ervas, eles poderiam deslizar por baixo de seus cavalos.

Cada qual, no entanto, não devia arriscar-se muito. Deveriam infligir severas perdas ao inimigo, mas limitando ao máximo as próprias. De fato, o verdadeiro nervo da estratégia eram os núbios, que deviam esperar posicionados no centro da planície. Os hunos venceriam decerto os primeiros combates, mas chegariam diante dos núbios já reduzidos em número, cobertos de feridas, e seus cavalos não poderiam movimentar-se tão rapidamente no meio daquelas ervas tão altas. Nesse momento, os belicosos circuncélios deveriam estar prontos, com suas maças mortíferas e seu legendário desprezo pelo perigo.

"De acordo, mordes e foges", disse Boidi, "a verdadeira barreira insuperável serão os bravos circuncélios."

"E vós", recomendou o Poeta, "depois que os hunos tiverem passado, devereis logo reagrupar os vossos e dispô-los num semicírculo de meia milha de comprimento. Assim, se os inimigos recorressem àquele artifício pueril de fingir a fuga, para cercar depois os perseguidores, cairão em vossas garras, enquanto correm precisamente para os vossos braços. O importante é que nenhum deles saia vivo. Um inimigo derrotado, se sobrevive, prepara cedo ou tarde uma vingança. Se algum sobrevivente, afinal, conseguir fugir de vós e dos núbios, e dirigir-se para a cidade, os panotos estarão prontos para cair em cima dele e, com tamanha surpresa, nenhum inimigo poderia resistir."

Tendo-se esboçada a estratégia de modo a que nada fosse esquecido, as coortes concentraram-se à noite no centro da cidade e seguiram para a planície, sob a luz das primeiras estrelas, cada qual precedida por seus próprios padres, e cantando na própria língua o Pater Noster, com um majestoso efeito sonoro, que jamais se ouviu sequer em Roma, na mais solene das procissões:

Mael nio, kui vai o les zeal, aepseno lezai tio mita. Veze lezai tio tsaeleda.

O fat obas, kel binol in süs, paisalidumöz nemola. Komömöd monargän ola.

Pat isel, ka bi ni sieloes. Nom al zi bi santed. Klol alzi komi.

O baderus noderus, ki du esso in seluma, fakdade sankadus hanominanda duus, adfenade ha rennanda duus.

Amy Pornio dan chin Orhnio viey, gnayjorhe sai lory, eyfodere sai bagalin, johre dai domion.

Hai coba ggia rild dad, ha babi io sgymta, ha salta io velca…

DESFILARAM POR último os blêmios, enquanto Baudolino e o Poeta já se perguntavam acerca de seu atraso. Quando chegaram, cada um trazia às costas, amarrada debaixo das axilas, uma armação de varas, em cuja ponta fora colocada uma cabeça de pássaro. Com orgulho, Ardzrouni disse que fora a sua última invenção. Os hunos veriam uma cabeça, nela fariam pontaria, e os blêmios cairiam em cima deles, ilesos, em poucos segundos. Baudolino disse que a ideia era boa, mas que se apressassem, porque tinham poucas horas para alcançar as suas posições. Os blêmios não pareciam embaraçados por terem adquirido uma cabeça, ao contrário, eles se pavoneavam, como se tivessem um elmo plumado.

Baudolino e o Poeta, com Ardzrouni, subiram pelo relevo do qual deveriam dirigir a batalha, e esperaram pela aurora. Mandaram Gavagai à frente, pronto para dar-lhes as últimas informações do que estava acontecendo. O bom ciápode correu para o seu posto de combate, gritando: "Viva os santíssimos Reis Magos, viva Pndapetzim!"

As montanhas, para o oriente, já se iluminavam com os primeiros raios de sol, quando um fio de fumaça, alimentado pelos pôncios vigilantes, avisou que os hunos começariam a despontar no horizonte.

E, de fato, apareceram, numa longa linha frontal, de modo que, de longe, parecia que não avançavam nunca, mas que ondejavam ou saltavam, por um lapso de tempo que pareceu a todos muito longo. Percebia-se que avançavam porque, pouco a pouco, não se conseguia mais ver as patas de seus cavalos, já cobertas pelas ervas altas para quem olhava de longe, até que ficaram a pouca distância das fileiras escondidas dos primeiros ciápodes, e esperava-se, em pouco tempo, ver aqueles bravos monópodes se mostrarem. Mas o tempo passava, os hunos avançavam na pradaria, e via-se que algo de estranho estava acontecendo.

Enquanto havia muito que os hunos já estavam bem visíveis, os ciápodes não davam ainda sinal de vida, pareceu-lhes que os gigantes, antes do previsto, levantavam-se, emergindo enormes da vegetação, mas em vez de enfrentar os inimigos, mergulhavam nas ervas, combatendo aqueles que deviam ser os ciápodes. Baudolino e o Poeta, de longe, não podiam entender bem o que estava acontecendo, mas foi possível reconstruir passo a passo as fases da batalha, graças ao corajoso Gavagai que, fulminantemente, ia e vinha de um campo para outro da planície. Por um atávico instinto, logo que o sol nasce, o ciápode é levado a deitar-se, erguendo o pé acima da cabeça. Foi o que fizeram os guerreiros da tropa de assalto. Os gigantes, mesmo que não fossem muito ágeis de pensamento, perceberam que alguma coisa estava errada, começaram a incitá-los mas, segundo seu costume herético, chamavam-nos *omousiastas* de merda, excrementos de Ário.

"Ciápode bom e fiel", desesperava-se Gavagai, ao dar aquelas notícias, "está corajoso e não covarde, mas não pode suportar insulto de herético comedor de queijo, tu, procura entender!" Em resumo, começara primeiro uma rápida contenda teológica de palavras, depois uma troca de bofetadas, e os gigantes logo levaram a melhor. Aleramo Scaccabarozzi, o Tolo, tentou afastar aqueles seus monóculos do insano confronto, mas eles haviam perdido o bem do intelecto, e o afastavam com tapas tão fortes que o faziam voar a mais de dez metros. Assim, não perceberam que os hunos já estavam em cima deles, produzindo um massacre. Caíam os ciápodes e caíam os gigantes, ainda que alguns destes tentassem defender-se, agarrando um ciápode pelo pé e usando-o inutilmente como maça. Porcelli e Scaccabarozzi entraram na luta, para dar ânimo, cada qual à própria fileira, mas estavam cercados pelos hunos. Haviam se defendido bravamente, girando suas espadas, mas logo foram trespassados por cem flechas.

Viam-se agora os hunos abrir caminho, esmagando as ervas, entre as vítimas de seu massacre. Boidi e Cuttica, dos dois lados da planície, não conseguiam entender o que estava acontecendo, e foi preciso enviar-lhes Gavagai, para que antecipassem a intervenção lateral dos blêmios e dos pigmeus. Os hunos foram atacados pelos dois lados, mas tiveram uma ideia admirável: sua vanguarda avançou além
 das fileiras dos ciápodes e dos gigantes caídos, a retaguarda

retirou-se, e eis que os pigmeus, de um lado, e os blêmios, de outro, viram-se correndo um ao encontro do outro. Os pigmeus, quando viram aquelas cabeças de voláteis, que despontavam do relvado, sem nada saber da invenção de Ardzrouni, puseram-se a gritar "as gruas, as gruas" e, julgando combater seu milenar inimigo, esqueceram-se dos hunos e cobriram de flechas a fileira dos blêmios. Os blêmios, agora, defendiam-se dos pigmeus e, acreditando numa traição, gritavam "morte ao herético". Os pigmeus acreditavam numa traição dos blêmios e, ouvindo que eram tachados de heréticos, e considerando-se os únicos guardiães da verdadeira fé, gritavam por sua vez: "Matem o fantasiasta!" Os hunos entraram na luta e acertavam mortalmente cada um de seus inimigos, enquanto estes combatiam entre si. Gavagai contou agora que viu Cuttica tentando segurar os inimigos sozinho. Depois, vencido, caiu atropelado por seus cavalos.

Boidi, à vista do amigo que morria, julgou perdidas as duas fileiras, montou no cavalo e tentou chegar até a barreira núbia para alertá-la, mas as ervas altas retardavam-lhe a corrida, como de resto tornavam difícil o avanço dos inimigos. Boidi conseguiu chegar com dificuldade até os núbios, pôs-se atrás deles e os incitou para que se movessem compactos contra os hunos. Mas tão logo se encontraram diante deles, sedentos de sangue, os malditos circuncélios seguiram a sua natureza, ou seja, sua natural propensão ao martírio. Pensaram que o momento sublime do sacrifício havia chegado, e era melhor antecipá-lo. Puseram-se um atrás do outro, de joelhos, invocando: "Mate-me, mate-me!" Os hunos não acreditavam no que viam, desembainharam as espadas curtas e afiadas, e começaram a cortar as cabeças dos circuncélios, que se aglomeravam à sua volta, esticando o pescoço, e invocando o lavacro purificador.

Boidi, erguendo os punhos ao céu, começou a fugir, correndo em direção à colina e chegou pouco antes que a planície pegasse fogo.

Com efeito, Boron e Kyot, da cidade, avisados do perigo, pensaram em usar as cabras que Ardzrouni preparara para aquele seu estratagema, mas era inútil em pleno dia. Fizeram os sem-língua empurrarem centenas de animais com os chifres em chamas pela planície. Estávamos em plena estação, as ervas já se mostravam muito secas, e pegaram fogo num instante. O mar de ervas transformou-se num mar de chamas. Talvez Boron e Kyot tenham pensado que as chamas se limitariam a formar uma barreira, ou fariam recuar a cavalaria inimiga, mas não haviam calculado a direção do vento. O fogo tornava-se mais forte, mas se alastrava na direção da cidade. Isso favorecia com certeza os hunos, que deviam esperar apenas que as ervas queimassem, e as cinzas se resfriassem, para terem livre acesso para o galope final. Mas o seu ataque estava atrasado em pelo menos uma hora. Os hunos, porém, sabiam que tinham tempo. Limitaram-se a se posicionar às margens do incêndio e, erguendo os arcos ao céu, lançavam tantas flechas, que escureciam o céu, fazendo com que caíssem além da barreira, não sabendo ainda se os esperavam outros inimigos.

Uma flecha caiu sibilando do alto e foi parar no pescoço de Ardzrouni, que tombou ao chão com um soluço estrangulado, perdendo sangue pela boca. Tentando levar as mãos ao pescoço para arrancar a flecha, viu que estavam se cobrindo de manchas esbranquiçadas. Baudolino e o Poeta inclinaram-se sobre ele e sussurraram-lhe que o mesmo estava acontecendo com o seu rosto.

"Vês que Solomon tinha razão", disse-lhe o Poeta, "havia um remédio. Talvez as flechas dos hunos estivessem embebidas num veneno que para ti é uma panaceia, e que dissolve o efeito daquelas pedras negras."

"Que me importa morrer branco ou preto?", agonizou Ardzrouni, e morreu, ainda de cor incerta. Mas outras flechas caíam mais densas, e era preciso abandonar a colina. Fugiram para a cidade, com o Poeta petrificado, que dizia:

"Acabou, apostei num reino. Não devemos esperar muito da resistência dos panotos. Podemos apenas esperar o tempo que nos concedem as chamas. Vamos juntar nossas coisas e fugir. Para o ocidente, o caminho ainda está livre."

Naquela altura, Baudolino teve um só pensamento. Os hunos entrariam em Pndapetzim, acabariam por destruí-la, mas a sua corrida desvairada não iria parar lá; seguiriam para o lago, invadindo o bosque das ipásias. Deveria chegar antes deles. Mas não podia abandonar seus amigos, era preciso reencontrá-los, juntar suas coisas, alguma provisão, preparar-se para uma longa fuga.

"Gavagai, Gavagai!", gritou e lá estava, fiel, a seu lado. "Corre até o lago, encontra Ipásia, não sei como o farás, mas encontra-a, manda-lhe aprontar-se, irei salvá-la."

"Eu não sei como faz, mas eu encontra ela", disse o ciápode, e voou como uma flecha.

Baudolino e o Poeta entraram na cidade. A notícia da derrota já havia chegado, as fêmeas de todas as raças, com suas crianças no colo, corriam, sem meta, pelas ruas. Os panotos, aterrorizados, pensando que já sabiam voar, lançavam-se no vazio. Mas foram educados a planar para baixo, não a equilibrar-se no céu, e logo encontraram-se de novo no chão. Aqueles que buscavam desesperadamente bater as orelhas para mover-se no ar caíam exaustos e se espatifavam nas rochas. Encontraram Colandrino, desesperado pelo insucesso de seu adestramento, Solomon, Boron e Kyot, que perguntavam pelos outros.

"Estão mortos, paz à sua alma", disse, com raiva, o Poeta.

"Rápido, aos alojamentos", gritou Baudolino, "e depois para o ocidente!"

Ao chegarem a seus alojamentos, recolheram tudo o que puderam. Desceram com grande velocidade, viram na frente da torre um vaivém de eunucos, que carregavam seus pertences sobre pequenas mulas. Praxeas os encarou, lívido: "O Diácono morreu, e tu o sabias", disse a Baudolino.

"Morto ou vivo, fugirias do mesmo modo."

"Nós vamos. Quando chegarmos à garganta, iniciaremos a avalanche, e o caminho para o reino do Preste João ficará fechado para sempre. Quereis vir conosco? Tereis de aceitar as nossas condições."

Baudolino não lhe perguntou sequer quais eram as condições.

"Mas o que me importa desse teu maldito Preste João?", gritou. "Tenho mais em que pensar! Vamos, amigos!"

Os outros ficaram perplexos. Boron e Kyot admitiram depois que seu verdadeiro objetivo fora sempre o de reencontrar Zósimo com o Greal, e Zósimo, no reino, certamente ainda não chegara e jamais chegaria, Colandrino e Boidi disseram que vieram com Baudolino e com ele voltariam, Solomon observou que as suas dez tribos podiam estar tanto aquém como além daquelas montanhas e, portanto, para ele qualquer direção era boa. O Poeta não falava, parecia que tivesse perdido todo o entusiasmo, e foi necessário que alguém pegasse nas rédeas de seu cavalo para levá-lo embora.

Quando estavam para fugir, Baudolino viu chegar em sua direção um dos dois acólitos velados do Diácono. Trazia um estojo:

"É a mortalha com as suas feições", disse. "Queria que fosse tua. Faz bom uso dela."

"Fugireis também?"

Disse o encoberto:

"Aqui ou lá, se houver um lá, tanto faz para nós. Espera-nos a sorte de nosso senhor. Ficaremos aqui para empestear os hunos."

LOGO QUE DEIXOU a cidade, Baudolino teve uma visão atroz. Na direção das colinas azuis, as chamas cintilavam. De alguma forma, desde a manhã uma parte dos hunos começara a rodear, por algumas horas, o lugar da batalha, e já estavam chegando ao lago.

"Rápido", gritava Baudolino, desesperado, "todos para lá, a galope!" Os outros não entendiam.

"Por que para lá, se eles já estão lá?", perguntou Boidi. "Seria melhor por aqui, talvez a única passagem que restou esteja para o sul."

"Fazei o que quiserdes, eu vou", gritou Baudolino fora de si.

"Ficou louco, vamos segui-lo para que não se machuque", implorava Colandrino.

Mas Baudolino já se distanciara muito deles, e, invocando o nome de Ipásia, seguia para a morte certa.

Parou depois de meia hora de galope furioso, ao perceber uma figura veloz que vinha em sua direção. Era Gavagai.

"Fica tranquilo", disse-lhe. "Eu viu ela. Agora ela está salva." Aquela bela notícia devia logo transformar-se numa fonte de desespero, porque eis o que dizia Gavagai: as ipásias foram avisadas acerca da chegada dos hunos, e justamente pelos sátiros, que desceram de suas colinas, haviam-nas reunido, e quando Gavagai chegou já estavam para levá-las embora com eles, lá para cima, além das montanhas, onde apenas eles sabiam o caminho, e os hunos jamais conseguiriam chegar até lá. Ipásia ficara por último, esperando, com as companheiras que a puxavam pelos braços, para ter notícias de Baudolino, e não queria partir antes de saber algo da sua sorte. Ao ouvir a mensagem de Gavagai, ela se acalmara; sorrindo entre lágrimas, pediu para que se despedisse dele, e enquanto tremia ela o encarregou de dizer-lhe que fugisse, pois sua vida estava em perigo, e soluçando deixara-lhe sua última mensagem: ela o amava, e não voltariam a ver-se nunca mais.

Baudolino perguntou-lhe se estava louco, não podia deixar Ipásia ir às montanhas, queria levá-la consigo. Mas Gavagai lhe disse que agora era tarde, porque antes mesmo que ele chegasse até lá, por onde, aliás, os hunos vagavam soberanos, as ipásias já estariam não se sabe onde. Depois, superando o respeito a um dos Magos, e pousando-lhe uma das mãos em seu braço, repetiu-lhe a última mensagem de Ipásia: ela o teria esperado, mas o seu primeiro dever era proteger o seu filho.

"Ela disse: eu para sempre tem comigo uma criança que lembra para mim Baudolino." Depois, olhando-o de baixo para cima: "Tu faz criança com aquela mulher?"

"Não é da tua conta", disse-lhe, de modo ingrato, Baudolino. Gavagai permaneceu mudo.

Baudolino hesitava ainda, quando seus companheiros o alcançaram. Percebeu que não poderia explicar-lhes nada, nada que pudessem entender. Depois tratou de convencer a si mesmo. Era tudo tão racional: o bosque era já terra de conquista, as ipásias haviam afortunadamente alcançado os penhascos onde se encontrava a sua salvação, Ipásia havia justamente sacrificado seu amor por Baudolino pelo amor àquela coisa nascitura que ele lhe dera. Era tudo tão dolorosamente sensato que não havia outra escolha possível.

"EU JÁ FORA avisado, senhor Nicetas, de que o Demiurgo fazia as coisas somente pela metade."

36
Baudolino e os pássaros roq

"Pobre e infeliz Baudolino", disse Nicetas, tão comovido que esquecera de provar a cabeça de porco, fervida com sal, cebolas e alho, que Teofilato conservara durante o inverno num pequeno tonel com água marinha. "Mais uma vez, sempre que te enamoravas de uma coisa verdadeira, a sorte te punia."

"Daquela tarde em diante, cavalgamos por três dias e três noites, sem parar, comer ou beber. Soube depois que meus amigos fizeram prodígios de astúcia para evitar os hunos, que podiam ser encontrados por toda parte no espaço de milhas e milhas. Eu me deixava levar. Seguia-os e pensava em Ipásia. É justo, dizia de mim para mim, que tenha acabado assim. Poderia realmente levá-la comigo? Ela se acostumaria com um mundo desconhecido, tirada da inocência do bosque, do calor familiar de seus rituais e da companhia de suas irmãs? Deixaria de ser uma eleita, chamada a redimir a divindade? Eu teria feito dela uma escrava, uma infeliz. E, além disso, jamais lhe perguntei sua idade, mas poderia ser duas vezes minha filha. Quando abandonei Pndapetzim, acho que devia ter uns cinquenta e cinco anos. Eu lhe parecera jovem e vigoroso, porque era o primeiro homem que via, mas já estava entrando na velhice. Poderia dar-lhe muito pouco e tirar-lhe tudo. Procurava convencer-me de que as coisas aconteceram como deviam acontecer. Deviam acontecer de modo a tornar-me infeliz para sempre. Se aceitasse isso, eu teria encontrado a minha paz."

"Não tiveste a tentação de voltar?"

"A cada instante, depois daqueles três primeiros dias de que não tenho memória. Mas tínhamos perdido o caminho. A direção que havíamos tomado não era a mesma pela qual tínhamos vindo, demos infinitas voltas e atravessamos três vezes a mesma montanha, ou eram talvez três montanhas diferentes, mas já não éramos capazes de as distinguir. Não bastava o sol para nos orientarmos, e não tínhamos conosco Ardzrouni ou o seu mapa. Talvez tenhamos dado a volta naquela grande montanha que ocupa a metade do tabernáculo, e estávamos do outro lado da Terra. Depois ficamos sem cavalos. Os pobres animais estavam conosco desde o início da viagem, e conosco envelheceram. Não tínhamos percebido, pois em Pndapetzim não havia outros cavalos com os quais pudéssemos compará-los. Aqueles últimos três dias de fuga precipitada acabaram com eles. Morreram aos poucos, e foi para nós quase uma bênção, porque tiveram sempre o bom-senso de nos deixar um de cada vez, em lugares onde não se achava comida, e comemos suas carnes, ou o pouco que ficou colado aos seus ossos. Seguíamos a pé, e com os pés feridos, o único que não se queixava era Gavagai, que jamais tivera qualquer

 necessidade de cavalos e na planta do pé tinha um calo de

dois dedos de altura. Comíamos realmente gafanhotos, mas sem mel, à diferença dos santos padres. Depois perdemos Colandrino."

"Logo o mais jovem..."

"O mais inexperiente de todos. Procurava comida entre as rochas, pôs a mão numa pérfida cavidade, e foi picado por uma serpente. Teve apenas fôlego para despedir-se de mim, e sussurrar-me que me mantivesse fiel à lembrança de sua amada irmã, e minha amantíssima esposa, para que eu pelo menos a fizesse viver em minha memória. Eu esquecera Colandrina, e mais uma vez me senti adúltero e traidor, de Colandrina e de Colandrino."

"E depois?"

"Depois disso tudo se torna obscuro. Senhor Nicetas, parti de Pndapetzim quando, segundo meus cálculos, era o verão de 1197 do ano do Senhor. Cheguei aqui em Constantinopla em janeiro passado. Nesse meio-tempo, houve, portanto, seis anos e meio de vazio, vazio de meu espírito, talvez vazio do mundo."

"Seis anos vagando pelos desertos?"

"Um ano, talvez dois, quem pensava no tempo? Depois da morte de Colandrino, talvez meses depois, encontramo-nos aos pés de algumas montanhas, que não sabíamos como escalar. Dos doze que partiram, éramos agora seis, seis homens e um ciápode. Com as roupas esfarrapadas, magros, queimados pelo sol, restavam apenas nossas armas e nossos alforjes. Dissemos que tínhamos chegado ao fim de nossa viagem, e que nosso destino era o de morrer ali. Inesperadamente, vimos chegar em nossa direção um grupo de homens a cavalo. Vestiam-se com suntuosidade, usavam armas reluzentes, tinham um corpo humano e cabeça de cachorro."

"Eram cinocéfalos. Então, existem."

"Como Deus é verdadeiro. Interrogaram-nos emitindo latidos, nós não entendíamos, aquele que parecia o chefe sorriu – talvez fosse um sorriso, ou um rosnado, que lhes punha à mostra os caninos afiados –, deu uma ordem aos seus, e eles nos amarraram, em fila indiana. Eles nos fizeram atravessar a montanha, através de um caminho que conheciam, e após algumas horas de marcha, descemos num vale que circundava por todos os lados um outro monte altíssimo, com uma poderosa fortaleza, sobre a qual volteavam aves de rapina que, mesmo de longe, pareciam enormes. Lembrei-me da antiga descrição de Abdul, e reconheci a fortaleza de Aloadin."

FOI ASSIM. Os cinocéfalos fizeram-nos subir por tortuosíssimas escadarias encravadas na pedra até aquele inexpugnável refúgio e nos conduziram ao castelo, quase tão grande quanto uma cidade, onde, entre torres e torreões entreviam-se jardins suspensos e passagens fechadas por grades robustas. Foram confiados a outros cinocéfalos, munidos de chibatas. Ao passar por um corredor, Baudolino viu de relance, através de uma janela, uma espécie de pátio, entre muros altíssimos, onde definhavam, acorrentados, muitos jovens, e lembrou-se de como Aloadin educava seus sicários para o crime, enfeitiçando-os com mel verde. Levados para uma sala suntuosa, viram, sentado em almofadas bordadas, um velho que parecia ter cem anos, de barba branca, sobrancelhas negras e olhar sombrio. Já vivo e poderoso quando havia capturado Abdul, quase meio século antes, Aloadin ainda estava lá, comandando seus escravos.

Olhou para eles com desprezo, e percebia evidentemente que aqueles infelizes não eram bons para ser incorporados entre seus jovens assassinos. Não lhes dirigiu sequer a palavra. Fez um gesto entediado para um de seus servos, como se dissesse: fazei com eles o que bem quiserdes. Ficou curioso apenas quando viu atrás deles o ciápode. Mandou que andasse, convidou-o com gestos a erguer o pé acima da cabeça, riu. Os seis homens foram levados embora, e Gavagai ficou com ele.

Começou assim a longa prisão de Baudolino, Boron, Kyot, Rabbi Solomon, Boidi e o Poeta, todos perenemente com uma corrente aos pés, que terminava numa bola de pedra, sendo utilizados em trabalhos servis, às vezes lavando os ladrilhos de assoalhos e paredes, às vezes girando a mó dos lagares, às vezes ainda levando quartos de carneiro aos pássaros roq.

"ERAM", EXPLICAVA Baudolino a Nicetas, "animais voadores tão grandes como dez águias juntas, com um bico adunco e cortante, com o qual podiam em pouco tempo desmembrar um boi. Suas patas tinham garras que pareciam rostros de um navio de batalha. Andavam em círculos, irrequietos numa vasta gaiola, situada num torreão, prontos a atacar quem quer que fosse, com exceção de um eunuco que parecia falar sua linguagem, e demorava-se propositadamente, movendo-se entre eles como se estivesse entre os frangos de seu galinheiro. Era também o único que podia enviá-los como mensageiros de Aloadin: punha num deles, no pescoço e no dorso, correias robustas que fazia passar por baixo das asas, e prendia nelas um cesto, ou outro peso, depois abria uma cancela, dava uma ordem e o pássaro já amarrado, e somente aquele, voava para fora da torre e desaparecia no céu. Nós o vimos também voltando, o eunuco mandava-os entrar e retirava da sua albarda um saco ou um cilindro de metal que evidentemente continha uma mensagem para o senhor daquele lugar."

OUTRAS VEZES os prisioneiros passavam dias e mais dias em puro ócio, pois não havia nada a fazer; às vezes eram encarregados de servir o eunuco que levava o mel verde aos jovens acorrentados, e horrorizavam-se vendo seus rostos desfigurados pelo sonho que os consumia. Mas quando não era um sonho, um tédio sutil devastava nossos prisioneiros, que enganavam o tempo, narrando sempre uns aos outros suas aventuras passadas. Lembravam Paris, Alexandria, o alegre mercado de Galípolis, a estada serena com os gimnosofistas. Falavam da carta do Preste João, e o Poeta, sempre mais melancólico, parecia repetir as palavras do Diácono como se as tivesse ouvido:

"A dúvida que me consome é que o reino não exista. Quem nos falou dele em Pndapetzim? Os eunucos. De quem voltavam os mensageiros que eles enviavam ao Padre? Deles, dos eunucos. E aqueles mensageiros, partiram realmente? Voltaram realmente? O Diácono jamais viu o seu pai. Tudo o que ouvimos foi dos eunucos. Talvez tudo fosse um complô dos eunucos, que zombavam do Diácono, de nós, e do último núbio ou ciápode. Às vezes me pergunto se os hunos brancos jamais existiram..." Baudolino dizia-lhe que se lembrasse apenas de seus companheiros mortos na batalha, mas o Poeta balançava a cabeça. Melhor do que repetir a si mesmo que fora derrotado, preferia acreditar que fora a vítima de um feitiço.

Voltavam depois ao dia da morte de Frederico, e todas as vezes inventavam uma nova explicação para entenderem aquela morte inexplicável. Fora Zósimo, estava claro. Não, Zósimo roubara o Greal, mas apenas depois: alguém, esperando apoderar-se do Greal, agira primeiro. Ardzrouni? E quem poderia sabê-lo? Um de seus companheiros desaparecidos? Que pensamento atroz. Um dos sobreviventes?

Mas, diante de tanta desgraça, dizia Baudolino, temos de sofrer ainda os espasmos de uma suspeita mútua?

"ENQUANTO VIAJÁVAMOS, excitados pela descoberta do reino do Padre, não fomos tomados por essas dúvidas, cada um ajudava o outro com espírito de amizade. Era o cativeiro que nos tornava rabugentos, não conseguíamos olhar no rosto um do outro, e durante anos odiamo-nos reciprocamente. Eu vivia dentro de mim. Pensava em Ipásia, não conseguia lembrar seu rosto, mas apenas a felicidade que me dava; à noite acabava passando as mãos inquietas sobre a pelugem de meu púbis, e sonhava tocar o seu velo que sabia a musgo. Eu podia excitar-me porque, se o espírito declinava, delirando, nosso corpo se recuperava gradualmente dos efeitos de nossa peregrinação. Ali não nos alimentavam mal, tínhamos comida abundante duas vezes ao dia. Talvez fosse o modo pelo qual Aloadin, que não nos admitia nos mistérios de seu mel verde, nos mantivesse tranquilos. De fato, havíamos retomado o nosso vigor, mas, apesar dos duros trabalhos aos quais éramos submetidos, engordamos. Eu olhava para a minha barriga proeminente e dizia: como és belo, Baudolino, todos os homens são belos como tu? Depois ria como um idiota."

Os únicos momentos de consolo eram aqueles nos quais Gavagai os visitava. O ótimo amigo transformara-se no bufão de Aloadin, divertia-o com seus movimentos inopinados, prestava-lhe pequenos serviços, voando pelas salas e corredores para levar as suas ordens, aprendera a língua sarracena, desfrutava de muita liberdade. Levava para seus amigos alguma guloseima das cozinhas do senhor, mantinha-os informados sobre os acontecimentos da fortaleza, sobre as lutas secretas entre os eunucos para assegurar o favor do patrão, sobre as missões homicidas, às quais eram mandados os jovens alucinados.

Um dia deu a Baudolino o mel verde, mas pouco, disse, pois senão ficaria como aqueles animais assassinos. Baudolino tomou um pouco, e viveu uma noite de amor com Ipásia. Mas, no fim do sonho, a jovem mudara suas feições, tinha pernas ágeis, brancas e delicadas como as mulheres dos homens, e cabeça de cabra.

Gavagai os avisou de que suas armas e alforjes haviam sido jogados num pequeno quarto, e que ele saberia reencontrá-los quando tentassem fugir.

"Mas realmente, Gavagai, achas que um dia poderemos fugir?", perguntou-lhe Baudolino.

"Eu acha que sim. Eu acha que muitos bons modos para fugir. Eu só deve encontrar o melhor. Mas tu fica gordo como um eunuco, e se tu gordo tu foge mal. Tu deve fazer movimentos de corpo, como eu, tu põe teu pé sobre tua cabeça e fica muito ágil."

O pé na cabeça não, mas Baudolino compreendeu que a esperança de uma fuga, embora vã, o ajudaria a suportar o cativeiro sem perder a razão, e assim preparava-se para o acontecimento, mexendo os braços, dobrando suas pernas por dezenas e dezenas de vezes até cair exausto sobre seu ventre redondo. Recomendara o mesmo aos amigos, e com o Poeta fingia movimentos de luta; passavam, às vezes, toda uma tarde tentando jogar o outro no chão. Com a corrente aos pés não era fácil, e haviam perdido a agilidade de outrora. Não só por causa do cativeiro. Era a idade. Mas isso lhes fazia bem.

O único que havia esquecido completamente seu corpo era Rabbi Solomon. Comia pouquíssimo, estava muito fraco para os diversos trabalhos, e os amigos faziam a sua parte. Não tinha nenhum rolo para ler e nenhum instrumento para escrever. Passava as horas repetindo o nome do Senhor, e todas as vezes era um som diferente. Perdera os dentes que lhe restavam, tinha agora apenas gengivas, tanto à direita como à esquerda. Comia, ruidosamente, e falava, sibilando. Convencera-se de que as dez tribos perdidas não podiam ter ficado num reino, cuja metade era composta de nestorianos, que ainda se podia suportar, porque até para os judeus aquela boa mulher de Maria não podia ter gerado nenhum deus, mas a outra metade era de idólatras, que aumentavam ou diminuíam a seu bel-prazer o número das divindades. Não, dizia desconsolado, talvez as dez tribos tenham passado por aquele reino, mas depois voltaram a errar; nós, judeus, buscamos sempre uma terra prometida, contanto que seja alhures, e quem sabe agora onde estarão, talvez a poucos passos daqui, onde estou terminando os meus dias, mas perdi toda e qualquer a esperança de encontrá-las. Suportemos as provações que o Santo, que seja bendito sempre, manda para nós. Jó viu coisas muito piores.

"TINHA PERDIDO A cabeça, percebia-se a olhos vistos. E me parecia que Kyot e Boron também tivessem perdido a cabeça, divagando sempre sobre aquele Greal, que iriam reencontrar, ou melhor, pensavam agora que ele se deixaria encontrar por eles, e quanto mais falavam, mais as suas virtudes miraculosas tornavam-se miraculosíssimas, e sonhavam ainda mais em tê-lo de volta. O Poeta repetia: deixa pôr minhas mãos em Zósimo, e hei de me tornar dono do mundo. Esquece Zósimo, eu dizia: não chegou sequer a Pndapetzim, e talvez tenha se perdido pelo caminho, seu esqueleto está se transformando em pó em algum lugar poeirento, seu Greal foi tomado por nômades infiéis que talvez o estejam agora usando para mijar dentro dele. Cala-te, cala-te, dizia-me Boron, empalidecendo."

"Como conseguistes libertar-vos daquele inferno?", perguntou Nicetas.

"Um dia Gavagai veio nos dizer que encontrara o caminho da fuga. Pobre Gavagai, ele também nesse ínterim envelhecera; eu nunca soube quanto vive um ciápode, mas não chegava mais antes de si mesmo, como o raio. Chegava como o trovão, um pouco depois, e, no fim da corrida, ofegava."

O PLANO ERA O SEGUINTE: devíamos surpreender, com armas, o eunuco que guardava os pássaros roq, obrigando-o a arreá-los como de costume, mas de forma que as correias que prendiam sua bagagem fossem amarradas aos cinturões dos fugitivos. Depois ele devia dar aos pássaros ordens de voar até Constantinopla. Gavagai falara com o eunuco, e soubera que ele mandava os roq frequentemente àquela cidade, até um de seus agentes, que vivia numa colina próxima de Pera. Tanto Baudolino quanto Gavagai compreendiam a língua sarracena e poderiam verificar se o eunuco dava a ordem certa. Logo que chegassem ao destino, os pássaros desceriam sozinhos.

"Como eu não pensa nisso antes?", perguntava-se Gavagai, dando comicamente socos na cabeça.

"Sim", disse Baudolino, "mas como podemos voar com uma corrente ao pé?"

"Eu encontra a lima", disse Gavagai.

Durante a noite, Gavagai encontrara suas armas e os alforjes, e os levara para o dormitório deles. Espadas e punhais haviam enferrujado, mas passaram as noites a limpá-los e afiá-los, esfregando-os nas pedras das paredes.

 Tiveram a lima. Não valia muito e perderam semanas para

cortar o anel que apertava seus tornozelos. Conseguiram; por baixo do anel fendido passaram uma corda, amarrada à corrente, e davam a impressão de que caminhavam pelo castelo, impossibilitados como antes. Pensando bem, percebia-se a farsa, mas estavam lá havia tantos anos, que ninguém mais prestava atenção neles, e os cinocéfalos já os consideravam como animais domésticos.

Certa noite, souberam que no dia seguinte poderiam tirar das cozinhas alguns sacos de carne apodrecida para levá-los aos pássaros. Gavagai disse-lhes que aquela era a oportunidade que esperavam.

Pela manhã foram pegar os sacos, com ar de quem faz as coisas de má vontade, passaram pelo dormitório, e enfiaram as armas dentro das carnes. Chegaram às gaiolas onde já se encontrava Gavagai, divertindo o eunuco sentinela, dando cambalhotas. O restante foi fácil; abriram os sacos, tiraram os punhais, colocaram seis na garganta da sentinela (Solomon olhava-os como se nada do que estava acontecendo lhe dissesse respeito) e Baudolino explicou ao eunuco aquilo que devia fazer. Parecia não haver arreios suficientes, mas o Poeta aludiu ao corte das orelhas e o eunuco, que de cortes já recebera o suficiente, declarou-se disposto a colaborar. Sete pássaros foram preparados para aguentar o peso de sete homens, ou de seis homens e de um ciápode. "Eu quero o mais forte", disse o Poeta, "porque tu", e dirigia-se ao eunuco, "infelizmente não podes ficar aqui, pois darias o alarme, ou gritarias para que teus animais voltassem. À minha cintura ficará preso outro laço, e nele ficarás pendurado. Assim, o pássaro deverá suportar o peso de duas pessoas."

Baudolino traduziu, o eunuco declarou-se feliz de acompanhar os seus captores até o fim do mundo, mas perguntou o que aconteceria depois com ele. Asseguraram-lhe:

uma vez em Constantinopla, ele poderia seguir seu caminho. "E vamos logo", intimou o Poeta, "porque o fedor desta gaiola é insuportável."

Foi necessário, no entanto, cerca de uma hora para organizar tudo, segundo as regras da arte. Cada um se amarrou firmemente à própria ave de rapina, e o Poeta amarrou à própria cintura a correia que deveria sustentar o eunuco. O único ainda desamarrado era Gavagai, que espreitava do canto de um corredor se vinha alguém quebrar os ovos antes do tempo.

Vem vindo alguém. Alguns guardas espantaram-se que os prisioneiros, enviados para dar de comer aos animais, depois de tanto tempo não tivessem ainda voltado. Veio do fundo do corredor um grupo de cinocéfalos, latindo preocupado.

"Vêm cabeças de cachorro!", gritou Gavagai. "Vós parte logo!"

"Nós parte logo uma ova", gritou Baudolino. "Vem, que ainda temos tempo de colocar o teu arreio!"

Não era verdade, e Gavagai percebeu. Se ele fugisse, os cinocéfalos chegariam à gaiola antes que o eunuco pudesse abrir a grade e mandar os pássaros voarem. Gritou aos outros para que abrissem a gaiola e partissem. Enfiara nos sacos das carnes a sua fístula. Ele a pegou, com os três dardos que lhe sobraram.

"Ciápode morre, mas fica fiel aos santíssimos Magos", disse. Deitou-se no chão, levantou o pé acima da cabeça, e de cabeça para baixo levou a fístula à boca, soprou, e o primeiro cinocéfalo caiu morto. Enquanto aqueles se afastavam, Gavagai teve ainda tempo para derrubar outros dois, depois ficou sem dardos. Para conter os agressores, segurava a fístula como se ainda tivesse o que soprar dentro dela, mas o truque durou pouco. Aqueles monstros caíram em cima dele e o trespassaram com suas espadas.

Enquanto isso, o Poeta enfiara um pouco o seu punhal debaixo do queixo do eunuco que, perdendo o primeiro sangue, compreendera o que se lhe pedia e, mesmo atrapalhado com suas amarras, conseguiu abrir a grade. Quando viu Gavagai sucumbir, o Poeta gritou: "Acabou-se, vamos, vamos!" O eunuco deu uma ordem aos roq para que se lançassem para fora e levantassem voo. Os cinocéfalos estavam entrando na gaiola naquele exato momento, mas o seu ímpeto foi refreado pelos pássaros que, enfurecidos com aquela confusão, começaram a dar-lhes bicadas.

Todos os seis encontraram-se em pleno céu.

"Deste a ordem certa para Constantinopla?", perguntou, gritando, o Poeta a Baudolino, e Baudolino fez sinal que sim. "Então já não serve mais", disse o Poeta. Com um só golpe de punhal cortou a correia que o amarrava ao eunuco, e aquele mergulhou no vazio. "Voaremos melhor", disse o Poeta, "Gavagai foi vingado."

"VOAMOS, SENHOR Nicetas, bem alto sobre planícies desoladas, marcadas apenas pelas feridas dos rios secos sabe-se lá desde quando, campos cultivados, lagos, florestas, mantendo-nos presos às patas dos pássaros, porque temíamos que a albarda não aguentasse. Não sei precisar quanto tempo voamos, e tínhamos as palmas das mãos feridas. Víamos passar debaixo de nós extensões arenosas, terras fecundíssimas, prados e penhascos montanhosos. Voávamos ao sol, mas à sombra daquelas longas asas que fendiam o ar acima de nossas cabeças. Não sei quanto voamos, mesmo de noite, e a uma altura certamente negada aos anjos. Num certo ponto vimos abaixo de nós, numa planície deserta, dez fileiras – assim nos pareceu – de pessoas (ou seriam formigas?) que seguiam quase paralelas não se sabe para onde. Rabbi Solomon pôs-se a gritar que eram as dez tribos perdidas, e que queria alcançá-las. Tentava fazer com que seu pássaro descesse, puxando-o pelas patas, guiar o seu voo como se faz com os panos de uma vela ou com a barra de um leme, mas aquele se enfurecia, libertara-se da sua presa e tentava agarrar-lhe a cabeça. Solomon, não banques o idiota, gritou Boidi, aqueles não são os teus, são uns nômades quaisquer que estão indo sem saber para onde! Palavras inúteis. Tomado por uma mística loucura, Solomon agitou-se tanto que se libertou de sua albarda, e precipitou-se, ou melhor, não, voou de braços abertos, passando pelos céus como um anjo do Altíssimo, que sempre seja o Santo bendito, mas era um anjo atraído por uma terra prometida. Vimos que se tornava cada vez menor, até que sua imagem se confundiu com aquelas formigas lá embaixo."

DEPOIS DE ALGUM tempo, os pássaros roq, fidelíssimos à ordem recebida, chegaram à vista de Constantinopla, e das suas cúpulas que resplandeciam ao sol. Desceram onde deviam descer, e os nossos libertaram-se das amarras. Uma pessoa, talvez o sicofanta de Aloadin, veio ao encontro deles, admirado pela descida de tantos mensageiros. O Poeta sorriu-lhe, dando-lhe um golpe com a espada na cabeça.

"*Benedico te in nomine Aloadini*", disse, seráfico, enquanto o outro caía como um saco. "Xô xô!", fez depois aos pássaros. Parece que eles entenderam o tom da sua voz, levantaram voo e desapareceram no horizonte.

"Estamos em casa", disse feliz Boidi, que estava no entanto a mil milhas de sua própria casa.

"Esperemos que em algum lugar estejam ainda os nossos amigos genoveses", disse Baudolino. "Vamos procurá-los."

"Vereis que serão novamente úteis nossas cabeças do Batista", disse o Poeta, que parecia subitamente rejuvenescido. "Estamos de novo entre cristãos. Perdemos Pndapetzim, mas poderemos reconquistar Constantinopla."

"NÃO SABIA", comentou Nicetas com um sorriso triste, "que outros cristãos já o estavam fazendo."

37
Baudolino enriquece os tesouros de Bizâncio

"Assim que acabamos de transpor o Corno de Ouro e de entrar na cidade, compreendemos logo que nos deparamos com a mais estranha situação que já havíamos visto. Não era uma cidade sitiada porque os inimigos, mesmo que seus navios estivessem na baía, estavam aquartelados em Pera, e muitos deles giravam pela cidade. Não era uma cidade conquistada, porque junto aos invasores com a cruz no peito vagavam também os soldados do imperador. Em suma, os cruciferos estavam em Constantinopla, mas Constantinopla não lhes pertencia. E quando chegamos à casa de meus amigos genoveses, que eram afinal os mesmos com os quais também moraste, tampouco eles sabiam explicar o que acontecera e muito menos o que estava prestes a acontecer."

"Para nós também era difícil entender", disse Nicetas com um suspiro de resignação. "E apesar disso, um dia deverei escrever a história desse período. Após o malogro da expedição para a reconquista de Jerusalém, tentada pelo teu Frederico e pelos reis da França e da Inglaterra, os latinos decidiram tentar novamente, passados mais de dez anos, sob o comando dos grandes príncipes como Balduíno de Flandres ou Bonifácio de Monferrato. Mas precisavam de uma frota, e mandaram-na construir pelos venezianos. Eu te ouvi falar com escárnio da avidez dos genoveses, mas, comparados com os venezianos, os de Gênova são a generosidade em pessoa. Os latinos receberam os seus navios, mas não tinham dinheiro para pagá-los e o doge veneziano Dandolo (o destino queria que ele também fosse cego, mas dentre os muitos cegos dessa história era o único que via longe) pediu que, para saldar suas dívidas, antes de ir para a Terra Santa, o ajudassem a conquistar Zara. Os peregrinos aceitaram, e foi o primeiro crime, porque não se toma a cruz para se ir depois conquistar uma cidade para os venezianos. No entanto, Aleixo, irmão daquele Isaac Ângelo, que depusera Andrônico para tomar-lhe o poder, mandara que o cegassem, exilando-o na costa, e se proclamara basileu."

"Foi o que me contaram os genoveses. Era uma história complicada, porque o irmão de Isaac tornara-se Aleixo III, mas havia também um Aleixo, filho de Isaac, que conseguiu fugir, foi para Zara, já em mão veneziana, e pediu aos peregrinos latinos que o ajudassem a voltar ao trono de seu pai, prometendo em troca ajuda para a conquista da Terra Santa."

"É muito fácil prometer o que ainda não se tem. Aleixo III, por outro lado, deveria entender que seu império corria perigo. Mas, mesmo que ainda tivesse olhos, estava cego pela indolência e pela corrupção que o rodeava. Imagina, numa certa altura queria mandar construir outros navios de guerra, mas os guardiães das selvas imperiais não tinham permissão para que se cortassem as árvores. Além disso, Miguel Striphino, general da armada, havia já vendido velas e enxárcias, timões e outras peças dos navios existentes, para encher os seus cofres. Enquanto isso, em Zara, o jovem Aleixo era festejado como imperador por aquelas populações, e em junho do ano anterior os latinos chegaram aqui, às portas da cidade. Cento e dez galés e setenta navios que transportavam mil homens de armas e trinta mil soldados, com os escudos nos flancos e as bandeiras ao vento e os estandartes nos castelos, passaram em parada no Braço de São Jorge, soando as trombetas e rufando os tambores, e nossos soldados ficavam nas muralhas assistindo ao espetáculo. Alguns poucos jogavam pedras, mais para criar confusão do que para prejudicá-los. Somente quando os latinos atracaram na frente de Pera, aquele desvairado de Aleixo III mandou se apresentar a armada imperial. Mas aquela também era uma parada, em Constantinopla vivia-se como que num estado de sonolência. Imagino que saibas que a entrada do Corno era defendida por uma grande corrente que unia uma das margens à outra, mas os nossos defenderam-na muito mal; os latinos quebraram a corrente, entraram no porto e desembarcaram o exército precisamente diante do palácio imperial das Blachernae. A nossa armada saiu das muralhas, guiada pelo imperador, as damas olhavam dos espaldões e diziam que nossos soldados pareciam anjos, com suas belas armaduras, que resplandeciam ao sol. Entenderam que algo não estava indo bem somente quando o imperador, em vez de atacar, voltou para a cidade. E o entenderam melhor alguns dias depois, quando os venezianos atacaram as muralhas pelo mar enquanto alguns latinos conseguiram subir e atearam fogo às casas mais próximas. Meus concidadãos começaram a entender as coisas depois desse primeiro incêndio. O que foi que fez então Aleixo III? Durante a noite colocou dez mil moedas de ouro num navio e abandonou a cidade."

"E Isaac voltou para o trono."

"Sim, mas já estava velho e também cego, e os latinos lembraram-lhe que devia dividir o império com o filho, que se tornara Aleixo IV. Com esse rapaz, os latinos firmaram acordos que ainda ignorávamos: o império de Bizâncio voltava à obediência católica e romana, o basileu dava aos peregrinos duzentos mil marcos de prata, víveres por um ano, dez mil cavaleiros para marchar até Jerusalém, e um presídio de quinhentos cavaleiros na Terra Santa. Isaac percebeu que não havia dinheiro suficiente no tesouro imperial, e não podia contar ao clero e ao povo que de uma hora para a outra estavam submetidos ao papa de Roma... Começou assim uma farsa que durou meses. De um lado, Isaac e seu filho, para juntar dinheiro suficiente, espoliavam as igrejas, cortavam as imagens de Cristo com machados, e depois de as ter depredado de seus ornamentos, atiravam-nas ao fogo, e fundiam tudo o que encontravam de ouro e de prata. De outro lado, os latinos encastelados em Pera vagavam também nessa parte do Corno, sentavam-se à mesa com Isaac, desmandavam por toda a parte e faziam de tudo para retardar a partida. Diziam que esperavam que lhes pagassem até o último centavo, e quem pressionava mais do que todos era o doge Dandolo com os seus venezianos, mas na verdade acho que encontraram aqui o Paraíso, vivendo felizes às nossas custas. Não contentes de taxar os cristãos, e talvez para justificar o fato de que demoravam em enfrentar os sarracenos de Jerusalém, alguns deles foram saquear as casas dos sarracenos de Constantinopla, que aqui viviam tranquilos, e nesse confronto atearam o segundo incêndio, no qual perdi também a mais bela de minhas casas."

"E os dois basileus não protestavam com os seus aliados?"

"Eram agora dois reféns nas mãos dos latinos, que fizeram de Aleixo IV o seu bode expiatório: certa vez, enquanto estava em seu campo, divertindo-se como um homem de armas qualquer, arrancaram-lhe da cabeça o chapéu dourado e o puseram na cabeça deles. Nunca um basileu de Bizâncio fora tão humilhado! Quanto a Isaac, aparvalhava-se entre monges glutões, delirava que seria imperador do mundo e que recuperaria a visão... Até que o povo se insurgiu, escolhendo como basileu Nicolau Canabo. Boa pessoa, mas agora o homem forte era Aleixo Ducas Murtzuflo, apoiado pelos chefes do exército. Assim, foi difícil tomar o poder. Isaac morreu de desgosto, Murtzuflo mandou decapitar Canabo, estrangular Aleixo IV, e se tornou Aleixo V."

"É isso mesmo, nós chegamos naqueles dias, quando ninguém sabia quem mandava, se Isaac, Aleixo, Canabo, Murtzuflo, ou os peregrinos, e não compreendíamos se quem falava de Aleixo queria dizer o terceiro, o quarto ou o quinto. Encontramos os genoveses, que ainda moravam lá onde também os encontraste, enquanto as casas dos venezianos e dos pisanos foram queimadas no segundo incêndio, e eles haviam se refugiado em Pera. Nessa cidade desafortunada, o Poeta decidiu que deveríamos reconstruir a nossa fortuna."

QUANDO REINA A anarquia, dizia o Poeta, qualquer um pode se fazer rei. Para isso era preciso encontrar dinheiro. Nossos cinco sobreviventes estavam esfarrapados, sujos e sem qualquer recurso. Foram recebidos pelos genoveses de coração, mas diziam que hóspede é como o peixe, que começa a cheirar mal depois de três dias. O Poeta lavou-se com desvelo, cortou os cabelos e a barba, pegou emprestado uma roupa decente de nossos anfitriões e numa bela manhã foi obter informações na cidade.

Voltou à noite e disse:

"A partir de hoje Murtzuflo é o basileu, livrou-se de todos os outros. Parece que, para se gabar com seus súditos, quer provocar os latinos, e estes consideram-no um usurpador, porque eles haviam firmado acordos com o pobre Aleixo IV, paz à sua alma, tão jovem, mas se vê que estava mal-intencionado. Os latinos esperavam que Murtzuflo desse um passo em falso; por enquanto continuam embriagando-se nas tabernas, mas sabem que mais cedo ou mais tarde hão de expulsá-lo a pontapés e irão saquear a cidade. Já sabem do ouro existente nas igrejas, sabem também que a cidade está cheia de relíquias escondidas, mas sabem muito bem que com as relíquias não se brinca, e seus chefes hão de querer tomá-las para si para levá-las às suas cidades. Como porém estes gréculos não são melhor do que eles, os peregrinos estão fazendo a corte a fulano e a sicrano, para assegurar-se agora, e por pouco dinheiro, das relíquias mais valiosas. Moral: quem quiser fazer fortuna nesta cidade, deve vender relíquias, e quem quiser fazer fortuna, ao voltar para casa, deve comprá-las."

"Então chegou o momento de usar as nossas cabeças do Batista!", disse Boidi, esperançoso.

"Boidi, só abres a boca para falar bobagens", disse o Poeta. "Primeiro, numa única cidade, podes vender no máximo uma cabeça, porque depois a notícia começa a se espalhar. Segundo, ouvi dizer que aqui em Constantinopla existe já uma cabeça do Batista, e talvez até duas. Considere que já tenham vendido as duas, se chegarmos com a terceira, irão cortar o nosso pescoço. Por isso, nada de cabeças do Batista. Mas se perde muito tempo procurando relíquias. O problema não é encontrar, é fazer, iguais às que já existem, mas que ninguém ainda conseguiu encontrar. Dando umas voltas, ouvi falar do manto de púrpura de Cristo, da lança e da coluna da flagelação, da esponja embebida de fel e vinagre que foi levada para Nosso Senhor moribundo, sendo que agora está seca, da coroa de espinhos, de um cofre onde se guarda um naco de pão consagrado na Última Ceia, de pelos da barba do Crucifixo, da túnica inconsútil de Jesus, que os soldados apostaram nos dados, da veste da Virgem..."

"Devemos examinar quais seriam mais fáceis de se imitar", disse Baudolino, pensativo.

"Muito bem", disse o Poeta. "Podes encontrar uma lança em qualquer lugar, mas uma coluna melhor nem pensar, porque não se pode vender às escondidas."

"Mas por que correr risco com réplicas, quando alguém depois pode encontrar a relíquia verdadeira, e aqueles a quem vendemos a falsa irão exigir o dinheiro de volta?", disse sensatamente Boron. "Imagine-se quantas relíquias poderiam existir. Imagine-se, por exemplo, nos doze cestos da multiplicação dos pães e dos peixes, cestos encontram-se por toda a parte, basta sujá-los um pouco para que se tornem antigos. Imagine-se o machado com o qual Noé construiu a arca, haverá mais de um que os nossos genoveses devem ter jogado fora porque perdeu o fio."

"Não é má ideia", disse Boidi, "se vagares pelos cemitérios, encontrarás a mandíbula de São Paulo; não a cabeça, mas o braço esquerdo de São João Batista, e assim por diante, os restos de Santa Ágata, de São Lázaro, aqueles dos profetas Daniel, Samuel e Isaías, o crânio de Santa Helena, um fragmento da cabeça de São Filipe Apóstolo."

"Não seja por isso", disse Pevere, excitado pela bela perspectiva, "basta revirar bem fundo, e do nada encontro um fragmento da manjedoura de Belém, tão pequeno que não se sabe de onde vem."

"Faremos relíquias nunca vistas", disse o Poeta, "mas iremos refazer também aquelas que já existem, porque é delas que se fala, e o preço sobe a cada dia."

A CASA DOS GENOVESES transformou-se no espaço de uma semana numa laboriosa oficina. Boidi, tropeçando na serragem, encontrava um prego da Santa Cruz, Boiamundo, após uma noite de dores atrozes, amarrou um fio no incisivo cariado, e o retirou como se nada estivesse acontecendo, e eis que surge um dente de Sant'Ana, Grillo fez secar o pão ao sol e pôs migalhas em algumas caixinhas de madeira velha que Taraburlo acabara de construir. Pevere os convenceu a desistir dos cestinhos dos pães e dos peixes porque, dizia, após tão grande milagre a multidão certamente os dividira entre si, e nem sequer Constantino poderia reuni-los novamente. Vender apenas um não causaria boa impressão, e seria difícil, em todo o caso, conseguir passá-lo de mão em mão às escondidas, porque Jesus havia tirado a fome de tantíssimas pessoas, e não poderia tratar-se de um cestinho que se pode esconder debaixo do manto. Paciência pelos cestinhos, disse o Poeta, mas irás encontrar para mim o machado de Noé. Claro, respondeu Pevere, e surge um com a lâmina que agora parecia uma serra, com o cabo todo chamuscado.

DEPOIS DISSO, nossos amigos vestiram-se de mercadores armenos (os genoveses naquela altura estavam prontos a financiar a aventura) e começaram a vagar sorrateiramente por tabernas e acampamentos cristãos, deixando escapar uma meia palavra, aludindo às dificuldades do negócio, aumentando o preço porque arriscavam a vida e coisas do gênero.

Boidi voltou uma noite dizendo que havia encontrado um cavaleiro monferrino que compraria o machado de Noé, mas queria ter certeza de que era realmente o verdadeiro.

"Ah, sim", disse Baudolino, "vamos falar com Noé e lhe pediremos um juramento com o selo."

"Mas e Noé sabia escrever?", perguntou Boron.

"Noé sabia apenas bebericar um dos bons", dizia Boidi, "devia estar bêbado que nem uma vaca, quando carregou os animais para dentro da arca, exagerou com os mosquitos mas esqueceu os unicórnios, eis por que já não os vemos."

"Nós os vemos, ainda os vemos...", murmurou Baudolino, que subitamente perdeu o bom humor.

Pevere disse que em suas viagens aprendeu um pouco a escrita dos judeus, e com a faca podia inscrever no cabo do machado uma ou duas de suas garatujas. "Noé era judeu, ou não?" Judeu, judeu, confirmavam os amigos: pobre Solomon, ainda bem que não está mais aqui, senão seria um pesadelo. Mas desse modo Boidi conseguiu depois arranjar um machado.

Em certos dias era difícil encontrar compradores, porque a cidade ficava de pernas para o ar e os peregrinos eram convocados inesperadamente para o campo, em estado de alerta. Por exemplo, corria o boato de que Murtzuflo havia atacado Filea, junto à costa, os peregrinos acudiram em fileiras compactas, houve uma batalha ou talvez uma escaramuça, mas Murtzuflo havia sido fragorosamente derrotado, e lhe haviam conquistado o estandarte com a Virgem, que o seu exército trazia como insígnia. Murtzuflo voltou a Constantinopla, mas disse aos seus que não confessassem a ninguém aquela vergonha. Os latinos vieram a saber da sua reticência e, numa bela manhã, fizeram desfilar diante das muralhas uma de suas galés com o estandarte, bem à vista, mostrando gestos obscenos aos romeus, fazendo figas ou batendo com a mão esquerda no braço direito. Murtzuflo fizera uma triste figura, e os romeus cantavam a seu respeito cançonetas pelas ruas.

Em resumo, no tempo que se levava para fazer uma boa relíquia e aquele que se gastava para encontrar o idiota perfeito, nossos amigos continuaram de janeiro a março mas, entre o queixo de Santo Eobano hoje e a tíbia de Santa Cunegunda amanhã, haviam conseguido uma bela soma, abastecendo os genoveses e recompondo-se como era de se esperar.

"E isso explica, senhor Nicetas, por que há dias surgiram na tua cidade tantas relíquias duplas, que só Deus sabe agora qual é a verdadeira. Mas, por outro lado, coloca-te em nosso lugar: tínhamos de sobreviver também, entre os latinos prontos à rapina e os teus gréculos, ou seja, desculpa os teus romanos, prontos a fraudá-los. No fundo, fraudamos os fraudadores."

"Muito bem", disse Nicetas conformado, "talvez muitas dessas relíquias hão de inspirar santos pensamentos a latinos barbarizados, que hão de encontrá-las em suas barbaríssimas igrejas. Santo o pensamento, santa a relíquia. Os caminhos do Senhor são infinitos."

NAQUELA ALTURA já poderiam ficar mais tranquilos, e voltar para as suas terras. Kyot e Boron não tinham ideias, já haviam desistido de reencontrar o Greal, e também Zósimo com ele; Boidi dizia que com aquele dinheiro iria comprar algumas vinhas em Alexandria, terminando os seus dias como um senhor; Baudolino era o que tinha menos ideias; terminada a busca do Preste João, tendo perdido Ipásia, viver ou morrer pouco se lhe dava. Mas o Poeta não, fora tomado por fantasias de onipotência, estava distribuindo as coisas do Senhor por todo o mundo, poderia começar a oferecer algo não aos peregrinos de classe inferior, mas aos poderosos que os guiavam, conquistando o seu favor.

Um dia veio nos dizer que em Constantinopla havia o Mandylion, o Vulto de Edessa, uma relíquia inestimável.

"Mas o que é este mandilho?", perguntou Boiamundo.

"É um pequeno pano para enxugar o rosto", explicou o Poeta, "em que está impresso o rosto do Senhor. Não pintado, impresso, por virtude natural, é uma imagem *acheiropoieton*, que não foi feita pela mão humana. Abgar V, rei de Edessa, era leproso, e mandara o seu arquivista Hannan chamar Jesus para que fosse curá-lo. Jesus não podia ir até lá, pegou então aquele pano e nele enxugou a face, deixando ali impressas as suas feições. Naturalmente, ao receber o pano, o rei se curou e se converteu à verdadeira fé. Há alguns séculos, enquanto os persas sitiavam Edessa, o Mandylion foi içado sobre as muralhas da cidade, e a salvou. Depois o imperador Constantino adquiriu o pano e o trouxe até aqui, e ficou primeiro na igreja das Blachernae, depois em Santa Sofia, e finalmente na capela de Pharos. Esse é o verdadeiro Mandylion, ainda que se afirme a existência de outros, em Camúlia, na Capadócia, em Mênfis, no Egito, e em Anablatha, nas proximidades de Jerusalém. O que não é impossível, porque Jesus, em vida, pode ter enxugado o rosto muitas vezes. Mas aquele é certamente o mais prodigioso de todos porque no dia da Páscoa o rosto muda segundo as horas do dia, e ao ocaso assume as feições de Jesus recém-nascido, na hora terceira aquelas de Jesus menino, e assim por diante, até que na hora nona aparece como Jesus adulto, no momento da Paixão."

"Onde aprendeste todas essas coisas?", perguntou Boidi.

"Um monge me contou. Ora, essa é uma relíquia verdadeira, e com um objeto desses pode-se voltar para casa, com honras e prebendas, basta encontrar o bispo certo, como Baudolino fez com Rainaldo com relação aos seus três Magos. Até agora vendemos relíquias, e chegou o momento de comprar uma, mas uma que fará a nossa fortuna."

"E de quem irás comprar o Mandylion?", perguntou sem forças Baudolino, já nauseado com toda aquela simonia.

"Foi adquirido por um sírio, com o qual passei uma noite a beber, e que trabalha para o duque de Atenas. Porém, disse-me que este duque daria o Mandylion e sabe-se lá o que mais desde que tivesse a Sydoine."

"Agora nos diz o que é Sydoine", comentou Boidi.

"Diz-se que haveria em Santa Maria nas Blachernae o Santo Sudário, aquele no qual aparece a imagem do corpo inteiro de Jesus. Fala-se dele na cidade, diz-se que foi visto aqui por Amalrico, o rei de Jerusalém, quando visitou Manuel Comneno. Outros, porém, me disseram que fora confiado à igreja da Beata Virgem no Boucoleon. Ninguém todavia jamais o viu, e se chegou a existir, desapareceu sabe-se lá desde quando."

"Não entendo aonde queres chegar", disse Baudolino. "Alguém possui o Mandylion, está bem, e o daria em troca da Sydoine, mas não tens a Sydoine, e me surpreenderia se preparássemos aqui uma imagem de Nosso Senhor. E então?"

 "Eu não tenho a Sydoine", disse o Poeta, "mas tu sim."

"Eu?"

"Lembras quando te perguntei o que era aquela caixa que te deram os acólitos do Diácono antes que fugíssemos de Pndapetzim? Tu me disseste que havia a imagem daquele infeliz, impressa na mortalha, logo após a sua morte. Mostre-a."

"Estás louco, é um sacro legado, que o Diácono me confiou para que eu o levasse ao Preste João!"

"Baudolino, tens mais de sessenta anos, e ainda acreditas no Preste João? Vimos por experiência própria que não existe. Deixa ver aquela coisa."

Baudolino tirou com má vontade a caixa do alforje, retirou de dentro dela um rolo e, ao desenrolá-lo, revelou um tecido de grandes dimensões, fazendo sinal para que os outros afastassem mesas e cadeiras, porque seria necessário um espaço bem amplo para estendê-lo completamente no chão.

Era um lençol de verdade, muito comprido, que trazia impressa uma dupla figura humana, como se o corpo nele envolvido tivesse deixado sua marca duas vezes, a parte do peito e a parte do dorso. Podia-se perceber muito bem um vulto, os cabelos que caíam até as costas, os bigodes e a barba, os olhos fechados. Tocado pela graça da morte, o infeliz Diácono deixara no tecido a imagem de traços serenos e de um corpo poderoso, no qual só a muito custo podia-se perceber vagos sinais de ferimentos, chagas ou contusões, os traços da lepra que o destruíra.

Baudolino ficou comovido e reconheceu que nesse linho o defunto havia readquirido os estigmas de sua lastimosa majestade. Depois murmurou: "Não podemos vender a imagem de um leproso, e ainda por cima nestoriano, como aquela de Nosso Senhor."

"Primeiro, o duque de Atenas não sabe disso", respondeu o Poeta, "é a ele que a devemos empurrar, não a ti. Segundo, não a vendemos, mas fazemos uma troca, e portanto não é simonia. Vou me encontrar com o sírio".

"O sírio perguntará por que fazes a troca, pois uma Sydoine é incomparavelmente mais preciosa do que um Mandylion", disse Baudolino.

"Porque é mais difícil de se levar às escondidas para fora de Constantinopla. Porque vale muito, e somente um rei poderia se dar ao luxo de adquiri-la, ao passo que pelo Vulto podemos encontrar compradores de menor importância, mas que pagam na bucha. Porque se oferecêssemos a Sydoine a um príncipe cristão, diria que nós a roubamos daqui, e nos mandaria enforcar, enquanto o Vulto de Edessa poderia ser aquele de Camúlia, de Mênfis ou de Anablatha. O sírio entenderá meus argumentos, porque somos da mesma raça."

"Está bem", disse Baudolino, "tu passarás este tecido ao duque de Atenas, e não me importa se ele levar para casa uma imagem que não é a de Cristo. Mas saibas que essa imagem é para mim mais preciosa do que a de Cristo, sabes o que me lembra, e não podes fazer comércio de uma coisa tão venerável..."

"Baudolino", disse o Poeta, "não sabemos o que encontraremos quando voltarmos para casa. Com o Vulto de Edessa, teremos um arcebispo do nosso lado, e faremos fortuna de novo. E depois, Baudolino, se não tivesses trazido este sudário de Pndapetzim, a esta hora os hunos o estariam usando para limpar o rabo. Sei que gostavas dele, me contaste sua história, enquanto errávamos pelo deserto e quando estávamos prisioneiros, e choravas pela sua morte, inútil e esquecida. Pois bem, o seu último retrato será venerado em algum lugar como aquele de Cristo. Que sepulcro mais sublime poderias dedicar para um morto que amaste? Nós não humilhamos a lembrança de seu corpo, melhor... como eu poderia dizer, Boron?"

"Nós o transfiguramos."

"Exatamente."

"TALVEZ PORQUE no marasmo daqueles dias eu não sabia mais o que era certo e o que era errado; talvez porque eu estivesse cansado, senhor Nicetas. Concordei. O Poeta afastou-se para trocar a Sydoine, a nossa, aliás a minha, aliás aquela do Diácono, com o Mandylion."

Baudolino pôs-se a rir, Nicetas não entendia a razão.

"À noite, ficamos sabendo a respeito da fraude. O Poeta foi à taberna que conhecia, fez o seu infame negócio; para embriagar o sírio, embriagou-se ele também, saiu, e foi seguido por alguém que estava a par de seus planos, talvez o próprio sírio – que, como o Poeta dissera, era da sua mesma raça –, foi assaltado num beco, moeram-no de pancadas, e voltou para casa, mais ébrio do que Noé, sangrando, contundido, sem Sydoine e sem Mandylion. Eu queria matá-lo de chutes, mas era um homem acabado. Pela segunda vez perdi um reino. Nos dias seguintes foi preciso alimentá-lo à força. Eu me considerava feliz por nunca ter tido grandes ambições, se a derrota de uma ambição podia reduzir alguém àquele estado. Reconheci mais tarde que eu também era vítima de muitas ambições frustradas, havia perdido o meu pai amantíssimo, não encontrei para ele o reino com o qual ele sonhava, havia perdido para sempre a mulher que amava... Simplesmente aprendi que o Demiurgo fizera as coisas pela metade, enquanto o Poeta acreditava que neste mundo ainda era possível ter-se alguma vitória."

NO INÍCIO DE ABRIL, nossos amigos perceberam que Constantinopla estava com os dias contados. Houve uma disputa muito dramática entre o doge Dandolo, de pé sobre a proa de uma galé, e Murtzuflo, que o apostrofava da terra, impondo aos latinos que deixassem as suas terras. Era claro que Murtzuflo ficara louco e os latinos, se quisessem, acabavam com ele numa dentada. Viam-se além do Corno de Ouro os preparativos no campo dos peregrinos, e no convés dos navios ancorados havia um vaivém de marinheiros e de homens de armas que se preparavam para o ataque.

Boidi e Baudolino disseram que, visto que tinham um pouco de dinheiro, era o momento de deixar Constantinopla, porque eles de cidades expugnadas haviam visto o bastante. Boron e Kyot estavam de acordo, mas o Poeta pediu mais alguns dias. Recuperou-se da surra e evidentemente queria as últimas horas para aplicar o seu golpe final, e nem ele mesmo sabia qual era. Já começava a ter o olhar de um louco, mas precisamente não podemos discutir com os loucos. Fizeram a sua vontade, dizendo que bastava ficar de olho nos navios para perceber quando seria o momento certo para tomar o caminho para o interior.

O Poeta ficou fora dois dias, e era muito. Com efeito, na manhã da Sexta-feira de Ramos, ele ainda não havia voltado e os peregrinos tinham começado a atacar pelo mar, entre as Blachernae e o mosteiro de Evergetes, mais ou menos na zona chamada Pétria, no norte das muralhas de Constantino.

Era muito tarde para sair das muralhas, já guarnecidas por todos os lados. Maldizendo aquele seu companheiro vadio, Baudolino e os outros decidiram que era melhor ficar escondido com os genoveses, pois aquela região não parecia ameaçada. Esperavam, e de hora em hora recebiam notícias que chegavam de Pétria.

Os navios dos peregrinos estavam cheios de construções obsidionais. Murtzuflo estava numa pequena colina atrás das muralhas com todos os seus comandantes e cortesãos, estandartes e trombeteiros. Apesar daquela parada, os imperiais estavam lutando muito bem, os latinos tentaram vários assaltos, mas foram sempre rechaçados, com os gréculos que exultavam nas muralhas e mostravam o traseiro nu para os derrotados, enquanto Murtzuflo exaltava-se como se tivesse feito tudo sozinho, ordenava que soprassem as trombetas da vitória.

Pareceu assim que Dandolo e os outros chefes tivessem desistido de expugnar a cidade, e passaram sábado e domingo tranquilos, ainda que todos estivessem tensos. Baudolino aproveitou para percorrer Constantinopla ao longo e ao largo, para reencontrar o Poeta, mas foi em vão.

Já era noite de domingo quando seu companheiro voltou. Tinha o olhar mais alucinado do que antes, não disse nada, e pôs-se a beber em silêncio até a manhã seguinte.

Foi às primeiras luzes do amanhecer da segunda-feira que os peregrinos retomaram o assalto, que durou o dia inteiro: as escadas dos navios venezianos conseguiram enganchar-se em algumas torres das muralhas, os cruzados entraram, não, foi apenas um, gigantesco e com um elmo torreado, que assustara e fizera fugir os defensores. Ou então alguém desembarcara, encontrara um postigo fortificado, destruíra-o com golpes de picareta, fazendo um buraco na muralha, sim, mas foram rechaçados, porém algumas torres já haviam sido conquistadas...

O Poeta caminhava de um lado para o outro pelo quarto como um animal na gaiola, parecia ansioso que a batalha terminasse de alguma forma, olhava para Baudolino como para dizer-lhe algo, e depois desistia, e perscrutava com olhos tristes os movimentos de seus outros três companheiros. Numa certa altura chegou a notícia de que Murtzuflo fugira, abandonando seu exército, os defensores haviam perdido a pouca coragem que ainda lhes restava, os peregrinos haviam arrombado e vencido as muralhas, mas não ousavam entrar na cidade porque já estava anoitecendo, haviam incendiado as primeiras casas para desentocar os eventuais defensores escondidos. "O terceiro incêndio, no espaço de poucos meses", lamentavam os genoveses, "esta não é mais uma cidade, mas um monte de estrume que se queima, quando é demais!"

"Raios te partam", gritou Boidi ao Poeta, "se não fosse por tua causa já estaríamos longe deste letamaio! E agora?"

"Agora cala a boca, e eu sei muito bem por quê", sibilou o Poeta.

Durante a noite viam-se os primeiros clarões do incêndio. Ao amanhecer, Baudolino, que parecia dormir, mas que tinha já os olhos abertos, viu o Poeta aproximar-se, primeiro de Boidi e depois de Boron e, finalmente, de Kyot, para sussurrar-lhes algo no ouvido. Desapareceu logo em seguida. Pouco mais tarde Baudolino viu Kyot e Boron, que se consultavam, pegavam algo de seus alforjes, e deixavam a casa, procurando não acordá-lo.

Pouco depois Boidi foi ter com ele, que o sacudiu pelo braço. Estava transtornado: "Baudolino", disse, "não sei o que está acontecendo, mas acho que aqui estão ficando todos loucos. O Poeta veio me dizer exatamente essas palavras: encontrei Zósimo, e agora sei onde está o Greal, melhor que não tentes bancar o esperto, pega a cabeça do teu Batista e vai para Katabates, no lugar onde Zósimo recebera o basileu naquela outra vez, ao anoitecer, conheces o caminho. Mas o que é esse Katabates? De que basileu está falando? Ele não te disse nada?"

"Não", respondeu Baudolino, "aliás, parece que quer me deixar de fora do assunto. E estava tão confuso que não se lembrou de que Boron e Kyot estavam conosco, anos atrás, quando fomos capturar Zósimo, em Katabates, mas não tu. Agora quero entender bem."

Procurou Boiamundo.

"Ouve", disse-lhe, "lembras daquela noite, há muitos anos, quando nos levaste naquela cripta que ficava debaixo do velho mosteiro de Katabates? Agora tenho de voltar para lá."

"Sorte a tua. Deves ir até o pavilhão próximo da igreja dos Santíssimos Apóstolos. E talvez chegarás até lá sem encontrar os peregrinos, que não devem ainda ter chegado até lá. Se voltares depois, quer dizer que eu tinha razão."

"Sim, mas eu deveria chegar sem chegar. Ou seja, não posso explicar, mas tenho de seguir ou chegar antes de alguém que fará aquele mesmo caminho, e não quero ser visto. Lembro que lá embaixo se abriam muitos túneis. Há outro modo de se chegar até lá?"

Boiamundo pôs-se a rir: "Se não tens medo dos mortos... Pode-se entrar por outro pavilhão perto do Hipódromo, e creio que ainda se consiga também chegar até lá. Segue depois em frente, debaixo da terra por um bom pedaço, e chegas ao cemitério dos monges de Katabates, que ninguém mais sabe que existe, mas existe. Os túneis do cemitério chegam até a cripta, mas se quiseres podes parar antes."

"E tu me levas até lá?"

"Baudolino, a amizade é sagrada, mas a pele é mais. Eu te explico tudo muito bem, és um rapaz inteligente e poderás encontrar o caminho sozinho. Está bem?"

Boiamundo descreveu o caminho que devia tomar, deu-lhe também dois pedaços de madeira bem resinados, e um acendedor. Baudolino voltou-se para Boidi e lhe perguntou se tinha medo dos mortos. Imagina, disse ele, eu só tenho medo dos vivos. "Façamos o seguinte", disse-lhe Baudolino, "pega a tua cabeça do Batista e eu te acompanho lá. Irás ao teu encontro e me esconderei um pouco antes para descobrir o que tem em mente aquele louco."

"Então, vamos", disse Boidi.

Ao sair, Baudolino refletiu um instante e voltou para pegar também a própria cabeça do Batista, que envolveu num pano velho, levando-a debaixo do braço. Depois pensou novamente, e enfiou na cintura os dois punhais árabes que comprara em Galípolis.

38
Baudolino no acerto de contas

Baudolino e Boidi chegaram na área do Hipódromo, enquanto as chamas do incêndio já estavam avançando, atravessando uma multidão de romeus aterrorizados que não sabiam por onde escapar, porque alguns gritavam que os peregrinos estavam chegando daquele lado, outros, de outro. Encontraram o pavilhão, arrombaram uma porta fechada com uma frágil corrente, entraram no conduto subterrâneo, acendendo os archotes que receberam de Boiamundo.

Caminharam longamente, pois o conduto ia do Hipódromo até as muralhas de Constantino. Subiram depois pequenos degraus impregnados de umidade e começaram a sentir um fedor mortífero. Não era um fedor de carne morta havia pouco: era, como posso dizer, fedor de fedor, mau fedor de carne que estragou e que depois se ressecou.

Entraram num corredor (e viam-se outros que se abriam à direita e à esquerda ao longo daquele) em cujas paredes se abriam muitos nichos, habitados por uma população subterrânea de mortos semivivos. Não havia dúvidas de que estavam mortos, aqueles seres completamente vestidos, que ficavam de pé em suas anfractuosidades, sustentados talvez por aguilhões de ferro, que lhes prendiam as costas; mas era como se o tempo não tivesse cumprido a sua obra de destruição, porque aqueles rostos ressecados, cor de couro, nos quais se abriam órbitas vazias, marcados frequentemente por um riso desdentado, davam a impressão de estar vivos. Não eram esqueletos, mas corpos como que sorvidos por uma força que por dentro dessecava e esmigalhava as vísceras, deixando intacta não apenas a ossatura mas também a cútis, e talvez parte dos músculos.

"SENHOR NICETAS, havíamos chegado a uma rede de catacumbas onde por séculos os monges de Katabates haviam deposto os cadáveres de seus confrades, sem os enterrar, porque uma certa conjunção milagrosa do solo, do ar e de alguma substância, que gotejava das paredes tufosas daquele subterrâneo, os conservava quase íntegros."

"Eu não sabia que isso ainda fosse praticado, e ignorava todo aquele cemitério de Katabates, sinal de que esta cidade guarda outros mistérios que nenhum de nós conhece. Mas ouvi falar de como certos monges do passado, para ajudar a obra da natureza, deixavam os cadáveres dos confrades em infusão, absorvendo os humores do tufo por oito meses, levando-os depois para fora, para lavá-los com vinagre, expunham-nos ao ar por alguns dias, tornavam a vesti-los, e depois os colocavam de novo em seus nichos, para que o ar algo salubre daquele ambiente os levasse à sua ressecada imortalidade."

CONTINUANDO COM aquela teoria dos monges mortos, cada qual vestido com paramentos litúrgicos, como se ainda tivessem de oficiar, beijando com aqueles seus lábios lívidos, ícones resplandecentes, percebiam vultos de sorriso repuxado e ascético, outros a quem a piedade dos sobreviventes colocou barbas e bigodes, de modo que pareciam hieráticos como outrora, fechando suas pálpebras para que parecessem adormecidos, outros ainda, com a cabeça reduzida a puro crânio, mas com nesgas coriáceas de pele presas às maçãs do rosto. Alguns haviam se deformado durante os séculos, e pareciam como que prodígios da natureza, fetos que acabaram de sair do ventre materno, seres desumanos sobre cuja figura contraída sobressaíam de modo artificial planetas arabescados e de cores esbatidas, dalmáticas que pareciam bordadas, mas que estavam corroídas pela ação dos anos e por alguns vermes das catacumbas. De outros ainda, as vestes haviam caído, esmigalhadas pelos séculos, e sob os farrapos de seus paramentos apareciam pequenos corpos emagrecidos, todas as costelas cobertas por uma epiderme esticada como o couro de um tambor.

"Se foi a piedade a conceber aquela sacra representação", disse Baudolino a Nicetas, "foram impiedosos os sobreviventes, que impuseram a memória daqueles mortos qual uma ameaça contínua e iminente, não visando em absoluto reconciliar os vivos com os mortos. Como podes rezar pela alma de alguém que te olha daquelas paredes, dizendo estou aqui, e daqui jamais sairei, como podes ter esperança na ressurreição da carne, e na transfiguração de nossos corpos terrenos depois do Juízo, se esses corpos ainda estão lá, piorando a cada dia? Vi infelizmente muitos cadáveres na minha vida, mas ao menos podia esperar que, desfeitos na terra, pudessem brilhar um dia belos e rubros como a rosa. Se lá no alto, depois do fim dos tempos, tivesse de circular gente parecida com essa, eu pensava, melhor seria o Inferno, que queima aqui e corta lá, mas ao menos deve parecer-se com o que acontece entre nós. Boidi, menos sensível do que eu aos novíssimos, tentava levantar aquelas vestes para ver em que estado se encontravam as pudendas, mas se alguém te mostra aquelas coisas, como podes lamentar que outros pensem nisso?"

ANTES QUE O RETÍCULO de corredores terminasse, viram-se numa região circular, onde a abóbada estava perfurada por uma passagem que mostrava, no alto, o céu da tarde. Evidentemente, no térreo, um poço servia para arejar aquele local. Apagaram os archotes. Não mais iluminados pela chama, mas por uma pálida luz que se difundia entre os nichos, os corpos dos monges pareciam ainda mais inquietantes. Tinha-se a impressão de que, iluminados pelo dia, estivessem prontos para se levantar. Boidi fez o sinal da cruz.

Finalmente, o corredor que haviam percorrido terminava no ambulacro, atrás das colunas que formavam um círculo em volta da cripta na qual viram Zósimo pela primeira vez. Aproximaram-se na ponta dos pés, pois que se viam já algumas luzes. A cripta estava tal qual aquela noite, iluminada por duas trípodes acesas. Faltava apenas a bacia circular usada por Zósimo para a sua necromancia. Na frente da iconóstase, Boron e Kyot esperavam, nervosos. Baudolino sugeriu a Boidi que fosse até eles, saindo pelo meio das duas colunas ao lado da iconóstase, como se tivesse feito o mesmo caminho, enquanto ele permaneceria escondido.

Foi o que fez Boidi, e os outros dois receberam-no sem surpresa.

"O Poeta te explicou como chegar até aqui", disse Boron. "Acho que não falou com Baudolino, senão, por que tantas precauções? Tens uma vaga ideia de por que nos convocou?"

"Falou de Zósimo, do Greal e me fez estranhas ameaças", disse Boidi.

"A nós também", disseram Kyot e Boron.

Ouviram uma voz, e parecia vir da boca do Pantocrator da iconóstase. Baudolino viu que os olhos do Cristo eram duas amêndoas negras, sinal de que havia alguém atrás do ícone, observando o que se passava na cripta. Mesmo deformada, reconhecia-se a voz do Poeta. "Bem-vindos", disse a voz. "Ninguém me vê, mas eu vejo a todos. Tenho um arco e poderia trespassar-vos como quisesse antes mesmo que pudésseis fugir."

"Mas por que, Poeta, o que foi que fizemos?", perguntou Boron, assustado.

"Sabeis melhor do que eu. Mas vamos ao que interessa. Entra, miserável." Ouviu-se um gemido sufocado, e por detrás da iconóstase apareceu uma figura hesitante.

Embora o tempo tivesse passado, embora aquele homem se arrastasse curvo e encarquilhado, embora seus cabelos e sua barba estivessem brancos, reconheceram Zósimo.

"Sim, é Zósimo", disse a voz do Poeta. "Eu o encontrei ontem, por mero acaso, enquanto mendigava num beco. Está cego, tem os membros deformados, mas é ele. Vamos,

Zósimo, conta para nossos amigos o que te aconteceu quando fugiste do castelo de Ardzrouni."

Com a voz lamurienta, Zósimo começou a falar. Roubara a cabeça onde escondera o Greal, e fugiu, mas como ele não só nunca teve em suas mãos qualquer mapa de Cosme, como tampouco jamais chegou a vê-lo, não sabia para onde ir. Vagou até a morte de sua mula, passou pelas terras mais inóspitas do mundo, com os olhos queimados pelo sol que já o faziam confundir o oriente com o ocidente, o norte e o sul. Chegou a uma cidade habitada por cristãos, que o socorreram. Disse que era o último dos Magos, porque os outros tinham já alcançado a paz do Senhor e jaziam numa igreja do longínquo Ocidente. Disse, em tom hierático, que em seu relicário trazia o Santo Greal, para entregá-lo ao Preste João. Seus anfitriões de alguma forma ouviram falar de ambos, prosternaram-se diante dele, fizeram-no entrar em procissão solene em seu templo, onde ele se sentara numa cadeira episcopal, consultando oráculos todos os dias, dando conselhos sobre o curso dos eventos, comendo e bebendo à vontade, respeitado por todos.

Em resumo, como o último dos santíssimos Reis, e guardião do Santo Greal, tornou-se a máxima autoridade espiritual daquela comunidade. Toda a manhã celebrava a missa, e no momento da elevação, além das sagradas espécies, mostrava também o seu relicário, e os fiéis ajoelhavam-se, dizendo que sentiam perfumes celestes.

Os fiéis levavam-lhe também as mulheres perdidas, para que ele as trouxesse de volta ao bom caminho. Ele dizia para elas que a misericórdia de Deus é infinita, e as chamava à igreja ao cair da noite, para passar com elas, dizia, as noites em contínua oração. Correu o boato de que ele transformara essas desgraçadas em várias Madalenas, que se devotavam ao seu serviço. Durante o dia preparavam-lhe os pratos mais saborosos, traziam-lhe os vinhos mais deliciosos, derramavam-lhe óleos perfumados; e à noite velavam com ele diante do altar, dizia Zósimo, tanto que na manhã seguinte ele aparecia com os olhos fundos daquela penitência. Zósimo havia finalmente encontrado o seu paraíso, e decidiu que não deixaria nunca aquele lugar abençoado.

Zósimo deu um longo suspiro e depois passou as mãos nos olhos, como se naquela escuridão ainda visse uma cena dolorosa: "Meus amigos", disse, "para cada pensamento que tiverdes, perguntai sempre: és dos nossos ou do inimigo? Eu me esqueci de seguir esta santa máxima, e prometi a toda a cidade que pela santa Páscoa, eu abriria o relicário e mostraria finalmente o Santo Greal. Na Sexta-feira Santa, sozinho, abri a urna e encontrei uma daquelas nojentas cabeças de morto ali colocada por Ardzrouni. Juro que eu escondera o Greal no primeiro relicário à esquerda, e foi aquele que peguei antes de fugir. Mas alguém, e com certeza um de vós, trocou a ordem dos relicários, e aquele que peguei não continha o Greal. Aquele que molda uma peça de ferro, pensa primeiro no que quer fazer, uma foice, uma espada ou um machado. Decidi ficar quieto. O padre Agathon viveu três anos com uma pedra na boca, até conseguir praticar o silêncio. Disse a todos que fui visitado por um anjo do Senhor, que me disse que naquela cidade havia ainda muitos pecadores, razão pela qual ninguém era digno de ver aquela coisa sagrada. Passei a noite do Sábado Santo, como deve fazer um monge honesto, em grandes mortificações, acredito, porque na manhã seguinte eu me sentia exausto, como se tivesse passado a noite, Deus me perdoe, mesmo que em pensamento, entre libações e fornicações. Oficiei a missa, cambaleante, e no momento solene, em que deveria mostrar o relicário aos devotos, tropecei no degrau mais alto do altar e caí. O relicário escapou de minhas mãos, e no impacto com o chão acabou por se abrir, e todos viram que não continha nenhum Greal, mas um crânio ressecado. Não há nada mais injusto do que o castigo para o justo que pecou, meus amigos, porque para o pior dos pecadores perdoa-se o último dos pecados, mas ao justo nem sequer o primeiro. Aquela gente devota pensou que havia sido enganada por mim, que até três dias antes, Deus é testemunha, agira na maior boa-fé. Pularam no meu pescoço, arrancaram-me as vestes, deram-me tantas pauladas, que me desconjuntaram para sempre os braços, as pernas e a coluna, depois me arrastaram para o seu tribunal, onde decidiram arrancar meus olhos. Expulsaram-me das portas da cidade, como um cão tinhoso. Não sabeis quanto sofri. Vaguei como mendigo cego e coxo; depois de perambular longos anos, fui acolhido por uma caravana de mercadores sarracenos, que vinha de Constantinopla. O único gesto de piedade veio dos infiéis, que Deus os recompense evitando condená-los como mereceriam. Voltei há alguns anos para esta minha cidade, onde vivi esmolando, e tive a sorte de uma boa alma ter me trazido pela mão até as ruínas deste mosteiro, onde tateando reconheço cada lugar, e pude desde então passar minhas noites sem sofrer com o frio, a chuva e o calor."

"Essa é a história de Zósimo", disse a voz do Poeta. "Seu estado testemunha, ao menos uma vez, a sua sinceridade. Portanto um de nós, vendo onde Zósimo escondeu o Greal, trocou de lugar as cabeças, para que Zósimo fosse de encontro à própria ruína, afastando toda e qualquer suspeita, mas aquele que pegou a cabeça certa é o mesmo que matou Frederico. E eu sei quem foi."

"Poeta", exclamou Kyot, "por que dizes isso? Por que convocaste apenas nós três, e não também Baudolino? Por que não nos disseste nada lá junto aos genoveses?"

"Eu vos chamei aqui porque não poderia levar comigo um resto de homem por uma cidade invadida pelo inimigo. Porque não queria falar na frente dos genoveses, e sobretudo não na frente de Baudolino. Baudolino não tem nada a ver com a nossa história. Um de vós me dará o Greal, e será apenas problema meu."

"Por que não acreditas que Baudolino esteja com o Greal?"

"Baudolino não pode ter matado Frederico. Ele o amava. Baudolino não tinha interesse em roubar o Greal, era o único dentre nós que desejava realmente levá-lo ao Preste João em nome do imperador. Tentai lembrar afinal o que aconteceu com as seis cabeças que ficaram, depois da fuga de Zósimo. Cada um pegou a sua, eu, Boron, Kyot, Boid, Abdul e Baudolino. Ontem mesmo, depois que encontrei Zósimo, abri a minha. Dentro dela havia um crânio defumado. Quanto à de Abdul, deveis lembrar, Ardzrouni abriu-a para que colocassem o crânio em suas mãos como amuleto, ou coisa parecida, no momento de sua morte, e agora está com ele no sepulcro. Baudolino deu a sua para Praxeas, ele a abriu diante de nós, e dentro dela havia um crânio. Portanto, restam três relicários e são os vossos. Dos três, já sei quem está com o Greal, e sei que ele sabe. Sei também que o tem não por acaso, mas porque planejou tudo, desde o momento em que matou Frederico. Mas quero que tenha a coragem de confessar, de confessar a todos nós, que nos enganou durante anos e anos. Depois de confessar, eu o matarei. Decidi, então. Quem deve falar, fale. Chegamos ao fim de nossa viagem."

"ACONTECEU ENTÃO algo extraordinário, senhor Nicetas. Eu, do meu esconderijo, procurava me colocar no lugar de meus três amigos. Suponhamos que um deles, vamos chamá-lo de Ego, soubesse que possuía o Greal e que era de certa forma culpado. Diria que, naquela altura, convinha arriscar tudo ou nada; pegar a espada ou o punhal, escapar por onde viera, fugir até chegar à cisterna e depois à luz do Sol. Creio que era isso o que o Poeta esperava. Talvez não soubesse ainda qual dos três tivesse o Greal, mas aquela fuga revelaria tudo para ele. Imaginemos porém que Ego não tivesse certeza de possuir o Greal, porque jamais olhara seu relicário, e que todavia tivesse na consciência algo que dizia respeito à morte de Frederico. Ego portanto deveria esperar, para ver se alguém antes dele, que sabia estar com o Greal, faria algum movimento para fugir. Assim, Ego esperava e não se mexia. E no entanto via que os outros dois tampouco se mexiam. Logo, pensava, nenhum deles está com o Greal, e nenhum deles se sente minimamente digno de suspeita. Portanto, devia concluir, aquele em quem o Poeta está pensando sou eu, e devo fugir. Perplexo, leva a mão à espada ou ao punhal, e dá sinais de que daria o primeiro passo. Mas viu que os outros dois faziam o mesmo. Então parou novamente, suspeitando de que os outros dois se sentissem mais culpados do que ele. Foi o que aconteceu naquela cripta. Cada um dos três, cada um deles, pensando como aquele que chamei de Ego, primeiro ficou quieto, depois deu um passo e depois parou novamente. E isso era um sinal evidente de que ninguém tinha certeza de que estivesse com o Greal, mas todos os três tinham algo a ser censurado. O Poeta entendeu tudo muito bem, explicou-lhes o que ele entendera e o que vou te explicar agora."

Disse então a voz do Poeta:

"Miseráveis. Cada um sabe que é o culpado. Eu sei – eu sempre soube – que os três tentaram matar Frederico, e talvez todos os três o mataram, fazendo com que aquele homem morresse três vezes. Naquela noite saí muito cedo do posto de guarda, e fui o último a voltar. Não estava conseguindo dormir, talvez tivesse bebido muito, urinei três vezes no pátio, fiquei do lado de fora para não perturbar ninguém. Enquanto estava fora, ouvi Boron sair. Desceu a escada para o andar de baixo, e o segui. Foi para a sala das máquinas, aproximou-se daquele cilindro que produz o vazio, manobrou a alavanca muitas e muitas vezes. Não consegui entender o que quisesse fazer, mas compreendi no dia seguinte. Ou Ardzrouni lhe confiara algo, ou compreendera sozinho, mas evidentemente o quarto no qual o cilindro criava o vazio, aquele no qual fora sacrificado o frango, era justamente aquele em que dormia Frederico, e que Ardzrouni usava para livrar-se dos inimigos que hipocritamente hospedava. Boron, manejaste aquela alavanca até que no quarto do imperador se criou o vazio, ou pelo menos, visto que não acreditavas no vazio, aquele ar denso e espesso onde sabias que se apagam as velas e sufocam os animais. Frederico sentiu que lhe faltava o ar; pensou primeiro num veneno, e depois pegou o Greal para beber o antídoto que ele guardava. Mas caiu no chão sem poder respirar. Na manhã seguinte, estavas pronto a subtrair o Greal, tirando partido da confusão, mas Zósimo chegou antes. Tu o viste, e viste onde o escondeu. Foi fácil para ti mudar as cabeças de lugar e na hora de partir, pegaste aquela certa."

Boron estava coberto de suor. "Poeta", disse, "tu viste certo, estive no quarto da bomba. A discussão com Ardzrouni deixara-me curioso. Tentei acioná-la, juro, sem saber qual era o quarto em que surtia efeito, mas, por outro lado, estava convencido de que a bomba não podia funcionar. Eu brinquei, é verdade, mas brinquei apenas, sem qualquer intenção homicida. E, além do mais, se eu tivesse feito como disseste, como explicas que, no quarto de Frederico, a lenha da lareira tenha sido completamente consumida? Se pudéssemos criar o vazio, matando alguém no vazio, não arderia chama alguma."

"Não te preocupes com a lareira", respondeu, severa, a voz do Poeta, "para isso existe outra explicação. Abre logo o teu relicário, se estás tão seguro de que não tem o Greal."

Boron, murmurando que Deus o fulminasse se jamais tivesse pensado em ter o Greal, rompeu com seu punhal o selo apressadamente e da urna rolou no chão um crânio, menor do que o que viram até então, pois quem sabe Ardzrouni não hesitara em profanar túmulos de crianças.

"Não tens o Greal, está bem", disse a voz do Poeta, "mas isso não te absolve daquilo que fizeste. Passemos a ti, Kyot. Saíste logo depois, com a aparência de quem precisava de ar. Mas precisavas de muito, se foste até os espaldões, onde se encontravam os espelhos de Arquimedes. Eu te segui, e te vi. Tocaste neles, manobraste aquele que surtia efeito a curta distância, como nos explicou Ardzrouni, tu o inclinaste de um modo que não era casual, porque dava-lhe muita importância. Dispuseste o espelho para que, às primeiras luzes do sol, concentrasse os raios sobre a janela de Frederico. Assim foi, e aqueles raios acenderam a lenha da lareira. Agora, o vazio provocado por Boron deu lugar a um novo ar, após um longo tempo, e a chama pôde alimentar-se. Sabias muito bem o que havia de fazer Frederico, ao acordar meio sufocado pela fumaça da lareira. Ele acreditaria que havia sido envenenado e iria beber do Greal. Eu sei, tu também bebeste naquela noite, mas não observamos suficientemente quando o pusestes na urna. Seja como for, havias comprado o veneno no mercado de Galípolis, e deixaste cair algumas gotas na taça. O plano era perfeito. Não sabias, porém, o que fizera Boron. Frederico bebera de tua taça envenenada, não quando se acendera o fogo, mas sim muito antes, quando Boron retirava o seu ar."

"Estás louco, Poeta", gritou Kyot, pálido como um morto, "não sei nada do Greal, olha, vou abrir agora a minha cabeça... pronto, vês, há um crânio!"

"Não tens o Greal, está bem", disse o Poeta, "mas não negues que mexeste nos espelhos."

"Eu não estava me sentindo bem, tu o disseste, eu queria respirar o ar da noite. Brinquei com os espelhos, mas Deus me fulmine agora mesmo se eu sabia que eles acenderiam o fogo naquele quarto! Não creias que em todos esses anos eu não tenha pensado naquela minha imprudência, perguntando-me se não havia sido por minha culpa que o fogo se acendera, e se isso não tinha algo a ver com a morte do imperador. Anos de dúvidas atrozes. Seja como for, tu me consolas, porque dizes que, em todo caso, Frederico, naquela altura, já estava morto! Mas, quanto ao veneno, como podes dizer uma infâmia dessas? Naquela noite eu bebi em boa-fé, e me senti como uma vítima do sacrifício..."

"Todas ovelhinhas inocentes, não é? Ovelhinhas inocentes, que por quase quinze anos viveram com a suspeita de ter matado Frederico, não é verdade também para ti, Boron? Mas voltemos ao nosso Boidi. Agora és o único que podes ter o Greal. Tu não saíste aquela noite. Encontraste, como todos os outros, Frederico caído de costas no quarto na manhã seguinte. Não esperavas, mas tiraste proveito. Há muito ansiavas por ela. Além disso, eras o único que tinha razões para odiar Frederico, o qual, junto às muralhas de Alexandria, mandou matar vários de teus companheiros. Em Galípolis disseste que havias comprado aquele anel com o antídoto no engaste. Mas ninguém te viu quando negociavas com o mercador. Quem garante que contivesse realmente um antídoto? Estavas pronto há tempo com o teu veneno, e compreendeste que aquele era o momento certo. Imaginavas que Frederico, talvez, houvesse apenas perdido os sentidos. Colocaste veneno na sua boca, dizendo que o querias reanimar e somente depois, atenção, somente depois, Solomon percebeu que estava morto."

"Poeta", disse Boidi, caindo de joelhos: "Se soubesses quantas vezes nesses anos todos me perguntei realmente se aquele meu antídoto seria por acaso venenoso. Mas agora me dizes que Frederico já estava morto, morto por um destes dois, ou por ambos, graças a Deus."

"Não importa", disse a voz do Poeta, "o que conta é a intenção. Mas, pelo que sei, irás prestar contas de tuas intenções a Deus. Quero apenas o Greal. Abre a urna."

Tremendo, Boidi procurou abrir o relicário, e por três vezes o selo não cedeu. Boron e Kyot afastaram-se dele, inclinado sobre aquele receptáculo fatal, como se fosse então a vítima certa. Na quarta tentativa, abriu-se a urna e apareceu mais uma vez um crânio.

"Por todos os santos malditos", gritou o Poeta, saindo de trás da iconóstase.

"ERA O PRÓPRIO retrato do furor e da demência, senhor Nicetas, e eu não reconhecia mais nele o amigo de outrora. Mas naquele instante recordei-me do dia em que fui observar os relicários, depois que Ardzrouni propusera que os levássemos conosco, e depois que Zósimo escondera, sem que soubéssemos, o Greal dentro de um deles. Pegara uma das cabeças, se bem me lembro, a primeira à esquerda, e eu a observara com cuidado. Depois colocara-a de volta. Revivendo agora aquele momento de quase quinze anos antes, eu me via colocando de volta a cabeça à direita, a última das sete. Quando Zósimo desceu para fugir com o Greal, lembrando-se de o ter colocado na primeira cabeça à esquerda, pegou aquela que, no entanto, era a segunda. Quando dividimos as cabeças na hora de partir, peguei a minha por último. Era evidentemente aquela de Zósimo. Recordarás que eu conservara comigo, sem o dizer a ninguém, ainda a cabeça de Abdul, após a sua morte. Quando depois dei de presente uma das duas cabeças a Praxeas, dei-lhe evidentemente aquela de Abdul e entendera, então, porque se abrira com facilidade, posto que o selo já havia sido rompido por Ardzrouni. Assim, pois, durante quase quinze anos, eu trouxera o Greal comigo sem saber. Eu estava tão seguro que não sentia sequer a necessidade de abrir a minha cabeça. Mas eu o fiz, procurando não fazer barulho. Ainda que atrás da coluna estivesse escuro, pude ver que o Greal estava lá, dentro da urna, com sua boca para a frente, com o seu fundo, que emergia redondo como um crânio."

O Poeta estava agora segurando pelas roupas cada um dos outros três, cobrindo-os de insultos, gritando para que não o ludibriassem, como se um demônio tivesse tomado conta dele. Baudolino deixou, então, o seu relicário atrás de uma coluna, e saiu de seu esconderijo: "Sou eu que tenho o Greal", disse.

O Poeta fora surpreendido. Corou violentamente e disse:

"Tu mentiste esse tempo todo. E eu que te considerava o mais puro de nós!"

"Não menti. Não sabia disso, até esta tarde. Erraste a contagem das cabeças."

O Poeta estendeu as mãos na direção do amigo, e disse com a baba na boca: "Entrega-me!"

 "Por que a ti?", perguntou Baudolino.

"A viagem termina aqui", repetiu o Poeta. "Foi uma viagem desafortunada, e essa é minha última possibilidade. Entrega-o, senão vou te matar."

Baudolino deu um passo para trás, apertando as mãos nos cabos de seus dois punhais árabes.

"Serias mesmo capaz, se foste capaz de matar Frederico por causa deste objeto."

"Tolice", disse o Poeta. "Acabaste de ouvir o que confessaram os três."

"Três confissões são muitas para um só homicídio", disse Baudolino. "Poderia dizer que, mesmo se cada um deles tivesse feito o que fez, foste tu que os deixaste fazer. Bastaria, quando viste que Boron estava prestes a acionar a alavanca do vazio, que o impedisses. Bastaria, quando Kyot moveu os espelhos, que tivesses avisado Frederico antes do sol nascer. Não o fizeste. Querias que alguém matasse Frederico para depois tirar vantagem. Mas não creio que nenhum desses três pobres amigos tenha causado a morte do imperador. Ouvindo-te falar atrás da iconóstase, me lembrei da cabeça de Medusa, que fazia ouvir no quarto de Frederico aquilo que se murmurava abaixo na escada em forma de caracol. Agora vou te dizer o que se passou. Antes mesmo da saída da expedição para Jerusalém estavas impaciente, e querias partir para o reino do Preste João com o Greal, por conta própria. Esperavas apenas uma boa oportunidade para livrar-te do imperador. Depois, certo, nós viríamos contigo, mas evidentemente para ti não representávamos uma preocupação. Ou, talvez, pensavas em fazer aquilo que, no entanto, Zósimo fez antes de ti. Isso eu não sei. Mas havia tempo devia ter percebido que já sonhavas com teu próprio bem, mas a amizade encobria minha argúcia."

"Continua", zombou o Poeta.

"Continuo. Quando Solomon comprou o antídoto em Galípolis, lembro muito bem que o mercador ofereceu também outra ampola igual, e que, no entanto, continha veneno. Saíste daquele empório, e por algum tempo te perderam de vista. Reapareceste depois, mas estavas sem dinheiro, e disseste que te haviam roubado. Mas, enquanto vagávamos pelo mercado, voltaste até lá e compraste o veneno. Não terá sido difícil substituir a ampola de Solomon pela tua, durante a longa viagem através da terra do sultão de Icônio. Na noite anterior à morte de Frederico, foste tu a aconselhá-lo, em voz alta, para que providenciasse um antídoto. Assim, deste a ideia ao bom Solomon, que ofereceu o próprio – ou seja, o teu veneno. Deves ter tido um momento de terror, quando Kyot ofereceu-se para prová-lo, mas talvez já sabias que aquele líquido, tomado em pequena quantidade, não fazia mal, e seria preciso bebê-lo todo para morrer. Acho que, durante a noite, Kyot precisou de muito ar porque assim mesmo aquele pequeno gole o perturbara, mas disso não estou certo."

"E de que estás certo?", perguntou o Poeta, zombando mais uma vez.

"Estou certo de que, antes que tivesses visto Boron e Kyot se debatendo, já tinhas em mente o teu plano. Seguiste para a sala onde se encontrava a escada em forma de caracol, em cuja abertura central devia-se falar para se fazer ouvir no quarto de Frederico. Além do mais, já provastes que gostas deste jogo nesta mesma noite, e desde que te ouvi falar, lá atrás, comecei a entender. Tu te aproximaste do ouvido de Dioniso e chamaste Frederico. Acho que te fizeste passar por mim, confiando no fato de que a voz, passando de um andar para o outro, chegava alterada. Disseste que eras eu, para parecer mais plausível. Avisaste Frederico de que

 haviam descoberto que alguém pusera veneno na sua

comida, talvez lhe disseste que um de nós começava a sentir dores atrozes, e que Ardzrouni já havia incitado seus sicários. Disseste-lhe que abrisse a urna e que bebesse logo o antídoto de Solomon. Meu pobre pai acreditou em ti, bebeu, e morreu."

"Bela história", disse o Poeta. "Mas e a lareira?"

"Talvez seja verdade que foi ateada pelos raios do espelho, mas depois que Frederico já era um cadáver. A lareira não tinha nada a ver com isso, não fazia parte de teu projeto mas, seja quem for que a acendeu, ajudou-te a confundir nossas ideias. Tu mataste Frederico, e somente hoje me ajudaste a compreendê-lo. Sê maldito, como pudeste levar a cabo esse crime, esse parricídio do homem que te beneficiou, somente por sede de glória? Não percebias que mais uma vez te apropriavas da glória de outrem, como fizeste com meus poemas?"

"Essa é boa", disse, rindo, Boidi, que já se recobrara do medo. "O grande Poeta tinha os seus poemas escritos por outros!"

Essa humilhação, depois das muitas frustrações daqueles dias, somada à desesperada vontade de possuir o Greal, levou o Poeta ao último excesso. Desembainhou a espada e se lançou contra Baudolino, gritando: "Vou te matar, vou te matar."

"SEMPRE TE DISSE que eu era um homem de paz, senhor Nicetas. Eu era indulgente comigo mesmo. Na realidade, sou um covarde, tinha razão Frederico naquele dia. Naquele momento eu odiava o Poeta com toda a minha alma, eu o desejava morto, e, todavia, não pensava em matá-lo, queria apenas que ele não me matasse. Dei um salto para trás na direção da colunata, e depois meti-me pelo corredor de onde vim. Fugi na escuridão, e ouvia suas ameaças enquanto me seguia. O corredor não tinha luz, caminhar tateando significava tocar nos cadáveres das paredes; como encontrei uma passagem à esquerda, precipitei-me naquela direção. Ele seguia o rumor de meus passos. Finalmente, vi um clarão, e deparei-me com o fundo do poço aberto na parte de cima, por onde eu passara quando vim. Já era noite e, quase por milagre, vi a lua acima de mim, iluminando o lugar onde eu me encontrava, lançando reflexos prateados sobre o rosto dos mortos. Talvez tenham sido eles que me disseram que eu não podia enganar a própria morte, quando esta bate à porta. Parei. Vi o Poeta chegando, cobriu os olhos com a mão esquerda, para não ver aqueles hóspedes inesperados. Agarrei uma daquelas vestes corroídas, puxando-a com força. Um cadáver caiu exatamente entre mim e o Poeta, erguendo uma nuvem de poeira e de ínfimos pedaços da roupa que se dissolveu ao cair no chão. A cabeça daquele cadáver desprendera-se do tronco e rolara até os pés de meu perseguidor, justo sob o raio lunar, mostrando-lhe o sorriso atroz. O Poeta parou um instante, aterrorizado, depois deu um chute no crânio. Agarrei do lado oposto dois outros despojos, jogando-os em seu rosto. Tira essa morte daqui, gritou o Poeta, enquanto pedaços de pele ressecada voavam-lhe sobre a cabeça. Eu não podia mais continuar naquele jogo infinitamente, eu pularia além do círculo luminoso e voltaria para a escuridão. Empunhei meus dois punhais árabes, e apontei as lâminas diretamente contra ele, como um rostro. O Poeta jogou-se, em minha direção, a espada erguida, empunhando-a com as duas mãos, para quebrar minha cabeça em duas, mas tropeçou no segundo esqueleto, que eu fizera rolar bem à sua frente; acabou sendo jogado em cima de mim, eu caí no chão, apoiando-me nos cotovelos, ele caiu sobre mim, enquanto a espada fugia-lhe das mãos... Vi seu rosto sobre o meu, seus olhos injetados de sangue contra os meus olhos, sentia o cheiro de sua raiva, o bafo de um animal enquanto agarra com os dentes a sua presa, senti suas mãos que me apertavam o pescoço, ouvi o rangido de seus dentes... Reagi instintivamente, levantei os cotovelos e desferi duas punhaladas, de um lado e de outro, contra os seus flancos. Ouvi o rumor de um pano que rasga, tive a impressão de que, no centro de suas vísceras, haviam-se encontrado minhas lâminas. Eu o vi depois empalidecer, e um riacho de sangue saiu-lhe da boca. Seu rosto tocou o meu, e seu sangue correu pela minha boca. Não lembro como saí daquele abraço, deixei-lhe os punhais no ventre, e tirei de mim aquele peso. Ele deslizou ao meu lado, com os olhos esbugalhados, que fixavam a lua no alto, e estava morto."

"A primeira pessoa que mataste em tua vida."

"E queira Deus que seja a última. Fora o amigo da minha juventude, o companheiro de mil aventuras, por mais de quarenta anos. Queria chorar, mas depois me lembrei do que ele fizera e queria matá-lo novamente. Eu me levantei, com dificuldade, porque comecei a matar quando já não tinha mais a agilidade de meus melhores anos. Andei às cegas até o fundo do corredor, ofegando, voltei à cripta, vi os outros três, brancos e trêmulos, e me senti investido de minha dignidade de ministerial e de filho adotivo de Frederico. Eu não devia mostrar a menor fraqueza. Caminhei firme, dando as costas para a iconóstase, como se eu fosse um arcanjo entre arcanjos, e disse: fez-se justiça, matei o assassino do sacro e romano imperador."

Baudolino foi recolher seu relicário, tirou dele o Greal, e o mostrou aos outros, como se faz com a hóstia consagrada. Disse apenas: "Alguém tem algo a dizer?"

"Baudolino", disse Boron, sem conseguir ainda ficar com as mãos quietas, "vivi nesta noite mais do que todos os anos que passamos juntos. Claro que a culpa não é tua, mas algo se rompeu entre nós, entre mim e ti, entre mim e Kyot, entre mim e Boidi. Há pouco, ainda que por pouquíssimos instantes, cada um de nós desejou ardentemente que o culpado fosse o outro, para dar fim a um pesadelo. Isso não é mais amizade. E após a queda de Pndapetzim, permanecemos juntos por acaso. O que nos unia era a procura daquele objeto que tens em tuas mãos. A procura, digo, não o objeto em si. Agora sei que o objeto sempre esteve conosco, e isso não nos impediu de correr muitas vezes de encontro à nossa ruína. Entendi nesta noite que não devo ter o Greal, nem dá-lo a ninguém, mas somente manter viva a chama da sua busca. Portanto, guarda essa tigela, que tem o poder de seduzir os homens somente quando não a encontram. Eu vou embora. Se puder sair da cidade vou fazê-lo o mais rápido possível, e começarei a escrever sobre o Greal, e na minha história estará apenas o meu poder. Escreverei sobre cavaleiros melhores do que nós, e quem ler minhas páginas sonhará com a pureza, e não com nossas misérias. Adeus aos amigos que ficam. Não poucas vezes foi belo sonhar convosco." Desapareceu, pelo caminho por onde viera.

"Baudolino", disse Kyot. "Acho que Boron fez a melhor escolha. Não sou douto como ele, nem sei se saberia contar a história do Greal, mas certamente encontrarei alguém a quem contá-la, para que ele a escreva. Tem razão Boron, permanecerei fiel à minha busca de tantos anos se souber levar outros a desejarem o Greal. Não falarei sequer do cálice que tens nas mãos. Direi talvez, como dizia outrora, que é uma pedra, caída do céu. Pedra, taça, ou lança, pouco importa. O que importa é que ninguém a encontre, pois, do contrário, todos deixariam de buscá-la. Se quiseres dar-me ouvidos, esconde essa coisa, que ninguém mate o próprio sonho, pondo nela as próprias mãos. E, além disso, eu também sentiria dificuldades andando convosco, teria muitas lembranças dolorosas. Tu te transformaste, Baudolino, num anjo vingador. Talvez devesses ter feito o que fizeste. Mas não quero ver-te nunca mais. Adeus." E ele também saiu da cripta.

Falou, então, Boidi, e depois de tantos anos voltou a falar a língua da Frascheta.

"Baudolino", disse, "não tenho a cabeça nas nuvens como eles, e não sei contar histórias. Que a gente saia pelo mundo buscando uma coisa que não existe, isso me faz rir. As coisas que realmente contam são aquelas que já existem, mas não deves mostrá-las a todos, porque a inveja é uma besta medonha. Aquele Greal é uma coisa santa, acredite em mim, porque é simples como todas as coisas santas. Não sei onde irias colocá-lo, mas qualquer lugar, menos aquele que te direi agora, seria o errado. Ouve um instante o que me passou pela cabeça. Depois que teu pobre pai Gagliaudo morreu, deves lembrar que todos em Alexandria diziam que quem salva uma cidade merece uma estátua. Depois sabes como acabam essas coisas, fala-se muito e não se faz nada. Eu, no entanto, encontrei, perambulando para vender trigo numa igrejinha que estavam demolindo próxima da Vila del Foro, uma estátua belíssima, que não se sabe de onde vem. Representa um velhinho curvo, que ergue com as mãos acima da cabeça uma espécie de mó de moinho, uma pedra de construção, talvez, uma grande forma, sabe-se lá o quê, e parece que se dobra ao meio porque não consegue mantê-la no alto. Disse para mim mesmo que uma imagem assim queria dizer algo, mesmo que eu não saiba exatamente o que significa, mas sabes como é, fazes uma imagem e depois outros inventam o que significa, e tudo sempre acaba bem. Mas veja que coincidência, eu disse então, essa poderia ser a estátua de Gagliaudo, tu a encaixas nas laterais da catedral, como um colunelo, ao qual aquela pedra na cabeça serve de capitel, é ele que, suando, sozinho, suporta o peso de todo o sítio. Eu a levei para casa e a coloquei no palheiro. Quando falava disso com os outros, todos diziam que era realmente uma boa ideia. Depois houve a história de que se fôssemos bons cristãos iríamos para Jerusalém, e também me meti nisso, que parecia um negócio e tanto. O que está feito, está feito. Vou voltar agora para casa, e verás depois de tanto tempo com quanta cordialidade me recebem aqueles, dentre os nossos e que ainda ficaram neste mundo, e para os mais jovens serei aquele que seguiu o imperador até Jerusalém, e que tem mais coisas a contar-lhes durante a noite, ao redor do fogo, do que o mago Virgílio, talvez até me façam cônsul, antes de morrer. Voltarei para casa, sem dizer nada a ninguém, irei ao palheiro, pegarei a estátua, de algum modo farei um buraco naquela coisa que segura sobre a cabeça, e colocarei dentro dela o Greal. Depois, cobrirei tudo com argamassa, colocando por cima lascas de pedra, de modo que não se veja sequer uma fissura, e levarei a estátua para a catedral. Nós a colocamos lá, cobrindo-a bem, e ficará lá *per omnia saecula saeculorum*, que ninguém há de retirá-la, nem poderá ver o que teu pai segura sobre a cabeça. Somos uma cidade jovem, e sem muitos problemas na cabeça, mas a bênção do céu nunca faz mal a ninguém. Eu morrerei, morrerão meus filhos, e o Greal ficará sempre lá, protegendo a cidade, sem que ninguém o saiba, basta que Deus Nosso Senhor o saiba. O que dizes?"

"SENHOR NICETAS, aquele era o fim adequado para a tigela, mesmo porque eu, mesmo fingindo esquecer de tudo durante anos, eu era o único a saber de onde ela vinha realmente. Depois do que acabara de fazer, eu não sabia sequer qual a minha razão de estar no mundo, visto que jamais fizera nada de bom. Com aquele Greal em minhas mãos, eu teria cometido outras loucuras. Tinha razão o bom Boidi. Gostaria de voltar com ele, mas o que faria em Alexandria, entre mil memórias de Colandrina, sonhando com Ipásia todas as noites? Agradeci Boidi por aquela boa ideia, tornei a embrulhar o Greal no trapo, em que o levara, mas sem relicário. Disse-lhe que se fosse viajar e encontrasse alguns bandidos, levariam logo um relicário que parecia feito de ouro, ao passo que não chegariam sequer a tocar numa tigela qualquer. Vai com Deus, Boidi, que ele te ajude na tua missão. Deixa-me aqui, preciso ficar sozinho. Assim foi-se também ele. Olhei a meu redor e me lembrei de Zósimo. Não estava mais lá. Não sei quando escapou, ouvira dizer que um queria matar o outro, e a vida já lhe ensinara a evitar as confusões. Às cegas, ele que conhecia de cor aqueles lugares, escapou enquanto tínhamos outras coisas em que pensar. Fez poucas e boas, mas fora punido. Que continuasse a bancar o mendigo pelas ruas e que o Senhor dele tivesse piedade. Assim, senhor Nicetas, percorri de volta o meu corredor dos mortos, saltando sobre o cadáver do Poeta, e depois subi à luz do incêndio perto do Hipódromo. Já sabes o que me aconteceu logo depois, foi justamente logo depois que te encontrei."

39
Baudolino estilita

Nicetas ficou em silêncio. E Baudolino ficou em silêncio, com as mãos abertas no colo, como se dissesse: "Acabou."

"Há alguma coisa na tua história", disse Nicetas numa certa altura, "que não me convence. O Poeta formulou acusações fantasiosas com relação a teus dois companheiros, como se cada um deles tivesse matado Frederico, mas, afinal, isso não era verdade. Julgaste reconstruir tudo o que aconteceu naquela noite, mas, se me contaste tudo, o Poeta não disse que as coisas aconteceram realmente assim."

"Ele tentou me matar!"

"Estava louco, isso é claro; queria o Greal a qualquer custo e, para obtê-lo, convencera-se de que quem estivesse com ele era culpado. De ti pensou apenas que, se o tivesses, tu o terias escondido dele, e isso lhe bastava para passar por cima de teu cadáver, para tomar aquele cálice. Mas ele não disse que era o assassino de Frederico."

"E quem foi então?"

"Durante quinze anos seguistes o vosso caminho, pensando que Frederico havia morrido por mero acidente..."

"Fazíamos força para pensar assim, para não termos de suspeitar um do outro. E havia ainda por cima o fantasma de Zósimo, afinal tínhamos um culpado."

"Pode ser. Mas acredita em mim, assisti nos palácios imperiais a muitos crimes. Ainda que nossos imperadores sempre se tenham deliciado em ostentar aos visitantes estrangeiros máquinas e autômatos milagrosos, nunca vi ninguém usando essas máquinas para matar. Ouve, deves lembrar de quando falaste de Ardzrouni pela primeira vez, eu te disse que o conheci em Constantinopla, e que um de meus amigos de Selímbria estivera uma ou mais vezes em seu castelo. Chama-se Pafnúcio, e é um homem que sabe muito das diabruras de Ardzrouni, porque ele mesmo arquitetou algumas semelhantes nos palácios imperiais. E conheces os limites dessas diabruras, porque uma vez, nos tempos de Andrônico, prometeu ao imperador um autômato que girava sobre si mesmo e desfraldava um estandarte quando o basileu batia as mãos. Ele o construiu, Andrônico o mostrou a alguns enviados estrangeiros, durante um jantar de gala, bateu as mãos, o autômato não se moveu, e arrancaram os olhos de Pafnúcio. Vou perguntar-lhe se quer nos visitar. Na verdade, ele deve se aborrecer no exílio em Selímbria."

PAFNÚCIO VEIO, acompanhado de um menino. Apesar da má sorte e da idade, era um homem atento e perspicaz. Conversou com Nicetas, que não encontrava havia tempo, e depois perguntou em que podia ser útil a Baudolino.

Baudolino contou-lhe a história, em grandes linhas no início, depois mais detalhadamente, desde o mercado de Galípolis até a morte de Frederico. Não poderia não se referir a Ardzrouni, mas escondeu a identidade de seu pai adotivo, dizendo que era um conde flamengo, que lhe era muito caro. Não citou sequer o Greal, mas falou apenas de uma taça crivada de pedras preciosas, que era caríssima ao morto, e que podia suscitar a ambição de muitos. Enquanto Baudolino falava, Pafnúcio o interrompia, de quando em quando. "És um franco, não?", perguntou-lhe, e explicou que aquela maneira de pronunciar certas palavras gregas era típico daqueles que viviam na Provença. Ou então: "Por que tocas sempre a cicatriz no rosto, enquanto falas?" E a Baudolino, que sempre o imaginou como cego fingido, explicava que de vez em quando sua voz perdia a sonoridade, como se passasse a mão diante da boca. Se tivesse tocado na barba, como acontece a muitos, não cobriria a boca. Assim, pois, tocava a própria bochecha, e se alguém toca a sua bochecha é porque tem dor de dentes, ou tem uma verruga, ou uma cicatriz. Como Baudolino era um homem de armas, parecera-lhe que a hipótese da cicatriz fosse a mais provável.

BAUDOLINO ACABOU de contar tudo, e Pafnúcio disse: "Gostarias de saber agora o que realmente aconteceu naquele quarto fechado com o imperador Frederico."

"Como sabes que eu estava falando de Frederico?"

"Ora vamos, todos sabem que o imperador morreu afogado no Kalikadnos, a poucos passos do castelo de Ardzrouni, tanto que este desapareceu desde então, pois o príncipe Leão queria cortar-lhe a cabeça, considerando-o responsável por não ter vigiado bem um hóspede tão ilustre. Eu me surpreendera que aquele teu imperador, tão acostumado a nadar nos rios, como sabiam todos, se deixasse arrastar pela corrente de um riachinho como o Kalikadnos, e agora estás me explicando muitas coisas. Portanto, vamos tentar ver com clareza", e falava sem ironia, como se realmente estivesse acompanhando uma cena, que se desenrolava diante de seus olhos apagados.

"Primeiramente, eliminemos a suspeita de que Frederico tenha morrido por causa da máquina que produz o vazio. Conheço aquela máquina: em primeiro lugar, surtia efeito num quartinho sem janelas no andar de cima, e com certeza não no quarto do imperador, onde havia um cano da chaminé, e quem sabe quantas outras fendas pelas quais o ar podia entrar como queria. Em segundo lugar, a própria máquina não podia funcionar. Eu a experimentei.

O cilindro interno não preenchia perfeitamente o cilindro externo, e o ar também passava por mil partes. Mecânicos mais habilidosos do que Ardzrouni tentaram, há séculos, experiências do gênero, sem resultados. Uma coisa era construir aquela esfera que girava, ou aquela porta que se abria mediante o calor, são truques conhecidos desde os tempos de Ctesíbio e de Héron. Mas o vazio, meu amigo, de modo algum. Ardzrouni era vaidoso, gostava de impressionar seus hóspedes, e é tudo. Passemos agora aos espelhos. Que o grande Arquimedes tenha incendiado realmente os navios romanos, é o que diz a lenda, mas não sabemos se foi verdade. Toquei os espelhos de Ardzrouni, quando eu ainda podia enxergar: eram demasiadamente pequenos, e toscamente lapidados. Mesmo admitindo que fossem perfeitos, um espelho reflete os raios solares de certa potência em pleno meio-dia, não de manhã, quando os raios do sol ainda estão fracos. E além disso, os raios deveriam passar através de uma janela de vidros coloridos, e vês que aquele teu amigo, mesmo que tivesse apontado um dos espelhos para o quarto do imperador, não conseguiria nada. Estás convencido?"

"Passemos ao restante."

"Os venenos e antídotos... Vós, latinos, sois realmente ingênuos. Acreditais realmente que no mercado de Galípolis vendessem substâncias tão poderosas, que mesmo um basileu só conseguiria obtê-las de alquimistas confiáveis e a peso de ouro? Tudo o que se vende lá é falso, serve para os bárbaros que vêm de Icônio, ou da selva búlgara. Nas duas ampolas que mostraram havia água fresca: que Frederico tenha bebido o líquido que provinha da ampola daquele teu judeu, ou daquele teu amigo que chamas Poeta, seria a mesma coisa. E o mesmo podemos pensar daquele antídoto prodigioso. Se existisse um antídoto assim, todo estratega faria um estoque deles para reanimar e trazer de volta à batalha os seus soldados feridos. Por outro lado, me disseste o preço a que venderam aquelas maravilhas: era tão ridículo que pagava apenas o esforço de pegar água na fonte e derramá-la nas ampolas. Agora, deixe-me dizer do ouvido de Dioniso. Nunca vi funcionar aquele de Ardzrouni. Jogos parecidos podem funcionar, quando a distância entre a fenda na qual se fala e aquela pela qual sai a voz é muito curta, como quando levas à boca as mãos em forma de concha, para fazer-te ouvir um pouco mais longe. Mas, no castelo, o conduto que levava de um andar para o outro era complexo e tortuoso, e passava por muros espessos... Por acaso Ardzrouni deixou que experimentassem o seu dispositivo?"

"Não."

"Estás vendo? Ele o mostrava aos hóspedes e se vangloriava, e era só isso. Mesmo que o teu Poeta tivesse tentado falar com Frederico, e Frederico acordasse, ouviria no máximo um murmúrio indistinto da boca da Medusa. Pode ser que Ardzrouni tenha usado algumas vezes aquele artifício para assustar alguém que deixara dormindo lá em cima, para fazer-lhe acreditar que havia fantasmas no quarto, mas nada além disso. O teu amigo Poeta não pode ter enviado nenhuma mensagem para Frederico."

"Mas a taça vazia no chão, o fogo na lareira..."

"Tu me disseste que Frederico naquela noite não estava se sentindo bem. Cavalgara o dia inteiro, sob o sol daquelas terras, que queima, e faz mal a quem não está acostumado com ele; vinha de dias e dias de peregrinações incessantes e batalhas... Estava cansado com certeza, enfraquecido, talvez tenha tido febre. O que fazes quando sentes arrepios de febre durante a noite? Procuras cobrir-te, mas, se tens febre, sentirás arrepios mesmo debaixo das cobertas.

O teu imperador acendeu a lareira. Depois sentiu-se pior do que antes, ficou com medo de que o tivessem envenenado, e bebeu o seu inútil antídoto."

"Mas por que se sentiu pior do que antes?"

"Aqui não tenho mais certezas, mas, se pensarmos bem, veremos logo que a conclusão só pode ser essa. Descreve para mim novamente aquela lareira para que eu a possa imaginar bem."

"Havia lenha num leito de folhas secas, havia ramos com bagas odoríferas, e depois pedaços de uma substância escura, creio que devia ser carvão, mas cobertos por algo oleoso..."

"Era *naphta*, ou *bitumen*, que se encontra, por exemplo, em grande quantidade na Palestina, no chamado mar Morto, onde aquilo que pensas ser água é tão denso e pesado que se entrares naquele mar não irás afundar, mas flutuar como um barco. Plínio escreve que essa substância tem um certo parentesco com o fogo, que, à medida que ela vai se aproximando, faz com que arda em chamas. Quanto ao carvão, todos nós sabemos o que é, se, como sempre diz Plínio, o retirarmos dos carvalhos, queimando seus ramos frescos num monte em forma de cone, revestido com argila molhada, sobre o qual se fazem alguns furos para deixar sair, durante a combustão, toda a umidade. Mas às vezes isso é feito com outra madeira, cujas virtudes nem sempre conhecemos. Ora, muitos médicos têm observado o que acontece com quem aspira os vapores de um carvão de má qualidade, que se torna ainda mais perigoso pela sua união com certos tipos de *bitumen*. São produzidos eflúvios tóxicos, bem mais sutis e invisíveis do que a fumaça que normalmente produz um fogo brilhante, que nesses casos procuras fazê-lo sair abrindo a janela. Esses eflúvios não os vês, eles se difundem e, se o lugar estiver fechado, estagnam. Consegues perceber isso porque, quando tais exalações entram em contato com a chama de uma lanterna, colorem-na de azul. Mas, normalmente, quando alguém percebe é muito tarde, aquele hálito maligno já devorou todo o ar puro que o cercava. O infeliz que aspirou aquele ar mefítico sente um grande peso na cabeça, um tinido nos ouvidos, respira com dificuldade e a vista se ofusca... Boas razões para acreditar-se envenenado e beber um antídoto, e assim fez o teu imperador. Mas, se depois de ter percebido esses males não abandonar o lugar infectado, ou alguém não te levar para fora, acontece o pior. Tu te sentes invadido por um sono profundo, cais no chão e, aos olhos de quem te encontrar depois, parecerás morto, sem respiração, sem calor, sem batimentos cardíacos, com os membros rígidos e o rosto com uma extrema palidez... Até mesmo o médico mais experiente acreditará que está diante de um cadáver. Tem-se notícias de pessoas que foram enterradas naquele estado, enquanto teria bastado curá-las com panos frios na cabeça, banhos nos pés, e fricção de todo o corpo com óleos que reavivam os humores."

"Queres dizer", disse então Baudolino, pálido como o rosto de Frederico naquela manhã, "que julgamos morto o imperador, e que ele estava vivo?"

"É bem provável que sim, meu pobre amigo. Morreu quando foi lançado no rio. A água gelada, de alguma forma, começou a reanimá-lo, e aquele teria sido mesmo um bom tratamento, mas, ainda sem sentidos, começou a respirar, engoliu a água e se afogou. Quando o puxaste para a margem, devias ter visto se apresentava o aspecto de um afogado..."

"Estava inchado. Eu sabia que isso não podia acontecer, e achei que fosse minha impressão, diante daqueles pobres restos arranhados pelas pedras do rio..."

"Um morto não incha debaixo d'água. Isso acontece apenas com um vivo que morre debaixo d'água."

"Então Frederico foi vítima de um mal-estar extraordinário e desconhecido, e não foi assassinado?"

"A vida, é certo, foi-lhe tirada, mas por quem o lançou dentro d'água."

"Mas este fui eu!"

"É realmente uma pena. Sinto que estás exaltado. Calma. Tu fizeste isso acreditando que o fazias bem, e não certamente para obter a sua morte."

"Mas fiz com que morresse!"

"Eu não chamaria isso de assassinato."

"Mas eu sim", gritou Baudolino. "Afoguei meu pai caríssimo, quando ainda estava vivo! Eu...", tornou-se ainda mais pálido, murmurou algumas palavras desconexas, e desmaiou.

ACORDOU ENQUANTO Nicetas colocava panos frios na sua cabeça. Pafnúcio foi embora, sentindo-se culpado talvez de ter revelado a Baudolino, para mostrar como via bem as coisas, uma terrível verdade.

"Procura ficar calmo agora", disse-lhe Nicetas, "sei que estás perturbado, mas foi uma fatalidade, ouviste Pafnúcio, qualquer um teria julgado morto aquele homem. Também ouvi falar de casos de morte aparente que enganaram todos os médicos."

"Eu matei meu pai", continuava a repetir Baudolino, agitado agora por um tremor febril, "sem o saber eu o odiava, porque desejara a sua esposa, minha mãe adotiva. Primeiro fui adúltero, depois parricida, e levando comigo essa lepra manchei com o meu sêmen incestuoso a mais pura das virgens, fazendo com que acreditasse que aquele era o êxtase que eu lhe prometera. Sou um assassino porque matei o Poeta, que era inocente..."

"Ele não era inocente, estava tomado por um desejo irrefreável, ele tentou te matar e tu te defendeste."

"Eu o acusei injustamente por um homicídio que eu mesmo cometi, eu o matei por não reconhecer que devia punir a mim mesmo, vivi toda a minha vida na mentira, quero morrer, precipitar-me no inferno e sofrer por toda a eternidade..."

Era inútil tentar acalmá-lo, e não se podia fazer nada para curá-lo. Nicetas mandou Teofilato preparar uma infusão de ervas soníferas, fez com que ele a bebesse. Poucos minutos depois, Baudolino dormia o mais inquieto dos sonos.

QUANDO ACORDOU no dia seguinte, recusou uma tigela de sopa que lhe foi oferecida, saiu ao ar livre, sentou-se debaixo de uma árvore e ali permaneceu em silêncio, com a cabeça entre as mãos, o dia inteiro, e na manhã seguinte ainda estava lá. Nicetas decidiu que nesses casos o melhor remédio era o vinho, e o convenceu a beber em abundância, como se fosse um remédio. Baudolino permaneceu em estado de torpor contínuo debaixo da árvore durante três dias e três noites.

Ao amanhecer da quarta manhã, Nicetas foi procurá-lo, e ele não estava mais lá. Procurou bem pelo jardim e pela casa, mas Baudolino desaparecera. Temendo que tivesse decidido praticar um gesto desesperado, Nicetas mandou Teofilato e seus filhos procurá-lo por toda a Selímbria, e pelos campos vizinhos. Voltaram duas horas depois, gritando a Nicetas para que viesse ver. Levaram-no àquele prado, pouco distante da cidade, onde, ao entrarem, tinham visto a coluna dos eremitas de outrora.

Um grupo de curiosos reunira-se aos pés da coluna e apontava para o alto. A coluna era de pedra branca, tão alta como uma casa de dois andares. No topo abria-se numa sacada, rodeada por um parapeito feito por finas colunilhas e um corrimão, também de pedra. No meio, sobressaía um pequeno pavilhão. Era muito pouco o que emergia da coluna, para se ficar sentado na sacada, devia-se deixar as pernas penduradas para fora e o pavilhão mal podia conter um homem agachado e curvado sobre si mesmo. Com as pernas para fora, lá em cima estava sentado Baudolino, e via-se que estava nu como um verme.

Nicetas o chamou, gritou para que descesse, tentou abrir a portinhola que, aos pés da coluna, como em todas as construções semelhantes, levava a uma escada em forma de caracol, que subia até a varanda. Mas a porta, embora pouco firme, fora fechada por dentro.

"Desce Baudolino, o que queres fazer aí em cima?" Baudolino respondeu algo, mas Nicetas não ouviu bem. Pediu que fossem lhe buscar uma escada bem comprida. Obteve-a, subiu com dificuldade, e deu com a cabeça aos pés de Baudolino. "O que queres fazer?", perguntou-lhe novamente.

"Ficar aqui. Começa agora a minha expiação. Hei de rezar, meditar, e me anular no silêncio. Procurarei atingir a solidão remota diante de toda a opinião e imaginação, não experimentar ira, desejo, e nem sequer o raciocínio e o pensamento; libertar-me de todos os laços, voltar ao absolutamente simples, para não ver mais nada, senão a glória da escuridão. Esvaziarei minha alma e meu intelecto, irei além do reino da mente, na escuridão cumprirei minha trajetória por sendas de fogo..."

Nicetas deu-se conta de que estava repetindo coisas que ele ouvira de Ipásia. Nesse ponto aquele infeliz queria fugir de toda a paixão, pensou que estivesse isolado lá em cima, buscando ser igual àquela que ainda amava. Mas não disse nada. Perguntou-lhe apenas como pensava em sobreviver.

"Tu me contaste que os eremitas lançavam uma cesta com uma cordinha", disse Baudolino, "e os fiéis deixavam como esmola a comida que sobrava, melhor ainda se for o resto da comida de seus animais. E um pouco d'água, mesmo que possamos suportar a sede e esperar que chova de vez em quando."

Nicetas suspirou, desceu, mandou buscar uma cesta com a corda, mandou enchê-la de pão, verdura cozida, azeitonas e algum pedaço de carne, um dos filhos de Teofilato jogou a corda para o alto, Baudolino a segurou e puxou a cestinha. Pegou apenas pão e azeitonas, e devolveu o resto. "Agora peço que me deixes", gritou para Nicetas. "O que eu queria entender, contando-te a minha história, eu já o entendi. Não temos mais nada a nos dizer. Obrigado por me teres ajudado a chegar aonde estou agora."

NICETAS IA ENCONTRÁ-LO todos os dias, Baudolino cumprimentava-o com um gesto, e se calava. Com o passar do tempo, Nicetas percebeu que não era mais necessário levar-lhe comida, pois em Selímbria corria a notícia de que, após muitos séculos, outro santo homem se isolara no alto de uma coluna, e todos iam a persignar-se lá embaixo, pondo na cesta algo para comer e para beber. Baudolino puxava a corda, guardava para si aquele pouco de que havia de precisar naquele dia, e esmigalhava o resto para os pássaros que já se empoleiravam na balaustrada. Interessava-se apenas por eles.

BAUDOLINO FICOU LÁ todo o verão sem dizer palavra, queimado pelo sol, embora voltasse frequentemente para dentro do pavilhão, afligido pelo calor. Defecava e urinava evidentemente de noite, além da balaustrada, e viam-se as suas fezes aos pés da coluna, tão pequenas como as de uma cabra. Cresciam-lhe a barba e os cabelos e ele estava tão sujo que podia se ver, e já se começava a sentir, desde lá debaixo.

Nicetas teve de ausentar-se duas vezes de Selímbria. Em Constantinopla, Balduíno de Flandres fora nomeado basileu, e os latinos estavam pouco a pouco invadindo todo o império. Mas Nicetas tinha de cuidar de suas propriedades. Enquanto isso, em Niceia, constituíra-se o último baluarte do império bizantino, e Nicetas pensava que deveria mudar-se para lá, onde teriam necessidade de um conselheiro com a sua experiência. Por isso, era preciso fazer contatos e preparar aquela nova e perigosíssima viagem.

Todas as vezes em que voltava, via uma multidão cada vez mais densa aos pés da coluna. Alguém imaginou que um estilita, purificado pelo seu contínuo sacrifício, não pudesse não possuir uma profunda sabedoria, e subiu a escada para pedir-lhe conselho e conforto. Contava-lhe suas desgraças, e Baudolino respondia, por exemplo: "Se és orgulhoso, és o diabo. Se estás triste, és seu filho. E se te preocupas com mil coisas, és seu incessante servidor."

Outro pedia-lhe conselho para resolver um conflito com o vizinho de casa. E Baudolino: "Sê como o camelo: leva a carga de teus pecados, e segue os passos daquele que conhece o caminho do Senhor."

Outro dizia-lhe ainda que a nora não podia ter filhos. E Baudolino: "Tudo aquilo que pode pensar um homem sobre o que está abaixo ou acima do céu é inútil. Somente aquele que persevera na lembrança de Cristo vive na verdade."

"Como é sábio", diziam então, e lhe deixavam algumas moedas, indo embora consolados.

VEIO O INVERNO, e Baudolino estava quase sempre encarquilhado no pavilhão. Para não ter de ouvir longas histórias de quem vinha ter com ele, começou a antecipá-las. "Tu amas uma pessoa de todo o teu coração, mas te aflige a dúvida de que essa pessoa não te ame com o mesmo ardor", dizia. E o outro: "É verdade! Tu leste em minha alma como num livro aberto! Que devo fazer?" E Baudolino: "Cala-te e não julgues a ti mesmo."

A um homem gordo, que veio subindo com muita dificuldade, disse: "Tu acordas toda manhã com dores no pescoço e tens dificuldade para enfiar os sapatos." "Isso mesmo", dizia aquele, admirado. E Baudolino: "Não comas durante três dias. Mas não te orgulhes do teu jejum. Em vez de te vangloriares, come carne. É melhor comer carne do que vangloriar-se. E aceita tuas dores como tributos pelos teus pecados."

Veio um pai e disse que seu filho estava coberto de chagas dolorosas. Disse-lhe: "Lava-o três vezes ao dia com água e sal, e pronuncia todas as vezes as palavras: Virgem Ipásia, cuida de teu filho." Aquele foi embora e depois de uma semana voltou dizendo que as chagas haviam sido curadas. Deu-lhe algumas moedas, um pombo, e um garrafão de vinho. Todos gritaram pelo milagre, e quem estava doente ia até a igreja, rezando: "Virgem Ipásia, cuida de teu filho."

Um homem pobremente vestido e de rosto triste subiu a escada. Baudolino lhe disse:

"Eu sei o que tens. Sentes ódio por alguém."

"Tu sabes tudo", disse ele.

Disse-lhe Baudolino:

"Se alguém quer fazer o mal pelo mal, pode ferir um irmão apenas com um único gesto. Mantém sempre as mãos atrás das costas."

Veio outro de olhos tristes e disse:

"Não sei que mal eu tenho."

"Eu sei", disse Baudolino. "És um preguiçoso."

"Como posso me curar?"

"A preguiça se manifesta pela primeira vez quando notas a extrema lentidão do movimento do sol."

"E então?"

"Nunca olhes para o sol."

"Não se lhe pode esconder nada", dizia a gente de Selímbria.

"Como pode ser tão sábio?", perguntou-lhe alguém. E Baudolino:

"Porque me escondo."

"Como fazes para esconder-te?"

Baudolino estendeu a mão e mostrou-lhe a palma.

"O que vês diante de ti?", perguntou.

"A mão", respondeu aquele.

"Vês que sei esconder-me bem", disse Baudolino.

VOLTOU A PRIMAVERA. Baudolino estava sempre mais sujo e peludo. Estava coberto de pássaros, que acorriam em bando e bicavam os vermes que começaram a habitar em seu corpo. Como devia nutrir também aquelas criaturas, a gente enchia sua cesta muitas e muitas vezes ao dia.

Numa manhã, chegou um homem a cavalo, ofegante, e coberto de poeira. Disse-lhe que, durante uma caçada, um nobre lançara muito mal a sua flecha e acertara o filho de sua irmã. A flecha entrara por um olho e saíra pela nuca. O menino respirava ainda e aquele senhor pedia a Baudolino para que fizesse tudo o que podia fazer um homem de Deus.

Baudolino disse:

"É tarefa do estilita ver realizados desde cedo os próprios pensamentos. Eu sabia que virias, mas levaste muito tempo, e levarás outro tanto para voltares. As coisas deste mundo são como devem ser. Fica sabendo que o menino está morrendo neste exato momento, aliás, ele já está morto, Deus tenha misericórdia dele."

O cavalheiro voltou, e o menino já havia morrido. Quando se soube da notícia, muitos em Selímbria gritaram que Baudolino tinha o dom da clarividência e vira aquilo que aconteceu a milhas de distância. Encontrava-se, porém, não muito longe da coluna, a igreja de São Mardônio, cujo padre odiava Baudolino, porque ele estava tirando da missa as ofertas de seus antigos fiéis. Começou a dizer que o milagre de Baudolino fora mesmo um belo milagre, e que milagres assim todos sabiam fazê-lo. Foi para baixo da coluna e gritou para Baudolino que, se um estilita não era capaz sequer de tirar uma flecha de um olho, era como se ele tivesse matado o menino.

Baudolino respondeu:

"A preocupação de se contentar os homens faz com que se perca toda a saúde espiritual."

O padre atirou-lhe uma pedra, e logo alguns exaltados uniram-se a ele bombardeando com pedras e torrões de terra a sacada. Jogaram pedras o dia inteiro, com Baudolino agachado no pavilhão, as mãos sobre o rosto. Foram embora apenas quando a noite chegou.

NA MANHÃ SEGUINTE, Nicetas foi ver o que acontecera ao amigo, e não o encontrou mais. A coluna estava desabitada. Voltou para casa inquieto, e descobriu Baudolino no estábulo de Teofilato. Enchera de água um tonel e com uma faca estava raspando do corpo toda a sujeira que havia acumulado. Cortara sem cerimônia os cabelos e a barba. Estava bronzeado pelo sol e pelo vento, não parecia muito magro, tinha apenas dificuldade para ficar de pé e mexia os braços e os ombros para soltar os músculos da coluna.

"Viste isso. A única vez em minha vida em que disse a verdade, apenas a verdade, fui apedrejado."

"Isso aconteceu também com os apóstolos. Estavas te tornando um santo homem e te desencorajas por tão pouco?"

"Talvez eu esperasse um sinal do céu. Nesses meses, acumulei não poucas moedas. Mandei um filho de Teofilato comprar algumas vestes, um cavalo e uma mula. Em algum lugar na casa devem estar ainda as minhas armas."

"Então vais partir?", perguntou Nicetas.

"Sim", disse, "ficando naquela coluna, entendi muitas coisas. Compreendi que pequei, mas nunca para obter poderes e riquezas. Compreendi que, se quiser ser perdoado, deverei saldar três dívidas. Primeira dívida: prometi mandar erigir uma lápide para Abdul, e por isso guardei a cabeça do Batista. O dinheiro chegou de outro lugar, e foi melhor assim, porque não provém de simonia, mas de doações dos bons cristãos. Procurarei o lugar onde enterramos Abdul e mandarei construir uma capela."

"Mas se não lembras sequer onde foi assassinado!"

"Deus há de guiar-me, e lembro de cor o mapa de Cosme. Segunda dívida: fiz uma sagrada promessa ao meu bom pai Frederico, para não falar do bispo Oto, e até agora não a cumpri. Devo chegar ao reino do Preste João. Senão minha vida terá sido inútil."

"Mas viste com os próprios olhos que não existe!"

"Vimos com os próprios olhos que não conseguimos chegar até lá. É diferente."

"Mas percebestes que os eunucos mentiam."

"Que talvez mentissem. Mas não podia mentir o bispo Oto, e a voz da tradição, que atestava o Padre em algum lugar."

"Já não és mais jovem como quando tentaste pela primeira vez!"

"Sou mais sábio. Terceira dívida: tenho um filho, ou uma filha. E lá está Ipásia. Quero reencontrá-los e protegê-los como é meu dever."

"Mas já se passaram mais de sete anos!"

"A criança deverá ter mais de seis. Acaso um filho de seis anos não é mais filho?"

"Mas poderia ser um menino e, portanto, um dos sátiros-que-não-se-veem-nunca!"

"Poderia ser uma pequena ipásia. De qualquer forma, amarei aquela criança."

"Mas não sabes onde ficam as montanhas onde se refugiaram!"

"Hei de procurá-las."

"Mas Ipásia poderia ter se esquecido de ti, talvez não queira rever aquele com quem perdeu sua apatia!"

"Não conheces Ipásia. Ela me espera."

"Mas já eras velho quando te amou, agora lhe parecerás um velho!"

"Nunca viu homens mais jovens."

"Mas seriam necessários muitos anos para voltar àquelas bandas e ultrapassá-las!"

"Nós da Frascheta temos a cabeça mais dura do que uma pedra."

"Mas quem te disse que viverás até o fim da viagem?"

"Viajar rejuvenesce."

NÃO HOUVE modo. No dia seguinte, Baudolino abraçou Nicetas, toda a sua família e seus hóspedes. Saiu com algum esforço a cavalo, levando consigo a mula com muitas provisões, a espada presa à sela e os dois punhais árabes na cintura.

Nicetas o viu desaparecer ao longe, ainda acenando com a mão, mas sem olhar para trás, seguindo para o reino do Preste João.

40
Baudolino já não se encontra aqui

Nicetas foi visitar Pafnúcio. Contou-lhe tudo, do início ao fim, desde o momento em que encontrou Baudolino em Santa Sofia, e tudo o que Baudolino lhe dissera.

"Que devo fazer?", perguntou-lhe.

"Por ele? Nada. Está indo ao encontro de seu destino."

"Não por ele, por mim. Sou um escritor de Histórias, mais cedo ou mais tarde terei de preparar-me para escrever o regesto dos últimos dias de Bizâncio. Onde deverei colocar a história que Baudolino me contou?"

"Em parte alguma. É uma história toda dele. E, afinal, tens certeza de que é verdadeira?"

"Não, tudo o que sei, eu o conheci por intermédio dele, como também soube por ele que era um mentiroso."

"Como vês", disse o sábio Pafnúcio, "um escritor de Histórias não pode confiar num testemunho tão incerto. Apaga Baudolino da tua narrativa."

"Mas nos últimos dias tivemos uma história comum, na casa dos genoveses."

"Apaga também os genoveses, pois terias de falar das relíquias que fabricavam, e teus leitores perderiam a fé nas coisas mais sagradas. Bastará muito pouco para que alteres ligeiramente os acontecimentos, dirás que foste ajudado por alguns venezianos. Sim, eu sei, não é verdade, mas numa grande História podem-se alterar pequenas verdades, para ressaltar a verdade maior. Deves contar a história verdadeira do império dos romanos, não um pequeno fato, que se originou de um pântano distante, em países bárbaros, entre gentes bárbaras. E depois, gostarias de enfiar na cabeça de teus leitores futuros que existe um Greal, entre as neves e o gelo e o reino do Preste João nas terras perustas. Quem sabe quantos desvairados não iriam vagar sem descanso, por séculos e séculos."

"Era uma bela história. Pena que ninguém venha a conhecê-la."

"Não te julgues o único autor de histórias deste mundo. Mais cedo ou mais tarde alguém, mais mentiroso do que Baudolino, acabará por contá-la."

fim

EDIÇÕES
BestBolso

Este livro foi composto na tipologia Minion, em corpo 10,5/13, e impresso em papel off-set 56g/m² no Sistema Cameron da Divisão Gráfica da Distribuidora Record.